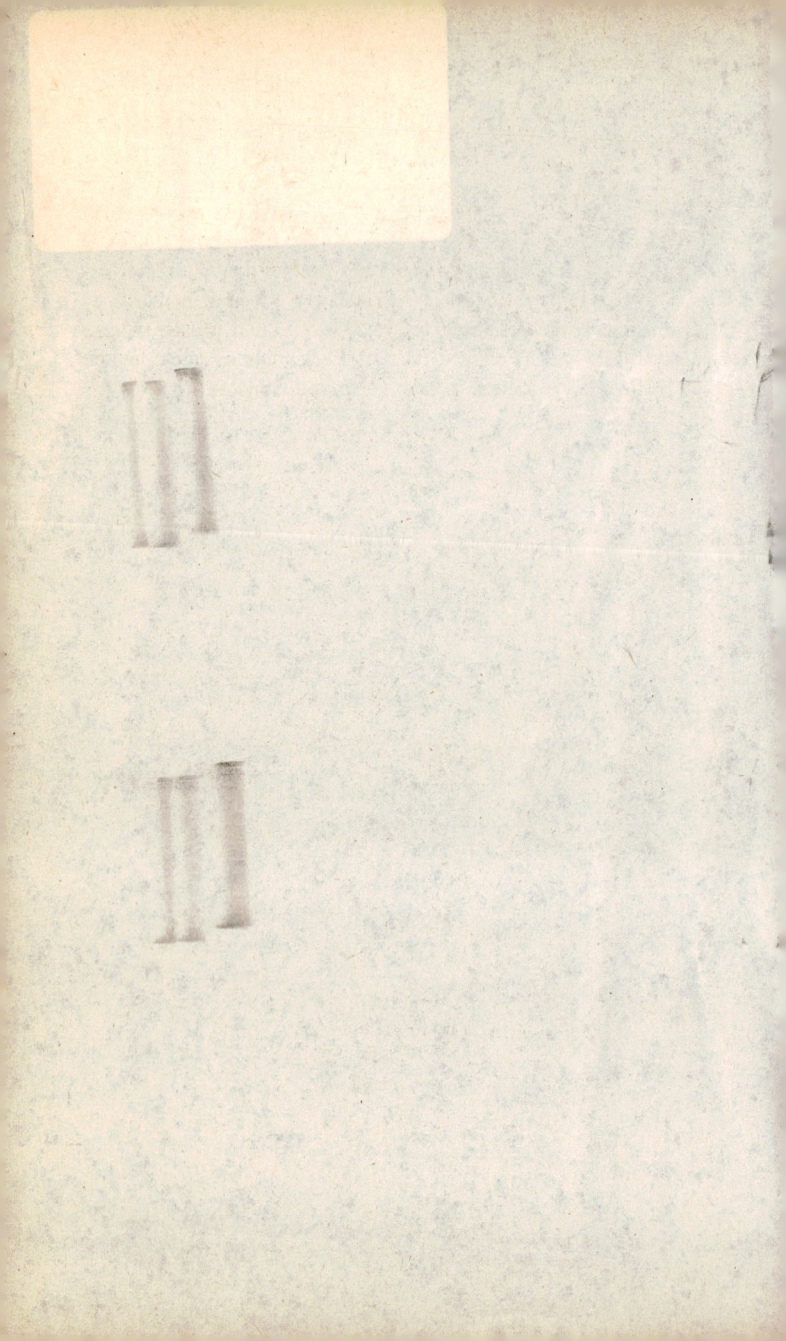

DÔME **

Né en 1947 à Portland (Maine), Stephen King a connu son premier succès en 1974 avec *Carrie*. En une trentaine d'années, il a publié plus de cinquante romans et autant de nouvelles, certains sous le pseudonyme de Richard Bachman. Il a reçu de nombreuses distinctions littéraires, dont le prestigieux Grand Master Award des Mystery Writers of America pour l'ensemble de sa carrière en 2007. Son œuvre a été largement adaptée au cinéma.

Paru dans Le Livre de Poche :

BAZAAR
BLAZE
BRUME
ÇA
CARRIE
CELLULAIRE
CHARLIE
CHRISTINE
CŒURS PERDUS
   EN ATLANTIDE
CUJO
DANSE MACABRE
DEAD ZONE
DÉSOLATION
DIFFÉRENTES SAISONS
DREAMCATCHER
DUMA KEY
ÉCRITURE (*Mémoire*)
LE FLÉAU
HISTOIRE DE LISEY

INSOMNIE
JESSIE
JUSTE AVANT LE CRÉPUSCULE
LA LIGNE VERTE
MINUIT 2
MINUIT 4
MISERY
LA PETITE FILLE QUI AIMAIT
   TOM GORDON
RÊVES ET CAUCHEMARS
ROADMASTER
ROSE MADDER
SAC D'OS
SALEM
SHINNING
SIMETIERRE
LA TEMPÊTE DU SIÈCLE
LES TOMMYKNOCKERS
TOUT EST FATAL

Sous le nom de Richard Bachman :

CHANTIER
MARCHE OU CRÈVE
LA PEAU SUR LES OS
LES RÉGULATEURS
RUNNING MAN

STEPHEN KING

Dôme

Tome 2

ROMAN TRADUIT DE L'ANGLAIS (ÉTATS-UNIS)
PAR WILLIAM OLIVIER DESMOND

ALBIN MICHEL

Titre original :

UNDER THE DOME
Publié en 2009 par Scribner

© Stephen King 2009.
Édition française publiée avec l'accord de l'auteur c/o Ralph Vicinanza Ltd.
© Éditions Albin Michel, 2011, pour la traduction française.
ISBN : 978-2-253-16979-6 – 1re publication LGF

SEL

1

Les deux femmes flics qui se tenaient à côté du Hummer de Big Jim parlaient toujours – Jackie tirant nerveusement sur une cigarette –, mais elles se turent lorsque Julia Shumway passa devant elles.

« Julia ? fit Linda d'une voix hésitante. Qu'est-ce que... »

Julia continua de marcher. La dernière chose dont elle avait envie, alors qu'elle bouillait encore de rage, était de parler avec deux représentants de la loi et de l'ordre, de la loi et de l'ordre tels qu'ils semblaient désormais exister à Chester's Mill. Elle était à mi-chemin du local du *Democrat* lorsqu'elle se rendit compte que la colère n'était pas la seule chose qu'elle éprouvait. Qu'elle n'en était même pas l'essentiel. Elle s'arrêta sous la marquise de la librairie – Mill New & Used Books, FERMÉ JUSQU'À NOUVEL ORDRE, lisait-on dans la vitrine, sur une affichette rédigée à la main – en partie pour que les battements de son cœur puissent ralentir, en partie pour un petit examen intérieur. Il ne lui prit pas longtemps.

« J'ai surtout peur », dit-elle, sursautant légèrement au son de sa propre voix. Elle avait parlé tout haut, sans s'en rendre compte.

Pete Freeman la rattrapa à ce moment-là. « Vous allez bien ?

— Ça va. »

C'était un mensonge, mais elle avait répondu avec assurance. Quant à ce que pouvait trahir son visage, elle n'en savait rien. Elle porta une main à sa nuque et tenta d'aplatir les mèches rebelles qui s'y hérissaient, sans y parvenir. *L'air de sortir du lit pour couronner le tout*, pensa-t-elle. *Très chouette. La touche finale.*

« J'ai bien cru que Rennie allait vous faire arrêter par notre nouveau chef de la police », dit Pete. Il ouvrait de grands yeux et paraissait tout d'un coup beaucoup plus jeune que ses trente et quelques années.

« J'espérais bien. » Julia dessina dans l'air le rectangle d'une invisible manchette. « NOTRE JOURNALISTE DÉCROCHE UN ENTRETIEN EXCLUSIF AVEC LE MEURTRIER PRÉSUMÉ.

— Julia ? Qu'est-ce qui se passe, ici ? En dehors du Dôme, je veux dire ? Vous avez vu, tous ces types qui remplissaient des formulaires ? Ça m'a fichu les boules, moi.

— Je les ai vus. Et j'ai l'intention de faire un papier là-dessus. Et sur tout le reste. Et lors de la réunion du conseil municipal de jeudi soir, je ne crois pas que je serai la seule à avoir des questions sérieuses à adresser à James Rennie. »

Elle posa la main sur le bras de son reporter.

« Je vais voir ce que je peux trouver sur ces meurtres, et j'en ferai un article. En plus d'un éditorial aussi virulent que possible sans avoir l'air pour autant d'ameuter les foules. (Elle eut un petit rire sec et sans joie.) Il faut dire que question ameuter les foules, Jim Rennie a l'avantage du terrain.

— Je ne comprends pas ce que vous…

— C'est aussi bien. Allez, au boulot. J'ai besoin d'une ou deux minutes pour me calmer. Je pourrai peut-être décider alors qui interviewer en premier. Parce que le temps nous est fichtrement compté, si nous voulons imprimer ce soir.

— Photocopier, dit-il.

— Hein ?

— Si nous voulons photocopier ce soir. »

Elle esquissa un sourire incertain et le renvoya à ses affaires. À la porte du local, il se retourna. Elle lui adressa un petit signe de la main pour lui signifier que tout allait bien, puis essaya de regarder à travers la vitrine poussiéreuse de la librairie. La salle de cinéma était fermée depuis cinq ans, le drive-in, aux limites de la ville, n'existait plus depuis belle lurette (le deuxième parking de Rennie occupait l'emplacement où l'écran géant dominait la 119), mais, on ne savait comment, Ray Towle avait réussi à faire vivoter sa petite boutique envahie par la crasse. Des guides censés vous aider à vous débrouiller dans la vie composaient l'essentiel de la vitrine. Le reste, c'était des livres de poche avec en couverture des manoirs se profilant dans le brouillard, des dames en détresse ou des malabars, poitrine nue, à pied ou à cheval. Plusieurs des malabars en question brandissaient une épée et semblaient ne porter que des sous-vêtements. FAITES-VOUS PLAISIR AVEC DE SOMBRES INTRIGUES ! proclamait l'affichette de cette section.

Sombres intrigues, en effet.

Au cas où le Dôme ne suffirait pas, ne serait pas assez dément*, il y a toujours le conseiller de l'Enfer.*

Ce qui l'inquiétait le plus, comprit-elle – ce qui *l'effrayait* le plus –, était la vitesse à laquelle tout cela se produisait. Rennie avait depuis longtemps l'habitude d'être le plus gros et le plus agressif des coqs de la basse-cour et elle n'aurait pas été surprise de le voir tenter de renforcer son emprise sur la ville, au bout d'un moment – disons après une semaine ou un mois. Mais cela ne faisait que trois jours et des poussières qu'ils étaient coupés du reste du monde. Et si jamais Cox et ses scientifiques faisaient sauter le Dôme ce soir ? Ou s'il disparaissait tout simplement de lui-même ? Big Jim retrouverait sur-le-champ son ancienne stature, sauf qu'il serait pris la main dans le sac.

« Quel sac ? » se demanda-t-elle à haute voix. « Il se contentera de dire qu'il a fait du mieux qu'il pouvait dans des circonstances difficiles. Et on le croira. »

Probablement. Mais cela n'expliquait toujours pas pourquoi Rennie n'avait pas attendu pour agir.

Parce que quelque chose a mal tourné et qu'il n'avait plus le choix. Et aussi...

« Aussi, je ne le crois pas complètement sain d'esprit, déclara-t-elle à la pile de livres de poche. Et je ne crois pas qu'il l'ait jamais été. »

Même si c'était vrai, comment expliquer que des gens ayant encore de solides réserves alimentaires chez eux aient déclenché une émeute au supermarché local ? Cela n'avait aucun sens, à moins...

« À moins qu'il en ait été l'instigateur. »

C'était ridicule, le plat du jour du Parano Café. Non ? Elle aurait pu demander à certaines des personnes présentes au Food City ce qu'elles avaient vu, mais les meurtres n'étaient-ils pas plus importants ?

Elle était la seule vraie reporter de son journal, après tout, et…

« Julia ? Ms Shumway ? »

Julia était si profondément plongée dans ses pensées qu'elle faillit avoir une attaque. Elle fit volte-face si brusquement qu'elle serait tombée si Jackie Wettington ne l'avait pas retenue. Linda Everett l'accompagnait, et c'était elle qui avait parlé. Les deux policières avaient l'air inquiet.

« Est-ce qu'on peut vous parler ? lui demanda Jackie.

— Bien sûr. Écouter les gens, c'est mon boulot. Le revers de la médaille c'est que j'ai tendance à écrire ce qu'ils disent. Vous le savez toutes les deux, n'est-ce pas ?

— Mais il n'est pas question de citer nos noms, dit Linda. Si vous n'êtes pas d'accord avec ça, vous pouvez tout oublier.

— En ce qui me concerne, répondit Julia avec un sourire, vous n'êtes que des sources proches de l'enquête. Ça vous va ?

— Et si vous promettez aussi de répondre à nos questions, ajouta Jackie. D'accord ?

— D'accord.

— Vous étiez au supermarché, non ? » demanda Linda.

Voilà qui devenait de plus en plus curieux. « Oui. Vous aussi. Parlons-en – comparons nos notes.

— Pas ici, dit Linda. Pas dans la rue. Et pas dans les locaux du journal non plus.

— Ne t'affole pas, Lin, dit Jackie en posant une main sur l'épaule de sa collègue.

— Tu peux te le permettre, toi. Ce n'est pas ton mari qui pense que nous venons de contribuer à mettre un innocent en cabane.

— Je n'ai pas de mari », répondit Jackie – avec bon sens, se dit Julia, et elle avait effectivement de la chance ; les maris sont souvent l'élément qui vient compliquer les choses. « Mais je connais un endroit où nous serions tranquilles. C'est privé, et jamais fermé à clef (elle réfléchit un instant). Enfin ça l'était. Depuis le Dôme, je ne sais pas. »

Julia, qui, l'instant d'avant, se creusait la tête pour savoir qui interroger en premier, n'avait pas l'intention de laisser échapper ces deux-là. « Allons-y, dit-elle. Nous marcherons, vous sur un trottoir et moi sur l'autre, jusqu'à ce que nous ayons dépassé le poste de police ; ça vous va ? »

Linda réussit à sourire. « Excellente idée. »

2

Piper Libby s'agenouilla avec une lenteur prudente devant l'autel de la première église congrégationaliste, grimaçant en dépit du coussin qu'elle avait pris la précaution de placer sous ses genoux enflés. De la main droite, elle tenait son bras gauche, encore douloureux, serré contre elle. Il allait mieux, apparemment, mais elle n'avait aucune intention de le mettre inutilement à l'épreuve. Rien ne serait plus facile que de se le déboîter de nouveau ; on l'avait informée (sans ménagement) de ce risque après sa blessure au football, quand elle était lycéenne. Elle joignit les mains et ferma les yeux. Sa langue se porta aussitôt vers le trou que, hier encore, comblait une dent. Mais il y avait un autre trou bien plus sérieux dans sa vie.

« Salut, Grand Absent, dit-elle. C'est encore moi, qui reviens chercher l'aide de ton amour et de ta miséricorde. » Une larme roula sous sa paupière enflée et coula le long de sa joue enflée (et quelque peu colorée). « Et mon chien ? Il est quelque part dans ton secteur ? J'en parle parce qu'il me manque terriblement. Si c'est le cas, j'espère qu'il aura droit à l'équivalent spirituel d'un os à ronger. Il le mérite. »

D'autres larmes coulèrent, lentes, chaudes, piquantes.

« Probablement pas. La plupart des religions disent que les chiens ne vont pas au paradis, même si certaines sectes ne sont pas d'accord. Ni le *Reader's Digest*, je crois. »

Bien sûr, si le paradis n'existait pas, la question n'avait pas de sens, et ce concept d'une existence sans paradis, d'une cosmologie sans paradis, était le lieu où ce qui restait de sa foi se trouvait de plus en plus à l'aise. L'oubli, peut-être ; ou peut-être quelque chose de pire. Une vaste plaine sans la moindre empreinte de quoi que ce soit sous un ciel blanc, disons, un lieu sans temps, sans destination et sans personne pour vous tenir compagnie. Rien qu'un vaste Néant, en d'autres termes : pour les mauvais flics, pour les femmes pasteurs, pour les gamins qui se tuaient accidentellement, pour les bergers allemands maladroits qui mouraient en essayant de protéger leur maîtresse. Aucun Être pour séparer le bon grain de l'ivraie. Il y avait quelque chose de théâtral (sinon de carrément blasphématoire) à s'adresser par la prière à un tel concept, mais parfois, cela l'aidait.

« Le problème, ce n'est pas le Ciel, reprit-elle. Le problème, c'est d'arriver à comprendre dans quelle mesure ce qui est arrivé à Clover a été de ma faute. Je sais que j'en suis en partie responsable – je me suis encore laissé emporter par la colère. Une fois de plus. D'après mon éducation religieuse, c'est à toi que je dois de démarrer au quart de tour, et c'est mon boulot de faire avec, mais je hais cette idée. Je ne la rejette pas complètement, mais je la hais. Cela me fait penser à ces mécaniciens qui, quand tu leur amènes ta voiture à réparer, trouvent toujours le moyen de te faire savoir que la panne est de ta faute. Vous l'avez fait trop tourner, pas assez, vous avez oublié de desserrer le frein à main, vous avez oublié de fermer les vitres et l'eau s'est mise dans le circuit électrique. Et tu sais le pire ? Si tu es bien le Grand Absent, je peux même dire que c'est en partie de ta faute. Qu'est-ce qu'il me reste ? La foutue génétique ? »

Elle soupira :

« Désolée pour le gros mot. Pourquoi pas faire semblant de croire qu'il n'a pas été prononcé ? C'était comme ça que fonctionnait ma mère. En attendant, j'ai une autre question : Comment je m'y prends, à présent ? Cette ville court à la catastrophe et j'aimerais faire quelque chose, sauf que je ne sais pas quoi. Je me sens stupide, faible, confuse. J'imagine que si j'étais l'un de ces prophètes de l'Ancien Testament, je te demanderais un signe. À ce stade, même CÉDEZ LE PASSAGE OU RALENTISSEZ ÉCOLE serait déjà pas mal. »

À peine avait-elle prononcé ces mots que la porte de l'église s'ouvrait, puis se refermait bruyamment. Piper regarda par-dessus son épaule, s'attendant presque à voir un ange avec tout son attirail, deux ailes et une robe aveuglante de blancheur. *Si tu veux que nous luttions, faudra d'abord me réparer le bras*, pensa-t-elle.

Ce n'était pas un ange : seulement Rommie Burpee. Un pan de sa chemise lui retombait presque jusqu'à mi-cuisse et il avait l'air à peu près aussi déprimé qu'elle. Il s'avança dans l'allée centrale, la vit et s'immobilisa, aussi surpris de découvrir Piper qu'elle de le voir.

« Ah, zut, dit-il. Je suis désolé, je savais pas que vous étiez là. Je r'viendrai plus tard.

— Non, dit-elle, se remettant laborieusement sur pied. J'ai terminé, de toute façon.

— En fait j'suis cath'lique (*sans déconner*, pensa Piper), mais il n'y a pas d'église cath'lique à Chester's Mill... comme vous le savez, vu que vous êtes pasteur... et vous connaissez le proverbe : en cas de tempête, le premier port est le bon. J'avais pensé venir ici pour dire une petite prière pour Brenda. J'ai toujours bien aimé cette femme. » Il passa une main sur sa joue mal rasée. Sa banane à la Elvis lui retombait sur l'oreille. « Je l'aimais, en fait. J'ai jamais rien dit, mais je crois qu'elle le savait. »

Piper le regardait, envahie d'un sentiment d'horreur grandissant. Elle n'était pas sortie du presbytère de la journée, et, si elle était au courant de ce qui était arrivé au Food City (plusieurs de ses paroissiens l'avaient appelée), elle ne savait rien de ce qui était arrivé à Brenda Perkins.

« Brenda ? *Brenda ?* Qu'est-ce que... ?

— Elle a été assassinée. D'autres aussi. Il paraît que c'est ce type, Barbie, qui a fait le coup. Il a été arrêté. »

Piper porta vivement une main à sa bouche et vacilla. Rommie se précipita et passa un bras autour de sa taille pour la retenir. Et ils étaient figés dans cette position, devant l'autel, ayant presque l'air d'un couple attendant la bénédiction nuptiale, lorsque la porte s'ouvrit à nouveau sur Jackie Wettington, suivie de Linda Everett et de Julia Shumway.

« Ce n'était peut-être pas une si bonne idée que ça, après tout », dit Jackie.

L'église était sonore, et bien qu'elle n'eût pas parlé fort, Piper et Rommie avaient parfaitement entendu.

« Ne partez pas, dit Piper. Pas si vous venez à cause de ce qui vient d'arriver. Je ne peux pas croire que Mr Barbara... jamais je ne l'aurais cru capable... Il m'a remis le bras en place quand il était déboîté. Il s'est montré d'une grande douceur. » Elle se tut, songeuse. « Aussi doux qu'il le pouvait, étant donné les circonstances. Avancez-vous. Je vous en prie, avancez-vous.

— Les gens peuvent vous arranger un bras luxé et être aussi des meurtriers », fit observer Linda.

Mais elle se mordait la lèvre et faisait tourner son alliance.

Jackie posa une main sur le poignet de sa collègue. « Nous ne devions pas en parler, Lin – t'as pas oublié ?

— De toute façon, c'est trop tard. Ils nous ont vues avec Julia. Si elle écrit un article et qu'eux disent qu'ils nous ont vues avec elle, on sera sanctionnées. »

Piper ne comprenait pas très bien de quoi parlait Linda, mais elle voyait en gros de quoi il retournait. Elle eut un grand geste du bras droit. « Vous êtes dans mon église, Mrs Everett, et ce qui sera dit ici restera ici.

— Vous me le promettez ? demanda Linda.

— Oui. Et si nous discutions ? Dans ma prière, je demandais un signe. Et vous êtes arrivées, toutes les trois.

— Je ne crois pas à ce genre de trucs, dit Jackie.

— Ni moi, à vrai dire, répliqua Piper en riant.

— Ça ne me plaît pas. » Jackie s'était adressée à Julia. « Elle a beau dire, cela fait trop de personnes.

Perdre mon boulot, comme Marty, c'est une chose. Je pourrais m'arranger, pour ce que je gagne. Mais avoir Jim Rennie contre moi... (Elle secoua la tête.) Ce n'est pas une bonne idée.

— Non, nous ne sommes pas trop. Juste le nombre qu'il faut, dit Piper. Êtes-vous capable de garder un secret, Mr Burpee ? »

Rommie Burpee, à qui il était arrivé de faire pas mal d'affaires douteuses, dans le temps, hocha affirmativement la tête et porta un doigt à ses lèvres. « Motus et bouche cousue, répondit-il.

— Allons dans le presbytère. » Comme Jackie hésitait, Piper tendit la main vers elle... avec beaucoup de prudence. « Venez, nous allons réfléchir ensemble. Peut-être en prenant un petit verre de whisky ? »

Cela acheva de convaincre Jackie.

3

31 BRÛLER PURIFIER BRÛLER PURIFIER
LA BÊTE SERA JETÉE DANS UN
LAC EN FEU (APOCALYPSE, 19, 20)
« POUR ÊTRE TOURMENTÉE JOUR & NUIT POUR TOUJOURS »
(20, 10)
BRÛLER LE MÉCHANT
PURIFIER LE SAINT
BRÛLER PURIFIER BRÛLER PURIFIER 31

31 UN JÉSUS DE FEU VIENT 31

Le camion du Service des travaux publics tournait au ralenti. Les trois hommes entassés dans la cabine étudiaient, perplexes, ce message énigmatique. Il avait été peint sur le bâtiment servant de remise, derrière les studios de WCIK, en noir sur rouge et en lettres si grandes qu'elles recouvraient presque toute la surface.

L'homme installé au milieu était Roger Killian, l'éleveur de poulets, le père de la portée de têtes creuses. Il se tourna vers Stewart Bowie, assis derrière le volant. « Qu'est-ce que ça veut dire, Stewie ? »

Ce fut Fernald Bowie qui répondit : « Ça veut dire que ce foutu Phil Bushey est plus cinglé que jamais, voilà ce que ça veut dire. » Il ouvrit la boîte à gants, en retira une paire de gants de travail pleins de graisse, révélant la présence d'un revolver de calibre 38. Il vérifia le barillet, le remit en place d'un mouvement sec du poignet et fourra l'arme dans sa ceinture.

« Tu sais, Fernie, lui dit Stewart, c'est un bon moyen de te faire sauter les coucougnettes.

— Ne t'inquiète pas pour moi, inquiète-toi pour lui », répondit Fern avec un geste vers le studio, d'où provenait, faiblement, de la musique gospel. « Il est shooté à mort depuis presque un an à force de taper dans ses réserves, et il est à peu près aussi stable que de la nitroglycérine.

— Phil aime bien qu'on l'appelle le Chef, maintenant », fit observer Roger Killian.

Ils avaient commencé par s'arrêter devant le studio et Stewart avait appuyé plusieurs fois sur le gros avertisseur du camion. Mais Phil Bushey ne s'était pas manifesté. Il se cachait peut-être ; ou peut-être errait-il dans les bois, derrière la station ; il était même possible, pensa Stewart, qu'il soit dans le labo. Parano. Dangereux. Le revolver n'était pas une bonne idée pour autant. Il se pencha, enleva l'arme de la ceinture de Fern et la rangea sous le siège du conducteur.

« Hé ! protesta Fern.

— Pas question que tu t'en serves ici, lui dit Stewart. Tu serais capable de nous faire tous sauter. » Il se tourna vers Roger. « Quand est-ce que tu as vu cet enfoiré pour la dernière fois ? »

Roger réfléchit à la question. « Doit faire quatre semaines, au moins – depuis la dernière grande livraison. Quand le gros hélicoptère Chinook est venu. »

Stewart réfléchit à son tour. Pas bon, ça. Si Bushey était dans les bois, pas de problème. S'il se planquait dans le studio, complètement parano, et qu'il les prenait pour des agents fédéraux, toujours pas de problème sans doute... à moins qu'il ne décide de faire une sortie avec son artillerie, bien sûr.

Mais s'il se trouvait dans la remise, là le problème *risquait* de devenir sérieux.

Stewart s'adressa à son frère : « Il y a plusieurs bouts de bois à l'arrière du camion. Du solide. Prends-en un. Si Phil rapplique et commence à faire le mariole, colle-lui-en une bonne.

— Et s'il a un pétard ? demanda Roger, tout à fait logiquement.

— Il n'en aura pas », répondit Stewart. Et s'il n'en était pas absolument sûr, il avait ses ordres : deux bonbonnes de propane à livrer d'urgence à l'hôpital. *Et nous allons y transporter les autres dès que nous pourrons*, lui avait dit Big Jim. *Officiellement, la fabrique de méth est fermée.*

C'était un soulagement ; quand ils se seraient sortis de cette histoire de Dôme, Stewart avait aussi l'intention de laisser tomber son affaire de croque-mort. Et d'aller se dorer la pilule dans un pays chaud, la Jamaïque ou la Barbade. Il ne voulait plus voir un seul cadavre. Mais il n'avait pas envie d'être celui qui dirait au « chef » Bushey qu'ils fermaient boutique, ce dont il avait informé Big Jim.

Laisse-moi m'occuper du Chef, lui avait répondu Big Jim.

Stewart contourna le bâtiment avec le gros camion orange et manœuvra pour se présenter à cul devant les portes de derrière. Il laissa tourner le moteur pour pouvoir utiliser le treuil et l'engin de levage.

« Regardez-moi ça », s'émerveilla Roger Killian. Il était tourné vers l'ouest, où le soleil descendait au milieu d'un inquiétant magma rougeâtre. Il allait bientôt passer derrière la grande souillure noire laissée par l'incendie de forêt et prendrait l'allure fantomatique d'une éclipse malpropre. « C'est pas incroyable, ce truc ?

— Arrête de lambiner, dit Stewart. Je ne veux pas traîner. Va te chercher un morceau de bois. Un solide. »

Fern passa par-dessus l'engin de levage et prit une pièce de bois qui avait à peu près la taille d'une batte de baseball. Il l'empoigna à deux mains et simula un lancer. « Ça devrait aller, dit-il.

— Une vraie marron-framboise », dit un Roger rêveur, pensant aux crèmes glacées Baskin-Robbins. Il était toujours tourné vers l'ouest, s'abritant les yeux de la main.

Stewart, qui était en train d'effectuer le processus compliqué de déverrouillage de la porte arrière (comprenant un clavier et deux serrures), s'arrêta le temps de demander à Roger ce qu'il racontait encore comme connerie.

« Trente et un parfums », répondit Roger. Il sourit, exhibant des dents pourries que n'avait jamais examinées Joe Boxer ni aucun autre dentiste.

Stewart ne comprenait rien à ce que racontait Roger, mais son frère avait suivi. « T'imagine pas que c'est une pub de crème glacée collée sur le Dôme, dit Fern. À moins qu'on trouve des Baskin-Robbins dans l'Apocalypse.

— La ferme, tous les deux, s'agaça Stewart. Fernie ? Tiens-toi prêt avec ton gourdin. » Il poussa le battant et regarda à l'intérieur. « Phil ?

— Appelle-le Chef, lui conseilla Roger. Comme le cuistot nègre dans *South Park*. C'est ça qui lui plaît.

— Chef ? T'es là, Chef ? »

Pas de réponse. Stewart tâtonna dans le noir, s'attendant plus ou moins à ce qu'on lui saisisse la main à tout moment, puis il trouva l'interrupteur. Il alluma, révélant un espace qui s'étendait sur les trois quarts de la longueur du bâtiment environ. Les parois étaient en planches non rabotées et jointoyées à l'aide de mousse isolante rose. Des bonbonnes et des bouteilles de propane de toutes tailles et marques remplissaient presque tout l'entrepôt. Il n'avait aucune idée de leur nombre mais, obligé de donner un chiffre, il aurait répondu entre quatre cents et six cents.

Stewart remonta lentement l'allée centrale, examinant les indications au pochoir sur les contenants. Big Jim lui avait dit exactement ceux qu'il fallait prendre, précisant qu'ils devaient se trouver près du fond, et par Dieu, ils y étaient. Il s'arrêta à la hauteur de cinq grosses bonbonnes de taille municipale portant l'inscription **CR HOSP**. Elles se trouvaient au milieu d'autres qui provenaient du bureau de poste et de l'école primaire de Chester's Mill.

« On doit en prendre deux, dit-il à Roger. Amène la chaîne que je les crochète. Fernie, va voir là-bas si la porte du labo est bien fermée. Sinon, donne deux tours de clef. » Il lança son trousseau à son frère.

Fern se serait passé de cette corvée, mais il était un cadet obéissant. Il s'engagea dans l'allée, entre les stocks de propane qui s'arrêtaient à trois mètres de la porte – et la porte, il en eut des palpitations, était entrouverte. Derrière lui il entendit le tintement de la chaîne, puis le gémissement du treuil et les claquements de la première bonbonne que Roger et Stewart traînaient jusqu'au camion. Ces bruits lui semblaient venir de très loin, surtout quand il imaginait le Chef accroupi derrière la porte, l'œil rouge, en plein délire. Complètement shooté, un TEC-9 semi-automatique à la main.

« Chef ? T'es là, mon pote ? »

Pas de réponse. Et bien qu'il n'eût pas à le faire – fallait qu'il soit lui aussi cinglé pour ça –, la curiosité l'emporta et il repoussa le battant avec son gourdin improvisé.

Les néons étaient branchés, mais sinon, cette partie de la remise du Christ Roi paraissait vide. Les vingt et quelques « fourneaux » – de gros grils électriques, disposant chacun de leur extracteur de fumée et de leur bouteille de gaz – étaient éteints. Les ballons, les béchers et les coûteuses fioles, tous étaient rangés sur les étagères. L'endroit empestait (avait toujours empesté et empesterait toujours, pensa Fern), mais on avait balayé le plancher et tout était parfaitement bien ordonné. Sur l'un des murs, on voyait un calendrier de

Rennie's Used Cars, toujours ouvert sur la page Août. *C'est probablement à cette époque que cet enfoiré a fini par perdre contact avec la réalité*, pensa Fern. *Depuis, c'est la dégringolade*. Il s'aventura un peu plus loin dans le labo. L'endroit avait fait d'eux des hommes riches, mais il ne lui avait jamais plu. Ça sentait trop comme la salle de préparation au sous-sol du salon funéraire.

Un lourd panneau d'acier isolait un coin de la pièce. Une porte s'ouvrait au milieu. C'était là qu'était stockée la production du Chef, Fern le savait ; du meth crystal non pas dans des sacs *Baggies* de cinq litres, mais carrément dans des sacs-poubelle extra-forts. Et pas de la merde, ce crystal. Jamais un accro des rues de New York ou de Los Angeles à la recherche d'un shoot ne verrait la couleur d'un produit pareil. Quand le local était plein, il en contenait suffisamment pour approvisionner tous les États-Unis pendant des mois, voire une année.

Pourquoi Big Jim l'a-t-il laissé en faire autant ? se demanda Fern. *Et pourquoi avons-nous suivi le mouvement ? À quoi on pensait ?* Il ne voyait pas à cette question d'autre réponse que la plus évidente : parce qu'ils en avaient eu la possibilité. La combinaison du génie de Bushey et des matières premières chinoises à bas prix les avait enivrés. De plus, les revenus finançaient la fondation de la CIK Corporation, laquelle accomplissait l'œuvre de Dieu le long de la côte Est. À la moindre objection, Big Jim se chargeait de le rappeler. Et il citait les Écritures : *Car l'ouvrier mérite salaire* (saint Luc) et *Tu ne musselleras point le bœuf quand il foule le grain* (Timothée, 1).

Fern n'avait jamais vraiment compris cette histoire de bœuf.

« Chef ? » Il s'avança encore un peu. « Mon pote ? »

Rien. Il leva les yeux et vit les galeries en bois brut qui couraient le long du bâtiment. Elles servaient au stockage, et les cartons qui s'y empilaient auraient beaucoup intéressé le FBI, la FDA[1] et l'ATF[2]. Il n'y avait personne là-haut, mais Fern crut apercevoir quelque chose qui lui parut nouveau : un cordon blanc accroché le long des garde-fous des deux galeries, retenu au bois par de grosses agrafes. Du fil électrique ? Et relié à quoi ? Est-ce que ce cinglé aurait installé d'autres fourneaux là-haut ? Mais dans ce cas, ils étaient invisibles. Le cordon paraissait trop gros pour alimenter du petit matériel, comme une télé ou un…

« Fern ! cria Stewart, le faisant sursauter. S'il n'est pas là, viens nous aider ! J'ai pas envie de traîner ici ! Il paraît qu'il va y avoir un point sur la situation à six heures et j'aimerais bien savoir s'ils n'ont pas trouvé quelque chose pour nous tirer de là ! »

À Chester's Mill, « ils » désignait de plus en plus n'importe qui du monde au-delà des limites de la ville.

Fern repartit sans regarder au-dessus de la porte, et donc sans voir à quoi étaient reliés ces nouveaux cordons électriques : une grosse brique d'un matériau blanc rappelant l'argile, posé sur sa propre petite étagère. De l'explosif.

La recette personnelle du Chef.

---
1. Food and Drug Administration.
2. Anti-Terrorism Force.

4

Tandis qu'ils revenaient vers la ville, Roger dit : « Halloween. Ça tombe aussi un 31.

— T'es un véritable puits de science », dit Stewart.

Roger tapota la tempe de son crâne à la forme bizarre. « J'engrange les choses. Je ne le fais pas exprès. C'est juste un don que j'ai. »

Stewart pensa : *La Jamaïque. Ou la Barbade. Un pays chaud, c'est sûr. Dès que le Dôme aura disparu. Je ne veux plus jamais revoir un Killian. Ni personne de ce patelin.*

« Il y a aussi trente et une cartes dans un jeu », dit Roger.

Fern le regarda : « Qu'est-ce que tu déco...

— Je blague, je me fous de toi, c'est tout », répondit Roger, avec un glapissement terrifiant qui donna mal à la tête à Stewart.

Ils arrivèrent à l'hôpital. Stewart vit une Ford Taurus grise sortir du parking.

« Hé, c'est notre Dr Rusty, dit Fern. Je parie qu'il va être content de récupérer ses trucs. Donne-lui un coup de klaxon, Stewie. »

Stewart klaxonna.

5

Quand les mécréants furent partis, le chef Bushey lâcha la télécommande de la porte du garage. Il avait observé les frères Bowie et Roger Killian depuis la fenêtre des toilettes, dans le studio. Il avait gardé son doigt sur le bouton pendant tout le temps qu'ils avaient passé dans la remise, fouillant dans ses affaires. S'ils étaient ressortis avec du produit, il aurait appuyé sur le bouton et fait sauter tout le bazar.

« C'est entre tes mains, mon Jésus, avait-il murmuré. Comme nous disions quand nous étions petits, j'veux pas, mais j'vais le faire. »

Et Jésus s'en était occupé. Le Chef avait senti qu'il le ferait, lorsqu'il avait entendu les voix de George Dow et des Gospel Tones sortir des haut-parleurs pour chanter, « Seigneur, comme tu prends soin de moi » : une impression authentique, un vrai signe divin. Ils n'étaient pas venus pour la came mais pour prendre deux malheureuses bonbonnes de propane.

Il suivit des yeux le départ du camion, puis se traîna sur l'allée qui reliait l'arrière du studio à l'installation combinant labo et aire de stockage. C'était *son* bâtiment, à présent, *son* crystal, du moins jusqu'à ce que Jésus vienne et prenne tout pour lui.

Pour Halloween, peut-être.

Ou peut-être avant.

Il fallait du coup penser à beaucoup de choses, et penser lui était plus facile, ces temps-ci, quand il était shooté.

Beaucoup plus facile.

6

Julia sirotait son petit verre de whisky, le faisant durer, mais les deux femmes flics descendirent le leur en une lampée héroïque. Si cela ne suffit pas à les enivrer, au moins leur langue se délia-t-elle.

« Le fait est que je suis horrifiée », avoua Jackie Wettington. Elle parlait les yeux baissés, jouant avec son verre vide, mais lorsque Piper lui proposa de le remplir, elle secoua la tête. « Tout cela ne serait jamais arrivé si Duke était encore vivant. Je n'arrête pas de revenir à ça. Même s'il avait eu des raisons de penser que Barbara avait tué sa femme, il aurait respecté la procédure. Il était comme ça. Quant à permettre au père d'une victime de descendre dans les cellules pour une confrontation avec l'auteur du crime – jamais de la vie ! » Linda acquiesçait, d'accord avec sa collègue. « Du coup, j'ai peur de ce qui pourrait arriver à ce garçon. Et aussi…

— Si cela peut arriver à Barbie, la chose pourrait arriver à d'autres, hein ? » dit Julia.

Jackie hocha la tête. Se mordilla la lèvre. Joua avec son verre. « Si jamais un truc pareil lui arrive – pas forcément un truc aussi atroce qu'un lynchage en règle, juste un accident dans sa cellule –, je ne suis pas sûre de pouvoir remettre cet uniforme. »

Les inquiétudes de Linda étaient plus simples et plus directes. Son mari croyait Barbie innocent. Dans l'émoi provoqué par la fureur (révulsée qu'elle était par ce qu'elle avait découvert dans l'arrière-cuisine des McCain), elle avait rejeté cette idée – les plaques militaires de Barbie s'étaient bel et bien retrouvées dans la main grise et raide d'Angie McCain. Mais plus elle y pensait, plus elle se sentait mal à l'aise. En partie parce qu'elle respectait le jugement de son mari mais aussi parce que Barbie avait crié quelque chose juste avant de se faire asperger de gaz lacrymo par Randolph : *Dites à votre mari d'examiner les corps ! Il* doit *examiner les corps !*

« Et il y a autre chose, reprit Jackie. On ne balance pas du gaz lacrymo sur un détenu juste parce qu'il crie. J'ai connu des samedis soir, en particulier après les grands matchs, où on se serait cru au zoo à l'heure du repas. On les laissait simplement crier. Ils finissaient par se fatiguer et par s'endormir. »

Lorsque Jackie se tut, Julia se tourna vers Linda : « Répétez-moi ce qu'a dit Barbie.

— Il voulait que Rusty examine les corps, en particulier celui de Brenda Perkins. Il a dit qu'ils ne seraient pas à l'hôpital. *Ça*, il le savait. Et ils sont effectivement au salon funéraire, ce qui n'est pas normal.

— Foutrement marrant, c'est sûr ! s'exclama Rommie, s'il s'agit d'assassinats ! Désolé pour le gros mot, rév. »

Piper rejeta l'excuse d'un mouvement désinvolte de la main. « Si Barbie les a vraiment tués, j'ai du mal à comprendre que son souci le plus pressant soit de faire examiner les corps. Alors que dans le cas contraire, il peut penser qu'une autopsie pourrait l'innocenter.

— Brenda était la victime la plus récente, dit Julia. C'est bien ça ?

— Oui, répondit Jackie. Elle était au début du stade *rigor mortis*. C'est en tout cas l'impression que j'ai eue.

— Je confirme, dit Linda. Et, étant donné que la rigidité cadavérique commence à se mettre en place environ trois heures après la mort, Brenda est probablement morte entre quatre et huit heures du matin. Plus près de huit heures, je dirais, mais je ne suis pas médecin. » Elle soupira et se passa une main dans les cheveux. « Rusty non plus, c'est vrai, mais il aurait pu le déterminer beaucoup plus précisément si on avait fait appel à lui. Personne n'y a pensé. Moi y compris.

J'étais tellement paniquée... il y avait tellement de choses qui se produisaient en même temps... »

Jackie repoussa son verre. « Dites-moi, Julia. Vous étiez bien avec Barbie au supermarché, ce matin, non ?

— Oui.

— C'était un peu après neuf heures et c'est à ce moment-là que la pagaille a commencé. C'est ça ?

— Oui.

— Qui était le premier sur place, vous ou lui ? »

Julia ne s'en souvenait pas, mais son impression était qu'elle était la première – que Barbie était arrivé plus tard, peu de temps après Rose Twitchell et Anson Wheeler.

« On a fini par les calmer, dit-elle, mais c'est lui qui nous a montré comment nous y prendre. Grâce à lui, on a sans doute eu moins de blessés sérieux que ce qu'on aurait pu avoir. Je n'arrive pas à faire cadrer ça avec ce que vous avez trouvé dans cette arrière-cuisine. Avez-vous une idée de l'ordre dans lequel ont eu lieu les décès ? Celui de Brenda était le dernier ?

— Angie et Dodee en premier, dit Jackie. L'état de décomposition était moins avancé pour Coggins.

— Qui les a trouvés ?

— Junior Rennie. Il a été pris de soupçons lorsqu'il a vu la voiture d'Angie dans le garage. Mais ce n'est pas important. L'important, c'est *Barbara*. Êtes-vous certaine qu'il est arrivé après Rose et Anse ? Parce que du coup, ce n'est pas bon pour lui.

— J'en suis sûre, parce qu'il n'était pas dans la fourgonnette de Rose. Ils n'ont été que deux à en descendre. Si l'on part de l'idée qu'il n'était pas occupé à tuer des gens, où pouvait-il... ? » Mais c'était évident. « Piper, je peux téléphoner ?

— Bien sûr. »

Julia consulta l'annuaire local, trouva rapidement ce qu'elle cherchait et appela le restaurant sur le portable de Piper. L'accueil de Rose fut cassant : « Nous sommes fermés jusqu'à nouvel ordre. Une bande de trous-du-cul a arrêté mon cuisinier.

— Rose ? C'est Julia Shumway.

— Oh, Julia. » Le ton de Rose parut se radoucir un peu. « Qu'est-ce que vous voulez ?

— J'essaie d'établir un emploi du temps qui pourrait constituer un alibi pour Barbie. Ça vous intéresse, de me donner un coup de main ?

— Évidemment ! L'idée que Barbara aurait pu assassiner ces gens est totalement grotesque ! Que voulez-vous savoir ?

— S'il était au restaurant lorsque l'émeute a commencé à Food City.

— Bien sûr, répondit Rose d'un ton perplexe. Où aurait-il pu se trouver, tout de suite après le petit déjeuner ? Quand je suis partie avec Anson, il était en train de nettoyer les grils. »

7

Le soleil descendait sur l'horizon et, les ombres s'allongeant, Claire McClatchey devenait de plus en plus nerveuse. Finalement, elle passa dans la cuisine pour faire ce qu'elle n'avait cessé de remettre à plus tard : prendre le téléphone portable de son mari (qu'il avait oublié d'emporter samedi matin, comme une fois sur deux) et appeler son portable personnel. Elle était terrifiée à l'idée qu'il allait sonner quatre fois et qu'elle entendrait alors sa propre voix, gaie et pleine d'entrain, enregistrée avant que la ville dans laquelle elle vivait ne fût devenue une prison aux barreaux invisibles. *Bonjour, vous êtes sur le répondeur de Claire. Ayez la gentillesse de laisser un message après le bip.*

Et qu'est-ce qu'elle allait dire ? *Joey, rappelle-moi si tu n'es pas mort ?*

Elle tendit les doigts vers le clavier, puis hésita. *N'oublie pas, s'il ne répond pas la première fois, c'est parce qu'ils sont à bicyclette et qu'il n'aura pas le temps de fouiller dans son sac à dos avant la quatrième sonnerie. Il sera prêt, la deuxième fois, parce qu'il saura que c'est toi.*

Mais si elle tombait sur la boîte vocale, la deuxième fois ? Et la troisième ? Quelle idée, de l'avoir laissé partir pour cette expédition ! Elle avait été folle.

Elle ferma les yeux et vit une image de cauchemar d'une parfaite précision : les poteaux téléphoniques et les vitrines de Main Street placardés d'affichettes avec les photos de Joe, Benny et Norrie ayant le même air que tous les gosses dont on voyait la photo dans les aires de repos des autoroutes, au-dessus d'un texte se terminant toujours par VUS POUR LA DERNIÈRE FOIS LE…

Elle rouvrit les yeux et composa rapidement le numéro, avant de ne plus en avoir le courage. Elle préparait déjà son message – *je vais rappeler dans dix secondes et cette fois, t'auras intérêt à décrocher, mon gaillard* – mais elle fut prise de court lorsque son fils répondit, avant la fin de la première sonnerie.

« M'man, hé, m'man ! » Vivant et mieux que vivant : débordant d'excitation, d'après le son de sa voix.

Où es-tu ? essaya-t-elle de dire, mais sur le coup, rien ne put sortir de sa gorge. Pas un mot. Elle avait les jambes en coton ; elle dut s'adosser au mur pour ne pas tomber.

« M'man ? T'es là ? »

Elle entendit, en fond sonore, le bruit feutré d'une voiture qui passait et la voix, lointaine mais claire, de Benny qui hélait quelqu'un : « Dr Rusty ! Ouais ! Mec, ça boume ? »

Elle parvint finalement à retrouver la parole : « Oui, je suis là. Où êtes-vous ?

— En haut de Town Common Hill. J'allais t'appeler parce qu'il commence à faire nuit. Pour te dire de pas t'en faire. Et le téléphone a sonné. »

Voilà qui ajoutait une pierre de plus dans le jardin des reproches parentaux, non ? *En haut de Town Common Hill. Ils seront ici dans dix minutes. Benny a probablement voulu acheter encore de quoi manger. Merci mon Dieu !*

Norrie parlait à Joe. *Dis-lui, dis-lui,* quelque chose comme ça. Puis ce fut de nouveau la voix de son fils, jubilant si bruyamment qu'elle dut écarter un peu l'appareil : « Je pense qu'on l'a trouvé, m'man ! J'en suis presque certain ! C'est dans l'ancien verger, en haut de Black Ridge !

— Trouvé quoi, Joey ?

— Je veux pas sauter trop vite aux conclusions, mais c'est probablement le truc qui génère le Dôme. Faut que ce soit ça. On a vu une balise, comme celles qu'on met en haut des émetteurs de radio pour les avions, sauf qu'elle était posée sur le sol et violette au lieu de rouge. On ne s'est pas approchés assez pour voir autre chose. On est tombés tous les trois dans les pommes. Quand on s'est réveillés, on allait bien mais il commençait à être t...

— Dans les *pommes* ? s'écria Claire. Qu'est-ce que ça veut dire, ça, dans les pommes ? Rentre à la maison ! Rentre tout de suite à la maison que je t'examine !

— Tout va bien, m'man, dit Joe d'une voix apaisante. Je crois que c'est comme... tu sais, quand les gens qui touchent le Dôme pour la première fois ressentent un petit choc. Je crois que c'est comme ça. Je crois qu'on s'évanouit la première fois et qu'ensuite on est immunisé, en quelque sorte. Bon pour le service. C'est aussi ce que pense Norrie.

— Je me fiche de ce qu'elle pense et de ce que tu penses, mon gaillard ! Tu rappliques tout de suite à la maison, que je puisse voir que tu vas bien, ou ce sont tes fesses qui vont être immunisées !

— D'accord, mais il faut qu'on parle avec ce type, Barbara. C'est lui qui a pensé le premier au coup du compteur Geiger et il avait raison sur toute la ligne, bon sang ! Et avec le Dr Rusty, aussi. Il vient juste de passer en voiture. Benny lui a fait signe, mais il ne s'est pas arrêté. On va lui demander de venir à la maison avec Mr Barbara, d'accord ? Faut prévoir la suite.

— Joe... Mr Barbara est... »

Claire s'arrêta. Allait-elle dire à son fils que Mr Barbara – que certains avaient commencé à appeler le colonel Barbara – avait été arrêté et inculpé de quatre meurtres ?

« Quoi ? Qu'est-ce qui lui est arrivé ? » demanda Joe. Ses intonations triomphales avaient laissé place à l'inquiétude. Sans doute devinait-il ses humeurs aussi bien qu'elle devinait les siennes. Et il avait manifestement mis beaucoup d'espoir en Barbara ; Benny et

Norrie aussi, sans doute. Elle n'avait pas le droit de les priver d'une telle information (même si elle aurait préféré), mais elle n'était pas obligée de la leur donner par téléphone.

« Rentrez à la maison, dit-elle, nous en parlerons. Et, Joe… je suis terriblement fière de toi. »

8

Jimmy Sirois mourut en fin d'après-midi, pendant que Joe l'Épouvantail et ses amis pédalaient comme des forcenés vers la ville.

Rusty, assis dans le hall d'entrée, avait passé un bras autour de Gina Buffalino et la laissait pleurer contre son épaule. Naguère, il se serait senti extrêmement mal à l'aise de tenir ainsi dans ses bras une jeune fille d'à peine dix-sept ans, mais les temps avaient changé. Il suffisait de voir ce hall d'accueil – à présent éclairé par des lanternes chuintantes, et non par la lumière généreuse et paisible des néons – pour comprendre qu'en effet les temps avaient changé. L'établissement était devenu le palais des ombres.

« Ce n'est pas de ta faute, lui disait-il. Ce n'est pas de ta faute, ce n'est pas de la mienne, même pas de la sienne. Il n'a pas demandé à souffrir du diabète. »

N'empêche, Dieu le savait bien, que des gens arrivaient à vivre des années avec cette maladie. Des gens qui faisaient attention à eux. Jimmy, qui vivait plus ou moins en ermite sur la God Creek Road, n'en avait pas fait partie. Lorsqu'il s'était enfin décidé à venir au centre de soins – jeudi dernier, en fait – il n'avait même pas été capable de descendre de voiture ; si bien qu'il avait klaxonné jusqu'à ce que Ginny sorte voir qui faisait tout ce tapage et pourquoi. Lorsque Rusty avait retiré son pantalon au vieux Jimmy, il avait vu que sa jambe droite était d'un bleu froid très suspect. Même si Jimmy s'en était sorti, les dégâts sur son système nerveux auraient été irréversibles.

« Ça fait pas mal du tout, doc », avait déclaré Jimmy au Dr Haskell, juste avant de sombrer dans le coma. Il n'avait cessé d'en sortir et d'y retomber depuis, tandis que l'état de sa jambe empirait. Rusty retardait l'amputation tout en sachant qu'il faudrait en venir là, s'il voulait avoir une chance de sauver Jimmy.

Lorsque arriva la coupure d'électricité, son intraveineuse continua à délivrer ses antibiotiques à Jimmy. Mais les systèmes de dosage s'étaient arrêtés, rendant impossible d'ajuster les quantités avec précision. Pire, les appareils de contrôle qui surveillaient son cœur et réglaient son débit d'oxygène tombèrent en rideau. Rusty avait débranché le respirateur, posé un masque sur le visage du vieil homme et donné un cours de rattrapage à Gina sur l'art de faire fonctionner cet appareil ambulatoire. Elle s'en était très bien sortie, se montrant des plus minutieuses, ce qui n'avait cependant pas empêché Jimmy de mourir vers six heures de l'après-midi.

Et maintenant elle était inconsolable.

Elle leva vers lui son visage noyé de larmes. « Vous êtes sûr que je ne lui en ai pas trop donné ? Ou alors pas assez ? Que je ne l'ai pas étouffé… et tué ?

— Oui, j'en suis sûr. Jimmy serait mort, de toute façon, au moins cela lui aura-t-il évité une terrible amputation.

— Je crois que je pourrai jamais refaire un truc pareil, dit-elle en se remettant à pleurer. C'est *affreux*, maintenant. »

Rusty ne savait trop comment réagir, mais il n'en eut pas besoin. « Ça va aller, fit à ce moment-là une voix rauque. Faudra bien, mon chou, parce que nous avons besoin de toi. »

C'était Ginny Tomlinson, qui remontait le hall vers eux à pas lents.

« Tu ne devrais pas être debout, lui fit remarquer Rusty.

— Sans doute pas », admit Ginny, s'asseyant avec un soupir de soulagement à côté de Gina. Disparaissant sous les bandes d'adhésif, son nez la faisait ressembler à un goal de hockey après une partie difficile. « Mais je reprends tout de même le service.

— Demain, peut-être…, commença Rusty.

— Non, tout de suite. » Elle prit la main de Gina. « Et toi aussi, mon chou. Quand j'étais à l'école d'infirmières, il y avait une vieille prof qui disait qu'on avait le droit de partir une fois le sang séché et le rodéo terminé.

— Et si jamais je me trompe ? murmura Gina.

— Ça arrive à tout le monde. Le tout, c'est d'éviter que ce soit trop souvent. Mais je vais vous aider. Toi et Harriet. Alors, qu'est-ce que tu en penses ? »

Gina étudia, dubitative, le visage enflé de Ginny, des dégâts accentués par la vieille paire de lunettes de rechange dont elle s'était affublée. « Vous êtes sûre que vous allez pouvoir, Ms Tomlinson ?

— Tu m'aides, je t'aide. Ginny et Gina, les deux battantes. »

Elle leva un poing. Avec un petit sourire forcé, Gina le heurta du sien.

« Et patati et patata, très Technicolor, dit Rusty, mais si tu commences à t'évanouir, trouve-toi un lit et allonge-toi un moment. Ordre du Dr Rusty. »

Ginny grimaça – quand elle souriait, ses lèvres tiraient sur les ailes de son nez. « Un lit ? Mais non. Je vais squatter l'ancienne couchette de Ron Haskell dans son local. »

Le téléphone de Rusty sonna. Il fit signe aux deux femmes de le laisser. Elles s'éloignèrent en continuant de parler, Gina tenant Ginny par la taille.

« Eric à l'appareil.

— C'est la femme d'Eric, fit une voix étouffée. Elle appelle pour s'excuser auprès d'Eric. »

Rusty se rendit dans une salle d'examen inoccupée et referma la porte. « Les excuses ne sont pas nécessaires, répondit-il, sans en être tout à fait convaincu. L'énervement, c'est tout. Ils l'ont relâché ? » La question lui paraissait parfaitement raisonnable, étant donné le Barbie qu'il commençait à connaître.

« Je préférerais ne pas en discuter au téléphone. Peux-tu venir à la maison, mon chéri ? S'il te plaît... Il faut que nous parlions. »

Rusty se dit qu'il le pouvait, en fait. Il avait eu un patient dans un état critique et celui-ci venait de simplifier considérablement sa vie professionnelle en passant l'arme à gauche. Et s'il était soulagé de pouvoir de nouveau parler à la femme de sa vie, il n'aimait pas trop la prudence qu'il entendait dans sa voix.

« Oui, je peux, mais pas longtemps. Ginny est de nouveau sur pied, sauf que si je ne la surveille pas, elle va encore vouloir trop en faire. Pour le dîner ?

— Oui. » Elle paraissait soulagée. Rusty s'en réjouit. « Je vais décongeler de la soupe de poulet. On a intérêt à vider le congélateur, tant qu'on a du courant.

— Une dernière chose. Crois-tu toujours Barbie coupable ? T'occupe pas de ce que pensent les autres. Ton avis à toi ? »

Il y eut un long silence. Puis elle répondit : « Nous en parlerons quand tu seras là. » Sur quoi, elle raccrocha.

Rusty se tenait les fesses appuyées contre la table d'examen. Il garda le téléphone un moment dans sa main, puis enfonça le bouton rouge. Il y avait beaucoup de choses dont il n'était pas sûr, pour l'instant, mais une, en revanche, lui paraissait certaine : sa femme pensait que leur conversation était peut-être écoutée. Par qui ? Par l'armée ? Par la Sécurité intérieure ?

Par Big Jim Rennie ?

« Ridicule », dit Rusty à la pièce vide. Sur quoi il alla trouver Twitch et l'avertit qu'il quittait l'hôpital un moment.

9

Twitch accepta de garder Ginny à l'œil et de veiller à ce qu'elle n'en fasse pas trop, mais il demanda en échange à Rusty, avant de partir, de bien vouloir examiner Henrietta Clavard, qui avait été blessée pendant la mêlée au supermarché.

« Qu'est-ce qui lui est arrivé ? » demanda Rusty, craignant le pire. Certes, Henrietta était solide et en forme, mais quatre-vingt-quatre ans, c'est quatre-vingt-quatre ans.

« Elle m'a dit – je la cite : *J'ai pris un gadin. L'une de ces garces de sœurs Mercier m'a cassé mon foutu cul.* Elle fait allusion à Carla Mercier. Aujourd'hui Carla Venziano.

— Exact, dit Rusty, qui murmura ensuite, de but en blanc : c'est une petite ville et nous soutenons tous l'équipe. Alors, elle a quoi ?

— Quoi, elle a quoi, *sensei* ?

— Fracture du coccyx ?

— Je ne sais pas. Elle n'a pas voulu me le montrer. Elle m'a dit, et je la cite encore : *Je ne montrerai ma lune fendue en deux qu'à un œil professionnel.* »

Ils éclatèrent de rire, s'efforçant sans succès de se retenir.

De derrière la porte fermée monta la voix éraillée de la vieille dame : « C'est mon cul qu'est cassé, pas mes oreilles. Je vous ai entendus, les gars ! »

Rusty et Twitch s'esclaffèrent de plus belle. Le visage de Twitch prit une inquiétante nuance rouge vif.

De l'autre côté de la porte, la même voix monta de nouveau : « Si c'était votre cul, les p'tits gars, vous rigoleriez moins. »

Rusty entra, souriant toujours. « Désolé, Mrs Clavard. »

Elle se tenait debout et, au grand soulagement de Rusty, elle souriait aussi. « Faut bien qu'il y ait quelque chose de marrant dans cette histoire à la noix. Pourquoi pas moi, hein ? (Elle parut réfléchir.) Sans compter que moi aussi, je barbotais des trucs, comme les autres. Je l'ai sans doute bien mérité. »

10

Il s'avéra que si le derrière d'Henrietta était couvert de bleus, elle n'avait rien de cassé. Rusty lui donna une crème analgésique, se fit confirmer qu'elle avait bien de l'Advil chez elle et la renvoya, traînant la patte mais satisfaite. Aussi satisfaite, en tout cas, qu'une dame de son âge et de son tempérament pouvait l'être.

Lors de sa deuxième tentative pour prendre la tangente, soit un quart d'heure après le coup de fil de Linda, Harriet Bigelow l'intercepta à la porte donnant sur le parking. « Ginny m'a demandé de vous dire que Sammy Bushey est partie.

— Partie où ? demanda Rusty.

— On sait pas. Elle est juste partie.

— Elle est peut-être allée au Sweetbriar manger quelque chose. J'espère que c'est ça, parce que si jamais elle a décidé de rentrer chez elle à pied, il y a des chances que ses points lâchent. »

Harriet prit un air inquiet. « Est-ce qu'elle pourrait, euh, saigner à mort ? Saigner à mort de sa foufounette … ça serait affreux. »

Rusty avait entendu toutes sortes de noms pour désigner le vagin, mais celui-ci était nouveau pour lui. « Probablement pas, mais elle pourrait se trouver obligée de rester beaucoup plus longtemps ici. Et le bébé ? »

Harriet prit un air désespéré. C'était une fille très sérieuse, qui avait une manière distraite, bien à elle, de cligner des yeux derrière les verres épais de ses lunettes quand elle était nerveuse ; le genre de fille, pensa Rusty, capable de s'offrir une dépression nerveuse quinze ans après être sortie major de la plus prestigieuse université américaine.

« Le bébé ! *Oh-mon-Dieu*, Little Walter ! » Elle s'élança vers le fond du hall avant que Rusty ait pu l'arrêter et revint bientôt, l'air soulagé. « Il est toujours là. Pas très remuant, mais on dirait que c'est sa nature.

— Alors elle va probablement revenir. Quels que soient ses problèmes, elle aime son petit garçon. À sa manière désinvolte.

— Quoi ? »

Nouvelle série de clignements d'yeux syncopés.

« Laisse tomber. Je reviens dès que je peux, Harriet. Surtout, garde ton tempo.

— Que je garde quoi ? »

Ses paupières paraissaient sur le point de prendre feu.

« Chôme pas », dit-il.

Harriet parut soulagée. « Ça, c'est dans mes cordes, Dr Rusty, pas de problème. »

Rusty se tournait déjà pour partir, mais il y avait un homme qui se tenait là, devant lui ; mince, d'une certaine allure, si l'on ne s'attardait pas trop sur le nez en bec d'aigle, une belle chevelure grisonnante retenue en catogan. Il faisait un peu penser à feu Timothy Leary. Rusty commençait à se demander s'il allait pouvoir quitter un jour l'hôpital.

« Je peux vous aider, monsieur ?

— En réalité, je pensais que c'était peut-être moi qui pourrais vous aider. » Il tendit une main osseuse. « Thurston Marshall. Ma collègue et moi nous passions notre week-end à Chester Pond, et nous avons été coincés par ce truc.

— Désolé pour vous, dit Rusty.

— Il se trouve que j'ai une certaine expérience médicale. J'étais objecteur de conscience pendant le désastre du Vietnam. J'avais pensé aller au Canada, mais j'avais d'autres plans et... bon, bref, je me suis engagé dans une unité médicale et j'ai été aide-soignant pendant deux ans à l'hôpital des anciens combattants du Massachusetts. »

C'était intéressant. « À Edith-Nourse-Rogers ?

— Exactement. Mes connaissances doivent un peu dater, mais...

— Mr Marshall, j'ai un boulot pour vous. »

11

Il entendit un coup de klaxon tandis qu'il roulait sur la 119. Il jeta un coup d'œil dans son rétroviseur et vit l'un des camions des travaux publics de la ville qui s'apprêtait à s'engager dans la rue de l'hôpital. C'était difficile à dire, dans la lumière rouge du soleil couchant, mais il crut reconnaître Stewart Bowie au volant. Ce qu'il vit à son deuxième coup d'œil, cependant, lui réjouit le cœur : il y avait apparemment deux bonbonnes de propane sur la plate-forme du camion. Il s'inquiéterait plus tard de savoir d'où elles provenaient et peut-être poserait-il même quelques questions, mais pour l'instant, il était simplement soulagé à l'idée que la lumière allait revenir et que les appareils d'aide respiratoire et les écrans de contrôle reprendraient bientôt du service. Ça ne durerait peut-être pas, mais il était en mode intégral *à-chaque-jour-suffit-sa-peine*.

En haut de Town Common Hill, il aperçut un ancien patient, le jeune skater Benny Drake, et deux de ses copains. L'un d'eux était le fils McClatchey, celui qui avait eu l'idée de filmer en vidéo l'essai du missile. Benny agita la main et cria, souhaitant manifestement que Rusty s'arrête pour tailler une bavette. Rusty lui rendit son salut mais ne ralentit pas. Il lui tardait de retrouver Linda. Et aussi de savoir ce qu'elle avait à lui dire, bien entendu, mais avant tout il voulait la voir, la prendre dans ses bras et finir de se réconcilier avec elle.

12

Barbie avait envie de pisser mais il se retint. Il avait participé à des interrogatoires en Irak et il savait comment ça se passait là-bas. Il ignorait s'il en irait de même ici, aujourd'hui, mais tout était possible. Les choses bougeaient très vite, et Big Jim pratiquait, avec une habileté impitoyable, l'art de l'adaptation. Comme la plupart des démagogues de talent, il ne sous-estimait jamais la capacité du public qu'il ciblait à accepter l'absurde.

Barbie avait aussi très soif, et il ne fut pas surpris lorsque l'un des nouveaux flics rappliqua, tenant un verre d'eau dans une main et une feuille et un stylo dans l'autre. Oui, c'était ainsi que se passaient les choses ; ainsi qu'elles se passaient à Falludjah, à Tikrit, à Hilla, à Mossoul et à Bagdad. Et ainsi qu'elles se passaient à présent à Chester's Mill, apparemment.

Le nouveau flic était Junior Rennie.

« Hé, regarde-toi un peu, dit Junior. T'as plus tellement l'air prêt à cogner les types avec des coups en traître de l'armée, on dirait. » Il leva la main qui tenait la feuille de papier et se frotta la tempe avec le bout des doigts. Le papier bruissa.

« T'as pas l'air tellement en forme, toi non plus. »

Junior abaissa sa main. « Je me sens comme un charme. »

Voilà qui était bizarre, songea Barbie ; les gens disaient *je me porte comme un charme* ou *je me sens en pleine forme*, mais personne, à sa connaissance, ne disait *je me sens comme un charme*. Cela ne voulait sans doute rien dire, mais…

« T'es sûr ? T'as un œil tout rouge.

— Je pète la super-forme. Et je ne suis pas venu ici pour parler de moi. »

Barbie, qui savait pour quelle raison Junior était là, demanda : « C'est de l'eau ? »

Junior regarda le verre comme s'il avait oublié qu'il le tenait. « Ouais. Le chef a dit que t'aurais peut-être soif. Soif un mardi soif, hé-hé. » Il rit bruyamment, comme si cette absurdité était la chose la plus drôle jamais sortie de sa bouche. « T'en veux ?

— Oui, merci. »

Junior tendit le verre. Barbie tendit la main. Junior ramena le verre à lui. Évidemment. C'était comme ça que ça se passait.

« Pourquoi tu les as tués, tous ? Je suis curieux, *Baaarbie*. Angie voulait plus baiser ? Puis quand t'as essayé avec Dodee, tu t'es rendu compte qu'elle faisait plus dans le broute-chatte que dans le suce-queue ? Et peut-être que Coggins a vu quelque chose qu'il n'aurait pas dû voir, hein ? Et Brenda… elle a dû avoir des soupçons. Pourquoi pas ? Elle était flic, elle aussi. Par injection ! »

Junior se mit à glousser, mais sous l'humour apparent, il n'y avait rien sinon quelqu'un qui guettait sa proie. Et de la souffrance aussi. Barbie en était convaincu.

« Quoi ? Rien à dire ?

— Si. J'aimerais boire. J'ai soif.

— Ouais, je veux bien te croire. Ce gaz lacrymo, c'est une saloperie, hein ? Si j'ai bien compris, t'as été en Irak. C'était comment ?

— Chaud. »

Junior gloussa à nouveau. Une partie de l'eau du verre se renversa sur son poignet. Sa main ne tremblait-elle pas un peu ? Et son œil enflammé coulait. *Qu'est-ce qui va de travers chez toi, Junior ? La migraine ? Autre chose ?*

« T'as tué des gens ?

— Seulement avec ma cuisine. »

Junior sourit, genre, *elle est bonne, elle est bonne.* « T'as jamais été cuistot là-bas, *Baaarbie*. Tu étais officier de liaison. C'est comme ça qu'était décrit ton boulot, en tout cas. Mon père a cherché sur Internet. Il n'y pas grand-chose, mais tout de même… Il pense que tu conduisais des interrogatoires. Et peut-être même que tu as participé à des opérations secrètes. T'aurais pas été une sorte de Jason Bourne ? »

Barbie garda le silence.

« Allez, dis-moi, t'as pas tué des gens ? Ou alors, je devrais plutôt demander : *combien* de gens t'as tués ? Sans compter ceux que tu as zigouillés ici. »

Barbie garda le silence.

« Bon Dieu, je parie que cette eau est bonne. Je l'ai prise dans la glacière, en haut. »

Barbie garda le silence.

« Vous autres, vous êtes revenus avec toutes sortes de problèmes. En tout cas, c'est ce qu'ils racontent à la télé. Vrai ou faux ? »

Ce n'est pas la migraine qui provoque ça. Du moins, pas la migraine telle que je la connais.

« À quel point as-tu mal à la tête, Junior ?

— J'ai pas mal du tout.

— Depuis combien de temps as-tu des migraines ? »

Junior posa soigneusement le verre sur le sol. Il portait une arme, ce soir. Il la tira et la pointa entre les barreaux sur Barbie. Le canon tremblait légèrement. « T'as envie de continuer à jouer au docteur ? »

Barbie regarda le pistolet. Le pistolet n'entrait pas dans le scénario, il en était certain ; Big Jim avait des plans pour lui, des plans pas du tout réjouissants, mais qu'il soit descendu dans sa cellule alors que n'importe qui pouvait se précipiter au sous-sol et constater qu'il était encore derrière les barreaux et sans arme, voilà qui n'en faisait pas partie. Sauf qu'il n'était pas du tout sûr que Junior allait respecter le scénario, car Junior était malade.

« Non, dit-il, j'ai fini. Désolé.

— Ouais, t'es désolé, d'accord. Un désolant sac de merde. » Junior, cependant, paraissait satisfait. Il rengaina son arme et reprit le verre d'eau. « Mon hypothèse, c'est que t'es revenu complètement cinglé après ce que tu as vu et fait là-bas. Tu sais ? PTSS, PTSD, STD[1] et tout le tremblement. Mon hypothèse, c'est que t'as pété les plombs. C'est pas ça ? »

---

1. Respectivement : Syndrome de stress post-traumatique, Désordres et stress post-traumatique, Maladies sexuellement transmissibles.

Barbie garda le silence.

La réponse ne paraissait pas vraiment intéresser Junior, de toute façon. Il tendit le verre à travers les barreaux. « Prends-le. »

Barbie tendit la main, pensant que l'autre allait retirer le verre de nouveau, mais il le lui donna. Il prit une gorgée prudente. Ni fraîche ni buvable.

« Vas-y, l'encouragea Junior. Je n'y ai mis que la moitié de la salière, tu dois pouvoir faire avec, non ? Tu sales bien ta soupe, hein ? »

Barbie se contenta de regarder Junior.

« Tu sales pas ta soupe ? Tu la sales pas, espèce d'enfoiré ? »

Barbie tendit le verre à travers les barreaux.

« Garde-le, garde-le, dit Junior d'un ton magnanime. Et prends ça, aussi. » Il fit passer le papier et le stylo entre les barreaux. Barbie les prit et examina le papier. C'était à peu de chose près ce à quoi il s'était attendu. Il y avait, en bas, un emplacement réservé à sa signature.

Il voulut le lui rendre. Junior recula d'un pas presque dansant. Il souriait et secouait la tête. « Garde ça aussi. Mon père m'a dit que tu ne signerais pas tout de suite, mais que tu réfléchirais. Et que tu réfléchirais aussi à un verre d'eau bien fraîche sans sel dedans. Et à de la nourriture. Un bon vieux cheeseburger. Peut-être un Coca. Il y en a des bien froids dans le frigo. Et une bonne crème glacée, hein, ça te dirait pas ? »

Barbie garda le silence.

« Tu sales pas ta soupe ? Vas-y, fais pas ta timide. Réponds, tronche de cul. »

Barbie garda le silence.

« Tu vas changer d'avis. Quand tu auras assez faim et assez soif, tu changeras d'avis. C'est ce que mon père a dit, et il a presque toujours raison pour ce genre de choses. Hé-hé, *Baaarbie*. »

Il s'engagea dans le couloir puis se retourna.

« T'aurais jamais dû porter la main sur moi, tu sais. Ç'a été ta grande erreur. »

Quand il monta l'escalier, Barbie observa que Junior boitait un tout petit peu – qu'il *traînait* légèrement la jambe. Oui, il traînait la jambe gauche et compensait en s'agrippant de la main droite à la rampe. Il se demanda ce que Rusty Everett penserait de tels symptômes. Se demanda aussi s'il aurait jamais l'occasion de lui poser la question.

Barbie jeta un coup d'œil sur les aveux qu'il n'avait pas signés. Il aurait aimé déchirer la feuille en mille morceaux et les jeter par terre, devant sa cellule, mais cette provocation était inutile. Quand on est pris dans les griffes du chat, le mieux à faire est de garder le profil le plus bas possible. Il posa la feuille de papier sur la couchette et mit le stylo dessus. Puis prit le verre d'eau. Du sel. De l'eau noyée de sel. Il en sentait l'odeur. Ce qui lui fit penser à ce qu'était devenu Chester's Mill… Mais Chester's Mill n'avait-il pas toujours été ainsi ? Même avant le Dôme ? Big Jim et ses amis ne semaient-ils pas du sel partout ici depuis un moment ? Barbie pensait que oui. Il pensa aussi que s'il sortait vivant de ce poste de police, ce serait un miracle.

Malgré tout, à ce petit jeu, c'était des amateurs ; ils avaient oublié les toilettes. Il était probable qu'aucun d'eux n'avait été dans un pays où même un peu d'eau au fond d'un fossé pouvait vous faire envie quand vous portiez trente kilos de barda et que la température atteignait les quarante-six degrés. Barbie vida le verre d'eau salée dans un coin de sa cellule. Puis il pissa dans le verre et le plaça sous la couchette. Après quoi il s'agenouilla devant les toilettes, comme s'il allait prier, et but jusqu'à sentir son estomac dilaté.

13

À son arrivée, Rusty trouva Linda assise sur les marches du perron. Dans le jardin, Jackie Wettington poussait les deux J sur les balançoires, les filles l'incitant à les faire monter toujours plus haut.

Linda s'avança vers lui, bras tendus. Elle l'embrassa sur la bouche, se recula pour le regarder, puis l'embrassa de nouveau, le tenant par les joues, lèvres écartées. Il sentit le bref contact humide de la langue de sa femme et se mit aussitôt à bander. Elle s'en rendit compte et se pressa contre lui.

« Houlà, dit-il. On devrait se disputer plus souvent en public. Et si tu n'arrêtes pas, on fera quelque chose d'autre en public.

— On le fera, mais pas en public. Pour commencer... dois-je te répéter que je suis désolée ?

— Non. »

Elle le prit par la main et le conduisit jusqu'aux marches. « Bien. Parce qu'il y a des choses dont nous devons parler. Des choses sérieuses. »

Il posa sa main libre sur celle de sa femme. « Je t'écoute. »

Linda lui raconta alors ce qui s'était passé au poste de police – comment Julia s'était fait rembarrer, alors qu'Andy Sanders avait été autorisé à descendre voir le détenu ; comment elle s'était rendue à l'église avec

Jackie et Julia pour qu'elles puissent parler tranquillement ; la discussion qu'elles avaient eue finalement avec Piper Libby et Rommie Burpee, dans le presbytère. Quand elle lui parla du début de rigidité cadavérique qu'elles avaient observé sur le corps de Brenda Perkins, Rusty tendit l'oreille.

« Jackie ! lança-t-il. Tu es bien certaine, pour la *rigor* ?

— Assez, oui ! répondit-elle sur le même ton.

— Hé, papa ! lui cria Judy. On va faire le tour complet !

— Non, certainement pas », répondit-il en se levant pour souffler un baiser à chacune.

Elles les rattrapèrent. Quand il s'agissait d'attraper un baiser, elles étaient championnes.

« À quelle heure avez-vous vu les corps, Lin ?

— Vers dix heures et demie, je crois. La panique au supermarché était terminée depuis un bon moment.

— Et si Jackie a raison à propos de la rigidité... mais nous ne pouvons pas en être absolument certains, n'est-ce pas ?

— Non, mais écoute-moi. J'ai parlé avec Rose Twitchell. Barbara est arrivé au Sweetbriar Rose à six heures moins dix. À partir de là jusqu'à la découverte des corps, il a un alibi. Il aurait donc dû la tuer – quand ? À cinq heures ? Cinq heures et demie ? Ça te paraît vraisemblable, si la *rigor* n'a commencé à intervenir que cinq heures après ?

— Peu probable, mais pas invraisemblable non plus. Beaucoup de variables peuvent affecter la *rigor mortis*. La température de l'endroit où se trouve le corps, en premier lieu. Comment c'était, dans cette arrière-cuisine ?

— Il faisait chaud, dut-elle admettre, croisant les bras au-dessus de ses seins et se tenant par les épaules. Il faisait chaud et ça *puait*.

— Tu vois ce que je veux dire ? Pour ce qu'on en sait, il aurait très bien pu la tuer à quatre heures, quelque part ailleurs, puis la ramener là et la fourrer dans…

— Je croyais que tu étais de son côté.

— Je le suis, et tout cela est peu probable, parce que de toute façon l'arrière-cuisine devait être beaucoup plus fraîche à quatre heures du matin. Et pourquoi se serait-il trouvé avec Brenda, à quatre heures du matin en plus ? Qu'est-ce qu'ils vont inventer, les flics ? Qu'il se la tapait ? Même si les femmes plus âgées – *beaucoup* plus âgées – étaient son truc… trois jours après la mort accidentelle d'un homme qui était son mari depuis trente ans ?

— Ils vont inventer qu'elle n'était pas consentante, répondit-elle d'un ton désabusé. Ils vont dire qu'il l'a violée. Comme ils le disent pour les deux autres filles.

— Et Coggins ?

— Si c'est un coup monté, ils trouveront bien quelque chose.

— Julia va publier tout cela ?

— Oui. Elle va faire un article et elle posera quelques questions, mais elle ne parlera pas de la rigidité cadavérique. Randolph est sans doute trop stupide pour deviner d'où viendra l'information, mais pas Rennie.

— Cela pourrait tout de même être dangereux, dit Rusty. S'ils la font taire, elle ne pourra pas vraiment aller se plaindre à l'ACLU[1].

---

1. Syndicat américain pour les libertés civiles.

— Je ne crois pas que ça va l'arrêter. Elle est folle furieuse. Elle pense même que l'émeute du supermarché peut avoir été un coup monté. »

C'est probable, pensa Rusty. « Bon sang, j'aurais bien aimé voir ces corps.

— C'est peut-être encore possible.

— Je sais à quoi tu penses, chérie, mais toi et Jackie pourriez perdre votre boulot. Ou pire, si c'est la manière dont Big Jim se débarrasse d'un problème gênant.

— On ne peut tout de même pas laisser...

— Sans compter que ça risquerait de ne rien changer. C'est même probable. Si la *rigor* a commencé pour Brenda Perkins entre quatre heures et huit heures, il y a des chances qu'elle soit à son maximum, maintenant, et l'examen du corps ne m'apprendra pas grand chose. Le médecin légiste du comté aurait pu en tirer des informations, mais il est aussi inaccessible que l'ACLU.

— Il y a peut-être d'autres éléments. Sur son cadavre ou celui de l'un des autres. Tu connais l'inscription qu'ils mettent dans les salles d'autopsie ? « C'est ici que les morts parlent aux vivants. »

— Ça ne nous avance pas. Tu sais ce qui serait mieux ? Que quelqu'un ait vu Brenda vivante après que Barbie s'est présenté à son travail, à cinq heures cinquante. Voilà qui ferait dans leur bateau un trou trop gros pour être bouché. »

Judy et Janelle arrivèrent en courant pour un câlin. Rusty fit son devoir. Jackie Wettington, qui les avait suivies, avait entendu la dernière remarque de Rusty.

« Je vais poser des questions à droite et à gauche.

— Mais discrètement, dit-il.

— Ça va de soi. Et il faut que vous sachiez que je ne suis pas encore entièrement convaincue. Les plaques militaires de Barbie étaient dans les mains d'Angie.

— Et il n'a jamais remarqué qu'il les avait perdues jusqu'au moment où on a découvert les corps ?

— Quels corps, papa ? » demanda Jannie.

Il soupira. « C'est compliqué, ma chérie. Et ce n'est pas pour les petites filles. »

Il lut dans les yeux de la fillette qu'elle acceptait l'explication. Sa cadette était partie cueillir quelques-unes des dernières fleurs, mais elle revint les mains vides. « Elles meurent, dit-elle. Elles sont toutes marron et collantes sur les bords.

— Il fait probablement trop chaud pour elles », dit Linda.

Un instant, Rusty crut qu'elle allait fondre en larmes. Il s'engouffra dans la brèche : « Allez vous laver les dents, les filles. Prenez un peu d'eau dans le bidon du comptoir. Jannie, c'est toi qui verseras l'eau. Et maintenant, filez. » Il se tourna alors vers les deux femmes. En particulier vers Linda. « Ça va ?

— Oui. C'est simplement que… ça me tombe dessus de plusieurs manières. Je commence par me dire que ces fleurs ne devraient pas crever, puis je me dis que de toute façon, rien de tout ça ne devrait arriver. »

Ils restèrent un moment silencieux, plongés dans leurs réflexions. Puis Rusty reprit la parole :

« On devrait attendre pour voir si Randolph va me demander d'examiner les corps. Dans ce cas-là, je pourrais le faire sans que ça me retombe dessus. S'il ne m'appelle pas, ça voudra dire quelque chose.

— En attendant, Barbie est en prison, dit Linda. Ils pourraient essayer de lui arracher des aveux en ce moment même.

— Supposons que vous sortiez vos badges pour me faire entrer dans le salon funéraire, dit Rusty. Supposons encore que je trouve un élément qui disculpe Barbie. Est-ce que vous croyez qu'ils vont se contenter de dire, merde, on s'est trompés et le laisser sortir ? Et ensuite le laisser prendre les commandes ? Parce que c'est ce que veut le gouvernement ; tout le monde le sait dans la ville. Si vous croyez que Rennie va accepter... »

Son portable sonna. « Ces trucs-là sont la pire des inventions », râla-t-il. Au moins, ce n'était pas l'hôpital.

« Mr Everett ? » Une voix de femme. Qu'il connaissait, mais sur laquelle il n'arrivait pas à mettre un nom.

« Oui, mais à moins que ce soit une urgence, je suis pas mal occupé en ce mo...

— Je ne sais pas si c'est une urgence, mais c'est en tout cas très, très important. Et étant donné que Mr Barbara – ou le colonel Barbara, plutôt – a été arrêté, c'est à vous qu'il revient de vous en occuper.

— Mrs McClatchey ?

— Oui, mais c'est à Joe qu'il faut parler. Je vous le passe.

— Dr Rusty ? »

Le ton était pressant, presque haletant.

« Salut, Joe. Qu'est-ce qui se passe ?

— Je crois que nous avons trouvé le générateur. Qu'est-ce qu'on fait, *maintenant* ? »

Tout à coup il se mit à faire si sombre que tous trois en eurent un instant la respiration coupée et que Linda prit Rusty par le bras. Mais ce n'était que le soleil qui passait derrière la grosse tache faite par le dépôt de fumée sur le côté ouest du Dôme.

« Où ça ?

— Black Ridge.

— Et il y avait des radiations, fiston ? »

Mais il connaissait déjà la réponse : sinon, comment l'auraient-ils trouvé ?

« Au dernier relevé on était à deux cents. À la limite de la zone dangereuse. Qu'est-ce qu'on fait ? »

Rusty passa la main dans ses cheveux. Trop de choses arrivaient à la fois. En particulier pour le bobologue d'un patelin de province qui ne s'était jamais considéré comme doué pour prendre des décisions, et encore moins comme un leader.

« Ce soir, rien. La nuit est pratiquement tombée. Nous nous occuperons de ça demain. En attendant, Joe, il faut que tu me fasses une promesse. Ne parle pas de cette affaire. Tu es au courant, Benny et Norrie aussi. Et ta mère. Personne d'autre ne doit l'être.

— D'accord. » Joe paraissait déprimé. « Nous avons beaucoup de choses à vous dire, mais je crois que ça peut attendre demain. (Il inspira profondément.) Ça fiche un peu les boules, non ?

— Oui mon gars, reconnut Rusty. Ça fiche un peu les boules. »

14

Dans son bureau, l'homme qui tenait le destin de Chester's Mill entre ses mains se goinfrait de grandes tranches de corned-beef étalées sur du pain de seigle quand Junior entra. Juste avant, Big Jim avait fait une sieste réparatrice de quarante-cinq minutes. Il se sentait ragaillardi et prêt une fois de plus pour l'action. Son bureau était jonché de feuilles jaunes, celles des notes qu'il brûlerait plus tard dans l'incinérateur, derrière la maison. On n'est jamais trop prudent.

La pièce était éclairée par des lampes Coleman à l'éclat blanc intense. Dieu savait qu'il avait accès à tout le propane qu'il voulait – assez, en tout cas, pour éclairer la maison et faire tourner les appareils pendant un demi-siècle – mais pour le moment, il valait mieux utiliser les Coleman. Quand les gens passaient, il fallait qu'ils voient leur éclat brillant et sachent que le deuxième conseiller ne jouissait pas de privilèges particuliers. Que le deuxième conseiller était un citoyen comme les autres – juste un peu plus digne de confiance.

Junior traînait la patte et avait les traits tirés. « Il n'a pas avoué », dit-il.

Rennie n'avait jamais espéré que Barbara avoue aussi vite et ignora la remarque. « T'as une tête à faire peur. Qu'est-ce qui t'arrive ?

— Encore une migraine, mais elle commence à partir. »

C'était vrai, même s'il avait eu très mal pendant sa conversation avec Barbie. Les yeux gris-bleu de cet homme voyaient trop de choses ou paraissaient trop en voir.

Je sais ce que tu leur as fait dans cette arrière-cuisine, disaient-ils. *Je sais tout.*

Il avait dû mobiliser toute sa volonté pour ne pas appuyer sur la détente de son arme et obscurcir à jamais ce maudit regard inquisiteur.

« Et tu boites.

— C'est à cause des mômes qu'on a retrouvés du côté de Chester Pond. J'ai porté l'un d'eux pendant un moment et je crois que je me suis fait un claquage.

— Tu es sûr qu'il n'y a que cela ? Toi et Thibodeau, vous avez un boulot à faire dans... (il consulta sa montre)... environ trois heures et demie, et il n'est pas question de rater votre coup. Tout doit se dérouler comme prévu.

— Et pourquoi pas dès qu'il fera noir ?

— Parce que la sorcière est occupée en ce moment à fabriquer son journal, avec ses deux petits trolls. Freeman et l'autre. Le journaliste sportif qui ridiculise tout le temps les Wildcats.

— Tony Guay.

— Oui, c'est ça. C'est pas que j'aie peur qu'il leur arrive quelque chose, à elle en particulier – la lèvre supérieure de Big Jim se souleva, dans son imitation de sourire canin – mais il ne faut pas qu'il y ait un seul témoin. Pas de témoin *oculaire*, en tout cas. Ce que les gens entendront.... c'est une tout autre affaire.

— Et qu'est-ce que tu veux qu'ils entendent, p'pa ?

— Tu es sûr que tu vas être à la hauteur ? Parce que je peux aussi bien envoyer Frank avec Carter, si tu veux.

— *Non !* Je t'ai aidé avec Coggins et je t'ai aidé avec la vieille ce matin – je *mérite* ce job ! »

Big Jim parut l'évaluer. Puis il hocha la tête. « Très bien. Mais pas question que tu sois pris ou vu.

— Ne t'inquiète pas. Et qu'est-ce que tu veux que... les témoins *auditifs* entendent ? »

Alors Big Jim le lui dit. Big Jim lui dit tout. Très fort, pensa Junior. Il devait le reconnaître : son cher vieux paternel avait plus d'un tour dans son sac.

15

Lorsque Junior monta au premier pour « se reposer la jambe », Big Jim termina son sandwich, essuya la graisse étalée sur son menton puis appela Stewart Bowie sur son portable. Il commença par la question universellement posée dans ce cas-là : « Où es-tu ? »

Stewart lui répondit qu'ils étaient en route pour le salon funéraire où ils avaient l'intention de boire un coup. Connaissant l'opinion de Big Jim sur les boissons alcoolisées, il avait dit cela avec la note de défi typique de l'employé : *j'ai fait mon boulot, laissez-moi m'amuser*.

« C'est très bien, mais un seul, d'accord ? La nuit n'est pas terminée pour toi. Ni pour Fern ni Roger. »

Stewart protesta énergiquement.

Big Jim le laissa faire, puis reprit la parole : « Je veux que vous soyez tous les trois à l'école à neuf heures et demie. Vous y trouverez de nouveaux officiers – y compris les fils de Roger. » Il fut pris d'une inspiration : « Tiens, je vais vous faire nommer sergents dans les forces de sécurité locales de Chester's Mill. »

Stewart rappela à Big Jim que lui et Fern avaient quatre nouveaux cadavres sur les bras.

« Ils peuvent attendre, lui fit remarquer Big Jim. Ils sont morts. Nous sommes devant une situation d'urgence, au cas où tu l'aurais oublié. Tant qu'elle durera, nous devrons tous mettre le paquet. Faire notre part. Soutenir l'équipe. Neuf heures et demie à l'école. Mais il y aura quelque chose à faire avant. Ça prendra pas longtemps. Passe-moi Fern. »

Stewart voulut savoir pourquoi Big Jim voulait parler à son frangin, qu'il considérait – non sans quelque raison – comme un crétin.

« C'est pas tes oignons. Passe-le-moi. »

Fern dit bonjour. Big Jim ne s'en donna pas la peine.

« T'étais bien avec les volontaires, si ma mémoire est exacte ? Jusqu'à la suppression de l'unité ? »

Fern répondit qu'il avait effectivement fait partie des renforts non officiels des pompiers de Chester's Mill, sans cependant préciser qu'il était parti un an avant la dissolution de l'unité (le conseiller ayant refusé que lui soit versée la moindre allocation dans le budget 2008 de la ville). Il n'ajouta pas non plus qu'il trouvait que les activités de collecte de fonds, les week-ends, prenaient un temps qu'il préférait consacrer à s'imbiber.

« Tu vas aller au poste de police récupérer les clefs du baraquement des pompiers, dit Big Jim. Tu vérifieras que les pompes indiennes que Burpee a utilisées hier sont bien dedans. On m'a dit que c'était là que lui et la mère Perkins les avaient rangées, et y a intérêt à ce que ce soit vrai. »

Fern répondit qu'il lui semblait bien que les pompes indiennes étaient venues directement du Burpee's, et que Rommie en était donc plus ou moins propriétaire. Les volontaires en avaient eu quelques-unes, mais ils les avaient vendues sur eBay au moment de la dissolution de l'unité.

« Elles lui ont peut-être appartenu *avant*, mais plus maintenant. Pour la durée de la crise, elles sont la propriété de la ville. Il en ira de même avec tout ce dont nous aurons besoin. C'est pour le bien général. Et si

Romeo Burpee s'imagine qu'il va remettre les volontaires sur pied, il se fourre le doigt dans l'œil. »

Fern fit valoir – avec précaution – qu'il avait entendu dire que Burpee avait fait du bon boulot quand il avait éteint l'incendie de broussailles de la Little Bitch, après le tir des missiles.

« Quel incendie ? Rien de plus que des mégots qui se consument dans un cendrier », railla Big Jim. Une veine battait à sa tempe et son cœur allait trop vite. Il avait mangé trop goulûment – une fois de plus – mais il était incapable de s'en empêcher. Quand il avait faim, il engloutissait ce qu'il avait devant lui jusqu'à ce qu'il n'y eût plus rien. C'était sa nature. « N'importe qui en serait venu à bout. Même toi. Ce qui compte, c'est que je connais ceux qui ont voté pour moi, la dernière fois, et ceux qui n'ont pas voté pour moi. Pour eux, pas de faveurs, nom d'un cueilleur de coton. »

Fern demanda alors ce qu'il devait faire des pompes.

« Assure-toi simplement qu'elles sont bien dans le baraquement. Puis viens nous retrouver à l'école. Nous serons dans le gymnase. »

Fern lui dit que Roger Killian voulait lui parler.

Big Jim leva les yeux au ciel mais attendit.

Roger désirait savoir lequel de ses garçons avait été enrôlé dans la police.

Big Jim soupira, fouilla au milieu des papiers empilés sur son bureau et trouva celui où figurait la liste des nouveaux promus. La plupart avaient tout au plus dix-huit ans et tous étaient de sexe masculin. Le plus jeune, Mickey Wardlaw, n'avait que quinze ans, mais c'était un cogneur. Il avait fait partie de l'équipe de football jusqu'au jour où on l'avait viré parce qu'il buvait. « Ricky et Randall. »

Roger protesta : c'étaient les deux aînés et les seuls sur qui il pouvait compter pour les corvées de la ferme. Qui allait s'occuper de ses poulets ?

Big Jim ferma les yeux et adressa une prière à Dieu pour qu'il lui donne de la force.

16

Sammy avait on ne peut plus conscience de la douleur sourde qui lui tordait le ventre – lui rappelant les crampes menstruelles – et des élancements beaucoup plus acérés qui venaient d'un peu plus bas. Elle aurait eu du mal à les ignorer, alors qu'il s'en déclenchait un à chacun de ses pas. Elle continuait malgré tout sa progression laborieuse le long de la Route 119, en direction de Motton Road. Et elle la continuerait, aussi douloureux que ce fût. Elle avait une destination précise, qui n'était pas celle de son mobile home. Ce qu'elle voulait n'était pas chez elle, mais elle savait où le trouver. Elle marcherait jusque-là, même si cela devait lui prendre toute la nuit. Et si la douleur devenait vraiment trop violente, il lui restait cinq Percocet dans la poche de son jean ; elle n'aurait qu'à les croquer. L'effet était plus rapide lorsqu'on les croquait. Phil le lui avait appris.

Baise-la.

On reviendra, et là on te baisera vraiment.

Baise cette salope.

T'as intérêt à fermer ta gueule quand t'es à quatre pattes.

Baise-la, baise cette salope.

Personne ne te croirait, de toute façon.

Mais la révérende Libby l'avait crue, elle, et regardez ce qui lui était arrivé. Une épaule démise, son chien tué.

Baise cette salope.

Sammy pensait qu'elle entendrait la voix stridente et excitée de cette cochonne de flic jusqu'à sa mort.

Et donc elle marcha. Loin au-dessus d'elle, les premières étoiles roses se mirent à scintiller, telles des étincelles vues à travers une vitre sale.

Des phares apparurent, allongeant soudain son ombre démesurée sur la route, devant elle. Un vieux camion asthmatique s'arrêta à sa hauteur. « Hé, petite, monte donc », lui lança l'homme derrière le volant. Sauf qu'elle entendit plutôt quelque chose comme *é-etit, 'onte-on !* car il s'agissait du Yankee Alden Dinsmore, père de feu le jeune Rory, et Alden était ivre.

Malgré tout Sammy monta, avec les mouvements prudents d'une invalide.

Alden n'eut pas l'air de s'en rendre compte. Il avait une boîte de bière grand format entre les cuisses, et un pack à moitié vide à côté de lui. Les boîtes vides roulaient et s'entrechoquaient à ses pieds. « Où c'que tu vas ? demanda Alden. À Bigne ou à Bande ? », ajouta-t-il pour montrer que bien qu'étant lui-même largement entre Bigne et Bande, il pouvait encore faire une petite plaisanterie.

« Seulement jusqu'à Motton Road, monsieur. Vous allez par là ?

— Où tu voudras, répondit Alden. J'fais juste que rouler. Rouler et penser à mon gars. Il est mort samedi.

— Je suis vraiment désolée pour vous. »

Il hocha la tête et prit une gorgée de bière. « Mon p'pa est mort l'hiver dernier, tu savais ? S'est proprement étouffé tout seul, le pauv'vieux. Emphysème. L'a passé la dernière année de sa vie sous oxygène. C'est Rory qui changeait les bonbonnes. Il aimait bien l'vieux machin.

— Je suis désolée. »

Elle se répétait, mais que pouvait-elle dire d'autre ?

Une larme coula sur la joue d'Alden. « J'irai où tu voudras, Missy Lou[1]. Je vais rouler jusqu'à ce qu'y ait plus de bière. T'veux une ?

— Oui, merci. » La bière était tiède, mais elle la but avec avidité. Elle avait terriblement soif. Elle alla repêcher un Percocet au fond de sa poche et l'avala avec une longue rasade. Elle sentit l'onde de choc dans sa tête. C'était parfait. Puis elle tira un autre Percocet et l'offrit à Alden. « Vous en voulez pas un ? On se sent mieux, avec ça. »

Alden prit le cachet, l'avala avec de la bière, sans même prendre la peine de demander ce que c'était. Ils arrivaient à Motton Road. Il vit le carrefour au dernier moment et vira large, aplatissant la boîte aux lettres des Crumley au passage. Sammy ne broncha pas.

« Envoie-t'en une autre, Missy Lou.

— Merci, monsieur. »

Elle prit une deuxième bière et fit sauter l'opercule.

« T'voudrais pas voir mon gars ? » À la lueur du tableau de bord, les yeux d'Alden paraissaient jaunes et humides. Les yeux d'un chien qui se serait cassé deux pattes en tombant dans un trou. « T'voudrais pas voir mon gars ? Rory.

— Si, monsieur. Bien sûr. J'étais là-bas, moi aussi.

— Y avait tout le monde. J'avais loué mon champ.

---

[1]. Nom d'une star mythique du porno américain.

C't'aussi à cause de ce bordel. Savais pas. On sait jamais, hein ?

— Non, jamais. »

Alden fouilla dans la poche de sa salopette et en retira un vieux portefeuille. Il lâcha le volant pour le prendre à deux mains, plissant les yeux tandis qu'il faisait défiler les petites fenêtres transparentes. « C'est mes gars qui m'ont offert ce por' feuille. Ro'y et Orrie. Orrie vit encore.

— C'est un chouette portefeuille », dit Sammy en se penchant pour s'emparer du volant.

Il lui était arrivé de le faire pour Phil, quand ils vivaient ensemble. Souvent. Le petit camion de Mr Dinsmore zigzagua d'un bord à l'autre de la route, décrivant des arcs paisibles, quasi solennels, manquant de peu une seconde boîte aux lettres. Mais c'était pas grave ; le pauvre vieux roulait à peine à trente à l'heure et Motton Road était déserte. La radio – WCIK – diffusait en sourdine « Doux espoir du paradis », par les Blind Boys de l'Alabama.

Alden lui tendit le portefeuille. « Le v'là. C'est mon gars. Avec son papi.

— Vous pouvez conduire pendant que je regarde ? demanda Sammy.

— Sûr. »

Alden reprit le volant. Le camion se mit à rouler un peu plus vite et un peu plus droit, même s'il chevauchait plus ou moins la ligne blanche.

Sur la photo aux couleurs délavées, on voyait un jeune garçon et un vieil homme enlacés. Le vieil homme portait une casquette des Red Sox et un masque à oxygène. Un grand sourire s'étalait sur le visage du garçon. « C'est un beau garçon, monsieur, dit Sammy.

— Ouais, superbe. Et intelligent, avec ça. »

Alden laissa échapper un braiment de douleur sans larmes. On aurait vraiment dit un âne. Des postillons volèrent de ses lèvres. Le camion obliqua vers le fossé, puis revint sur la chaussée.

« Moi aussi, j'ai un beau petit garçon », dit Sammy. Elle se mit à pleurer. « Je vais l'embrasser quand je vais le voir. L'embrasser une fois de plus.

— Tu vas l'embrasser, dit Alden.

— Oui.

— Tu vas l'embrasser et le serrer dans tes bras, hein ?

— Oui, monsieur, c'est ça.

— J'embrasserais bien mon p'tit gars, si je pouvais. J'embrasserais sa joue froide-froide.

— Je suis sûre que vous le feriez, monsieur.

— Mais on l'a enterré. Ce matin. Sur place.

— Je suis tellement désolée pour vous.

— Prends une autre bière.

— Merci. »

Elle prit une nouvelle bière. Elle commençait à se sentir ivre. C'était délicieux.

Et c'est ainsi qu'ils progressèrent, tandis que les étoiles roses devenaient plus brillantes, au-dessus d'eux, qu'elles clignotaient, mais ne tombaient pas : pas de pluie d'étoiles filantes, ce soir. Ils passèrent devant le mobile home de Sammy, où elle ne retournerait jamais, sans ralentir.

Il était environ huit heures moins le quart lorsque Rose Twitchell frappa à la porte du *Democrat*. Julia, Pete et Tony, installés à une grande table, brochaient des exemplaires de la dernière édition en quatre pages du journal. Pete et Tony les assemblaient, Julia les agrafait et les ajoutait à la pile.

Quand elle vit Rose, Julia lui fit signe d'entrer d'un geste énergique. Rose poussa la porte, puis tituba légèrement. « Fichtre, il fait une chaleur à crever, ici.

— On a coupé la clim pour économiser le jus, dit Pete Freeman. Sans compter que la photocopieuse chauffe quand on la sollicite trop. Ce qui a été le cas ce soir. »

Néanmoins, il paraissait fier. Rose trouva qu'ils avaient tous les trois l'air fiers.

« J'aurais cru que vous seriez débordée au restaurant, fit remarquer Tony.

— Tout le contraire. On aurait pu chasser le cerf là-dedans, ce soir. Je crois que beaucoup de gens n'ont pas eu envie de me regarder en face depuis que mon cuisinier a été arrêté pour meurtre. Et que beaucoup de gens n'ont pas eu envie de se regarder les uns les autres après ce qui s'est passé à Food City ce matin.

— Approchez-vous et prenez un exemplaire, dit Julia. Vous êtes en couverture, Rose. »

En haut de page, en rouge, on lisait : CRISE : LIBÉREZ LE DÔME – **ÉDITION GRATUITE**. Et en dessous, en caractères de corps seize qu'elle n'avait jamais utilisés avant ce jour :

ÉMEUTE ET MEURTRES
AGGRAVENT LA CRISE

La photo représentait Rose. De profil, le porte-voix à la bouche. Une mèche de cheveux retombait sur son front et elle était extraordinairement belle. À l'arrière-plan, on voyait l'allée des jus de fruits et des pâtes ; plusieurs bouteilles de ce qui semblait être de la sauce pour spaghettis étaient écrasées sur le sol. La légende disait : **Rose Twitchell, propriétaire du Sweetbriar Rose, met fin à une émeute alimentaire avec l'aide de Dale Barbara, qui vient d'être arrêté pour meurtre (voir article ci-dessous et éditorial, p. 4).**

« Sainte mère de Dieu, s'exclama Rose, Eh bien... En tout cas, vous m'avez prise sous mon bon profil. Si du moins j'en ai un.

— Rose, dit Tony Guay d'un ton des plus sérieux, vous ressemblez à Michelle Pfeiffer. »

Rose émit un petit reniflement et lui fit un doigt d'honneur. Elle attaquait déjà l'éditorial.

AUJOURD'HUI LA PANIQUE, PLUS TARD LE SCANDALE

par Julia Shumway

Dale Barbara n'est pas connu de tous à Chester's Mill, car il n'est arrivé que récemment dans notre ville ; mais la plupart de nos concitoyens ont pu déguster sa cuisine au Sweetbriar Rose. Ceux qui le connaissent auraient dit, avant aujourd'hui, qu'il constituait un réel enrichissement pour notre communauté, prenant son tour pour arbitrer les parties de softball en juillet et août, s'occupant de la récupération des ouvrages scolaires pour la rentrée de septembre ; il y a encore deux semaines, il a participé à l'opération *ville propre*.

Et soudain, aujourd'hui, « Barbie » (surnom sous lequel il est connu) a été arrêté, accusé d'avoir commis quatre horribles assassinats. Ses victimes sont toutes des personnes appréciées et aimées dans cette ville. Et toutes, contrairement à Dale Barbara, ont passé l'essentiel de leur vie à Chester's Mill.

Dans des circonstances normales, on aurait conduit « Barbie » à la prison du comté de Castle Rock ; il aurait eu droit à un coup de téléphone et on lui aurait procuré un avocat s'il n'en avait pas. Il aurait été mis en accusation dans le respect de la procédure et la recherche de preuves – par des experts connaissant leur travail – aurait pu commencer.

Rien de tel ne s'est produit, et nous savons tous pourquoi : à cause du Dôme, qui nous coupe complètement du reste du monde. Mais cela nous oblige-t-il à ne pas respecter les dispositions légales et de simple bon sens ? Aussi choquants que soient ces crimes, rien ne peut excuser des accusations sans preuves formelles, ni la manière dont Dale Barbara a été traité, ni expliquer pour quelle raison le nouveau chef de la police a refusé de répondre à mes questions ou de me permettre, en tant que journaliste, de vérifier que Dale Barbara était encore vivant, alors même que le père de l'une des victimes, Andrew Sanders – notre premier conseiller – a été autorisé non seulement à voir ce prisonnier non inculpé, mais à l'insulter...

« Houlà, dit Rose, levant les yeux. Vous allez vraiment imprimer ça ? »

Julia eut un geste vers les piles de journaux. « C'est *déjà* imprimé. Des objections ?

— Non, mais... » Rose parcourut rapidement le reste de l'éditorial, qui était très long et prenait de plus en plus la défense de Barbie. Il se terminait par un appel à toute personne disposant d'informations sur les crimes et laissait entendre que, lorsque la crise serait terminée – et cela arriverait certainement –, le comportement des habitants de Chester's Mill vis-à-vis de ces meurtres serait examiné de très près, non seulement par le Maine et les États-Unis, mais aussi par le monde entier. « Vous n'avez pas peur d'avoir des ennuis ?

— La liberté de la presse, Rose », répondit Pete, d'un ton on ne peut plus hésitant.

« C'est ce qu'aurait fait Horace Greeley », ajouta Julia fermement.

Entendant son nom, le corgi – qui dormait dans un coin, sur sa couverture – releva la tête. Il vit Rose et vint se quémander une caresse, qu'elle lui accorda bien volontiers.

« Disposez-vous d'un peu plus d'informations que ce qu'il y a ici ? » demanda Rose en tapotant l'édito.

« Quelques-unes. Je les garde au chaud pour le moment. J'espère en avoir d'autres.

— Jamais Barbie n'aurait pu faire une chose pareille. N'empêche, je suis très inquiète pour lui. »

Un des téléphones qui traînaient sur la table sonna. Tony s'en empara. « *The Democrat*, Guay », dit-il. Il écouta, puis tendit l'appareil à Julia : « Le colonel Cox. Pour vous. Il n'a pas l'air de bonne humeur. »

Cox. Julia l'avait complètement oublié. Elle prit l'appareil.

« Ms Shumway ? Il faut que je parle à Barbie et que je sache où il en est dans sa prise de contrôle administratif.

— Nulle part, et je ne crois pas que ce soit pour demain, répondit Julia. Il est en prison.

— *En prison ?* Mais accusé de quoi ?
— De meurtre. De quatre meurtres, pour être exacte.
— Vous plaisantez.
— Est-ce que j'ai l'air de plaisanter, colonel ? »

Il y eut un silence. Elle entendait de nombreuses voix en fond sonore. Cox reprit la parole, mais à voix basse : « Expliquez-moi ça.

— Non, colonel Cox, je ne crois pas. Je viens d'écrire un article sur le sujet. Cela m'a pris deux heures. Et comme disait ma mère quand j'étais gamine, je ne mâche pas deux fois mon chou. Vous êtes toujours dans le Maine ?

— À Castle Rock. À notre base avancée.

— Alors je suggère que nous nous rencontrions au même endroit que la première fois, Motton Road. Je ne pourrai pas vous donner un exemplaire du *Democrat* de demain, bien qu'il soit gratuit, mais je pourrai le tenir contre le Dôme et vous pourrez le lire.

— Envoyez-le-moi par courriel.

— Non. Je considère que ce système est en contradiction avec mon métier. Je suis assez vieux jeu.

— Vous êtes une sacrée casse-pieds, chère madame.

— Je suis peut-être une casse-pieds, mais pas votre chère madame.

— Dites-moi au moins ceci : s'agit-il d'un coup monté ? Quelque chose qui aurait à voir avec Sanders ou Rennie ?

— D'après vous, colonel ? Ça me paraît évident ! »

Silence. Puis : « On se retrouve dans une heure.

— Je ne viendrai pas seule. La patronne de Barbie sera avec moi. Je crois que vous serez intéressé par ce qu'elle a à vous dire.

— Parfait. »

Julia coupa la communication. « Vous n'avez pas envie de faire une petite balade avec moi jusqu'au Dôme, Rose ?

— Si c'est pour aider Barbie, certainement, oui.

— On peut l'espérer, mais j'ai bien l'impression que nous jouons en solo, actuellement. » Julia reporta son attention sur Pete et Tony. « Vous voulez bien finir d'agrafer ce qui reste ? Empilez tout près de la porte et fermez à clef en partant. Dormez bien, parce que demain, nous sommes tous livreurs de journaux. Cette édition va avoir droit à la méthode de la vieille école. Toutes les maisons de l'agglomération. Toutes les fermes des environs. Et Eastchester, bien entendu. Il y a beaucoup de nouveaux venus, là-bas, des gens qui devraient être théoriquement moins sensibles au mythe de Big Jim. »

Pete leva les sourcils.

« Notre Mr Rennie est à lui seul l'équipe locale, dit Julia. Il va grimper sur l'estrade à la réunion d'urgence, jeudi soir, et essayer de remonter la ville comme une montre de gousset. Mais l'équipe des visiteurs sera la première debout (elle montra les journaux). Si suffisamment de personnes lisent ça, il devra répondre à quelques questions redoutables avant de commencer à nous baratiner. Nous arriverons peut-être à le mettre un peu en difficulté.

— Ou même beaucoup, si nous découvrons qui a lancé les pierres au Food City, ajouta Pete. Et vous savez quoi ? Je crois que nous allons le découvrir. Je crois que toute cette histoire a été montée en coulisses. Il y a forcément des failles.

— J'espère seulement que Barbie sera encore en vie quand on commencera à les voir », dit Julia. Elle consulta sa montre. « Allez, Rosie, partons pour notre balade. Tu veux venir, Horace ? »

Horace ne demandait pas mieux.

18

« Vous pouvez me laisser ici, monsieur », dit Sammy. Ils se trouvaient devant une maison pimpante, style ranch, dans Eastchester. Elle était plongée dans l'obscurité mais la pelouse était éclairée, car ils se trouvaient non loin du Dôme, où l'armée avait branché de puissants projecteurs à la hauteur de la démarcation Chester's Mill-Harlow.

« Une autre bière pour la route, Missy Lou ?

— Non merci, monsieur. C'est la fin de la route pour moi. »

Sauf que pas tout à fait. Elle devait retourner en ville. Dans la lumière jaunâtre diffusée par l'éclairage du Dôme, Alden Dinsmore paraissait avoir quatre-vingt-cinq ans et non quarante-cinq. Jamais elle n'avait vu visage aussi lugubre... sinon le sien, peut-être, dans le miroir de sa chambre d'hôpital, avant qu'elle n'entreprenne son expédition. Elle se pencha et l'embrassa sur la joue. Le chaume raide lui picota les lèvres. Il posa la main sur l'endroit et parvint même à sourire.

« Vous devriez rentrer chez vous maintenant, monsieur. Vous avez une femme à laquelle vous devez penser. Et un autre fils dont vous devez vous occuper.

— J'me dis que t'as pt'être raison.

— *J'ai* raison.

— Et toi, ça ira ?

— Oui, monsieur. » Elle descendit, puis se retourna. « Vous le ferez ?

— J'vais essayer. »

Sammy fit claquer la portière et resta à l'entrée de l'allée pour le regarder faire demi-tour. Il bascula dans le fossé, mais celui-ci était sec et il en ressortit sans peine. Puis il reprit la direction de la 119 en zigzaguant. Finalement, ses feux de position s'éloignèrent selon une ligne à peu près droite. Il roulait de nouveau au milieu de la route – *qu'elle aille se faire foutre, la ligne blanche*, aurait dit Phil – mais Sammy se dit qu'il s'en sortirait. Il était bientôt huit heures et demie, l'obscurité était complète et elle ne pensait pas qu'il croiserait grand monde.

Lorsque les feux arrière disparurent, elle remonta vers le pseudo-ranch. Il n'était guère imposant, comparé aux vieilles maisons bourgeoises de Town Common Hill, mais bien mieux que tous les endroits dans lesquels elle avait jamais habité. Et c'était très joli à l'intérieur aussi. Elle y était venue une fois avec Phil, à l'époque où il ne faisait rien d'autre que de vendre de l'herbe et préparer, derrière le mobile home, un peu de dope pour sa consommation personnelle. À l'époque où il n'avait pas commencé à se faire des idées bizarres sur Jésus et à fréquenter cette église de merde, où les gens croyaient que tout le monde irait en enfer sauf eux. C'était avec la religion qu'avaient commencé les ennuis de Phil. Elle l'avait conduit à Coggins et Coggins, ou quelqu'un d'autre, avait fait de lui le Chef.

Les gens qui avaient habité ici ne prenaient pas de drogues dures ; de vrais camés n'auraient pas été capables d'entretenir une telle maison. Ils auraient sniffé jusqu'à l'hypothèque. Mais Jack et Myra Evans aimaient bien se faire une petite fumette, de temps en temps, et Phil Bushey n'avait pas demandé mieux que de les approvisionner. C'était un couple sympa, et Phil avait été sympa avec eux. Toujours à l'époque où il était encore capable d'être sympa avec les gens.

Myra leur avait offert du café glacé. Sammy était alors enceinte de sept mois de Little Walter, et bien sûr ça se voyait. Myra lui avait demandé si elle préférait que ce soit une fille ou un garçon. Sans la moindre condescendance. Jack avait entraîné Phil dans son petit bureau pour le payer, et Phil l'avait appelée :

« Hé, ma chatte, tu devrais venir voir ça ! »

Tout cela paraissait bien loin.

Elle essaya la porte de devant. Fermée à clef. Elle ramassa l'une des pierres décoratives qui formaient la bordure du parterre de fleurs, se plaça face à la baie vitrée et la brandit ; mais à la réflexion, elle préféra tenter de passer par-derrière. Enjamber l'appui de la fenêtre risquait de s'avérer difficile, dans son état actuel. Et même si elle y arrivait, même si elle faisait attention, elle risquait aussi de se blesser trop sérieusement pour pouvoir poursuivre ce qu'elle avait prévu de faire ensuite.

De plus, c'était une jolie maison. Elle n'avait pas envie de la vandaliser si elle pouvait s'y prendre autrement.

Elle n'en eut pas besoin. On avait emporté le corps de Jack, les services de la ville étaient encore en état de faire cela, mais personne n'avait pensé à fermer la porte donnant sur le jardin. Sammy entra par là. Il n'y avait pas de générateur et il y faisait aussi noir que dans le cul d'un raton laveur, mais elle trouva une boîte d'allumettes sur la cuisinière et la première qu'elle enflamma éclaira une lampe torche posée sur la table. Elle fonctionnait. Le rayon se posa sur ce qui lui parut être une tache de sang sur le sol. Elle l'en détourna rapidement et prit la direction de l'antre de Jack. Il donnait directement dans le séjour ; il s'agissait d'un espace tellement réduit qu'un petit bureau et un meuble vitré suffisaient à le meubler.

Elle fit passer le rayon de sa lampe sur le bureau, puis le dirigea vers le plafond jusqu'à ce qu'il se réfléchisse dans les yeux de verre du trophée le plus précieux de Jack : la tête de l'orignal qu'il avait abattu, des années auparavant, quelque part dans le TR-90. C'était cette tête naturalisée que Phil avait voulu qu'elle voie.

« J'ai eu le dernier ticket gagnant de la loterie, cette année-là, leur avait dit Jack. Et je l'ai eu avec ça. » Il leur avait montré, dans le meuble vitré, un engin d'aspect terrifiant doté d'une lunette.

Myra était venue se placer dans l'embrasure, en faisant tinter les glaçons dans son verre de café glacé. Jolie, l'air cool et amusé – le genre de femme, Sammy n'en doutait pas, qu'elle ne serait jamais. « Ça coûte un prix fou, mais j'ai accepté qu'il l'achète à condition qu'il m'emmène aux Bermudes pendant une semaine, en décembre prochain. »

« Aux Bermudes, dit Sammy à voix haute en regardant la tête d'orignal. Mais elle n'ira jamais. C'est vraiment trop triste. »

Phil, après avoir glissé l'enveloppe avec l'argent dans sa poche-revolver, avait dit : « Sensationnel, le fusil, mais c'est pas terrible pour se protéger chez soi.

— J'ai aussi pensé à me couvrir de ce côté », avait répondu Jack. Et même s'il n'avait pas montré à Phil en quoi consistait exactement sa couverture, il avait tapoté de manière significative le dessus de son bureau et ajouté : « J'ai deux excellents automatiques là-dedans. »

Phil avait hoché la tête, tout aussi significativement. Sammy et Myra avaient échangé un regard *les garçons seront toujours des garçons* parfaitement synchrone. Elle se souvenait encore à quel point cette complicité lui avait fait du bien, à quel point elle s'était sentie *incluse*, et elle supposait qu'elle était venue ici pour cette raison, au lieu d'essayer d'entrer ailleurs, dans une maison plus proche du centre.

Elle s'arrêta, le temps de croquer encore un Percocet, puis commença à fouiller les tiroirs du bureau. Ils n'étaient pas fermés à clef, pas plus que la boîte en bois qu'elle trouva dans le troisième. Elle contenait un Springfield XD calibre 45. Elle le prit et, après avoir un peu cherché, elle éjecta le magasin de l'automatique. Il était plein, et il y avait un deuxième magasin dans le tiroir. Elle le prit aussi. Puis elle retourna dans la cuisine chercher un sac pour tout transporter. Et des clefs aussi. Celles de la voiture qui devait être garée dans le garage de feu Jack et Myra Evans. Elle n'avait aucune envie de retourner en ville à pied.

19

Julia et Rose discutaient de ce que l'avenir pouvait bien réserver à leur ville lorsque leur présent faillit, lui, s'interrompre abruptement. Se serait même interrompu, si Julia avait abordé quelques secondes plus tard le virage du lieu-dit Esty Bend, à environ deux kilomètres de leur destination, quand s'y présenta dans l'autre sens le petit camion. Mais Julia sortit assez tôt du virage pour voir que le camion roulait sur sa voie, droit sur elle.

Elle donna un violent coup de volant à gauche, sans même réfléchir ; la Prius passa sur l'autre voie et les deux véhicules se croisèrent à quelques centimètres. Horace, installé sur le siège arrière et arborant son expression habituelle de ravissement *oh-mec-la-belle-balade !* dégringola sur le plancher avec un jappement de surprise. Ce fut le seul bruit. Aucune des deux femmes ne hurla, ne poussa le moindre cri. Les choses s'étaient déroulées trop vite. La mort ou des blessures graves – tout cela passa en un instant et disparut à l'horizon.

Julia revint sur la voie de droite et s'arrêta sur le bas-côté où elle mit le levier de la Prius au point mort. Elle regarda Rose. Rose lui rendit son regard, les yeux écarquillés, bouche bée. À l'arrière, Horace sauta sur le siège et aboya, une seule fois, comme pour demander ce qu'on attendait. Les deux femmes éclatèrent de rire et Rose se tapota la poitrine au-dessus de son balcon avantageux.

« Mon cœur… mon cœur, dit-elle.

— Ouais. Moi aussi. Vous avez vu ça ? À quelques centimètres.

— Vous blaguez ? Si j'avais passé le bras par la fenêtre, ce fils de pute me l'aurait amputé jusqu'au coude ! »

Julia secoua la tête. « Ivre, sans doute.

— Ivre, sans *aucun* doute, répliqua Rose avec un reniflement.

— Prête à repartir ?

— Et vous ? demanda Rose.

— Oui. Et toi, Horace, qu'est-ce que t'en penses ? »
Horace aboya qu'il était prêt.

« La chance appelle la chance, dit Rose. C'est en tout cas ce que proclamait grand-père Twitchell.

— J'espère qu'il avait raison », conclut Julia.

Elle repartit. Elle surveilla la route, guettant les phares en face, mais les seules lumières qu'elles aperçurent furent, peu après, celles des projecteurs installés côté Harlow du Dôme. Elles ne virent pas Sammy Bushey. Sammy, elle, les vit ; elle se tenait devant le garage des Evans, les clefs de leur Malibu à la main. Lorsque Julia et Rose furent passées, elle souleva la porte (obligée de procéder manuellement, ce qui lui fit terriblement mal) et alla se glisser derrière le volant.

20

Il y avait, entre le grand magasin Burpee's et le Mill Gas & Grocery, une allée qui reliait Main Street et West Street. Les camions de livraison en étaient les principaux utilisateurs. À neuf heures et quart ce soir-là, Junior Rennie et Carter Thibodeau la remontèrent dans une obscurité presque totale. Carter tenait d'une main un jerrycan rouge avec une bande jaune en diagonale sur le côté sur laquelle on lisait : ESSENCE et de l'autre un porte-voix à piles. Blanc à l'origine, Carter l'avait emmailloté de ruban adhésif noir pour qu'on ne le remarque pas, au cas où des gens regarderaient de leur côté avant qu'ils puissent se fondre dans la pénombre de l'allée.

Junior portait un sac à dos. Il n'avait plus mal à la tête et ne boitait pratiquement plus. Il était sûr que son organisme avait enfin pris le dessus sur le truc, quel qu'il fût, qui l'avait mis dans cet état. Un virus dormant quelconque, peut-être. On attrape toutes sortes de saloperies au collège, et s'être fait virer pour avoir flanqué une raclée à ce gosse était probablement une bénédiction, en fin de compte.

Une fois au bout de l'allée, ils eurent une vue bien dégagée du local du *Democrat*. Ses fenêtres éclairaient le trottoir désert, et ils voyaient Freeman et Guay se déplacer à l'intérieur, portant des piles de papier qu'ils déposaient près de la porte. La vieille construction en bois qui abritait le journal et l'appartement de Julia s'élevait entre la pharmacie de Sanders et la librairie, mais était séparée des deux par des allées en macadam identiques à celle dans laquelle Carter et lui planquaient, côté pharmacie. Il n'y avait aucun vent, et il pensa que si son père mobilisait ses troupes assez rapidement, il n'y aurait pas de dommages collatéraux. Non qu'il s'en souciât. Tout le côté est de Main Street pouvait brûler, pas de problème pour Junior. Par contre, pour Dale Barbara, le poste de police étant de ce côté-là... Il avait encore l'impression de sentir son regard froid et évaluateur sur lui. Ce n'était pas normal d'être scruté ainsi, en particulier quand celui qui vous scrutait se trouvait derrière les barreaux. Ce con de *Baaarbie*.

« J'aurais dû le descendre, marmonna Junior.

— Quoi ? demanda Carter.

— Rien. (Il s'essuya le front.) Fait chaud.

— Ouais. Frankie dit que si ça continue, on va tous finir confits comme des pruneaux. À quelle heure on doit opérer ? »

Junior haussa les épaules avec humeur. Son père le lui avait dit, mais il ne s'en souvenait pas exactement. Dix heures, lui semblait-il. Mais qu'est-ce que ça faisait ? Ils n'avaient qu'à rôtir, ces deux-là. Et si la salope de journaliste était chez elle – en train de se détendre avec son godemiché préféré après une dure journée de travail –, qu'elle crame aussi. Encore plus d'emmerdes pour *Baaarbie*.

« On s'y met tout de suite, répondit-il.

— T'es sûr, vieux ?

— Tu vois quelqu'un dans la rue, toi ? »

Carter parcourut Main Street des yeux. L'artère était déserte et presque complètement plongée dans l'obscurité. Les seuls générateurs que l'on entendait étaient ceux du journal et de la pharmacie. Il haussa les épaules. « Très bien. Pourquoi pas ? »

Junior défit les attaches du rabat de son sac et dégagea l'ouverture. Sur le dessus, il y avait deux paires de gants en latex. Il en donna une à Carter et enfila l'autre. Dessous, se trouvaient des objets enveloppés dans une serviette de toilette. Il la déroula et posa quatre bouteilles de vin vides sur l'asphalte grêlé de trous de l'allée. Puis il prit, au fond du sac, un entonnoir en tôle. Il le plaça sur une première bouteille et tendit la main vers l'essence.

« Vaut mieux que tu me laisses faire, vieux, dit Carter. Tes mains tremblent. »

Junior les regarda, étonné. Il ne sentait rien, mais c'était vrai : ses mains tremblaient. « Je n'ai pas peur, si c'est ça que tu crois.

— J'ai jamais dit ça. Ce n'est pas un problème dans ta tête. Faudrait que t'ailles voir Everett, parce que t'as un truc qui déconne et qu'il est ce qui ressemble le plus à un toubib, pour le moment.

— Je me sens…

— Ferme-la avant que quelqu'un nous entende. Occupe-toi de cette connerie de serviette pendant que je fais le reste. »

Junior prit le revolver dans son étui et tira une balle dans l'œil de Carter. La tête de Thibodeau explosa, répandant partout du sang et de la cervelle. Puis Junior se tint au-dessus de lui, déchargeant son arme, encore, encore et en…

« Junior ? »

Junior secoua la tête pour se débarrasser de la vision – si nette qu'elle en avait un côté hallucinatoire – et se rendit compte que sa main étreignait vraiment la crosse de son pistolet. Le virus traînait peut-être encore dans son organisme. Et peut-être que ce n'était pas du tout un virus, en fin de compte.

Quoi, dans ce cas ? Quoi ?

L'odeur entêtante de l'essence pénétra si violemment dans ses narines qu'il en eut les larmes aux yeux. Carter avait commencé à remplir la première bouteille. *Glou glou glou*, faisait le jerrycan. Junior ouvrit la fermeture Éclair, sur la poche latérale du sac à dos, et en sortit une paire de ciseaux. Les ciseaux de couture de sa mère. Il coupa quatre bandes dans le tissu-éponge. Il en plongea une dans la première bouteille, puis la fit partiellement ressortir et rabattit l'extrémité imbibée d'essence pour former une boucle. Il répéta le processus avec les autres.

Ses mains ne tremblaient pas trop pour cela.

21

Le colonel Cox avait quelque peu changé depuis la dernière fois que Julia l'avait vu. Il était bien rasé, en dépit de l'heure tardive, et ses cheveux étaient peignés avec soin, mais son pantalon de toile avait perdu les plis nets du repassage et sa veste de popeline paraissait pendre sur lui, comme s'il avait maigri. Il se tenait à hauteur de ce qui restait de peinture à la bombe, à l'endroit où l'on avait en vain expérimenté l'acide, et il fronçait les sourcils comme s'il allait pouvoir franchir l'esquisse de porte par la seule force de son regard.

Fermez les yeux et claquez trois fois des talons, pensa Julia. *Parce qu'il n'y a rien sur terre qui ressemble au Dôme.*

Elle présenta Rose à Cox et Cox à Rose. Pendant le bref échange de courtoisies, Julia regarda autour d'elle et fut peu séduite par ce qu'elle voyait. Les projecteurs étaient toujours sur place, lançant leurs faisceaux dans l'espace comme pour annoncer quelque mirobolante première hollywoodienne, et le groupe électrogène qui les alimentait ronronnait, mais les camions avaient disparu, de même que la grande tente verte du QG de campagne qui avait été dressée à une quarantaine de mètres de la route. Un rectangle d'herbe écrasée en signalait l'emplacement. Cox était accompagné de deux soldats, mais ils n'avaient pas l'allure faussement décontractée qu'elle associait à l'idée d'aides de camp ou d'attachés militaires. Les sentinelles n'avaient sans doute pas été renvoyées, mais plutôt postées un peu plus loin, au-delà du périmètre à portée de voix des pauvres cloches qui pourraient rappliquer côté Chester's Mill et leur demander ce qui se passait.

Les questions d'abord, les suppliques plus tard, pensa Julia.

« Mettez-moi au courant, Ms Shumway, dit Cox.

— Une question, tout d'abord. »

Le colonel leva les yeux au ciel (elle l'aurait bien giflé pour cette réaction, si elle l'avait pu ; elle était encore sous le coup de l'émotion, après l'accident qu'elles avaient failli avoir). Cependant, il lui fit signe de poursuivre.

« Sommes-nous abandonnés à notre sort ?

— Absolument pas », répondit-il aussitôt.

Mais il ne l'avait pas vraiment regardée en face. Elle trouva ce détail encore plus dérangeant que l'aspect bizarrement désert de l'autre côté du Dôme : comme si un cirque venait de déménager.

« Lisez ceci », dit-elle en plaquant la page de titre du *Democrat* contre la surface invisible du Dôme ; on aurait dit une vendeuse placardant une annonce dans la vitrine d'un grand magasin. Elle ressentit une vibration lointaine dans ses doigts, semblable au léger choc d'électricité statique qu'on éprouve en touchant une carrosserie par un matin froid et sec d'hiver. Ensuite, plus rien.

Il lut le journal dans son intégralité, disant quand il fallait tourner les pages. Cela lui prit dix minutes. Lorsqu'il eut terminé, elle prit la parole : « Comme vous l'avez remarqué, les emplacements réservés à la publicité ont beaucoup diminué, mais je me flatte que la qualité de l'écriture se soit améliorée. Les saloperies me poussent apparemment à donner le meilleur de moi-même.

— Ms Shumway…

— Oh, appelez-moi Julia. Nous sommes quasiment de vieux amis.

— Parfait. Vous c'est Julia, moi c'est J.-C.

— Je vais m'efforcer de ne pas vous confondre avec celui qui marchait sur les eaux.

— À votre avis, ce Rennie serait en train de se tailler un costard de dictateur, c'est ça ? Il chercherait à devenir un Noriega version Nouvelle-Angleterre ?

— Ce serait plutôt sa tendance Pol Pot qui m'inquiète.

— Cela vous paraît-il possible ?

— Il y a deux jours, cette idée m'aurait fait rire – ce type vend des voitures d'occasion quand il ne préside pas les réunions du conseil municipal. Mais il y a deux jours, nous n'avions pas eu d'émeute dans un supermarché. Et nous n'étions pas au courant de ces meurtres.

— C'est *pas* Barbie, dit Rose, secouant la tête d'un air accablée. Jamais de la vie. »

Cox ne releva pas – non pas parce qu'il ignorait Rose, eut l'impression Julia, mais parce qu'il considérait, en effet, l'idée comme trop ridicule pour mériter d'être retenue. Elle éprouva un début de sympathie pour le colonel. « Pensez-vous que Rennie soit l'auteur de ces meurtres, Julia ?

— J'ai réfléchi à la question. Tout ce qu'il a fait depuis l'installation du Dôme – comme interdire la vente d'alcool ou nommer un abruti intégral comme chef de la police – avait un but politique, ce but étant d'augmenter son pouvoir.

— Diriez-vous que le meurtre ne figure pas parmi ses modes d'action ?

— Je ne peux pas être aussi affirmative. Lorsque sa femme est morte, des rumeurs ont couru selon lesquelles il lui aurait donné un coup de main. J'ignore si elles sont fondées, mais le seul fait que de telles rumeurs aient pu être lancées en dit long sur la perception que les gens ont de cet homme. »

Cox acquiesça d'un grognement.

« J'ai beau me creuser la tête, cependant, je ne vois pas en quoi l'assassinat et le viol de deux adolescentes pourraient avoir un objectif politique.

— Barbie, *jamais* de la vie, répéta Rose.

— Pareil avec Coggins, bien que son ministère – et en particulier la station de radio – soit étrangement bien doté. Quant à Brenda Perkins... Son meurtre pourrait avoir été politique.

— Et vous ne pouvez pas envoyer les marines pour l'arrêter, hein ? intervint Rose. Tout ce que vous pouvez faire, c'est regarder. Comme les gosses regardent un aquarium dans lequel les gros poissons bouffent les petits quand il n'y a plus de nourriture.

— Je peux supprimer le service des portables, dit Cox d'un ton méditatif. Et Internet. Je peux déjà faire cela.

— La police a des talkies-walkies, lui fit observer Julia. Elle les utilisera. Et à la réunion de jeudi soir, quand les gens se plaindront de n'avoir plus aucun lien avec l'extérieur, il en rejettera la faute sur vous.

— Nous avions envisagé de faire une conférence de presse vendredi. Je pourrais l'annuler. »

Julia frémit à cette seule idée. « Surtout pas ! Il n'aurait même plus à s'expliquer devant le reste du monde.

— Sans compter, ajouta Rose, que si vous nous coupez les téléphones portables et Internet, personne ne pourra vous dire ce qu'il fabrique. »

Cox resta un moment silencieux, fixant le sol. Puis il releva la tête. « Et cet hypothétique générateur qui maintiendrait le Dôme en place ? Du nouveau ? »

Julia se demanda s'il était prudent de raconter à Cox qu'ils avaient chargé un gamin d'âge scolaire de le traquer. Mais en fin de compte, elle n'eut pas à le faire, car à cet instant la sirène de l'hôtel de ville se déclencha.

22

Pete Freeman laissa tomber le dernier lot de journaux à côté de la porte. Puis il se redressa, se tenant les reins à deux mains, et s'étira. Tony Guay entendit le craquement depuis l'autre bout de la salle.

« On dirait que ça fait mal.

— Non, ça fait du bien.

— Ma femme doit dormir, à l'heure qu'il est, et j'ai une bouteille planquée dans le garage. Tu veux passer à la maison pour un petit verre, avant de rentrer chez toi ?

— Non, je crois que je vais juste… », commença Peter.

C'est à cet instant-là qu'une première bouteille fracassa la fenêtre. Il vit une flamme du coin de l'œil et recula d'un pas. Un seul, mais qui lui évita d'être brûlé, voire brûlé vif.

La bouteille explosa. L'essence s'enflamma et se déploya en une mandorle éclatante. Pete pivota et la mandorle le frôla, mettant le feu à sa manche de chemise avant de tomber sur le tapis, devant le bureau de Julia.

« Qu'est-ce que c'est que cette conn... », articula Tony. Une deuxième bouteille passa par la fenêtre. Elle atterrit sur le bureau de Julia et roula dessus en mettant le feu aux papiers qui le jonchaient. L'odeur chaude de l'essence brûlée était puissante.

Peter courut jusqu'à la fontaine d'eau fraîche, dans l'angle, tout en tapant sur sa manche de chemise. Il souleva maladroitement la bonbonne, la tenant contre lui, puis plaça sa manche en feu (dessous, son bras lui faisait l'effet d'avoir pris un mauvais coup de soleil) sous l'eau qui en coulait.

Un autre cocktail Molotov vola dans la nuit. Trop court. Il explosa sur le trottoir et se transforma en un petit feu de joie sur le ciment. Des serpentins enflammés coulèrent jusque dans le caniveau et s'éteignirent.

« *Verse l'eau sur le tapis !* cria Tony à Peter. *Verse-la avant que ça foute le feu partout !* »

Pete le regarda, sonné, haletant. L'eau continuait à couler sur la partie du tapis qui, malheureusement, n'en avait pas besoin.

Cela faisait dix ans que Tony Guay avait quitté l'université et arrêté le sport, mais ses réflexes étaient pour l'essentiel intacts. Il arracha la bonbonne d'eau à Pete et la tint tout d'abord au-dessus du bureau de Julia, puis du tapis. Les flammes se propageaient rapidement, mais peut-être... s'il faisait vite... et s'il y avait encore une ou deux bonbonnes en réserve dans le couloir...

« *Les autres !* hurla-t-il à Pete qui regardait, bouche bée, sa manche encore fumante. *Dans le couloir du fond !* » Un moment, Pete ne parut pas comprendre. Puis il pigea et s'élança vers le couloir, tandis que Tony passait derrière le bureau de Julia et faisait couler le dernier litre d'eau sur les flammes qui tentaient de gagner dans ce secteur.

Alors, le dernier cocktail Molotov arriva de la nuit, et ce fut celui-là qui fit vraiment des dégâts. Il tomba directement sur les piles de journaux entassées près de la porte d'entrée. L'essence en feu commença à courir le long de la plinthe, et les flammes se mirent à lécher les parois. Main Street, au milieu d'elles, se transforma en un mirage ondulant. De l'autre côté du mirage, sur le trottoir d'en face, Tony aperçut deux silhouettes indistinctes. Avec les vagues de chaleur, on aurait dit qu'elles dansaient.

« LIBÉREZ DALE BARBARA OU ÇA NE SERA QUE LE COMMENCEMENT ! » hurla une voix amplifiée. « NOUS SOMMES NOMBREUX ET NOUS BRÛLERONS TOUTE CETTE FOUTUE VILLE S'IL LE FAUT ! LIBÉREZ DALE BARBARA OU VOUS EN PAIEREZ LE PRIX ! »

Tony baissa les yeux et vit un ruisselet de feu s'avancer entre ses pieds. Il n'avait plus d'eau. Bientôt, les flammes auraient fini de dévorer le tapis et entreprendraient de goûter au vieux bois bien sec, en dessous. En attendant, tout le devant de la grande salle était en feu.

Tony lâcha la bonbonne vide et recula. La chaleur était déjà intense ; il la sentait qui lui tirait la peau. *S'il n'y avait pas eu ces foutus journaux, j'aurais pu...*

Mais il était trop tard pour les *j'aurais pu*. Il se tourna et vit Pete dans l'encadrement de la porte donnant sur le couloir du fond, portant une nouvelle bonbonne de Poland Spring dans ses bras. Il ne restait presque plus rien de sa manche de chemise calcinée. Dessous, sa peau était d'un rouge brillant.

« *Trop tard !* » cria Tony. Il contourna largement le bureau de Julia, transformé en un pilier de feu qui s'élevait jusqu'au plafond, en se protégeant de ses bras. « *Trop tard ! On sort par-derrière !* »

Pete Freeman ne demanda pas son reste. Il balança la bonbonne d'eau sur le feu de plus en plus violent et courut.

23

Carrie ne voulait rien savoir du Mill Gas & Grocery ; pourtant la petite supérette leur avait permis de fort bien vivre toutes ces années, elle et son mari, mais elle se considérait comme Au-Dessus De Ça. Cependant, lorsque Johnny avait émis l'idée de prendre le van pour aller chercher toutes les conserves qui se trouvaient encore au magasin et les ramener à la maison – « afin de les mettre en lieu sûr », comme il l'avait si délicatement formulé –, elle avait immédiatement accepté. Et bien que n'étant pas un bourreau de travail en temps ordinaire (regarder la télé était plus dans ses cordes), elle s'était portée volontaire pour donner un coup de main. Elle n'était pas présente au Food City pendant l'émeute mais lorsqu'elle y était passée plus tard avec son amie Leah Anderson pour s'en faire une idée, les vitrines brisées et le sang qui séchait encore sur le sol l'avaient littéralement terrifiée. L'avenir la terrifiait.

Johnny trimballait les cartons de conserves, soupes, ragoûts, haricots, sauces ; Carrie les rangeait à l'arrière du Dodge Ram. Ils avaient fait la moitié du travail lorsqu'un incendie éclata un peu plus bas dans la rue. Ils entendirent tous les deux le porte-voix. Carrie crut apercevoir deux ou trois individus s'enfuyant en courant par l'allée du Burpee's, mais elle n'en était pas certaine. Cependant elle en serait certaine plus tard, et le nombre des silhouettes vagues s'élèverait à au moins quatre. Probablement cinq.

« Qu'est-ce que ça veut dire, chéri ? Qu'est-ce que ça veut dire ?

— Que ce salopard, cet assassin, n'a pas agi tout seul, répondit Johnny. Cela veut dire qu'il a une bande. »

Carrie avait posé la main sur le bras de son mari ; elle l'étreignit, lui enfonçant les ongles dans la peau. Johnny se libéra et courut vers le poste de police, hurlant *Au feu !* à pleins poumons. Au lieu de le suivre, Carrie Carver continua à charger le van. L'avenir l'effrayait de plus en plus.

24

En plus de Roger Killian et des frères Bowie, on comptait à présent dix nouveaux officiers dans ce qui était devenu les forces de sécurité locale de Chester's Mill, assis sur les bancs de touche du gymnase, à la grande école ; Big Jim venait tout juste de commencer son laïus sur les responsabilités qui leur incombaient lorsque se déclencha la sirène d'incendie. *Il s'y est pris beaucoup trop tôt*, pensa-t-il. *Je peux pas compter sur lui pour me donner un coup de main. J'ai jamais pu, mais c'est pire que jamais.*

« Eh bien, les gars, dit-il en portant plus particulièrement son attention sur le jeune Mickey Wardlaw – Dieu, quelle brute ! –, j'avais beaucoup d'autres choses à vous expliquer, mais on dirait que nous avons une urgence. Dites-moi, Fern Bowie, savez-vous si nous avons des pompes indiennes dans le baraquement des pompiers ? »

Fern répondit qu'il y avait jeté un coup d'œil un peu plus tôt dans la soirée et qu'il devait y avoir pas loin d'une douzaine de ces pompes, en effet. Toutes remplies, ce qui était bien pratique.

Big Jim, estimant que les sarcasmes devaient être réservés aux gens assez intelligents pour les comprendre, déclara que c'était le Seigneur qui veillait sur eux. Et que s'il ne s'agissait pas d'une fausse alerte, il prendrait le commandement des opérations, secondé par Stewart Bowie.

Et maintenant, espèce de fouinarde, pensa-t-il pendant que les nouveaux officiers, l'œil animé, l'air pressé d'en découdre, se levaient des bancs, *dis-moi si ça t'amuse d'avoir fourré ton nez de sorcière dans mes affaires.*

25

« Où tu vas ? » demanda Carter. Il avait gagné, tous feux éteints, le carrefour de West Street et de la Route 117. Le bâtiment qui se dressait là était une station-service Texaco qui avait fermé en 2007. Proche de la ville, elle constituait néanmoins une bonne planque, ce qui la rendait bien pratique. De là où ils venaient, la sirène d'incendie s'époumonait et les premières lueurs des flammes, davantage roses qu'orange, s'élevaient vers le ciel.

« Hein ? » fit Junior, perdu dans la contemplation

de la lumière. Ça l'excitait sexuellement. Il regretta de ne plus avoir de petite amie.

« Je te demande où tu veux aller. Ton père t'a dit de te trouver un alibi.

— J'ai laissé l'unité 2 derrière la poste, répondit Junior en se détournant à regret du spectacle. J'ai pas quitté Freddy Denton une minute. Freddy dira pareil. Toute la nuit. Je vais prendre un raccourci depuis ici. Je vais peut-être revenir par West Street. Pour voir comment ça a pris. »

Il se mit à pouffer sur un mode aigu, presque comme une fille, et Carter lui adressa un regard perplexe.

« Ouais, eh bien, n'y reste pas trop longtemps. Les incendiaires se font toujours choper parce qu'ils reviennent voir les incendies qu'ils ont allumés. Je l'ai lu dans *America's Most Wanted*.

— Sauf qu'il n'y a personne pour porter le Sombrero d'Or sur ce coup, mis à part *Baaarbie*, répliqua Junior. Et toi ? Où tu vas ?

— Chez moi. Ma mère dira que j'y suis resté toute la soirée. Et je vais lui faire changer le pansement de mon épaule – cette putain de morsure me fait un mal... de chien. Je vais prendre de l'aspirine. Puis je reviendrai pour aider à combattre l'incendie.

— Ils ont des trucs plus forts que l'aspirine au centre de soins et à l'hôpital. Et aussi à la pharmacie. On devrait s'intéresser à ces conneries.

— Sûr, dit Carter.

— Ou bien... tu te shootes ? Je crois que je peux en avoir, de ce truc-là.

— De la méth ? Jamais touché à ça. Mais un peu d'Oxy, je dirais pas non.

— De l'Oxy ! » s'exclama Junior. Pourquoi n'y

avait-il jamais pensé ? Voilà qui calmerait probablement ses maux de tête beaucoup mieux que le Zomig ou l'Imitrex. « Ouais, vieux ! T'as bien parlé ! »

Il leva un poing. Carter le heurta, mais il n'avait aucune intention de se shooter avec Junior. Junior était devenu trop bizarre. « Vaudrait mieux y aller, Junior.
— J'suis parti. »

Il ouvrit la portière et s'éloigna, boitant encore légèrement.

Carter constata avec étonnement qu'il était soulagé de voir Junior s'en aller.

26

Barbie s'éveilla au hululement de la sirène et vit Mel Searles qui se tenait juste devant sa cellule. Il avait la braguette ouverte et il tenait son assez considérable engin à la main. Quand il vit qu'il avait l'attention de Barbie, il commença à pisser. Son objectif, manifestement, était la couchette. Comme il ne pouvait y arriver, il se contenta d'éclabousser le béton en dessinant un S approximatif.

« Vas-y, Barbie, rince-toi la dalle, dit-il. Tu dois avoir soif. C'est un peu salé, mais qu'est-ce que t'en as à branler ?
— Qu'est-ce qui brûle ?
— Comme si tu le savais pas », répondit Mel avec un sourire.

Il était toujours pâle – il devait avoir perdu pas mal de sang – mais le bandage qui entourait sa tête était impeccable, sans la moindre tache.

« Fais comme si je savais pas.

— Tes copains ont mis le feu au journal », dit Mel. Barbie prit conscience que le jeune homme était furieux. Et qu'il avait peur. « Pour nous flanquer la frousse et qu'on te relâche. Mais c'est pas ça qui va nous faire peur.

— Mais pourquoi diable aurais-je voulu incendier le journal ? Pourquoi pas l'hôtel de ville, plutôt ? Et qui sont ces prétendus copains que j'aurais ? »

Mel remballait sa queue dans son pantalon. « Tu n'auras pas soif demain, Barbie, t'en fais pas pour ça. Nous avons un seau d'eau plein avec ton nom dessus et une éponge pour aller avec. »

Barbie garda le silence.

« T'as assisté à des petites séances de lessiveuse en *Aïe-rak*, non ? » Mel acquiesça comme pour s'en convaincre. « Eh bien maintenant, tu vas en avoir une expérience personnelle. » Il pointa un doigt à travers les barreaux. « Nous allons trouver tes acolytes, enfoiré. Et on va trouver pourquoi tu as verrouillé cette ville, pour commencer. La connerie du supplice de l'eau ? *Personne* ne tient le coup. »

Il commença à s'éloigner, puis se retourna.

« Pas de l'eau douce, non plus. Salée. Premier truc. T'y penses. »

Sur quoi, il partit, marchant d'un pas lourd dans le corridor du sous-sol, tenant baissée sa tête bandée. Barbie s'assit sur sa couchette en regardant le serpent d'urine de Mel sécher sur le sol et écouta la sirène de l'incendie. Il pensa à la fille dans le pick-up. La petite blonde qui avait failli le prendre à bord et qui avait changé d'avis. Il ferma les yeux.

CENDRES

1

Rusty se tenait sur le rond-point, devant l'hôpital, et regardait les flammes qui montaient de quelque part sur Main Street, lorsque le téléphone se mit à jouer sa petite musique à sa ceinture. Twitch et Gina étaient avec lui, Gina tenant le bras de Twitch comme pour se protéger. Ginny Tomlinson et Harriet Bigelow dormaient dans le local réservé au personnel. Le vieux type qui s'était porté volontaire, Thurston Marshall qui s'était montré étonnamment efficace, faisait la tournée des malades. L'électricité était revenue, les appareils fonctionnaient et, pour le moment, les choses étaient à peu près stabilisées. Jusqu'au moment où l'alerte incendie s'était déclenchée, Rusty s'était même autorisé à se sentir bien.

Il vit le nom de LINDA s'afficher sur l'écran.
« Chérie ? Tout va bien ?

— Ici, oui. Les petites dorment.

— Sais-tu ce qui brû...

— Les bureaux du journal. Tais-toi et écoute-moi bien, parce que je vais couper mon téléphone dans une minute et demie pour que personne ne puisse m'appeler pour aller combattre l'incendie. Jackie est ici. Elle surveillera les gosses. Retrouve-moi au salon funéraire. Stacey Moggin y sera aussi. Elle est passée un peu plus tôt. Elle est avec nous. »

Le nom était familier, mais Rusty n'y associa pas tout de suite un visage. Et ce qui résonnait en lui était surtout ce *elle est avec nous*. Il commençait à y avoir vraiment des camps, on commençait à dire *avec nous* ou *avec eux*.

« Lin…

— Retrouve-moi là-bas. Dix minutes. C'est sans risque tant qu'ils luttent contre l'incendie, vu que les frères Bowie font partie de l'équipe. C'est ce que m'a dit Stacey.

— Comment ont-ils pu réunir aussi vite une équi…

— Je ne sais pas et je m'en fiche. Tu peux venir ?

— Oui.

— Bien. Ne te gare pas dans le parking sur le côté. Fais le tour jusqu'au plus petit, derrière. »

Puis la voix de Linda s'éteignit.

« Qu'est-ce qui brûle ? demanda Gina. Vous le savez ?

— Non, répondit Rusty. Parce que personne ne m'a appelé. »

Il les regarda tous les deux d'un air sombre.

Gina n'avait pas pigé, mais Twitch, si. « Absolument personne n'a appelé, dit-il. Je suis juste parti, sans doute pour une urgence, mais vous ne savez pas où. Je ne l'ai pas dit. D'accord ? »

Gina paraissait toujours perplexe, mais elle acquiesça. Parce qu'à présent, elle faisait partie de l'équipe ; elle ne remettait pas sa parole en question. Et pourquoi l'aurait-elle fait ? Elle avait seulement dix-sept ans. *Eux et nous*, pensa Rusty. *Une mauvaise médecine, en règle générale. En particulier pour des adolescents*. « Probablement pour une urgence, dit-elle. Nous ne savons pas où.

— Eh non, ajouta Twitch. Toi grande sauterelle, nous petites fourmis.

— N'en faites pas tout un pataquès, tous les deux », dit Rusty.

Cependant il savait déjà qu'il s'agissait d'un pataquès. Que c'était synonyme de situation tordue. Gina n'était pas la seule gamine dans le tableau ; lui et Linda en avaient deux, pour le moment endormies sans savoir que papa et maman pourraient bien être en train de faire voile dans une tempête trop violente pour leur petit bateau.

Et pourtant…

« Je reviens plus tard », murmura Rusty, espérant qu'il ne disait pas ça juste pour se rassurer.

2

Sammy Bushey emprunta Catherine Russell Drive au volant de la Malibu des Evans peu après le départ de Rusty pour le salon funéraire ; leurs véhicules se croisèrent sur la place principale.

Twitch et Gina étaient retournés dans l'hôpital, et le rond-point, en face de l'entrée principale, était désert ; mais Sammy ne s'arrêta pas là. On redouble de prudence quand on a un pistolet sur le siège du passager (Phil aurait dit *on devient parano*). Elle fit donc le tour du bâtiment et alla se garer dans le parking des employés. Elle prit le calibre 45, le glissa dans la taille de son jean et le couvrit avec son T-shirt. Elle traversa le parking et fit halte devant la porte de la lingerie, le temps de lire l'affichette qui disait : FUMER ICI SERA INTERDIT À PARTIR DU 1er JANVIER. Elle regarda la poignée, comprenant que si celle-ci ne tournait pas, elle renoncerait. Ce serait un signe de Dieu. Si, en revanche, la porte n'était pas fermée...

Elle n'était pas fermée. Elle se glissa à l'intérieur, tel un fantôme pâle et boitillant.

3

Thurston Marshall était fatigué – sinon épuisé – mais plus heureux qu'il ne l'avait jamais été depuis des années. C'était sans aucun doute de la perversité. Il était professeur titulaire, poète publié, collaborateur d'une prestigieuse revue littéraire. Une ravissante jeune femme partageait son lit, intelligente de surcroît, une jeune femme qui le trouvait merveilleux. Que donner des pilules, administrer des calmants et vider des pots de chambre (sans parler de torcher le cul plein de merde du petit Bushey une heure auparavant) –, que tout cela pût le rendre plus heureux que le reste frisait vraiment la perversité ; et pourtant, le fait était là. Les couloirs de l'hôpital, avec leur odeur de désinfectant et de cire, lui rappelaient sa jeunesse. Les souvenirs avaient été particulièrement vifs, ce soir, de l'arôme entêtant de patchouli dans l'appartement de David Perna au serre-tête à motifs floraux qu'il avait porté pour le service religieux aux chandelles à la mémoire de Bobby Kennedy. Il fit sa tournée en fredonnant « Big Legged Woman », très doucement, dans un souffle.

Il jeta un coup d'œil dans la salle du personnel et vit l'infirmière au pif cassé et la jolie petite aide-soignante – Harriet – endormies sur les couchettes qu'on avait traînées jusque-là. Le canapé était libre, et il n'allait pas tarder à aller y piquer un petit somme – ou alors, plus probablement, il rentrerait à la maison de Highland Avenue qui était à présent son domicile.

Étrange, la manière dont les choses avaient tourné.

Étrange, le monde.

Mais avant tout, une dernière vérification de l'état de ceux qu'il voyait déjà comme ses patients. Cela ne lui prendrait pas longtemps, dans cet hôpital grand comme un timbre-poste. D'autant plus que la plupart des chambres étaient vides. Bill Allnut, que la blessure qu'il avait reçue lors de la bagarre du Food City avait tenu réveillé jusqu'à neuf heures, dormait à présent à poings fermées et ronflait, tourné de côté pour diminuer la pression sur la longue lacération qu'il avait à l'arrière du crâne.

Wanda Crumley se trouvait deux portes plus loin. Le moniteur cardiaque émettait ses bips réguliers et son pouls connaissait un mieux, mais elle en était à cinq litres d'oxygène et Thurston craignait qu'elle ne fût une cause perdue. Trop de surcharge pondérale ; trop de cigarettes. Son mari et sa fille cadette la veillaient. Thurston adressa le V de la victoire (signe de la paix, dans sa jeunesse) à Wendell Crumley et Wendell, souriant courageusement, le lui rendit.

Tansy Freeman, l'appendicite, lisait une revue. « C'était quoi, la sirène incendie ? lui demanda-t-elle.

— Je sais pas, mon chou. Tu as mal ?

— Niveau trois, répondit-elle calmement. Ou peut-être deux. Vous croyez que je pourrai toujours rentrer chez moi demain ?

— C'est au Dr Rusty de décider, mais d'après ma boule de cristal, c'est oui. »

Et la manière dont s'éclaira le visage de la jeune femme lui donna envie – allez savoir pourquoi – de pleurer.

« La maman du petit garçon est revenue, dit Tansy. Je l'ai vue passer.

— Bien », répondit Thurston.

Le bébé n'avait guère posé de problèmes. Il avait pleuré une ou deux fois, mais surtout il avait dormi, mangé et regardé le plafond d'un air apathique depuis le fond de son berceau. Il s'appelait Walter (Thurston ne pouvait imaginer que le *Little* qui précédait *Walter* était aussi un prénom) mais Thurston pensait à lui comme au Gosse Thorazine.

Il ouvrit ensuite la porte de la chambre 23, celle avec le petit panneau jaune BÉBÉ À BORD collé dessus, et vit que la jeune femme – elle avait été victime d'un viol, lui avait soufflé Gina –, assise à côté du petit lit, tenait le bébé dans ses bras et lui donnait le sein.

« Vous allez bien… (il regarda le nom de famille sur la carte au pied du lit)… Ms Bushey ? »

Il prononça *Boucher*, mais Sammy ne prit pas la peine de le corriger. « Oui, docteur », répondit-elle.

Thurston, lui non plus, ne prit pas la peine de la corriger. Cette joie indéfinissable – celle qui montait avec des larmes cachées dedans – lui gonfla de nouveau le cœur. Et dire qu'il avait failli ne pas se porter volontaire ! Si Caro ne l'avait pas encouragé… il aurait manqué cela.

« Le Dr Rusty sera content de voir que vous êtes revenue. Comme Walter. Avez-vous besoin d'un anti-douleur ?

— Non. » C'était vrai.

Ses parties intimes lui faisaient encore mal, mais la douleur restait lointaine. Elle avait l'impression de flotter au-dessus d'elle-même, reliée à la terre par le plus mince des fils.

« Parfait. Cela veut dire que vous allez mieux.

— Oui, répondit Sammy. Bientôt, je me sentirai même bien.

— Quand vous aurez fini de le nourrir, mettez-vous au lit, hein ? Le Dr Rusty passera vous examiner demain matin.

— Très bien.

— Bonne nuit, Ms Boucher.

— Bonne nuit, docteur. »

Thurston referma doucement la porte et poursuivit son chemin dans le couloir. Tout au bout, se trouvait la chambre de la fille Roux. Un coup d'œil, et il aurait terminé.

Elle était hébétée mais réveillée. Le jeune homme qui était venu lui rendre visite, non. Il dormait dans un coin, sur le seul siège de la chambre, une revue sportive sur les genoux, ses longues jambes tendues devant lui.

Georgia fit signe à Thurston d'approcher et, lorsqu'il se pencha vers elle, elle lui murmura quelque chose. Elle avait parlé à voix basse, ce qui (s'ajoutant au fait qu'elle avait la bouche en capilotade et presque complètement édentée) l'empêcha de comprendre plus d'un ou deux mots. Il se pencha un peu plus.

« Eu éveillez pas. » On aurait dit Homer Simpson. « C'est ce-ui qu'est 'nu me endre isite. »

Thurston répondit d'un hochement de tête. Les heures de visites étaient dépassées depuis longtemps, bien entendu, et vu qu'il portait une chemise bleue et une arme de poing au côté, le jeune homme allait se faire sonner les cloches pour ne pas avoir réagi à l'alarme incendie – mais qu'est-ce que ça pouvait faire ? Un combattant du feu en plus ou en moins ne changerait sans doute pas grand-chose ; de plus, pour ne pas avoir été réveillé par la sirène, il fallait qu'il soit plongé dans un sommeil sacrément profond et il n'aurait sans doute pas été d'une grande efficacité. Thurston porta un doigt à ses lèvres et accompagna son geste d'un *chut* complice. Elle essaya de sourire, mais grimaça.

Thurston ne lui proposa cependant pas d'antidouleur ; d'après le tableau au bout de son lit, Georgia Roux ne pouvait rien prendre avant deux heures du matin. Il sortit donc, referma une fois de plus la porte doucement derrière lui, et revint le long du couloir endormi. Il ne remarqua pas que la porte avec BÉBÉ À BORD était une fois de plus entrouverte.

Le canapé de la salle du personnel lui fit de l'œil quand il passa, mais Thurston avait définitivement décidé de retourner sur Highland Avenue.

Il avait envie de voir comment allaient les enfants.

4

Sammy resta assise près du lit avec Little Walter dans les bras jusqu'à ce que le nouveau docteur soit repassé. Puis elle embrassa son fils sur les deux joues et la bouche. « Tu es un gentil bébé, dit-elle. Tu retrouveras maman au ciel, si on la laisse entrer. Je crois que oui. Elle a fait son temps en enfer. »

Elle le déposa dans le berceau, puis elle ouvrit le tiroir de la table de nuit. Elle y avait rangé le pistolet pour qu'il ne risque pas de faire mal à Little Walter pendant qu'elle le tenait et lui donnait le sein pour la dernière fois. Elle prit l'arme.

5

Le bas de Main Street était bloqué par des voitures de police nez à nez, jetant leurs éclairs de bandits manchots. Une foule, silencieuse, nullement excitée – presque lugubre – se tenait derrière et regardait.

Horace le corgi était d'ordinaire un chien peu bruyant, limitant son répertoire vocal à une volée d'aboiements d'accueil ou à un jappement occasionnel destiné à rappeler à Julia qu'il existait et qu'il fallait tenir compte de lui. Mais lorsqu'elle se gara devant la Maison des fleurs, il laissa échapper un hurlement bas, rentré, depuis le siège arrière. Julia tendit la main derrière elle à l'aveuglette pour lui caresser la tête. Cherchant autant à trouver du réconfort qu'à en donner.

« Julia ! mon Dieu ! » dit Rose.

Elles descendirent. Julia avait eu l'intention de laisser le chien dans la voiture, mais lorsqu'il émit de nouveau un de ses petits hurlements chargés d'affliction – comme s'il savait, savait vraiment –, elle alla récupérer la laisse sous le siège passager, ouvrit la portière arrière pour qu'il saute à terre et attacha la laisse à son collier. Puis elle prit son appareil photo personnel, un petit Casio de poche, avant de refermer la portière. Les deux femmes se frayèrent un chemin au milieu de la foule des badauds. Horace ouvrait la marche en tirant sur sa laisse.

Rupe, le cousin de Piper Libby, flic à temps partiel qui s'était installé à Chester's Mill cinq ans auparavant, voulut leur barrer le passage. « Personne ne peut aller plus loin, mesdames.

— C'est chez moi, ici ! Au premier, il y a tout ce que je possède au monde ! En bas, c'est le journal qu'a fondé mon arrière-grand-père. *The Democrat* n'a sauté une parution que quatre fois en cent vingt ans ! Et maintenant, tout part en fumée ! Si vous voulez m'empêcher d'aller voir ça de plus près, il faudra m'abattre ! »

Rupe parut hésiter, mais lorsqu'elle s'élança à nouveau (Horace à hauteur de ses genoux et levant un regard menaçant vers l'homme et sa calvitie), il s'effaça. Seulement un instant.

« Pas vous, dit-il à Rose.

— Si, moi. À moins que tu aies envie que je mette un laxatif dans ton prochain chocolat froid.

— Madame… Rose… j'ai des ordres.

— Au diable vos ordres », dit Julia avec plus de fatigue que de défi dans la voix.

Elle prit Rose par le bras et l'entraîna le long du trottoir, ne s'arrêtant que lorsqu'elle sentit, sur son visage, la chaleur passer de préchauffage à cuisson.

The Democrat était une fournaise. La douzaine de flics présents n'essayaient même pas d'éteindre le feu, mais ils disposaient d'un bon nombre de pompes indiennes (certaines portant encore une étiquette parfaitement lisible à la lueur de l'incendie : PROFITEZ DES JOURNÉES À BAS PRIX AU BURPEE'S !) et ils en arrosaient la pharmacie et la librairie. Étant donné l'absence de vent, Julia se dit qu'ils devraient pouvoir éviter la propagation aux deux autres commerces… ainsi qu'au reste de la rue, de ce côté de Main Street.

« C'est incroyable qu'ils soient arrivés si vite », commenta Rose.

Julia ne dit rien et se contenta de regarder les flammes monter en grondant dans la nuit, faisant disparaître les étoiles roses. Elle était trop sous le choc pour pleurer.

Tout, pensa-t-elle. *Presque tout*.

Pete Freeman franchit le barrage de flics occupés à arroser la façade et le côté nord de la pharmacie de Sanders. Son visage était couvert de suie et strié de traînées de larmes.

« Je suis tellement désolé, Julia ! dit-il. On a presque réussi à l'arrêter… on l'avait pratiquement arrêté… mais il y en a eu encore une… la dernière bouteille qu'ont lancée ces fumiers est tombée sur les journaux, à côté de la porte… » Il passa ce qui restait de sa manche sur son visage, ne faisant que se barbouiller un peu plus de suie. « Je suis tellement désolé ! »

Elle le prit dans ses bras comme un bébé, en dépit des quinze centimètres et des trente ou quarante kilos qu'il avait de plus qu'elle. Elle le serra contre elle, faisant attention à ne pas écraser son bras blessé. « Qu'est-ce qui s'est passé ?

— Des cocktails Molotov, sanglota-t-il. Ce salopard de Barbara !

— Barbie ? Il est en prison, Pete !

— Ses amis ! Ses putains *d'amis* ! C'est *eux* qui l'ont fait !

— *Quoi ?* Tu les as vus ?

— Je les ai entendus », dit-il en se reculant un peu pour la regarder. « Le contraire aurait été difficile. Ils avaient un porte-voix. Ils ont dit que si Dale Barbara n'était pas libéré, ils mettraient le feu à toute la ville (il eut un sourire amer). Le *libérer* ? On devrait le *pendre*, oui ! Donnez-moi une corde et je m'en charge. »

Big Jim arriva d'un pas tranquille. Le feu lui peignait les joues en orange. Ses yeux brillaient. Son sourire s'étalait presque jusqu'à ses oreilles.

« Vous aimez toujours autant votre petit copain Barbie, Julia ? »

Julia s'avança vers lui et son visage devait exprimer quelque chose de particulier car Rennie recula d'un pas, comme s'il craignait un coup de poing. « Ça n'a aucun sens. Aucun. Et vous le savez.

— Oh, vous vous trompez. Si vous parvenez à envisager l'idée que c'est Barbara et ses amis qui ont installé le Dôme, je crois que tout devient clair. Il s'agit d'un acte de terrorisme, purement et simplement.

— Foutaises. J'étais de son côté, ce qui signifie que *le journal* était de son côté. Il le savait.

— Mais ils ont dit…, commença Pete.

— Oui », le coupa-t-elle sans le regarder. Elle continuait à fixer la figure de Rennie, illuminée par le feu. « Ils ont dit, ils ont dit – mais qui diable sont ces *ils* ? Pose-toi la question, Pete. Demande-toi donc, si ce n'est pas Barbie – qui n'a aucun mobile –, *qui* a un mobile ? À qui cela profite de faire taire cette emmerdeuse de Julia Shumway ? »

Big Jim se tourna et fit signe à deux des nouveaux officiers – seulement identifiables par le bandana bleu qu'ils avaient noué autour de leurs biceps. L'un d'eux était un grand gaillard genre bagarreur dont le visage trahissait qu'il sortait à peine de l'enfance. L'autre ne pouvait être qu'un Killian ; cette tête en boule de bowling était aussi caractéristique qu'un timbre commémoratif. « Mickey. Richie. Expulsez-moi ces deux femmes. »

Horace était accroupi au bout de sa laisse, grognant en direction de Big Jim. Celui-ci adressa un regard de mépris au chien.

« Et si elles refusent de partir d'elles-mêmes, vous avez mon autorisation pour les attraper et les balancer par-dessus le capot de notre voiture la plus proche.

— Ce n'est pas terminé », dit Julia en pointant un doigt vers lui. Elle s'était mise à son tour à pleurer, des larmes trop brûlantes et douloureuses pour être de chagrin. « Nous n'en avons pas terminé, fils de pute. »

Le sourire de Big Jim réapparut. Il était aussi brillant que la carrosserie de son Hummer. Et tout aussi noir. « Si, dit-il. Question réglée. »

6

Big Jim repartit en direction du feu – il tenait à voir brûler le journal de la fouille-merde jusqu'à ce qu'il n'en reste plus qu'un tas de cendres – et avala une bouffée de fumée. Son cœur s'arrêta brusquement dans sa poitrine et le monde se mit à ondoyer devant ses yeux. Puis son palpitant reprit du service, mais par à-coups, anarchiquement, le faisant haleter. Il frappa du poing le côté gauche de sa poitrine et toussa violemment, moyen instantané de lutter contre l'arythmie que lui avait appris le Dr Haskell.

Son cœur continua tout d'abord à galoper de manière désordonnée (*bam*… pause… *bam-bam-bam*… pause), puis finit par reprendre un rythme régulier. Un bref instant, il l'imagina enfoui dans une masse dense de graisse jaunâtre, telle une créature vivante qui se débattait pour se libérer avant de ne plus avoir d'air. Puis il repoussa cette image.

Je vais bien. Trop de boulot, c'est tout. Rien dont sept heures de sommeil ne pourront pas venir à bout.

Le chef Randolph arriva, une pompe indienne sur son large dos. Il avait le visage dégoulinant de sueur. « Jim ? Ça va bien ?

— Très bien », répondit Big Jim. C'était vrai. Il se sentait très bien. Il venait d'atteindre l'apogée de sa vie, l'occasion d'accéder à la grandeur dont il s'était toujours su digne. Ce n'était pas un palpitant à la noix qui allait l'empêcher d'y goûter. « C'est juste de la fatigue. Je n'ai pratiquement pas arrêté de courir.

— Rentrez chez vous, lui conseilla Randolph. Jamais je n'aurais imaginé que je dirais merci-mon-Dieu pour le Dôme, et je ne le dis toujours pas, mais au moins il sert de coupe-vent. On va y arriver. J'ai des hommes sur les toits de la pharmacie et de la librairie, au cas où des escarbilles sauteraient, alors vous pouvez y aller et...

— Quels hommes ? »

Ses battements de cœur s'apaisaient. Excellent.

« Henry Morrison et Toby Whelan sur la librairie. Georgie Frederick et l'un des nouveaux gosses sur la pharmacie. Un fils Killian, je crois. Rommie Burpee s'est porté volontaire pour aller avec eux.

— Tu as ton talkie-walkie ?

— Bien sûr.

— Et Frederick a le sien ?

— Comme tous les titulaires.

— Dis à Frederick de surveiller Burpee.

— Rommie ? Pourquoi donc, grands dieux ?

— Il ne m'inspire pas confiance. Je me demande s'il n'est pas ami avec Barbara. »

Ce n'était cependant pas Barbie qui inquiétait Big Jim quand il était question de Burpee. L'homme avait été l'ami de Brenda. Et il était malin.

Le visage en sueur de Randolph était creusé de plis. « Combien sont-ils, d'après vous ? Combien sont du côté de ce fils de pute ? »

Big Jim secoua la tête. « Difficile à dire, Pete, mais il s'agit d'une grosse affaire. Qui doit être planifiée depuis longtemps. Il suffit de regarder qui sont les nouveaux arrivants à Chester's Mill – c'est forcément eux. Mais certains pourraient être sur le coup depuis des années. Des dizaines d'années, même. C'est ce qu'on appelle des agents dormants.

— Bon Dieu ! Mais pourquoi, Jim ? *Pourquoi*, au nom du ciel ?

— Je ne sais pas. Une expérience, peut-être, avec nous comme cobayes. Ou il s'agit peut-être seulement d'une prise de pouvoir. Je n'en crois pas incapable le voyou que nous avons à la Maison-Blanche. Ce qui importe, pour le moment, c'est de renforcer la sécurité et de traquer les menteurs qui cherchent à saper nos efforts pour maintenir l'ordre.

— Est-ce que vous pensez qu'elle... »

Il eut un mouvement de tête vers Julia, qui regardait son entreprise partir en fumée.

« Je n'en suis pas certain, mais pense au comportement qu'elle a eu, cet après-midi. Quand elle a débarqué au poste et qu'elle a gueulé qu'elle voulait le voir ? Qu'est-ce que ça te suggère ?

— Ouais », dit Randolph. Il étudiait Julia Shumway d'un œil froid. « Et mettre le feu à son propre local, quoi de mieux comme couverture ? »

Big Jim pointa un doigt sur lui comme pour dire : *Tu as peut-être bien mis dans le mille.* « Bon, faut que j'y aille. Appelle George Frederick. Dis-lui de garder son bon œil sur ce Canuck[1] de Lewiston.

— Entendu. »

---

1. « Franco-Canadien », terme américain d'origine obscure.

Randolph prit son talkie-walkie.

Derrière eux, Fernald Bowie criait à pleine voix : « *Le toit va s'effondrer ! Reculez, tout le monde, dans la rue ! Ceux sur les toits, tenez-vous prêts ! Les gars, soyez prêts !* »

Big Jim, une main sur la poignée de son Hummer, regarda le toit du *Democrat* céder en expédiant un nuage d'étincelles droit vers le ciel noir. Les hommes postés sur les bâtiments voisins vérifièrent mutuellement leurs pompes et se tinrent en position militaire de repos, attendant les étincelles, le tuyau à la main.

L'expression qui passa sur le visage de Julia quand le toit du *Democrat* s'effondra fit plus de bien au cœur de Big Jim que tous les bon sang de cueilleurs de coton de médicaments et pacemakers du monde. Cela faisait des années qu'il était obligé de supporter ses mercuriales hebdomadaires, et quand bien même il n'aurait jamais reconnu avoir eu peur d'elle, il était certain qu'elle lui avait donné du souci.

Mais regardez-la un peu maintenant, pensa-t-il. *On dirait qu'en arrivant chez elle, elle a trouvé sa mère morte.*

« Vous avez l'air d'aller mieux, lui dit Randolph. Vous reprenez des couleurs.

— Je me *sens* mieux. Mais je vais tout de même rentrer chez moi. Histoire de me reposer un peu les yeux.

— Bonne idée. Nous avons besoin de vous, mon ami. Plus que jamais. Et si ce fichu Dôme ne disparaît pas... » Il secoua la tête, mais ses yeux de chien basset ne quittèrent pas un instant le visage de Big Jim. « Je ne sais pas comment on s'en sortirait sans vous, pour tout vous dire. J'aime Andy Sanders comme un frère, mais on peut pas dire qu'il ait grand-chose dans le crâne. Et Andrea Grinnell ne vaut plus rien depuis qu'elle s'est fait mal au dos. Vous êtes celui qui empêche Chester's Mill de partir en morceaux. »

Big Jim se sentit ému et serra le bras de Randolph. « Je donnerais ma vie pour cette ville. Je l'aime à ce point.

— Je sais. Moi aussi. Et personne ne va nous la voler.

— Exactement », répondit Big Jim.

Il s'éloigna, passant sur le trottoir pour contourner le barrage disposé côté nord du quartier commerçant. Son cœur battait à nouveau régulièrement (ou presque) dans sa poitrine, mais il était tout de même inquiet. Il fallait qu'il voie Everett. L'idée lui déplaisait : Everett était lui aussi un fouineur, qui avait tendance à faire des histoires à un moment où la ville devait plus que jamais être unie. En plus, il n'était pas médecin. Big Jim aurait presque eu davantage confiance en un vétérinaire, pour ses problèmes de santé, mais il n'y en avait aucun à Chester's Mill. Il lui fallait espérer que s'il avait besoin d'un médicament pour régulariser son rythme cardiaque, Everett saurait quoi lui donner.

Bon, quoi qu'il me recommande, je pourrais toujours vérifier avec Andy.

Oui, mais ce n'était pas ce qui l'inquiétait le plus. Ce qui l'inquiétait le plus c'était ce qu'avait dit Pete : *Et si jamais ce fichu Dôme ne disparaît pas...*

La phrase l'inquiétait, mais pas la chose. Tout au contraire. Si le Dôme disparaissait – trop tôt, autrement dit –, il risquait d'avoir de gros ennuis, même si on ne découvrait pas le laboratoire de méthadone. Il y aurait certainement des cueilleurs de coton qui trouveraient à redire à ses décisions. L'une des règles de la vie politique, règle qu'il avait saisie très tôt, était : *Ceux qui peuvent font ; ceux qui ne peuvent pas contestent les décisions de ceux qui peuvent.* Ils risqueraient de ne pas comprendre que tout ce qu'il avait fait, ou ordonné de faire, y compris les jets de pierres au supermarché, ce matin, avait en dernière analyse, le bien commun pour objectif. Les amis de Barbara, à l'extérieur, seraient particulièrement enclins à mal le comprendre, car ils *refuseraient* de comprendre. Que Barbara eût des amis, et des amis puissants, dans le monde extérieur était une chose que Rennie n'avait pas remise en question depuis qu'il avait vu la lettre du Président. Mais pour le moment, ils étaient paralysés. Et cela l'arrangerait que les choses restent en l'état pendant encore une quinzaine de jours. Voire un mois ou deux.

Pour dire la vérité, il aimait bien le Dôme.

Pas sur le long terme, certes, mais jusqu'à ce que le propane stocké à la station de radio soit redistribué. Jusqu'à ce que le labo soit démantelé et que la grange dans laquelle il était installé ait entièrement brûlé (crime à mettre au compte des complices de Dale Barbara). Jusqu'à ce que Barbara puisse avoir un procès et être exécuté par un peloton de policiers. Jusqu'à ce que la responsabilité des incidents qui avaient eu lieu soit imputée au plus grand nombre de personnes possible, le crédit de ce qui avait bien fonctionné ne revenant qu'à une seule, à savoir lui-même.

Jusque-là, le Dôme était parfait.

Big Jim décida qu'il s'agenouillerait et prierait pour que ça se passe ainsi avant de se coucher.

7

Sammy s'engagea en boitillant dans le couloir de l'hôpital, regardant les noms sur les portes et jetant un coup d'œil dans les chambres quand il n'y en avait pas. Elle commençait à s'inquiéter à l'idée que la salope ne soit pas là lorsqu'elle arriva à la dernière et vit une carte de bons vœux de rétablissement punaisée sur celle-ci. Elle représentait un chien de dessin animé avec cette légende : « On m'a dit que tu ne te sentais pas trop bien. »

Sammy retira l'arme de Jack Evans de la ceinture de son jean (ceinture un peu plus lâche, aujourd'hui, elle avait finalement réussi à perdre un peu de poids, mieux valait tard que jamais) et ouvrit la carte du bout du canon. À l'intérieur, le chien se léchait les couilles et la légende disait : « Besoin d'un petit coup de langue ? » Signé *Mel, Jim Jr, Carter, Frank*, typique du bon goût que Sammy leur connaissait.

Toujours du canon, elle repoussa le battant. Georgia n'était pas seule. Cela n'entama nullement le calme profond qu'éprouvait Sammy, le sentiment d'avoir presque atteint la paix. Ce qui aurait pu arriver si l'homme endormi dans le coin avait été un innocent – le père ou l'oncle de la salope, par exemple – mais c'était Frankie, le Tripoteur de Nénés. Celui qui l'avait violée en premier, celui qui lui avait dit qu'elle avait intérêt à fermer sa gueule pendant qu'elle était à genoux. Qu'il soit endormi n'y changeait rien. Parce que les types comme lui recommençaient leurs saloperies dès qu'ils se réveillaient.

Georgia ne dormait pas ; elle souffrait trop, et la fille aux cheveux longs qui était passée la voir ne lui avait pas proposé de calmants. Elle reconnut Sammy et ses yeux s'écarquillèrent. « Toi, fous le 'amp d'ici ! »

Sammy sourit. « Hé, tu parles comme Homer Simpson. »

Georgia vit alors le pistolet et ses yeux s'agrandirent encore. Elle ouvrit sa bouche très largement édentée et cria.

Sammy continua de sourire. Son sourire s'élargit même, en réalité. Ce cri était musique pour ses oreilles, baume pour son cœur.

« "Baise cette salope", dit-elle. C'est bien ça, Georgia ? C'est bien ce que t'as dit, connasse sans cœur ? »

Frank se réveilla et regarda autour de lui, ouvrant de grands yeux hébétés. Ses fesses avaient migré jusqu'au bord du siège, si bien que lorsque Georgia cria pour la deuxième fois, il sursauta et tomba par terre. Il portait une arme au côté – tous les flics en portaient, maintenant – et il voulut la dégainer. « Pose ça, Sammy, pose ça, c'est tout, on est juste entre amis, ici, juste entre amis.

— Tu ferais mieux de n'ouvrir ta gueule que quand t'es à genoux pour sucer la queue de ton ami Junior, Frank. »

Sur quoi Sammy appuya sur la détente du Springfield. La détonation de l'automatique fut assourdissante dans la petite pièce. La première balle passa au-dessus de la tête de Frank et fracassa la fenêtre. Georgia hurla. Elle essaya de sortir de son lit et son goutte-à-goutte et les fils qui la reliaient aux appareils de contrôle sautèrent. Sammy la repoussa sèchement et elle tomba à la renverse en travers du lit.

Frank n'avait toujours pas sorti son pistolet. Dans sa peur et sa confusion, il tirait sur l'étui et non pas sur l'arme, ne réussissant qu'à faire remonter le ceinturon. Sammy s'avança de deux pas vers lui, étreignit le pistolet à deux mains comme elle avait vu qu'on s'y prenait à la télé, et fit de nouveau feu. La partie gauche de la figure de Frank se détacha. Un débris scalpé heurta le mur et y resta collé. Il porta vivement la main à sa blessure. Du sang jaillit entre ses doigts. Puis ceux-ci disparurent, s'enfonçant dans le magma spongieux qu'il y avait à la place de l'os du crâne.

« *Ça suffit !* » cria-t-il. Ses yeux étaient exorbités, noyés de larmes. « *Ça suffit ! Ça suffit ! Me fais pas mal !* » Puis : « *Maman ! MAMAN !*

— Oublie ta mère, elle t'a mal élevé », répliqua Sammy avant de tirer une troisième fois, l'atteignant à la poitrine.

Il fut projeté contre le mur. Sa main gauche retomba sur le plancher ; des éclaboussures de sang jaillirent de la flaque qui s'y était déjà formée. Elle tira une quatrième fois. Puis elle se tourna vers la fille qui gisait sur le lit.

Georgia s'était recroquevillée en boule. Le moniteur bipait comme un forcené au-dessus d'elle, probablement à cause des fils qui s'étaient détachés. Ses cheveux lui pendaient sur les yeux. Elle poussait hurlement sur hurlement.

« C'est pas ce que t'as dit ? demanda Sammy. "Baise-moi cette salope", c'est ça ?

— *Uis 'é-olée !*

— Quoi ? »

Georgia essaya de nouveau. « *Suis 'ésolée ! Suis 'ésolée, Hammy !* » Puis, ultime absurdité : « *E le 'eti'e !*

— Quoi ? Tu le retires ? Tu peux pas. »

Sammy lui tira une première balle en pleine figure, puis une autre dans le cou. Georgia sursauta comme avait sursauté Frank et ne bougea plus.

Sammy entendit courir et crier dans le couloir. Des cris endormis provenaient aussi des autres chambres. Elle était navrée d'avoir provoqué tout ce désordre, mais parfois, on n'avait pas le choix. Parfois, il fallait faire certaines choses. Et une fois qu'elles étaient faites, on pouvait avoir la paix.

Elle porta l'arme à sa tempe.

« Je t'aime, Little Walter. Maman aime son petit garçon. »

Et elle appuya sur la détente.

8

Rusty emprunta West Street pour contourner l'incendie, puis revint sur le bas de Main Street à hauteur du carrefour avec la 117. Le salon funéraire Bowie était plongé dans le noir ; seules de fausses bougies électriques vacillaient dans les vitrines de la façade. Rusty se rendit dans le petit parking, comme le lui avait demandé sa femme, et se gara à côté du corbillard, une longue Cadillac grise. Quelque part dans le secteur, un générateur haletait.

Il tendait la main pour ouvrir sa portière lorsque son téléphone sonna. Il le coupa sans même regarder qui appelait et, quand il releva la tête, un flic se tenait à côté de la vitre. Un flic avec son arme à la main.

C'était une femme. Quand elle se pencha, Rusty vit un nuage exubérant de cheveux blonds frisottés – et il eut enfin un visage à associer au nom qu'avait mentionné Linda. La réceptionniste et dispatcher du poste de police, de service en journée. Il supposa qu'elle avait dû devenir flic à plein temps le Jour du Dôme, ou juste après. Supposa aussi qu'elle avait décidé toute seule de sa mission actuelle.

Elle rengaina son arme. « Hé, Dr Rusty. Stacey Moggin. Vous m'avez soignée, il y a deux ans ; je m'étais assise sur du sumac vénéneux. Vous savez, j'en avais plein les... » Elle se tapota les fesses.

« Oui, je m'en souviens. C'est agréable de vous voir avec votre pantalon remonté, Ms Moggin. »

Elle rit comme elle venait de parler : doucement. « J'espère que je ne vous ai pas fait peur.

— Si, un peu. J'étais en train de couper mon téléphone, et tout d'un coup, vous étiez là.

— Désolée. Venez à l'intérieur. Linda vous attend. Nous n'avons pas beaucoup de temps. Je vais faire le guet. J'enverrai un double clic sur le talkie-walkie de Linda si quelqu'un arrive. Si ce sont les Bowie, ils se gareront dans le parking latéral et nous pourrons nous éclipser par East Street sans être vus. » Elle inclina légèrement la tête de côté. « Bon, d'accord, c'est un poil optimiste, mais au moins sans être identifiés. Avec un peu de chance. »

Rusty la suivit, gardant le cap sur la balise de cheveux blonds frisottés. « Vous êtes entrée par effraction, Stacey ?

— Bon sang, non. On a la clef, à la Casa Flicos. Nous avons des doubles des clefs de la plupart des commerces de Main Street.

— Et comment se fait-il que vous soyez avec nous ?

— Parce que ce ne sont que des conneries induites

par la peur. Duke Perkins y aurait mis le holà depuis longtemps. Bon, venez. Et faites vite.

— Je ne peux pas vous le promettre. En fait, je ne peux rien promettre. Je ne suis pas médecin légiste.

— Aussi vite que possible, alors. »

Rusty la suivit à l'intérieur. L'instant d'après, Linda refermait ses bras sur lui.

9

Harriet Bigelow poussa deux cris, puis s'évanouit. Gina Buffalino resta figée, le regard fixe, presque vitreux. « Faites sortir Gina de là », lança sèchement Thurston. Il n'avait pas été plus loin que le parking : en entendant les coups de feu, il était revenu au pas de course. Pour trouver quoi ? Un massacre.

Ginny passa un bras autour des épaules de Gina et la ramena dans le hall où les patients en état de marcher – soit Bill Allnut et Tansy Freeman – s'étaient retrouvés, apeurés, ouvrant de grands yeux.

« Sortez-moi aussi celle-là du chemin, ajouta Thurston à l'intention de Twitch en lui montrant Harriet. Et rabattez sa jupe pour ménager la pudeur de cette pauvre petite. »

Twitch obtempéra. Lorsqu'il retourna dans la chambre avec Ginny, il trouva Thurston agenouillé à côté du corps de Frank DeLesseps, mort parce qu'il était venu à la place du petit ami de Georgia et était resté après les heures de visite. Des coquelicots sanglants fleurissaient déjà sur le drap que Thurston avait rabattu sur le corps de Georgia.

« Est-ce qu'on peut faire quelque chose, docteur ? »

demanda Ginny. Elle savait que l'homme n'était pas médecin, mais sous le choc, elle l'avait spontanément appelé ainsi. Elle regardait le corps de Frank, une main sur la bouche.

« Oui. » Thurston se releva et ses genoux osseux craquèrent comme des coups de pistolet. « Appelez la police. C'est une scène de crime.

— Tous ceux qui sont en service doivent combattre l'incendie, objecta Twitch. Ceux qui ne le sont pas sont en train de rejoindre les autres ou dorment, le téléphone coupé.

— Eh bien, appelez *quelqu'un*, pour l'amour du ciel ! Et essayez de savoir si nous sommes supposés faire quelque chose avant de nettoyer ce… ce carnage. Prendre des photos, ou je ne sais quoi. Même s'il n'y a guère de doutes sur ce qui s'est passé. Je vous prie de m'excuser une minute. Faut que j'aille vomir. »

Ginny s'effaça pour que Thurston puisse entrer dans les minuscules toilettes de la chambre. Il referma la porte, mais les bruits qu'il émettait résonnaient dans la pièce – on aurait dit un moteur rétif essayant de démarrer.

Ginny sentit soudain une vague de faiblesse envahir sa tête, lui donnant l'impression d'être soulevée et de devenir trop légère. Elle lutta contre la sensation. Quand elle regarda de nouveau Twitch, il refermait son portable. « Pas de réponse de Rusty, dit-il. J'ai laissé un message. Personne d'autre ? Rennie, peut-être ?

— Non ! s'exclama-t-elle, frissonnant presque. Pas lui.

— Ma sœur ? Andrea, je veux dire ? »

Ginny se contenta de le fixer.

Twitch soutint son regard un moment, puis baissa les yeux. « Peut-être pas Andrea », marmonna-t-il.

Ginny le toucha au-dessus du poignet. Il avait la peau froide tant il était sous le coup de l'émotion. La mienne doit l'être aussi, supposa-t-elle. « Si cela peut te réconforter, je pense qu'Andrea essaie de se désintoxiquer. Elle est venue voir Rusty, et je suis à peu près certaine que c'était pour ça. »

Twitch plaqua ses mains contre ses joues, se donnant fugitivement une expression de masque chagrin d'opéra-bouffe. « C'est un cauchemar.

— Oui », dit simplement Ginny.

Puis elle prit son propre téléphone.

« Qui tu vas appeler ? dit-il en réussissant à esquisser un sourire. Les chasseurs de fantômes ?

— Non. Si Andrea et Big Jim sont exclus, qui est-ce qui nous reste ?

— Sanders. Mais il nous serait aussi utile qu'une crotte de chien, et tu le sais. Si on se contentait de nettoyer tout ça ? Thurston a raison, ce qui s'est passé ici est évident. »

À ce moment-là, Thurston sortit de la salle de bains. Il s'essuyait les lèvres avec du papier de toilette. « Parce qu'il y a des règles, jeune homme. Et, dans ces circonstances, il est plus important que jamais que nous les respections. Ou qu'au moins nous fassions honnêtement l'effort d'essayer. »

Twitch leva les yeux et vit la cervelle de Sammy Bushey qui séchait sur l'un des murs. Ce avec quoi elle pensait naguère avait maintenant un aspect de bouillie d'avoine. Il éclata en sanglots.

10

Andy Sanders était assis sur le bord du lit de Dale Barbara, dans l'appartement qu'il lui avait loué. L'éclat orangé de l'incendie du *Democrat*, juste à côté, emplissait la fenêtre. Il entendait des bruits de pas et des voix étouffées au-dessus de lui – sans doute les hommes sur le toit, pensa-t-il.

Il avait avec lui un sac en papier brun, lorsqu'il avait emprunté l'escalier extérieur de la pharmacie. Il en vida le contenu : un verre, une bouteille d'eau Dasani et un flacon de pilules. Les pilules étaient de l'OxyContin. On lisait sur l'étiquette : RÉSERVÉES POUR A. GRINNELL[1]. Elles étaient roses – des vingt milligrammes. Il en fit tomber une petite poignée, les compta, en fit tomber quelques-unes de plus. Vingt. Soit quatre cents milligrammes. Ce qui n'aurait peut-être pas suffi à tuer Andrea, qui avait eu le temps d'acquérir une sacrée tolérance, mais il était sûr que pour lui ça suffirait largement.

La chaleur de l'incendie traversait les murs et se faisait sentir jusque dans la chambre. Il était trempé de sueur. Il devait faire dans les quarante, ici ; peut-être plus. Il s'essuya avec le couvre-lit.

Je ne la sentirai bientôt plus. Il y aura une brise fraîche, au ciel, et nous irons tous dîner à la table du Seigneur.

---

1. Il faut savoir que, pour de nombreux médicaments, les pharmaciens américains comptent le nombre de pilules ou cachets prescrits, les mettent dans de petites bouteilles et y apposent une étiquette avec leur raison sociale, le nom de la personne et la posologie.

Il se servit du fond du flacon pour réduire les pilules roses en poudre, afin que la drogue fasse un effet instantané. Un bon coup de marteau. Il s'allongerait sur le lit, fermerait les yeux, et bonsoir, gentil pharmacien, que des ribambelles d'anges chantent pour ton repos éternel.

Moi... et Claudie... et Dodee. Ensemble pour l'éternité.

Détrompe-toi, mon frère.

C'était la voix de Coggins, du Coggins sermonneur dans ses moments de plus grande sévérité. Andy arrêta d'écraser ses pilules.

Les suicidés ne dînent pas avec les êtres aimés, mon ami. Ils vont en enfer et se rassasient de charbons ardents qui brûlent pour l'éternité dans leur ventre. Peux-tu me donner un alléluia pour ça ? Peux-tu dire amen ?

« Des... çonneries », murmura Andy, ne pouvant se résoudre à employer un vrai gros mot. Il se remit à broyer les pilules. « T'avais le groin dans l'auge avec nous. Pourquoi je devrais te croire ? »

Parce que je dis la vérité. Ta femme et ta fille sont en train de te regarder, en ce moment, te suppliant de ne pas le faire. Ne peux-tu pas les entendre ?

« Eh non, dit Andy. Et ce n'est pas toi, non plus. C'est juste le froussard qui est en moi. Le froussard qui m'a régenté toute ma vie. C'est comme ça que Big Jim a eu prise sur moi. C'est comme ça que je me suis trouvé mêlé à cette désastreuse combine d'amphètes. Je n'ai pas besoin de cet argent, je ne comprends même pas ce que *signifient* de telles sommes – c'est tout simplement que je ne sais pas dire non. Mais aujourd'hui, je peux. Non m'sieur. Je n'ai plus aucune raison de vivre, alors je pars. T'as quelque chose à objecter à ça ? »

Lester Coggins, apparemment, n'avait pas d'objections. Andy finit de broyer les pilules et remplit son verre d'eau. Il fit tomber la poudre dans le verre, puis remua le mélange avec le doigt. En bruit de fond, il entendait ronfler et craquer l'incendie, les cris des hommes et leurs bottes martelant le toit.

« Un p'tit coup derrière la cravate », dit-il... sauf qu'il ne but pas. Sa main tenait le verre, mais le froussard en lui – le froussard qui ne voulait pas mourir alors qu'il savait que la vie n'avait plus aucun sens pour lui – l'empêchait de bouger.

« Non, tu ne gagneras pas, cette fois », dit-il. Il posa le verre pour s'essuyer de nouveau le visage avec le couvre-lit. « Non, pas chaque fois et pas ce coup-ci. »

Il porta le verre à ses lèvres. La rose suavité de l'oubli roulait dedans. Il le reposa cependant encore une fois.

Le froussard, qui le régentait toujours. Damné soit ce froussard.

« Seigneur, envoie-moi un signe, murmura-t-il. Envoie-moi un signe pour que je sache que c'est juste de boire ceci. Rien que parce que c'est le seul moyen de fuir cette ville, sinon pour autre chose. »

Le toit du *Democrat* s'effondra, de l'autre côté de la ruelle, au milieu de gerbes d'étincelles. Au-dessus de lui quelqu'un (il crut reconnaître la voix de Romeo Burpee) cria : « *Ceux sur les toits, tenez-vous prêts ! Les gars, soyez prêts !* »

Soyez prêts. C'était un signe, certainement. Andy Sanders leva une fois de plus le verre de la mort et cette fois, le froussard ne retint pas son bras. Le froussard semblait avoir renoncé.

Dans sa poche, son portable se lança dans les premières notes de « You're Beautiful », musique sentimentale de merde que lui avait choisie Claudie. Un instant, il faillit bien boire, malgré tout, puis une voix lui murmura que cela aussi pouvait être un signe. Voix qui était celle de Coggins, ou du froussard, ou encore celle de son cœur, il n'aurait su le dire. Et du fait de cette incertitude, il répondit.

« Mr Sanders ? » C'était une voix de femme, fatiguée, malheureuse, effrayée. Andy pouvait sympathiser. « Virginia Tomlinson, de l'hôpital.

— Ginny ? Oui, bien sûr ! » répondit son vieux moi joyeux et plein de sollicitude.

« Nous avons un gros pépin, ici, j'en ai peur. Pouvez-vous venir ? »

Un rayon de lumière perça les ténèbres confuses qui régnaient dans la tête d'Andy. Il se sentit rempli d'émerveillement et de gratitude – que quelqu'un puisse lui dire ces mots, *Pouvez-vous venir ?* Avait-il oublié l'impression délicieuse que cela faisait ? Sans doute, supposa-t-il, alors que c'était avant tout pour cette raison qu'il s'était présenté au poste de premier conseiller. Pas pour disposer du pouvoir ; ça, c'était le truc de Big Jim. Seulement pour prêter une main secourable à ceux qui en avaient besoin. Voilà comment il avait commencé ; peut-être serait-ce ainsi qu'il allait aussi finir.

« Mr Sanders ? Vous êtes toujours là ?

— Oui. Tenez bon, Ginny. J'arrive. » Il se tut. « Et arrêtez de m'appeler monsieur. C'est Andy. Nous sommes tous dans le même bateau, vous savez. »

Il raccrocha, emporta le verre dans la salle de bains et le vida dans les toilettes. L'impression agréable – ce sentiment de clarté et d'émerveillement – dura jusqu'au moment où il tira la chasse. Sur quoi, la dépression lui retomba dessus, tel un vieux manteau à l'odeur forte. On avait *besoin* de lui ? C'était fichtrement drôle. Il n'était rien que ce crétin d'Andy Sanders, la marionnette sur les genoux de Big Jim. Son porte-voix. Son baratineur. L'homme qui lisait les motions et les propositions concoctées par Big Jim comme si elles étaient de lui. L'homme qu'il était bien pratique de mettre sur le devant de la scène tous les deux ou trois ans pour faire campagne en usant de son charme de bouseux. Chose que Big Jim était incapable ou n'avait pas envie de faire.

Il y avait encore des pilules dans le flacon. Et de la Dasani au frais, au rez-de-chaussée. Andy, cependant, n'y pensait plus sérieusement ; il avait fait une promesse à Ginny Tomlinson, et il était un homme de parole. Il n'avait pourtant pas rejeté l'idée du suicide ; il l'avait simplement repoussée sur le coin de la cuisinière pour la laisser mijoter. Ou mise au frais, comme disaient les politiciens de clocher. Et cela lui ferait du bien de sortir de cette chambre, laquelle avait failli être celle de son dernier soupir.

Elle se remplissait de fumée.

11

La salle de préparation du salon funéraire se trouvait au sous-sol, si bien que Linda se sentit assez en sécurité pour allumer. Rusty avait besoin de lumière pour son examen.

« C'est vraiment dégueulasse », dit-il avec un geste du bras qui engloba le carrelage crasseux marqué de traces de pas et le petit nuage de mouches qui tournait au-dessus des canettes de bière et de soda empilées dans un coin. « Si le service de contrôle des pompes funèbres voyait ça – ou le département de la santé –, les Bowie devraient fermer en moins d'une minute new-yorkaise.

— Nous ne sommes pas à New York », lui rappela Linda.

Elle regardait la table en Inox qui se dressait au milieu de la pièce. Des ombres douteuses, traces de substances qu'il valait mieux ne pas chercher à identifier, la constellaient ; un emballage de Snicker traînait dans l'une des évacuations. « Nous ne sommes même plus dans le Maine, j'en ai peur. Grouille-toi, Eric. Ça pue, ici.

— De plusieurs manières, même », répondit Rusty.

L'état répugnant de la salle le dégoûtait – fichtre, le *scandalisait*. Il aurait été capable de donner un coup de poing dans le nez de Stewart Bowie rien que pour l'emballage de confiserie abandonné sur la table où l'on retirait le sang des défunts de la ville.

De l'autre côté de la salle se trouvaient six chambres froides individuelles, aussi en Inox. Quelque part montait le bourdonnement régulier du système de refroidissement. « On ne manque pas de propane, ici, remarqua Rusty. Les frères Bowie vivent sur un grand pied. »

Aucun nom ne figurait sur les casiers – autre signe de négligence – et Rusty ouvrit donc les six. Les deux premiers étaient vides, ce qui ne le surprit pas. La plupart de ceux qui étaient morts depuis le Dôme, y compris Ron Haskell et les Evans, avaient été rapidement enterrés. Jimmy Sirois, n'ayant pas de parents proches, se trouvait encore dans la petite morgue de l'hôpital.

Les quatre suivants contenaient les corps qu'il était

venu voir. La puanteur de la décomposition se répandit dès qu'il tira le cadre roulant. Elle engloutit les odeurs déplaisantes mais nettement moins agressives des produits de conservation et des différents onguents funéraires. Linda battit en retraite, prise de haut-le-cœur.

« Ne va pas vomir, Linny », dit Rusty, qui fonça vers les placards, de l'autre côté de la salle. Le premier qu'il ouvrit ne contenait rien, sinon des éditions anciennes de la revue campagnarde *Field & Stream*, et il jura. En revanche, dans celui de dessous il y avait ce qu'il cherchait. Il repoussa un trocart qui paraissait n'avoir jamais été nettoyé et prit une paire de masques chirurgicaux en plastique vert encore dans leur emballage. Il en tendit un à Linda et enfila le second. Dans le troisième, il trouva enfin des gants de caoutchouc convenables. Ils étaient d'un jaune éclatant, un jaune infernalement désinvolte.

« Si tu as l'impression que tu vas dégueuler dans le masque, monte plutôt rejoindre Stacey.
— Ça va aller. Il faut un témoin.
— Je ne sais pas trop dans quelle mesure ton témoignage sera valable ; tu es ma femme.
— Il faut un témoin, répéta Linda. Fais simplement le plus vite possible. »

Les tiroirs contenant les cadavres étaient sales. Ce qui ne le surprit pas, après tout ce qu'il venait de voir, mais ne le dégoûta pas moins. Linda avait pensé à emporter un vieux magnétophone qui traînait dans leur garage. Rusty appuya sur *enregistrement*, testa l'appareil, et fut un peu étonné de constater qu'il fonctionnait encore assez bien. Il posa le Panasonic sur l'un des tiroirs vides. Il enfila alors les gants. Ça lui prit un temps fou ; il avait les mains en sueur. Il y avait probablement du talc quelque part, mais il n'était pas question de perdre davantage de temps à le chercher. Il avait l'impression d'être comme un cambrioleur. Diable, il *était* un cambrioleur.

« D'accord, on y va. Il est vingt-deux heures quarante-cinq, le 24 octobre. Cet examen a lieu dans la salle de préparation du salon funéraire Bowie de Chester's Mill. Qui est malpropre, soit dit en passant. Un scandale. Je constate la présence de quatre corps, trois femmes et un homme. Deux des femmes sont jeunes, adolescentes ou post-adolescentes. Il s'agit d'Angela McCain et de Dodee Sanders.

— Dorothy, le corrigea Linda depuis l'autre côté de la table en Inox. Son nom est... était... Dorothy.

— Correction. Dorothy Sanders. La troisième femme est relativement âgée. Il s'agit de Brenda Perkins. L'homme a une quarantaine d'années. C'est le révérend Lester Coggins. Je note que je peux identifier toutes ces personnes. »

Il fit signe à sa femme d'approcher et lui montra les corps. Elle regarda et ses yeux se remplirent de larmes. Elle souleva son masque, le temps de dire : « Je suis Linda Everett, du département de police de Chester's Mill. Mon numéro matricule est 7-7-5. Je reconnais aussi ces quatre corps. » Elle remit son masque.

Rusty lui fit signe de revenir. Tout ça, c'était du cinéma, de toute façon. Il le savait et soupçonnait Linda de le savoir aussi. Néanmoins, il ne se sentait pas déprimé. Il avait voulu faire une carrière médicale dès l'enfance et il serait certainement devenu médecin s'il n'avait pas été obligé d'abandonner ses études pour s'occuper de ses parents. Et ce qui l'avait poussé quand, au lycée, il disséquait des grenouilles ou des yeux de bovin, en cours de biologie, était ce qui le poussait encore aujourd'hui : la simple curiosité. Le besoin de savoir. Et il allait savoir. Peut-être pas tout, mais au moins certaines choses.

C'est ici que les morts aident les vivants. C'est bien ce qu'a dit Linda, non ?

Peu importait. Il était certain qu'ils l'aideraient, s'ils pouvaient.

« Je ne vois aucune trace de travail cosmétique sur les corps, mais tous les quatre ont, par contre, été embaumés. J'ignore si ce travail a été terminé mais j'en doute, car les aiguilles des artères fémorales sont toujours en place.

« Angela et Dodee – pardon, Dorothy – ont reçu des coups violents et sont dans un état de décomposition avancé. Coggins a également reçu des coups – on l'a sauvagement frappé, d'après les marques – et la décomposition est moins avancée. Les muscles de son visage et de ses bras commencent à peine à s'affaisser. Brenda – Brenda Perkins... » Sa voix mourut et il se pencha sur le corps.

« Rusty ? demanda une Linda nerveuse. Qu'est-ce qu'il y a, Rusty ? »

Il tendit une main gantée, mais arrêta son geste pour retirer son gant et entourer la gorge de la morte de sa paume. Il souleva alors la tête et sentit une grosseur anormale, affreuse, à hauteur de la nuque. Il reposa doucement la tête puis fit pivoter le corps sur une hanche pour pouvoir examiner le dos et les fesses.

« Seigneur, dit-il.
— Quoi, Rusty ? Quoi ? »

Pour commencer, elle est barbouillée de merde, pensa-t-il. Mais pas question d'enregistrer ça. Pas même si Randolph ou Rennie n'écoutaient que les soixante premières secondes de l'enregistrement avant d'écraser la cassette sous leurs talons. Il n'ajouterait pas ce détail à sa profanation.

Mais il s'en souviendrait.

« Quoi ? »

Rusty s'humecta les lèvres. « Brenda Perkins présente des signes de *livor mortis* sur les fesses et les cuisses, indiquant qu'elle est morte depuis au moins douze heures et probablement plutôt quatorze. Elle a aussi des ecchymoses importantes sur les deux joues. Ce sont des marques de main. Cela ne fait aucun doute. On l'a prise par la figure et on a violemment tourné sa tête sur la gauche, provoquant la fracture des vertèbres cervicales axis et atlas, C1 et C2. Avec section probable de la moelle épinière.

— Oh, Rusty », gémit Linda.

Il releva les deux paupières de Brenda l'une après l'autre. Et vit ce qu'il avait redouté.

« Les marques sur les joues et des pétéchies sclérales – des taches de sang sur le blanc de l'œil – suggèrent que la mort n'a pas été instantanée. Elle n'arrivait plus à respirer et s'est asphyxiée. Elle a pu rester consciente un assez long moment. On espère que non. C'est malheureusement tout ce que je peux dire. Les jeunes filles, Angela et Dorothy, sont mortes depuis plus longtemps. Leur état de décomposition suggère qu'elles sont restées dans un lieu à température ambiante. »

Il coupa l'enregistrement.

« En d'autres termes, je ne constate rien qui exonère définitivement Barbie, ni rien que nous ne sachions déjà.

— Mais si ses mains ne correspondent pas aux marques sur les joues de Brenda ?

— Ces marques sont trop floues pour avoir une certitude. Je me fais l'effet d'être le roi des crétins, Linny. »

Il fit repasser les deux jeunes filles – qui auraient dû être en train de se balader dans le centre commercial d'Auburn, ou occupées à comparer leurs petits copains – dans les ténèbres d'où il les avait un instant sorties. Puis il revint à Brenda.

« Donne-moi un torchon. J'en ai vu à côté de l'évier. Ils m'ont même paru propres, ce qui est une sorte de miracle dans cette porcherie.

— Qu'est-ce que…

— Plutôt deux. Mouille-les.

— Allons-nous avoir le temps…

— On va le prendre. »

Linda regarda en silence son mari nettoyer soigneusement les fesses et l'arrière des cuisses de Brenda Perkins. Quand il eut terminé, il jeta les torchons sales dans un coin, se disant que si les frères Bowie avaient été là, il en aurait fourré un dans la bouche de Stewart et l'autre dans celle de ce con de Fernald.

Puis il embrassa Brenda sur le front et la renvoya dans le tiroir réfrigéré. Il entreprit la même manœuvre avec Coggins, puis s'arrêta. Le visage du révérend avait été lavé de la manière la plus sommaire ; il avait encore du sang dans les oreilles, dans les narines et même dans les sourcils.

« Mouille un autre torchon, Linda.

— Ça fait au moins dix minutes, mon chéri. Je suis touchée par le respect que tu montres pour les morts, mais il y a les vivants dont il faut…

— Nous tenons peut-être quelque chose. Ce n'est

pas le même genre de coups. Je peux déjà le voir sans... mouille un torchon. »

Linda ne discuta pas davantage et lui en tendit un. Puis elle le regarda nettoyer le reste de sang sur le visage du mort, travaillant avec douceur mais sans la tendresse qu'il avait manifestée pour Brenda.

Linda n'avait jamais été une fan de Lester Coggins (lequel avait une fois proclamé, lors de son émission hebdomadaire sur WCIK, que les enfants qui allaient voir Miley Cyrus risquaient l'enfer), mais ce que découvrait Rusty ne lui en serrait pas moins le cœur. « Mon Dieu, dit-elle, on dirait un épouvantail bombardé à coups de pierres par des gosses pour s'amuser.

— Je te l'ai dit. Pas le même genre de coups. Cela n'a pas été fait avec des poings. Ni même avec des pieds.

— C'est quoi, sur la tempe ? » demanda Linda en pointant le doigt.

Rusty ne répondit pas. Au-dessus du masque, ses yeux brillaient de stupéfaction. Et de quelque chose d'autre, aussi : d'une compréhension qui commençait tout juste à se faire jour.

« Qu'est-ce que c'est, Eric ? On dirait... je sais pas trop... comme des *points*.

— Un peu, mon neveu. » Son masque remonta, repoussé par le sourire qui s'étalait sur sa figure. Pas un sourire de bonheur, mais de satisfaction. De la variété sinistre. « Sur le front, aussi. Tu vois ? Et sur la mâchoire. Celui-là lui a cassé la mâchoire.

— Quel type d'arme peut laisser des marques pareilles ?

— Une balle de baseball, répondit Rusty en repoussant le cadre coulissant. Pas une balle ordinaire. Mais une balle en métal, en plaqué or ? Tiens pardi ! Balancée avec suffisamment de force, elle pourrait en laisser. Je pense que c'est *ça* qui l'a fait. »

Il abaissa son front vers elle. Leurs masques se heurtèrent. Elle le regarda dans les yeux.

« Jim Rennie en a une. Je l'ai vue sur son bureau quand je suis allé lui parler des bouteilles de propane manquantes. Je ne sais pas pour les autres, mais je pense au moins savoir où est mort Lester Coggins. Et qui l'a tué. »

12

Après l'effondrement du toit, Julia ne supporta plus de rester là. « Venez avec moi, lui dit Rose. Ma chambre d'amis est à vous aussi longtemps que vous voudrez.

— Merci, mais non. J'ai envie d'être seule pour le moment, Rose. Enfin… avec Horace. J'ai besoin de réfléchir.

— Mais où allez-vous habiter ? Ça va aller ?

— Oui. » Julia ne savait pas si c'était vrai. Son esprit paraissait fonctionner normalement et ses pensées étaient cohérentes, mais elle avait l'impression que ses émotions venaient de recevoir une forte dose de novocaïne. « Je viendrai peut-être plus tard. »

Lorsque Rose fut partie en empruntant l'autre côté de la rue (non sans se tourner pour adresser un dernier salut troublé à la journaliste), Julia revint à la Prius, installa Horace sur le siège avant et se mit au volant. Elle chercha des yeux ses deux employés mais ne les vit nulle part. Tony avait peut-être conduit Pete à l'hôpital pour faire soigner son bras. C'était un miracle que ni l'un ni l'autre n'aient été plus gravement blessés. Et si elle n'avait pas pris Horace avec elle lorsqu'elle était partie voir Cox, son chien aurait été incinéré avec tout le reste.

Elle comprit alors que ses émotions n'étaient pas anesthésiées, en fin de compte, mais seulement enfouies. Un son – une sorte de gémissement – lui échappa. Horace dressa ses considérables oreilles et la regarda avec anxiété. Elle essaya de s'arrêter, sans y parvenir.

Le journal de son père.

Le journal de son grand-père.

Le journal de son arrière-grand-père.

En cendres.

Elle roula jusqu'à West Street et, arrivée à hauteur du parking abandonné derrière le Globe, elle décida de s'y garer. Elle coupa le moteur, attira Horace contre elle et sanglota cinq bonnes minutes. Exemplaire, le chien supporta tout sans broncher.

Lorsqu'elle eut pleuré, elle se sentit mieux. Plus calme. C'était peut-être un calme dû à son état de choc, mais au moins elle pouvait à nouveau penser. Et ce à quoi elle pensa fut le dernier lot restant de journaux, qui se trouvait dans son coffre. Elle se pencha par-dessus le corgi (qui lui donna un coup de langue amical au passage) et ouvrit la boîte à gants. Elle était encombrée de toutes sortes de choses, mais il lui semblait qu'il devait y avoir... ce n'était pas impossible...

Et tel un don de Dieu, c'était là. Une petite boîte en plastique contenant des épingles, des élastiques, des punaises, des pinces. Les élastiques et les pinces ne lui seraient d'aucune utilité, mais les épingles et les punaises, pour ce qu'elle avait à l'esprit...

« Horace ? Ça te dirait une petite balade ? »

Horace aboya qu'il avait en effet très envie d'une petite balade.

« Bien, moi aussi. »

Elle prit le lot de journaux et revint sur Main Street. Le bâtiment du *Democrat* n'était plus qu'un monceau de ruines en flammes sur lesquelles les flics déversaient de l'eau (*grâce à ces pompes indiennes qui s'étaient comme par miracle trouvées à portée de main, déjà toutes pleines*, pensa-t-elle). Le spectacle lui fit mal au cœur – évidemment – mais c'était plus supportable, maintenant qu'elle avait quelque chose à faire.

Elle remonta la rue, Horace marchant dignement à côté d'elle et, sur chaque poteau de téléphone, elle punaisa un exemplaire du dernier numéro du *Democrat*. Le titre **ÉMEUTE ET MEURTRES AGGRAVENT LA CRISE** se détachait à la lueur des flammes. Elle regrettait maintenant de n'avoir pas mis ce seul mot : **ATTENTION !**

Elle continua jusqu'à ce qu'elle ait épuisé son stock.

13

De l'autre côté de la rue, le talkie-walkie de Peter Randolph émit trois craquements de suite. Urgence. Redoutant ce qu'on allait lui dire, il appuya sur le bouton *transmission* et dit : « Chef Randolph. J'écoute. »

C'était Freddy Denton, lequel, en tant qu'officier responsable du quart de nuit, se retrouvait *de facto* chef adjoint. « Je viens d'avoir un appel de l'hôpital, chef. Un double meurtre...

— QUOI ? » hurla Randolph. L'un des nouveaux flics – Mickey Wardlaw – le regarda bouche bée.

Denton continua, d'un ton calme – peut-être suffisant. Si c'était ça, Dieu lui vienne en aide. « ... et un suicide. L'auteur est cette fille qui disait qu'on l'avait violée. Les victimes sont des nôtres, chef. Georgia Roux et Frank DeLesseps.

— Tu... tu... TE FOUS DE MA GUEULE !

— J'ai envoyé Rupe et Mel Searles sur place, continua Freddy. Le bon côté, c'est que nous n'aurons pas à la mettre au TROU avec Bar...

— Tu aurais dû y aller en personne, Fred. Tu es l'officier senior.

— Dans ce cas, qui serait resté au central ? »

Randolph n'avait pas de réponse à ça. Il supposa qu'il ferait mieux de rappliquer illico au Cathy-Russell.

J'en veux plus, de ce boulot. J'en veux plus du tout

Mais c'était trop tard. Et avec Big Jim pour l'aider, il y arriverait. C'était à cette idée qu'il fallait s'accrocher ; Big Jim lui ferait franchir le gué.

Marty Arsenault lui tapa sur l'épaule. Randolph se retourna et faillit l'assommer. Arsenault n'y fit pas attention ; il regardait l'autre côté de la rue. Julia promenait son chien. Elle promenait son chien et elle... elle faisait quoi ?

Elle placardait un journal, voilà ce qu'elle faisait. Elle le punaisait sur les poteaux téléphoniques.

« Cette salope va jamais laisser tomber, marmonna Randolph.

— Tu veux que j'aille l'arrêter ? » demanda Arsenault.

L'homme semblait en avoir envie et Randolph faillit le laisser faire. Puis il secoua la tête. « Elle va juste se mettre à te baratiner sur ses foutus droits civiques et tout le bazar. Comme si elle ne se rendait pas compte que flanquer une frousse d'enfer à tout le monde n'est pas exactement dans l'intérêt de la ville. » Il secoua de nouveau la tête. « Probable qu'elle s'en rend pas compte, oui. Elle est incroyablement... » Il y avait un mot pour ce qu'elle était, un mot français qu'il avait appris au lycée. Il ne s'attendait pas à ce qu'il lui revienne à l'esprit et pourtant, si : «... incroyablement *naïve*.

— Je vais l'arrêter, chef, pas de problème. Qu'est-ce qu'elle va faire, appeler son avocat ?

— Non. Qu'elle s'amuse un peu. Au moins, comme ça, on l'a pas sur le dos. Je ferais mieux d'aller à l'hôpital. Denton dit que la fille Bushey a assassiné Frank DeLesseps et Georgia Roux. Puis qu'elle s'est suicidée.

— Bordel », murmura Marty en se décomposant. C'est aussi en rapport avec Barbara, tu crois ? »

Randolph faillit répondre que non, puis réfléchit. Il venait de penser aux accusations de viol lancées par la fille. Son suicide leur donnait un accent de vérité et si jamais la rumeur courait que des membres de la police de Chester's Mill avaient commis un tel acte, ce serait mauvais pour le moral du poste, et donc pour la ville. Cela, il n'avait pas besoin de Jim Rennie pour le lui dire.

« Je sais pas. Mais c'est possible. »

Les yeux de Marty étaient embués – la fumée, ou le chagrin. Les deux, peut-être. « Faut mettre Big Jim au courant de ce truc, Pete.

— Je vais le faire. En attendant (Randolph eut un mouvement de tête vers Julia), garde un œil sur elle et quand elle en aura marre et sera partie, récupère toutes ces merdes et remets-les à leur place (cette fois-ci, il indiqua le brasier qui restait de ce qui le matin même était encore un journal). La merde avec la merde. »

Marty ricana. « Bien compris, patron. »

Et c'est exactement ce que fit l'officier Arsenault. Mais pas avant que plusieurs citoyens de la ville n'aient eu le temps de décrocher un certain nombre de journaux pour les examiner dans un endroit bien éclairé – une demi-douzaine, peut-être dix. Ils passèrent de main en main au cours des deux ou trois jours suivants, et furent lus jusqu'à être pratiquement en lambeaux.

14

Lorsque Andy arriva à l'hôpital, Piper Libby s'y trouvait déjà. Assise sur l'un des bancs du hall d'entrée, elle parlait avec deux jeunes filles portant les pantalons de nylon et les blouses blanches d'infirmière... même si Andy trouva qu'elles avaient l'air bien trop jeunes pour ça. Toutes deux avaient pleuré et avaient l'air d'être sur le point de recommencer, mais il était clair, se rendit-il compte, que la révérende Libby avait un effet apaisant sur elles. Il n'avait jamais eu de problèmes pour ce qui était d'évaluer les émotions humaines. Parfois, il regrettait de ne pas être plus doué pour le côté intellectuel des choses.

Ginny Tomlinson se tenait à côté, s'entretenant d'un ton calme avec un type d'un certain âge. Ils donnaient l'impression d'être sonnés. Ginny vit Andy et se dirigea vers lui, suivie par le type d'un certain âge. Elle dit qu'il s'appelait Thurston Marshall et expliqua qu'il leur donnait un coup de main.

Andy adressa un grand sourire au nouveau venu et lui serra chaleureusement la main. « Heureux de faire votre connaissance, Thurston. Moi, c'est Andy Sanders. Premier conseiller. »

Depuis son banc, Piper se tourna vers lui. « Si vous étiez vraiment premier conseiller, Andy, vous feriez rentrer votre deuxième conseiller dans le rang.

— Nous venons de vivre quelques journées difficiles, répondit Andy sans se départir de son sourire. Comme tout le monde. »

Piper continua à le dévisager avec une froideur singulière, puis se tourna vers les deux jeunes filles et leur demanda si elles ne voulaient pas venir avec elle à la cafétéria pour un thé. « Moi, j'en prendrais bien un.

— Je l'ai appelée tout de suite après vous », dit Ginny, un peu sur un ton d'excuse, lorsque Piper fut partie avec les deux jeunes infirmières. Et j'ai appelé la police. J'ai eu Fred Denton. »

Elle plissa le nez comme si elle sentait une mauvaise odeur.

« Voyons, Freddy est un bon gars », répondit Andy. Mais le cœur n'y était pas – son cœur lui donnait l'impression qu'il était toujours assis sur le lit de Dale Barbara, sur le point de boire l'eau rose empoisonnée – les vieilles habitudes avaient néanmoins repris le dessus sans à-coups. L'envie d'arranger les choses, d'apaiser les eaux troublées, tout cela c'était comme savoir monter à bicyclette. « Racontez-moi ce qui s'est passé. »

Ce qu'elle fit. Andy l'écouta avec un calme surprenant, si l'on songeait qu'il connaissait depuis toujours la famille DeLesseps et qu'il était sorti autrefois avec la mère de Georgia Roux (Hélène embrassait bouche ouverte, ce qui était chouette, mais avait mauvaise haleine, ce qui ne l'était pas). Lui-même pensa que sa placidité émotionnelle avait tout à voir avec le fait que si son téléphone n'avait pas sonné, il serait inconscient à l'heure actuelle. Ou peut-être mort. Voilà qui met le monde en perspective.

« Deux de nos officiers récemment nommés », dit-il. Il avait lui-même l'impression de parler comme les répondeurs automatiques des salles de cinéma vous donnant les horaires des films. « Et l'un d'eux déjà gravement blessé en essayant de contrôler l'émeute du supermarché. Mon Dieu, mon Dieu...

— Ce n'est peut-être pas le moment de vous le dire, mais je ne suis pas un très grand fan de votre poste de police, dit Thurston. Même si porter plainte pour les coups de poing que m'a donnés celui qui est mort est évidemment aujourd'hui sans objet.

— Quel officier ? Frank, ou la fille Roux ?

— Le jeune homme. Je l'ai reconnu en dépit de... en dépit de son visage défiguré.

— Frank DeLesseps vous a frappé ? »

Andy n'arrivait tout simplement pas à y croire. Frankie avait déposé chez lui, pendant quatre ans, un exemplaire du *Lewiston Sun* sans jamais manquer un jour. Oui, bon, un ou deux, maintenant qu'il y pensait, mais c'était à cause de grosses tempêtes de neige. Et une fois, il avait eu la rougeole. Ou les oreillons ?

« Si c'est bien son nom.

— Eh bien... diable... c'est... » Qu'est-ce que c'était ? Et est-ce que c'était important ? Y avait-il quelque chose d'important ? Cependant, Andy continua à jouer sportivement le jeu : « C'est regrettable, monsieur. Nous considérons, à Chester's Mill, qu'il faut savoir prendre ses responsabilités. Qu'il faut faire son devoir. Sauf qu'en ce moment, nous avons plus ou moins le pistolet sur la tempe. Les circonstances dépassent notre contrôle, vous savez.

— Je le sais tout à fait, répondit Thurston. En ce qui me concerne, cette affaire est de l'histoire ancienne. Mais, monsieur… ces officiers sont terriblement jeunes. Et très indisciplinés. » Il marqua une pause. « La personne avec qui j'étais a également été agressée. »

Décidément, Andy ne pouvait tout simplement pas croire que ce type lui disait la vérité. Les flics de Chester's Mill ne faisaient pas de mal aux gens, ou alors il fallait qu'on les provoque – et pas qu'un peu. Ces brutalités étaient réservées aux grandes villes, là où les gens ne savent pas se conduire. Bien entendu, il aurait aussi affirmé qu'une jeune femme tuant deux flics pour se suicider ensuite était le genre d'évènement qui ne se produisait jamais à Chester's Mill.

Laisse tomber, se dit Andy. *Il n'est pas d'ici, il n'est même pas de l'État. C'est sans doute pour ça.*

Ginny intervint alors : « À présent que vous êtes ici, Andy, je ne sais pas trop ce que nous devons faire. Twitch s'occupe des corps, et… »

Mais avant qu'elle aille plus loin, la porte s'ouvrit. Une jeune femme entra, tenant deux enfants à l'air endormi par la main. Le vieux type – Thurston – l'embrassa sous les yeux des gosses, un garçon et une fille. Ils étaient pieds nus et portaient des T-shirts en guise de chemises de nuit. On lisait sur celui du garçon, qui lui tombait jusqu'aux chevilles, PRISONNIER 9091 et PROPRIÉTÉ DE LA PRISON D'ÉTAT DE SHAWSHANK. La fille de Thurston et ses petits-enfants, sans doute, supposa Andy, et Claudie et Dodee se mirent soudain à lui manquer terriblement. Il repoussa cette vague d'émotion. Ginny lui avait demandé de l'aide et en avait clairement besoin. Ce qui signifiait sans aucun doute qu'il allait devoir l'écouter lui raconter toute l'histoire une seconde fois – non pour son bénéfice à lui, mais pour elle. Pour qu'elle puisse en prendre toute la mesure et commencer à la digérer. Ça ne gênait pas Andy. Il avait toujours eu le don pour écouter, et c'était beaucoup mieux que de contempler trois cadavres dont l'un était celui de son ex-livreur de journaux. C'était tellement simple d'écouter, quand on y pensait, même un parfait imbécile pouvait écouter, mais c'était une chose que Big Jim n'avait jamais su faire. Big Jim était meilleur pour parler. Et pour dresser des plans – ça aussi. Ils avaient de la chance de l'avoir, par les temps qui couraient.

Tandis que Ginny lui racontait l'histoire une seconde fois, une idée vint à Andy. Une idée importante : « Est-ce que quelqu'un... »

Mais Thurston revenait avec les nouveaux venus. « Conseiller Sanders... euh, Andy, voici ma compagne, Carolyn Sturges. Et ces deux-là sont des enfants dont nous nous occupons. Alice et Aidan.

— Je veux mon biberon, réclama Aidan d'un ton morose.

— Tu es trop grand pour le biberon », lui répondit Alice en lui donnant un coup de coude.

Le visage du petit garçon se tordit en une grimace, mais il ne pleura pas vraiment.

« Alice, dit Carolyn Sturges, c'est méchant. Et qu'est-ce qu'on dit des gens méchants ? »

Le visage d'Alice s'éclaira. « Les gens méchants nous gonflent ! » s'écria-t-elle, et elle pouffa de rire. Après un instant d'hésitation, Aidan se joignit à elle.

« Je suis désolée, dit Carolyn à Andy. Je n'avais personne pour les surveiller et Thurston avait l'air tellement déprimé quand il m'a appelée… »

C'était dur à croire, mais on aurait bien dit que le vieux type faisait frotti-frotta avec cette jeune femme. Cette idée ne suscita que peu d'intérêt dans l'esprit d'Andy qui, en d'autres circonstances, aurait pu s'y attarder plus longtemps, imaginant les positions, se demandant si elle le suçait avec cette jolie bouche pulpeuse, etc. Pour l'instant, il avait d'autres choses en tête.

« Est-ce que quelqu'un a averti le mari de Sammy qu'elle était morte ? demanda-t-il.

— Phil Bushey ? » La question avait été lancée par Dougie Twitchell, qui venait d'apparaître à l'accueil. Il se tenait les épaules voûtées et son teint était grisâtre. « Ce fils de pute l'a abandonnée et a quitté la ville. Ça fait des mois. » Ses yeux se portèrent sur Alice et Aidan. « Désolé, les enfants.

— Pas de problème, dit Caro. Nous sommes pour la liberté de langage, chez nous. C'est plus honnête.

— C'est vrai, confirma Alice de sa petite voix flûtée. On peut dire merde et pisse tant qu'on veut, au moins tant que maman sera pas revenue.

— Mais pas salope, intervint Aidan. Salope, c'est interdit. »

Carolyn ne prit pas garde à cet aparté. « Thurston ? Qu'est-ce qui s'est passé ?

— Pas devant les enfants, répondit-il. Liberté de langage ou pas.

— Les parents de Frank ne sont pas à Chester's Mill, dit Twitch, mais j'ai pu entrer en contact avec Hélène Roux. Elle l'a pris avec calme.

— Ivre ? demanda Andy.

— Saoule comme une grive. »

Andy s'avança de quelques pas dans le couloir. Un petit groupe de patients, en tenue d'hôpital, lui tournait le dos. Regardant la scène de crime, supposa-t-il. Il n'avait aucune envie d'en faire autant et fut soulagé que Dougie Twitchell se soit occupé de tout. Il était pharmacien et politicien, lui. Son boulot était d'aider les vivants, pas de régler le sort des morts. Et il savait quelque chose que ces gens ignoraient. Pas question de leur révéler que Phil Bushey se trouvait encore sur le territoire de la commune, vivant comme un ermite à la station de radio, mais il pouvait aller lui dire que sa femme était morte. Il le pouvait et il le devait. Évidemment, il était impossible de prévoir ce que serait la réaction de Phil Bushey. Phil n'était plus lui-même, depuis quelque temps. Il risquait de devenir agressif. Il risquait même de tuer le messager. Mais est-ce que ce serait si affreux ? Les suicidés allaient peut-être en enfer manger des charbons ardents pour l'éternité, mais les victimes de meurtre, Andy en était convaincu, allaient au ciel et dînaient de rôti de bœuf et de jus de pêche à la table du Seigneur, aussi pour l'éternité.

Avec ceux qu'ils aimaient.

15

En dépit de la sieste qu'elle avait faite un peu plus tôt, jamais Julia ne s'était sentie aussi fatiguée de toute sa vie. Et à moins d'accepter l'offre de Rosie, elle n'avait nulle part où aller. Il ne lui restait que sa voiture.

Elle y retourna, enleva sa laisse à Horace pour qu'il puisse sauter sur le siège passager, puis s'assit derrière le volant. Essayant de réfléchir. Elle aimait beaucoup Rose Twitchell, mais celle-ci allait vouloir passer en revue toute cette longue et éprouvante journée. Sans compter qu'elle voudrait aussi certainement savoir ce qui pouvait être fait pour venir en aide à Dale Barbara. Elle espérait que Julia aurait des idées, mais Julia n'en avait aucune.

Pendant ce temps, Horace la regardait, lui demandant la suite du programme de ses oreilles dressées et de ses yeux brillants. Il lui fit penser à la femme qui avait perdu son chien, Piper Libby. Piper l'accueillerait chez elle et lui donnerait un lit sans la saouler de paroles. Et, après une bonne nuit de sommeil, Julia serait peut-être capable de penser à nouveau. Voire d'amorcer un projet.

Elle démarra la Prius et se rendit jusqu'à la Congo. Le presbytère était plongé dans l'obscurité ; il y avait un mot punaisé à la porte. Julia le décrocha, retourna à sa voiture et le déchiffra à la lumière du plafonnier.

Je suis partie pour l'hôpital. Il y a eu une fusillade là-bas.

Julia recommença à pousser son gémissement mais, lorsque Horace se mit à en faire autant, comme pour se mettre à l'unisson, elle se força à s'arrêter. Elle passa en marche arrière, puis revint au point mort, le temps d'aller remettre la note là où elle l'avait trouvée, au cas où un autre paroissien, portant lui aussi le poids du monde sur ses épaules, viendrait faire appel au dernier conseiller spirituel de Chester's Mill.

Et maintenant, où ? Chez Rosie, finalement ? Mais Rosie s'était peut-être déjà couchée. L'hôpital ? Julia se serait forcée à s'y rendre, en dépit de son état de choc et de sa fatigue, si cela avait servi à quelque chose ; sauf qu'elle n'avait plus de journal dans lequel rapporter ce qui s'y était passé et donc plus de raison de se confronter à une nouvelle rafale d'horreurs.

Elle sortit à reculons de l'allée et se dirigea vers la place principale sans savoir pourquoi, jusqu'au moment où elle arriva à la hauteur de Prestile Street. Trois minutes plus tard, elle se garait dans l'allée d'Andrea Grinnell. Pourtant, la maison était elle aussi plongée dans l'obscurité. Personne ne répondit à ses coups discrets. N'ayant aucun moyen de savoir qu'Andrea était au premier, dans son lit, profondément endormie pour la première fois depuis qu'elle avait balancé toutes ses pilules, Julia supposa qu'elle s'était rendue chez son frère Dougie, ou bien qu'elle passait la nuit chez une amie.

Horace, assis sur le paillasson, levait les yeux vers elle, l'air d'attendre qu'elle prenne les choses en main, comme elle l'avait toujours fait. Mais elle se sentait trop fatiguée pour prendre les choses en main, pour aller plus loin. Elle était à peu près certaine qu'elle allait se retrouver dans le fossé et les tuer tous les deux si elle se remettait au volant de la Prius.

La pensée qui la harcelait n'était pas le souvenir du bâtiment où toute sa vie avait été réduite en cendres, mais la réaction qu'avait eue le colonel Cox quand elle lui avait demandé si on les avait abandonnés.

Négatif, avait-il répondu. *Absolument pas*. Si ce n'est qu'il n'avait pas été capable de la regarder dans les yeux en disant cela.

Il y avait un fauteuil de jardin sur le porche. Si nécessaire, elle pouvait s'y lover... Mais peut-être...

Elle essaya la poignée de la porte. C'était ouvert. Elle hésita ; pas Horace. Assuré qu'il était d'être toujours bienvenu partout, il entra immédiatement. Julia le suivit, en se disant, *C'est mon chien qui prend les décisions maintenant. Voilà à quoi j'en suis réduite.*

« Andrea ? appela-t-elle doucement. Andi ? Vous êtes là ? C'est Julia. »

Au premier, allongée sur le dos et ronflant tel un chauffeur de poids lourds après quatre jours de route, Andrea bougea un seul membre : son pied gauche, qui n'avait pas encore renoncé à gigoter sous l'effet du sevrage.

Il faisait sombre, dans le séjour, mais le noir n'était pas complet ; Andrea avait laissé une veilleuse allumée dans la cuisine. Et il y avait une odeur. Les fenêtres étaient ouvertes, mais, en l'absence de toute brise, les relents de vomi persistaient encore. Ne lui avait-on pas dit qu'Andrea était souffrante ? Qu'elle avait la grippe, peut-être ?

C'est peut-être la grippe, mais cela pourrait être tout aussi bien l'effet du sevrage, si elle est à court de pilules.

Que ce fût l'un ou l'autre, la maladie était la maladie, et les gens malades, en règle générale, n'aiment pas rester seuls. Ce qui signifiait pour Julia que la maison était vide. Et elle était tellement fatiguée. Il y avait un superbe canapé, très long, de l'autre côté de la pièce, qui lui tendait les bras. Si Andrea revenait demain matin et la trouvait là, elle comprendrait.

Elle me préparera même une tasse de thé, peut-être. Nous en rirons. Bien que l'idée de rire de quoi que ce soit, aujourd'hui ou plus tard, lui parût tout à fait impensable en ce moment. « Allez viens, Horace. »

Elle défit la laisse et traversa la pièce d'un pas fatigué. Horace continua de la regarder jusqu'à ce qu'elle se soit installée, un coussin moelleux sous la tête. Il s'allongea alors à son tour, le museau sur la patte.

« Sois bien sage », lui dit-elle. Et elle ferma les yeux. Ce qu'elle vit alors, ce fut ceux de Cox qui ne regardaient pas tout à fait dans les siens. Parce que Cox pensait qu'ils étaient prisonniers du Dôme pour longtemps.

Le corps, cependant, connaît des répits dont le cerveau n'a pas conscience. Julia s'endormit, la tête à un mètre à peine de l'enveloppe de papier kraft que Brenda avait essayé de lui faire parvenir le matin même. À un moment donné, Horace sauta sur le canapé et se roula en boule sur ses genoux. Et c'est ainsi qu'Andrea les découvrit, quand elle descendit le matin du 25 octobre, se sentant redevenue elle-même comme cela ne lui était pas arrivé depuis des années.

16

Quatre personnes se trouvaient dans le séjour des Everett : Linda, Rusty, Jackie Wettington et Stacey Moggin. Rusty servit du thé glacé et fit un bref compte rendu de ce qu'il avait découvert dans le sous-sol du salon funéraire Bowie. La première question que posa Stacey était purement pratique :

« Avez-vous pensé à refermer ?

— Oui, répondit Linda.

— Alors rendez-moi la clef. Je dois la remettre à sa place. »

Eux et nous, pensa à nouveau Rusty. *Voilà de quoi il va être question ici. De quoi il est déjà question. Nos secrets. Leurs pouvoirs. Nos plans. Leur programme.*

Linda rendit la clef à Stacey, puis demanda à Jackie si les filles ne lui avaient pas posé de problème.

« Pas de crise, si c'est cela qui t'inquiète. Elles ont dormi comme des bébés.

— Qu'allons-nous faire ? » demanda Staccy. C'était un petit bout de femme, mais au caractère bien trempé. « Si vous voulez qu'on arrête Rennie, nous devrons commencer par convaincre Randolph. Nous, les trois femmes, en tant qu'officiers de police, Rusty en tant que légiste par défaut.

— Non ! s'écrièrent ensemble Jackie et Linda, Jackie d'un ton décidé, Linda d'un ton apeuré.

— Nous avons une hypothèse mais pas de véritable preuve, fit observer Jackie. Je ne suis même pas certaine que Randolph nous croirait si nous avions des images de vidéosurveillance montrant Big Jim en train de casser le cou à Brenda. Lui et Rennie sont sur le même bateau, maintenant ; pour eux, c'est se maintenir à flot ou couler. Et la plupart des flics se mettraient du côté de Pete.

— En particulier les nouveaux, ajouta Stacey en tirant sur ses bouclettes. Des types pas très brillants, dans l'ensemble, mais déterminés. Ils adorent parader avec une arme. Sans compter, ajouta-t-elle en se penchant en avant, qu'il y en a six ou huit de plus ce soir. Rien que des gosses en fin de secondaire. Costauds, stupides et enthousiastes. Ils m'ont flanqué une frousse carabinée. Un dernier détail. Thibodeau, Searles et Junior Rennie ont demandé aux bleus de leur en recommander d'autres. Encore deux jours, et ce ne sera plus une unité de police, mais une armée d'ados.

— Personne ne voudra nous écouter ? » demanda Rusty. Il n'était pas incrédule, pas exactement ; il essayait simplement de bien comprendre. « Absolument personne ?

— Henry Morrison, peut-être, dit Jackie. Il voit bien ce qui se passe et ça ne lui plaît pas. Mais les autres ? Ils vont suivre Randolph comme un seul homme. En partie parce qu'ils ont peur, en partie parce qu'ils aiment le pouvoir. Des types comme Whelan ou George Frederick n'en ont jamais eu ; des types comme Freddy Denton sont juste foncièrement mauvais.

— Ce qui veut dire ? demanda Linda.

— Ce qui veut dire que, pour le moment, il faut que cette affaire reste entre nous. Si Rennie a bien tué quatre personnes, il est très, très dangereux.

— Attendre ne peut que le rendre encore plus dangereux », objecta Rusty.

Linda se rongeait les ongles, chose que Rusty ne lui avait pas vu faire depuis des années. « Nous devons penser à Judy et Janelle, Rusty. Nous ne pouvons pas prendre le risque qu'il leur arrive quelque chose. Il n'en est pas question pour moi, et il n'en est pas question pour toi.

— Moi aussi, j'ai un gosse, dit Stacey. Calvin. Il a cinq ans tout juste. Il m'a fallu tout mon courage rien que pour monter la garde ce soir, au salon funéraire. L'idée de parler de ça à cet abruti de Randolph... »

Elle n'eut pas besoin d'achever sa phrase ; la pâleur de ses joues était éloquente.

« Personne ne te le demande, lui dit Jackie.

— Pour l'instant, tout ce que je peux prouver est que quelqu'un a utilisé la balle de baseball contre Coggins. Il pourrait s'agir de n'importe qui. Bon sang, même de son propre fils.

— Voilà qui ne serait pas une si grande surprise

pour moi, dit Stacey. Junior a un comportement bizarre depuis quelque temps. Il s'est fait virer de Bowdoin pour une bagarre. J'ignore si son père est au courant, mais la police a été appelée au gymnase où elle a eu lieu et j'ai pu voir le rapport. Et les deux filles... si ce sont des crimes sexuels...

— C'en était, dit Rusty. De la pire espèce. Je préfère ne même pas vous en parler.

— Mais Brenda, elle, n'a pas été agressée sexuellement, fit remarquer Jackie. Ce qui me fait penser que Coggins et Brenda sont des cas différents de ceux des deux filles.

— Junior a peut-être tué les filles et son paternel Brenda et Coggins, hasarda Rusty, s'attendant à entendre des rires. Il n'y en eut pas. Dans ce cas, pourquoi ? »

Tous secouèrent la tête.

« Il doit bien y avoir un mobile, insista Rusty. Mais je doute que ce soit le sexe.

— Vous pensez qu'il a quelque chose à cacher, n'est-ce pas ? demanda Jackie.

— Oui, exactement. Et autre chose me dit que quelqu'un pourrait savoir de quoi il s'agit. Quelqu'un qui est enfermé dans le sous-sol du poste de police.

— Barbara ? s'étonna Jackie. Pourquoi Barbara serait-il au courant ?

— Parce qu'il a parlé avec Brenda. Ils ont eu un long tête-à-tête dans son jardin, le lendemain du Jour du Dôme. »

Ce fut au tour de Stacey de s'étonner : « Comment diable êtes-vous au courant de ça ?

— Par la petite Buffalino, qui habite à côté de chez les Perkins. La fenêtre de sa chambre donne sur leur jardin. Elle les a vus et m'en a parlé. » Il se rendit compte que sa femme le regardait. « Que veux-tu que je te dise ? C'est une petite ville. Et tout le monde soutient l'équipe.

— J'espère que tu lui as dit de garder ça pour elle.

— Non, je ne l'ai pas fait. Parce que je n'avais aucune raison, à ce moment-là, de soupçonner Rennie d'avoir tué Brenda. Ou défoncé la tête de Coggins à coups de balle de baseball plaquée or. Je ne savais même pas qu'ils étaient morts tous les deux.

— Nous n'en ignorons pas moins si Barbara est au courant de quelque chose, dit Stacey. De lui, nous savons que son omelette champignons et fromage est du tonnerre, et c'est à peu près tout.

— Quelqu'un va devoir lui poser des questions, dit Jackie. Je me porte volontaire.

— Et même s'il sait quelque chose, qu'est-ce que ça va changer ? intervint Linda. Nous sommes pratiquement sous une dictature. Je viens juste d'en prendre conscience. Je crois que je suis un peu ralentie.

— Tu es plus confiante que ralentie, dit Jackie. Et en temps normal, avoir confiance est une manière légitime de se comporter. Quant au colonel Barbara, nous ne saurons si ce qu'il a appris pourra nous aider ou non que lorsque nous lui aurons posé la question. » Elle marqua une pause. « Et ce n'est pas vraiment le problème. Il est innocent. C'est ça, le problème.

— Et s'ils le tuent ? demanda abruptement Rusty. S'ils l'abattent au cours d'une tentative d'évasion ?

— Je suis à peu près certaine que cela ne se produira pas, répondit Jackie. Big Jim tient à monter un procès-spectacle. On ne parle que de ça au poste (Stacey approuva de la tête). Ils veulent faire croire aux gens que Barbara est une araignée qui a tissé un vaste réseau de conspiration. Après quoi, ils pourront l'exécuter. Mais même en mettant les bouchées doubles, cela va prendre des jours. Des semaines, si nous avons de la chance.

— Non, nous n'aurons pas cette chance, dit Linda. Pas si Rennie veut en finir rapidement.

— Tu as peut-être raison, mais Rennie doit tout d'abord franchir l'étape de la réunion du conseil, jeudi soir. Et il va vouloir interroger Barbara. Si Randolph sait que Barbara a parlé avec Brenda, Rennie le sait aussi.

— Bien sûr qu'il le sait, s'impatienta Stacey. Ils étaient ensemble lorsque Barbara a montré la lettre du Président à Jim. »

Ils restèrent une minute silencieux, réfléchissant à ce qui venait d'être dit.

« Si Rennie cache quelque chose, avança Linda, il risque d'avoir besoin de temps pour s'en débarrasser. »

Jackie éclata d'un rire bref qui eut un effet presque choquant, vu la tension qui régnait dans la pièce. « Eh bien, bonne chance. Quoi que ce soit, il est de toute façon impossible pour lui de le mettre à l'arrière d'un bahut et de le faire disparaître de la ville.

— Ce serait en rapport avec le propane ? demanda Linda.

— Possible, dit Rusty. Si je me souviens bien, vous avez été militaire, Jackie, non ?

— J'ai rempilé deux fois dans l'armée, oui. *Police* militaire. Jamais participé aux combats, mais j'ai vu mon lot de morts et de blessés, en particulier la deuxième fois. Würzburg, Allemagne, première division d'infanterie. Surnommée la *Big Red One*. J'ai surtout arrêté des bagarres de bar et monté la garde devant l'hôpital local. J'ai connu des gars comme Barbie et je donnerais cher pour le faire sortir de sa cellule et l'avoir à nos côtés. Si le Président l'a nommé, ou a essayé de le nommer, c'est qu'il y avait une bonne raison. » Elle s'interrompit un instant. « Il ne serait peut-être pas impossible de le faire évader. Cela mérite qu'on y pense. »

Les deux autres femmes, également officiers de police mais aussi mères de famille, ne réagirent pas sur le coup à cette proposition, mais Linda se rongeait les ongles et Stacey se tripotait les cheveux.

« Je sais ce que vous ressentez », reprit Jackie.

Linda secoua la tête. « Non, pas si tu n'as pas des gosses qui dorment au premier et qui dépendent de toi pour leur petit déjeuner tous les matins.

— Peut-être pas, mais pose-toi la question : si nous sommes coupés du monde extérieur, ce qui est le cas, et si le type qui tient les commandes est un fou furieux meurtrier, ce qu'il est peut-être, crois-tu que les choses vont s'arranger si nous nous contentons de rester assis dans notre coin et de nous croiser les bras ?

— Admettons que vous le fassiez évader, dit Rusty. Qu'est-ce que vous allez faire de lui ? Vous ne pouvez pas exactement vous adresser au programme de protection des témoins.

— Je ne sais pas, répondit Jackie avec un soupir. Ce que je sais, par contre, c'est que le Président lui a donné le commandement et que Big Jim l'Enfoiré a organisé un complot pour le faire accuser de meurtre de manière à ce que ce ne soit pas possible.

— Dans l'immédiat vous n'allez rien faire, dit Rusty. Même pas prendre le risque de lui parler. Il y a autre chose en jeu dans cette affaire, et cela pourrait tout changer. »

Il leur parla alors du compteur Geiger, raconta comment il l'avait récupéré, à qui il l'avait confié et ce que Joe McClatchey prétendait avoir découvert avec.

« Je ne sais pas, dit Stacey. Ça paraît trop beau pour être vrai. Il a quel âge, le petit McClatchey... quatorze ans ?

— Treize, je crois. Mais il est redoutablement intelligent, et s'il affirme qu'il y a un pic de rayonnement du côté de Black Ridge Road, je le crois. Et si jamais il a trouvé la chose qui maintient le Dôme en place et que nous puissions l'arrêter...

— Alors ce sera la fin du cauchemar ! s'exclama Linda, les yeux brillants. Et Jim Rennie s'effondrera comme un ballon crevé !

— Ah, ce serait génial, n'est-ce pas ? dit Jackie Wettington. Si c'était à la télé, peut-être même que je le croirais. »

17

« Phil ? lança Andy. *Phil ?* »

Il fallait élever la voix s'il voulait être entendu. Bonnie Nandella et The Redemption étaient lancés dans « My Soul is a Witness », le volume à fond. Tous ces *ooo-ooh* et ces *woa-yeah* avaient de quoi désorienter. Même les lumières qui brillaient à l'intérieur des studios de la WCIK le désorientaient ; il avait fallu qu'il se retrouve sous ces néons pour réaliser à quel point l'obscurité régnait partout dans Chester's Mill. Et à quel point il s'y était déjà habitué. « Chef ? »

Pas de réponse. Il jeta un coup d'œil à l'écran de télé (CNN, le son coupé) puis, à travers la longue fenêtre, il regarda dans le studio proprement dit. Les lumières étaient toutes allumées, là aussi, et les appareils fonctionnaient (ce qui lui fichait les boules, même si Lester Coggins lui avait expliqué, débordant d'orgueil, que tout était géré par ordinateur), mais il n'y avait aucune trace de Phil.

Tout d'un coup, lui parvint une désagréable odeur de sueur rance. Il se tourna et Phil se tenait devant lui, comme s'il venait de jaillir du sol. Il avait dans une main un ustensile qui devait être une télécommande de porte de garage et, dans l'autre, un pistolet. Le pistolet était pointé sur la poitrine d'Andy. Le doigt recourbé sur la queue de détente était blanchi aux articulations et le canon de l'arme tremblait légèrement.

« Salut, Phil, dit Andy. Chef, je veux dire.

— Qu'est-ce que *tu fiches* ici ? » demanda Chef Bushey.

Les remugles de sa sueur avaient des relents de levure avariée à la limite du supportable. Son jean et son T-shirt de WCIK étaient d'une saleté repoussante. Ses pieds étaient nus (ce qui expliquait sans doute son arrivée silencieuse) et noirs d'une crasse épaisse. Cela faisait peut-être un an qu'il ne s'était pas lavé les cheveux. Ou plus. Mais le pire, c'était ses yeux, injectés de sang, des yeux de spectre. « T'as intérêt à me répondre vite, vieille bique, sans quoi t'auras plus jamais l'occasion de parler à personne. »

Andy, qui venait de tricher avec la mort via de l'eau rose seulement une heure ou deux auparavant, accueillit la menace du Chef avec sérénité, sinon avec bonne humeur. « Fais ce que tu as à faire, Phil. Chef, je veux dire. »

Chef Bushey haussa les sourcils. Son regard larmoyait mais son étonnement était sincère. « Ouais ?

— Absolument.

— Pourquoi t'es ici ?

— Je viens t'apporter une bien mauvaise nouvelle. Je suis désolé. »

Chef Bushey médita là-dessus, puis sourit, exhibant ses quelques dents restantes. « Il n'y a pas de mauvaises nouvelles. Le Christ revient, et c'est la bonne nouvelle qui efface toutes les mauvaises. C'est le bonus de la bande-son Bonne Nouvelle. T'es pas d'accord ?

— Si, je suis d'accord, et je dis alléluia. Malheureusement – ou heureusement, sans doute ; tu vas dire heureusement – ta femme est déjà avec Lui.

— Tu dis quoi, là ? »

Andy avança la main et repoussa le canon de l'arme vers le sol. Le Chef ne fit aucun effort pour l'en empêcher. « Samantha est morte, Chef. J'ai le regret de t'annoncer qu'elle s'est ôté la vie un peu plus tôt, aujourd'hui.

— Sammy ? Sammy est morte ? »

Le Chef jeta son arme dans la corbeille *courrier-départ* d'un bureau proche. Il abaissa aussi la télécommande, mais la garda à la main ; cela faisait deux jours qu'il ne l'avait pas lâchée, y compris au cours de ses périodes de sommeil de plus en plus courtes.

« Je suis désolé, Phil. Chef. »

Andy expliqua les circonstances de la mort de Sammy telles qu'il les comprenait, concluant avec la nouvelle réconfortante que l'enfant se portait bien.

(Même au fond du désespoir, Andy restait un adepte du verre à moitié plein.)

Chef Bushey chassa les considérations sur le bien-être de Little Walter d'un geste désinvolte de la main tenant la télécommande. « Elle a descendu deux porcs ? »

Andy se raidit. « C'étaient des officiers de police, Phil. Des êtres humains de qualité. Elle était désespérée, j'en suis sûr, mais c'était tout de même très mal. Tu ne dois pas dire une chose pareille.

— Qu'est-ce que tu racontes ?

— Je ne tolérerai pas que tu traites des policiers de porcs. »

Chef Bushey réfléchit. « Ouais-ouais, bon-bon, je retire ce que j'ai dit.

— Merci. »

Le Chef se pencha (il était grand et cela donnait l'impression d'être salué par un squelette) et scruta Andy dans les yeux. « T'es un courageux petit branleur, pas vrai ?

— Non, répondit Andy. C'est juste que je m'en fiche. »

Le Chef parut voir quelque chose qui l'inquiéta. Il saisit Andy par l'épaule. « Tu vas bien, mon frère ? »

Andy éclata en sanglots et se laissa tomber sur une chaise de bureau, sous un panneau qui annonçait que LE CHRIST SURVEILLE TOUTES LES CHAÎNES, LE CHRIST ÉCOUTE TOUTES LES LONGUEURS D'ONDE. Il appuya sa tête au mur, sous ce slogan étrangement sinistre, et pleura comme un enfant. C'était le *mon frère* qui avait provoqué cela ; ce *mon frère* totalement inattendu.

Le Chef alla prendre le siège qui se trouvait derrière le bureau du gestionnaire de station et se mit à étudier

Andy, avec l'attitude d'un naturaliste observant quelque animal rare dans la nature. Au bout d'un moment, il dit : « Sanders ! Est-ce que tu es venu ici pour que je te tue ?

— Non, répondit Andy entre deux sanglots. Ou peut-être. Oui. Je peux pas dire. Mais tout est allé de travers dans ma vie. Ma femme et ma fille sont mortes. Je crois que Dieu m'a puni parce que je vendais cette merde... »

Le Chef acquiesça. « C'est possible.

— ... et je cherche des réponses. Ou que ça finisse. Ou quelque chose. Bien sûr, je voulais aussi te parler de ta femme, c'est important de faire son devoir... »

Le Chef lui tapota l'épaule. « Tu l'as fait, mon frère. J'apprécie. Elle ne valait pas tripette dans la cuisine et elle ne tenait pas mieux sa maison qu'un cochon sur un tas de fumier, mais s'envoyer en l'air avec elle devenait *surnaturel* quand elle était shootée. Qu'est-ce qu'elle pouvait avoir contre ces types en bleu ? »

Même noyé dans son chagrin, Andy n'avait pas l'intention de rapporter l'accusation de viol. « Je suppose qu'elle était bouleversée à cause du Dôme. Es-tu au courant pour le Dôme, Phil ? Chef ? »

Chef agita de nouveau la main, apparemment affirmatif. « Ce que tu dis pour la méth, c'est vrai. C'est mal d'en vendre. Un scandale. Mais en fabriquer, non. C'est la volonté de Dieu. »

Andy laissa retomber ses mains et étudia le Chef entre ses paupières gonflées. « Tu en es sûr ? Parce que je ne crois pas que ça puisse être bien.

— T'en as jamais pris ?

— Non ! » s'exclama Andy, scandalisé comme si le Chef lui avait demandé s'il avait jamais pratiqué l'acte sexuel avec un épagneul.

« Prendrais-tu un médicament, si un médecin te le prescrivait ?

— Eh bien… oui, bien sûr, mais…

— La méth est un médicament. » Chef Bushey le regarda, solennel, puis tapota la poitrine d'Andy du doigt pour souligner son propos. Son ongle était rongé jusqu'au sang. « *La méth est un médicament.* Dis-le.

— La méth est un médicament, répéta Andy sans se faire davantage prier.

— C'est bien. » Le Chef se leva. « C'est un médicament contre la mélancolie. C'est de Ray Bradbury. T'as jamais lu Ray Bradbury ?

— Non.

— Il en avait dans la tronche. Il *savait*. Il a écrit le foutu *grand livre*. Dis alléluia. Viens avec moi. Je vais changer ta vie. »

18

Le premier conseiller de Chester's Mill se jeta sur la méth comme une grenouille sur des mouches.

Il y avait, derrière la rangée des fourneaux, un vieux canapé élimé ; c'est là qu'Andy et Chef Bushey s'assirent, sous une image du Christ à moto (titre : *Ta route invisible, mon pote*), pour se passer la pipe. Quand elle brûle, la méth dégage une odeur de pisse de trois jours dans un pot de chambre, mais après sa première et hésitante bouffée, Andy fut convaincu que le Chef avait raison : en vendre était peut-être l'œuvre de Satan, mais le truc lui-même ne pouvait être que celle de Dieu. D'un seul coup, le monde lui apparut sous un jour exquis, paré d'un délicat tremblement, quelque chose qu'il n'avait jamais vu. Son rythme cardiaque s'accéléra, les vaisseaux sanguins de son cou se dilatèrent en câbles pulsatiles, ses gencives se mirent à le picoter et ses couilles à se contracter de la manière la plus délicieusement adolescente. Mieux que tout cela, l'accablement – qui jusqu'ici avait pesé sur ses épaules et embrouillé ses pensées – disparut. Il se sentait capable de déplacer des montagnes à l'aide d'une seule brouette.

« Dans le jardin d'Éden il y avait un arbre », dit le Chef en lui passant la pipe. Des volutes d'une fumée verte en montaient des deux extrémités. « L'arbre du Bien et du Mal. Tu connais cette connerie ?

— Oui. C'est dans la Bible.

— Un peu, mon couillon. Et sur cet arbre, il y avait une pomme.

— Ouais, ouais. » Andy prit une bouffée minuscule. Il en aurait bien pris davantage – il aurait voulu *tout* inhaler – mais il craignait qu'en inspirant à fond sa tête ne bondisse de son cou et ne se mette à zigzaguer dans le labo comme une fusée, suivie d'une traînée de feu.

« La chair de cette pomme est la Vérité, et la peau de cette pomme est la méth », dit le Chef.

Andy le regarda. « C'est stupéfiant. »

Le Chef acquiesça. « Oui, Sanders, c'est le cas de le dire, stupéfiant. » Il reprit la pipe. « C'est pas du bon shit, ça ?

— Un shit fabuleux.

— Le Christ revient pour Halloween. Peut-être même quelques jours avant ; j'peux pas dire. C'est déjà la saison de Halloween, tu sais. La saison de la foutue sorcière. » Il tendit la pipe à Andy, puis leva la main qui tenait toujours la commande. « Tu vois ça ? Là-bas au bout, au-dessus de la porte de la remise ? »

Andy regarda. « Quoi ? Ce truc blanc ? On dirait de l'argile.

— Ce n'est pas de l'argile, Sanders. C'est le corps du Christ.

— C'est quoi, ces fils qui en sortent ?

— Des vaisseaux dans lesquels court le sang du Christ. »

Andy réfléchit et trouva la chose tout à fait brillante. « Bien. » Il réfléchit encore un peu. « Je t'aime, Phil – Chef, je veux dire. Je suis content d'être venu.

— Moi aussi. Écoute. T'aurais pas envie d'aller faire un tour ? J'ai bien une voiture ici, quelque part – je crois –, mais j'ai un peu la tremblote.

— Bien sûr. » Il se leva. Le monde vacilla pendant une seconde ou deux puis redevint stable. « Où tu veux aller ? »

Le Chef le lui dit.

19

Au bureau de la réception, Ginny Tomlinson dormait, la tête posée sur la couverture de *People* – où l'on voyait Brad Pitt et Angelina Jolie s'ébattre dans les vagues, sur l'une de ces îles sexy où des serveurs vous apportent des boissons surmontées de petits parasols en papier. Quand elle se réveilla à deux heures moins le quart du matin, le mercredi, une apparition se tenait devant elle : un individu de haute taille, décharné, aux yeux enfoncés dans les orbites, aux cheveux pointant dans toutes les directions. Il portait un T-shirt de WCIK et les jeans qui flottaient sur ses hanches maigres menaçaient de tomber. Elle crut tout d'abord qu'elle faisait un cauchemar mettant en scène des morts vivants, puis son odeur lui parvint. Jamais un rêve n'aurait pu sentir aussi mauvais.

« Je suis Phil Bushey, déclara l'apparition. Je suis venu chercher le corps de ma femme. Je vais l'enterrer. Montrez-moi où il est. »

Ginny ne discuta pas. Elle lui aurait donné *tous* les cadavres, rien que pour être débarrassée de lui. Ils passèrent devant Gina Buffalino qui, debout à côté d'une civière, regardait le Chef, pâle d'appréhension. Quand il se tourna vers elle, elle se recroquevilla sur place.

« T'as ton costume de Halloween, petite ? lui demanda le Chef.

— Oui...

— Et ce sera quoi ?

— Glinda, chevrota l'adolescente. Mais je n'irai pas à la soirée, j'en ai peur. C'est à Motton.

— Moi, j'irai en Jésus », dit le Chef. Il suivit Ginny, fantôme malpropre en baskets pourrissantes. Puis il se retourna. Son regard était vide. « Et j'suis furax, j'te dis pas. »

20

Chef Bushey sortit de l'hôpital dix minutes plus tard, tenant dans ses bras le corps de Sammy enroulé dans un linceul. Un pied nu, le vernis rose écaillé des ongles de ses orteils, oscillait au rythme de ses pas. Ginny lui tint la porte. Elle ne chercha pas à voir qui était au volant de la voiture dont le moteur tournait au ralenti, et Andy lui en fut vaguement reconnaissant. Il attendit que l'infirmière eût disparu à l'intérieur, descendit et ouvrit l'une des portières arrière pour le Chef, lequel manipulait son fardeau avec facilité, pour quelqu'un qui n'avait plus que la peau sur les os. *La méth donne peut-être des forces, aussi*, pensa Andy. Dans ce cas, les siennes n'étaient pas brillantes. La dépression revenait, insidieuse. L'accablement de même.

« Très bien, dit le Chef. Roule. Mais rends-moi d'abord ça. »

Il avait confié la télécommande du garage à Andy, qui la lui rendit. « On va au salon funéraire ? »

Chef Bushey le regarda comme s'il était fou. « On retourne à la station de radio. C'est là que va venir le Christ en premier, quand Il reviendra.

— Pour Halloween.

— Tout juste. Ou peut-être avant. En attendant, veux-tu m'aider à enterrer cette enfant de Dieu ?

— Bien sûr, dit Andy, avant d'ajouter, timidement : On pourrait peut-être fumer un peu avant, non ? »

Le Chef éclata de rire et tapa Andy sur l'épaule. « Ça te plaît, pas vrai ? Je savais que t'aimerais ça.

— Un médicament contre la mélancolie.

— Tout juste, mon frère. Tout juste. »

21

Barbie, allongé sur sa couchette, attendait l'aube et ce qui allait venir après. Il s'était entraîné, en Irak, à ne pas *s'inquiéter* de ce qui allait venir après et, même si c'était un savoir-faire imparfait, dans le meilleur des cas, il en avait la maîtrise – dans une certaine mesure. En fin de compte, il n'y avait que deux règles pour vivre avec la peur (il avait fini par admettre que *domi-*

ner sa peur était un mythe), et il se les répétait pendant qu'il attendait.

Je dois accepter les choses sur lesquelles je n'ai aucun contrôle.

Je dois transformer l'adversité en avantage pour moi.

La seconde règle signifiait qu'il fallait prendre le plus grand soin de ses ressources et faire des projets en les ayant toujours à l'esprit.

Or il disposait d'une ressource, enfouie dans son matelas : son couteau suisse. C'était un petit modèle, avec seulement deux lames, mais même la plus petite suffisait à trancher la gorge d'un homme. C'était une chance extraordinaire de l'avoir, et il en était conscient.

Quelles qu'aient été les règles de détention instituées par Howard Perkins, le respect de celles-ci avait disparu avec sa mort et l'ascension de Peter Randolph. Les chocs subis par la ville depuis les quatre derniers jours auraient déstabilisé n'importe quel département de police, supposait Barbie, mais il y avait bien plus. En résumé, Randolph était à la fois stupide et négligent et, dans toutes les bureaucraties, les subordonnés ont tendance à prendre exemple sur l'homme qui trône au sommet de la hiérarchie.

On lui avait pris ses empreintes et on l'avait photographié, mais il s'était passé cinq heures pleines avant que Henry Morrison, l'air fatigué et écœuré, ne descende au sous-sol. Il s'était arrêté à deux mètres de la cellule de Barbie. Largement hors de portée.

« Oublié quelque chose, peut-être ? demanda Barbie.

— Vide tes poches et pousse tout ce qu'il y a dedans dans le corridor, répondit Henry. Ensuite, enlève ton pantalon et passe-le à travers les barreaux.

— Si j'obéis, est-ce que je pourrai avoir autre chose à boire que l'eau des toilettes ?

— Qu'est-ce que tu racontes ? Junior t'a apporté de l'eau. Je l'ai vu.

— Il l'avait salée.

— Exact. Absolument. » Henry avait cependant paru hésiter. Il y avait peut-être en lui un reste d'humanité. « Fais ce que je te dis, Barbie. Barbara, je veux dire. »

Barbie avait vidé ses poches : portefeuille, clefs, pièces, quelques billets, la médaille de saint Christophe qui lui servait de porte-bonheur. À ce moment-là, le couteau suisse était depuis longtemps planqué sous le matelas. « Tu pourras encore m'appeler Barbie lorsque vous me passerez la corde au cou, si tu veux. C'est ça qu'a prévu Rennie ? La pendaison ? Ou bien le peloton d'exécution ?

— Ferme-la et passe-moi ton pantalon. Ton T-shirt aussi. »

Il se la jouait gros dur, mais Barbie le trouvait plus hésitant que jamais. C'était bien. Un début.

Deux des nouveaux flics ados étaient descendus avec lui. L'un d'eux tenait une bombe lacrymo ; l'autre un Taser. « Un coup de main, officier Morrison ?

— Non, mais vous n'avez qu'à attendre au pied de l'escalier et ouvrir l'œil jusqu'à ce que j'aie fini, avait répondu Henry.

— Je n'ai tué personne, déclara Barbie, parlant d'un ton calme dans lequel il avait mis toute la sincérité possible. Et quelque chose me dit que tu le sais.

— Ce que je sais, c'est que tu ferais mieux de la fermer, à moins que tu veuilles un coup de Taser. »

Le flic avait fouillé les vêtements mais pas demandé à Barbie d'enlever ses sous-vêtements ni d'écarter les jambes, penché en avant. Procédure tardive et sommaire, mais Barbie lui accorda quelques points pour le seul fait d'y avoir pensé – il avait été le seul.

Sa fouille terminée, Henry avait renvoyé d'un coup de pied le jean, poches retournées et ceinture confisquée, à travers les barreaux.

« Je peux avoir mon saint Christophe ?
— Non.
— Réfléchis un peu, Henry ? Qu'est-ce que tu veux que…
— La ferme. »

Morrison était passé entre les deux flics ados, tête basse, tenant les objets personnels de Barbie à la main. Les ados lui avaient emboîté le pas, l'un d'eux prenant le temps de sourire à Barbie tout en passant un doigt à hauteur de sa gorge.

Depuis lors il s'était retrouvé seul, n'ayant rien à faire, sinon rester étendu sur sa couchette et regarder la petite imposte (en verre cathédrale armé) en attendant que pointe l'aube et en se demandant s'ils avaient vraiment l'intention de le faire passer par la baignoire, ou si Searles n'avait fait que lui monter le bourrichon. Si jamais ils essayaient et se montraient aussi incompétents que pour l'arrestation, ils avaient toutes les chances de le noyer.

Il se demanda aussi si quelqu'un n'allait pas venir avant le lever du jour. Quelqu'un avec une clef. Quelqu'un qui se tiendrait un peu trop près des barreaux. Avec le couteau, il n'était pas complètement exclu qu'il puisse s'évader ; mais une fois le jour levé, ça le deviendrait. Il aurait peut-être dû essayer sur Junior, lorsque celui-ci lui avait passé le verre d'eau salée entre les barreaux… Sauf que l'envie de se servir de son arme démangeait Junior. Ç'aurait été prendre un très grand risque, et Barbie n'était pas désespéré à ce point. Du moins, pas encore.

Sans compter que... où pourrais-je aller ?

Et même s'il parvenait à s'évader et à disparaître, il risquait de laisser ses amis face à un monde de souffrances. Après avoir été « interrogés » par des flics comme Melvin ou Junior, ils pourraient finir par voir dans le Dôme le dernier de leurs problèmes. Big Jim était à présent en selle, et quand des types comme lui chevauchaient, ils avaient tendance à jouer brutalement des éperons. Parfois jusqu'à ce que le cheval s'effondre sous eux.

Barbie tomba dans un sommeil léger et agité. Il rêva de la blonde dans le pick-up Ford. Il rêva qu'elle s'arrêtait pour le prendre à bord et qu'ils quittaient Chester's Mill juste à temps. Elle commençait à déboutonner sa blouse et à exhiber les bonnets d'un soutien-gorge couleur lavande lorsqu'une voix lança : « Hé, bâton merdeux, debout là-d'dans. »

22

Jackie Wettington passa la nuit dans la maison des Everett. La chambre d'amis était confortable et les fillettes se tenaient tranquilles, cependant elle n'arrivait pas à dormir. À quatre heures, ce matin-là, elle avait décidé de ce qu'il fallait faire. Elle en comprenait les risques ; elle comprenait aussi qu'il ne lui était pas tolérable de laisser Barbie dans une cellule au sous-sol du poste de police. Si elle avait été en mesure de prendre l'initiative et de former un groupe de « résistants » – ou simplement de lancer une enquête vraiment sérieuse sur les meurtres –, elle s'y serait déjà mise. Toutefois, elle se connaissait trop bien pour seulement s'y attarder. Elle avait été à la hauteur de ses responsabilités à Guam et en Allemagne – ce qui s'était résumé à virer des soldats ivres des bars, à poursuivre ceux qui manqueraient à l'appel et à faire le ménage après les accidents de voiture sur la base – mais ce qui se passait en ce moment à Chester's Mill dépassait largement les capacités d'un sergent-chef. Ou de la seule femme flic à plein temps travaillant avec une bande de péquenots qui l'appelaient Officier Deux-Obus dans son dos. Et qui croyaient, en plus, qu'elle ne le savait pas. Mais en ce moment le sexisme ado-ras-des-pâquerettes était le moindre de ses soucis. Il fallait mettre un terme à cette affaire, et Dale Barbara était l'homme qu'avait choisi le président des États-Unis pour cela. Mais même le bon plaisir du commandant en chef n'était pas le plus important. La règle numéro un était qu'on n'abandonnait jamais personne. Une règle sacrée, un réflexe.

Première chose : que Barbie sache qu'il n'était pas seul. Cela lui permettrait de dresser des plans.

Lorsque Linda descendit dans la cuisine en chemise de nuit, à cinq heures, les premières lueurs du jour filtraient à travers les fenêtres, révélant des arbres et des buissons d'une immobilité absolue. Il n'y avait pas le moindre souffle d'air.

« J'ai besoin d'un Tupperware, lui dit Jackie. Un bol. Petit et opaque. As-tu quelque chose comme ça ?

— Bien sûr, mais pourquoi ?

— Parce que nous allons apporter son petit déjeuner à Dale Barbara. Des céréales. Et nous allons mettre un mot au fond.

— Mais qu'est-ce que tu racontes, Jackie ? Je ne peux pas faire ça. J'ai des gosses.

— Je sais. Mais je ne peux pas le faire seule, car ils ne me laisseront pas descendre si personne ne m'accompagne. Si j'étais un homme, peut-être, mais pas avec cet équipement. » Elle montra ses seins. « J'ai besoin de toi.

— Quel genre de mot ?

— Je vais le faire évader demain soir », répondit Jackie d'un ton plus calme qu'elle ne l'était elle-même. Pendant la grande réunion publique du conseil municipal. Je n'aurai pas besoin de toi pour ça…

— Non, pas la peine de compter sur moi ! s'exclama Linda en agrippant le col de sa chemise de nuit.

— Ne parle pas si fort. C'est à Romeo Burpee que je pense – en supposant que j'arrive à le convaincre que Barbie n'a pas tué Brenda. On portera des passe-montagne ou des trucs dans ce genre pour ne pas être identifiés. Personne ne sera surpris ; tout le monde est convaincu ici qu'il a une armée de complices.

— Tu es folle !

— Non. Il n'y aura qu'une équipe réduite au poste pendant la réunion. Trois, quatre gars maximum. Peut-être seulement deux. J'en suis certaine.

— Pas moi !

— Mais la soirée de demain est encore loin. Il faut que Barbie les fasse lanterner au moins jusque-là. Et maintenant, donne-moi ce bol.

— Je peux pas faire ça, Jackie, répéta Linda.

— Si, tu peux. » C'était Rusty, debout dans l'enca-drement de la porte et paraissant relativement énorme dans son short de gym et son T-shirt des Patriots de Nouvelle-Angleterre. « Il est temps de prendre des risques, gosses ou pas. Nous sommes livrés à nous-mêmes, et cette histoire a déjà trop duré. »

Linda le regarda un moment, se mordillant la lèvre. Puis elle se pencha vers le placard du bas. « Les Tupperware sont là. »

23

Quand elles arrivèrent au poste, il n'y avait personne à la réception – Freddy Denton était rentré chez lui pour dormir – mais une demi-douzaine de policiers étaient assis ici et là, buvant du café et bavardant, excités comme ils ne l'avaient jamais été à une heure qu'ils abordaient d'habitude dans un état semi-comateux. Parmi eux, Jackie identifia deux échantillons de la ribambelle Killian, plus une fille motard habituée du Dipper's du nom de Lauren Conree et Carter Thibodeau. Elle ignorait le nom des autres, mais elle en reconnut deux comme étant de petits voyous de terminale qui avaient déjà eu maille à partir avec la police pour des infractions mineures – possession de drogue, conduite sans permis. Les nouveaux « officiers » – les nouveaux-nouveaux – ne portaient pas d'uniforme, seulement une bande de tissu bleu nouée autour du biceps.

Tous, sauf un, étaient armés.

« Qu'est-ce que vous faites toutes les deux de si bonne heure ? demanda Thibodeau en se dirigeant vers elles. Moi j'ai une bonne raison – j'ai plus d'analgésiques. »

Les autres ricanèrent.

« On apporte son petit déjeuner à Dale Barbara », répondit Jackie.

Elle avait peur de regarder Linda, peur de l'expression qu'elle pourrait lire sur le visage de sa collègue.

Thibodeau jeta un coup d'œil dans le bol. « Quoi, pas de lait ?

— Il n'a pas besoin de lait, répliqua Jackie, crachant dans le bol de céréales. Je me charge de les mouiller. »

Des acclamations montèrent du groupe. Plusieurs applaudirent.

Jackie et Linda étaient arrivées en haut des marches lorsque Thibodeau leur dit : « Donnez-moi ça. »

Un instant, Jackie resta pétrifiée. Elle se vit lançant le bol à sa figure et prenant la tangente. Ce qui l'arrêta fut un constat très simple : elles n'avaient nulle part où se cacher. En admettant qu'elles réussissent à quitter le poste de police, elles se feraient cravater avant même d'avoir atteint le monument aux morts.

Linda prit le Tupperware des mains de Jackie et le lui tendit. Thibodeau le contempla puis, au lieu de chercher à voir s'il n'y avait pas autre chose que des céréales, il cracha lui-même dedans.

« Ma contribution, dit-il.

— Attendez une minute, attendez une minute », intervint alors Lauren Conree. Rouquine, mince, avec un corps de mannequin, elle avait des joues ravagées par l'acné. Elle parlait d'une voix légèrement voilée, vu qu'elle avait l'index enfoncé dans la narine jusqu'à la deuxième articulation. « Moi aussi, j'ai un truc pour lui. » Son doigt émergea, surmonté d'une grosse crotte de nez. Conree la déposa sur le dessus des céréales, provoquant de nouveaux applaudissements et des cris : *Laurie chercheuse d'or vert !*

« Toutes les boîtes de céréales ont une petite surprise, pas vrai ? » dit-elle avec un sourire imbécile.

Elle laissa tomber sa main sur la crosse du calibre 45 qu'elle portait à la ceinture. Elle était tellement mince, songea Jackie, que le recul la ferait tomber par terre si elle avait jamais l'occasion de faire feu.

« Tout est en ordre, déclara Thibodeau. Je vais vous tenir compagnie.

— Parfait », dit Jackie, prise d'une sueur froide en se rappelant qu'elle avait d'abord pensé sortir le mot du fond du bol pour le tendre directement à Barbie. Les risques qu'elles prenaient, tout d'un coup, lui parurent déments... mais il était trop tard. « Toi, tu restes près des marches, dit-elle à Thibodeau. Et toi, Linda, tu te tiens derrière moi. Pas question de lui laisser la moindre chance. »

Elle pensa que Carter allait tergiverser, mais il n'en fit rien.

24

Barbie se redressa sur sa couchette. De l'autre côté des barreaux se tenait Jackie Wettington, un bol en plastique blanc à la main. Derrière elle, Linda Everett avait son arme tirée et la tenait à deux mains, pointée vers le sol. Carter Thibodeau fermait la marche, au pied de l'escalier, les cheveux en bataille du type qui vient de se lever, sa chemise bleue non boutonnée afin d'exhiber le pansement qui recouvrait la morsure de chien, à son épaule.

« Bonjour, officier Wettington », dit Barbie. Un filet de lumière blanche filtrait par l'embryon de fenêtre. Le genre de lumière matinale qui donne l'impression que la vie est la plus grande des plaisanteries. « Je suis innocent de ces accusations. Je ne peux même pas parler d'inculpation, puisqu'on ne m'a même pas…

— La ferme, le coupa Linda. Ça nous intéresse pas.

— Bien dit, Blondie, lança Carter. Allez-y, les filles. »

Il bâilla et gratta son pansement.

« Reste assis, ordonna Jackie. Ne fais pas le moindre mouvement. »

Barbie ne bougea pas. Elle poussa le bol en plastique entre les barreaux. Il était juste assez petit pour cela.

Barbie s'avança et prit le bol. Il était rempli de céréales, des Special K, aurait-on dit. Sèches. Un crachat brillait sur le dessus. Et quelque chose d'autre : une grosse crotte de nez bien verte, humide et striée de sang. Son estomac n'en gargouilla pas moins. Il avait très faim.

Il se sentait aussi blessé, malgré lui. Parce qu'il avait cru que Jackie Wettington, qu'il avait repérée comme étant une ancienne militaire dès la première fois qu'il l'avait vue, à sa coupe de cheveux, mais surtout à sa manière de se tenir, valait mieux que ça. Il n'avait pas été difficile d'ignorer les marques de mépris de Henry Morrison. Cette fois, c'était plus dur. Et l'autre femme flic – l'épouse de Rusty Everett – le regardait comme s'il était une variété rare d'insecte venimeux. Il avait espéré qu'au moins quelques officiers patentés du département de police…

« Bouffe ça, lança Thibodeau depuis le pied de l'escalier. On s'est chargés de l'assaisonnement. Pas vrai, les filles ?

— C'est vrai », dit Linda.

Les commissures de ses lèvres s'abaissèrent. Ce n'était pas qu'un tic, et Barbie se sentit le cœur plus léger. Elle devait simuler. C'était peut-être espérer beaucoup, mais…

Elle se déplaça légèrement, bloquant la vue que Thibodeau avait de Jackie, ce qui n'était cependant pas indispensable : Carter était occupé à essayer de voir sa blessure sous le bord du pansement.

Jackie jeta un coup d'œil derrière elle pour s'assurer que tout allait bien et indiqua le bol du doigt ; puis elle leva les mains en haussant les sourcils : *Désolée*. Elle pointa ensuite deux doigts sur Barbie : *Faites attention*.

Il répondit d'un hochement de tête.

« Régale-toi, bâton merdeux, dit Jackie. On t'apportera quelque chose de mieux pour le déjeuner. Un pissburger, par exemple. »

De la marche sur laquelle il s'était assis, tiraillant sur le bord de son pansement, Thibodeau émit un aboiement en guise de rire.

« S'il te reste assez de dents pour ça », dit Linda.

Barbie aurait préféré qu'elle s'abstienne. Sa voix n'avait rien de sadique, ni même de coléreux. Elle était seulement apeurée, et on sentait qu'elle aurait préféré être n'importe où ailleurs. Thibodeau ne parut pas s'en rendre compte. Il s'intéressait toujours à l'état de son épaule.

« Allez viens, dit Jackie. J'ai pas envie de le voir manger.

— C'est assez ramolli à ton goût ? » lança Thibodeau. Il se leva lorsque les femmes repartirent vers l'escalier, entre les cellules, Linda rengainant son arme. « Parce que sinon…, ajouta-t-il en se raclant la gorge.

— Ça ira comme ça, dit Barbie.

— Forcément, que ça ira, répondit Thibodeau. Pour le moment. Puis ça ira plus. »

Ils montèrent, Thibodeau fermant la marche et donnant au passage une claque sur les fesses de Jackie. Elle rit et lui donna une tape. Elle s'en sortait bien, beaucoup mieux que la femme d'Everett. Toutes deux avaient fait preuve d'énormément de courage. D'un courage *impressionnant*.

Barbie retira la crotte de nez des Special K et l'envoya d'une pichenette dans le coin où il avait pissé. Il s'essuya les mains à son T-shirt. Puis il se mit à fouiller dans les céréales. Au fond du bol, il trouva le papier.

Essayez de tenir jusqu'à demain soir. Si on arrive à vous faire sortir, pensez à une planque. Vous savez ce que vous devez faire de ça.

Barbie le savait, en effet.

25

Une heure après avoir mangé le bout de papier et les céréales, Barbara entendit un pas pesant dans l'escalier. C'était Big Jim Rennie, déjà en costume-cravate dans la perspective d'une autre journée à administrer la vie sous le Dôme. Il était suivi de Carter Thibodeau et d'un autre type – un Killian, à en juger par la forme de sa tête. Le petit Killian portait une chaise et faisait des manières avec. Il était ce que les vieux Yankees auraient appelé un *gormy lad*, autrement dit un benêt. Il tendit la chaise à Thibodeau, qui la disposa devant la cellule, au bout du couloir. Rennie s'assit, remontant délicatement son pantalon auparavant pour en préserver le pli.

« Bonjour, monsieur Barbara. » Il avait souligné le *monsieur* avec une légère pointe de satisfaction.

« Conseiller Rennie, répondit Barbara. Que puis-je faire, sinon vous donner mon nom, mon rang et mon numéro matricule... dont je ne suis pas sûr de me souvenir ?

— Avouer. Nous épargner des difficultés et apaiser votre âme.

— Mr Searles a fait allusion hier au soir à la méthode de la baignoire, reprit Barbie. Il m'a demandé si j'y avais assisté pendant que j'étais en Irak. »

Rennie arborait un petit sourire, bouche en cul-de-poule, qui semblait dire : *cause toujours, les bêtes qui parlent sont intéressantes*.

« En fait, oui. J'ignore dans quelle mesure cette technique a été utilisée pendant les opérations – les rapports varient – mais j'y ai assisté personnellement deux fois. L'un des hommes a avoué, mais ses aveux n'ont servi à rien. L'individu qu'il nous a décrit comme étant un fabricant de bombes artisanales pour al-Qaida était en réalité un maître d'école qui avait quitté l'Irak quatorze mois auparavant. L'autre a été pris de convulsions et a eu le cerveau endommagé, si bien qu'on n'a rien pu en tirer. S'il en avait été capable, malgré tout, je suis sûr qu'il nous aurait donné un nom. Tout le monde avoue, avec la baignoire, en général au bout de quelques minutes. Je suis certain que moi aussi, j'avouerai.

— Alors épargnez-vous ces souffrances, suggéra Big Jim.

— Vous paraissez fatigué, monsieur. Vous sentez-vous bien ? »

Le minuscule sourire fut remplacé par un minuscule froncement de sourcils. « Mon état de santé actuel ne vous concerne pas. Un petit conseil, Mr Barbara. Ne me racontez pas n'importe quoi, et je ne vous raconterai pas n'importe quoi. Ce qui devrait vous occuper, c'est la situation dans laquelle vous êtes. Elle est peut-être supportable pour le moment, mais voilà qui pourrait changer. En quelques minutes, au besoin. Voyez-vous, je pensais justement à vous faire passer par la baignoire. J'y pensais même sérieusement. Alors, avouez donc ces meurtres. Épargnez-vous beaucoup de souffrances et d'ennuis.

— Je ne crois pas. Et si jamais vous me passez à la baignoire, je risque de parler de toutes sortes de choses. Vous devriez sans doute garder cela présent à l'esprit pour décider qui vous voudrez avoir comme témoins dans la pièce quand je commencerai à parler. »

Rennie prit le temps de réfléchir. En dépit de sa présentation impeccable, en particulier à une heure aussi matinale, il avait le teint jaunâtre et des bourrelets violacés, comme de la chair tuméfiée, autour de ses petits yeux. Il ne paraissait pas bien du tout. Si jamais il mourait brusquement, il y avait deux conséquences possibles. La première était que le sinistre climat politique qui régnait sur Chester's Mill s'éclaircisse sans provoquer de nouvelles tornades. L'autre était un bain de sang dans lequel la mort de Barbie (très vraisemblablement au cours d'un lynchage plutôt que devant un peloton d'exécution) serait suivie d'une purge de ses prétendus complices conspirateurs. Julia serait sans doute la première sur la liste. Et Rose la deuxième ; les gens effrayés sont de grands adeptes de la théorie du complot.

Rennie se tourna vers Thibodeau : « Recule, Carter. Va jusqu'à l'escalier, s'il te plaît.

— Mais s'il tente quelque chose contre vous…

— Tu l'abats. Et il le sait. N'est-ce pas, Mr Barbara ? »

Barbie acquiesça.

« Sans compter que je n'ai pas l'intention de m'approcher davantage. Raison pour laquelle je veux que tu t'éloignes. Nous allons avoir une conversation privée. »

Thibodeau obéit.

« Et maintenant, Mr Barbara, de quoi voulez-vous donc parler ?

— Je suis au courant, pour le labo de méthadone. » Il avait parlé à voix basse. « Le chef Perkins l'était aussi, et il allait vous arrêter. Brenda a trouvé les documents dans son ordinateur. C'est pour cette raison que vous l'avez tuée. »

Rennie sourit. « Voilà une histoire à dormir debout.

— Le procureur général de l'État ne la verra pas comme ça, étant donné vos motivations. Parce qu'il ne s'agit pas de petits bricolages au fond d'un mobile home ; mais de la General Motors de la méth.

— L'ordinateur de Perkins sera détruit d'ici ce soir, répondit Rennie. Celui de sa femme aussi. Je suppose qu'il peut exister des copies papier dans le coffre-fort personnel de Duke – des documents à charge sans aucun sens, des ordures inventées pour des raisons politiques, et sorties du cerveau d'un homme qui m'a toujours méprisé – et si c'est le cas, ce coffre sera ouvert et les papiers seront brûlés. Pour le bien de la ville, pas pour le mien. Nous sommes en situation de crise. Nous devons nous serrer les coudes.

— Brenda a fait une copie de ce dossier avant de mourir. »

Big Jim sourit, révélant une double rangée de dents minuscules. « Une confidence en appelle une autre. Voulez-vous que je vous en fasse une ? »

Barbie ouvrit les mains : *je vous en prie*.

« Figurez-vous que Brenda est venue me voir et m'a raconté la même histoire. Elle m'a dit qu'elle avait donné la copie dont vous parlez à Julia Shumway. Je sais cependant que c'est un mensonge. Elle en avait peut-être eu l'intention, mais elle ne l'a pas fait. Et même si elle l'avait fait... (il haussa les épaules). Vos acolytes ont brûlé le journal de Shumway hier soir. Mauvaise décision de leur part. À moins que l'idée ne soit venue de vous ? »

Barbara se répéta : « Il existe une autre copie. Je sais où elle se trouve. Si vous me faites passer à la baignoire, j'avouerai où. Je le hurlerai. »

Rennie se mit à rire. « Voilà qui est dit avec beaucoup de sincérité, Mr Barbara, mais j'ai passé ma vie à marchander et je sais exactement quand on essaie de me bluffer. Je devrais peut-être vous faire exécuter sommairement. Toute la ville m'acclamerait.

— C'est pas si sûr, si vous n'avez pas d'abord trouvé mes coconspirateurs. Même Peter Randolph pourrait remettre cette décision en question, et ce type n'est rien qu'un lèche-cul mort de trouille. »

Big Jim se leva. Ses bajoues avaient pris une couleur de vieille brique. « Vous ne savez pas avec qui vous jouez.

— Bien sûr que si. J'ai vu des gens dans votre genre je ne sais combien de fois en Irak. Ils portaient des turbans au lieu de cravates, mais sinon, ils étaient pareils. Baratin religieux compris.

— Eh bien, vous m'avez convaincu de ne pas vous faire passer à la baignoire, dit Big Jim. C'est bien dommage, parce que je rêve depuis toujours d'assister à ça.

— Tiens, pardi.

— Pour l'instant, on va se contenter de vous garder

au frais dans cette cellule. Ça vous va ? Je ne crois pas que vous mangerez beaucoup, vu que manger interfère avec la réflexion. Qui sait ? Après une réflexion constructive, vous pourrez peut-être trouver de meilleures raisons pour que je vous permette de continuer à vivre. Les noms de ceux qui sont contre moi en ville, par exemple. Une liste complète. Je vous donne quarante-huit heures. Puis, si vous n'arrivez pas à me convaincre de ne pas le faire, vous serez exécuté devant le monument aux morts sous les yeux de tout Chester's Mill. Vous servirez de leçon.

— Vous avez vraiment très mauvaise mine, conseiller. »

Rennie l'étudia, l'air grave. « Ce sont les gens dans votre genre qui sont à l'origine de presque tout ce qui ne va pas dans le monde. Si je ne pensais pas que votre exécution puisse servir de principe unificateur pour notre communauté, qu'elle va être une catharsis dont nous avons bien besoin, je vous ferais abattre ici même par Mr Thibodeau.

— Faites ça et tout sortira, répliqua Barbie. D'un bout à l'autre de Chester's Mill, tout le monde saura à quel genre de magouilles vous vous livrez. Essayez donc d'obtenir un consensus au cours de votre connerie de grande réunion, espèce de tyran d'opérette. »

Des veines gonflèrent au cou de Big Jim ; une autre se mit à battre au milieu de son front. Un instant, il parut sur le point d'exploser. Puis il sourit. « Bravo pour la tentative, Mr Barbara. Mais vous mentez. »

Il partit. Ils partirent tous. Barbie s'assit sur sa couchette, en nage. Il savait pertinemment que tout cela était limite. Rennie avait des raisons de le garder en vie, mais des raisons faibles. Et il y avait le mot que lui avaient fait passer Jackie Wettington et Linda Everett. Ce qu'il avait lu sur le visage de Mrs Everett laissait à penser qu'elle en savait assez pour être terrifiée, et pas seulement pour elle. Il aurait été plus sûr pour lui de tenter de s'évader à l'aide de son couteau. Étant donné le niveau de professionnalisme du poste de police de Chester's Mill, ça ne lui paraissait pas impossible. Avec un peu de chance, faisable, même.

Il ne disposait évidemment d'aucun moyen de faire savoir aux deux femmes qu'elles devaient le laisser essayer.

Il s'allongea, mains derrière la tête. Une question le titillait plus que toute autre : qu'était devenue la copie du dossier VADOR que Brenda avait eu l'intention de confier à Julia ? Parce que cette copie n'était pas arrivée jusqu'à elle ; sur ce point, Barbie était sûr que Rennie lui avait dit la vérité.

Aucun moyen de le savoir et rien d'autre à faire qu'à attendre.

Allongé sur le dos, contemplant le plafond, Barbie s'y résigna.

SWEET HOME ALABAMA
PLAY THAT DEAD BAND'S SONG[1]

---
1. Chanson antiraciste de Neil Young.

1

À leur retour, Linda et Jackie trouvèrent Rusty et les filles qui les attendaient, assis sur les marches du perron. Les deux J étaient en chemise de nuit – des chemises légères en coton et non en flanelle, comme il aurait été plus normal en cette saison. Alors qu'il n'était pas tout à fait sept heures, le thermomètre, à la fenêtre de la cuisine, affichait déjà dix-huit degrés.

En temps ordinaire, les fillettes se seraient précipitées et auraient été bien en avance sur leur père pour aller embrasser leur mère, mais ce matin-là, Rusty les distança de plusieurs longueurs. Il prit Linda par la taille et elle s'accrocha à son cou avec une vigueur presque douloureuse – l'empoignade de quelqu'un qui se noie plus qu'une étreinte amoureuse.

« Vous vous en êtes bien sorties ? » lui murmura-t-il à l'oreille.

Les cheveux de Linda lui caressèrent la joue pendant qu'elle hochait la tête. Puis elle se dégagea. Ses yeux brillaient. « J'étais certaine que Thibodeau allait regarder dans les céréales, c'est Jackie qui a eu l'idée de cracher dedans, un coup de génie, mais j'étais *sûre et certaine*…

— Pourquoi tu pleures, maman ? demanda Judy, qui paraissait elle-même sur le point de fondre en larmes.

— Je ne pleure pas, dit Linda en s'essuyant les yeux. Oui, bon, un peu. Parce que je suis tellement contente de voir votre papa.

— On est toutes contentes de le voir, s'écria Janelle à l'intention de Jackie. Parce que mon papa, c'est le PATRON !

— Première nouvelle », dit Rusty.

Il embrassa Linda sur la bouche, vigoureusement.

« Sur la bouche ! » s'exclama Janelle, fascinée.

Judy se cacha les yeux et pouffa.

« Venez, les filles, dit Jackie. Un tour de balançoire. Après, vous irez vous habiller pour l'école.

— L'école ? s'étonna Rusty. Sérieusement ?

— Sérieusement, dit Linda. Seulement les petits, à East Grammar School. La demi-journée. Wendy Goldstone et Ellen Vanedestine se sont portées volontaires pour faire la classe. Jusqu'à trois ans dans une salle, de quatre à six dans une autre. Je ne sais pas s'ils apprendront grand-chose, mais au moins les gosses ont-ils un endroit où aller, c'est un semblant de normalité pour eux. Espérons. » Elle leva les yeux vers le ciel, lequel, s'il était sans nuages, avait une couleur jaunâtre. Tel un œil bleu envahi par la cataracte, pensa-t-elle. « Un peu de normalité ne me ferait pas de mal à moi non plus. Regarde-moi ce ciel. »

Rusty y jeta un bref coup d'œil, puis tint sa femme à bout de bras pour l'étudier. « Vous êtes sûres que ça a marché ?

— Oui. Mais de justesse. Le genre de truc qu'on trouve peut-être marrant dans les films d'espionnage, mais dans la réalité, c'est affreux. Je ne participerai pas à son évasion, mon chéri. À cause des filles.

— Les dictateurs ont toujours pris les enfants en otage, observa Rusty. Il vient un moment où les gens doivent savoir dire non.

— Mais pas ici, et pas maintenant. C'est l'idée de Jackie, laissons-la s'en occuper. Je ne veux pas m'en mêler et je ne veux pas que tu t'en mêles. »

Il savait pourtant que s'il l'exigeait d'elle, elle le ferait ; c'était ce qui s'exprimait sous ce discours. Si cela faisait de lui le patron, voilà qui ne l'enchantait pas.

« Tu vas aller travailler ? demanda-t-il.

— Bien sûr. Les petites iront chez Marta et Marta les emmènera à l'école ; Linda et Jackie iront pointer pour une nouvelle journée de travail sous le Dôme. Toute autre attitude paraîtrait curieuse. Je déteste devoir fonctionner de cette façon. » Elle poussa un soupir. « Et je suis fatiguée. » D'un coup d'œil, elle vérifia que les filles ne pouvaient pas l'entendre. « Je suis foutrement crevée, oui. C'est à peine si j'ai dormi. Et toi, tu vas à l'hôpital ? »

Rusty secoua la tête. « Non. Ginny et Twitch vont se débrouiller tout seuls jusqu'à midi au moins... avec l'aide du nouveau, je pense que ça devrait aller. Thurston est un peu du genre New Age, mais on peut compter sur lui. Je vais aller chez Claire McClatchey. Il faut que je parle aux gosses et je dois aller voir l'endroit où ils ont détecté ce pic de rayonnement avec le compteur Geiger.

— Qu'est-ce que je dis si on me demande où tu es ? »

Rusty réfléchit. « La vérité, c'est le plus simple. En partie, du moins. Que j'enquête sur un éventuel générateur qui serait responsable de l'existence du Dôme. Cela pourrait faire réfléchir Rennie sur la suite qu'il compte donner aux évènements.

— Et si on me demande où ? Parce qu'on me le demandera.

— Réponds que tu ne le sais pas, que tu crois simplement que c'est à l'ouest de la ville.

— Black Ridge est au nord.

— Justement. Si Rennie donne l'ordre à Randolph d'envoyer sa cavalerie, je préfère que ce soit par là. Et si jamais on t'en fait le reproche par la suite, tu diras que tu étais fatiguée et que tu as dû te tromper. Et écoute-moi, ma chérie : avant de partir, tu devrais faire la liste des gens qui peuvent avoir des doutes sur la culpabilité de Barbie. » Encore une fois, voilà qu'il pensait en termes de *nous et eux*. « Il faut qu'on puisse leur parler avant la réunion de demain soir. Très discrètement.

— Rusty... tu es bien sûr ? Parce que après l'incendie d'hier soir tout le monde va se lancer dans la chasse aux amis de Dale Barbara.

— Si j'en suis sûr ? Oui. Est-ce que ça me plaît ? Certainement pas. »

De nouveau, Linda leva les yeux vers le ciel aux nuances jaunâtres, puis elle regarda les deux chênes, sur la pelouse de la façade, avec leurs feuilles qui pendaient, inertes, et leur couleur éclatante qui tournait au marron éteint. Elle soupira. « Si c'est Rennie qui a tendu un piège à Barbie, alors c'est aussi lui qui a fait mettre le feu au journal. Tu le sais, n'est-ce pas ?

— Oui.

— Et si Jackie parvient à faire évader Barbie, où va-t-elle le planquer ? Où sera-t-il en sécurité ?

— Il va falloir y penser.

— Si jamais tu trouves le générateur et que tu l'arrêtes, toute cette connerie à la James Bond devient inutile.

— Prie pour que ce soit le cas.
— Je vais le faire. Et les radiations ? Je ne veux pas que tu me reviennes avec une leucémie, ou Dieu sait quoi.
— J'ai mon idée là-dessus.
— On peut savoir laquelle ? »

Rusty sourit. « Probablement pas. Elle est plutôt dingue. »

Elle entrelaça ses doigts à ceux de son mari. « Sois prudent. »

Il l'embrassa légèrement. « Toi aussi. »

Ils regardèrent Jackie qui poussait les filles sur les balançoires. Ils avaient de bonnes raisons d'être prudents. N'empêche, pensa Rusty, le risque allait devenir un élément majeur de sa vie. Si, bien entendu, il voulait continuer à pouvoir se regarder dans la glace en se rasant le matin.

2

Horace le corgi aimait la nourriture des humains.

En fait, Horace le corgi *adorait* la nourriture des humains. Comme il avait pris un peu trop de poids (sans parler d'un peu de gris autour du museau, ces dernières années), c'était très malsain, et Julia avait arrêté de le suralimenter après que le véto lui avait déclaré, sans prendre de gants, que sa générosité raccourcissait la vie de son fidèle compagnon. La conversation avait eu lieu six mois auparavant ; depuis lors, Horace avait été mis au régime des Bil-Jac, complétés de temps en temps par des petites douceurs diététiques pour chien. Celles-ci avaient l'aspect d'emballages en plastique et, à voir le regard de reproche que lui adressait Horace avant de les manger, devaient sans doute avoir le goût d'emballages en plastique. Mais elle n'en démordait pas : finis, la peau de poulet grillée, les bouts de fromage, les morceaux de beignets matinaux.

Si l'accès aux comestibles *verboten* lui était à présent impossible, cela ne les avait pas fait complètement disparaître ; ce régime imposé l'obligeait simplement à fouiller partout, ce qui plaisait assez à Horace en le faisant retourner aux mœurs prédatrices de ses lointains ancêtres maraudeurs. Ses marches matinales et vespérales, en particulier, étaient riches de délices culinaires. Stupéfiant ce que les gens abandonnaient dans le caniveau, le long de Main Street et de West Street, l'itinéraire habituel de sa promenade. Frites, chips, crackers au beurre de cacahuètes, emballages de crème glacée avec des restes de chocolat dessus. Une fois, il était tombé sur une tarte Table Talk entière. Elle avait disparu du plat pour se retrouver dans son estomac le temps de dire *cholestérol*.

Il ne réussissait pas toujours à engloutir tout ce sur quoi il tombait ; Julia voyait parfois ce qui l'attirait et elle tirait sur sa laisse avant qu'il ait pu l'avaler. Mais il y parvenait neuf fois sur dix, car Julia marchait souvent avec un livre ou le *New York Times* à la main. Être ignoré du fait du *New York Times* avait aussi des inconvénients – quand il avait envie de se faire gratter le ventre, par exemple – mais pendant les promenades, cette distraction était une bénédiction. Pour le petit corgi jaune, elle était synonyme de gourmandise.

On l'ignorait, ce matin-là. Julia et l'autre femme – la propriétaire de la maison, vu que son odeur imprégnait tout, en particulier les alentours de la salle où vont les humains pour faire leurs besoins et marquer leur territoire – n'arrêtaient pas de parler. À un moment donné, l'autre femme avait pleuré et Julia l'avait prise dans ses bras.

« Je vais mieux, mais c'est loin d'être parfait », disait Andrea. Les deux femmes se tenaient dans la cuisine. Horace sentait l'odeur du café qu'elles buvaient. Du café froid, pas chaud. Il sentait aussi une odeur de pâtisserie. Du genre avec un glaçage. « J'en ai encore envie. » Si elle parlait des pâtisseries avec glaçage, Horace aussi.

« Tu risques d'avoir cette envie encore longtemps, dit Julia, et ce ne sera même pas le plus dur. Je salue ton courage, Andi, mais Rusty avait raison – arrêter d'un coup, c'est de la folie. Et c'est dangereux. Tu as sacrément de la chance de ne pas avoir été prise de convulsions.

— Pour ce que j'en sais, ça m'est peut-être arrivé. » Andrea but un peu de café. Horace entendit le bruit de déglutition. « Si tu savais l'intensité des rêves que j'ai faits ! Dans l'un, il y avait un incendie. Un gros. Pour Halloween.

— Mais tu vas mieux.

— Un peu. Je commence à me dire que je vais m'en sortir. Tu es la bienvenue ici, Julia, mais je crois que tu devrais trouver un foyer plus agréable. L'odeur est...

— On pourra régler cette question d'odeur. On ira chercher un ventilateur sur piles au Burpee's. Si ton offre d'une chambre est sérieuse, Horace compris, je l'accepte. Une personne qui tente de se débarrasser d'une addiction ne devrait jamais le faire seule.

— Je ne crois pas qu'il y ait une autre façon de s'y prendre.

— Tu sais ce que je veux dire. Pourquoi maintenant ?
— Parce que pour la première fois depuis que j'ai été élue, cette ville a peut-être besoin de moi. Et parce que Jim Rennie m'a menacée de me priver de pilules si je ne le soutenais pas. »

Horace se désintéressa de la suite. Il était beaucoup plus attiré par une odeur qui parvenait à sa truffe sensible depuis un recoin situé entre l'angle du mur et le canapé. C'était sur ce canapé qu'Andrea aimait s'asseoir en des jours meilleurs (quoique nettement plus comateux) pour regarder des émissions comme *The Hunted Ones* (habile suite de *Lost*), *Dancing with the Stars*, ou parfois un film sur HBO. Les soirs de film, elle se préparait en général du pop-corn dans le micro-ondes. Elle posait le bol sur la tablette d'angle. Et comme les shootés ont des gestes approximatifs, des grains de pop-corn avaient roulés sous la table. Voilà ce que sentait Horace.

Laissant jacasser les femmes, il se glissa sous la petite table. L'espace était étroit, mais la tablette constituait une sorte de pont naturel et il n'était pas gros, en particulier depuis qu'il était abonné à la version canine du régime Weight Watchers. Les premiers grains de maïs soufflé se trouvaient juste derrière l'enveloppe en papier kraft du dossier VADOR. Horace avait même les pattes posées sur le nom de sa maîtresse (inscrit de l'écriture soignée de Brenda Perkins) et il approchait des premiers grains d'un magot étonnamment copieux lorsque Julia et Andrea revinrent dans le séjour.

Une voix de femme dit : *Apporte-lui ça.*

Horace leva la tête, oreilles dressées. Ce n'était ni la voix de Julia, ni celle de l'autre femme, mais la voix d'une morte. Horace, comme tous les chiens, entendait souvent la voix des morts et voyait même parfois ceux-ci. Les morts étaient partout, mais les vivants ne pouvaient pas plus les voir qu'ils ne pouvaient sentir la plupart des milliers d'effluves qui les entouraient à chaque instant de la journée.

Apporte ça à Julia, elle en a besoin, c'est à elle.

C'était ridicule. Jamais Julia ne mangerait quelque chose qui avait séjourné dans sa gueule – Horace le savait de longue expérience. Même s'il sortait le pop-corn en le poussant de son museau, elle ne le mangerait pas. C'était de la nourriture pour humains, mais aussi de la nourriture tombée au sol.

Non, pas le pop-corn. Le...

« Horace ? » demanda Julia du ton sévère qui lui signalait qu'il faisait une bêtise – genre *oh, le vilain chien, tu sais bien que bla-bla-bla*. « Qu'est-ce que tu fabriques là-dessous ? Sors de là. »

Horace repartit en marche arrière. Il lui adressa son sourire le plus charmant – *hou là là, Julia, c'est fou ce que je t'aime* – en espérant ne pas avoir un bout de pop-corn collé à la truffe. Il avait pu en avaler quelques-uns, mais il était sûr qu'il en restait un sacré tas.

« Est-ce que tu as mangé quelque chose ? »

Horace s'assit et la regarda avec l'expression d'adoration de circonstance. Adoration qu'il éprouvait ; il aimait beaucoup Julia.

« Je pense que la question serait plutôt, qu'est-ce que tu as encore mangé ? » Elle se pencha pour regarder sous la tablette.

Mais elle n'acheva pas son mouvement ; l'autre femme se mit à émettre des bruits de gorge caractéristiques. Elle serra ses bras contre son corps pour arrêter de trembler, mais en vain. Son odeur changea et Horace comprit qu'elle allait vomir. Il l'étudia attentivement. Parfois, il y avait de bonnes choses dans le dégueulis des gens.

« Andi ? demanda Julia. Ça va ? »

Question stupide, pensa Horace. *Tu ne sens pas son odeur ?* Mais ça aussi, c'était une question stupide. Julia arrivait à peine à se sentir elle-même quand elle transpirait.

« Oui. Non. Je n'aurais pas dû manger ce pain aux raisins. Je crois que je vais... » Elle se précipita hors de la pièce. Pour ajouter encore une couche aux odeurs qui venaient du coin pipi-caca, supposa-t-il. Julia la suivit. Un instant, Horace hésita à se glisser de nouveau sous la tablette, mais il avait senti l'odeur de l'inquiétude sur Julia et il se précipita à sa suite.

Il avait tout oublié de la voix de la morte.

3

Rusty appela Claire McClatchey depuis la voiture. Il était tôt, mais elle répondit dès la première sonnerie, ce qui ne l'étonna pas. Personne ne dormait bien à Chester's Mill, ces temps-ci, du moins sans assistance pharmacologique.

Elle assura que Joe et ses amis seraient à huit heures et demie au plus tard à la maison, précisant qu'elle irait elle-même les chercher, si nécessaire. Baissant la voix, elle ajouta : « Je crois que Joe en pince pour la petite Calvert.

— Il serait bien bête de s'en priver.

— Est-ce que vous allez les amener là-bas ?

— Oui, mais pas dans la zone où les radiations sont fortes. Je vous le promets, Mrs McClatchey.

— Claire. Si je dois vous laisser mon fils vous accompagner dans un coin où il semble que des animaux se soient suicidés, autant s'appeler par notre petit nom, hein ?

— Vous faites venir Benny et Norrie chez vous et je vous promets de veiller sur eux pendant notre petite balade. Ça vous va ? »

Claire répondit que oui. Cinq minutes après avoir raccroché, Rusty quittait une Motton Road étrangement déserte pour s'engager dans Drummond Lane, rue courte où se trouvaient cependant quelques-unes des plus belles maisons d'Eastchester. La plus somptueuse de toutes était celle où on lisait BURPEE sur la boîte aux lettres. Rusty se retrouva rapidement dans la cuisine de cette maison, devant un bon café chaud (le générateur de Burpee tournait encore), en compagnie de Romeo et de sa femme, Michela. Ils étaient pâles et faisaient une tête sinistre. Romeo était habillé, Michela encore en robe d'intérieur.

« Vous pensez que ce type, ce Barbie, a tué Brenda ? demanda Rommie. Parce que s'il l'a fait, mon ami, je vais le descendre moi-même. »

Michela lui posa une main sur le bras. « Ne dis pas de bêtises, chéri.

— Non, je ne le pense pas, répondit Rusty. Ce que je pense, c'est qu'il est victime d'un coup monté. Mais si jamais vous l'ébruitiez, nous pourrions tous avoir des ennuis.

— Rommie a toujours adoré cette femme. » Michela souriait, mais il y avait de la glace dans sa voix. « Des fois, je me disais qu'il l'aimait plus que moi. »

Rommie ne confirma ni ne nia – fit comme s'il n'avait rien entendu. Il se pencha vers Rusty, avec une intensité nouvelle dans ses yeux bruns. « De quoi vous voulez parler, doc ? Quel coup monté ?

— Je préfère n'en rien dire pour le moment. Je suis d'ailleurs ici pour une autre affaire. J'ai bien peur qu'elle soit aussi secrète.

— Dans ce cas, j'aime autant ne pas être au courant », dit Michela.

Elle quitta la pièce en emportant son café.

« J'suis pas sûr qu'elle sera très caressante ce soir, fit observer Rommie.

— Désolé. »

Rommie haussa les épaules. « J'en ai une autre, à l'autre bout de la ville. Misha le sait, mais elle fait semblant de rien. Dites-moi c'est quoi, vot'autre truc, doc ?

— Des gosses pensent avoir peut-être trouvé ce qui génère le Dôme. Ils sont jeunes, mais intelligents. J'ai confiance en eux. Ils avaient un compteur Geiger et ils ont trouvé un pic de radiation du côté de Black Ridge Road. Ils n'ont pas poussé jusque dans la zone dangereuse. Ils ne s'en sont pas approchés.

— Approchés de quoi ? Qu'est-ce qu'ils ont vu ?

— Une lumière violette qui flashait. Vous savez où se trouve l'ancien verger, n'est-ce pas ?

— Bien sûr que oui, pardi ! Le verger de McCoy. J'allais m'y garer avec les filles pour flirter. De là on voit toute la ville. J'avais une vieille bagnole... » Il parut nostalgique, quelques instants. « Bon, revenons à nos moutons. Juste une lumière qui flashait ?

— Ils sont aussi tombés sur des animaux morts – des cerfs, un ours. D'après les gosses, on aurait dit qu'ils s'étaient suicidés. »

Rommie le regarda d'un air grave. « Je vous accompagne.

— C'est très bien... à un détail près. L'un de nous devra s'approcher, et ça ne peut être que moi. Mais il me faudrait une tenue antiradiation pour cela.

— Et à quoi pensez-vous, doc ? »

Rusty le lui dit. Quand il eut terminé, Rommie sortit un paquet de Winston et le poussa vers lui sur la table.

« Mes saletés préférées, dit Rusty en en prenant une. Alors, qu'est-ce que vous en dites ?

— Oh, je peux vous aider », dit Rommie. Il donna du feu à son visiteur puis alluma sa cigarette. « J'ai tout ce qu'il faut en magasin, comme chacun le sait dans cette ville. » Il pointa sa cigarette sur Rusty. « Mais il vaudrait mieux que votre photo paraisse pas dans le journal, parce que je vous garantis que vous allez avoir une touche marrante.

— Ça ne m'inquiète pas trop, étant donné que le journal a brûlé hier au soir.

— C'est ce que j'ai appris, dit Rommie. Encore un coup de ce Barbara. Ses amis.

— Vous y croyez, vous ?

— Oh, moi, je suis du genre crédule. Quand Bush a dit qu'il y avait des armes nucléaires en Irak, je l'ai bien cru. Je disais aux gens, *C'est lui le type qui est au courant*. Et j'ai même cru qu'Oswald avait agi seul, moi. »

De l'autre pièce, leur parvint une voix : « Arrête de parler avec ton français à la noix. »

Rommie adressa à Rusty un sourire qui disait, *Vous voyez ce que je dois subir*. « Oui ma chérie », dit-il, cette fois sans la moindre trace de son accent de joyeux Pierrot. Puis il se tourna de nouveau vers Rusty. « Laissez votre voiture ici. Nous allons prendre mon van. Plus spacieux. Vous me déposerez au magasin et vous irez chercher les gamins. Je vous préparerai votre combinaison antiradiation. C'est pour les gants, que je sais pas trop...

— Il y a les gants à revêtement de plomb au service de radiographie, à l'hôpital ; ils montent jusqu'aux coudes. Je prendrai aussi les tabliers spéciaux...

— Bonne idée, j'aimerais pas que vous ayez une chute de vos spermato...

— Et il me semble qu'il doit encore y avoir une ou deux paires de lunettes protégées par du plomb comme en portaient les techniciens et les radiologues, dans les années 1970. Mais elles ont peut-être été jetées. Ce que j'espère, c'est que le niveau de radiation ne dépassera pas trop le dernier relevé des gamins, qui était encore dans le vert.

— Sauf qu'ils ne se sont pas davantage approchés, d'après ce que vous m'avez dit. »

Rusty soupira. « Si l'aiguille de ce compteur Geiger grimpe dans les huit cents à mille impulsions-seconde, mon taux de fertilité risque d'être le dernier de mes soucis. »

Avant leur départ, Michela – habillée à présent d'une jupe courte et d'un chandail à l'aspect particulièrement douillet – revint en trombe dans la cuisine et traita son mari de cinglé. Il allait leur faire avoir des ennuis. Ce n'était pas la première fois, et voilà qu'il recommençait. Sauf que cette fois, ce seraient des ennuis beaucoup plus sérieux.

Rommie la prit dans ses bras et lui parla en français, à toute vitesse. Elle répondit dans la même langue, crachant ses mots. Il ne se laissa pas faire et répliqua. Elle lui donna deux coups de poing à l'épaule, puis pleura et l'embrassa. Une fois dehors, Rommie regarda Rusty, l'air de s'excuser, et haussa les épaules. « Elle ne peut pas s'en empêcher, dit-il. Elle a l'âme d'un poète mais la structure émotionnelle d'un chien errant. »

4

Lorsque Rusty et Romeo Burpee arrivèrent au grand magasin, Toby Manning s'y trouvait déjà, attendant d'ouvrir et de servir la clientèle, si tel était le bon plaisir de son patron. Petra Searles, employée à la pharmacie située de l'autre côté de la rue, était assise avec lui sur des sièges de jardin qui portaient des étiquettes SOLDES DE FIN D'ÉTÉ accrochées aux accoudoirs.

« Bien entendu, vous n'allez pas vouloir m'en dire davantage sur cette tenue antiradiation que vous allez me fabriquer d'ici... (Rusty regarda sa montre)... dix heures ?

— Il vaut mieux pas. Vous me traiteriez de cinglé, répondit Rommie. Allez-y, doc. Trouvez les gants, les lunettes, le tablier. Parlez avec les gamins. Donnez-moi un peu de temps.

— On ouvre, patron ? demanda Toby quand Rommie descendit du van..

— J'sais pas. Cet après-midi, peut-être. J'vais être pas mal occupé ce matin, moi. »

Rusty s'éloigna au volant du van. Il était déjà sur Town Common Hill lorsqu'il prit conscience que Toby et Petra portaient des brassards bleus.

5

Il trouva des gants, des tabliers et la dernière paire de lunettes à protection de plomb dans le placard du fond du service de radiologie, alors qu'il était à deux doigts de laisser tomber. Les élastiques des lunettes étaient fichus, mais il était sûr que Rommie saurait lui arranger ça. En guise de bonus, il n'eut à expliquer à personne ce qu'il fabriquait là. À croire que tout l'hôpital dormait.

Il ressortit, renifla l'air – stagnant, avec de désagréables relents de fumée – et regarda vers l'ouest, en direction de la souillure noire laissée par l'explosion des missiles. On aurait dit une tumeur cancéreuse. Il se rendait compte que s'il se concentrait avant tout sur Barbie, Big Jim et les meurtres, c'était parce qu'il s'agissait d'éléments humains, de choses qu'il comprenait. Ignorer le Dôme, cependant, serait une erreur – et une erreur potentiellement catastrophique. Il fallait qu'il disparaisse, et rapidement, sans quoi ses patients atteints de maladies respiratoires, asthme ou autres, commenceraient à avoir des problèmes. Ils n'étaient rien de plus que les canaris dans les mines de charbon.

Ce ciel taché de nicotine…

« C'est pas bon », marmonna-t-il en jetant ce qu'il avait récupéré à l'arrière du van. « Pas bon du tout. »

6

Les trois enfants se trouvaient chez Claire McClatchey quand Rusty y arriva ; ils étaient étrangement tranquilles pour des gamins qui seraient peut-être acclamés comme des héros de la nation, à la fin de ce mercredi d'octobre, si la chance était avec eux.

« Alors, les jeunes, on est prêts ? » demanda Rusty avec plus d'enthousiasme qu'il n'en ressentait vraiment. « Avant d'aller sur place, nous passerons par le Burpee's, mais tout cela ne devrait pas nous prendre beaucoup de t…

— Ils ont quelque chose à vous dire avant, l'interrompit Claire. Dieu sait si j'aurais préféré que ce ne soit pas le cas. Ce truc va de mal en pis. Voulez-vous un verre de jus d'orange ? Nous essayons de le terminer avant qu'il tourne. »

Rusty rapprocha l'index de son pouce pour indiquer qu'il n'en voulait pas beaucoup. Il n'avait jamais été un grand amateur de jus d'orange, mais il lui tardait de la voir sortir de la pièce et il sentait qu'elle-même en avait envie. Elle était pâle et il y avait de la peur dans sa voix. Pas à cause de ce que les gosses avaient trouvé du côté de Black Ridge, lui semblait-il ; il s'agissait d'autre chose.

Exactement ce dont j'ai besoin, songea-t-il.

« Je vous écoute », dit-il quand Claire fut partie.

Benny et Norrie se tournèrent vers Joe. Joe soupira, repoussa les mèches qui lui retombaient sur le front, soupira à nouveau. Il n'y avait guère de ressemblance entre ce jeune adolescent sérieux et le gamin turbulent qui agitait son panneau dans le champ d'Alden Dinsmore trois jours auparavant. Ses traits étaient aussi pâles que ceux de sa mère et quelques boutons – les premiers, peut-être – avaient fait leur apparition sur son front. Rusty avait déjà assisté à ce genre de manifestation soudaine. Le stress.

« Qu'est-ce qu'il y a, Joe ?

— Les gens disent que je suis intelligent », répondit Joe, et Rusty se rendit compte qu'il était au bord des larmes. « Je veux bien le croire mais des fois, j'aimerais autant pas.

— Ne t'inquiète pas, lança Benny. Tu es aussi stupide à de nombreux titres.

— La ferme, Benny », dit Norrie, mais gentiment.

Joe n'y fit pas attention. « Je battais mon père aux échecs à six ans et ma mère à huit. Vingt sur vingt tout le temps à l'école. Toujours premier prix à la Foire aux sciences. Cela fait deux ans que j'ai écrit mon propre programme d'ordinateur. Je ne me vante pas. Je sais que je suis un intello. »

Norrie sourit et posa une main sur la sienne.

« Mais je fais juste que découvrir des liens, c'est tout. Pas vrai ? Puisqu'il y a A, alors B. Sans A, B est hors course. Et probablement tout l'alphabet.

— Mais qu'est-ce que tu me racontes au juste, Joe ?

— Je ne crois pas que le cuisinier soit l'auteur de ces meurtres. Ou plutôt, *nous* ne le croyons pas. »

Il parut soulagé de voir Norrie et Benny hocher affirmativement la tête. Mais cela ne fut rien, comparé à l'expression de joie (mélangée à de l'incrédulité) qui se peignit sur son visage lorsque Rusty lui dit : « Moi non plus.

— J't'avais dit qu'il était pas bouché, s'exclama

Benny. Sans compter qu'il te fait des points du tonnerre. »

Claire revint, un verre minuscule de jus d'orange à la main. Rusty prit une gorgée. Tiède, mais buvable. Sans générateur, il ne le serait plus demain.

« Qu'est-ce qui vous fait penser que ce n'est pas lui ? demanda Norrie.

— Vous d'abord », répondit Rusty.

Pour le moment, le générateur de Black Ridge venait de passer au second plan.

« Nous avons vu Mrs Perkins, hier matin, expliqua Joe. Nous étions sur Common, on commençait juste à se servir du compteur Geiger. Elle remontait Town Common Hill. »

Rusty posa son verre sur la table et se pencha en avant, les mains serrées entre ses genoux. « Quelle heure était-il ?

— Ma montre s'est arrêtée le Jour du Dôme et je ne peux pas vous donner l'heure exacte mais la grande bagarre avait déjà commencé, au supermarché, quand nous l'avons vue. Il devait donc être quelque chose comme neuf heures et quart. Pas plus tard.

— Ni plus tôt. Puisque l'émeute avait commencé. Vous l'avez entendue.

— Ouais, confirma Norrie. Ça faisait un sacré boucan.

— Et vous êtes certains qu'il s'agissait bien de Brenda Perkins ? Pas de quelqu'un d'autre ? » Le cœur de Rusty battait la chamade. Si on avait vu Mrs Perkins vivante au moment de l'émeute, Barbie avait un alibi en béton.

« Nous la connaissions tous, dit Norrie. Elle avait même été ma responsable, quand j'étais chez les scouts. Avant que je laisse tomber. » Il ne lui parut pas nécessaire de mentionner qu'elle en avait été chassée parce qu'on l'avait surprise à fumer.

« Et, ajouta Joe, je sais par ma mère ce que les gens disent à propos des meurtres. Elle m'a rapporté tout ce qu'elle savait. L'histoire des plaques militaires.

— Maman ne voulait pas te dire tout ce qu'elle savait, intervint Claire, mais j'ai un fils qui peut se montrer très entêté et ça me paraissait important.

— C'est important, dit Rusty. Où Mrs Perkins est-elle allée ? »

Ce fut Benny qui répondit, cette fois. « Chez Mrs Grinnell, pour commencer, mais ce qu'elle lui a raconté ne devait pas être bien génial, parce qu'elle s'est fait claquer la porte au nez. »

Rusty fronça les sourcils.

« C'est vrai, dit Norrie. J'ai eu l'impression que Mrs Perkins donnait du courrier à Mrs Grinnell. Une grande enveloppe, en tout cas. Mrs Grinnell l'a prise et a claqué la porte, comme Benny a dit.

— *Hem* », fit Rusty.

À croire qu'il y avait eu distribution de courrier à Chester's Mill, depuis vendredi dernier. Ce qui lui semblait important était que Brenda avait été vivante et faisait des visites, procurant à Barbie un alibi pour ce moment-là. « Et ensuite, où est-elle allée ?

— Elle a traversé Main Street et a pris Mill Street, dit Joe.

— Cette rue-ci, autrement dit.

— Exact. »

Rusty reporta son attention sur Claire. « Est-ce qu'elle...

— Non, elle n'est pas venue ici, dit Claire. À moins qu'elle ne soit passée pendant j'étais à la cave, pour faire l'inventaire de ce que j'avais encore comme conserves. Je suis restée en bas une demi-heure. Quarante minutes tout au plus. Je... j'en avais assez d'entendre les bruits qui venaient du supermarché. »

Benny répéta ce qu'il avait dit la veille : « Mill Street est très longue. Il y a beaucoup de maisons.

— À mon avis, ce n'est pas ça l'important, dit Joe. J'ai téléphoné à Anson Wheeler. Il a fait beaucoup de skate, autrefois, et il va parfois encore avec sa planche à la fosse d'Oxford. Je lui ai demandé si Mr Barbara était au travail, hier matin, et il a dit oui. Que Mr Barbara était allé au Food City quand les bagarres avaient commencé. Avec lui et avec Ms Twitchell, et qu'il était resté tout le temps avec eux. Autrement dit, Mr Barbara a un alibi pour Mrs Perkins et vous vous rappelez ce que j'ai dit pour si non-A, alors non-B ? Et tout l'alphabet ? »

Rusty trouvait la métaphore un peu trop mathématique pour des affaires humaines, mais il comprenait ce que Joe voulait dire. Barbie n'avait peut-être pas d'alibi pour les autres victimes, mais le fait que tous les corps avaient été abandonnés au même endroit renforçait la thèse d'un tueur unique. Et si Big Jim était l'auteur d'au moins un des meurtres – comme semblaient l'attester les marques sur le visage de Coggins –, il y avait des chances qu'il le soit de tous.

À moins que ce ne soit Junior. Junior, qui se promenait maintenant avec une arme au côté et un badge.

« Il faut qu'on aille à la police, non ? demanda Norrie.

— C'est ça qui me fait peur, dit Claire. Qui me fait très, très peur. Et si c'est Rennie qui a tué Brenda Perkins ? Lui aussi habite dans cette rue.

— C'est ce que j'ai dit hier, fit observer Norrie.

— Et est-ce qu'il ne serait pas logique qu'après

avoir été voir une conseillère et s'être fait claquer la porte au nez, elle n'ait pas été chez l'autre conseiller le plus proche ? »

Joe prit un ton quelque peu indulgent : « Je ne trouve pas qu'il y ait un lien bien fort, m'man.

— Peut-être pas, mais elle a peut-être été voir Jim Rennie. Quant à Peter Randolph... (Elle secoua la tête.) Il suffit que Big Jim lui dise *saute* et il demande à quelle hauteur.

— Elle est bonne celle-là, Mrs McClatchey ! s'écria Benny. Vous êtes la reine, oh, mère de m...

— Merci, Benny, mais dans cette ville, il y a déjà un roi, et c'est Jim Rennie.

— Qu'est-ce qu'on doit faire ? » demanda Joe à Rusty, troublé.

Rusty repensa à la souillure. Au ciel jaunâtre. À l'odeur de fumée dans l'air. Il eut aussi une pensée pour Jackie Wettington, bien déterminée à faire évader Barbie. Aussi dangereux que ce soit, elle donnait au cuisinier une meilleure chance de s'en sortir que le témoignage de trois gamins, en particulier quand le chef de la police qui recevrait leur déposition était à peine capable de se torcher le cul sans mode d'emploi.

« Pour l'instant, on ne bouge pas. Dale Barbara est en sécurité là où il est. » Rusty espérait avoir raison. « Nous, nous avons une affaire à régler. Si vous avez vraiment trouvé le générateur du Dôme, et si on parvient à le couper...

— Les autres problèmes se résoudront tout simplement d'eux-mêmes », enchaîna Norrie Calvert.

Elle parut profondément soulagée.

« C'est tout à fait possible », reconnut Rusty.

7

Une fois Petra Searles repartie à la pharmacie (pour y faire l'inventaire, avait-elle dit), Toby Manning demanda à Rommie s'il pouvait l'aider. Rommie secoua la tête. « Rentre chez toi. Vois plutôt ce que tu peux faire pour tes parents.

— Seulement pour mon père, dit Toby. Maman est allée au supermarché de Castle Rock, samedi matin. Elle dit que c'est trop cher, au Food City. Et vous, qu'est-ce que vous allez faire ?

— Pas grand-chose, répondit vaguement Rommie. Dis-moi un truc, Toby. Pourquoi vous portez ces brassards bleus, toi et Petra ? »

Toby jeta un coup d'œil à son bras comme s'il avait oublié la présence du chiffon. « Juste pour montrer qu'on est solidaires, répondit-il. Après ce qui s'est passé la nuit dernière à l'hôpital... après *tout* ce qui est arrivé... »

Rommie acquiesça. « Tu n'as pas été nommé adjoint, un truc comme ça ?

— Fichtre, non. C'est plus... vous vous rappelez, après le 11 Septembre, quand on avait l'impression que tout le monde portait un casque des pompiers ou une chemise de la police de New York ? C'est pareil. » Il réfléchit un instant. « Je crois que s'ils avaient besoin d'aide, je m'engagerais avec plaisir, mais on dirait qu'ils s'en sortent très bien. Vous êtes sûr que vous n'avez pas besoin d'un coup de main ?

— Oui. Et maintenant, file. Je t'appellerai si je décide d'ouvrir cet après-midi.

— D'accord. » L'œil de Toby se mit à briller. « On pourrait peut-être faire des soldes "spécial Dôme", non ? Vous savez ce qu'on dit : si la vie te donne des citrons, fais-toi une citronnade.

— Peut-être, peut-être », dit Rommie, doutant de jamais organiser des soldes de ce genre.

Et jamais l'idée de se débarrasser de ses rossignols à prix (apparemment) intéressant ne l'avait aussi peu intéressé que ce matin. Il se rendait compte qu'il venait de vivre de grands changements, ces derniers jours – non pas tant de caractère que de perspective. C'était dû en partie au fait d'avoir combattu le feu et à la camaraderie qui en avait résulté. Toute la ville collaborait, voilà ce qu'il pensait avoir vécu. La population locale dans ce qu'elle avait de meilleur. Sa nouvelle attitude avait aussi beaucoup à voir avec le meurtre de Brenda Perkins, dont il avait été jadis amoureux... et qu'il ne pouvait évoquer que sous le nom de Brenda Neale. Une vraie bombe, autrefois, et si jamais il découvrait qui l'avait descendue – en supposant que Rusty avait raison de dire que Dale Barbara n'y était pour rien –, celui-là paierait. Rommie Burpee y veillerait.

À l'arrière de son bâtiment vaste comme une caverne, se trouvait la section des matériaux de construction. Commodément située juste à côté du rayon bricolage. Rommie prit un jeu de cisailles à métaux dans celui-ci et passa dans celle-là pour se rendre dans le recoin le plus lointain, le plus obscur et le plus poussiéreux de son royaume de quincaillier. Là, il exhuma deux douzaines de rouleaux de feuilles de plomb, pesant trente-cinq kilos chacun, et utilisés normalement comme revêtements de toit ou isolants de cheminée. Il chargea deux rouleaux (sans oublier les cisailles) sur un chariot et alla dans le rayon sport.

Il entreprit alors de trier et de choisir. Il éclata de rire à plusieurs reprises. Ça allait marcher, mais Rusty Everett aurait l'air *très amusant**, sans aucun doute.

Cela fait, il se redressa pour s'étirer et soulager son dos ; il vit alors le poster d'un chevreuil dans la ligne de mire d'un fusil, à l'autre bout du rayon sport. Au-dessus de l'animal, on lisait : LA SAISON DE LA CHASSE EST PRESQUE ARRIVÉE – ARMEZ-VOUS À PRIX CANON !

À voir la façon dont tournaient les choses, Rommie se dit que s'armer ne serait peut-être pas une mauvaise idée. En particulier si Rennie ou Randolph décidaient de confisquer les armes de tout le monde, sauf celles des flics. Là ce serait une *bonne* idée.

Il poussa un autre chariot jusqu'aux casiers fermés à clef des fusils de chasse, sélectionnant la bonne clef, rien qu'au toucher, dans l'énorme trousseau qui pendait à sa ceinture. Le Burpee's ne vendait que des armes de marque Winchester et, comme la saison du cerf était proche, Rommie pensa qu'il n'aurait aucun mal à justifier quelques trous dans son stock si on lui posait la question. Il choisit une Wildcat calibre 22, un fusil à pompe ultra-rapide Black Shadow et deux Black Defenders, également à pompe. À quoi il ajouta un Model 70 Extreme Weather (avec lunette) et un 70 Featherweight (sans). Il prit des munitions pour chacune des armes et alla ranger le tout dans le coffre de plancher de sa vieille Land Rover Defender.

C'est de la parano, tu crois pas ? se dit-il en changeant les numéros de la combinaison.

Mais il ne se *sentait* pas parano. Et tandis qu'il repartait attendre Rusty et les gamins, il se rappela d'entourer son bras d'un chiffon bleu. Il dirait à Rusty d'en faire autant. Le camouflage, ce n'était pas une mauvaise idée.

N'importe quel chasseur de cerf le savait.

8

À huit heures, ce matin-là, Big Jim était de retour dans le bureau de son domicile. Carter Thibodeau – son garde du corps personnel tant que la situation durerait, avait-il décidé – était plongé dans un numéro de *Car and Driver*, fasciné par la comparaison entre la BMW-H et la Ford Vesper 2011. Les deux voitures paraissaient sensationnelles, mais il fallait être un demeuré pour ne pas se rendre compte que la BMW-H l'emportait haut la main. Et il fallait être encore plus demeuré pour ne pas comprendre que Mr Rennie était à présent la BMW-H de Chester's Mill.

Big Jim se sentait tout à fait bien, en partie parce qu'il avait pu prendre une heure de sommeil après avoir rendu visite à Barbara. Il allait avoir besoin de faire beaucoup de petits sommes réparateurs dans les jours à venir. Il fallait qu'il reste en pleine forme, au top. Il refusait encore de reconnaître qu'il s'inquiétait aussi pour ses problèmes d'arythmie cardiaque, de plus en plus fréquents.

Pouvoir disposer de Thibodeau le soulageait considérablement, en particulier depuis que son fils se comportait de manière aussi erratique (*on peut dire ça comme ça*, pensa-t-il). Thibodeau avait l'air d'un voyou, mais il paraissait avoir compris ce qu'était le rôle d'un aide de camp. Sans en être encore complètement sûr, Big Jim pensait que Thibodeau se révélerait peut-être, en fin de compte, plus intelligent que Randolph.

Il décida de mettre cette idée à l'épreuve.

« Combien d'hommes sont de garde au supermarché, fiston ? Tu le sais ? »

Carter posa sa revue et tira un petit carnet de notes corné de sa poche-revolver. Big Jim approuva.

Après l'avoir feuilleté un instant, Carter répondit : « Cinq la nuit dernière, trois des anciens et deux nouveaux. Pas de problème. Ils ne seront que trois, aujourd'hui. Tous des nouveaux. Aubrey Towle – vous voyez qui c'est ? Son frère tient la librairie –, Todd Wendlestat et Lauren Conree.

— Et conviens-tu que c'est suffisant ?

— Hein ?

— Es-tu d'accord, Carter. *Convenir* veut dire *admettre, être d'accord*.

— Ouais. Ça devrait aller, c'est la journée et tout ça. »

Il s'interrompit, se demandant ce que le patron aurait aimé lui entendre dire. Rennie jubilait.

« Bon, d'accord. Et maintenant, écoute-moi. Tu vas aller voir Stacey Moggin, ce matin. Tu vas lui dire d'appeler tous nos policiers. Je veux qu'ils se retrouvent au Food City ce soir à sept heures. Je vais leur parler. »

Pas seulement leur parler, en fait. Leur tenir un discours sans prendre de gants, cette fois. Il allait les remonter comme des pendules de grand-père.

« Très bien. » Carter prit des notes dans son carnet d'aide de camp.

« Et qu'elle dise à chacun d'essayer d'en amener un de plus. »

Carter fit courir son crayon mâchouillé le long

d'une liste de noms. « Voyons... nous en avons déjà... vingt-six.

— Ça ne sera peut-être pas suffisant. Rappelle-toi ce qui s'est passé au supermarché hier matin et au journal de Shumway, hier au soir. C'est nous ou l'anarchie, Carter. Tu connais le sens de ce mot-là ?

— Euh, oui, monsieur. » Carter supposait que cela avait à voir avec l'archerie, c'est-à-dire le tir à l'arc, autrement dit que tout le monde tirerait sur tout le monde s'ils n'y mettaient pas bon ordre. « On devrait peut-être penser à confisquer les armes, non ? »

Big Jim sourit. Oui, ce garçon était charmant à plus d'un titre. « C'est en cours de préparation. La semaine prochaine, peut-être.

— Si le Dôme est toujours là. Vous croyez qu'il sera toujours là ?

— Oui, je le crois. »

Il le fallait. Il y avait encore tellement à faire. Veiller à ce que les réserves de propane soient sorties de leur cachette et disséminées dans la ville. Toute trace du labo de méthadone devait disparaître derrière la station de radio. Quant à lui, il n'avait pas encore atteint son heure de gloire. Même s'il était bien parti pour ça.

« En attendant, envoie deux officiers – pas des nouveaux – confisquer les armes au Burpee's. Si jamais Romeo Burpee fait des difficultés, qu'ils disent que nous voulons simplement que les amis de Dale Barbara ne mettent pas la main dessus. T'as bien pigé ?

— Ouaip. » Carter prit une autre note. « Denton et Wettington, ça vous va ? »

Rennie fronça les sourcils. Wettington, la nana aux gros nénés. Elle ne lui inspirait pas confiance. Déjà, il n'aimait pas trop l'idée de flics avec des nénés, la police n'était pas l'affaire des bonnes femmes, mais il y avait autre chose. La manière dont elle le regardait.

« D'accord pour Freddy Denton, mais pas Wettington. Ni Henry Morrison. Envoie Denton et George Frederick. Dis-leur de mettre les armes sous clef dans l'armurerie.

— Pigé. »

Le téléphone de Rennie sonna et son froncement de sourcils s'accentua. Il décrocha. « Conseiller Rennie.

— Bonjour, conseiller. Ici, le colonel James O. Cox. Je suis le responsable de ce qu'on appelle aujourd'hui le Projet du Dôme. J'ai pensé qu'il était temps que nous ayons un entretien. »

Big Jim se laissa aller dans son fauteuil, souriant. « Eh bien, je vous écoute, colonel, et Dieu vous bénisse.

— D'après mes informations, vous auriez arrêté l'homme chargé par le président des États-Unis de prendre en main les affaires de Chester's Mill.

— Informations exactes, monsieur. Mr Barbara est accusé de meurtre. De quatre meurtres. J'ai du mal à croire que le Président puisse vouloir d'un tueur en série comme responsable. Ce ne serait pas très bon pour ses sondages.

— Ce qui vous met aux commandes.

— Oh, non, dit Rennie, dont le sourire s'élargit. Je ne suis qu'un humble deuxième conseiller. C'est Andy Sanders, le patron, et c'est Peter Randolph – notre nouveau chef de la police – qui a procédé à l'arrestation.

— En d'autres termes, vous avez les mains propres. Et ce sera votre système de défense lorsque le Dôme aura disparu et que les enquêtes commenceront. »

La frustration qu'il sentait dans la voix du cueilleur de coton faisait jubiler Big Jim. Ce fils de garce du

Pentagone était habitué à manier le fouet ; il savait maintenant ce que c'était que de le sentir sur ses épaules.

« Et pourquoi devraient-elles être sales, colonel Cox ? On a trouvé les plaques militaires de Barbara dans la main d'une des filles. On peut pas rêver mieux.

— Bien pratique.

— Pensez ce que vous voulez.

— Vous devriez vous brancher sur les chaînes du câble. Vous verriez alors que l'arrestation de Barbara y est sérieusement remise en question, en particulier à la lumière de ses états de service, qui sont exemplaires. Qu'on y pose aussi des questions sur vos propres états de service, si je puis dire, qui eux ne le sont pas vraiment.

— Croyez-vous que tout cela soit une surprise pour moi ? Vous autres, vous êtes très forts pour ce qui est de manipuler les informations. Vous n'avez fait que ça depuis le Vietnam.

— CNN a découvert que vous aviez fait l'objet d'une enquête pour publicité frauduleuse à la fin des années 1990. NBC a aussi trouvé de son côté que vous avez été accusé de pratiquer des taux usuraires illégaux en 2008. Quelque chose de l'ordre de quarante pour cent, c'est bien ça ? Après quoi, vous récupériez un véhicule qui vous avait été payé deux fois, voire trois. Vos administrés doivent probablement découvrir tout cela, eux aussi. »

Toutes ces accusations avaient été classées sans suite. Cela lui avait coûté pas mal d'argent. « Les citoyens de ma ville savent que ces chaînes d'info sont capables de raconter n'importe quoi, si cela doit faire vendre quelques tubes de crème contre les hémorroïdes ou de boîtes de somnifères de plus.

— Il y a autre chose. D'après le procureur général du Maine, l'ancien chef de la police – l'homme qui est mort samedi dernier – enquêtait sur vous pour fraude fiscale, détournement de fonds, abus de biens sociaux et implication dans un trafic de drogue. Nous n'avons rien révélé de tout cela à la presse, et nous n'avons pas l'intention de le faire... à la condition que vous acceptiez un compromis. Démissionnez de votre poste de deuxième conseiller. Mr Sanders devra démissionner, lui aussi. Faites nommer Andrea Grinnell, le troisième conseiller, responsable administrative et Jacqueline Wettington représentante du Président à Chester's Mill. »

Big Jim perdit ce qui lui restait de bonne humeur. « Hé, vous êtes fou, non ? Andi Grinnell est une droguée – accro à l'OxyContin – et cette cueilleuse de coton de Wettington a une tête mais pas de cerveau dedans !

— Je vous certifie que cela n'est pas vrai, Rennie. » Finis les *monsieur* ; le Temps des Bons Sentiments paraissait passé. « Wettington a été décorée pour avoir contribué à démanteler un réseau de drogue basé à l'hôpital militaire américain de Würzburg, en Allemagne, et elle a été personnellement recommandée par un homme du nom de Jack Reacher[1], le flic militaire le plus sacrément coriace que l'armée ait jamais eu, à mon humble avis.

— Il n'y a rien d'humble chez vous, monsieur, et votre langage sacrilège ne me convient pas. Je suis chrétien.

---

1. Hommage de Stephen King au héros des romans policiers de Lee Child.

— Un chrétien trafiquant de drogue, d'après mes informations.

— Cause toujours. Vos paroles ne m'atteignent pas. » *Pas sous le Dôme, en particulier*, pensa Big Jim, ce qui le fit sourire. « En avez-vous des preuves ?

— Allons voyons, Rennie... d'un vieux dur à cuire à un autre, est-ce que ça compte ? Le Dôme est un événement colossal pour la presse, plus fort encore que le 11 Septembre. Et c'est de la presse *sympathique*. Si vous refusez le compromis, je vais vous en coller tellement sur le dos que jamais vous ne pourrez vous en débarrasser. Une fois le Dôme disparu, vous vous retrouverez devant un sous-comité du Sénat, puis devant un grand jury et en prison. Je vous le promets. Mais démissionnez, et je laisse tomber. Ça aussi, je vous le promets.

— Une fois le Dôme disparu, hein ? Et quand cet événement va-t-il avoir lieu ?

— Plus tôt que vous ne le pensez, peut-être. J'ai prévu d'entrer le premier à Chester's Mill et ma première initiative sera de vous faire menotter et monter dans un avion qui vous conduira à Fort Leavenworth, dans le Kansas, où vous serez hébergé aux frais du gouvernement des États-Unis en attendant votre procès. »

Sur le coup, Big Jim resta coi devant l'audace sans fard de cette déclaration. Puis il rit.

« Si vous voulez réellement aider votre ville, Rennie, reprit Cox, vous allez démissionner. Regardez ce qui s'est passé depuis que vous êtes aux manettes : six meurtres – dont deux à l'hôpital la nuit dernière, d'après ce que nous avons compris –, un suicide, une émeute pour de la nourriture. Vous n'êtes pas de taille pour ce boulot. »

La main de Big Jim se referma sur la balle de baseball et serra. Carter Thibodeau le regardait, sourcils froncés d'inquiétude.

Si vous étiez ici, colonel, je vous ferais goûter à la même médecine que Coggins. Dieu m'en est témoin, je n'hésiterais pas.

« Rennie ?

— Je suis là. » Big Jim marqua une courte pause : « Et vous, là-bas. » Nouveau silence. « Et le Dôme ne va pas disparaître. Larguez votre plus grosse bombe atomique, rendez les villes des environs inhabitables pour deux siècles, tuez tout le monde à Chester's Mill avec les radiations, si les radiations passent au travers, et il sera *toujours* là. » Il respirait vite, mais son cœur battait régulièrement dans sa poitrine. « Parce que le Dôme est là par la volonté de Dieu. »

Chose qu'il croyait du plus profond du cœur. Comme il croyait que la volonté de Dieu était qu'il prenne cette ville en charge pour les semaines, les mois et les années à venir.

« *Quoi ?*

— Vous m'avez entendu », dit Big Jim.

Il savait qu'il jouait son va-tout, tout son avenir, sur le fait que le Dôme continuerait à exister. Il savait que certains le trouveraient fou d'agir ainsi. Il savait aussi que les gens étaient tous des païens, des mécréants. Comme ce colonel cueilleur de coton, James O. Cox.

« Soyez raisonnable, Rennie. S'il vous plaît. »

Ce *s'il vous plaît* plut à Big Jim ; lui rendit en un instant sa bonne humeur. « Récapitulons, colonel, voulez-vous ? C'est Andy Sanders le patron ici, pas moi. Même si j'apprécie que quelqu'un d'aussi haut placé que vous ait la courtoisie de m'appeler, naturellement. Et si je suis sûr qu'Andy appréciera votre proposition de gérer nos affaires – par contrôle à distance, forcément –, je pense pouvoir parler en son nom en vous disant que vous pouvez reprendre votre proposition et vous la coller là où le soleil ne brille jamais. Nous sommes entièrement livrés à nous-mêmes, ici, et nous allons *gérer* nous-mêmes nos affaires.

— Vous êtes cinglé, murmura un Cox songeur.

— C'est ce que disent les mécréants à propos des croyants. C'est leur dernière ligne de défense contre la foi. Nous y sommes habitués, et nous ne vous en tenons pas rigueur. (Là, il mentait.) Puis-je vous poser un question ?

— Faites.

— Allez-vous nous couper nos lignes de téléphone et Internet ?

— Cela ne vous déplairait pas tant que ça, hein ?

— Bien sûr que si. »

Autre mensonge.

« Non, nous ne toucherons ni au téléphone ni à Internet. Et nous maintenons la conférence de presse de vendredi prochain. Au cours de laquelle on vous posera quelques questions assez redoutables, je vous le garantis.

— Je ne participerai à aucune conférence de presse dans un avenir proche ou lointain, colonel. Pas plus qu'Andy. Et quant à Mrs Grinnell, cela n'aurait aucun sens, la pauvre malheureuse. Vous pouvez tout de suite annuler votre...

— Oh, non. Pas du tout. » N'y avait-il pas un sourire dans la voix de Cox ? « Cette conférence de presse aura bien lieu vendredi, et elle fera vendre des tas de crèmes contre les hémorroïdes avant les infos du soir.

— Et qui va y assister, vous imaginez-vous, côté Chester's Mill ?

— Tout le monde, Rennie. Absolument tout le monde. Parce que nous allons autoriser les parents de vos concitoyens à venir jusqu'au Dôme, aux limites de Motton – à l'endroit où s'est écrasé l'avion dans lequel Mrs Sanders est morte, comme vous vous en souvenez peut-être. La presse sera là, bien entendu. Ce sera un peu comme la Journée des Visiteurs à la prison, à ce détail près que personne n'est coupable de quoi que ce soit. Sauf vous, peut-être. »

La fureur envahit de nouveau Rennie. « *Vous ne pouvez pas faire une chose pareille !*

— Oh, que si ! » Le sourire était bien là. « Vous pouvez toujours me faire des pieds de nez depuis votre côté du Dôme et moi vous en faire du mien. Les visiteurs, eux, s'aligneront et tous ceux qui le voudront porteront un T-shirt sur lequel on lira DALE BARBARA EST INNOCENT et LIBÉREZ DALE BARBARA et JAMES RENNIE DÉMISSION. On assistera à des retrouvailles pleines d'émotion, on verra des mains s'appuyant à des mains séparées par le Dôme et même des tentatives d'échanger des baisers. Cela fera des images *excellentes* pour la télé, cela fera une *excellente* propagande. Plus que tout, cela fera se demander à vos concitoyens comment ils peuvent tolérer quelqu'un d'aussi incompétent que vous aux manettes. »

La voix de Rennie se réduisit à un grondement bas : « Je ne le tolérerai pas.

— Et comment allez-vous vous y prendre ? Plus d'un millier de personnes. Vous ne pouvez tout de même pas les abattre toutes. » Quand Cox reprit la parole, ce fut d'un ton calme et raisonnable : « Allons voyons, conseiller. Les choses peuvent encore s'arranger. Il vous reste une possibilité de vous en sortir. Il suffit que vous lâchiez les commandes. »

Sans y prêter la moindre attention, Big Jim aperçut Junior, dans le couloir, qui se dirigeait vers la porte, tel un fantôme ; il était encore en pyjama et en pantoufles. Junior serait-il tombé raide mort à cet instant que Big Jim aurait gardé sa position penchée sur le bureau, étreignant la balle de baseball d'une main et le téléphone de l'autre. Une pensée battait dans sa tête : céder la place à Andrea Grinnell et à l'officier Gros-Nénés.

C'était une plaisanterie.

Une *mauvaise* plaisanterie.

« Vous pouvez aller vous faire enculer, colonel Cox. »

Il raccrocha, fit pivoter son fauteuil et lança la balle plaquée or. Elle atterrit contre la photo autographe de Tiger Woods. Le verre se brisa, le cadre tomba par terre et Carter Thibodeau, qui avait davantage l'habitude de glacer de peur le cœur des gens que de sentir le sien glacé de peur, bondit sur ses pieds.

« Mr Rennie ? Ça va bien ? »

Le deuxième conseiller ne semblait pas aller bien du tout. Des taches violacées irrégulières fleurissaient sur ses joues. Ses petits yeux s'écarquillaient tellement qu'ils paraissaient sur le point de jaillir de leurs orbites saturées de graisse. À son front, une veine pulsait.

« Ils ne me prendront jamais cette ville, murmura-t-il.

— Bien sûr que non, dit Thibodeau. Sans vous, nous serions fichus. »

Voilà qui calma un peu Big Jim. Il tendit la main vers le téléphone, puis il se rappela que Randolph était chez lui pour se reposer. Le nouveau chef n'avait fait que de brefs séjours dans son lit, depuis le début de la crise, et il avait dit à Carter qu'il entendait bien dormir jusqu'à midi. Et c'était très bien. Il n'y avait rien à tirer de ce type, de toute façon.

« Prends une note, Carter. Tu la montreras à Morrison, si c'est lui qui tient la boutique ce matin, et tu la laisseras ensuite sur le bureau de Randolph. » Il réfléchit quelques instants, sourcils froncés. « Et vois si Junior est allé là-bas. Je l'ai vu passer pendant que je téléphonais au colonel Faites-ce-que-je-vous-dis. Si tu ne le vois pas, n'insiste pas, mais s'il y est, assure-toi qu'il va bien.

— Entendu. Et c'est quoi, le message ?

— Mon cher chef Randolph : il faut mettre à pied Jacqueline Wettington. Sans délai. Le département de la police de Chester's Mill n'a plus besoin de ses services

— Ça veut dire qu'elle est fichue à la porte ?

— Exactement. »

Carter griffonna dans son carnet et Big Jim lui laissa le temps de tout noter. Il se sentait de nouveau bien. Mieux que bien. Il *sentait le truc*. « Ajoute : cher officier Morrison, lorsque Wettington se présentera aujourd'hui, informez-la qu'elle est relevée de ses fonctions et dites-lui de vider son casier. Si elle vous demande pourquoi, répondez-lui qu'il y a une réorganisation du service et qu'on n'a plus besoin d'elle.

— Service avec deux *ss* ou un *c*, Mr Rennie ?

— Je me fiche de l'orthographe. C'est le message qui compte.

— D'accord, très bien.

— Si elle a d'autres questions, elle n'a qu'à venir me voir.

— Bien compris. C'est tout ?

— Non. Dis à celui qui la verra en premier qu'il lui reprenne son badge et son arme. Si elle répond qu'il s'agit d'une arme personnelle, qu'on lui fasse un reçu. On lui rendra ou on la remboursera quand la crise sera terminée. »

Carter griffonna de nouveau, puis il leva les yeux. « Qu'est-ce qu'il a qui va pas, Junior, Mr Rennie ?

— Je ne sais pas. Juste des migraines, je suppose. Il y a des choses plus urgentes. » Il montra le carnet de notes. « Donne-moi ça. »

Carter le lui apporta. Son écriture était celle d'un môme de six ou sept ans, mais tout était là. Rennie signa.

9

Carter apporta les résultats de son activité de secrétaire au département de police. Henry Morrison l'accueillit avec une incrédulité qui confinait au mutisme. Thibodeau chercha aussi Junior, mais Junior était introuvable ; personne ne l'avait vu. Il demanda à Henry d'ouvrir l'œil.

Puis, sur une impulsion, il descendit voir Barbie. Celui-ci était allongé sur sa couchette, mains derrière la nuque.

« Ton patron a appelé, lui dit-il. Ce mec, Cox. Mr Rennie l'a appelé colonel Faites-ce-que-je-vous-dis.

— Tu m'étonnes.

— Mr Rennie l'a envoyé se faire foutre dans les grandes largeurs. Et tu sais quoi ? Ton pote de l'armée a dû bouffer son chapeau et dire merci. Qu'est-ce que tu dis de ça ?

— Tu parles d'une surprise. » Barbie continua à contempler le plafond. Il paraissait calme. C'était irritant. « Dis-moi, Carter, t'as réfléchi où tout cela conduit ? As-tu essayé de voir les choses à plus long terme ?

— C'est fini, le long terme, *Baaarbie*. Terminé. »

Barbie se contenta de continuer à regarder le plafond, une esquisse de sourire retroussant les commissures de ses lèvres. Comme s'il savait quelque chose qu'ignorait Thibodeau. Cela donna envie à ce dernier d'ouvrir la cellule et d'assommer ce bouffeur de merde. Puis il se souvint de ce qui était arrivé dans le parking du Dipper's. On allait bien voir si Mr Barbara serait capable de jouer encore un de ses tours à la con devant un peloton d'exécution. Qu'il essaye donc.

« On se reverra, *Baaarbie*.

— J'en doute pas », répondit Barbie, toujours sans prendre la peine de regarder le flic. « C'est une petite ville, fiston, et tout le monde soutient l'équipe. »

10

Lorsque la sonnette retentit au presbytère, Piper Libby était encore habillée du T-shirt des Bruins et du short qui lui servaient de tenue de nuit. Elle ouvrit la porte, s'attendant à voir Helen Roux, en avance d'une heure sur le rendez-vous pris pour régler les détails de la cérémonie avant l'enterrement de Georgia. Mais c'était Jackie Wettington. Celle-ci portait son uniforme, mais il n'y avait pas de badge sur son sein gauche ni d'arme à sa hanche. Elle paraissait hébétée.

« Jackie ? Qu'est-ce qui se passe ?

— J'ai été virée. Ce salopard m'avait dans le collimateur depuis la soirée de Noël au département de police, quand il a essayé de me peloter et que je lui ai flanqué une claque sur la main... mais je crois qu'il n'y a pas que ça. Que ce n'est même pas le principal...

— Entrez, dit Piper. J'ai retrouvé une petite plaque chauffante au gaz dans l'un des placards de l'arrière-cuisine. Elle devait appartenir à mon prédécesseur. Et miracle, elle fonctionne. Un thé chaud, ça vous dirait ?

— Merveilleux », répondit Jackie.

Des larmes grossirent dans ses yeux et roulèrent sur ses joues. Elle les essuya d'un geste presque coléreux.

Piper l'entraîna dans la cuisine et alluma le réchaud de camping posé sur le comptoir. « Et maintenant, racontez-moi tout. »

Ce que fit Jackie, sans omettre les condoléances maladroites mais sincères de Morrison. « Ce dernier truc, il me l'a dit à voix basse, ajouta-t-elle en prenant la tasse que lui tendait Piper. C'est comme la bon Dieu de Gestapo, à présent, là-bas. Excusez mon langage. »

Piper haussa les épaules.

« Henry m'a dit que si je protestais à la grande réunion, demain, je ne ferais que rendre les choses encore pires. Que Rennie allait sortir des accusations d'incompétence inventées de toutes pièces. Il a sans doute raison. Mais le plus grand incompétent du département, ce matin, c'est celui qui en est le patron. Quant à Rennie... il est en train de bourrer la police de Chester's Mill d'officiers qui lui resteront fidèles si jamais il y a une protestation organisée contre la manière dont il gère les choses.

— C'est évident, dit Piper.

— La plupart des nouveaux sont trop jeunes pour seulement acheter de la bière, mais ils portent une arme. J'ai failli dire à Henry qu'il allait être le prochain sur la liste – il a fait des remarques sur la manière dont Randolph dirigeait le département, et, bien entendu, les lécheurs de bottes n'auront pas manqué de rapporter ses commentaires – mais j'ai vu à sa tête qu'il le savait déjà.

— Voulez-vous que j'aille voir Rennie ?

— Ça ne servirait à rien. D'autant que je ne suis pas vraiment désolée de ne plus être flic. C'est juste que je suis mortifiée d'avoir été virée. Le grand problème, c'est que je serai la coupable toute désignée pour ce qui doit arriver demain soir. Il faudra peut-être que je disparaisse avec Barbie. Toujours en supposant que nous puissions trouver où nous cacher.

— De quoi parlez-vous ? Je ne comprends pas.

— Je sais, mais je vais vous expliquer. Sauf que c'est à partir de là que ça devient dangereux. Si vous ne gardez pas pour vous ce que je vais vous dire, je me retrouverai moi-même au trou. Et peut-être même aux côtés de Barbara quand Rennie le fera fusiller. »

Piper la regarda, le visage grave. « La mère de Georgia Roux devrait arriver dans trois quarts d'heure. Cela vous suffira-t-il ?

— Largement. »

Jackie commença par raconter l'examen des corps au salon funéraire. Elle décrivit les marques sur le visage de Coggins et la balle de baseball en or qu'avait vue Rusty. Elle prit alors une profonde inspiration, puis parla de son plan pour faire évader Barbie en profitant de la réunion spéciale qui devait se tenir le lendemain soir. « Sauf que je n'ai aucune idée de l'endroit où on pourrait le planquer si on réussit à le faire sortir. » Elle prit une gorgée de thé. « Qu'est-ce que vous en pensez ?

— Que j'ai envie d'une autre tasse de thé. Et vous ?

— Non, merci, ça va comme ça. »

Piper la relança depuis le comptoir : « Votre projet est terriblement dangereux – je n'ai pas besoin de vous le dire – mais il n'y a sans doute pas d'autre moyen de lui sauver la vie. Je n'ai jamais cru, même pendant une seconde, que Dale Barbara soit l'auteur de ces meurtres ; et après m'être douloureusement frottée moi-même aux forces de l'ordre locales nouvelle manière, l'idée qu'on puisse l'exécuter pour l'empêcher de prendre ses fonctions ne me paraît pas tellement insensée. » Puis elle ajouta, faisant sans le savoir la même analyse que Barbie : « Rennie ne calcule pas à long terme, pas plus que les flics. Tout ce qui leur importe, c'est de savoir qui est le patron de la boutique. Ce genre de fonctionnement est la recette même d'un désastre à venir. »

Elle revint à la table.

« J'ai su, pratiquement depuis le premier jour où je suis arrivée ici pour reprendre le pastorat – mon ambition depuis que j'étais petite fille –, que Jim Rennie était un monstre à l'état embryonnaire. Et aujourd'hui – si vous voulez bien excuser ce que la formule a de mélodramatique – le monstre vient de naître.

— Dieu soit loué, dit Jackie.

— Que le monstre soit né ? »

Piper sourit et haussa un sourcil.

« Non, Dieu soit loué que vous ayez compris cela.

— Mais il y a autre chose, n'est-ce pas ?

— Oui. Sauf si vous ne voulez pas y être mêlée.

— Ma chère Jackie, c'est déjà fait. Si on peut vous mettre en prison pour complot, on peut m'y mettre aussi pour ne pas vous avoir dénoncée alors que j'étais au courant. Nous sommes à présent ce que le gouvernement aime bien taxer de terroristes maison. »

Jackie accueillit cette idée par un silence morose.

« Il ne s'agit pas seulement de libérer Dale Barbara, n'est-ce pas ? Vous voulez organiser un mouvement de résistance active.

— Je suppose, oui », répondit Jackie avec un petit rire d'impuissance. « Après six ans passés dans l'armée américaine, je ne me serais jamais attendue à une chose pareille – j'ai toujours été une fille du genre *mon pays d'abord, qu'il ait raison ou tort*. Mais... avez-vous envisagé que le Dôme puisse ne pas disparaître ? Ni cet automne ni cet hiver ? Peut-être même ni l'année prochaine, ni au cours de notre vie ?

— Oui. » Piper avait répondu calmement, mais ses joues avaient perdu leurs couleurs. « Je l'ai envisagé. Je pense que tout le monde l'a envisagé à Chester's Mill, ne serait-ce que fugitivement.

— Alors pensez à ça : avez-vous envie de passer un an, ou cinq, dans une dictature aux mains d'un idiot meurtrier ? En supposant encore que cela ne dure que cinq ans ?

— Bien sûr que non.

— Dans ce cas, c'est maintenant ou jamais qu'il faut l'arrêter. Rennie n'est peut-être plus un embryon, toutefois ce qu'il est en train de mettre sur pied, cette machination, n'en est encore qu'au premier stade. C'est le meilleur moment. » Elle se tut un instant. « C'est même peut-être le seul moment, avant qu'il ne donne l'ordre à la police de récupérer les armes à feu des citoyens ordinaires.

— Qu'est-ce que vous voulez que je fasse ?

— On va commencer par une réunion ici, au presbytère. Ce soir. Avec plusieurs personnes, si elles veulent bien venir. »

De sa poche-revolver, Jackie sortit la liste qu'elle et Linda Everett avaient établie.

Piper déplia la feuille arrachée à un carnet et l'étudia. Il y avait huit noms. Elle leva les yeux: « Lissa Jamieson, la bibliothécaire à la boule de cristal ? Ernie Calvert ? Vous êtes sûre de ces deux-là ?

— Qui recruter, sinon une bibliothécaire, quand on doit combattre une dictature naissante ? Quant à Ernie… j'ai bien l'impression, depuis ce qui est arrivé au supermarché hier, que s'il tombait sur Jim Rennie en flammes dans la rue, il ne lui pisserait pas dessus pour l'éteindre. Enfin, pas lui, les...

— Formule maladroite, oui, mais image colorée.

— Je voulais demander à Julia Shumway de sonder Lissa et Ernie, mais je vais pouvoir le faire en personne. On dirait que j'ai beaucoup de temps libre devant moi, à présent. »

On sonna à la porte. « C'est sans doute la mère éplorée, dit Piper en se levant. J'imagine qu'elle est déjà à moitié ronde. Elle aime bien son café arrosé, mais je doute que cela allège beaucoup le chagrin.

— Vous ne m'avez pas dit ce que vous pensez de la réunion », observa Jackie.

Piper Libby sourit. « Dites à vos terroristes maison d'arriver entre neuf heures et neuf heures et demie, ce soir. À pied et en ordre dispersé – le truc classique des résistants français. Inutile de nous faire de la publicité.

— Merci, dit Jackie. Merci beaucoup.

— Pas du tout. C'est aussi ma ville, non ? Puis-je vous suggérer de passer par-derrière ? »

11

Il y avait un tas de chiffons propres à l'arrière du van de Rommie Burpee. Rusty en attacha deux ensemble pour masquer le bas de son visage ; mais la lourde puanteur dégagée par l'ours mort lui resta dans le nez, la gorge et les poumons. Les premiers asticots venaient d'éclore dans les yeux, la gueule ouverte et la cervelle exposée de l'animal. Il se releva, recula, puis vacilla un peu. Rommie le rattrapa par un coude.

« Retenez-le s'il tombe dans les pommes, dit nerveusement Joe. Ce truc fait peut-être un effet plus fort sur les adultes.

— C'est juste l'odeur, dit Rusty. Ça va, maintenant. »

Mais même loin de l'ours, le monde sentait mauvais : il dégageait d'épais relents de fumée, de renfermé, comme si toute la ville de Chester's Mill était devenue une salle sans aération. Aux odeurs de putréfaction animale et de fumée s'ajoutaient celles de la décomposition végétale, une puanteur de marécage qui devait certainement provenir du lit à moitié asséché de la Prestile. *Si seulement il y avait du vent*, pensa Rusty, mais on ne sentait que quelques rares et faibles bouffées d'un air chargé de nouveaux miasmes. Au loin, à l'ouest, on voyait des cumulus, et sans doute pleuvait-il à verse au-dessus du New Hampshire ; mais lorsqu'ils arrivaient à hauteur du Dôme, les nuages se séparaient comme une rivière se heurtant à un éperon rocheux.

Rusty doutait de plus en plus qu'il puisse pleuvoir sous le Dôme. Il prit une note mentale : consulter les sites météo… s'il avait un moment de libre. Effrayant, ce que la vie était devenue accaparante – et déstructurée de manière angoissante.

« Frère ours ne serait pas mort de la rage, par hasard ? demanda Rommie.

— J'en doute. Je crois que c'est exactement ce qu'ont dit les gosses : un simple suicide. »

Ils s'empilèrent dans le van, Rommie au volant, et remontèrent lentement Black Ridge Road. Rusty tenait le compteur Geiger sur ses genoux. Il caquetait régulièrement. Il vit l'aiguille monter vers +200.

« Arrêtez-vous ici, Mr Burpee ! lança vivement Norrie. Avant de sortir du bois ! Si vous tombez dans les pommes, j'aimerais autant que ce soit pas pendant que vous conduisez, même à dix kilomètres à l'heure. »

Docilement, Rommie rangea le van sur le côté. « Descendez ici, les mômes. Je vais rester avec vous. Le doc va continuer tout seul. » Il se tourna vers Rusty : « Prenez le van, mais roulez lentement et arrêtez-vous dès que les radiations atteignent le niveau de sécurité. Ou dès que vous commencez à vous sentir étourdi. On marchera derrière vous.

— Faites gaffe, Mr Everett, lui dit Joe.

— Ne vous inquiétez pas si vous tombez dans les pommes, ajouta Benny, et si vous fichez le van dans le fossé. On vous poussera sur la route.

— Merci, dit Rusty. Tu es bon comme du bon pain.

— Hein ?

— Rien. »

Rusty se mit au volant et referma la portière. Sur le siège-baquet, à côté de lui, le compteur Geiger cliquetait toujours. Roulant au pas, il sortit du bois. Devant lui, Black Ridge Road s'élevait vers le verger. Sur le coup, il ne vit rien qui sortît de l'ordinaire et il connut un moment de désespoir profond. Puis un puissant éclair violacé l'aveugla et il écrasa précipitamment le frein. Il y avait bien quelque chose là-haut, pas de doute, un truc brillant au milieu du fouillis de pommiers abandonnés. Juste derrière lui il aperçut, dans le rétroviseur extérieur, les autres qui s'étaient immobilisés sur la route.

« Rusty ? l'appela Rommie. Ça va ?

— Je l'ai vu. »

Il compta jusqu'à quinze et l'éclair violet se produisit à nouveau. Il tendait la main vers le compteur Geiger lorsque Joe se présenta à sa vitre. Fraîchement éclos, ses boutons ressortaient sur sa peau comme des stigmates. « Est-ce que vous sentez quelque chose ? La tête qui tourne ?

— Non », répondit Rusty.

Joe montra un endroit, devant eux. « C'est là qu'on est tombés dans les pommes. Juste ici. »

On voyait très bien les traces laissées dans la terre par les bicyclettes, sur le bas-côté gauche de la route.

« Avancez jusque-là tous les quatre, dit Rusty. Voyons si ça recommence.

— Bon'ieu, dit Bennie, qui venait de rejoindre Joe, on est quoi, nous, des cobayes ?

— En réalité, je pense que c'est Rommie, le cobaye. D'accord pour y aller, Rommie ?

— Ouais. » Il se tourna vers les gosses. « Si je m'évanouis et pas vous, ramenez-moi ici, ce point est apparemment hors de portée. »

Le quatuor s'avança jusqu'aux marques, Rusty les observant attentivement depuis le van. Ils avaient presque atteint l'emplacement lorsque Rommie ralentit puis vacilla sur place. Norrie et Benny l'attrapèrent par un bras, Joe par l'autre. Mais Rommie ne tomba pas. Au bout de quelques instants, il se redressa.

« J'sais pas si c'était réel ou bien… comment qu'on dit… le pouvoir de la suggestion, mais ça va, maintenant. J'ai juste eu un peu le tournis pendant une seconde, moi. Et vous, les jeunes, vous avez senti quelque chose ? »

Ils secouèrent la tête. Rusty ne fut pas étonné. C'était exactement comme la varicelle ; une maladie sans gravité, que les enfants n'attrapent en général qu'une fois.

« Continuez à rouler, doc, dit Rommie. Vous n'êtes pas obligé d'avoir tous ces morceaux de plomb sur le dos jusque là-haut si ce n'est pas nécessaire – mais soyez prudent. »

Rusty repartit, roulant toujours au pas. Il entendit le rythme des clics qui accélérait, sans ressentir quoi que ce soit de particulier. Sur la hauteur, l'éclair violet se déclenchait toutes les quinze secondes. Il rejoignit Rommie et les enfants, puis les dépassa.

« Je ne sens r… », commença-t-il lorsque la chose arriva : pas le tournis, pas exactement, mais une sensation d'étrangeté, d'une clarté particulière. Ce fut, le temps que dura l'effet, comme si sa tête avait été un télescope qui lui aurait permis de voir tout ce qu'il avait envie de voir, aussi loin que ce soit. Son frère, par exemple, dans son trajet matinal à San Diego, s'il avait voulu.

Quelque part, dans un univers voisin, il entendit la voix de Benny : « Houlà, v'là que Mr Everett décroche ! »

Rusty, cependant, ne décrocha pas ; il voyait encore parfaitement bien la route de terre. Divinement bien. Chaque caillou, chaque éclat de mica. S'il avait fait un écart – et il supposait qu'il en avait fait un –, c'était juste pour éviter l'homme qu'il avait vu soudain devant lui. Un type décharné, sa silhouette agrandie par un absurde chapeau tuyau-de-poêle rouge, blanc et bleu, comiquement défoncé. Il portait des jeans et un T-shirt sur lequel on lisait

SWEET HOME ALABAMA PLAY THAT DEAD BAND'S SONG.

Ce n'est pas un homme, c'est un mannequin de Halloween.

Ouais, bien sûr. De quoi d'autre pouvait-il s'agir, avec ses petites pelles de jardin en guise de mains et sa tête en toile avec des yeux en forme de croix cousues dessus pour figurer les yeux ?

« Doc ! *Doc !* » C'était Rommie.

L'épouvantail prit soudain feu.

Puis disparut au bout d'un instant. Il n'y avait plus que la route, la crête en face et la lumière violette lançant son éclair toutes les quinze secondes comme pour dire : *Approche, approche, approche.*

12

Rommie ouvrit la portière du conducteur. « Doc… Rusty… ça va ?

— Très bien. C'est venu, c'est passé. Je suppose que

c'était pareil pour vous. Dites-moi, Rommie, avez-vous *vu* quelque chose ?

— Non. Pendant une minute, j'ai eu l'impression de sentir du feu. Mais je crois que c'est à cause de cette odeur de fumée dans l'air.

— J'ai vu un feu de joie de citrouilles, intervint Joe. Je vous l'ai raconté, non ?

— Oui », répondit Rusty, qui n'y avait attaché aucune importance sur le coup, en dépit de ce qu'il avait entendu de la bouche de sa propre fille – mais maintenant le détail lui paraissait intéressant.

« J'ai entendu crier, dit Benny, mais j'ai oublié le reste.

— Moi aussi, j'ai entendu des cris, ajouta alors Norrie. Il faisait encore jour, mais la nuit tombait. Il y a eu des cris. Et… comme de la suie qui me serait tombée sur la figure, je crois.

— On ferait peut-être mieux de nous en retourner, doc, dit Rommie.

— Ça, jamais, répliqua Rusty. Pas s'il y a une chance que je puisse faire sortir mes gosses d'ici – mes gosses et ceux de tout le monde.

— Je parie qu'il y a quelques adultes qui voudraient bien sortir aussi », observa Benny.

Joe lui donna un coup de coude.

Rusty regarda le compteur Geiger. L'aiguille ne bougeait pas de +200. « Restez tous ici.

— Doc, dit Joe, et si la radiation devenait tout d'un coup plus puissante et que vous vous évanouissiez ? Qu'est-ce qu'on devrait faire ? »

Rusty réfléchit. « Si je suis encore près, tirez-moi de là. Pas toi, Norrie. Seulement les garçons.

— Et pourquoi pas moi ? demanda-t-elle.

— Parce que tu auras peut-être envie d'avoir des enfants, un jour. Avec deux yeux et des membres attachés là où il faut.

— Ouais. J'aimerais autant.

— Quant aux garçons, une exposition de courte durée ne devrait pas avoir de conséquences. Mais quand je dis *courte durée*, c'est une durée vraiment très courte. Si je suis à moité côte ou dans le verger, laissez-moi.

— Vous y allez fort, doc.

— J'ai pas dit de m'abandonner. Vous avez bien encore des rouleaux de plomb dans votre magasin, Rommie, non ?

— Ouais. On aurait dû les amener.

— Je suis d'accord, mais on ne peut pas penser à tout. Si les choses tournent mal, allez chercher le reste, collez-en partout sur l'engin que vous conduirez et venez me cueillir. Hé, si ça se trouve, je serai déjà debout et reparti pour la ville.

— Ouais. Ou allongé par terre en train de vous prendre une dose mortelle.

— Écoutez, Rommie, on se fait sans doute du souci pour rien. Je crois que la tête qui tourne, ou le fait de s'évanouir, quand on est plus jeune, sont comme le reste des autres phénomènes liés au Dôme. On les ressent une fois et ensuite c'est fini.

— C'est peut-être votre vie que vous pariez là-dessus.

— Il faut bien qu'on commence à parier sur quelque chose, non ?

— Bonne chance », dit Joe en tendant son poing par la fenêtre.

Rusty lui donna un léger coup, puis fit pareil avec Benny et Norrie. Rommie aussi tendit son poing. « Ce qui est bon pour les mômes est bon aussi pour moi. »

13

À vingt mètres de l'endroit où Rusty avait eu sa vision de l'épouvantail au chapeau tuyau de poêle, les clics du compteur Geiger se transformèrent en un grondement d'électricité statique. Il vit l'aiguille bondir jusqu'à +400, juste au début du rouge.

Il s'arrêta et commença à préparer la tenue qu'il aurait de beaucoup préféré ne pas endosser. Il regarda vers les autres. « Un mot d'avertissement. Il te concerne particulièrement, Benny Drake. Ceux qui rigoleront repartiront chez eux.

— Je ne rirai pas », protesta Benny, mais le temps de le dire, tous s'esclaffaient – y compris Rusty lui-même.

Il avait commencé par enlever son jean et enfiler un pantalon de survêtement spécial pour entraînement au football américain. Là où il aurait dû y avoir des rembourrages, sur les cuisses et les fesses, par exemple, il glissa les pièces de plomb prédécoupées par Rommie. Puis il s'équipa de protège-tibias de gardien de but de hockey, sur lesquels il fixa d'autres feuilles de plomb. Il protégea ensuite son cou (pour la thyroïde) et mit enfin un tablier de plomb qui descendait devant ses testicules et allait jusqu'aux protège-tibias, lesquels étaient d'un orange éclatant. Il avait envisagé de fixer une autre plaque dans son dos (avoir l'air ridicule, de son point de vue, étant nettement moins grave que de mourir d'un cancer du poumon), puis y avait renoncé. Il atteignait déjà un poids de près de cent quarante kilos. Et les radiations se propageaient en ligne droite. En faisant face à la source, il estimait que ça devrait aller.

Bon, peut-être.

À ce stade, Rommie et les gosses n'émettaient plus que des pouffements étouffés, voire quelques petits rires rentrés. Il y eut une nouvelle alerte à la rigolade lorsque Rusty enfila un bonnet de bain taille XL équipé de deux rabats de plomb, mais ce ne fut que lorsqu'il eut mis ses gants (qui remontaient jusqu'à ses coudes) et ses lunettes spéciales que l'explosion devint générale.

« *Il est vivant !* » s'écria Benny en marchant bras tendus devant lui comme le monstre de Frankenstein. *Maître, il est vivant !* »

Rommie se rendit d'un pas d'ivrogne sur le bord de la route pour s'asseoir sur un rocher, hurlant de rire. Joe et Norrie s'effondrèrent directement sur la route, comme deux poulets prenant un bain de poussière.

« À la maison, tout le monde ! » leur lança Rusty ; mais il souriait lorsqu'il monta (non sans difficulté) dans le van.

Devant lui, la lumière violette flashait comme une balise.

14

Henry Morrison quitta, quand il devint trop insupportable, le bruyant chahut de vestiaire provoqué par les nouvelles recrues. Les choses dérapaient sérieusement. Dérapaient complètement. Sans doute l'avait-il déjà compris avant que Thibodeau, le voyou qui servait à présent de gorille à Rennie, se pointe avec un ordre signé pour virer Jackie Wettington – un excellent officier et une femme plus excellente encore.

Henry avait pris conscience que ce n'était que la première mesure d'un processus visant à se débarrasser de tous les policiers les plus anciens, ceux que Rennie considérait d'office comme des partisans de Duke Perkins. Lui-même viendrait en deuxième. Freddy Denton et Rupert Libby avaient des chances de rester ; Rupe était un trouduc de niveau modéré, Denton de niveau sévère. Linda Everett partirait. Et probablement Stacey Moggin aussi. Et alors, à l'exception de cette gourde de Lauren Conree, tout le poste de police de Chester's Mill serait de nouveau un club masculin.

Il patrouilla à petite vitesse Main Street sur toute sa longueur. L'artère était entièrement vide – on se serait cru dans une ville fantôme de western. Sam le Poivrot était assis sous la marquise du Globe et la bouteille qu'il tenait entre les genoux ne devait pas contenir du Coca-Cola, mais Henry ne s'arrêta pas. Que le pauvre vieux s'abrutisse, si ça lui faisait plaisir.

Johnny et Carrie Carver clouaient des planches sur les vitrines du Gas & Grocery. Tous les deux portaient les brassards bleus qui s'étaient mis à fleurir partout en ville. Henry en eut les boules de les voir.

Quel idiot il avait été de ne pas accepter la proposition de la police d'Orono, l'an dernier ! Cela n'aurait rien changé, du point de vue carrière, et il savait que les étudiants pouvaient donner du fil à retordre quand ils étaient ivres ou shootés, mais la paye était supérieure et, d'après Frieda, les écoles d'Orono étaient parmi les meilleures.

Duke avait fini par le persuader de rester en lui promettant de décrocher pour lui une augmentation de cinq mille dollars à la prochaine réunion municipale et en lui confiant – sous le sceau du secret – qu'il allait virer

Randolph si celui-ci ne démissionnait pas de lui-même. Après quoi, il serait devenu adjoint, ce qui aurait fait dix mille de plus par an, lui avait expliqué Duke. « Et quand je prendrai ma retraite, tu pourras te retrouver à la tête du département, si tu en as envie. À moins que tu préfères ramener dans leurs dortoirs des étudiants avec du dégueulis sur leur chemise. Penses-y. »

Programme qui lui avait paru séduisant, programme qui avait paru (assez) séduisant à Frieda et qui avait, bien entendu, soulagé les enfants, lesquels détestaient l'idée de déménager. Sauf qu'aujourd'hui, Duke mort et Chester's Mill sous le Dôme, la police locale était en train de se transformer en milice privée.

Il s'engagea dans Prestile Street et vit alors Junior qui se tenait à l'extérieur du ruban jaune tendu par la police autour de la maison des McCain. Junior en pyjama et pantoufles – et rien d'autre. Il oscillait nettement sur place, et la première idée de Henry fut qu'aujourd'hui Junior et Sam le Poivrot avaient beaucoup de choses en commun.

Sa deuxième pensée fut pour le poste de police. Il n'allait peut-être pas y rester bien longtemps, mais il en faisait encore partie, pour le moment, et l'une des règles les plus strictes de Duke Perkins avait été *Que je ne voie jamais le nom d'un officier de la police de Chester's Mill dans la rubrique judiciaire du* Democrat. Or Junior, que cela plût ou non à Henry, faisait partie de la police locale.

Il gara l'unité 3 le long du trottoir et s'approcha du jeune homme qui continuait à se balancer d'avant en arrière. « Hé, Junior, si on retournait au poste ? Tu pourrais prendre un peu de café et… » *dessaouler*, voilà comment il avait eu l'intention de finir sa phrase, mais il venait de se rendre compte que le pantalon de pyjama du gamin était mouillé. Junior s'était pissé dessus.

Inquiet autant que dégoûté – personne n'aurait dû voir une chose pareille, Duke devait se retourner dans sa tombe –, Henry prit Junior par l'épaule. « Viens, fiston. Tu te donnes en spectacle.

— Z'étaient mes 'opines », répondit Junior d'une voix pâteuse, sans se retourner. Il se mit à se balancer plus vite. Son visage – ce que Henry pouvait en voir – arborait une expression rêveuse, extasiée. « J'les ai d'cendues pour 'ouvoir les 'onter. Pas au'voir. F'ançaises. » Il rit, puis cracha. Ou plutôt, essaya. Un filet blanchâtre, épais, se mit à pendre de son menton dans un mouvement de pendule.

« Ça suffit. Je te ramène chez toi. »

Cette fois-ci, Junior se tourna, et Henry vit qu'il n'était pas ivre. Son œil gauche était d'un rouge éclatant. Ses pupilles étaient trop dilatées. Le côté gauche de sa bouche, tiré vers le bas, exhibait quelques dents. Son regard dur et pétrifié évoqua dans l'esprit de Henry, un instant, un film qui lui avait fait peur, enfant : *Mr Sardonicus*.

Ce n'était pas d'un café au poste de police que Junior avait besoin, ni d'aller chez lui se mettre au lit pour récupérer ; il avait besoin d'aller à l'hôpital.

« Viens, mon gars. Allons-y. »

Junior commença par se montrer docile. Ils étaient presque arrivés à la voiture, lorsqu'il s'arrêta à nouveau. « Elles sentaient pareil et ça m'plaisait, dit-il. Horra horra horra, la neige va tomber.

— Exact, tout à fait. »

Henry avait pensé faire monter Junior dans le siège passager, en contournant le véhicule par l'avant, mais cela lui paraissait maintenant impraticable. Le gamin allait devoir monter à l'arrière, même si les sièges arrière des véhicules de patrouille dégageaient en général des odeurs fortes. Junior regarda la maison des McCain par-dessus son épaule ; une expression de désir intense vint un instant animer son visage pétrifié.

« 'opines ! s'écria Junior. Étendable ! Pas au'voir, F'ançaises ! Tout, f'ançaises, 'spèce de machin ! » Il tira la langue et la fit claquer rapidement contre ses lèvres. On aurait dit le bruit que fait Bip-Bip quand il fuit Coyote dans un nuage de poussière. Puis il éclata de rire et repartit vers la maison.

« Non, Junior, dit Henry en l'attrapant par la taille du pyjama. Il faut que... »

Junior fit volte-face à une vitesse surprenante. Il ne riait plus ; son visage était un masque haineux, rageur, parcouru de tressaillements. Il se précipita sur Henry, poings brandis. Il mordit sa langue tirée et se mit à éructer dans un langage incompréhensible, dépourvu de voyelles.

Henry fit la seule chose qui lui vint à l'esprit : il s'écarta. Junior plongea et se mit à donner des coups de poing à la barre des gyrophares, sur le toit de la voiture, cassant l'une des ampoules et se lacérant la main. Des gens sortaient de leur maison pour voir ce qui se passait.

« *Gthn bnnt mnt !* grinça Junior. *Mnt ! Mnt ! Gthn ! Gthn !* »

Il dérapa sur le bord du trottoir, vacilla, mais réussit à garder l'équilibre. Du sang coulait sur son menton en plus de la bave. Ses deux mains étaient sérieusement entaillées et ensanglantées.

« *Elle m'a just' rendu 'omplètement fou !* hurla Junior. *J'lai just' mis mon g'nou pour qu'elle rest' d'bout, et elle m'a sorti un nichon ! La merde partout ! Je... je...* » Il se tut. Parut réfléchir. Dit : « Faut qu'on m'aide. » Puis il fit claquer ses lèvres – aussi fort qu'une détonation de calibre 22 – et tomba de tout son long dans le caniveau, entre la voiture et le trottoir.

Henry le conduisit à l'hôpital, gyrophares et sirène branchés. Ce qu'il évita de faire, cependant, fut de penser aux dernières choses dites par Junior, des choses qui avaient presque un sens. Pas question d'aller là....

Il avait déjà assez de problèmes.

15

Rusty remonta lentement la côte de Black Ridge, jetant de fréquents coups d'œil au compteur Geiger, lequel bourdonnait à présent comme un poste de radio FM entre deux stations. L'aiguille passa de +400 à 1K. Rusty était prêt à parier qu'elle allait atteindre +4K le temps d'arriver sur la crête. Il était conscient que ce n'était pas du tout bon signe – sa tenue « de protection » n'était qu'un bricolage approximatif – mais il continua de progresser, ne cessant de se dire que les radiations avaient un effet cumulatif ; s'il faisait vite, il ne recevrait pas une dose mortelle. *Je perdrai peut-être mes cheveux pendant un certain temps, mais je serai encore loin de la dose mortelle. Pense à ça comme à une mission de bombardement : on fonce, on fait le boulot et on revient.*

Il brancha la radio, tomba sur les « Mighty Clouds of Joy » de WCIK et coupa immédiatement. De la sueur coula dans ses yeux et il battit des paupières pour la chasser. Même avec la clim mise à fond, il faisait une chaleur infernale dans le van. Il regarda dans le rétroviseur et vit ses compagnons d'exploration regroupés. Ils paraissaient tout petits.

Le grondement du compteur Geiger cessa soudain. Il regarda. L'aiguille était retombée sur zéro.

Rusty faillit s'arrêter, puis se dit que Rommie et les enfants allaient croire qu'il avait des ennuis. Sans compter que c'était probablement juste les piles. Mais lorsqu'il jeta un second coup d'œil, il vit que le témoin lumineux brillait toujours autant.

Au sommet de la colline, la route se terminait en cul-de-sac devant une grange rouge tout en longueur. Un vieux camion et un tracteur encore plus vieux rouillaient devant, le tracteur incliné du côté où manquait une roue. La grange paraissait en assez bon état, en dépit de quelques vitres cassées. Derrière, s'élevait la ferme abandonnée ; une partie du toit s'était effondrée, probablement sous l'effet de la neige lors d'un hiver précédent.

L'une des extrémités de la grange était ouverte et même avec les vitres fermées et la climatisation à fond, Rusty arrivait à sentir l'arôme de cidre tourné montant de pommes suries. Il se rangea à côté des marches conduisant à la maison. Elles étaient barrées d'une chaîne d'où pendait un écriteau : ENTRÉE INTERDITE LES CONTREVENANTS SERONT POURSUIVIS. Le panneau était ancien, rouillé et manifestement pas dissuasif. Des canettes de bière étaient disséminées sur toute la longueur du porche où la famille McCoy devait jadis se réunir, les soirs d'été, pour profiter de la brise et contempler la vue sur Chester's Mill sur la droite, vue qui portait aussi jusque dans le New Hampshire, si on regardait vers la gauche. Une main anonyme avait écrit à la bombe : LES WILDCATS SONT LES MEILLEURS sur un mur autrefois rouge et devenu vieux rose. Sur la porte, bombé d'une couleur différente, on lisait : ORGIE-VILLE. Rusty supposa qu'il devait s'agir du rêve de quelque ado en mal de sexe. À moins que ce ne fût le nom d'un groupe de heavy metal.

Il prit le compteur Geiger et le tapota. L'aiguille bondit et l'appareil émit quelques clics. Il paraissait fonctionner normalement ; il ne détectait tout simplement pas de radiations importantes.

Il descendit du van et – après un bref débat intérieur – se débarrassa d'une bonne partie de sa protection, ne gardant que le tablier, les gants et les lunettes. Puis il parcourut toute la longueur de la grange, le détecteur du compteur Geiger tendu devant lui, après s'être promis de revenir endosser le reste de sa « tenue » si jamais l'aiguille remontait.

Mais lorsqu'il émergea de l'abri de la grange et que la lumière lança son éclair à moins de quarante mètres de lui, l'aiguille ne bougea pas. Cela paraissait impossible – si, du moins, il y avait un rapport entre la lumière et les radiations. Il ne voyait qu'une explication : le générateur créait une ceinture de radiations pour décourager d'éventuels curieux, comme lui-même. Pour se protéger. Il en allait peut-être de même pour la sensation de tournis qu'il avait éprouvée et qui allait jusqu'à la perte de conscience chez les enfants.

Simple protection, comme les aiguilles d'un porc-épic ou les effluves malodorants d'une mouffette.

Mais n'est-ce pas plus vraisemblablement le compteur qui déraille ? Tu pourrais être en train de te prendre une dose mortelle de rayons gamma. Ce foutu appareil est une relique de la guerre froide.

Lorsqu'il s'approcha des limites du verger, cependant, Rusty aperçut un écureuil ; l'animal fila dans l'herbe et alla se réfugier dans un arbre. Il s'arrêta sur une branche qui ployait sous le poids des fruits non cueillis, observant l'intrus à deux jambes en contrebas, l'œil brillant, la queue bien touffue. Il paraissait se porter comme un charme, et on ne voyait aucun cadavre d'animal dans l'herbe, pas plus que dans les allées envahies de végétation entre les arbres : aucun suicide et probablement pas de victimes des radiations non plus.

Il était à présent très près de la source de la lumière ; les éclairs réguliers avaient un tel éclat qu'il fermait chaque fois presque complètement les yeux. Il avait l'impression que l'univers s'étendait à ses pieds, sur sa droite. Il voyait la ville, réduite à la dimension d'un jouet, qui s'étendait à six kilomètres de là ; le réseau des rues ; le clocher de la Congo ; le scintillement des quelques voitures qui se déplaçaient. Il identifia sans peine la structure en brique de faible hauteur de l'hôpital Catherine-Russell et, loin à l'ouest, vit la souillure noire à l'endroit où avait frappé le missile. Elle restait suspendue là, comme un grain de beauté sur la joue de la journée. Le ciel, au-dessus de sa tête, était d'un bleu délavé ; mais à l'horizon, il prenait une nuance jaunâtre malsaine. Il avait la quasi-certitude que cette coloration était due à la pollution – les mêmes saletés que celles qui avaient rendu les étoiles roses –, mais il soupçonnait qu'une bonne partie n'était rien de plus sinistre que les pollens d'automne restés collés sur la paroi invisible du Dôme.

Il reprit sa progression. Plus il resterait de temps ici – en particulier dans ce secteur, où il n'était plus visible –, plus il allait rendre ses amis nerveux. Il avait prévu de se rendre directement à la source de la lumière, mais avant cela, il décida de sortir du verger et de s'avancer jusqu'au bord de la pente. De là, il put les voir, réduits à de simples points. Il posa le compteur Geiger par terre, puis agita lentement les deux bras au-dessus de sa tête pour montrer que tout allait bien. Ils firent de même.

« D'accord », dit-il. Dans ses gants épais, ses mains étaient poisseuses de sueur, « Voyons voir ce que nous avons là. »

16

C'était l'heure de la collation à l'East Street Grammar School. Judy et Janelle Everett étaient assises au fond de la cour de récréation en compagnie de leur amie Deanna Carver qui, à six ans, cadrait parfaitement avec les petites J, sur le plan de l'âge. Deanna portait un petit bandeau bleu autour de la manche gauche de son T-shirt. Elle avait tenu à ce que Carrie le lui attache avant de partir pour l'école, afin d'être comme ses parents.

« C'est pour quoi ? lui demanda Janelle.

— Ça veut dire que j'aime la police, répondit Deanna en mâchonnant son Fruit Roll-Up.

— J'en voudrais un, dit Judy, mais jaune. »

Elle prononça le mot avec soin. Petite, elle avait eu du mal avec le *j*.

« Il peut pas être jaune, seulement bleu, répondit Deanna. Qu'est-ce que c'est bon, ces Roll-Up. Je voudrais en manger un million.

— Tu deviendrais grosse, répliqua Janelle. Tu *exploserais* ! »

Ce qui les fit pouffer de rire. Elles gardèrent ensuite quelques instants le silence, regardant les plus grands, les deux J grignotant leurs crackers au beurre de cacahuètes. Quelques filles jouaient à la marelle. Des garçons escaladaient les jeux de barres, et miss Goldstone poussait les jumelles Pruitt sur la balançoire. Mrs Vanedestine avait organisé une partie de ballon.

Tout paraissait parfaitement normal, songeait Janelle, et pourtant rien n'était normal. Personne ne criait, personne ne pleurait à cause d'un genou écorché, Mindy et Mandy Pruitt ne réclamaient pas l'admiration de miss Goldstone pour leurs coiffures symétriques. Tout le monde faisait semblant de croire qu'il était l'heure de la récré, adultes y compris. Et les gens – tous les gens, elle la première – ne cessaient de jeter des coups d'œil vers le ciel qui aurait dû être bleu et ne l'était pas – loin s'en fallait.

Mais ce n'était pas le pire. Le pire – depuis ses crises – était la certitude suffocante que quelque chose de terrible allait se passer.

Deanna reprit la parole : « Je devais me déguiser en Petite Sirène pour Halloween, mais j'ai plus envie. Je me déguiserai pas. Je ne veux pas sortir. J'ai peur de Halloween.

— Tu as fait un mauvais rêve ? lui demanda Janelle.

— Oui. » Deanna lui tendit son Fruit Roll-Up. « Tu veux le reste ? J'ai pas aussi faim que je croyais.

— Non », dit Janelle, qui n'avait même pas envie de finir ses crackers, ce qui ne lui ressemblait pas.

Judy, elle, avait à peine mangé la moitié du sien. Janelle se souvint de la fois où elle avait vu Audrey coincer une souris dans leur garage. Comment la chienne avait aboyé et s'était jetée sur la souris chaque fois que celle-ci essayait de fuir l'angle dans lequel elle était réfugiée. Le spectacle l'avait attristée. Elle avait appelé sa mère pour qu'elle fasse sortir Audrey et l'empêche de croquer la petite souris. Maman avait ri, mais l'avait fait.

C'étaient maintenant *eux* les souris. Janelle avait oublié presque tout des rêves qu'elle avait eus pendant ses crises, mais elle savait au moins cela. C'était *eux*, maintenant, qui se trouvaient acculés dans un coin.

« Je vais rester à la maison », disait Deanna. Une larme grossit dans son œil gauche, brillante, claire, parfaite. « Rester à la maison pendant tout Halloween. J'viendrai même pas à l'école. J'veux pas. Personne pourra m'obliger. »

Mrs Vanedestine quitta la partie de ballon pour aller sonner la cloche, mais aucune des trois filles ne se leva tout de suite.

« C'est déjà Halloween, fit observer Judy. Regardez. » Elle montra du doigt, de l'autre côté de la rue, une citrouille qui décorait le porche des Wheeler. « Et là. » Cette fois-ci, elle montrait des fantômes en carton, de part et d'autre de l'entrée de la poste. « Et là. »

Son doigt s'était tendu vers la pelouse, devant la bibliothèque. Lissa Jamieson y avait dressé un épouvantail de sa fabrication. Elle avait certainement cherché à être amusante, mais ce qui amuse les adultes fait parfois peur aux enfants, et Janelle eut l'impression que l'épouvantail de la bibliothèque pourrait bien lui rendre visite cette nuit, quand elle serait étendue dans le noir et chercherait le sommeil.

Sa tête en grosse toile de bâche s'ornait de croix noires cousues en guise d'yeux. Le chapeau rappelait celui du chat, dans l'histoire pour enfants du Dr Seuss. Des pelles de jardinage à manche court simulaient des mains (d*es méchantes mains qui frappent*, pensa Janelle) et quelque chose était écrit sur son T-shirt. Elle n'en comprenait pas le sens mais pouvait déchiffrer le texte : « SWEET HOME ALABAMA » PLAY THAT DEAD BAND'S SONG.

« Vous voyez ? » Judy ne pleurait pas, mais elle ouvrait de grands yeux, l'air grave, riche d'un savoir trop complexe et trop noir pour être exprimé. « C'est déjà Halloween. »

Janelle prit la main de sa sœur et la fit se relever. « Non, pas encore », dit-elle… craignant tout de même que si. Quelque chose de terrible allait arriver, quelque chose avec du feu. Pas de bonbons, seulement des blagues. Des blagues *méchantes*. Des *mauvaises* blagues.

« Rentrons, dit-elle à Judy et à Deanna. On va chanter des chansons et faire des trucs. Ce sera chouette. »

Et d'habitude c'était chouette, mais pas aujourd'hui. Même avant le big-bang dans le ciel, ce n'était pas chouette. Janelle n'arrêtait pas de penser à l'épouvantail avec des croix en guise d'yeux. Et à son affreux T-shirt : « SWEET HOME ALABAMA » PLAY THAT DEAD BAND'S SONG.

17

Quatre ans avant le Dôme, le grand-père de Linda Everett était mort en laissant à chacun de ses petits-enfants un pécule non négligeable. Le chèque de Linda s'était élevé à 17 232,04 dollars. Le gros de la somme avait été placé sur un compte en vue des études supérieures des deux filles, mais elle s'était sentie tout à fait justifiée d'en dépenser une petite partie pour son mari. Son anniversaire approchait et il rêvait du gadget d'Apple TV, depuis qu'il avait été lancé sur le marché, quelques années auparavant.

Elle lui avait fait des cadeaux plus chers, au cours de leur mariage, mais aucun ne lui avait fait autant plaisir. L'idée de pouvoir télécharger des films sur le Net et les voir non pas sur le petit écran de son ordinateur mais sur celui de la télé le branchait à mort. Ce gadget se présentait sous la forme d'un carré blanc en plastique d'environ dix-huit centimètres de côté et épais de deux centimètres. L'objet que Rusty trouva au sommet de Black Ridge ressemblait tellement à l'Apple TV qu'il crut d'abord que c'en était un... sans doute modifié pour pouvoir tenir toute une ville prisonnière aussi bien que retransmettre *La Petite Sirène* sur votre télé en HD via la Wi-Fi.

L'objet posé à la limite du verger des McCoy était d'un gris sombre et non pas blanc et, à la place du logo familier d'Apple, portait ce symbole quelque peu troublant :

Au-dessus du symbole, il y avait une excroissance faisant à peu près la taille d'une articulation du petit doigt. Cette excroissance protégeait une lentille en verre ou en cristal. C'était de là que partait l'éclair violet.

Rusty se pencha pour effleurer la surface du générateur – si c'était bien *le* générateur. Une décharge puissante remonta aussitôt dans son bras jusque dans son corps. Il essaya de reculer, en vain. Ses muscles étaient complètement tétanisés. Le compteur Geiger émit un unique clic puis redevint silencieux. Rusty ne put savoir si l'aiguille était montée ou non dans la zone dangereuse, car même ses globes oculaires étaient paralysés. La lumière quittait le monde, se retirant comme de l'eau par un trou de vidange, et c'est avec une soudaine clarté qu'il pensa : *je vais mourir. Quelle manière stupide de…*

Puis, dans les ténèbres, des visage apparurent – sauf qu'il ne s'agissait pas de visages humains ; plus tard, il ne fut même plus certain qu'il s'était agi de visages. On aurait dit des solides de forme géométrique protégés par du cuir. Les seules parties ayant une vague ressemblance avec quelque chose d'humain étaient des formes en pointe de diamant, sur les côtés. Des oreilles, peut-être. Les têtes (si c'étaient bien des têtes) se tournaient les unes vers les autres, comme si elles discutaient ou se livraient à une activité qu'on pouvait prendre pour une discussion. Il crut entendre rire et sentir que régnait une certaine excitation. Il se représenta des enfants dans la cour de récré à East Street Grammar, ses filles, peut-être, avec leur amie Deanna Carver, échangeant des friandises et des secrets.

Tout cela ne dura que quelques secondes, certainement pas plus de quatre ou cinq. Puis le phénomène disparut. Le choc se dissipa aussi soudainement et aussi complètement que lorsqu'on touchait la surface du Dôme pour la première fois ; aussi rapidement que s'était évanouie l'impression d'étourdissement accompagnée de la vision de l'épouvantail au haut-de-forme défoncé. Il se retrouva agenouillé au sommet de la crête dominant la ville, en nage sous ses accessoires de plomb.

Toutefois, l'image de ces têtes bardées de cuir lui resta. Penchées les unes vers les autres et riant de leur conspiration obscènement enfantine.

Les autres te regardent, de là en bas. Fais-leur signe. Montre-leur que tu vas bien.

Il leva les deux mains au-dessus de sa tête – il pouvait à présent les bouger sans peine – et salua d'un geste lent, à croire que son cœur ne courait pas comme un lièvre affolé dans sa poitrine, à croire que la sueur ne coulait pas sur sa poitrine en filets puissamment odorants.

En bas, sur la route, Rommie et les gamins lui rendirent son salut.

Rusty inspira profondément à plusieurs reprises pour retrouver son calme, puis braqua le détecteur du compteur Geiger sur la carré gris et plat ; il était posé sur la masse spongieuse d'un tapis herbeux épais. L'aiguille oscilla juste en dessous de +5. Rien de plus qu'un rayonnement résiduel.

Rusty n'avait que peu de doutes sur le fait que ce petit objet plat était à l'origine de leurs ennuis. Des créatures *qui n'étaient pas des êtres humains* s'en servaient pour les maintenir prisonniers, mais ce n'était pas tout. Ils s'en servaient aussi pour observer.

Et s'amuser. Ces salopards riaient. Il les avait entendus.

Il ôta son tablier, le posa sur la lentille qui dépassait légèrement, se leva et recula. Pendant quelques instants, rien ne se produisit. Puis le tablier prit feu. L'odeur était âcre et désagréable. Il vit la surface brillante se fendiller et former des bulles, puis les flammes jaillir. Ensuite, ce qui avait été un tablier, soit rien de plus qu'une feuille de plomb sur un support en plastique, se désintégra simplement. Il n'en resta bientôt plus que quelque fragments en feu, le plus gros étant celui posé sur le boîtier gris. Et, finalement, il se réduisit à pratiquement plus rien : un tourbillon de quelques flocons couleur de cendre, et l'odeur. Mais sinon… *pouf !* Parti.

Ai-je bien vu ce que j'ai vu ? se demanda Rusty, puis il répéta la phrase à voix haute, le demandant au monde. Il sentait l'odeur du plastique calciné et celle, plus lourde, du plomb fondu – c'était fou, impossible. N'empêche, le tablier avait disparu.

« Est-ce que j'ai vraiment vu ça ? »

Comme pour lui répondre, la lumière violacée lança un éclair depuis la partie en relief de la boîte. Ces impulsions étaient-elles destinées à renouveler le Dôme, à la manière dont l'effleurement d'une touche rétablit l'image d'un écran d'ordinateur en veille ? Permettaient-elles aux têtes de cuir de regarder la ville ? Les deux ? Ni l'un ni l'autre ?

Il se dit qu'il valait mieux ne pas s'approcher à nouveau du carré plat. Il se dit que la seule chose intelligente à faire était de retourner en courant au van (sans le poids du tablier, il *pourrait* courir), puis de foncer comme s'il avait le diable aux trousses pour ne ralentir que le temps d'embarquer ses compagnons qui l'attendaient en bas.

Au lieu de cela, il s'approcha à nouveau du boîtier et se mit à genoux devant, posture qui, à son goût, rappelait un peu trop celle de la prière.

Il se débarrassa de l'un des gants, toucha le sol de la main près du boîtier mais la retira précipitamment. Brûlant. Des fragments du tablier avaient fait cramer l'herbe. Il tendit alors la main vers le boîtier lui-même, se raidissant en prévision d'une brûlure ou d'un nouveau choc... ni l'une ni l'autre n'étant ce qu'il redoutait le plus. Ce dont il avait peur, c'était de revoir ces formes gainées de cuir, ces choses qui faisaient penser à des têtes et n'étaient pas tout à fait des têtes, s'inclinant les unes vers les autres comme des conspirateurs hilares.

Il n'y eut rien. Ni visions, ni chaleur. Le boîtier gris était frais, alors même que le tablier venait juste d'y prendre feu et d'y fondre sous ses yeux.

L'éclat de lumière violacée se déclencha. Si Rusty se garda de mettre la main devant, il n'hésita cependant pas à prendre le boîtier par les côtés, faisant mentalement ses adieux à sa femme et à ses filles, s'excusant auprès d'elles de n'être qu'un pauvre fou. Il s'attendait à prendre feu et à brûler. Comme rien ne se passait, il essaya de soulever l'objet. Alors qu'il avait la taille d'une assiette et n'était guère plus épais, il ne put le faire bouger. Il aurait aussi bien pu être soudé au sommet d'un pilier enfoncé dans trente mètres de roche-mère de Nouvelle-Angleterre. Ce qui n'était nullement le cas. Il était simplement posé sur un lit d'herbes tassées, et ses doigts se rejoignirent quand il les glissa dessous. Il les entrelaça et essaya de nouveau de soulever le boîtier. Il n'y eut ni choc, ni vision, ni chaleur ; et pas le moindre mouvement. Rien.

Il pensa : *Mes mains tiennent un artefact venu d'un autre monde. Une machine fabriquée par des extraterrestres. J'ai peut-être aperçu un instant ceux qui la font fonctionner.*

L'idée était intellectuellement stupéfiante – sidérante, même –, mais elle ne déclencha rien en lui sur le plan émotionnel ; peut-être était-il trop abasourdi, trop complètement dépassé par une information impossible à intégrer.

Et ensuite ? Que diable vais-je faire ensuite ?

Aucune idée. Et il n'était pas totalement dépourvu d'émotions, en fin de compte, puisqu'il se sentit envahi par une vague de désespoir et qu'il eut du mal à retenir le cri qui aurait donné voix à ce désespoir. Les quatre personnes qui attendaient en bas auraient pu l'entendre et croire qu'il était en difficulté. Ce qui, bien entendu, était le cas. Mais il n'était pas le seul.

Il se remit debout sur des jambes flageolantes qui menaçaient de le trahir à tout instant. L'air chaud, étouffant, lui donnait l'impression de coller à la peau comme de l'huile. Il revint lentement vers le van au milieu des arbres croulant sous les pommes. La seule chose dont il était certain était qu'en aucun cas il ne mettrait Big Jim au courant de l'existence du générateur. Non pas parce qu'il aurait voulu le détruire, mais parce qu'il l'aurait fait garder pour empêcher qu'il le soit. Pour faire en sorte que l'appareil continue à fonctionner tel qu'il fonctionnait, lui permettant de continuer à faire ce qu'il faisait. Car pour le moment, au moins, telle qu'elle était, la situation plaisait bien à Big Jim.

Rusty ouvrit la portière du van et à cet instant-là, à moins de deux kilomètres au nord de Black Ridge, une explosion énorme fracassa le jour. Comme si Dieu lui-même venait de tirer un coup de feu céleste.

Il poussa un cri de surprise et leva les yeux. Il fut tout de suite obligé de les abriter de la main, tant l'éclat du soleil temporaire qui venait de se mettre à flamboyer aux limites du T-90 et de Chester's Mill était aveuglant. Un nouvel avion venait de s'écraser contre le Dôme. Si ce n'est que cette fois, il ne s'agissait pas d'un modeste Seneca V. Des tourbillons d'une fumée noire s'élevèrent du point d'impact, que Rusty estima se situer à une altitude de quatre mille mètres. Si on pouvait décrire la tache noire laissée par les missiles comme un grain de beauté sur la joue du ciel, cette nouvelle marque était une tumeur de la peau. Une tumeur qu'on avait laissée follement dégénérer.

Rusty en oublia le générateur. Il en oublia les quatre personnes qui l'attendaient. Il en oublia ses propres enfants – pour lesquels il venait de prendre le risque d'être brûlé vif et anéanti. L'espace de deux minutes, il n'y eut rien d'autre dans son esprit qu'un noir effroi.

Des débris retombaient vers la terre, de l'autre côté du Dôme. Le quart avant de l'avion, broyé, fut suivi d'un moteur en feu ; le moteur fut suivi d'une avalanche de sièges d'avion bleus, beaucoup avec leur passager encore attaché dessus ; les sièges furent suivis d'une grande aile brillante qui valsait comme une feuille de papier dans un courant d'air ; et l'aile fut suivie de la queue de ce qui était probablement un 767. Elle était peinte en vert foncé. Elle comportait un logo dessiné en vert plus clair. Rusty crut reconnaître un trèfle.

Mais pas n'importe quel trèfle. Le symbole de l'Irlande.

Puis ce qui restait du fuselage s'écrasa au sol telle une flèche défectueuse et déclencha un incendie dans les bois.

18

L'explosion secoue la ville et tout le monde sort pour voir. Partout dans Chester's Mill, les gens sortent pour voir. Ils se tiennent devant leur maison, dans les allées, sur les trottoirs ou au milieu de Main Street. Et alors que le ciel, en direction du nord, est envahi de nuages, ils sont obligés de s'abriter les yeux de la lumière – de ce qui apparaît à Rusty, de la hauteur où il se tient, comme un deuxième soleil.

Ils comprennent ce qui vient d'arriver, bien sûr ; ceux qui ont la meilleure vue sont même capables de déchiffrer le nom sur la carlingue de l'appareil qui dégringole, avant qu'elle ne disparaisse au milieu des arbres. Rien de surnaturel ; c'est déjà arrivé, il y a à peine quelques jours (à une échelle beaucoup plus réduite, d'accord). Mais l'événement provoque une sorte de terreur sourde chez les habitants de Chester's Mill, terreur sourde qui continuera à tenir la ville sous sa coupe jusqu'à la fin.

Quiconque a accompagné un malade en phase terminale vous dira que vient un moment où le déni laisse finalement la place à l'acceptation. Pour la plupart des habitants de Chester's Mill, ce point de bascule se situa le 25 octobre, en milieu de matinée, alors que, seuls ou en compagnie d'autres personnes, ils voyaient les trois cents et quelques passagers dégringoler dans les bois du TR-90.

Un peu plus tôt ce matin-là, ceux qui portaient le brassard bleu de « solidarité » constituaient peut-être quinze pour cent de la population ; au crépuscule de ce même jour, ils seront deux fois plus nombreux. Et quand le soleil descendra, le lendemain, plus de cinquante pour cent.

Le déni laisse la place à l'acceptation ; l'acceptation engendre la dépendance. Quiconque a accompagné un malade en phase terminale vous dira aussi cela. Les malades ont besoin que quelqu'un leur apporte leurs pilules et le verre de jus de fruits frais avec lequel ils les feront descendre. Ils ont besoin de quelqu'un pour soulager la douleur de leurs articulations avec un gel à l'arnica. Ils ont besoin de quelqu'un assis près d'eux au cœur de la nuit, quand les heures s'étirent. Ils ont besoin que quelqu'un leur dise : *Dors, maintenant, ça ira mieux demain. Je suis là, tu peux dormir. Dors et laisse-moi prendre soin de tout.*

Dors.

19

L'officier Henry Morrison conduisit Junior à l'hôpital ; à ce moment-là, le jeune homme avait retrouvé un semblant brumeux de conscience des choses, même s'il continuait à tenir des propos incohérents. Twitch l'emporta sur une civière et ce fut un soulagement pour Henry de le voir partir.

Depuis l'hôpital, Henry appela Big Jim à son domicile et à son bureau de l'hôtel de ville, après s'être fait communiquer les numéros, mais n'obtint de réponse ni à l'un ni à l'autre ; il s'agissait de lignes terrestres. Une voix enregistrée lui disait que le numéro de portable de James Rennie était sur liste rouge lorsque l'avion de ligne explosa. Il se précipita dehors, comme tous ceux capables de marcher, et se tint sur le rond-point, pour regarder la nouvelle marque noire sur la surface invisible du Dôme. Les derniers débris étaient en train de tomber.

Big Jim se trouvait bien dans son bureau, à l'hôtel de ville, mais il avait coupé son téléphone pour pouvoir travailler sur ses deux discours – celui qu'il adresserait aux flics le soir même, et celui destiné à la population, le lendemain – sans être dérangé. Il entendit l'explosion et courut lui aussi à l'extérieur. Sa première idée fut que Cox avait employé l'arme atomique. Le cueilleur de coton ! Une bombe atomique ! Si elle démolissait le Dôme, tout serait ravagé !

Il se retrouva aux côtés d'Al Timmons, le concierge de l'hôtel de ville. Al lui indiqua le nord, où de la fumée s'élevait toujours. Big Jim eut l'impression de voir un tir de barrage antiaérien dans un vieux film de guerre.

« *C'était un avion !* s'égosilla Al. *Et un gros ! Bon Dieu ! Ils n'étaient pas au courant ?* »

Big Jim éprouva une sorte de soulagement prudent, et le galop des extrasystoles ralentit dans son cœur. Si c'était un avion... simplement un avion, et non pas une bombe atomique ou un super-missile...

Son téléphone portable pépia. Il le tira brutalement de sa poche et l'ouvrit sans ménagement. « C'est toi, Peter ?

— Non, Mr Rennie. Colonel Cox.

— Qu'est-ce que vous avez fait ? Au nom du ciel, qu'est-ce qui vous a pris ?

— Ce n'est pas nous. » Il n'y avait plus rien du ton sec et autoritaire de la première fois ; Cox paraissait sidéré. « Cela n'a rien à voir avec nous. C'était... attendez une minute. »

Rennie attendit. Main Street s'était remplie de gens qui regardaient le ciel, bouche bée. Big Jim avait l'impression de voir des moutons habillés en humains. Demain soir, ils allaient se masser dans l'hôtel de ville et *bêêê-bêêê-bêêê*, quand est-ce que ça va aller mieux ? Et *bêêê-bêêê-bêêê*, occupez-vous de nous jusque-là ! Et il le ferait. Non pas parce qu'il en avait envie, mais parce que telle était la volonté de Dieu.

Cox revint en ligne. Il semblait à présent non seulement sidéré, mais fatigué. Ce n'était plus l'homme qui avait morigéné Big Jim pour obtenir sa démission. *Et c'est comme ça que j'aime que tu sois, mon vieux*, pensa Rennie. *Exactement comme ça.*

« D'après mes premières informations, le vol Air Ireland 179 a heurté le Dôme et explosé. Il venait de Shannon, à destination de Boston. Nous avons déjà deux témoins indépendants qui affirment avoir vu un trèfle sur son empennage ; et une équipe d'ABC qui tournait juste en deçà de la zone de quarantaine, du côté d'Harlow, a peut-être... une seconde, s'il vous plaît. »

Cela dura plus d'une seconde ; et même plus d'une minute. Le cœur de Big Jim avait retrouvé un rythme plus normal (si tant est qu'on puisse considérer cent vingt battements à la minute comme un rythme normal), mais voilà qu'il recommençait à accélérer et se mettait à multiplier les extrasystoles. Il toussa, se donna des coups de poing dans la poitrine. Le cœur parut se calmer, puis il fut pris d'une violente crise d'arythmie. Big Jim sentit la sueur perler à son front. De maussade, le ciel devint tout d'un coup trop brillant.

« Jim ? » C'était Al Timmons, et, alors qu'il se tenait à côté de Big Jim, sa voix paraissait lui parvenir de quelque galaxie lointaine, très lointaine. « Ça va, Big Jim ?

— Oui, répondit Big Jim. Ne bouge pas d'ici. Je pourrais avoir besoin de toi. »

Pour la seconde fois, Cox revint en ligne. « C'était en effet le vol d'Air Ireland. Je viens juste de voir les prises de vues d'ABC. Une journaliste se trouvait là à tout hasard, et l'accident s'est produit sous ses yeux. Ils ont tout filmé.

— Leur taux d'audience va sacrément grimper, je parie.

— Nous avons eu nos petits différends, Mr Rennie, mais j'espère que vous ferez savoir à vos administrés que ce qui vient d'arriver n'est pas une menace pour eux.

— Dites-moi simplement comment il est possible qu'une chose pareille... » Son cœur se mit à cabrioler de plus belle. Après une bouffée d'air laborieusement avalée, sa respiration s'arrêta. Il se donna de nouveau un coup de poing dans la poitrine – encore plus fort – et s'assit sur un banc installé au bord de l'allée qui conduisait de l'hôtel de ville au trottoir. Al le regardait, au lieu de regarder la cicatrice de l'accident sur le Dôme, le front plissé d'inquiétude et, pensa Big Jim, de peur. Même en cet instant, avec tout ce qui se passait, il fut content de lui voir cette attitude, content de savoir qu'on le considérait comme indispensable. Les moutons ont besoin d'un berger.

« Rennie ? Vous êtes là ?

— Oui, je suis là. » Et son cœur aussi était là, mais il était loin d'aller bien. « Comment c'est arrivé ? Comment cela a-t-il *pu* arriver ? Je croyais que vous aviez fait ce qui fallait et passé le mot !

— Nous ne pouvons pas encore le dire avec certitude et nous ne pourrons le faire qu'après avoir récupéré les boîtes noires, mais on a déjà une idée assez précise. Nous avons envoyé un avertissement à toutes les compagnies aériennes pour qu'elles modifient leurs itinéraires, mais le Dôme se trouve sur celui que prenait le vol 179 depuis toujours. Nous pensons que quelqu'un a oublié de reprogrammer le pilote automatique. C'est aussi bête que ça. Je vous communiquerai plus de détails dès que j'en aurai moi-même, mais, pour le moment, l'important est d'empêcher de se développer tout mouvement de panique qui pourrait se déclencher en ville. »

Sauf que, dans certaines circonstances, la panique pouvait être utile. Dans certaines circonstances, elle pouvait même – voir l'émeute au supermarché et les pillages – présenter des avantages.

« C'est dû à une énorme bourde, mais ça reste cependant un simple accident, continuait Cox. Faites en sorte que les citoyens le sachent. »

Ils sauront ce que je leur dirai et ils croiront ce que je leur dirai de croire, pensa Rennie.

Son cœur se remit à cabrioler comme s'il était pris de folie, retrouva brièvement un rythme normal, puis repartit de nouveau au galop. Il appuya sur le bouton rouge qui coupait la communication sans même répondre à Cox et laissa tomber le téléphone dans sa poche. Puis il regarda Al.

« Il faut que tu m'emmènes à l'hôpital », dit-il d'un ton aussi normal qu'il put. « On dirait que ça ne va pas très fort. »

Al – qui portait le brassard de solidarité – parut plus que jamais inquiet. « Bien sûr, Jim. Bougez pas d'ici, je vais chercher ma voiture. Il ne faut pas qu'il vous arrive quoi que ce soit. La ville a besoin de vous. »

Comme si je le savais pas, pensa Big Jim, assis sur le banc et regardant la grande tache noire suspendue dans le ciel.

« Trouve-moi Carter Thibodeau et demande-lui de me rejoindre ici. Je veux l'avoir sous la main. »

Il avait d'autres instructions à donner mais, juste à ce moment-là, son cœur s'arrêta complètement. Un instant d'éternité, un abîme sombre s'ouvrit nettement à ses pieds. Rennie hoqueta, se tapa la poitrine. L'organe repartit au triple galop. *Ne me laisse pas tomber maintenant, t'entends, j'ai trop de trucs à faire. C'est pas le moment, cueilleur de coton ! C'est pas le moment...*

20

« Qu'est-ce que c'était ? » demanda Norrie d'une voix aiguë, enfantine, avant de répondre à sa propre question : « C'était un avion, non ? Un avion plein de gens ! » Elle éclata en sanglots. Les garçons essayèrent de retenir leurs larmes, mais n'y parvinrent pas. Rommie se sentait lui-même sur le point de pleurer.

« Ouais, dit-il, je crois bien que c'en était un. »

Joe se tourna pour regarder le van qui revenait vers eux. Une fois au pied de la pente, le véhicule accéléra, comme s'il tardait à Rusty de quitter les lieux. Quand il arriva et que son conducteur sauta du véhicule, Joe comprit qu'il avait une bonne raison de se presser : son tablier de plomb avait disparu.

Avant que Rusty ait le temps de dire quoi que ce soit, son téléphone sonna. Il l'ouvrit, regarda le numéro d'appel et le porta à l'oreille. Il s'attendait à entendre la voix de Ginny, mais c'était le nouveau, Thurston Marshall. « Oui, quoi ? Si c'est à propos de l'avion, j'ai... » Il écouta, fronça légèrement les sourcils, puis hocha la tête. « D'accord, oui. Très bien. J'arrive. Dites à Ginny ou Twitch de lui donner deux cents milligrammes de Valium, en intraveineuse. Non, plutôt trois cents. Et dites-lui de rester calme. C'est étranger à sa nature, mais dites-le-lui tout de même. Et donnez cinq milligrammes à son fils. »

Il referma le téléphone et les regarda. « Les deux Rennie sont à l'hôpital, le premier pour arythmie cardiaque – ce n'est pas la première fois. Voilà deux ans que cet imbécile aurait dû se faire poser un pacemaker. D'après Thurston, le fils présente des symptômes qui lui ont fait penser à un gliome. J'espère qu'il se trompe. »

Norrie tourna vers lui son visage baigné de larmes. Elle avait passé un bras autour de Benny Drake, qui s'essuyait furieusement les yeux. Quand Joe vint se placer à côté d'elle, elle passa son autre bras autour de sa taille.

« C'est une tumeur au cerveau, pas vrai ? dit-elle. Un truc grave.

— Quand cela touche des gens de l'âge de Junior, c'est en général de mauvais pronostic, oui.

— Qu'est-ce que vous avez trouvé là-haut ? lui demanda Rommie.

— Et qu'est-ce qui est arrivé à votre tablier ? ajouta Benny.

— J'ai trouvé ce que Joe avait dit.

— Le générateur ? demanda Rommie. Vous en êtes sûr, doc ?

— Ouais. Ça ne ressemble à rien de connu. Je suis à peu près convaincu que je suis le premier sur terre à avoir vu une telle chose.

— Une chose qui vient d'une autre planète, dit Joe à voix basse, presque un murmure. Je le savais. »

Rusty le regarda, l'air dur. « Pas question d'en parler à qui que ce soit, aucun de vous. Aucun de nous. Si on vous pose la question, nous avons cherché et nous n'avons rien trouvé.

— Même pas à ma mère ? » demanda Joe d'une voix plaintive.

Rusty faillit se laisser attendrir, puis se reprit. Le secret était maintenant partagé par cinq personnes, ce qui était déjà beaucoup trop. Mais les gosses avaient gagné le droit de savoir et, de toute façon, Joe McClatchey avait deviné.

« Oui, même à elle, en tout cas pour le moment.

— Je peux pas lui mentir, protesta Joe. Ça ne marche pas. Elle est extralucide.

— Dans ce cas, dis-lui que je t'ai fait jurer de garder le secret et qu'il vaut mieux pour elle qu'elle ne sache pas. Si elle insiste, dis-lui de s'adresser à moi. Bon, allons-y, je dois retourner à l'hôpital. Rommie, c'est vous qui conduisez. Je suis à bout de nerfs.

— Vous n'allez pas...

— Je vais tout vous raconter sur le chemin du retour. Nous devons commencer à réfléchir à ce que nous allons pouvoir faire. »

21

Une heure après le crash du vol 179 d'Air Ireland sur le Dôme, Rose Twitchell entra d'un pas décidé dans le poste de police de Chester's Mill, portant un plateau recouvert d'un torchon. Stacey Moggin se tenait à son bureau, l'air aussi fatiguée et désemparée que Rose avait l'impression de l'être elle-même.

« Qu'est-ce que c'est ? demanda Stacey.

— Le déjeuner. Pour mon cuisinier. Deux BLT[1].

— En principe, Rose, je n'ai pas le droit de te laisser descendre là en bas. Ni toi ni personne. »

Mel Searles était en train de parler avec deux des nouvelles recrues d'une présentation de camions géants à laquelle il avait assisté au Portland Civic Cen-

---

1. Sandwich bacon-laitue-tomate.

ter, le printemps précédent. Il regarda autour de lui. « Je vais lui porter ça, Ms Twitchell.

— Non, vous ne lui porterez pas. »

Mel parut surpris. Et un peu blessé. Il avait toujours bien aimé Rose, et il pensait que Rose l'aimait bien.

« J'aurais trop peur que vous fichiez tout par terre », expliqua-t-elle, même si ce n'était pas tout à fait la vérité ; laquelle était qu'elle n'avait aucune confiance en lui. « Je vous ai vu jouer au football, vous savez.

— Allons, voyons, je ne suis pas si maladroit que ça.

— Et je veux aussi voir s'il va bien.

— En principe, il n'a droit à aucune visite, objecta Mel. Ordre du chef Randolph, venu directement du conseiller Rennie.

— Eh bien, je descendrai quand même. Il faudra vous servir de votre Taser pour m'en empêcher et, si vous faites ça, vous pouvez dire adieu aux gaufres aux fraises comme vous les aimez, avec le jus qui coule au milieu. » Elle regarda autour d'elle et renifla. « Sans compter que je ne vois aucun de ces messieurs dans le secteur, pour le moment. À moins que quelque chose ne m'échappe ? »

Mel envisagea de jouer la fermeté, ne serait-ce que pour impressionner les petits bleus, puis il y renonça. Rose, il l'aimait vraiment bien. Et il aimait aussi beaucoup ses gaufres, en particulier quand elles étaient un peu ramollies. Il remonta sa ceinture. « D'accord. Mais faut que je descende avec vous, et faut d'abord que je regarde ce qu'y a sous le torchon. »

Rose le souleva elle-même. Dessous, il y avait les deux sandwichs BLT et un mot écrit sur une facture du Sweetbriar Rose. *Ne perds pas courage*, lisait-on. *Nous croyons en toi.*

Mel prit le mot, le roula en boule et le lança vers la corbeille à papier qu'il manqua. L'une des jeunes recrues se précipita pour le ramasser. « Venez », dit-il à Rose. Puis il s'arrêta, s'empara d'un des sandwichs et mordit dedans, arrachant une bouchée énorme. « Il n'aurait pas pu tout manger, de toute façon. »

Rose ne répliqua rien mais, tandis qu'ils descendaient l'escalier, elle fut prise de l'envie de lui casser le plat sur la tête.

Elle avait parcouru la moitié du couloir lorsque Mel s'arrêta. « Vous n'irez pas plus loin, Ms Twitchell. C'est moi qui vais lui porter ça. »

Elle lui tendit le plateau et le regarda, rageant intérieurement, s'agenouiller pour faire passer le plateau sous les barreaux. « *Mon-chieur* est servi. »

Barbie l'ignora. Il regardait Rose. « Merci. Sauf que si c'est Anson qui les a préparés, je ne sais pas quel sera mon degré de gratitude après la première bouchée.

— C'est moi qui les ai faits, Barbie, répondit-elle. Pourquoi on t'a battu ? As-tu essayé de t'échapper ? Tu as une tête terrible.

— Non, je n'ai pas essayé de m'échapper. J'ai résisté à l'arrestation. N'est-ce pas, Mel ?

— T'as intérêt à arrêter de faire le malin, sans quoi je vais récupérer les sandwichs !

— Eh bien, essaie donc, dit Barbie. On pourra régler ça entre hommes. » Mel n'ayant nullement l'air enclin à prendre cette offre au sérieux, Barbie tourna de nouveau son attention vers Rose. « Est-ce que c'était un avion ? On aurait dit un avion. Un gros.

— D'après ABC, c'était un appareil de ligne irlandais. Plein.

— Laisse-moi deviner. Il se rendait à Boston ou à

New York et un brillant crétin a oublié de reprogrammer le pilote automatique.

— Je ne sais pas. Ils n'en ont pas encore parlé.

— Allons-y, dit Mel en venant prendre Rose par le bras. Ça suffit, la causette. Faut partir avant que j'aie des ennuis.

— Tu vas bien ? lança Rose, résistant à cet ordre, au moins un instant.

— Ouais, répondit Barbie. Et toi ? Est-ce que tu t'es réconciliée avec Jackie Wettington ? »

Diable, quelle était la bonne réponse à ça ? Pour ce qu'en savait Rose, elle n'avait jamais été fâchée avec Jackie. Elle crut voir Barbie faire un infime mouvement de dénégation de la tête. *Pourvu que ce ne soit pas mon imagination.*

« Non, pas encore, répondit-elle.

— Tu devrais. Dis-lui d'arrêter de faire sa salope.

— Tu parles », marmonna Mel. Il serra plus fort le bras de Rose. « Allez, on y va, maintenant. Ne m'obligez pas à vous traîner.

— Dis-lui que j'ai dit que t'étais correcte », lança Barbie quand elle attaqua l'escalier, Mel sur les talons. « Vous devriez vraiment parler, toutes les deux. Et merci pour les sandwichs. »

Dis-lui que je t'ai dit que t'étais correcte.

C'était le message, elle en était certaine. Elle ne pensait pas que Mel avait compris ; il avait toujours été stupide, et la vie sous le Dôme ne paraissait pas lui avoir fait faire beaucoup de progrès. Raison pour laquelle, probablement, Barbie avait pris ce risque.

Rose décida de voir Jackie le plus vite possible pour lui passer le message : *Barbie dit que je suis correcte. Il dit que tu peux me parler.*

« Merci, Mel », dit-elle quand ils furent de retour dans la salle de service. « C'était sympa de ta part de me laisser descendre. »

Mel regarda autour de lui, vit qu'il n'y avait personne de supérieur en grade et se détendit. « Pas de problème, mais je crois pas que vous pourrez revenir pour le dîner, vu qu'y en aura pas. » Sur quoi il réfléchit, devenant philosophe. « Il mérite cependant quelque chose de bon, je crois, parce que la semaine prochaine il sera aussi grillé que ces san-ouiches que vous lui avez faits. »

C'est ce que nous verrons, pensa Rose.

22

Andy Sanders et le Chef, assis derrière le bâtiment de WCIK, tiraient sur leur pipe à eau. Droit devant eux, dans le champ où était plantée la tour de l'émetteur, on voyait un monticule de terre surmonté d'une croix faite de planches arrachées à une caisse. Sous le monticule gisait Sammy Bushey, le bourreau des poupées Bratz, la victime d'une tournante, la mère de Little Walter. Le Chef dit qu'il irait peut-être voler une vraie croix au cimetière de Chester Pond. S'il avait le temps. Ce n'était pas garanti.

Il brandit sa télécommande comme pour souligner son propos.

Andy se sentait désolé pour Sammy, tout comme il se sentait désolé pour Claudie et Dodee, mais son chagrin n'avait plus qu'un aspect clinique, restait hermétiquement contenu sous son propre Dôme : toujours visible, son existence ne faisait pas de doute, mais on ne pouvait pas vraiment le rejoindre. Ce qui était aussi bien. Il essaya de faire comprendre cela au Chef, se perdant un peu au milieu de ses explications – c'était un concept complexe. Cependant, le Chef hocha la tête, puis lui tendit sa grande pipe à eau en verre faite maison. Gravé dessus on pouvait lire : **NE PEUT ÊTRE VENDU**.

« Fameux, hein ? dit le Chef.
— Oui ! »

Pendant un certains temps, ils commentèrent les deux grands évangiles des nouveaux convertis à la dope : le bon shit qu'ils fumaient, et le shoot sensationnel que leur procurait ce bon shit. À un moment donné, il y eut une énorme explosion au nord. De la main, Andy abrita ses yeux déjà irrités par la fumée. Il faillit laisser échapper la pipe, mais le Chef la récupéra à temps.

« Nom de Dieu, c'est un avion ! » s'exclama Andy, voulant se lever. Mais ses jambes, qui vibraient pourtant d'énergie, ne purent le soutenir. Il se rassit.

« Non, Sanders », dit le Chef. Il tira une bouffée sur la pipe. Assis en tailleur, Andy trouva qu'il ressemblait à un Indien fumant le calumet de la paix.

Appuyé contre la paroi de la remise, entre Andy et le Chef, s'alignaient quatre AK-47 automatiques, de fabrication russe mais importés de Chine – comme bon nombre d'autres articles remarquables stockés dans le hangar. Il y avait aussi cinq caisses empilées, remplies de chargeurs de trente cartouches, et une caisse de grenades RGD-5. Le Chef avait donné sa traduction personnelle du texte chinois écrit sur cette dernière : *ne pas faire tomber ces saloperies*.

Le Chef prit l'un des AK et le posa en travers de ses genoux. « Non, ce n'était pas un avion, insista-t-il.

— Non ? C'était quoi, alors ?

— Un signe de Dieu. » Le Chef regarda ce qu'il avait peint sur le mur de la remise, soit deux citations (librement interprétées) tirées de l'Apocalypse et le numéro 31 écrit en gros. Puis il revint à Andy. Au nord, le nuage de fumée se dissipait dans le ciel. Dessous s'élevait un autre nuage, depuis le bois où étaient tombés les débris de l'avion. « Je me suis trompé de date, reprit-il d'une voix méditative. C'est peut-être pour aujourd'hui, peut-être pour demain ou peut-être pour après-demain.

— Ou encore pour le jour suivant, dit Andy, plein de bonne volonté.

— Possible, admit le Chef, mais je crois que ce sera plus tôt. Sanders !

— Quoi, Chef ?

— Prends-toi un fusil. Tu es à présent dans l'armée de Dieu. Tu es un soldat du Christ. Ton temps de lécher le cul de ce fils de pute d'apostat vient de toucher à sa fin. »

Andy prit un AK et le mit en travers de ses cuisses nues. Il aimait la sensation de poids et de chaleur que l'arme procurait. Il vérifia que la sécurité était bien mise. « De quel fils de pute d'apostat parles-tu, Chef ? »

Le Chef lui adressa un regard chargé d'un mépris absolu, mais lorsque Andy tendit la main vers la pipe, il la lui passa sans hésiter. Il y en avait largement pour deux, et il y en aurait largement jusqu'à la fin, et ouais, en vérité, la fin était pour bientôt. « Rennie. Ce fils de pute d'apostat.

— C'est mon ami – mon pote – mais il peut être casse-couilles, c'est vrai, reconnut Andy. Bon sang de bonsoir, génial, ce shit.

— Et comment », dit le Chef d'un ton maussade en reprenant la pipe (devenue pour Andy le cale-fumée de la paix). C'est le meilleur crystal, le plus pur des purs, et c'est quoi, Sanders ?

— Un remède contre la mélancolie ! répondit vivement Andy.

— Et ça, c'est quoi ? demanda le Chef en indiquant la nouvelle tache noire sur le Dôme.

— Un signe ! Un signe de Dieu !

— C'est bien, dit le Chef, se radoucissant. C'est exactement ça. Nous sommes partis pour un trip sur Dieu, Sanders. Sais-tu ce qui s'est passé lorsque Dieu a ouvert le septième sceau ? As-tu lu l'Apocalypse ? »

Andy avait gardé le vague souvenir, remontant à un camp de vacances de son adolescence, d'anges jaillissant de ce septième sceau comme des clowns d'une petite voiture dans un cirque, mais il n'avait pas envie de le dire de cette façon. Le Chef pourrait considérer cela comme blasphématoire. Il se contenta de secouer la tête.

« C'est ce que je me disais. T'en as peut-être entendu parler pendant un prêche de Coggins, mais un prêche, ça ne t'éduque pas. Prêcher, c'est pas le vrai truc visionnaire. Tu comprends ça ? »

Ce que comprenait surtout Sanders, c'était qu'il aurait bien tiré une nouvelle bouffée sur la pipe, mais il hocha la tête.

« Quand le septième sceau a été ouvert, sept anges sont apparus avec sept trompettes. Et chaque fois qu'une trompette jouait son air, une plaie s'abattait sur la terre. Tiens, prends-en un coup, ça aide à la concentration. »

Depuis combien de temps étaient-ils là, dehors, à fumer ? Des heures, il l'aurait juré. Avaient-ils vraiment vu un avion s'écraser ? C'était son impression, mais il n'en était plus aussi sûr. Cette histoire lui paraissait totalement invraisemblable. Il devrait peut-être faire un petit somme. Par ailleurs, c'était merveilleux, presque extatique, d'être là avec le Chef, à se shooter et à apprendre des choses. « J'ai failli me suicider mais Dieu m'a sauvé », dit-il. Cette pensée était tellement merveilleuse qu'il en eut les larmes aux yeux.

« Oui, oui, c'est évident. Mais pas l'autre truc. Alors écoute.

— J'écoute.

— Quand le premier ange a soufflé dans sa trompette, une pluie de sang s'est abattue sur la terre. Avec le deuxième ange, une montagne en feu a été jetée dans la mer – ça, c'est les volcans et les conneries comme ça.

— Ouais ! » s'écria Andy, en appuyant involontairement sur la détente de l'AK-47 posé sur ses genoux.

« Faut faire gaffe avec ce truc, Sanders, dit le Chef. Si y avait pas eu la sécurité, t'aurais expédié mon titilleur à nanas jusque dans le foutu pin, là-bas. Tire un coup sur ce shit. » Il tendit la pipe à Andy. Andy ne se rappelait même pas la lui avoir rendue, mais fallait bien. Et quelle heure était-il ? On aurait dit le milieu de l'après-midi, mais c'était pas possible. Il n'avait pas eu faim et il avait toujours faim au moment du déjeuner. Le déjeuner était son repas préféré.

« Et maintenant, écoute-moi, Sanders, parce que c'est la partie importante. »

Le Chef était capable de citer de mémoire parce qu'il avait beaucoup étudié le Livre des Révélations qu'on appelait aussi l'Apocalypse, depuis qu'il s'était installé ici, à la station de radio ; il le lisait et le relisait de manière obsessionnelle, parfois jusqu'aux premières lueurs de l'aube. « Et le troisième ange a sonné, et il est tombé une grande étoile du ciel ! Qui brûlait comme un flambeau !

— On vient juste de la voir ! »

Le Chef acquiesça. Il ne quittait pas des yeux la souillure noire, à l'endroit où le vol 179 d'Air Ireland avait connu sa fin. « Et le nom de cette étoile est Absinthe et beaucoup d'hommes moururent parce qu'elle rendait les eaux amères. Es-tu amer, Sanders ?

— Non ! l'assura Andy.

— Non, nous sommes *doux*. Mais maintenant que l'étoile Absinthe a brillé dans le ciel, des hommes amers vont venir. Dieu me l'a dit, Sanders, et c'est pas des conneries. Tu peux m'interroger et tu trouveras dans les zéro connerie. Ils vont venir et essayer de nous enlever tout ça. Rennie et ses cons de copains.

— Pas question ! » s'écria Andy.

Il fut pris d'une crise de parano aussi horriblement intense que soudaine. Ils étaient peut-être déjà ici ! Ses potes de merde se faufilaient au milieu des arbres ! Ses potes de merde et leur armada de camions roulaient sur Little Bitch Road ! Et maintenant que le Chef le lui avait fait remarquer, il comprenait même pourquoi Rennie voulait le faire. Il aurait appelé cela *se débarrasser des preuves compromettantes*.

« Chef ! » Il se mit à agripper l'épaule de son nouvel ami.

« Doucement, Sanders. Tu me fais mal. »

Andy desserra légèrement ses doigts. « Big Jim a déjà parlé de venir ici récupérer les bonbonnes de propane ! *C'est la première étape !* »

Le Chef hocha la tête. « Ils sont déjà venus une fois. Deux bonbonnes. Je les ai laissés les prendre. » Il se tut un instant et tapota la caisse de grenades. « Mais la prochaine fois, je ne les laisserai pas faire. On est d'accord là-dessus ? »

Andy pensa aux kilos de dope contre lesquelles les bouteilles étaient stockées, à l'intérieur du bâtiment, et fit au Chef la réponse que celui-ci attendait. « Mon frère », dit-il en l'embrassant.

Le Chef avait chaud et puait. Ce qui n'empêcha pas Andy de le serrer avec enthousiasme dans ses bras. Des larmes roulaient le long de son visage, qu'il n'avait pas rasé un jour de semaine pour la première fois depuis vingt ans. C'était génial. C'était... c'était...

Plus fort que l'amitié !

« Mon frère », sanglota Sanders dans l'oreille du Chef.

Le Chef le tint à bout de bras et le regarda, la mine grave. « Nous sommes les agents du Seigneur. »

Et Andy Sanders – à présent seul au monde si l'on exceptait le prophète décharné à côté de lui – répondit : *amen*.

23

Jackie trouva Ernie Calvert en train d'arracher les mauvaises herbes derrière sa maison. Elle avait été un peu inquiète à l'idée de l'aborder, en dépit de ce que lui avait dit Piper, mais elle n'aurait pas dû. Il l'agrippa par les épaules avec une force surprenante de la part d'un petit homme bedonnant. Ses yeux brillaient.

« Merci mon Dieu, enfin quelqu'un qui a compris

ce que mijote cette grande gueule ! » Il laissa retomber ses mains. « Désolé. J'ai sali votre chemisier.

— Ça ne fait rien.

— Il est *dangereux*, officier Wettington. Vous le savez, n'est-ce pas ?

— Oui.

— Et il est malin. Il a provoqué cette fichue émeute exactement comme un terroriste qui aurait posé une bombe.

— Je n'en doute absolument pas.

— Mais aussi stupide. Malin et stupide, c'est une terrible combinaison. Ça vous rend capable de persuader les gens de vous suivre, voyez-vous. Y compris jusqu'en enfer. Vous vous souvenez de Jim Jones ?

— Ce type, au Guyana, qui a fait boire du poison à tous ses fidèles ? Bien sûr. Vous viendrez à la réunion ?

— Et comment. Motus et bouche cousue. À moins que vous ne vouliez que je parle à Lissa Jamieson. Je le ferais avec plaisir. »

Avant que Jackie eût le temps de répondre, son téléphone sonnait. Son portable personnel, puisqu'elle avait restitué celui de la police avec son badge et son arme de service.

« Bonjour, Jackie en ligne.

— *Mihi portate vulneratos*, sergent Wettington », lui dit une voix qu'elle ne connaissait pas.

La devise de son ancienne unité à Würzburg (*amenez-moi vos blessés*) et sans même réfléchir, Jackie répondit : « Sur des civières, des béquilles ou dans des sacs nous les mettrons tous en vrac. Qui diable est à l'appareil ?

— Colonel James Cox, sergent. »

Jackie éloigna le combiné de sa bouche. « Donnez-moi une minute, Ernie. »

L'homme acquiesça et retourna à ses mauvaises herbes. Jackie s'approcha de la barrière de bois, au bout du jardin. « Qu'est-ce que je peux faire pour vous, colonel ? La ligne est sécurisée ?

— Sergent, si votre Rennie est capable de mettre sur écoute les appels qui viennent de l'extérieur du Dôme, nous sommes dans de sales draps.

— Ce n'est pas mon Rennie.

— Je suis heureux de vous l'entendre dire.

— Et je ne suis plus dans l'armée. Je ne vois même plus la 67 dans mon rétroviseur, aujourd'hui, monsieur.

— Légèrement inexact, sergent. Par ordre du président des États-Unis, vous avez été réintégrée. Soyez la bienvenue.

— Monsieur, je me demande si je dois vous dire merci, ou bien d'aller vous faire foutre. »

Cox rit, mais sans beaucoup de joie. « Jack Reacher vous envoie le bonjour.

— C'est par lui que vous avez eu mon numéro ?

— Oui, et il a ajouté une recommandation. Une recommandation de Reacher, ce n'est pas n'importe quoi. Vous m'avez demandé ce que vous pouviez faire pour moi. La réponse est double, mais les deux choses sont simples. Un, sortir Barbara du merdier dans lequel il est. À moins que vous ne le pensiez coupable ?

— Non, monsieur. Je suis certaine de son innocence. Ou plus exactement, *nous* en sommes certains. Nous sommes plusieurs à le penser.

— Bien. Excellent. » Le soulagement était perceptible dans la voix du colonel. « Et deux, faire dégringoler ce salopard de Rennie de son perchoir.

— Ce serait le boulot de Barbie. Si… vous êtes sûr que la ligne est sécurisée ?

— Sûr et certain.

— Si nous pouvons le faire sortir.

— C'est déjà en route, non ?

— Oui, monsieur, je crois bien.

— Excellent. De combien de Chemises brunes dispose Rennie ?

— À l'heure actuelle, une trentaine, mais il continue à recruter. Et ici, à Chester's Mill, ce serait plutôt des chemises bleues, mais je crois avoir compris ce que vous vouliez dire. Ne le sous-estimez pas, colonel. Il a une grande partie de la ville dans sa poche. Nous allons essayer de faire sortir Barbie, et vous devez prier pour que nous réussissions, parce que toute seule je ne peux pas faire grand-chose contre Big Jim. Renverser des dictateurs sans la moindre aide extérieure, ce n'est vraiment pas dans mes cordes. Et sachez que je n'appartiens plus à la police de Chester's Mill. Rennie m'a botté les fesses.

— Tenez-moi informé, quand vous pourrez et dans la mesure où vous le pourrez. Faites évader Barbara et confiez-lui votre opération de résistance. Nous verrons bien qui se fera botter les fesses.

— On dirait que vous regrettez de ne pas être ici, monsieur.

— C'est rien de le dire. » Il avait répliqué sans hésiter. « J'enverrais son petit train valser dans le décor en une demi-journée. »

Jackie en doutait, cependant ; les choses se passaient différemment, sous le Dôme. Ceux de l'extérieur ne pouvaient pas comprendre. Même le temps s'y écoulait de manière différente. Cinq jours auparavant, tout était normal. Et maintenant, regardez.

« Encore une chose, reprit le colonel Cox. En dépit de votre emploi du temps chargé, prenez le temps de regarder la télé. Nous allons faire de notre mieux pour pourrir la vie à Rennie. »

Jackie lui dit au revoir et coupa la communication. Puis elle retourna auprès d'Ernie. « Vous avez un générateur ? demanda-t-elle.

— L'animal m'a lâché hier au soir, répondit-il avec un humour grinçant.

— Eh bien, allons quelque part où il y a une télé qui fonctionne. Mon ami dit que nous devrions regarder les infos. »

Ils prirent la direction du Sweetbriar Rose. En chemin, ils rencontrèrent Julia Shumway et l'emmenèrent avec eux.

AU TROU

1

Le Sweetbriar devait rester fermé jusqu'à dix-sept heures, heure à partir de laquelle Rose avait prévu de proposer un repas léger, avant tout composé de restes. Elle préparait une salade de pommes de terre, un œil sur la télé posée sur le comptoir, lorsqu'on frappa à la porte. Elle reconnut Jackie Wettington, Julia Shumway et Ernie Calvert. Rose traversa la salle vide du restaurant, s'essuyant les mains à son tablier, et déverrouilla la porte. Horace le corgi trottinait aux basques de Julia, oreilles dressées, arborant un sourire amical. Rose vérifia que le panneau FERMÉ était toujours bien en place avant de redonner un tour de clef derrière eux.

« Merci, dit Jackie.

— Je vous en prie, lui répondit Rose. Je voulais justement vous voir.

— Nous sommes venus pour ça, dit Jackie en montrant la télé. J'étais chez Ernie et nous avons rencontré Julia en chemin. Elle était assise de l'autre côté de la rue, face à ce qui reste de son journal, à se désoler du désastre.

— Je ne me désolais pas, protesta Julia. Horace et moi, nous tentions d'imaginer comment on pourrait faire pour tirer un journal après la réunion de demain soir. Nous en sommes arrivés à la conclusion qu'il se réduirait sans doute à deux pages, mais qu'il y en aurait un. J'y suis bien décidée. »

Rose eut un coup d'œil pour la télé. Une jolie jeune femme était à l'écran. Dessous, on lisait sur une bande défilante : ENREGISTRÉ UN PEU PLUS TÔT PAR ABC. Il y eut tout d'un coup une explosion et une boule de feu se déploya dans le ciel. La journaliste eut un mouvement de recul, poussa un cri et fit volte-face. Déjà, la caméra la quittait pour se braquer sur les fragments de l'avion d'Air Ireland qui dégringolaient vers le sol.

« Il n'y a rien d'autre que le passage en boucle de l'accident d'avion, dit Rose. Si vous ne l'avez pas encore vu, faites comme chez vous. Jackie ? J'ai vu Barbie en fin de matinée. Je lui ai apporté des sandwichs et ils m'ont laissée descendre jusqu'à sa cellule. J'avais Melvin Searles comme chaperon.

— Petite chanceuse, ricana Jackie.

— Comment l'avez-vous trouvé ? demanda Julia. Il va bien ?

— Il a l'air d'avoir essuyé la colère divine, mais je crois qu'il va bien, oui. Il a dit… je devrais peut-être ne confier cela qu'à vous, Jackie.

— Quoi qu'il ait dit, je crois que vous pouvez parler devant Julia et Ernie. »

Rose réfléchit, mais pas longtemps. Si Ernie Calvert et Julia Shumway n'étaient pas blanc-bleu, alors personne ne l'était. « Il m'a dit que je devais vous parler. Me réconcilier avec vous, comme si nous nous étions disputées. Il m'a dit de vous dire que j'étais correcte. »

Jackie se tourna vers Ernie et Julia. Rose eut l'impression qu'un échange question-réponse venait d'avoir lieu. « Si Barbie le dit, c'est que c'est vrai », observa Jackie, sur quoi Ernie approuva vigoureusement du chef. « Voilà, nous avons organisé une petite réunion pour ce soir. Au presbytère de la Congo. C'est un peu secret...

— Non, pas un peu, *très*, intervint Julia. Étant donné ce qui se passe ici en ce moment, rien ne doit être ébruité.

— Si c'est à propos de ce que je pense, j'en suis », dit Rose. Puis elle baissa la voix : « Mais pas Anson. Il porte l'un de ces foutus brassards. »

Juste à cet instant, le logo de CNN DERNIÈRE MINUTE apparut à l'écran, accompagné de l'horripilante et funèbre *Musique pour un désastre* qui signalait tout évènement lié au Dôme. Rose espérait voir Anderson Cooper ou, mieux encore, son bien-aimé Wolfie – tous deux étaient maintenant en résidence à Castle Rock –, mais ce fut Barbara Starr, la correspondante de la chaîne auprès du Pentagone. Elle se tenait devant le village de tentes et de mobile homes qui servait de base avancée à l'armée, à Harlow.

« Le colonel James Cox, le patron des opérations nommé par le Pentagone depuis qu'a commencé à se manifester ce mystère abyssal du Dôme, samedi dernier, est sur le point de tenir sa deuxième conférence de presse depuis le début de la crise. Son thème vient d'être annoncé aux journalistes, et il est assuré d'avoir toute l'attention des milliers d'Américains qui ont des parents ou des amis à Chester's Mill. On nous a rapporté... » Elle se tut, écoutant ce qu'on lui disait à l'oreillette. « Voici le colonel Cox. »

Le quatuor, dans le restaurant, s'installa sur les tabourets du comptoir et regarda l'image qui changeait. On se trouvait à présent à l'intérieur d'une grande tente. Une quarantaine de journalistes étaient assis sur des chaises pliantes, d'autres se tenaient debout dans le fond. Ils parlaient entre eux à voix basse. On avait dressé une estrade de fortune à l'autre extrémité. Elle était festonnée de micros et flanquée de deux drapeaux américains ; un écran était installé derrière.

« Sacrément professionnel, pour une opération improvisée, fit remarquer Ernie.

— Oh, pas si improvisée que ça », dit Jackie.

Elle se rappelait sa conversation avec Cox. *Nous allons faire de notre mieux pour pourrir la vie à Rennie*, avait-il déclaré.

Un pan de toile s'écarta, sur le côté gauche de la tente, et un homme de petite taille, l'air physiquement en forme, les cheveux grisonnants, s'avança d'un pas vif et sauta sur l'estrade. Il portait le treillis de l'armée et s'il avait reçu des décorations, il n'en exhibait aucune. Il n'y avait qu'une chose sur le devant de sa chemise, une bande de tissu sur lequel on lisait : COL. J. COX. Il ne tenait aucune note à la main. Les journalistes firent aussitôt le silence et Cox leur adressa un petit sourire.

« Ce type doit être un pro de la conférence de presse. Il a l'air sensationnel.

— Chut, Julia, dit Rose.

— Mesdames et messieurs, merci d'être venus, commença Cox. Je ferai un bref exposé et je répondrai ensuite à vos questions. La situation, en ce qui concerne Chester's Mill et ce que nous appelons aujourd'hui le Dôme reste inchangée : la ville est toujours coupée du reste du monde, nous n'avons toujours pas la moindre idée de ce qui a engendré cette situation et tous nos efforts pour rompre cette barrière ont jusqu'ici échoué. D'ailleurs vous le sauriez, bien entendu, si nous y étions parvenus. Les meilleurs scientifiques d'Amérique – les meilleurs du monde entier – se penchent sur ce phénomène et envisagent plusieurs hypothèses. Ne me demandez pas lesquelles, vous n'auriez aucune réponse à ce stade. »

Un murmure de mécontentement monta de la foule des journalistes. Cox attendit. Sous son image à l'écran, la bande défilante de CNN afficha AUCUNE RÉPONSE À CE STADE. Cox reprit lorsque les murmures cessèrent :

« Comme vous le savez, nous avons établi une zone d'interdiction autour du Dôme, tout d'abord d'un mille, puis de deux dès dimanche et, finalement, portée à quatre mardi. Un certain nombre de raisons justifiaient cette précaution, la plus importante étant que le Dôme est dangereux pour des personnes portant des implants, en particulier des pacemakers. Une autre raison était que le champ qui engendre le Dôme aurait pu avoir d'autres conséquences néfastes moins évidentes.

— Parlez-vous de radiations, colonel ? » lança quelqu'un.

Cox pétrifia l'homme d'un regard et, lorsqu'il parut estimer le journaliste suffisamment châtié (pas Wolfie, constata Rose avec plaisir, mais ce roquet à moitié chauve et jacassant de Fox News), reprit son laïus :

« Nous pensons à l'heure actuelle que le Dôme ne présente aucun autre effet nocif, du moins à court terme, et nous avons donc choisi vendredi 27 octobre

– après-demain – comme Journée des Visiteurs au Dôme. »

Un concert furieux de questions éclata aussitôt. Cox attendit et, quand les journalistes se furent tus, il prit une télécommande dans une étagère de la console qui portait les micros et appuya sur un bouton. Une photo en haute résolution (beaucoup trop bonne pour provenir de Google Earth, de l'avis de Julia) apparut sur l'écran. On voyait Chester's Mill et les deux villes au sud, Motton et Castle Rock. Cox échangea la télécommande contre un pointeur laser.

La bande défilante disait maintenant : VENDREDI JOURNÉE DES VASITEURS AU DÔME. Julia sourit. Le colonel Cox avait pris en faute la machine à composer de CNN.

« Nous pensons pouvoir organiser une visite pour douze mille personnes, reprit Cox. Il ne pourra s'agir que de parents proches, au moins pour cette fois... et nous prions tous pour qu'il n'y ait pas d'autre fois. Les points de ralliement seront situés ici, sur le champ de foire de Castle Rock, et ici, sur l'anneau de vitesse d'Oxford Plains. » Il fit porter le point rouge sur les deux emplacements. « Il y aura douze autocars à chacun des endroits. Ils nous ont été prêtés par les autorités scolaires locales, qui ont annulé un jour de classe pour contribuer à cet effort, et nous les en remercions chaleureusement. Un vingt-cinquième car sera mis à la disposition des journalistes au Shiner's Bait and Tackle de Motton. » Pince-sans-rire, il ajouta : « Étant donné qu'on vend aussi de l'alcool au Shiner's, je suis certain que la plupart d'entre vous le connaissent. Un seul véhicule de vidéo, je dis bien un seul, sera autorisé à participer à cet événement. Vous vous arrangerez entre vous pour couvrir l'évènement, mesdames et messieurs, et la chaîne sera choisie par tirage au sort. »

Il y eut un grognement à cette annonce, surtout pour la forme.

« Il y a quarante-huit sièges dans le bus de la presse et, de toute évidence, il y a plusieurs centaines de journalistes ici, venus des quatre coins du monde...

— Des milliers ! » cria un homme à cheveux gris, ce qui provoqua un rire général.

« Ça me fait plaisir de voir enfin *quelqu'un* s'amuser », dit Ernie d'un ton amer.

Cox s'autorisa un sourire. « Correction acceptée, Mr Gregory. Les sièges seront alloués aux diffuseurs, chaînes de télé, agences de presse – Reuter, Tass, AFP, etc. – et c'est à eux qu'il reviendra de désigner leur représentant.

— Y a intérêt à ce que ce soit Wolfie pour CNN, lança Rose, c'est tout ce que je peux dire. »

Les journalistes parlaient avec excitation.

« Puis-je continuer ? intervint Cox. Et que ceux qui envoient des messages veuillent bien s'interrompre.

— Hooo, roucoula Jackie, j'adore quand un homme a de l'autorité.

— Vous n'avez certainement pas oublié que ce n'est pas vous, l'évènement, n'est-ce pas ? Est-ce que vous vous comporteriez ainsi si c'était un effondrement dans une mine, ou des gens pris sous un immeuble après un tremblement de terre ? »

Le silence qui accueillit ces remontrances rappelait celui d'une classe de CM lorsque le maître finit par perdre patience. Il avait vraiment de l'autorité, pensa Julia qui, un instant, regretta de tout son cœur que Cox ne fût pas ici, sous le Dôme, en charge des opérations.

Mais évidemment, si les cochons avaient des ailes, le bacon volerait.

« Votre tâche, mesdames et messieurs, est double : nous aider à faire circuler l'info et contribuer à ce que les choses se passent sans problème lors de la Journée des Visiteurs. »

La bande défilante de CNN devint : LA PRESSE CONVIÉE À AIDER LES VISITEURS VENDREDI.

« La dernière chose dont nous avons besoin, c'est de voir des proches venus de partout se ruer ici, dans le Maine. Nous avons déjà un total de près de dix mille parents des prisonniers du Dôme rien que dans la région ; les hôtels, motels et terrains de camping sont archicombles. Le message aux parents qui se trouvent dans le reste du pays est simple : si vous n'êtes pas ici, ne venez pas. Non seulement on ne vous accorderait pas le passe Visiteur, mais vous seriez renvoyés, que vous vous présentiez là, là, là ou là. » Le point rouge se posa sur Lewiston, Auburn, North Windham et Conway, au New Hampshire.

« Les proches qui sont actuellement sur place devront aller s'enregistrer auprès des officiers qui se tiennent déjà sur le champ de foire et à l'anneau de vitesse. Si vous pensez sauter dans votre voiture et venir tout de suite, surtout pas. Ce n'est pas la Grande Semaine du Blanc, et ce n'est pas premier arrivé premier servi. Les visiteurs seront choisis par tirage au sort et vous devrez vous enregistrer pour participer au tirage. Il vous faudra pour cela vous présenter avec deux photos d'identité. Nous essaierons de donner la priorité aux personnes ayant plusieurs parents à Chester's Mill, mais nous ne pouvons rien promettre. Et un dernier avertissement : si jamais vous débarquez vendredi prochain pour monter dans les bus sans votre passe ou avec un faux document – en d'autres termes, si vous fichez la pagaille dans notre organisation – vous vous retrouverez en prison. Ne nous mettez pas à l'épreuve là-dessus.

« L'embarquement commencera à huit heures du matin, vendredi. Si tout se passe bien, vous disposerez d'au moins quatre heures en compagnie des personnes aimées, peut-être davantage. Fichez la pagaille, et le temps que vous passerez auprès du Dôme sera réduit d'autant. Le retour se fera à partir de dix-sept heures.

— Où se trouve le site des visiteurs ? lança une femme.

— J'y venais justement, Andrea. »

Cox reprit sa télécommande et zooma sur la Route 119. Jackie connaissait bien le secteur ; c'était là qu'elle avait bien failli se casser le nez sur le Dôme. Elle reconnut les toits de la ferme Dinsmore et des bâtiments adjacents.

« On trouve un emplacement qui sert à un marché aux puces du côté Motton du Dôme, reprit Cox en se servant du pointeur. C'est là que se gareront les bus. Les visiteurs se rendront ensuite à pied jusqu'au Dôme. Il y a de vastes champs de part et d'autres où les gens peuvent se répartir. Toutes les épaves des accidents ont été dégagées du secteur.

— Les visiteurs seront-ils autorisés à aller jusqu'au Dôme même ? » demanda un journaliste.

Cox fit de nouveau face aux caméras, s'adressant directement aux visiteurs potentiels. Rose ne pouvait qu'imaginer le mélange d'espoir et de crainte que devaient éprouver toutes ces personnes – regardant la télé dans les bars et les motels, ou écoutant la radio dans leur voiture. C'était ce qu'elle-même ressentait.

« Les visiteurs seront autorisés à s'approcher à deux mètres du Dôme, disait Cox. Nous considérons que c'est une distance de sécurité convenable, mais c'est sans garantie. Il ne s'agit pas d'une attraction de foire ayant passé toutes les tests de fiabilité. Les personnes ayant des implants électroniques devront rester au large. C'est à vous de prendre vos responsabilités, car nous n'avons pas les moyens de vérifier qui porte ou non un pacemaker. Les visiteurs devront aussi renoncer à emporter avec eux tout appareil électronique, en particulier les iPods, les téléphones portables et les BlackBerry – liste non exhaustive. Les journalistes équipés de caméras, appareils photo et micros devront rester à une certaine distance. L'espace rapproché sera réservé aux visiteurs et ce qui se passera entre eux et leurs proches ne regarde qu'eux. Tout ira bien si vous nous aidez en y mettant de la bonne volonté. Pour parler comme dans *Star Trek*, aidez-vous à faire qu'il en soit ainsi. » Il reposa son pointeur. « Et maintenant, je vais prendre des questions. Seulement quelques-unes. Mr Blitzer. »

Le visage de Rose s'illumina. Elle brandit sa tasse de café et porta un toast à la télé. « T'es trop beau, Wolfie ! s'écria-t-elle. Tu peux venir manger des crackers dans mon lit quand tu veux !

« Colonel Cox, une conférence de presse avec les responsables de la ville est-elle prévue ? Nous avons cru comprendre que le deuxième conseiller Rennie était le véritable homme fort de Chester's Mill. Qu'est-ce qui se passe au juste ?

— Nous nous efforçons d'organiser cette conférence de presse avec Mr Rennie comme avec tous les autres responsables de la ville qui seraient en fonction. Elle devrait avoir lieu à midi, si les choses se passent comme nous l'avons prévu. »

Des applaudissements spontanés saluèrent cette annonce. Il n'y a rien que les journalistes aiment mieux qu'une conférence de presse – sinon peut-être un politicien de premier plan surpris au lit avec une call-girl.

« Idéalement, reprit Cox, la conférence de presse devrait avoir lieu sur la route, avec les porte-parole de la ville, quels qu'ils soient, côté intérieur du Dôme, et vous, mesdames et messieurs, côté extérieur. »

Rumeur excitée. La possibilité d'un contact visuel leur plaisait.

Cox tendit la main. « Mr Holt. »

Lester Holt (NBC) bondit sur ses pieds. « Dans quelle mesure êtes-vous sûr que Mr Rennie viendra ? Je pose la question parce que le bruit court qu'il y aurait des rapports pour abus de biens sociaux et même activités criminelles sur le bureau du procureur général du Maine.

— Je suis au courant de ces rapports, dit Cox. Je ne suis pas ici pour les commenter, mais Mr Rennie voudra peut-être le faire. » Il se tut un instant, une pointe d'ironie dans le sourire. « Pour ma part, je tiens beaucoup à ce qu'il le fasse.

— Rita Braver, colonel Cox, pour CBS. Est-il exact que Dale Barbara, l'homme désigné par vous comme administrateur extraordinaire de Chester's Mill, a été arrêté sous l'inculpation de meurtre ? Que la police de

Chester's Mill pense qu'il s'agit en réalité d'un tueur en série ? »

Le silence devint total ; dans la grande tente, tous les regards se firent attentifs. Il en allait de même pour les quatre personnes installées au comptoir du Sweetbriar Rose.

« C'est exact », répondit Cox. Un léger murmure monta de l'assemblée des journalistes. « Mais nous n'avons aucun moyen de vérifier la véracité de ces accusations ou d'évaluer les preuves qui ont été données. Tout ce dont nous disposons, ce sont des échanges par téléphone ou Internet, comme vous devez certainement en avoir eu de votre côté. Dale Barbara est un officier décoré de l'armée. Il n'a jamais été arrêté. Je le connais depuis des années et je l'ai personnellement recommandé au président des États-Unis. Je n'ai aucune raison de penser avoir commis une erreur sur la base de ce que je sais à l'heure actuelle.

— Ray Suarez, colonel, pour PBS. Croyez-vous que les accusations dont le lieutenant Dale Barbara – aujourd'hui colonel – est l'objet pourraient avoir une motivation politique ? Que James Rennie aurait pu le faire emprisonner pour l'empêcher de prendre le contrôle de la ville, comme l'a ordonné le Président ? »

Et voilà exactement à quoi sert tout ce cinéma, comprit soudain Julia. *Cox a fait des médias la Voix de l'Amérique et nous sommes les gens coincés derrière le Rideau de Fer.* Elle se sentit pleine d'admiration.

« Si jamais vous avez une chance d'interroger le deuxième conseiller Rennie vendredi prochain, Mr Suarez, n'oubliez pas de lui poser cette question-là. Mesdames et messieurs, c'est tout ce que j'ai à vous donner. »

Il repartit du même pas vif qu'à son arrivée et il avait disparu avant que les reporters aient eu le temps de crier de nouvelles questions.

« Superbe machine, murmura Ernie.

— Ouais », dit Jackie.

Rose coupa la télé. Elle rayonnait, débordante d'énergie. « À quelle heure, la réunion municipale ? Je ne désapprouve rien de ce qu'a dit ce colonel Cox, mais ça pourrait rendre la vie de Barbie encore plus difficile. »

2

Barbie apprit la tenue de la conférence de presse de Cox lorsqu'un Manuel Ortega à la figure empourprée descendit lui en parler. Ortega, autrefois homme de peine à la ferme Dinsmore, portait à présent une chemise bleue, un badge en tôle apparemment fabriqué maison et un calibre 45 accroché à une deuxième ceinture portée bas sur la hanche, dans le style cow-boy. L'Ortega que connaissait Barbie était un type doux, aux cheveux qui se raréfiaient et à la peau constamment brûlée par le soleil, qui aimait bien commander un menu de petit déjeuner pour son dîner – crêpes, bacon, œufs au plat aller-retour – et adorait parler vaches, sa race favorite étant la Belted Galloway qu'il n'avait jamais pu persuader Alden Dinsmore d'acheter. Yankee dans l'âme, en dépit de son nom, il en pratiquait l'humour sardonique. Barbie l'avait toujours bien aimé. C'était aujourd'hui un Manuel tout différent, toutefois, un étranger ayant définitivement perdu son sens de l'humour. Sur un ton rageur, en hurlant presque tout le temps à travers les barreaux, il donna à Barbie les dernières nouvelles – agrémentées de véritables averses de postillons. Il en avait le visage quasi radioactif de fureur.

« Pas un seul mot sur les plaques militaires retrouvées dans la main de cette pauvre fille, pas un seul putain de mot ! Et là-dessus ce salopard de traîne-sabre s'en prend à Jim Rennie, le type sans qui cette ville se serait effondrée s'il n'avait pas pris les choses en main ! Tout seul ! Avec des bouts de ficelle et de l'huile de coude !

— Calme-toi, Manuel, dit Barbie.

— Tu m'appelles officier Ortega, trouduc !

— Très bien. Officier Ortega. » Barbie, assis sur la couchette, se disait que rien n'aurait été plus facile pour Ortega que de sortir son revolver (un vieux Smith & Wesson Schofield) et de tirer. « Moi, je suis ici, et Rennie est dehors. En ce qui le concerne, je suis certain que c'est parfait.

— LA FERME ! hurla Manuel. Nous sommes tous ici ! Tous sous ce putain de Dôme ! Alden fait plus rien que picoler, le fils qui lui reste veut pas manger et Mrs Dinsmore n'arrête pas de pleurer la mort de Rory. Jack Evans s'est fait sauter la cervelle, tu savais pas ça, hein ? Et ces cons de militaires, là-dehors, tout ce qu'ils trouvent de mieux à faire c'est de lui jeter de la boue dessus ! Rien que des mensonges et des histoires inventées pendant que tu déclenchais l'émeute à Food City et que tu brûlais notre journal ! Probablement pour pas que Ms Shumway écrive ce que t'es ! »

Barbie garda le silence. S'il disait un seul mot pour se défendre, il était sûr de recevoir une balle.

« C'est comme ça qu'on fait avec un politicien qu'on n'aime pas, reprit Manuel. Ils voudraient qu'un tueur en série et un violeur – un violeur qui viole des mortes ! – soit le patron à la place d'un bon chrétien ? Je rêve ! »

Manuel tira son revolver, le brandit et le pointa entre les barreaux. L'ouverture du canon parut à Barbie aussi grande que l'entrée d'un tunnel.

« Si jamais le Dôme tombe avant que tu sois aligné contre le mur le plus proche et trucidé, continua Manuel, je prendrai le temps de faire le boulot moi-même. Je suis le premier de la file d'attente, et je peux te dire qu'aujourd'hui à Chester's Mill, la file d'attente de ceux qui veulent ta peau est longue comme un jour sans pain. »

Barbie garda le silence et attendit de mourir ou de pouvoir continuer à respirer. Les sandwichs de Rose semblaient vouloir remonter dans sa gorge et l'étouffer.

« On essaie de survivre, et tout ce qu'ils trouvent à faire, c'est de jeter de la boue sur l'homme qui empêche le chaos dans la ville. » Manuel remit soudain l'énorme revolver dans son étui. « Va te faire voir. Tu vaux même pas la peine qu'on gaspille sa salive. »

Il fit demi-tour et repartit à grands pas vers l'escalier, tête baissée, épaules voûtées.

Barbie se laissa aller contre le mur et poussa un long soupir. La sueur coulait sur son front. La main qu'il leva pour l'essuyer tremblait.

3

Lorsque le van de Romeo Burpee s'engagea dans l'allée des McClatchey, Claire se précipita hors de la maison. Elle était en larmes.

« Maman ! » cria Joe, sautant du véhicule avant même qu'il soit complètement immobilisé. Les autres le suivirent en se bousculant. « Qu'est-ce qui se passe, m'man ?

— Rien, répondit Claire entre deux sanglots, attrapant son fils et le serrant contre elle. Il va y avoir une Journée des Visiteurs ! Vendredi ! On devrait pouvoir voir papa, Joe ! »

Joe laissa échapper un cri de joie et se mit à faire danser sa mère sur place. Benny serra Norrie contre lui et en profita pour lui voler un baiser rapide (ce que vit Rusty). Gonflé, ce sacré gamin.

« Amenez-moi à l'hôpital, Rommie », dit Rusty. Il salua Claire et les enfants et Romeo fit marche arrière dans l'allée. Il était soulagé de quitter Mrs McClatchey sans avoir à lui donner d'explications ; les dons de Maman Extralucide s'étendaient peut-être aussi au personnel médical. « Et pourriez-vous me faire la faveur de parler anglais et non pas votre charabia vaguement *français-on-parle*, tant que vous y êtes ?

— Certains n'ont pas d'héritage culturel auquel se référer, répliqua Burpee, et sont donc jaloux de ceux qui en ont un.

— Ouais, et votre mère porte des galoches, hein ?

— Tout juste. Mais seulement quand il pleut. »

Le téléphone portable de Rusty se mit à jouer sa petite musique : un texto. Il ouvrit et lut : RÉUNION

2130 PRESBYTÈRE CONGO SOYEZ LÀ SANS FAUTE JW.

« Rommie ? » demanda-t-il en refermant son téléphone, « en supposant que je survive aux deux Rennie, l'idée d'aller ce soir à une réunion avec moi vous tente-t-elle ? »

4

Il trouva Ginny dans le hall d'accueil de l'hôpital. « C'est la journée Rennie au Cathy-Russell », lui annonça-t-elle. À son expression, il semblait que la chose ne lui déplaisait pas trop. « Thurston Marshall les a examinés tous les deux. Rusty, cet homme est un don de Dieu. Il est clair qu'il ne peut pas sentir Junior – c'est lui et Frankie qui l'ont brutalisé dans son chalet – mais il s'est montré totalement professionnel. Ce type perd son temps à enseigner l'anglais – c'est ce boulot qu'il devrait faire (elle baissa la voix). Il est meilleur que moi, et *bien* meilleur que Twitch.

— Où est-il en ce moment ?

— Il est retourné à la maison qu'il occupe avec sa jeunette et les deux gamins qu'ils ont pris en charge. Il paraît aussi bien s'occuper des enfants.

— Oh, Seigneur, voilà que notre Ginny est amoureuse.

— Ne dites pas de bêtises, répliqua celle-ci en lui faisant les gros yeux.

— Quelles chambres, les Rennie ?

— Junior dans la 7, Senior dans la 19. Senior était accompagné de ce type, Thibodeau, mais il a dû l'envoyer faire une commission pour lui parce qu'il était reparti quand Senior est descendu voir son fils. » Elle eut un sourire cynique. « La visite n'a pas duré longtemps. D'autant qu'il était tout le temps pendu au téléphone. Le gamin reste assis, mais il parle à nouveau de manière rationnelle. Ce n'était pas le cas quand Henry Morrison nous l'a amené.

— Et l'arythmie de Big Jim ? Qu'est-ce que ça donne ?

— Thurston a arrangé ça. »

Pour le moment, pensa Rusty, non sans une certaine satisfaction. *Quand l'effet du Valium va cesser, ce bon vieux jitterbug cardiaque reprendra.*

« Allez d'abord voir le gosse », dit Ginny, qui continuait à parler à voix basse alors qu'ils étaient seuls dans le hall. « Je ne l'aime pas, je ne l'ai jamais aimé, mais je me sens tout de même désolée pour lui. J'ai bien peur qu'il n'en ait pas pour longtemps.

— Est-ce que Thurston a parlé de l'état de Junior à Rennie ?

— Oui. Il lui a dit que le problème pouvait être sérieux. Mais pas aussi sérieux, apparemment, que tous ces coups de téléphone qu'il donnait. Quelqu'un a dû lui parler de la Journée des Visiteurs au Dôme de vendredi. Ça l'a rendu furibard. »

Rusty pensa à la boîte au sommet du Black Ridge, ce modeste rectangle de faible épaisseur et de quelques dizaines de centimètres carrés qu'il n'avait pourtant pas été capable de soulever. Ni même de faire bouger. Il pensa aussi aux têtes de cuir ricanantes qu'il avait brièvement entraperçues.

« Il y en a qui n'approuvent tout simplement pas l'idée d'avoir des visiteurs », fit-il observer.

5

« Comment tu te sens, Junior ?
— Ça va. Mieux. »

Il paraissait hébété, indifférent. Il portait un pantalon d'hôpital et se tenait assis à côté de la fenêtre. Une lumière impitoyable éclairait son visage hagard. Il avait l'air d'un quadragénaire qui en aurait bavé.

« Dis-moi ce qui est arrivé avant que tu t'évanouisses.
— Je voulais aller à la fac, mais à la place, je suis passé chez Angie. Je voulais lui dire de se raccommoder avec Frank. Il avait déconné dans les grandes largeurs. »

Rusty envisagea de demander à Junior s'il savait que Frank et Angie étaient morts tous les deux, mais préféra finalement s'abstenir – à quoi cela aurait-il servi ? « Tu voulais aller à la fac ? Et le Dôme ?

— Oh, c'est vrai », dit Junior de cette même voix dépourvue d'émotion, indifférente. « J'avais oublié.

— Quel âge as-tu, Junior ?

— Vingt... vingt et un ans ?

— Comment ta mère s'appelait-elle ? »

Junior parut réfléchir. « Jason Giambi[1] », répondit-il au bout d'un moment, éclatant d'un rire strident. Son expression indifférente et hagarde, cependant, resta inchangée.

« Quand est-ce que le Dôme est tombé ?

— Samedi.

— Ce qui fait combien de temps ? »

Junior fronça les sourcils. « Une semaine ? répondit-il finalement. Deux ? Ça fait un bout de temps, c'est

---

1. Célèbre joueur de baseball.

sûr. » Il se tourna vers Rusty. Le Valium que lui avait injecté Thurston lui faisait briller les yeux. « C'est *Baaarbie* qui vous a dit de me poser toutes ces questions ? Il les a tuées, vous savez (il hocha la tête). On a retrouvé ses laques militaires… ses *plaques* militaires.

— Barbie ne m'a rien demandé du tout. Il est en prison.

— Et bientôt il sera en enfer, constata Junior d'un ton sec, détaché. On va lui faire son procès et on va l'exécuter. Mon père l'a dit. La peine de mort n'existe pas dans le Maine, mais nous sommes comme en état de guerre. La salade aux œufs contient trop de calories.

— C'est exact », dit Rusty. Il avait pris avec lui un stéthoscope, un tensiomètre et un ophtalmoscope. Il enroula le brassard autour du biceps de Junior. « Peux-tu me donner le nom des trois derniers présidents dans l'ordre, Junior ?

— Bien sûr. Bush, Push et Tush. »

Il partit d'un rire dément, son expression restant la même.

La tension de Junior était de 14,7/12. Rusty s'était attendu à pire. « Te rappelles-tu qui est venu te voir avant moi ?

— Ouais. Le vieux qu'on a trouvé avec Frank, près de l'étang. Avant qu'on trouve les gosses. J'espère qu'ils vont bien. Ils sont vraiment trop mignons.

— Et tu te souviens de leur nom ?

— Aidan et Alice Appleton. On est allés en boîte et y avait une rouquine qui m'a branlé sous la table. J'ai cru qu'elle allait me la raboter complètement avant d'arriver debout… Au bout. »

Rusty grommela un acquiescement et prit l'ophtalmoscope. L'œil droit de Junior était normal. En revanche, la papille optique du gauche était dilatée, état connu sous le nom d'œdème papillaire. Il s'agissait du symptôme classique d'une tumeur cérébrale à un stade avancé.

« Vu un truc vert, Albert ?

— Non. » Rusty posa l'ophtalmoscope puis leva l'index devant la figure de Junior. « Tu vas toucher mon doigt avec ton doigt. Puis tu te toucheras le nez. »

Junior s'exécuta. Rusty se mit alors à déplacer lentement son doigt d'un côté et de l'autre. « Continue. »

Junior réussit à aller du doigt en mouvement à son nez la première fois. Puis il toucha le doigt de Rusty mais atterrit sur sa joue. La troisième fois, il manqua le doigt et toucha son sourcil droit. « Houlà ! On joue encore ? Je peux faire ça toute la journée, vous savez. »

Rusty repoussa sa chaise et se leva. « Je vais t'envoyer Ginny Tomlinson avec une ordonnance.

— Et après, je pourrais retourner à la raison – à la maison, je veux dire ?

— Non, tu passeras la nuit ici avec nous, Junior. En observation.

— Mais je vais très bien, non ? J'ai juste eu une de mes migraines – d'accord, une méchante – mais c'est terminé, à présent. Tout va bien, non ?

— Je ne peux rien te dire pour le moment, répondit Rusty. Je dois d'abord parler avec Thurston Marshall et consulter quelques livres.

— C'est pas sérieux. Ce type est prof d'anglais, il est pas toubib.

— Possible, mais il t'a bien traité. Mieux que toi et Frank vous l'avez traité, si j'ai bien compris. »

Junior eut un geste désinvolte de la main. « On faisait juste que rigoler. Sans compter que les traifants, on les a bien ratés, non ?

— Je n'ai pas envie d'en parler avec toi, Junior. Pour le moment, détends-toi, c'est tout. Regarde la télé, par exemple. »

Junior parut réfléchir à la suggestion. « Qu'est-ce qu'il y a pour dîner ? »

6

Étant donné les circonstances, la seule chose que Rusty pouvait faire (à sa connaissance) pour réduire la dilatation dans ce qui tenait lieu de cerveau à Junior était de lui injecter du mannitol en intraveineuse. Il tira la fiche accrochée à la porte et y vit, agrafée, une note dont l'écriture en boucles ne lui était pas familière :

Cher Dr Everett : que pensez-vous du mannitol pour ce patient ? Je ne peux pas en prescrire, connais pas les dosages.

Thurston

Rusty ajouta le dosage. Ginny avait raison ; Thurston Marshall était bon.

7

La porte de la chambre de Big Jim était ouverte et la pièce vide. Rusty entendit cependant sa voix, en provenance de ce qui avait été le siestodrome de feu le Dr Haskell. Rusty s'y rendit. Il ne pensa pas à prendre avec lui la fiche du deuxième conseiller, oubli qu'il regretta plus tard.

Big Jim, habillé de pied en cap, était assis près de la fenêtre, le téléphone collé à l'oreille en dépit du panneau, sur le mur, représentant un téléphone portable d'un rouge éclatant barré d'un X plus rouge encore, sans doute destiné aux analphabètes. Rusty se dit qu'il allait avoir beaucoup de plaisir à donner l'ordre de raccrocher à Big Jim. Sans doute pas la manière la plus diplomatique d'entamer une consultation-discussion, mais il en avait bien l'intention. Il s'avança, puis s'immobilisa. Brusquement.

Un souvenir très clair venait de lui revenir à l'esprit : ne pouvant dormir, il s'était levé pour aller manger un morceau du pain aux airelles de Linda et avait entendu Audrey qui gémissait doucement depuis la chambre des filles. Il était descendu pour aller voir ce qui se passait. La chienne était assise sur le lit de Jannie, sous le poster d'Hannah Montana, l'ange gardien de la petite.

Pourquoi ce souvenir avait-il été si lent à lui revenir ? Pourquoi ne s'était-il pas présenté pendant son entrevue avec Big Jim, dans son bureau ?

Parce qu'à ce moment-là, j'ignorais tout des meurtres ; j'étais obnubilé par le propane. Et parce que Janelle n'avait pas eu une crise d'épilepsie, mais un simple épisode de sommeil paradoxal. Qu'elle avait parlé *dans son sommeil.*

Il a une balle de baseball en or. C'est une mauvaise balle.

Même la veille, dans la morgue du salon funéraire, le souvenir n'avait pas refait surface. Seulement maintenant, alors qu'il était presque trop tard.

Mais pense à ce qu'il signifie : ce bidule, là-haut sur Black Ridge, ne se contente pas d'émettre des quantités limitées de radiations, il diffuse quelque chose d'autre. Appelle ça phénomène de précognition induite, invente-lui un nom, peu importe, le phénomène existe bel et bien. Et si Jannie avait raison pour la balle en or, alors tous les gosses qui ont tenu des propos sibyllins sur le désastre de Halloween ont peut-être aussi raison. Mais est-ce que cela signifie qu'il s'agit du jour exact de Halloween ? L'évènement pourrait-il se produire avant ?

Rusty pensait que oui. Pour toute une fournée de gamins surexcités par la perspective, c'était déjà Halloween.

« Je me fiche de ce que tu es en train de faire, Stewart », disait Big Jim. Trois milligrammes de Valium n'avaient manifestement pas suffi à le calmer ; il paraissait toujours aussi fabuleusement de mauvaise humeur. « Toi et Fernald, vous allez là-bas. Et vous prenez Roger avec v... Hein ? Quoi ? (Il écouta.) Je ne devrais même pas avoir besoin de te le dire. Tu n'as pas regardé ces cueilleurs de coton à la télé ? S'il te donne du fil à retordre, tu n'as... »

Il leva les yeux à ce moment-là et vit Rusty dans l'embrasure de la porte. Un bref instant, il eut cet air surpris de celui qui refait défiler dans sa tête ce qu'il vient de dire en cherchant à savoir ce que le nouveau venu a pu entendre.

« Il y a quelqu'un, Stewart. Je te rappelle dans une minute et t'as intérêt à me dire ce que j'ai envie de t'entendre dire. » Il coupa le contact sans plus de cérémonie, tendit son téléphone vers Rusty et découvrit ses petites dents du haut en guise de sourire. « Je sais, je sais, c'est très mal, mais les affaires de la ville n'attendent pas (il soupira). Ce n'est pas facile d'être celui sur qui tout le monde compte, en particulier quand on ne se sent pas bien.

— Ça doit être dur, admit Rusty.

— Dieu me vienne en aide. Vous voulez savoir quelle est ma philosophie, l'ami ? »

Non.

« Bien sûr.

— Quand Dieu ferme une porte, il ouvre une fenêtre.

— C'est ce que vous pensez ?

— Je *sais* que c'est comme ça. Et il y a une chose dont j'essaie toujours de me souvenir, c'est que lorsque qu'on prie pour quelque chose qu'on veut, Dieu fait la sourde oreille. Mais que lorsqu'on prie pour ce dont on a besoin, Il est tout ouïe. »

Rusty répondit par un vague grognement et entra dans la pièce. La télé murale était branchée sur CNN, le son coupé, mais on voyait, derrière l'homme-tronc qui parlait, une photo de James Rennie Senior : en noir et blanc, et peu flatteuse. Il avait un doigt levé, la lèvre supérieure retroussée. Non pas sur un sourire, mais tout à fait comme un chien qui montre les dents. La bande défilante en dessous disait : LA VILLE DU DÔME PARADIS DE LA DROGUE ? Puis il y eut une photo de la pub de Rennie pour ses voitures d'occasion – la pub casse-bonbons qui se terminait toujours par l'un des vendeurs (jamais Big Jim en personne) clamant haut et fort : « *CHEZ BIG JIM Y A TOUJOURS UNE AFFAIRE À FAIRE !* »

Big Jim eut un geste en direction de l'écran et dit : « Vous voyez ce que me font les amis de Barbara, à l'extérieur ? Mais au fond, ce n'est pas une surprise.

Lorsque le Christ est venu racheter l'humanité, on lui a fait porter sa croix tout le long de la montagne du Calvaire, où il est mort dans le sang et la poussière. »

Rusty se fit la réflexion (pas pour la première fois) que le Valium était un produit bizarre. Il ne savait pas si *in vino veritas* était vrai, mais il y avait beaucoup de vérité dans le Valium. Les gens qui en prenaient – en particulier sous forme intraveineuse – disaient souvent exactement ce qu'ils pensaient d'eux-mêmes.

Rusty prit une chaise et prépara son stéthoscope. « Soulevez votre chemise. » Lorsque Big Jim posa son téléphone pour s'exécuter, Rusty s'en empara et le glissa dans sa poche de poitrine. « Si vous me permettez, je le prends. Je le laisserai au comptoir de l'accueil. Les portables y sont autorisés. Les sièges n'y sont pas aussi bien rembourrés, mais ils sont néanmoins encore assez confortables. »

Il s'attendait à voir le deuxième conseiller protester, sinon exploser, mais l'homme ne pipa mot, se contentant d'exposer une bedaine de bouddha et une paire de gros seins flasques. Rusty se pencha et écouta. C'était beaucoup mieux que ce qu'il avait craint. Il aurait déjà été content de ne compter que cent dix battements à la minute et quelques petites anomalies ventriculaires. Au lieu de ça, la pompe de Big Jim tournait à quatre-vingt-dix battements, sans la moindre arythmie.

« Je me sens beaucoup mieux, dit Big Jim. C'était le stress. J'ai subi un stress terrible. Je vais me reposer pendant une heure ou deux ici – est-ce que vous vous rendez compte qu'on voit tout le centre depuis cette fenêtre, l'ami ? Et j'irai revoir Junior. Après quoi, je prendrai mon bon de sortie et...

— Ce n'est pas simplement le stress. Vous êtes en surpoids et pas du tout en forme. »

Big Jim arbora son sourire bidon, dents du haut découvertes. « J'ai dirigé une entreprise et une ville, l'ami – et les deux en plein black-out, au fait. Ça laisse peu de temps pour les vélos d'appartement, les tapis roulants et les trucs dans ce genre.

— Vous avez eu une TAP, il y a trois ans, Rennie. Ce qui veut dire une tachycardie auriculaire paroxystique.

— Je sais ce que c'est. J'ai regardé sur un site médical, et ils disent qu'il arrive souvent à des gens en bonne santé de...

— Ron Haskell vous a expliqué en termes on ne peut plus clairs que vous deviez perdre du poids, contrôler votre arythmie avec un traitement et que si ce traitement n'était pas efficace, il faudrait envisager une solution chirurgicale pour corriger le problème sous-jacent. »

Big Jim commençait à faire la tête d'un marmot prisonnier de sa chaise haute. « Dieu m'a dit de ne pas le faire ! Dieu m'a dit, pas de pacemaker ! Et Dieu avait raison ! Duke Perkins avait un pacemaker, et regardez ce qui lui est arrivé !

— Sans même parler de sa veuve, dit doucement Rusty. Elle n'a pas eu de chance, elle non plus. Elle a dû se trouver au mauvais endroit au mauvais moment. »

Big Jim l'étudia de ses petits yeux porcins et calculateurs. Puis il les tourna vers le plafond. « La lumière est revenue, pas vrai ? Je vous ai trouvé votre propane, comme vous l'aviez demandé. Il y a des gens qui n'ont aucune gratitude. Bien entendu, quand on occupe une position comme la mienne, on y est habitué.

— Nous n'en aurons plus dès demain soir. »

Big Jim secoua la tête. « Demain soir, vous aurez assez de propane pour faire tourner cette boutique jusqu'à Noël s'il le faut. C'est la promesse que je vous fais pour vos manières charmantes et votre tout aussi charmant accueil.

— J'ai du mal à faire preuve de gratitude quand on ne fait que me rendre ce qui m'appartient. C'est mon côté bizarre, que voulez-vous.

— Oh, alors maintenant, l'hôpital, c'est vous ? rétorqua Big Jim avec un reniflement méprisant.

— Et pourquoi pas ? Vous venez juste de vous prendre vous-même pour Jésus-Christ. Revenons plutôt à votre situation médicale, d'accord ? »

Big Jim tapa dans ses grosses mains aux doigts courtauds, l'air dégoûté.

« Le Valium n'est pas un traitement. Si vous partez comme ça, vous risquez d'avoir une nouvelle crise d'arythmie d'ici cinq heures. Ou même de bloquer complètement. Le bon côté, c'est que vous pourriez retrouver votre sauveur avant la nuit tombée.

— Et qu'est-ce que vous me recommandez ? » Rennie, redevenu maître de lui, avait parlé calmement.

« Je pourrais vous donner quelque chose qui résoudrait votre problème, au moins à court terme. C'est un médicament.

— Lequel ?

— Mais il y a un prix.

— Je m'en doutais, dit doucement Big Jim. Je savais que vous étiez du côté de Barbara depuis le jour où vous êtes venu dans mon bureau avec toutes vos demandes. »

La seule chose qu'avait demandée Rusty était le propane, mais il ignora la remarque. « Comment se fait-il que vous ayez déjà su qu'il y avait un côté Barbara à ce moment-là ? On n'avait pas encore découvert les meurtres... alors, comment le saviez-vous ? »

Il y eut dans les yeux de Big Jim une lueur de parano ou d'amusement – ou des deux. « J'ai mes petites méthodes, l'ami. Alors, c'est quoi, ce prix ? Que voudriez-vous que je vous donne en échange de ce médicament censé m'éviter une crise cardiaque ? » Puis il ajouta, sans laisser à Rusty le temps de répondre : « Laissez-moi deviner. Vous voulez qu'on rende la liberté à Barbara, c'est ça ?

— Non. Il serait lynché dès l'instant où il mettrait le pied dehors. »

Big Jim se mit à rire. « Il vous arrive de temps en temps de faire preuve de bon sens.

— Je veux que vous démissionniez. Et aussi Sanders. Andrea Grinnell prendra votre place, avec l'aide de Julia Shumway jusqu'à ce qu'elle ait fini de se désintoxiquer. »

Big Jim rit plus fort, cette fois, allant même jusqu'à se taper sur les cuisses. « Je pensais que Cox était nul – dire qu'il voulait que ce soit la nana aux gros nénés qui aide Andrea ! – mais vous, c'est le pompon. Shumway ! Cette rime-avec-galope qui n'est même pas fichue de diriger un journal !

— Je sais que vous avez tué Coggins. »

Il n'avait pas eu l'intention de le dire, mais c'était sorti avant qu'il ait eu le temps de le ravaler. Et qu'est-ce que ça pouvait faire ? Ils n'étaient que tous les deux, si on ne comptait pas John Roberts de CNN qui les regardait du haut de la télé accrochée au mur. Sans compter que le jeu en valait la chandelle. Pour la première fois depuis qu'il avait accepté la réalité du Dôme, Big Jim fut déstabilisé. Il s'efforça de garder une expression neutre, mais échoua.

« Vous êtes cinglé.

— Vous savez bien que non. Hier soir, j'ai été voir les corps des victimes au salon funéraire des Bowie.

— Vous n'aviez pas le droit ! Vous n'êtes pas médecin légiste ! Vous n'êtes même pas un fichu cueilleur de coton de toubib !

— Calmez-vous, Rennie. Comptez jusqu'à dix. N'oubliez pas votre cœur. » Rusty se tut un instant. « Mais au fond, j'en ai rien à foutre, de votre cœur. Après le bordel que vous avez mis, et celui que vous mettez maintenant, j'en ai vraiment rien à foutre, de votre cœur. Il y avait des marques partout sur la tête et la figure de Coggins. Des marques très atypiques, mais facilement identifiables. Des marques de points. Je n'ai aucun doute qu'elles doivent correspondre à celles de la balle de baseball-souvenir que j'ai vue sur votre bureau.

— Ça ne signifie rien. »

Rennie, cependant, jeta un coup d'œil en direction de la salle de bains.

« Au contraire, cela signifie beaucoup. En particulier si on prend en compte que les autres corps ont été retrouvés au même endroit. À mes yeux, cela veut dire que l'assassin de Coggins est aussi l'assassin des autres. Je pense qu'il s'agit de vous. Ou peut-être de vous et Junior. On fait équipe en famille, c'est ça ?

— Je refuse d'en entendre davantage ! » Big Jim commença à se lever. Rusty le repoussa dans son siège – ce fut étonnamment facile.

« Restez où vous êtes ! cria Rennie. Bon sang de bonsoir, restez où vous êtes !

— Pourquoi l'avez-vous tué ? reprit Rusty. N'aurait-il pas menacé de tirer la sonnette d'alarme sur votre trafic de drogue, par hasard ? En faisait-il partie ?

— Restez où vous êtes ! » répéta Rennie, alors que Rusty venait de se rasseoir.

Il ne lui vint pas à l'esprit – pas à ce moment-là – que le deuxième conseiller ne s'adressait peut-être pas à lui.

« Je peux garder le silence, dit Rusty. Et vous donner quelque chose qui sera plus efficace que le Valium pour traiter votre TAP. En échange, vous démissionnez. Faites-en l'annonce – dites que c'est pour des raisons médicales. Qu'Andrea prend votre succession. Demain soir, à la grande réunion. On vous traitera comme un héros. »

Rusty s'imaginait que l'homme n'avait aucun moyen de refuser ; qu'il était acculé.

Rennie se tourna alors vers la porte ouverte de la salle de bains. « Vous pouvez sortir, maintenant. »

Carter Thibodeau et Freddy Denton émergèrent de la pièce où ils s'étaient cachés jusqu'ici et d'où ils avaient écouté.

8

« Bon Dieu », dit Stewart Bowie.

Il se trouvait avec son frère dans le sous-sol de leur salon funéraire. Stewart venait de terminer le maquillage d'Arletta Coombs, la dernière suicidée de Chester's Mill et la dernière cliente du salon funéraire Bowie.

« Bon Dieu de putain de fils de pute et sa merde en bâton ! »

Il laissa tomber son portable sur le comptoir et retira de la grande poche frontale de son tablier en caoutchouc un paquet de crackers Ritz Bits parfumés au beurre de cacahuètes. Il se jetait sur la bouffe dès qu'il était énervé, mais comme il avait toujours mangé comme un cochon (« On se croirait dans une porcherie, ici », disait leur père quand Stewart quittait la table), les miettes de crackers tombèrent en pluie sur le visage d'Arletta qui était loin d'être paisible ; si elle s'était imaginé qu'engloutir un produit pour déboucher les toilettes serait une moyen rapide et indolore de quitter le Dôme, elle avait dû être cruellement déçue. Cette fichue saleté lui avait bouffé tout l'estomac avant de lui creuser un trou dans le dos.

« Qu'est-ce qui va pas ? demanda Fern.

— Mais quelle idée, aussi, j'ai eue de travailler pour cet enfoiré de Rennie !

— Pour le fric.

— Et à quoi il nous sert, le fric, à présent ? ragea Stewart. Qu'est-ce que tu veux que j'en foute – que j'aille acheter la moitié du magasin de Burpee, peut-être ? Tu parles d'un truc pour te faire bander ! »

Il ouvrit brutalement la bouche de la vieille veuve et y jeta les derniers débris de crackers. « Vas-y, salope, c'est l'heure de la bouffe, profites-en. »

Stewart reprit son téléphone, appuya sur CONTACTS et sélectionna un numéro. « S'il n'est pas là, dit-il – s'adressant à Fern mais surtout à lui-même, sans doute –, je vais aller le trouver et lui coller un de ses foutus poulets dans le trouf... »

Mais Roger Killian était là. Et même dans son foutu poulailler. Stewart entendait les bestioles caqueter. Il entendait aussi les violons larmoyants de Mantovani dégouliner de la sono du poulailler. Quand c'était les gosses, on entendait plutôt Metallica ou Pantera.

« Ouais ?

— Roger. C'est Stewart. T'es bien réveillé, vieux ?

— Pas mal, oui », répondit Roger, ce qui voulait probablement dire qu'il avait dû fumer du glass – mais qu'est-ce que ça pouvait foutre.

« Rapplique par ici. Tu nous retrouveras au garage communal, Fern et moi. On va prendre les deux camions avec un bras de levage et on va aller à WCIK. Il faut ramener tout le propane en ville. On pourra pas le faire en un jour, mais Jim dit qu'il faut commencer tout de suite. Je recruterai demain six ou sept types de confiance – en les prenant peut-être dans la foutue armée privée de Jim, s'il veut bien nous les prêter – et nous finirons.

— Hé, Stewart, non ! Faut que je m'occupe des poulets ! Tous les garçons qui me restaient sont flics, maintenant ! »

Ce qui veut dire, pensa Stewart, *que tu préfères te la couler douce dans ton petit bureau à fumer du glass, à écouter de la musique de merde et à regarder des lesbiennes s'envoyer en l'air sur ton ordinateur.* Il ne comprenait pas qu'on puisse s'exciter au milieu d'une odeur de fiente de poulet tellement puissante qu'on aurait pu la couper au couteau, mais Killian y parvenait.

« Ce n'est pas un volontaire que je demande, mon frère. J'ai reçu un ordre et je te le transmets. Dans une demi-heure. Et si jamais tu vois un de tes gosses qui traîne quelque part, tu l'embarques de force. »

Stewart coupa la ligne avant que Roger puisse reprendre ses jérémiades et resta planté où il était pendant un moment, en rage. La dernière chose au monde qu'il avait envie de faire pour remplir ce qui restait de l'après-midi, c'était de charger des bouteilles de propane sur un camion... Voilà pourtant ce qu'il allait faire. Oui, ce qu'il allait faire.

Il s'empara du tuyau branché sur le robinet de l'évier, le colla entre les fausses dents d'Arletta Coombs et ouvrit. C'était un système à forte pression et le cadavre se mit à gigoter sur la table. « Pour faire descendre tes crackers, mamie, ricana-t-il. Faudrait pas t'étouffer !

— Arrête ! lui cria Fern. Tout va passer par le trou dans son... »

Trop tard.

9

Big Jim adressa à Rusty un sourire *regardez ce que vous avez gagné*. Puis il se tourna vers Carter et Freddy Denton. « Dites, les gars, vous avez bien entendu Mr Everett essayer de me faire chanter, n'est-ce pas ?

— Oui, absolument, répondit Freddy.

— L'avez-vous entendu me menacer de ne pas me donner un médicament vital si je refusais de démissionner ?

— Oui », dit Carter avec un regard noir pour Rusty qui se demanda comment il avait pu être aussi bête.

La journée a été longue – on va dire ça comme ça.

« Le médicament en question pourrait bien être du Vérapamil, le truc que le type aux cheveux longs m'a administré en intraveineuse. » Big Jim se fendit encore de son désagréable sourire, celui qui exhibait ses petites dents.

Du Vérapamil. Pour la première fois, Rusty se maudit de ne pas avoir pensé à prendre la fiche de Big Jim accrochée sur la porte pour la consulter. Mais ce ne serait pas la dernière.

« À quel crime avons-nous affaire, d'après vous ? demanda Big Jim. Menaces de mort ?

— Bien sûr, et extorsion, dit Freddy.

— Tentative de meurtre, oui, carrément ! dit Thibodeau.

— Et d'après vous, qui a pu manigancer ça ?

— Barbie », répondit Carter en donnant à Rusty un coup de poing sur la bouche.

Celui-ci ne l'avait absolument pas vu venir et n'avait même pas pu esquisser un geste pour se protéger. Il partit à reculons et heurta un fauteuil dans lequel il tomba en travers, la lèvre en sang.

« Ça, c'est pour avoir résisté à l'arrestation, observa Big Jim. Ce n'est pas suffisant. Plaquez-le au sol, les gars. Je veux le voir allongé par terre. »

Rusty essaya de s'échapper mais eut à peine le temps de quitter sa chaise : Carter l'avait pris par les bras et lui avait fait faire demi-tour. Freddy mit un pied derrière lui. Carter poussa. *Comme des gosses dans la cour de récré*, eut le temps de penser Rusty avant de tomber.

Thibodeau s'agenouilla à côté de lui. Rusty eut le temps de lui porter un coup qui atterrit sur la joue gauche de Carter. Carter secoua la tête, du geste impatient de celui qui chasse une mouche importune. L'instant suivant, il était assis sur la poitrine de Rusty, le regardant avec le sourire. Oui, exactement comme dans la cour de récré, mais sans maître d'école pour venir y mettre un terme.

Il se tourna vers Rennie, qui venait de se lever. « Vous n'allez pas faire ça », dit-il, haletant. Son cœur cognait dans sa poitrine. Il avait le plus grand mal à respirer suffisamment pour le faire fonctionner. Thibodeau était très lourd. Freddy Denton s'était mis à genoux à côté d'eux. On aurait dit l'arbitre d'un de ces matchs de catch truqués.

« Bien sûr que si, Everett, dit Big Jim. En fait, Dieu te bénisse, je dois le faire. Freddy, récupère mon téléphone portable. Il est dans sa poche de poitrine et il risque de se casser. Ce cueilleur de coton me l'a barboté. Tu pourras ajouter ça à la note quand tu l'amèneras au poste.

— Il y en a d'autres qui sont au courant », dit Rusty.

Il ne s'était jamais senti aussi impuissant. Ni aussi stupide. Se dire qu'il n'était pas le premier à avoir sous-estimé James Rennie Senior ne lui était d'aucun secours. « D'autres personnes savent ce que vous avez fait.

— C'est possible, admit Big Jim. Mais qui sont-elles ? D'autres amis de Dale Barbara, voilà qui. Ceux qui ont provoqué l'émeute à Food City, ceux qui ont brûlé l'immeuble du journal. Et ceux qui ont installé le Dôme pour commencer, je n'en doute pas. Une sorte d'expérience menée par le gouvernement, voilà ce que je pense. Mais nous ne sommes pas des rats dans une boîte, hein ? Pas vrai, Carter ?

— Non.

— Qu'est-ce que tu attends, Freddy ? »

Freddy avait écouté Big Jim et pris une expression qui signifiait : *ça y est, je pige, maintenant*. Il retira le téléphone de Big Jim de la poche de Rusty et le lança sur l'un des canapés. Puis il se tourna de nouveau vers Rusty. « Depuis combien de temps vous prépariez tout ça ? Depuis combien de temps, vous vouliez nous enfermer dans la ville pour voir comment on se comporterait ?

— Écoute un peu ce que tu racontes, Freddy », dit Rusty. Il parlait d'une voix sifflante. Bon Dieu, qu'il était lourd, le Thibodeau. « C'est délirant. Ça n'a aucun sens. Tu ne vois donc pas...

— Maintiens-lui la main sur le sol, le coupa Big Jim. La gauche. »

Freddy fit ce qu'on lui ordonnait. Rusty essaya de lutter, mais avec Thibodeau lui coinçant les bras, il n'avait aucun point d'appui.

« Désolé de te faire ça, mon vieux, mais les gens de cette ville doivent comprendre que nous contrôlons ses éléments terroristes. »

Rennie pouvait dire autant qu'il voulait qu'il était désolé, mais à l'instant où il s'apprêtait à poser le talon de sa chaussure – et ses plus de cent kilos – sur la main gauche serrée en poing de Rusty, celui-ci vit une motivation bien différente se manifester à hauteur de la braguette du pantalon en gabardine que portait le deuxième conseiller. Il jouissait, et pas seulement sur un plan cérébral.

Puis le talon s'enfonça et se mit à meuler : fort, de plus en plus fort. L'effort contractait le visage de Big

Jim. De la sueur s'accumulait sous ses yeux. Sa langue était coincée entre les dents.

Ne crie pas, pensa Rusty. *Si tu cries, Ginny va venir, et elle se retrouvera dans ce merdier. Et l'autre ne demande que ça, en plus. Ne lui donne pas ce plaisir.*

Mais lorsqu'il entendit le premier craquement, sous le talon de Big Jim, il cria. Impossible de s'en empêcher.

Il y eut un autre craquement. Puis un troisième.

Big Jim recula d'un pas, satisfait. « Remettez-le debout et conduisez-le en cellule. Qu'il aille donc rendre visite à son copain. »

Freddy examinait la main de Rusty, qui enflait déjà. Trois ou quatre de ses doigts faisaient des angles anormaux. « Pétés », dit-il, avec une mine des plus satisfaites.

Ginny apparut dans l'encadrement de la porte, ouvrant de grands yeux. « Au nom du ciel, qu'est-ce que vous faites ?

— Nous arrêtons ce salopard pour extorsion, dissimulation criminelle et tentative de meurtre, répondit Freddy Denton tandis que Thibodeau remettait Rusty debout. Et ce n'est qu'un commencement. Il a résisté à l'arrestation. S'il vous plaît, poussez-vous, madame.

— Vous êtes cinglés ! cria Ginny. Rusty, votre main !

— Ça va, ça va. Appelez Linda. Dites-lui que ces voyous... »

Il n'alla pas plus loin. Thibodeau l'avait pris par le cou et l'entraînait tête baissée dans le couloir. Dans son oreille, Carter murmura : « Si j'étais sûr que ce vieux type en sait autant que toi en médecine, je te tuerais moi-même. »

Et tout cela en quatre jours et des poussières,

s'émerveilla Rusty tandis que Carter le poussait dans le couloir et qu'il trébuchait, presque plié en deux sous la poigne qui le tenait par le cou. Sa main gauche n'était plus une main, seulement un fragment de chair hurlant de douleur en dessous de son poignet. *Rien qu'en quatre jours et des poussières*.

Il se demanda si les têtes de cuir – et peu importait ce que c'était, ou qui c'était – appréciaient le spectacle.

10

C'était déjà la fin de l'après-midi lorsque Linda tomba sur la bibliothécaire de Chester's Mill. Lissa revenait vers la ville en bicyclette par la Route 117. Elle lui raconta qu'elle avait parlé avec les sentinelles du Dôme, histoire de tenter de glaner d'autres informations sur la Journée des Visiteurs.

« En principe, ils ne doivent pas fraterniser avec les gens d'ici, mais certains le font tout de même. En particulier si tu défais les trois premiers boutons de ton chemisier. On dirait que pour amorcer une conversation, il n'y a pas mieux. Avec les types de l'armée, en tout cas. Avec les marines… je crois que j'aurais pu leur faire un strip-tease et danser la macareña qu'ils n'auraient pas moufté. Ces types-là doivent être immunisés contre le sex-appeal (elle sourit). Même si je ne me prends pas pour Kate Winslet.

— Et tu as appris quelque chose ?

— Non, rien. » Lissa était restée à califourchon sur sa bicyclette et regardait Linda par la vitre de la portière. « Ils savent que dalle. Mais ils sont terriblement inquiets pour nous ; ça m'a touchée. Et les rumeurs vont bon train, comme chez nous. L'un d'eux m'a demandé si c'était vrai que plus de cent personnes s'étaient déjà suicidées.

— Tu ne veux pas monter une minute avec moi dans la voiture ? »

Le sourire de Lissa s'agrandit. « Je suis arrêtée ?

— Il y a quelque chose dont je veux te parler. »

Lissa cala sa bicyclette et, avant de s'asseoir à côté de Linda, dut déplacer la planchette des contraventions et un radar portable hors d'usage. Linda lui parla alors de la visite clandestine au salon funéraire et de ce qu'ils y avaient trouvé, puis de la réunion prévue au presbytère. La réaction de Lissa fut immédiate et véhémente :

« J'y serai. Essaie un peu de m'empêcher d'y aller ! »

La radio s'éclaircit la gorge et Stacey prit la parole : « Unité 4, unité 4, urgent, urgent, répondez ! »

Linda s'empara du micro. Ce n'était pas à Rusty qu'elle pensait, mais aux filles.

Ce que lui dit Stacey Moggin transforma son malaise en terreur pure. « J'ai une mauvaise nouvelle à t'annoncer, Lin. Je te dirais bien de t'armer de tout ton courage, mais je ne crois pas qu'on puisse le faire pour une chose pareille. Rusty a été arrêté.

— *Quoi ?* » s'écria Linda, hurlant presque.

Seule Lissa l'entendit ; elle n'avait pas appuyé sur le bouton *émission*.

« Ils l'ont mis en bas, avec Barbie. Il va bien, mais j'ai l'impression qu'il a une fracture de la main ; il la tenait contre sa poitrine et elle est tout enflée. » Elle baissa la voix : « Ce serait arrivé parce qu'il aurait résisté à l'arrestation, d'après ce qu'ils disent. Terminé. »

Cette fois, Linda pensa à brancher le micro. « J'arrive tout de suite. Dis-lui que je viens. Terminé.

— Je peux pas, répondit Stacey. Personne n'est autorisé à descendre, sauf les officiers d'une liste spéciale... et je n'en fais pas partie. Il y a un paquet de chefs d'accusation, y compris tentative de meurtre et complicité de meurtre. Ne t'énerve pas pour rentrer. Tu ne pourras pas le voir, alors inutile de bousiller ta caisse en chemin... »

Linda appuya trois fois de suite sur *transmission*. Puis elle dit : « Je le verrai, je te garantis. »

Mais elle ne le vit pas. Le chef Peter Randolph, l'air en forme après sa sieste, l'accueillit sur les marches du poste de police pour lui dire qu'elle devait lui restituer son badge et son arme ; en tant qu'épouse de Rusty, elle était également soupçonnée d'avoir sapé la bonne gouvernance de la ville et fomenté une insurrection.

Parfait, eut-elle envie de lui répondre. *Arrêtez-moi et collez-moi en bas avec mon mari*. Puis elle pensa aux filles, qui devaient l'attendre chez Marta, impatientes de lui raconter leur journée à l'école. Elle pensa aussi à la réunion qui devait avoir lieu au presbytère. Elle ne pourrait pas y assister si elle était arrêtée, et cette réunion devenait plus importante que jamais.

Parce que s'ils étaient capables de faire évader un prisonnier demain, pourquoi pas deux ?

« Dis-lui que je l'aime », dit Linda en défaisant son ceinturon pour en retirer l'étui. Ce n'était pas l'obligation de restituer son arme qui la chagrinait. Faire traverser les petits qui allaient à l'école ou obliger les plus grands à jeter leurs cigarettes ou à fermer leur grande gueule... voilà qui était davantage dans ses cordes.

« Je transmettrai le message, Mrs Everett.

— Est-ce qu'on s'est occupé de sa main ? J'ai entendu dire qu'il avait une fracture à la main. »

Randolph fronça les sourcils. « Qui vous a dit ça ?

— Je ne sais pas qui a appelé. Il ne s'est pas identifié. L'un des nôtres, je crois, mais la réception n'est pas très bonne, sur la 117. »

Randolph réfléchit quelques instants, puis décida de ne pas insister. « La main de Rusty va très bien, dit-il. Et les nôtres ne sont plus les vôtres. Rentrez chez vous. On aura certainement des questions à vous poser plus tard. »

Elle sentit les larmes lui monter aux yeux et lutta pour les retenir. « Et qu'est-ce que je vais raconter à mes filles ? Dois-je leur dire que leur papa est en prison ? Tu sais bien que Rusty est un brave type ; tu le sais, ça ! Bon Dieu, c'est lui qui a diagnostiqué ton problème de calculs rénaux, l'an dernier !

— Peux pas vous aider beaucoup, Mrs Everett », dit Randolph, pour qui les jours où il l'appelait Linda et la tutoyait étaient terminés. « Mais je vous suggère de ne pas leur expliquer que papa a conspiré avec Dale Barbara pour le meurtre de Brenda Perkins et de Lester Coggins – pour les autres, on n'est pas sûrs, il s'agit de crimes sexuels et il est possible que Rusty n'en ait rien su.

— C'est du délire ! »

Randolph aurait pu aussi bien ne pas entendre. « Il a aussi essayé de tuer le deuxième conseiller Rennie en ne lui administrant pas un médicament vital pour lui. Heureusement, Big Jim avait eu la bonne idée de cacher deux officiers dans la pièce à côté. » Il secoua la tête. « Menacer de ne pas soigner un homme tombé

malade justement parce qu'il s'occupe de cette ville !
C'est ça, votre brave type ! Votre foutu brave type ! »

Ça commençait à mal tourner pour elle, elle s'en rendait compte. Elle partit sans attendre que les choses s'enveniment. Les cinq heures qui la séparaient de la réunion à la Congo allaient durer une éternité. Elle ne voyait pas où elle pouvait aller, elle ne voyait pas ce qu'elle pouvait faire en attendant.

Et puis si.

11

La main de Rusty était loin d'aller bien. Même Barbie pouvait le voir, alors que trois cellules vides les séparaient. « Rusty… je peux faire quelque chose ? »

Le toubib par défaut réussit à s'arracher un sourire. « Non, sauf si vous avez deux aspirines et que vous arrivez à me les lancer. Du Darvocet serait encore mieux.

— Non, que dalle. Ils ne vous ont pas donné quelque chose ?

— Rien. Mais j'ai un peu moins mal. Je survivrai. » Ses propos étaient courageux, par rapport à ce qu'il ressentait vraiment ; il souffrait terriblement et allait sous peu se faire souffrir encore plus. « Faut que je fasse quelque chose pour mes doigts.

— Bonne chance. »

Si, par miracle, aucun de ses doigts n'était cassé, l'un des os de la paume présentait une fracture. Le cinquième métacarpe. La seule chose qu'il pouvait faire était de déchirer son T-shirt pour improviser une attelle. Mais avant…

Il saisit son index gauche, déboîté à la première

phalange. Dans les films, ces trucs-là se passent toujours très vite. La vitesse, c'est spectaculaire. Malheureusement, en agissant vite, on pouvait aggraver les choses. Il exerça donc une pression lente, progressive, régulière. La douleur était atroce ; elle remontait dans son bras et allait se perdre jusque dans ses maxillaires. Son doigt craquait comme les gonds d'une porte restée longtemps fermée. Ailleurs, à la fois tout près et dans un autre pays, il apercevait Barbie qui l'observait, debout près des barreaux de sa cellule.

Puis soudain, son doigt fut de nouveau droit, comme par magie, et la douleur diminua. Dans l'index, du moins. Il s'assit sur la couchette, haletant tel un coureur à bout de souffle.

« C'est bon ? demanda Barbie.

— Pas tout à fait. Faut aussi que j'arrange mon mets-toi-ça-dans-le-culaire. »

Rusty saisit alors son majeur et recommença l'opération. Et, une fois de plus, lorsque la douleur atteignit un niveau insoutenable, l'articulation déboîtée se remit en place. Ne restait plus que son petit doigt, qui s'écartait comme s'il voulait porter un toast.

Et je le ferais, si je pouvais, pensa-t-il. *À la journée la plus bordélique de l'histoire. De l'histoire d'Eric Everett, du moins.*

Il commença à enrouler sa main droite autour de son auriculaire. Il lui faisait mal, mais contre la douleur il n'y avait rien à faire.

« Qu'est-ce que vous avez fait ? » demanda Barbie. Puis il claqua deux fois des doigts, sèchement, montra le plafond et porta une main en coupe à son oreille. Savait-il que les cellules étaient sur écoute, ou ne faisait-il que le soupçonner ? Rusty décida que c'était sans importance. Le mieux, de toute façon, était de se comporter comme si c'était vrai, même si on avait du mal à croire que quelqu'un, dans cette bande de brascassés, avait pu y penser.

« J'ai commis l'erreur de vouloir pousser Big Jim à démissionner, répondit Rusty. Il va ajouter à ça une bonne douzaine de chefs d'inculpation, aucun doute là-dessus, mais en dernière analyse, j'ai été mis en prison pour lui avoir dit de mettre la pédale douce sans quoi il risquait d'avoir une crise cardiaque. »

Voilà qui laissait de côté l'affaire Coggins, évidemment, mais Rusty estimait plus prudent pour sa santé de ne pas y faire allusion.

« Et comment est la nourriture, ici ? demanda-t-il.

— Pas trop mal, répondit Barbie. Mais faut faire attention à l'eau. Elle a tendance à être un poil salée. »

Il mit l'index et le majeur en V, les pointa sur ses yeux, puis montra sa bouche. *Regardez bien.*

Rusty répondit d'un hochement de tête.

De-main soir, articula silencieusement Barbie.

Je sais, répondit Rusty de la même manière. Le mouvement exagéré de ses lèvres les fit de nouveau saigner.

Nous... av-ons... be-soin... d'une... plan-que.

Grâce à Joe McClatchey et à ses amis, Rusty pensait que la question était déjà réglée.

12

Andy Sanders piqua une crise.

Il fallait s'y attendre, d'ailleurs ; il n'avait pas l'habitude du glass et il en avait fumé beaucoup. Il se trouvait dans le studio de WCIK et écoutait l'orchestre symphonique Our Daily Bread jouer les premiers accords de « How Great Thou Art ».

Il battait la mesure comme s'il dirigeait. Il se voyait glissant le long des cordes d'un violon éternel.

Chef Bushey était quelque part avec la pipe à eau, mais il avait laissé à Andy un stock de grosses cigarettes hybrides qu'il appelait des *fry-daddies*. « Faut que tu fasses gaffe avec, Sanders, avait-il dit. C'est de la dynamite, ces machins-là. *Car ceux qui n'ont point l'habitude de boire doivent y aller mollo*. Première épître de Timothée. C'est valable aussi pour les *fries*. »

Andy avait hoché la tête d'un air grave, ce qui ne l'avait pas empêché de fumer comme un démon après le départ du Chef : deux *fry-daddies*, l'une derrière l'autre. Et il avait tiré dessus jusqu'à ce qu'il ne reste plus qu'un bout de mégot qui lui brûlait les doigts. L'odeur de pisse de chat rôtie était en voie d'accéder à la première place de son panthéon aromathérapique personnel. Il en était à la moitié de la troisième cigarette, se prenant toujours pour Leonard Bernstein, lorsqu'il aspira une bouffée particulièrement copieuse qui le fit s'évanouir sur-le-champ. Il tomba au sol, secoué de tremblements dans le flot de la musique religieuse. Une bave écumeuse passait entre ses dents serrées. Ses yeux à demi ouverts roulaient dans leurs orbites, voyant des choses qui n'étaient pas là. Ou du moins, pas encore.

Dix minutes plus tard, il reprit conscience et se sentit suffisamment gaillard pour filer sur le sentier qui reliait le studio au long bâtiment rouge de la remise, derrière.

« *Chef ?* brailla-t-il. *Où t'es, Chef ? ILS ARRIVENT !* »

Chef Bushey sortit par la porte latérale de la remise. Les cheveux dressés sur la tête en mèches graisseuses, il portait en tout et pour tout un pantalon de pyjama crasseux, taché de pisse devant, de vert derrière (l'herbe). Décoré de grenouilles de dessin animé disant toutes RIBBIT, le pantalon tenait de manière précaire sur ses hanches saillantes, exposant une partie de ses poils pubiens devant, et le début de la raie de ses fesses derrière. Il tenait son AK-47 à la main. Il avait peint avec soin les mots GUERRIER DE DIEU sur la crosse. Il tenait la télécommande du garage dans son autre main. Il posa le GUERRIER DE DIEU par terre, mais pas la Télécommande de Dieu. Puis il saisit Andy par l'épaule et lui donna une bonne secousse.

« Arrête ça, Sanders, t'es hystérique.

— Ils arrivent ! Les hommes amers ! Juste comme t'as dit ! »

Le Chef réfléchit. « Quelqu'un t'a appelé pour t'avertir ?

— Non, c'était une vision ! Je suis tombé dans les pommes et j'ai eu une vision ! »

Les yeux de Chef Bushey s'agrandirent. Le respect vint remplacer le soupçon. Ses yeux allèrent d'Andy à Little Bitch Road, puis revinrent sur Andy. « Qu'est-ce que tu as vu ? Combien étaient-ils ? Ils y étaient tous, ou il n'y en avait que quelques-uns, comme l'autre fois ?

— Je... je... je... »

Le Chef le secoua de nouveau, mais beaucoup plus doucement. « Calme-toi, Sanders. Tu fais partie de l'armée du Seigneur, maintenant et...

— Un soldat du Christ !

— C'est ça, c'est ça. Et je suis ton supérieur. Alors, au rapport.

— Ils viennent dans deux camions.

— Seulement deux ?

— Oui. »

— Orange ?

— Oui ! »

Le chef remonta son pyjama (qui redégringola presque tout de suite sur ses hanches) et hocha la tête. « Des camions de la ville. Probablement les trois mêmes crétins – les Bowie et Mister Poupoule.

— Mister qui ?

— Killian, Sanders, qui veux-tu que ce soit ? Il fume du glass, mais il ne sait pas ce que *veut dire* le glass. C'est un fou. Ils viennent chercher du propane.

— Il vaut pas mieux se cacher ? Juste se cacher et les laisser prendre ce qu'ils veulent ?

— C'est ce que j'ai fait, la première fois. Mais pas aujourd'hui. C'est terminé, de se cacher et de laisser les gens se servir. L'étoile Absinthe a brillé. Il est temps que les hommes de Dieu brandissent leur drapeau. Es-tu avec moi ? »

Et Andy – qui avait perdu sous le Dôme tout ce qui avait signifié quelque chose pour lui – n'hésita pas : « Oui !

— Jusqu'à la fin, Sanders ?

— Jusqu'à la fin !

— Où t'as mis ton fusil ? »

Pour autant qu'il s'en souvenait, Andy l'avait laissé dans le studio, appuyé au poster de Pat Robertson[1] un bras passé autour des épaules de feu Lester Coggins.

---

1. Célèbre télévangéliste américain.

« Allons le chercher, dit le Chef en reprenant le GUERRIER DE DIEU, dont il vérifia le chargeur. Et à partir de maintenant, garde-le toujours avec toi, t'as bien compris ?

— D'accord.

— Y a des munitions là-bas ?

— Ouais. »

Andy y avait porté une caisse, une heure auparavant. Ou du moins, il estimait que c'était une heure auparavant ; les *fry-daddies* avaient le don de distordre le temps sur les bords.

« Attends-moi une minute », dit Chef Bushey. Il longea le côté du bâtiment jusqu'à la caisse de grenades chinoises et en rapporta trois. Il en donna deux à Andy, lui disant de les mettre dans ses poches. Le Chef accrocha la troisième par son anneau au bout du canon du GUERRIER DE DIEU. « Sanders ? D'après ce qu'on m'a dit, il te reste sept secondes lorsque t'as dégoupillé cette foutue branleuse, mais quand j'en ai essayé une dans la gravière, c'était plutôt quatre. On peut pas faire confiance aux races orientales. N'oublie jamais ça. »

Andy répondit qu'il ne l'oublierait pas.

« Très bien. Viens. Allons chercher ton fusil. »

D'un ton hésitant, Andy demanda : « Est-ce qu'on va les descendre ? »

Le Chef parut surpris. « Seulement si on ne peut pas faire autrement.

— Bien », dit Andy.

En dépit de tout, il n'avait aucune envie de faire de mal à qui que ce soit.

« Mais s'ils insistent, faudra faire ce qui est nécessaire. Est-ce que tu comprends ça ?

— Oui. »

Chef Bushey lui donna une claque sur l'épaule.

13

Joe demanda à sa mère si Benny et Norrie pouvaient passer la nuit à la maison. Claire répondit qu'elle était d'accord si leurs parents étaient d'accord. En fait, elle en éprouvait même un certain soulagement. Après leurs aventures du côté de Black Ridge, l'idée de les avoir sous les yeux lui plaisait bien. Ils pourraient se préparer du pop-corn sur la cuisinière à bois et reprendre la tapageuse partie de Monopoly entamée une heure auparavant. Trop tapageuse, en fait ; leurs bavardages et leurs exclamations avaient un côté énervé, je-siffle-en-passant-devant-le-cimetière, qui lui faisait un effet désagréable.

La mère de Benny accepta et – surprenant un peu Claire – celle de Norrie aussi. « Bon plan, lui répondit Joanie Calvert. Je cours après un bon roupillon depuis que cette histoire a commencé. On dirait que j'ai une chance, ce soir. Et aussi, Claire, dites à ma gosse d'aller trouver son grand-père pour l'embrasser, demain.

— Et qui est son grand-père, au fait ?

— Ernie. Vous connaissez Ernie, non ? Tout le monde connaît Ernie. Il s'inquiète pour elle. Moi aussi, des fois. Ce fichu skateboard.

— Je lui dirai. »

À peine Claire avait-elle raccroché qu'on frappait un coup à la porte. Sur le moment, elle se demanda qui était la femme d'âge moyen, à la figure pâle et aux traits tirés. Puis elle reconnut Linda Everett, la flic qui faisait traverser les gosses devant l'école et mettait des contraventions aux voitures qui dépassaient les deux heures autorisées, le long des trottoirs de Main Street. Elle qui était loin d'avoir quarante ans les paraissait aujourd'hui.

« Linda ! s'exclama Claire. Qu'est-ce qu'il y a ? C'est Rusty ? Il est arrivé quelque chose à Rusty ? » Elle pensait aux radiations… consciemment, du moins. Au fond de sa tête rôdaient des hypothèses encore plus sombres.

« Il a été arrêté. »

La partie de Monopoly, dans la salle à manger, s'interrompit soudain. Les participants se levèrent et vinrent se tenir dans l'embrasure de la porte, regardant Linda d'un air grave.

« Les accusations étaient un vrai tissu de cochonneries, y compris complicité de crime dans les meurtres de Brenda Perkins et Lester Coggins.

— Non ! » s'écria Benny.

Un instant; Claire pensa leur demander de quitter la pièce, puis se dit que c'était inutile. Elle croyait avoir deviné pour quelle raison Linda était là, et si elle la comprenait, elle lui en voulait tout de même un peu. Et elle en voulait aussi à Rusty d'avoir embringué les enfants dans cette histoire. Sauf qu'ils y étaient tous embringués, non ? Sous le Dôme, on n'avait plus le choix de l'être ou pas.

« Il s'est mis en travers du chemin de Rennie, continua Linda. C'est *ça*, la vraie raison. C'est *ça* la vraie raison de tout, maintenant, en tout cas pour Big Jim : qui se met en travers de son chemin, et qui est avec lui. Il a complètement oublié que nous sommes dans une situation terrible. Non, c'est *pire* que ça. Il se sert de la situation. »

Joe regarda Linda, la mine toujours aussi grave. « Est-ce que Mr Rennie sait où nous sommes allés, ce matin, Mrs Everett ? Il est au courant, pour la boîte ? Il me semble qu'il vaudrait mieux qu'il ne soit pas au courant.

— Quelle boîte ?

— Celle que nous avons trouvée sur Black Ridge, expliqua Norrie. Nous, on a vu seulement la lumière qu'elle émettait ; Rusty y est allé et il l'a examinée.

— C'est le générateur, poursuivit Benny. Sauf qu'il n'a pas pu l'arrêter. Il n'a même pas pu le soulever alors qu'il était tout petit, d'après ce qu'il a dit.

— Je ne suis au courant de rien de tout ça, admit Linda.

— Alors Rennie non plus », conclut Joe.

On aurait dit que le poids du monde, tout d'un coup, venait de quitter ses épaules.

« Et comment le sais-tu ?

— Parce que sinon, il aurait envoyé les flics pour nous interroger, répondit Joe. Et si nous n'avions pas répondu à leurs questions, ils *nous* auraient mis en cabane. »

Il y eut deux détonations, paraissant venir de loin. Claire inclina la tête, sourcils froncés. « C'était des pétards, ou des coups de feu ? »

Linda n'en savait rien, mais comme les détonations ne provenaient pas de la ville – elles étaient beaucoup trop lointaines pour cela – elle s'en fichait. « Les enfants ? Racontez-moi ce qui s'est passé sur Black Ridge. Dites-moi tout. Ce que vous avez vu, ce que Rusty a vu. Il faudra peut-être tout répéter à un certain nombre de personnes, ce soir. Il est temps de rassembler tout ce que nous savons. En fait, il est plus que temps. »

Claire ouvrit la bouche pour dire qu'elle ne voulait pas être impliquée, puis la referma. Parce qu'il n'y avait pas le choix. Aucun. Pour autant qu'elle pouvait en juger.

14

Le studio de WCIK était situé loin de la Little Bitch Road et le chemin qui y conduisait (en dur, et en bien meilleur état que la route elle-même) faisait dans les quatre cents mètres de long. À l'endroit où il débouchait sur Little Bitch, il était flanqué de deux chênes centenaires. Leur feuillage d'automne qui, si la saison avait été ordinaire, aurait pu leur valoir les honneurs d'un calendrier ou d'une brochure touristique, avait pris une couleur brunâtre et pendait mollement. Andy Sanders se tenait derrière l'un des troncs à l'écorce crénelée. Chef Bushey se cachait derrière l'autre. Ils entendirent le puissant grondement de moteurs Diesel qui approchaient, trahissant de gros camions. Andy essuya d'un revers de main la sueur qui lui coulait dans les yeux.

« Sanders !
— Quoi ?
— Sécurité enlevée ? »
Andy vérifia. « Oui.
— Très bien. Écoute-moi et tâche de comprendre du premier coup. Si je te dis de tirer, tu m'arroses ces enfoirés ! De haut en bas et en long et en large ! Si je ne te dis pas de tirer, tu bouges pas. T'as pigé ?

— O-oui.

— Ce ne sera sans doute pas nécessaire. »

Merci mon Dieu, pensa Andy.

« Pas si c'est juste les Bowie et Mister Poupoule. Mais je peux pas être sûr. S'il faut que je passe à l'action, je peux compter sur toi ?

— Oui. »

Sans hésitation, cette fois.

« Et sors ton doigt de cette fichue détente si tu veux pas t'exploser la tête. »

Andy regarda, vit qu'il avait l'index enroulé autour de la gâchette de l'AK et le retira vivement.

Ils attendirent. Andy sentait les battements de son cœur jusqu'au centre de sa tête. Il se dit qu'il était stupide d'avoir peur – s'il n'y avait pas eu ce coup de téléphone fortuit, il serait déjà mort – mais cela n'y fit rien. Parce qu'un monde nouveau venait de s'ouvrir devant lui. Il savait qu'il pourrait se révéler un monde mensonger (n'avait-il pas vu lui-même ce que faisait la dope à Andrea Grinnell ?), mais il était mieux que le monde de merde dans lequel il avait vécu jusqu'ici.

Mon Dieu, faites qu'ils s'en aillent. Je vous en prie.

Les camions firent leur apparition, roulant lentement en relâchant des fumées noires dans ce qui restait de lumière. Coulant un œil le long du tronc, Andy vit qu'il y avait deux hommes dans la cabine du premier camion. Sans doute les frères Bowie.

Le Chef resta longtemps sans bouger. Andy commençait à se dire qu'il avait changé d'avis et décidé, en fin de compte, de leur laisser prendre le propane. Puis Chef Bushey sortit brusquement de son abri et tira rapidement deux coups de feu.

Shooté ou pas, Chef visait toujours bien. Les deux pneus avant du premier camion crevèrent et le véhicule s'arrêta. Celui qui le suivait faillit lui rentrer dedans. On entendait de la musique, faiblement, un hymne, et Andy supposa que le chauffeur du second camion n'avait pas entendu les coups de feu à cause de la radio. La cabine du premier parut soudain vide. Ses deux occupants s'étaient planqués.

Chef Bushey, toujours pieds nus et toujours habillé de son seul pantalon de pyjama RIBBIT (la télécommande accrochée à la ceinture pendant là comme un biper), se planta entre les deux chênes. « Stewart Bowie ! lança-t-il. Et toi aussi, Fern Bowie ! Sortez de là et venez me parler ! » Il appuya le GUERRIER DE DIEU contre l'un des chênes.

Rien ne vint de la cabine du camion de tête, mais la portière du second s'ouvrit, côté conducteur, et Roger Killian en descendit. « C'est quoi cette connerie ? Faut que je retourne faire bouffer mes pou… » Puis il vit le Chef. « Hé, mais c'est toi, Philly, qu'est-ce que tu deviens ?

— Couche-toi ! hurla l'un des Bowie. Ce fils de pute est complètement cinglé ! il nous a tiré dessus ! »

Killian regarda le Chef, puis l'AK-47 appuyé contre le chêne. « Il a peut-être tiré, mais il a posé son flingue. Sans compter qu'il est tout seul. Qu'est-ce qui se passe, Philly ?

— Mon nom, c'est le Chef, maintenant. Appelle-moi le Chef.

— OK, Chef. Qu'est-ce qui se passe ?

— Descends, Stewart. Et toi aussi, Fern, dit le Chef. Vous ne risquez rien. »

Les portières du premier camion s'ouvrirent. Sans tourner la tête, le Chef lança : « Sanders ! Si ces deux fous ont des armes, ouvre le feu. Et pas au coup par coup. Transforme-les-moi en passoires. »

Mais aucun des deux Bowie n'avait d'arme. Fern se tenait mains levées.

« À qui tu parles, mon vieux ? demanda Stewart.

— Sors de là, Sanders », dit le Chef.

Andy apparut. À présent que le risque d'un carnage imminent paraissait être passé, la situation le faisait bicher. Si seulement il avait pensé à prendre une des grosses *fry-daddies* du Chef avec lui, il était sûr qu'il aurait encore plus biché.

« Andy ? fit un Stewart stupéfait. Mais qu'est-ce que vous faites ici ?

— Je viens d'être engagé dans l'armée du Seigneur. Et vous êtes des hommes amers. Nous savons tout de vous, et vous n'avez pas votre place ici.

— Hein ? » fit Fern.

Il baissa les mains. L'avant du premier camion plongeait lentement vers le sol au fur et à mesure que l'air continuait à s'échapper des pneus.

« Bien envoyé, Sanders », dit le Chef. Puis il s'adressa à Stewart : « Vous allez monter tous les trois dans le deuxième camion. Faire demi-tour et rapatrier vos sales fesses en ville. Et quand vous y serez, vous direz à cet apostat, à ce fils du démon, que WCIK, c'est à nous maintenant. Y compris le labo et tous le matos.

— Qu'est-ce que c'est que ces conneries, Phil ?

— *Chef*. »

Stewart eut un geste d'agacement. « Fais-toi appeler comme tu veux, je te demande juste qu'est-ce que tout ce bazar veut d…

— Ton frère est un imbécile, c'est bien connu, le coupa Chef Bushey. Et notre Mister Poupoule est pas foutu de lacer ses souliers sans un mode d'emploi, je parie…

— Hé ! protesta Roger, fais gaffe à ce que tu dis, hein ? »

Andy brandit son AK. Il se dit que dès qu'il aurait une minute, il peindrait CLAUDETTE sur la crosse. « Non, c'est toi qui fais gaffe à ce que tu dis. »

Roger Killian pâlit et recula d'un pas. Jamais il n'avait vu le premier conseiller s'exprimer ainsi dans une réunion du conseil. Andy trouva ça très gratifiant.

Le Chef continua comme s'il n'y avait pas eu d'interruption : « Mais toi, Stewart, tu as au moins la moitié d'un cerveau, alors écoute bien. Laisse ce camion où il est et repars avec l'autre. Dis à Rennie que tout ça ne lui appartient plus, que ça appartient à Dieu. Dis-lui que l'étoile Absinthe a brillé et que s'il veut pas que l'Apocalypse arrive plus tôt que prévu, il a intérêt à nous laisser tranquilles. » Il réfléchit un instant. « Tu peux aussi lui dire qu'on continuera à diffuser la musique. Ça m'étonnerait que ce truc l'inquiète beaucoup, mais y a peut-être des gens en ville qui y trouvent un peu de réconfort.

— Est-ce que tu sais au moins combien il a de flics, à présent ? demanda Stewart.

— J'en ai rien à branler.

— Une trentaine, je crois. Mais demain, il se pourrait bien qu'il en ait cinquante. Et la moitié de la ville porte des brassards bleus pour dire qu'elle soutient la police. S'il veut les rameuter, il n'aura aucun mal.

— Ça ne servira à rien, dit le Chef. Notre foi est dans le Seigneur et notre force est celle de dix hommes.

— Eh bien ça fait vingt, dit Roger, montrant qu'il n'était pas nul en maths, ce qui est encore loin du compte.

— La ferme, Roger », dit Fern.

Stewart fit une nouvelle tentative : « Voyons, Phil – euh, Chef –, faut que t'arrêtes de déconner parce qu'il est pas marrant, ton truc. Il veut pas la dope, juste le propane. La moitié des gégènes sont en rideau, en ville. Dans deux jours, ce sera les trois quarts. Laisse-nous prendre le propane.

— J'en ai besoin pour cuire. Désolé. »

Stewart le regarda comme s'il était devenu fou. *Il est devenu fou*, pensa Andy. *Nous sommes probablement tous les deux devenus fous*. Mais évidemment, Jim Rennie aussi était cinglé, alors, qu'est-ce que ça pouvait foutre ?

« Vas-y maintenant, dit le Chef. Et explique-lui bien que s'il essaie d'envoyer la troupe contre nous, il va le regretter. »

Stewart hésita quelques instants, puis haussa les épaules. « Ça m'en touche une sans faire bouger l'autre, moi. Allez, viens, Fern. C'est moi qui vais conduire, Roger.

— Ça me va au poil, répondit Roger Killian. J'ai horreur de ce foutu changement de vitesses. »

Il adressa à Chef Bushey et à Andy un dernier regard chargé de méfiance, puis repartit vers le second camion.

« Dieu vous bénisse, les gars », leur lança Andy.

Stewart lui jeta un coup d'œil plein d'amertume par-dessus son épaule. « Dieu vous bénisse, vous aussi. Parce que Dieu sait que vous allez en avoir besoin. »

Les nouveaux propriétaires du plus gros laboratoire

de méthadone d'Amérique du Nord restèrent côte à côte pour regarder le gros camion orange partir en marche arrière vers la route, exécuter une pesante manœuvre et s'éloigner.

« Sanders !

— Oui, Chef ?

— On va mettre un peu de peps dans la musique, et tout de suite. Cette ville a besoin de trucs comme Mavis Staples et les Clark Sisters. Une fois cette connerie réglée, on fumera. »

Les yeux d'Andy se remplirent de larmes. Il passa un bras autour des épaules osseuses de l'ex-Phil Bushey et le serra. « Je t'aime, Chef.

— Merci, Sanders. Pareil pour moi. Simplement, n'oublie pas de garder ton fusil chargé. À partir de maintenant, faudra monter la garde. »

15

Big Jim était assis auprès du lit de son fils alors que le coucher de soleil, imminent, barbouillait le jour en orange. Douglas Twitchell était venu faire une piqûre à Junior. Le jeune homme était profondément endormi. En un certain sens, se disait Big Jim, ce serait mieux s'il mourait ; vivant, et avec une tumeur comprimant son cerveau, impossible de savoir ce qu'il serait capable de faire ou dire. Certes, le gamin était de sa chair et de son sang, mais il fallait penser à un bien supérieur ; au bien de la ville. L'un des oreillers de rechange, dans le placard, ferait probablement l'affaire...

C'est à ce moment-là que son téléphone sonna. Il regarda qui appelait et fronça les sourcils. Quelque chose avait dû mal tourner. Sans quoi Stewart n'aurait pas appelé aussi rapidement. « Quoi ? »

Il écouta, de plus en plus stupéfait. *Andy ?* Andy là-bas, avec un fusil ?

Stewart attendait sa réaction. Qu'il lui dise ce qu'il fallait faire. *Reprends ton calme, mon vieux*, pensa Big Jim avant de pousser un soupir. « Donne-moi une minute. Faut que je réfléchisse. Je te rappelle. »

Il coupa la communication et se plongea dans ce nouveau problème. Il pouvait y aller ce soir avec toute une équipe de flics. Par certains côtés, l'idée était séduisante : les motiver à Food City puis prendre lui-même la tête de l'expédition. Si Andy y laissait la vie, encore mieux. Cela ferait de James Rennie Senior le gouvernement de la ville à lui tout seul.

Par ailleurs, la grande réunion spéciale devait avoir lieu le lendemain soir. Tout le monde viendrait et les questions n'allaient pas manquer. Il était sûr de pouvoir attribuer la responsabilité du labo de méthadone à Barbara et à ses amis (dans l'esprit de Big Jim, Andy Sanders était à présent un ami officiel de Barbara), mais toutefois… non.

Non.

Une saine peur, voilà ce qu'il voulait pour son troupeau, mais pas une vraie panique. La panique ne servirait pas son objectif, lequel était de prendre le contrôle absolu de la ville. Et s'il laissait Andy et Bushey tranquilles encore un jour ou deux, qu'est-ce qu'il risquait ? Cela pourrait même être utile, au fond. Les deux hommes deviendraient peut-être moins vigilants. S'imagineraient qu'on les avait oubliés, vu que la dope était pleine de vitamine S – S pour stupide.

Le problème était que vendredi – soit le surlendemain – avait été déclaré Journée des Visiteurs par le cueilleur de coton Cox. Toute la population ne manquerait pas de rappliquer une fois de plus du côté de la ferme Dinsmore. Burpee allait sans aucun doute de nouveau dresser sa baraque à hot-dogs. Pendant tout ce bazar et pendant que Cox présiderait tout seul sa conférence de presse, Big Jim pourrait de son côté, à la tête d'une force de seize ou dix-huit policiers, organiser une descente à la station de radio et se débarrasser définitivement de ces deux casse-pieds de drogués.

Oui. Bon plan.

Il rappela Stewart et lui dit de laisser tomber pour le moment.

« Mais je croyais que vous vouliez le propane ? s'étonna Stewart.

— Nous l'aurons, dit Big Jim. Et tu pourras nous aider à nous occuper de ces deux-là, si ça te chante.

— Un peu, que ça me chante. Il faut rendre la monnaie de sa pièce à ce fils de pute... – désolé, Big Jim – ... à ce fils de chose de Bushey.

— On la lui rendra. Vendredi après-midi. Prévois ça dans ton agenda. »

Big Jim se sentait de nouveau en forme ; son cœur battait lentement et régulièrement dans sa poitrine, sans la moindre extrasystole. Et c'était aussi bien, car il y avait tant à faire, à commencer par la réunion avec les forces de police à Food City, ce soir : le contexte idéal pour bien faire comprendre l'importance de l'ordre à toute une bande de flics novices. En vérité, rien ne valait une scène de destruction pour pousser les gens à jouer à suivez-le-chef.

Il commença à quitter la pièce, puis revint sur ses pas et embrassa son fils sur la joue. Se débarrasser de Junior risquait aussi de devenir nécessaire, mais pour le moment, cela aussi pouvait attendre.

16

Une nouvelle nuit tombe sur la petite ville de Chester's Mill ; encore une nuit sous le Dôme. Mais pour nous, pas de repos ; nous devons assister à deux réunions et aussi nous occuper d'Horace le corgi avant d'aller dormir. Horace tient compagnie à Andrea Grinnell, ce soir, et s'il prend tout son temps, il n'a pas oublié la présence du pop-corn dans l'angle du canapé.

Alors allons-y, vous et moi, pendant que le crépuscule gagne le ciel comme la sédation gagne le patient sur la table d'opération[1]. Allons-y, avant que les premières étoiles décolorées ne fassent leur apparition là-haut. Nous sommes le seul endroit, dans une zone qui inclut quatre États, où elles vont briller cette nuit. La pluie balaie toute la Nouvelle-Angleterre et les téléspectateurs des chaînes info du câble auront bientôt le privilège de voir de stupéfiantes photos satellites montrant un trou dans les nuages qui suit exactement les limites administratives en forme de chaussette de Chester's Mill. Là, les étoiles brillent, sauf que ce sont des étoiles sales parce que le Dôme est sale.

De copieuses averses tombent sur Tarker's Mill et

---

1. Ce passage comporte plusieurs allusions au poème de T.S. Eliot dans *The Wasteland* (*La Terre vaine*) « *The love song of J. Alfred Prufock* ».

sur la partie de Castle Rock connue sous le nom de La Vue ; selon le Mister Météo de CNN, Reynolds Wolf (aucun rapport avec le Wolfie de Rose Twitchell), tout se passe apparemment comme si, même si on ne peut en être *entièrement* certain, le flux est-ouest poussait les nuages contre le côté occidental du Dôme et les pressait telles des éponges avant de pouvoir s'écouler par le nord et le sud. Il parle d'un « phénomène fascinant ».

Suzanne Malveaux, la présentatrice, lui demande à quoi pourrait ressembler le temps sous le Dôme, à long terme, si la crise continuait.

« C'est la grande question, Suzanne. Tout ce que nous savons avec certitude, c'est qu'il ne pleut pas sur Chester's Mill ce soir, même si la surface du Dôme est suffisamment perméable pour permettre à un peu d'humidité de passer, à condition que l'averse soit suffisamment forte. Les météorologues estiment cependant que les perspectives de précipitations, à long terme, ne sont pas très bonnes. Et nous savons que leur principal cours d'eau, la Prestile, est presque à sec. » Il sourit, exhibant un clavier parfaitement télégénique. « Grâce à Dieu, il existe les puits artésiens !

— Bien sûr, Reynolds », dit Suzanne.

Sur quoi l'écran publicitaire animé par Geico le gecko apparaît sur les écrans américains.

Bon, assez d'infos câblées ; laissons-nous flotter par certaines rues presque désertes, passons devant la Congo et le presbytère (où la réunion n'a pas encore commencé, mais Piper a rempli la grande cafetière collective et Julia prépare des sandwichs à la lueur d'une lampe Coleman chuintante), passons devant la maison McCain, entourée de son affligeant cordon de ruban jaune en voie d'affaissement, longeons la place principale, puis l'hôtel de ville où Al Timmons, le concierge, et deux de ses amis nettoient et récurent en prévision de la grande réunion spéciale de demain, puis le monument aux morts, où la statue de Lucien Calvert (l'arrière-grand-père de Norrie, je ne vous l'ai sans doute pas encore dit) poursuit son éternelle veille.

Nous nous arrêtons un instant pour voir comment vont Barbie et Rusty, d'accord ? Aucun problème pour descendre ; il n'y a que trois flics dans la salle de service, et Stacey Moggin, qui tient le bureau, dort la tête dans le creux de son bras replié en guise d'oreiller. Le reste du poste de police est au Food City, écoutant le dernier baratin de Big Jim, mais ils auraient pu tout aussi bien être tous ici, c'est sans importance : nous sommes invisibles. Ils ne sentiraient rien de plus qu'un léger courant d'air quand nous les frôlerions.

Pas grand-chose à voir, du côté des cellules, car l'espoir est chose aussi invisible que nous-mêmes. Les deux hommes n'ont rien à faire, sinon attendre le lendemain soir et espérer que le cours des choses changera. La main de Rusty lui fait mal, mais la douleur est moins forte que ce à quoi il s'attendait et ses doigts sont moins enflés qu'il ne le redoutait. De plus, Stacey Moggin, Dieu bénisse ce cœur d'or, lui a passé en douce deux Excedrin vers dix-sept heures.

Pour le moment les deux hommes – nos héros, je suppose – sont assis sur leurs couchettes respectives et jouent au jeu des vingt questions. C'est au tour de Rusty de deviner.

« Animal, végétal, ou minéral ? demande-t-il.
— Aucun des trois, répond Barbie.
— Comment ça ? C'est forcément l'un des trois.

— Non », dit Barbie.

Il pense à *avoir la trique*.

« Tu te fiches de moi.

— Pas du tout.

— Faut bien.

— Arrête de râler et pose-moi plutôt des questions.

— Je peux pas avoir un indice ?

— Non. C'est mon premier non. Restent dix-neuf.

— Attends une minute, bon Dieu. C'est pas juste. »

Nous les laisserons alléger le poids des vingt-quatre heures suivantes du mieux qu'ils peuvent, vous voulez bien ? Laissons aussi derrière nous le tas de cendres encore chaudes qui était naguère *The Democrat* (lequel n'est plus au service, hélas ! « de la petite ville en forme de botte »), la pharmacie de Sanders (qui a souffert de l'incendie mais tient encore debout, même si Andy Sanders n'en franchira plus jamais le seuil), la librairie et la Maison des fleurs de LeClerc, où toutes les fleurs sont à présent mortes ou mourantes. Passons sous le feu tricolore qui surplombe le carrefour des Routes 119 et 117 (nous le frôlons ; il s'agite doucement, à l'intersection des deux fils, puis s'immobilise à nouveau) pour traverser le parking du Food City. Nous sommes aussi silencieux que le souffle d'un enfant endormi.

Les grandes vitres de la façade du supermarché ont été remplacées par des panneaux de contreplaqué réquisitionnés dans la scierie de Tabby Morrell, et le gros du magma répandu sur le sol a été nettoyé par Jack Cale et Ernie Calvert, mais le Food City a toujours l'air d'avoir essuyé un cyclone, avec des cartons, des boîtes et des aliments secs répandus partout. Les marchandises restantes (celles qui n'ont pas été charroyées vers les placards de diverses cuisines ou stockées derrière le poste de police, en d'autres termes) sont réparties au petit bonheur sur les étagères. Les réfrigérateurs vitrés des boissons sans alcool et de la bière ainsi que le congélateur des crèmes glacées ont été démolis. On sent la puanteur pénétrante du vin répandu. Ce spectacle de chaos est exactement ce que Big Jim veut que voie sa nouvelle équipe de représentants de la loi – jeunes, terriblement jeunes pour la plupart. Il tient à ce qu'ils prennent conscience que toute la ville pourrait avoir cet aspect et il est assez habile pour savoir qu'il est inutile de le formuler à haute voix. Ils pigeront : voici ce qui arrive quand le berger manque à son devoir et que le troupeau s'affole.

Devons-nous écouter son laïus ? Bien sûr que non. Nous l'écouterons parler demain soir, ça suffira bien. Sans compter que nous savons ce qu'il va dire ; les deux grandes spécialités des États-Unis sont les démagogues et le rock and roll, et à notre époque, nous avons eu largement droit aux uns comme à l'autre.

Pourtant, avant de partir, nous devrions étudier les visages de ceux qui l'écoutent. Observer leur ravissement et nous rappeler que nombre d'entre eux (Carter Thibodeau, Mickey Wardlaw et Todd Wendlestat, pour n'en nommer que trois) sont des brutes qui n'ont pas été fichues de passer une semaine à l'école sans une punition pour avoir perturbé la classe ou s'être battus dans les toilettes. Mais Rennie les a hypnotisés. Il n'a jamais été brillant en tête à tête, mais face à une foule… braillarde et *hot cha-cha-cha*, comme disait le vieux Clayton Brassey du temps où il lui restait encore quelques neurones en état de marche. Big Jim qui leur sort sa « fine ligne bleue », et « l'orgueil de se tenir aux côtés de vos camarades officiers », et « la ville dépend de vous ». D'autres trucs, aussi. Les bons vieux trucs qui ne perdent jamais leur charme.

Big Jim en vient à Barbie. Il leur affirme que les amis de Barbie sont toujours là, semant la discorde et fomentant des dissensions dans le but de servir leurs sombres objectifs. Baissant la voix, il ajoute : « Ils vont essayer de me discréditer. Les mensonges qu'ils vont inventer n'auront pas de fin. »

Un grommellement de mécontentement accueille ces derniers mots.

« Allez-vous prêter l'oreille à ces mensonges ? Allez-vous les laisser me discréditer ? Allez-vous laisser cette ville sans un leader fort au moment où elle en a le plus besoin ? »

La réponse est bien entendu un NON ! retentissant et bien que Big Jim continue (comme la plupart des politiciens, il est partisan de dorer non seulement la pilule, mais jusqu'à son emballage), nous pouvons le laisser à présent.

Reprenons ces rues désertes et retournons au presbytère de la Congo. Et regardez ! Voilà quelqu'un à accompagner : une adolescente de treize ans en jean délavé et vieux T-shirt d'un club de skate, les Winged Rippers. La moue râleuse permanente – un *grrrr* silencieux – qui fait le désespoir de sa maman a disparu des traits de Norrie Calvert, ce soir. Remplacée par une expression de stupéfaction émerveillée qui lui donne l'air d'avoir huit ans – âge qu'elle avait il n'y a pas si longtemps. Nous suivons son regard et voyons une pleine lune gigantesque se hisser au-dessus des nuages, à l'est de la ville. Elle a la couleur et la forme d'un pamplemousse rose qu'on viendrait de couper en deux.

« Oh… mon… Dieu », murmure Norrie. Elle presse un petit poing entre la timide amorce de ses deux seins tandis qu'elle contemple cette aberration rosâtre de lune. Puis elle reprend sa marche, mais pas fascinée au point d'en oublier de regarder de temps en temps autour d'elle pour s'assurer qu'on ne la remarque pas. Tel a été le mot d'ordre de Linda Everett : venir seul, discrètement, et en étant absolument certain de ne pas avoir été suivi.

« Ce n'est pas un jeu », leur avait dit Linda. Norrie avait été plus impressionnée par son visage pâle aux traits tirés que par ses paroles : « Si nous sommes pris, ils ne vont pas se contenter de nous retirer des points ou de nous faire passer un tour. Est-ce que vous comprenez ça, les enfants ?

— Je ne pourrais pas aller avec Joe ? » avait demandé Mrs McClatchey.

Elle était presque aussi pâle que Mrs Everett.

Mrs Everett avait fait non de la tête. « Mauvaise idée. » Réponse qui avait impressionné Norrie plus que tout. Non, ce n'était pas un jeu ; ou alors, celui de la vie et de la mort.

Ah, mais voilà l'église, et le presbytère juste à côté. Norrie aperçoit la lumière blanche et brillante des lampes Coleman, derrière, là où doit se trouver la cuisine. Elle sera bientôt à l'intérieur, loin du regard inquisiteur de cette affreuse lune rose. Elle sera bientôt en sécurité.

C'est ce qu'elle pense au moment où une ombre se détache du plus noir de l'ombre et la prend par le bras.

17

Norrie fut trop surprise pour crier, ce qui était aussi bien ; quand la lune rose éclaira le visage de l'homme qui venait de l'accoster, elle reconnut Romeo Burpee.

« Vous m'avez flanqué une frousse du diable, dit-elle.

— Désolé. Je surveille le secteur, moi, tu comprends ? » Rommie la lâcha et regarda autour de lui. « Où sont tes petits copains ? »

Norrie sourit. « J'sais pas. On doit venir séparément, chacun de notre côté. C'est ce qu'a dit Mrs Everett. » Elle étudia le bas de la colline. « Je crois que c'est la maman de Joey qui arrive. On devrait rentrer. »

Ils s'avancèrent vers la lumière des lanternes. La porte du presbytère était ouverte. Rommie frappa doucement sur le cadre de la moustiquaire et dit : « Romeo Burpee et une amie. S'il y a un mot de passe, on ne le connaît pas. »

Piper Libby ouvrit la moustiquaire et les fit entrer. Elle regarda Norrie avec curiosité, « Tu es qui, toi ?

— Du diable si c'est pas ma petite-fille ! » s'exclama Ernie en entrant dans la pièce. Il tenait un verre de limonade à la main et souriait. « Viens ici, ma fille. Tu m'as manqué. »

Norrie le serra bien fort dans ses bras et planta un baiser sur sa joue, comme lui avait dit sa mère. Elle ne s'était pas attendue à devoir obéir aussi vite à ses instructions, mais cela lui faisait plaisir. Et à son grand-père, elle pouvait dire la vérité qui n'aurait pas franchi ses lèvres, même sous la torture, devant les garçons avec lesquels elle traînait :

« Grand-père ? J'ai peur.

— Nous avons tous peur, ma chérie. » Il la serra un peu plus fort contre elle, puis plongea les yeux dans ceux de sa petite-fille tournés vers lui. « Je ne sais pas trop ce que nous faisons ici, mais puisque tu es là, est-ce qu'un verre de limonade te ferait plaisir ? »

Norrie vit la cafetière géante et répondit : « Je crois que je préférerais un café.

— Moi aussi, dit Piper. Je l'ai préparé avec un super-mélange et tout était prêt – puis je me suis aperçue que mon réchaud à gaz ne marchait plus. » Elle secoua légèrement la tête, comme pour s'éclaircir les idées. « Ça n'arrête pas de me toucher de toutes sortes de manières différentes. »

On frappa de nouveau à la porte de derrière et Lissa Jamieson entra, les joues fortement colorées. « J'ai planqué ma bicyclette dans votre garage, révérende Libby. J'espère que vous n'y voyez pas d'inconvénient.

— C'est parfait. Et puisque nous préparons une conspiration criminelle – comme l'affirmeraient sans aucun doute Randolph et Rennie –, autant m'appeler Piper, d'accord ? »

18

Tout le monde arriva en avance, et Piper put déclarer ouverte la première séance du Comité révolutionnaire de Chester's Mill à vingt et une heures passées d'une minute ou deux. La première chose qui la frappa fut la disparité numérique entre les femmes (huit) et les hommes (quatre). Et sur les quatre hommes, un était retraité et deux autres n'étaient même pas en âge d'aller voir un film classé X. Elle dut se rappeler que des centaines de groupes de guérilla, dans diverses parties du monde, avaient armé des femmes et des enfants pas plus âgés que ceux présents ici ce soir. Ce qui ne justifiait rien, mais il arrivait parfois que ce qui était juste entre en conflit avec ce qui était nécessaire.

« J'aimerais que nous inclinions tous la tête une minute, dit Piper. Moi-même je ne vais pas prier, parce que je ne sais plus trop à qui je m'adresse quand je le fais. Mais vous avez peut-être envie de dire quelques mots au Dieu que vous révérez, car ce soir nous allons avoir besoin de toute l'aide possible. »

Tout le monde fit comme elle avait dit. Certains avaient encore la tête baissée et les yeux fermés lorsque Piper releva la sienne et les parcourut du regard : deux femmes flics récemment licenciées, un ex-gérant de supermarché, une patronne de journal sans journal depuis peu, une bibliothécaire, la propriétaire du restaurant du coin, une veuve du Dôme qui ne pouvait s'empêcher de tripoter son alliance, le patron du grand magasin local et trois gamins à l'expression inhabituellement sérieuse, serrés les uns contre les autres sur le canapé.

« OK, amen, dit Piper. Je vais céder la parole pour la réunion à Jackie Wettington, qui sait ce qu'il faut faire.

— C'est probablement un peu optimiste, répondit Jackie. Sans parler de prématuré. Parce que je vais tout de suite la refiler à Joe McClatchey. »

Joe parut pris de court. « À moi ?

— Mais avant qu'il ne commence, je voudrais demander à ses amis d'aller monter la garde. Norrie devant la maison et Benny derrière. » Jackie leva la main pour arrêter les protestations qu'elle lisait déjà sur leur visage. « Ce n'est pas une excuse pour vous faire sortir : c'est important. Je n'ai pas besoin de vous dire que ce serait très mauvais si les pouvoirs en place surprenaient notre petit conclave. Vous êtes les deux plus petits. Trouvez-vous un coin bien noir et planquez-vous dedans. S'il arrive quelqu'un qui vous paraît suspect, ou si vous voyez rappliquer l'une des voitures de police de la ville, tapez dans vos mains comme ça. » Elle donna un premier coup, suivi de deux rapides et d'un quatrième espacé. « On vous tiendra au courant de tout ensuite, je vous le promets. Le nouvel ordre du jour est la mise en commun des informations, sans aucune restriction. »

Quand Norrie et Benny furent partis, Jackie se tourna vers Joe : « La boîte dont a parlé ta mère. Raconte à tout le monde ce qui s'est passé, du début à la fin. »

Joe se leva, comme pour une récitation à l'école.

« ... après quoi nous sommes retournés en ville, dit-il pour finir. Et ce salopard de Rennie a fait arrêter Rusty. » Il essuya la sueur de son front et se rassit.

Claire passa un bras autour des épaules de son fils. « Joe dit que ce serait mauvais si Rennie découvrait cette histoire de boîte, ajouta-t-elle. Il pense que Rennie souhaite peut-être que les choses restent comme ça plutôt que d'essayer de redresser la situation.

— Je crois qu'il a raison, dit Jackie. L'existence et l'emplacement de la boîte doivent rester absolument secrets.

— Je me demande..., commença Joe.

— Quoi ? voulut savoir Julia. Tu penses qu'il devrait le savoir ?

— Peut-être. Plus ou moins. Il faut que je réfléchisse. »

Jackie préféra ne pas le questionner davantage. « À présent le deuxième point de notre ordre du jour. Je veux essayer de faire sortir Barbie et Rusty de prison. Demain soir, pendant la grande réunion à l'hôtel de ville. Barbie est l'homme désigné par le Président à la tête de l'administration de cette ville...

— N'importe qui sauf Rennie, grommela Ernie. Non seulement ce fils de pute est incompétent, mais il croit que la ville lui appartient.

— Il n'est bon qu'à un truc, intervint Linda : flanquer la pagaille quand ça l'arrange. L'émeute au supermarché et l'incendie du journal... j'ai la forte impression que les deux ont été déclenchés sur son ordre.

— Évidemment, dit Jackie. Quelqu'un qui est capable d'assassiner son propre *pasteur*... »

Rose écarquilla les yeux. « Tu es en train de nous dire que *Rennie* est le meurtrier de Coggins ? »

Jackie leur raconta alors l'expédition dans le sous-sol du salon funéraire, et comment les marques sur le visage de Coggins correspondaient à la balle de baseball en or vue par Rusty dans le bureau de Big Jim. Tous l'écoutèrent, consternés mais nullement incrédules.

« Les filles aussi ? demanda Lissa Jamieson d'une petite voix horrifiée.

— Elles, c'est son fils, répondit Jackie assez vivement. Et ces meurtres sont très certainement sans rapport avec les machinations politiques de Big Jim. Junior s'est effondré ce matin. Près de la maison McCain, précisément là où ont été retrouvés les corps. Par lui.

— Quelle coïncidence, fit observer Ernie.

— Il est à l'hôpital. Ginny Tomlinson estime qu'il

y a toutes les chances pour qu'il ait une tumeur au cerveau. Ce qui peut induire un comportement violent.

— Une équipe meurtrière père-fils ? » dit Claire, serrant plus fort que jamais Joe contre elle.

« Non, pas vraiment. Il s'agit plutôt d'un comportement sauvage héréditaire – d'origine génétique – qui se produit sous la pression. »

Linda prit la parole : « Le fait qu'on a découvert tous les corps au même endroit suggère fortement que, s'il y a deux meurtriers, ils ont opéré de connivence. L'important, pour l'instant, c'est que mon mari et Dale Barbara sont presque certainement entre les mains d'un tueur qui se sert d'eux pour monter de toutes pièces un prétendu grand complot. La seule raison pour laquelle ils n'ont pas encore été abattus en détention est que Rennie a besoin d'eux pour faire un exemple. Il veut qu'ils soient exécutés en public. »

Son visage se contracta sous l'effort qu'elle faisait pour retenir ses larmes.

« Je n'arrive pas à croire qu'il soit allé aussi loin », soupira Lissa. Elle balançait son bijou d'un côté et de l'autre. « Ce n'est qu'un *marchand de voitures d'occasion*, pour l'amour du ciel ! »

Le silence accueillit la remarque. Jackie le laissa se prolonger un peu et reprit :

« Et maintenant, écoutez-moi bien. En vous disant ce que Linda et moi avons l'intention de faire, j'ai fait de cette réunion un authentique complot. Je vais vous demander de voter. Si vous voulez en faire partie, levez la main. Ceux qui ne voudront pas pourront partir, à condition de ne rien répéter à personne de ce qui s'est dit ici. Vous n'aurez pas envie de le faire, de toute façon, car si vous gardez le silence, pas besoin d'expliquer non plus comment il se fait que vous êtes au courant. Cette affaire est dangereuse. Nous terminerons peut-être en prison, ou pire. Alors, voyons les mains. Qui reste ? »

Joe leva la main le premier, mais Piper, Julia, Rose et Ernie Calvert n'étaient pas loin derrière. Linda et Rommie levèrent la main de concert. Lissa regarda Claire McClatchey. Claire soupira et hocha la tête. Les deux femmes levèrent la main.

« C'est bien, m'man, dit Joe.

— Si jamais tu racontes à ton père dans quoi je t'ai laissé t'embringuer, tu n'auras pas besoin de Jim Rennie pour t'exécuter. Je le ferai moi-même. »

19

« Impossible pour Linda d'aller les chercher là-bas, dit Rommie, s'adressant à Jackie.

— Qui alors ?

— Toi et moi. Linda ira à la grande réunion. Où six ou huit cents personnes pourront témoigner qu'elle était présente.

— Et pourquoi ne devrais-je pas y aller ? C'est mon mari qu'ils ont enfermé !

— C'est justement la raison, fit remarquer simplement Julia.

— Comment penses-tu t'y prendre ? demanda Rommie à Jackie.

— Eh bien, je suggère que nous portions des masques...

— Hou ! dit Rose avec une grimace qui les fit tous rire.

— Coup de bol, dit Rommie, j'ai un grand choix de masques de Halloween au magasin.

— Je serai peut-être la Petite Sirène », dit Jackie avec une pointe de nostalgie dans la voix. Elle se rendit compte que tous la regardaient et elle rougit. « Peu importe. De toute façon, nous allons avoir besoin d'armes. J'en ai une à la maison. Un pistolet Beretta. Et toi, Rommie ?

— J'ai mis de côté dans un coffre quelques carabines et des fusils de chasse. Dont au moins un fusil à lunette. Je n'irai pas jusqu'à dire que j'ai vu ce qui allait arriver, mais j'ai senti que *quelque chose* allait arriver. »

Joe prit la parole : « Vous allez aussi avoir besoin d'un véhicule pour vous enfuir. Vous ne pouvez pas prendre votre van, Rommie, tout le monde le connaît.

— J'ai mon idée là-dessus, intervint Ernie. Nous allons piquer l'un des véhicules sur le parking des occases de Jim Rennie. On y trouve depuis le printemps dernier une demi-douzaine d'utilitaires ayant appartenu à la compagnie du téléphone. Ils ont plus de cent mille kilomètres au compteur et se trouvent dans le fond. Ce serait… comment on dit déjà ? De la justice poétique de s'en servir.

— Et comment allez-vous faire exactement pour vous procurer la clef, Ernie ? demanda Rommie. Forcer l'entrée de son show-room ?

— Si celui qu'on prend n'a pas d'allumage électronique, je peux bricoler le démarreur », répondit Ernie. Il se tourna vers Joe, sourcils froncés. « J'aimerais autant que tu racontes pas ça à ma petite-fille, jeune homme. »

Joe eut une mimique *bouche cousue* qui fit rire à nouveau tout le monde.

Jackie reprit la parole : « La grande réunion municipale doit débuter à sept heures demain soir. Si nous entrons dans le poste à huit heures...

— On peut faire mieux que ça, la coupa Linda. Si je dois me rendre à leur foutue réunion, que je sois au moins utile à quelque chose. Je mettrai une robe avec de grandes poches et je prendrai ma radio de police – celle que j'ai en double dans ma voiture personnelle. Vous, vous serez dans l'utilitaire, prêts à foncer. »

La tension montait dans la pièce. Tous la sentaient. Ça commençait à devenir bien réel.

« Au quai de chargement, derrière le magasin, dit Rommie. Hors de vue.

— Une fois que Rennie aura commencé son discours, dit Linda, je ferai une triple coupure sur la radio. Ce sera votre signal pour démarrer l'opération.

— Combien de policiers seront au poste ? demanda Lissa.

— Stacey Moggin devrait pouvoir me dire ça, lui répondit Jackie. Ils ne devraient pas être très nombreux. Pourquoi le seraient-ils, d'ailleurs ? Pour ce qu'en sait Rennie, les amis de Barbie sont une pure fiction, un épouvantail qu'il a fabriqué lui-même.

— Et il tiendra à protéger son gros cul douillet », ajouta Julia.

Quelques rires accueillirent la remarque, mais la mère de Joe paraissait profondément troublée. « Il y aura forcément au moins quelques policiers au poste, fit-elle remarquer. Qu'allez-vous faire s'ils résistent ?

— Ils ne résisteront pas, répondit Jackie. Ils se retrouveront enfermés dans leurs propres cellules avant d'avoir compris ce qui leur arrive.

— Mais s'ils résistent tout de même ?

— Alors nous essaierons de ne pas les tuer. »

Linda avait parlé d'une voix calme, mais ses yeux trahissaient l'effroi de celle qui a rassemblé tout son courage dans un effort désespéré pour se sauver. « De toute façon, on finira par avoir des morts si le Dôme continue à rester en place un certain temps. L'exécution de Barbie et de mon mari devant le monument aux morts ne sera que le commencement.

— Admettons que vous réussissiez à les faire sortir, dit Julia. Où allez-vous les cacher ? Ici ?

— Certainement pas, dit Piper en effleurant sa lèvre encore enflée. Je suis déjà sur la liste noire de Rennie. Sans parler du type qui lui sert de garde du corps. Thibodeau. Mon chien l'a mordu.

— N'importe quel endroit proche du centre-ville est une mauvaise idée, fit remarquer Rose. Ils sont capables de faire une fouille maison par maison. Dieu sait qu'il a assez de flics pour ça.

— Sans parler de tous ceux qui portent un brassard, ajouta Rommie.

— Que pensez-vous des chalets d'été, à côté de Chester Pond ? demanda Julia.

— Éventuellement, dit Ernie, mais ils peuvent y penser, eux aussi.

— Ce serait peut-être le moins risqué, dit Lissa.

— Mr Burpee ? intervint alors Joe. Est-ce qu'il vous reste encore de vos feuilles de plomb ?

— Bien sûr, des tonnes. Et appelle-moi donc Rommie.

— Si Mr Calvert arrive à voler un van demain, pouvez-vous aller le garer derrière votre magasin et mettre un paquet de feuilles prédécoupées à l'arrière ? Assez grandes pour masquer les vitres ?

— Il me semble que oui. »

Joe regarda Jackie. « Pourriez-vous joindre le colonel Cox, s'il le fallait ?

— Oui. »

Jackie et Julia avaient répondu en même temps et se regardèrent, aussi étonnées l'une que l'autre.

La lumière se faisait dans l'esprit de Burpee. « Tu penses à l'ancienne ferme McCoy, c'est ça ? Là-haut sur Black Ridge ? Où il y a la boîte.

— Ouais. Ce n'est peut-être pas une bonne idée, mais si nous devons tous nous enfuir… et si nous nous retrouvons tous là-haut… nous pourrions défendre la boîte. Je sais que vous devez trouver ça dingue, étant donné que tous nos problèmes viennent d'elle, mais nous ne pouvons pas laisser Rennie s'en emparer.

— J'espère qu'on ne va pas recommencer Fort Alamo au milieu des pommiers, dit Rommie, mais je comprends ce que tu veux dire.

— Il y a encore autre chose qu'on pourrait faire, continua Joe. C'est un peu risqué, et ce n'est pas sûr que ça marche, mais…

— Dis toujours », l'encouragea Julia.

Elle regardait Joe McClatchey avec une expression d'admiration amusée.

« Eh bien… vous avez toujours le compteur Geiger dans votre van, Rommie ?

— Je crois bien, oui.

— Il faudrait que quelqu'un aille le remettre en place dans l'abri antiatomique. » Joe se tourna vers

Jackie et Linda. « L'une de vous pourrait-elle le faire ? Je sais bien que vous avez été virées de la police...

— Al Timmons nous laisserait entrer, je crois, répondit Linda. Et Stacey Moggin, certainement. Elle est avec nous. Si elle ne se trouve pas ici en ce moment, c'est parce qu'elle est de service. Mais pourquoi prendre ce risque, Joe ?

— Parce que... » Il s'exprimait avec une lenteur inhabituelle, tâtant le terrain. « Eh bien... il y a des radiations là-haut, non ? Des radiations dangereuses. Il s'agit simplement d'une ceinture. Je parie qu'on pourrait les franchir en voiture sans protection et sans courir de risque, pourvu qu'on aille assez vite et qu'on ne recommence pas trop souvent – mais *eux* ne le savent pas. Le problème est qu'ils ne connaissent même pas l'existence de ces radiations. Et qu'ils ne pourront jamais apprendre leur existence sans compteur Geiger. »

Jackie fronça les sourcils. « C'est assez bien vu, mon gars, mais je n'aime pas du tout l'idée d'attirer l'attention de Rennie sur l'endroit qui doit nous servir de refuge. Ça ne correspond pas à ma conception d'une planque.

— Tout est dans la manière de procéder », répondit Joe. Il parlait toujours avec lenteur, évaluant au fur et à mesure les points faibles de son raisonnement. « Et il y en a une autre. L'une de vous pourrait entrer en contact avec le colonel Cox, n'est-ce pas ? Pour lui demander d'appeler Rennie et de lui dire qu'ils ont découvert des radiations. Cox pourrait leur raconter quelque chose comme, *on ne peut pas dire exactement d'où elles proviennent parce que le phénomène va et vient, mais c'est quelque chose d'assez puissant, peut-*

être même de mortel, alors faites bien attention. Vous n'auriez pas un compteur Geiger, par hasard ? »

Un long silence suivit ces considérations ; tous les méditaient. Puis Rommie reprit la parole : « Nous allons transférer Rusty et Barbie à la ferme McCoy. Nous nous y réfugierons nous-mêmes s'il le faut... ce qui a des chances de se produire. Et s'ils essaient d'aller là...

— Ils découvriront sur le compteur Geiger un pic de rayonnement qui les renverra à toute allure en ville, les mains sur leurs pitoyables gonades, dit Ernie de sa voix rauque. Claire McClatchey, c'est un petit génie que vous avez mis au monde. »

Claire serra Joe contre elle, de ses deux bras cette fois. « Si je pouvais seulement obtenir qu'il range sa chambre », dit-elle.

20

Horace, allongé sur le tapis du séjour d'Andrea Grinnell, le museau sur une patte, surveillait d'un œil la femme à qui sa maîtresse l'avait confié. D'ordinaire, Julia l'emmenait partout avec elle ; il se tenait toujours tranquille, même quand il y avait des chats dont il trouvait l'odeur âcre repoussante. Ce soir, cependant, Julia s'était dit que voir Horace alors que son propre chien était mort risquait d'attrister Piper Libby. Ayant aussi remarqué qu'Andi aimait bien le corgi, elle avait pensé qu'Horace pourrait la distraire un peu de ses symptômes de manque, loin d'avoir complètement disparu, même s'ils étaient moins intenses.

Ce qui avait été efficace pendant un certain temps.

Andi avait trouvé une balle en caoutchouc dans la caisse de jouets qu'elle gardait pour son unique petit-fils (qui en avait aujourd'hui largement dépassé l'âge). Horace avait consciencieusement poursuivi et ramené la balle, comme on l'attendait de lui, même si le défi n'était pas bien grand ; il préférait quand il fallait les rattraper au vol. Mais un boulot est un boulot, et il continua jusqu'à ce qu'Andrea se mette à trembler comme si soudain elle avait froid.

« Oh, oh, merde. Voilà que ça recommence. »

Elle s'allongea sur le canapé, frissonnant de tous ses membres. Elle étreignit l'un des coussins contre sa poitrine et entreprit de contempler le plafond. Ses dents se mirent bientôt à claquer – bruit des plus désagréables, de l'avis d'Horace.

Il lui apporta la balle, dans l'espoir de la distraire, mais elle le repoussa : « Non, mon mignon, pas maintenant. Laisse-moi me remettre. »

Horace alla reposer la balle devant la télé éteinte et s'allongea. Les tremblements de la femme diminuèrent et l'odeur de maladie qu'elle dégageait s'atténua en même temps. Les bras qui étreignaient le coussin se détendirent ; la femme s'assoupit, puis se mit à ronfler.

Ce qui signifiait que l'heure du casse-croûte était venue.

Horace se glissa sous la table d'angle et rampa sur l'enveloppe de papier kraft contenant le dossier VADOR. Au-delà, le pop-corn ! Oh, quelle chance il a, ce chien !

Horace continuait à s'empiffrer, son arrière-train sans queue se tortillant d'un plaisir proche de l'extase (les grains éclatés dispersés là étaient incroyablement riches en beurre, incroyablement salés et – mieux que tout – vieillis à point), quand la voix morte s'éleva de nouveau :

Apporte-lui ça.

Mais il ne pouvait pas. Sa maîtresse était partie.

L'autre femme.

La voix morte n'admettait aucun refus et, de toute façon, il ne restait pratiquement plus de pop-corn. Horace repéra néanmoins les derniers grains afin d'y revenir plus tard, puis recula jusqu'à ce que l'enveloppe soit devant lui. Un instant, il ne se souvint plus de ce qu'il devait faire. Puis cela lui revint et il l'attrapa dans sa gueule.

Bon chien.

21

Quelque chose de froid léchait la joue d'Andrea. Elle repoussa la chose et se tourna de côté. Pendant une ou deux secondes, elle fut sur le point de sombrer à nouveau dans un sommeil réparateur, puis il y eut un aboiement.

« La ferme, Horace », dit-elle d'une voix pâteuse en se mettant le coussin sur la tête.

Nouvel aboiement. Puis les douze ou treize kilos du corgi atterrirent sur ses jambes.

« Ah ! » s'écria Andrea en se mettant sur son séant. Elle se retrouva face à deux yeux noisette brillants et à une gueule renardesque souriante. Sauf que le sourire était interrompu par quelque chose. Une enveloppe en papier kraft marron. Horace la laissa tomber sur son estomac et sauta à terre. Il n'était pas autorisé, en principe, à monter sur le mobilier qui ne lui était pas réservé, mais la voix lui avait fait comprendre qu'il y avait urgence.

Andrea ramassa l'enveloppe. Elle portait les traces des dents d'Horace ainsi que celles, moins visibles, de ses pattes. Y était aussi collé un grain de pop-corn qu'elle repoussa. Le contenu la déformait. En grandes lettres carrées on lisait dessus : DOSSIER VADOR et en dessous, de la même écriture : JULIA SHUMWAY.

« Horace ? Où tu as trouvé ça ? »

Horace était bien entendu incapable de répondre à cette question, mais il n'en eut pas besoin. Le grain de pop-corn montrait clairement d'où elle provenait. Un souvenir revint à l'esprit d'Andrea, un souvenir si fluctuant et irréel qu'il avait tout d'un rêve. Était-ce un rêve, ou bien Brenda Perkins était-elle réellement venue jusqu'à sa porte, juste après sa première et terrible nuit de désintoxication ? Pendant l'émeute au Food City, à l'autre bout de la ville ?

Peux-tu conserver ces documents pour moi, Andrea ? Juste pour un petit moment ? J'ai une course à faire et je ne veux pas les avoir avec moi.

« Elle est bien venue ici, dit-elle à Horace, et elle tenait cette enveloppe. Je l'ai prise... il me semble que je l'ai prise... puis il a fallu que je vomisse... que je vomisse *encore*. Je l'ai sans doute jetée sur la table pendant que je courais jusqu'aux chiottes. Elle a dû tomber. Tu l'as trouvée par terre, c'est ça ? »

Horace émit un seul aboiement. Il pouvait signifier son accord ; signifier aussi qu'il était prêt à rejouer à la balle.

« Eh bien, merci, en tout cas. Bon p'tit chien, ça. Je la donnerai à Julia dès qu'elle reviendra. »

Elle n'avait plus sommeil, et – du moins pour le moment – elle ne tremblait pas. Mais en revanche, sa curiosité était éveillée. Parce que Brenda était morte. Assassinée. Ce qui avait dû arriver peu de temps après qu'elle avait apporté l'enveloppe. Qui, du coup, pouvait avoir de l'importance.

« Je vais juste jeter un petit coup d'œil, d'accord ? » dit-elle.

Horace aboya à nouveau. *Pourquoi pas ?* semblait-il vouloir dire.

Andrea ouvrit l'enveloppe et l'essentiel des secrets de Big Jim Rennie dégringola sur ses genoux.

22

Claire arriva la première chez elle. Puis ce fut Benny, bientôt suivie de Norrie. Ils étaient tous les trois assis sur le porche de la maison McClatchey lorsque Joe arriva à son tour, coupant par les pelouses et restant dans l'ombre. Benny et Norrie buvaient du Dr Brown's Cream Soda tiède. Claire tenait une des bouteilles de bière de son mari à la main et se balançait lentement sur le fauteuil à bascule du porche. Joe s'assit par terre à côté d'elle et Claire passa un bras autour de ses épaules osseuses. *Il est fragile*, songea-t-elle. *Il ne le sait pas, mais il est fragile. Rien de plus qu'un petit oiseau.*

« On commençait à se faire du souci, vieux, dit Benny en lui tendant le soda qu'il avait gardé pour lui.
— Ms Shumway avait quelques questions à me poser sur la boîte, répondit-il, et je ne pouvais pas répondre à toutes. Bon sang, il fait chaud, non ? On se

croirait un soir d'été. » Il tourna les yeux vers le ciel. « Et regardez-moi cette lune.

— J'ai pas envie, dit Norrie, ça fiche la frousse.

— Ça va, mon chéri ? demanda Claire.

— Ouais, m'man. Et toi ? »

Elle sourit. « Je ne sais pas. Tu crois que ça va marcher ? Qu'est-ce que vous en pensez, tous les trois ? Qu'est-ce que vous en pensez *vraiment* ? »

Aucun d'eux ne répondit, sur le moment, et cela lui fit plus peur que tout. Puis Joe l'embrassa sur la joue et dit : « Ça va marcher.

— Tu es sûr ?

— Ouais. »

Quand il mentait, elle s'en rendait toujours compte – même si elle savait que ce talent risquait de disparaître avec l'âge – mais cette fois elle ne lui en fit pas le reproche. Elle se contenta de lui rendre son baiser, son haleine chaude chargée des relents paternels de bière. « Pourvu qu'il n'y ait pas de sang versé...

— Il n'y en aura pas », dit Joe.

Elle sourit. « D'accord. Je me contenterai de ça. »

Ils restèrent assis dans la pénombre encore un moment, sans beaucoup parler. Puis ils entrèrent dans la maison, laissant la ville s'endormir sous la lune rose.

Il était juste un peu plus de minuit.

DU SANG PARTOUT

1

Il était minuit et demi, le matin du 26 octobre, lorsque Julia se coula sans bruit dans la maison d'Andrea. Précaution inutile, car elle entendit aussitôt la musique en provenance de son petit transistor : les Staples Singers, qui balançaient leurs saintes fesses dans « Get Right Church ».

Horace arriva par le couloir pour l'accueillir, trémoussant son arrière-train et arborant ce sourire légèrement dément qui est apparemment l'apanage des seuls corgis. Il s'inclina devant elle, pattes écartées, et Julia le gratta brièvement entre les oreilles – son endroit préféré.

Andrea, assise sur le canapé, buvait du thé dans un verre.

« Désolée pour la musique, dit-elle en baissant le son. Je n'arrivais pas à dormir.

— Tu es chez toi, ma chère, et pour une fois, ça swingue un peu sur WCIK. »

Andi sourit. « Ils n'arrêtent pas de diffuser du gospel style rock depuis cet après-midi. J'ai l'impression d'avoir touché le jackpot. Comment s'est passée la réunion ?

— Bien, répondit Julia en s'asseyant.

— Tu veux en parler ?

— Non, ne t'inquiète pas. Tu dois avant tout t'efforcer de te sentir mieux. Et tu veux que je te dise ? Tu as déjà l'air d'aller un peu mieux. »

C'était vrai. Andi était toujours pâle et paraissait encore fragile, mais les cercles étaient moins sombres sous ses yeux, et ses yeux eux-mêmes étaient plus vifs. « C'est gentil de me dire ça.

— Horace a été sage ?

— Très. Nous avons joué à la balle et nous avons un peu dormi, tous les deux. C'est sans doute pour ça que j'ai l'air un peu plus en forme. Rien ne vaut un bon somme pour améliorer la mine d'une fille.

— Et ton dos ? »

Andrea sourit. D'un sourire étrangement entendu, sans beaucoup d'humour. « Mon dos ne va pas mal du tout. À peine une petite sensation, même quand je me penche. Tu veux que je te dise ce que je pense ? »

Julia acquiesça.

« Que question drogue, le corps et le cerveau sont deux conspirateurs. Si le cerveau désire de la drogue, le corps lui donne un coup de main. Il lui dit, ne t'en fais pas, ne te sens pas coupable, c'est réglo, ça fait vraiment mal. Ce n'est pas juste de l'hypocondrie, non, rien d'aussi simple. Juste… » Sa voix mourut, son regard se fit lointain et elle alla ailleurs.

Où ça ? se demanda Julia.

Puis Andrea revint à elle. « La nature humaine peut être destructrice. Dis-moi, crois-tu qu'on peut se représenter une ville comme un corps ?

— Oui, répondit aussitôt Julia.

— Et ce corps peut-il dire qu'il a mal pour que le cerveau puisse prendre la drogue dont il a une envie folle ? »

Julia réfléchit quelques instants, cette fois, et répondit d'un hochement de tête.

« Et en ce moment, c'est Big Jim Rennie, la tête de la ville, non ?

— Oui, ma chère. On peut dire ça. »

Andrea se tint un instant en position légèrement inclinée, sur le canapé. Puis elle coupa la petite radio et se leva. « Je crois que je vais monter me coucher. Et tu sais, je vais peut-être arriver à dormir.

— Ce serait bien », dit Julia. Puis, sans trop savoir pourquoi elle posait la question, elle ajouta : « Andi ? Il s'est passé quelque chose pendant que je n'étais pas là ? »

Andrea parut étonnée. « Oui, bien sûr. J'ai joué à la balle avec Horace. »

Elle se pencha sans la moindre grimace de douleur – ce qu'elle aurait prétendu impossible une semaine auparavant – et tendit la main. Horace s'approcha et se laissa caresser la tête. « Il est très bon pour rapporter. »

2

Une fois dans sa chambre, Andrea s'installa sur son lit, ouvrit le dossier VADOR et entreprit de le relire. Plus attentivement que la première fois. Quand elle remit les documents dans l'enveloppe, il était près de deux heures du matin. Elle rangea le dossier dans le tiroir de sa table de nuit, lequel contenait aussi le revolver calibre 38 que son frère Douglas lui avait offert pour son anniversaire, deux ans auparavant. Cadeau qui l'avait consternée, mais Dougie lui avait fait remarquer qu'une femme vivant seule avait besoin de se protéger.

Elle le sortit, décentra le cylindre et vérifia les chambres. Celle qui se présenterait au percuteur à la première pression sur la détente était vide, comme Twitch lui avait appris à la laisser. Les autres étaient chargées. Elle avait d'autres cartouches sur l'étagère du haut de son placard, mais elle n'aurait jamais l'occasion de recharger. La petite armée privée du type l'aurait abattue avant.

Et si elle n'était pas fichue de descendre Rennie avec cinq cartouches, c'est qu'elle ne méritait sans doute pas de vivre.

« Après tout, murmura-t-elle en rangeant l'arme dans le tiroir, pourquoi me suis-je remise dans le droit chemin ? » La réponse paraissait évidente, maintenant que l'OxyContin n'était plus là pour lui brouiller l'esprit : elle avait repris le *droit* chemin pour tirer *droit*.

« *Amen* pour ça », dit-elle en éteignant.

Cinq minutes plus tard, elle dormait.

3

Junior était complètement réveillé. Assis près de la fenêtre sur la seule chaise de sa chambre, à l'hôpital, il regardait l'étrange lune rosâtre décliner et passer derrière un barbouillage noir, sur le Dôme, dont il ne se souvenait pas. Il était plus étendu et s'élevait plus haut que celui laissé par les frappes de missiles. Y avait-il eu de nouvelles tentatives pour faire disparaître le Dôme pendant qu'il avait été inconscient ? Il l'ignorait et s'en fichait. L'important était que le Dôme soit toujours en place. Sans quoi, la ville aurait été comme Las Vegas et aurait grouillé de soldats. Certes, il y avait des lumières, ici et là – celles des quelques insomniaques chroniques – mais pour l'essentiel, Chester's Mill dormait. Parfait. Il fallait qu'il réfléchisse à certaines choses.

Et à certaines personnes – à *Baaarbie*, pour être précis, et aux amis de Barbie.

Il n'avait plus mal à la tête et ses souvenirs étaient revenus, mais il se rendait compte qu'il était très malade. Il ressentait une inquiétante faiblesse sur tout le côté gauche et, par moments, de la salive coulait du coin gauche de sa bouche. S'il l'essuyait de la main gauche, il sentait parfois le contact de la peau contre la peau, parfois non. Outre cela, une sorte de trou de serrure noir, assez important, flottait sur le côté gauche de son champ visuel. Comme si quelque chose avait été arraché dans son globe oculaire. Sans doute le cas, se dit-il.

Il se rappelait la rage sauvage qui l'avait envahi, le jour même du Dôme ; il se rappelait avoir poursuivi Angie dans le couloir, jusque dans la cuisine, l'avoir projetée contre le frigo, lui avoir donné un coup de genou en pleine figure. Il se rappelait le bruit, comme s'il y avait eu une assiette en porcelaine, derrière ses yeux, et que le coup l'avait brisée. Cette rage avait disparu. Remplacée par une fureur soyeuse qui coulait dans son corps de quelque source inépuisable, tout au fond de sa tête, source qui refroidissait et se clarifiait à la fois.

Le vieux con qu'il avait cogné à Chester Pond avec Frank était venu l'examiner, un peu plus tôt dans la soirée. Le vieux con s'était comporté en pro, prenant sa température et sa tension, lui demandant s'il avait mal à la tête et vérifiant même son réflexe du genou à l'aide d'un petit marteau en caoutchouc. Puis, après son départ, Junior avait entendu parler et rire. Le nom de Barbie avait été mentionné. Il s'était glissé jusqu'à la porte.

C'était le vieux con et l'une des aides-soignantes, la jolie poulette dont le nom était Buffalo, ou quelque chose comme Buffalo. Le vieux con avait ouvert son chemisier et lui pelotait les nichons. Elle lui avait ouvert la braguette et lui astiquait le manche. Une lumière verte vénéneuse les entourait. « Junior et son copain m'ont battu, disait le vieux con, mais à présent son ami est mort et il ne va pas tarder à suivre. Ordre de Barbie.

— J'adore sucer la queue de Barbie, c'est un vrai sucre d'orge », répondait la nana Buffalo, sur quoi le vieux con dit que ça lui plaisait, à lui aussi.

Puis Junior cligna des yeux et il les vit qui s'éloignaient côte à côte dans le couloir. Pas de lumière verdâtre, pas de trucs cochons. Il avait peut-être eu une hallucination. Ou peut-être pas. Une chose était sûre : ils étaient tous dans le coup. Tous ligués avec *Baaarbie*. Le type moisissait en prison, mais c'était temporaire. Pour s'acquérir un capital sympathie, sans doute. Tout cela faisant partie du plan de *Baaarbie*. Sans compter qu'en prison, il devait s'imaginer hors de portée de Junior.

« Faux, murmura-t-il, toujours assis près de sa fenêtre, plongeant son regard maintenant défectueux dans la nuit. Faux. »

Junior savait exactement ce qui lui était arrivé ; il l'avait compris en un éclair, c'était d'une logique indéniable. Il était victime d'un empoisonnement au thallium, comme ce Russe, en Angleterre. Les plaques militaires de Barbie avaient été enduites de poussière de thallium ; il les avait manipulées et maintenant il mourait. Et étant donné que c'était son père qui l'avait envoyé dans l'appartement de Barbie, cela voulait dire que celui-ci faisait aussi partie du complot. Lui aussi était l'un des... comment on disait, déjà...

« Un des mignons, murmura Junior. Rien qu'un autre filet mignon de Barbie, Big Jim Rennie. »

Une fois que l'on y pensait – une fois les choses clarifiées dans votre esprit –, cela tombait impec sous le sens. Son père voulait le faire taire pour Coggins et Perkins. D'où l'empoisonnement au thallium. Tout se tenait.

Dehors, aux limites de la pelouse, un loup bondit à travers le parking. Sur la pelouse, deux femmes étaient en position de 69. *Soixante-neuf, bouffe la meuf !* scandaient-ils, Frank et lui, quand ils étaient gosses et voyaient deux filles marchant ensemble, sans savoir ce que ça voulait dire, seulement que c'était grossier. L'une des bouffeuses de chatte ressemblait à Sammy Bushey. L'infirmière – Ginny, elle s'appelait Ginny – lui avait dit que Sammy était morte, ce qui était de toute évidence un mensonge, prouvant par là que Ginny était aussi dans le coup ; de mèche avec *Baaarbie*.

Y avait-il au moins une personne, dans toute la ville, qui ne soit pas dans le coup ? De qui pouvait-il être sûr ?

Oui, comprit-il ; et pas une, mais deux. Les gosses qu'il avait trouvés près de l'étang avec Frank, Alice et Aidan Appleton. Il se rappelait leur regard hanté, comment la fillette l'avait serré dans ses bras quand il l'avait soulevée. Quand il lui avait dit qu'elle ne risquait plus rien, elle avait demandé, *Tu me promets ?* Et Junior lui avait répondu que oui. Tant de confiance et d'abandon l'avaient fait se sentir bien, en plus.

Il prit une décision soudaine : il allait tuer Dale Barbara. Et il tuerait quiconque tenterait de l'en empêcher. Puis il irait à la recherche de son père et le tuerait... chose qu'il rêvait de faire depuis des années, sans se l'être jamais avoué, cependant, aussi clairement qu'aujourd'hui.

Cela fait, il chercherait Aidan et Alice. Si quelqu'un se mettait en travers de son chemin, là aussi il le tuerait. Il ramènerait les gosses à Chester Pond et prendrait soin d'eux. Il tiendrait la promesse qu'il avait faite à Alice. S'il faisait cela, il ne mourrait pas. Dieu ne le laisserait pas mourir d'un empoisonnement au thallium pendant qu'il s'occuperait de ces gosses.

C'était à présent Angie McCain et Dodee Sanders qui faisaient les folles dans le parking, en jupe de majorette et chandail avec un grand MILLS WILDCATS W sur la poitrine. Elles le virent qui les regardait et se mirent à se déhancher et à soulever leur jupe. Leurs traits se déformaient et tressautaient sous l'effet de la décomposition. Elles scandaient : « *Ouvre la porte de la cuisine ! Entre et baisons encore ! allez... L'ÉQUIPE !* »

Junior ferma les yeux. Les rouvrit. Ses petites copines avaient disparu. Encore une hallucination.

Comme le loup. Pour les filles qui faisaient un 69, il ne savait pas trop.

Peut-être, en fin de compte, n'amènerait-il pas les enfants du côté de l'étang. C'était loin du centre. À la place, il les amènerait dans l'arrière-cuisine des McCain. C'était plus près. Il y avait d'énormes réserves de nourriture.

Et, bien entendu, il y faisait sombre.

« Je vais m'occuper de vous, les gosses, dit Junior. Vous serez en sécurité. Une fois Barbie mort, toute la conspiration s'effondrera. »

Au bout d'un moment, il inclina le front contre la vitre et s'endormit.

4

Henrietta Clavard n'avait peut-être aucune fracture mal placée, mais son cul lui faisait un mal de chien : à quatre-vingt-quatre ans, avait-elle découvert, le moindre pet de travers vous faisait un mal de chien. Si bien qu'elle pensa que c'était son derrière douloureux qui la réveillait dès les premières lueurs du jour, le jeudi matin. Le Tylenol qu'elle avait pris dans la nuit, vers trois heures, continuait pourtant à faire effet. Sans compter qu'elle avait retrouvé l'anneau fessier de feu son époux (John Clavard avait souffert d'hémorroïdes) et que cela la soulageait considérablement. Non, c'était quelque chose d'autre et, peu après son réveil, elle comprit de quoi il s'agissait.

Buddy, le setter irlandais des Freeman, hurlait à la mort. Buddy, pourtant, ne hurlait jamais. Il était le chien le mieux élevé de tout Battle Street, artère de faible longueur située juste après Catherine Russell Drive. De plus, le générateur des Freeman s'était arrêté. Henrietta pensa même que c'était peut-être son silence qui l'avait réveillée, et non le chien. Il l'avait en tout cas aidée à s'endormir la veille. Ce n'était pas un de ces modèles ferraillants qui rejettent des nuages bleus dans l'air ; le générateur des Freeman émettait un ronronnement grave et doux qui avait, au contraire, quelque chose de tout à fait apaisant. Henrietta supposait qu'il avait dû coûter cher, mais les Freeman pouvaient s'offrir ce genre de choses. Will détenait la concession Toyota autrefois convoitée par Big Jim et, si les temps étaient durs pour les marchands de voitures, Will paraissait être l'exception à la règle. L'année précédente encore, les Freeman avaient fait ajouter une superbe et élégante véranda à leur maison.

Mais ce hurlement ! On aurait dit que le chien était blessé. Or des gens comme les Freeman se seraient aussitôt occupés de leur animal familier, s'il lui était arrivé quoi que ce soit... alors, pourquoi ne faisaient-ils rien ?

Henrietta se leva (grimaçant un peu lorsque son derrière quitta le confort douillet de l'anneau en mousse, sous elle) et s'approcha de la fenêtre. De là, elle voyait fort bien la maison à deux niveaux décalés des Freeman, en dépit de la lumière grisâtre et maussade d'un matin qui aurait dû être limpide et vif comme presque toujours à la fin octobre. De son poste d'observation, elle entendait Buddy encore mieux, mais elle ne détectait aucun mouvement dans la maison. Celle-ci était entièrement plongée dans l'obscurité et on ne voyait même pas l'éclat d'une lampe Coleman à travers l'une des vitres. Par ailleurs, le couple devait être à son domicile : leurs deux voitures étaient garées dans l'allée. Et où auraient-ils pu aller, de toute façon ?

Buddy continuait de hurler.

Henrietta enfila sa robe d'intérieur, mit ses pantoufles et sortit. Elle s'avançait sur le trottoir lorsqu'une voiture s'arrêta à sa hauteur. Douglas Twitchell, très certainement en route pour l'hôpital. Il avait encore les yeux gonflés de sommeil et il tenait une tasse de café en carton (avec le logo du Sweetbriar Rose dessus) à la main lorsqu'il descendit du véhicule.

« Vous allez bien, Mrs Clavard ?

— Moi oui, mais il y a quelque chose qui ne va pas bien chez les Freeman. Vous entendez ça ?

— Oui.

— Il a dû leur arriver quelque chose. Les voitures sont là. Pourquoi ne le font-ils pas arrêter ?

— Je vais aller voir. » Il prit une gorgée de café, puis posa le gobelet sur le capot de sa voiture. « Vous, vous restez ici.

— Sûrement pas. »

Ils parcoururent les vingt mètres de trottoir et s'engagèrent dans l'allée des Freeman. Le chien hurlait, hurlait. Henrietta en avait la chair de poule, alors que l'air matinal était d'une tiédeur malsaine.

« L'air sent très mauvais, remarqua-t-elle. Il me rappelle l'odeur des papeteries de Rumford ; il y en avait plusieurs qui tournaient encore quand je me suis mariée. Ça ne peut pas être bon pour les gens. »

Twitch répondit d'un grognement et appuya sur la sonnette des Freeman. N'obtenant aucune réaction, il frappa à la porte, puis cogna dessus.

« Regardez si c'est fermé à clef, suggéra Henrietta.

— Je ne sais pas si je dois, Mrs...

— Allons, voyons. » Elle passa devant lui et essaya la poignée. Celle-ci tourna. Elle poussa le battant. L'intérieur était silencieux, encore plongé dans les ombres profondes du début de la matinée. « Will ? lança-t-elle, Lois ? Vous êtes là ? »

Personne ne répondit, mais les hurlements continuèrent.

« Le chien est là, derrière », dit Twitch.

Il aurait été plus rapide de traverser la maison, mais ni l'un ni l'autre n'avaient envie de le faire, si bien qu'ils ressortirent pour emprunter l'allée, puis le passage couvert qui séparait la maison du garage, là où Will rangeait non pas ses voitures, mais ses jouets : deux motoneiges, un ATV, un vélo de cross Yamaha et une imposante Honda Gold Wing.

À l'arrière de la maison, une haute palissade fermait le terrain à la vue. La porte qui y donnait s'ouvrait juste après le passage couvert. Twitch la poussa et subit aussitôt l'impact de près de trente kilos d'un setter irlandais frénétique. Il poussa un cri de surprise et leva les mains, mais le chien ne voulait pas le mordre ; Buddy était en plein mode *sauvez-moi-s'il-vous-plaît*. Il posa ses pattes avant sur la dernière tunique propre de Twitch et se mit à le lécher partout comme un fou.

« Arrête ! » cria Twitch. Il repoussa l'animal qui retomba au sol mais bondit aussitôt à nouveau sur lui, laissant d'autres traces sales, sa longue langue rose lui léchant à nouveau les joues.

« *Buddy, assis !* » ordonna Henrietta. Le chien obéit sur-le-champ, mais son regard ne cessait d'aller de Twitch à Henrietta et il gémissait. Une flaque d'urine commença à s'étaler sous lui.

« C'est pas bon signe, Mrs Clavard.

— Non, admit Henrietta.

— Vous devriez peut-être rester avec le ch... »

Henrietta l'envoya de nouveau promener et s'avança d'un pas décidé dans le jardin des Freeman, laissant Twitch la rejoindre. Buddy resta sur leurs talons, tête basse, queue rentrée, poussant toujours ses gémissements pitoyables.

Ils découvrirent un patio dallé avec un barbecue. Celui-ci était soigneusement bâché (avec CUISINE FERMÉE écrit sur la toile). Un peu plus loin, en bordure de la pelouse, se trouvait le jacuzzi des Freeman, sur une plate-forme en pin redwood. Twitch supposa que la hauteur de la palissade était destinée à leur permettre de s'y baigner nus et peut-être de tirer leur coup, si la fantaisie leur en prenait.

Will et Lois se trouvaient dans le jacuzzi, mais ils n'y tireraient plus jamais de coups. Ils avaient enfilé des sacs en plastique transparents sur leur tête et les avaient scellés autour de leur cou avec de la fibre ou des élastiques bruns. La condensation avait opacifié les sacs, mais pas au point d'empêcher de distinguer leurs visages empourprés. Posée sur l'abattant en pin qui séparait les dépouilles mortelles de Will et Lois Freeman, Twitch vit une bouteille de whisky et une petite fiole de médicament.

« Stop », dit-il. Il ignorait s'il parlait pour lui-même ou s'il s'adressait à Mrs Clavard, ou encore à Buddy, lequel venait de pousser un de ses gémissements pitoyables. Pas aux Freeman, en tout cas.

Henrietta ne s'arrêta pas. Elle s'avança jusqu'au jacuzzi, monta les deux marches le dos aussi droit que celui d'un soldat, regarda les visages décolorés de ses gentils voisins, des voisins parfaitement normaux, n'aurait-elle pas hésité à dire, jeta un coup d'œil à la bouteille de whisky, vit qu'il s'agissait de Glenlivet (la classe, pour un dernier voyage), puis elle prit la fiole et vit qu'elle portait une étiquette de la pharmacie de Sanders.

« Ambien ou Lunesta ? demanda Twitch d'une voix étranglée.

— Ambien, répondit Henrietta, soulagée d'entendre que la voix qui sortait de sa gorge sèche paraissait normale. Ils sont à elle. Même si quelque chose me dit qu'elle a partagé avec lui, hier soir.

— Pas de mot ?

— Pas ici, en tout cas. À l'intérieur, peut-être. »

Mais là non plus ils ne trouvèrent pas de mot, du moins pas en évidence, et ni Twitch ni Henrietta ne voyaient pour quelle raison une note des Freeman disant leur intention de se suicider aurait été cachée. Buddy les suivait de pièce en pièce ; il ne hurlait plus, mais un gémissement sortait du fond de sa gorge.

« Je crois que je vais le prendre chez moi, dit Henrietta.

— Vous n'avez pas trop le choix. Je ne peux pas l'amener à l'hôpital. J'appellerai Stewart Bowie pour qu'il vienne euh… faire le nécessaire. »

Il eut un geste du pouce par-dessus son épaule. Il sentait son estomac se soulever, mais ce n'était pas le pire. Le pire, c'était la dépression qui l'envahissait en douce et jetait une ombre noire sur son âme normalement ensoleillée.

« Je ne comprends pas qu'ils aient eu une telle réaction, dit Henrietta. Si cela faisait un an que nous étions sous le Dôme… ou même un mois… oui, peut-être.

Mais moins d'une *semaine* ? Ce n'est pas ainsi que des gens solides réagissent à une situation difficile. »

Twitch pensait qu'il le comprenait, lui, mais il ne voulut pas le dire à Henrietta : ça *finirait* par faire un mois, ça *finirait* par faire une année. Ou plus longtemps. Et sans pluie, avec des ressources allant en s'amenuisant, un air de plus en plus malsain. Si le pays possédant la technologie la plus sophistiquée au monde n'était pas capable d'avoir prise sur le phénomène qui s'était produit à Chester's Mill (sans même parler de résoudre le problème), ce n'était pas demain la veille qu'il disparaîtrait. Voilà sans doute ce qu'avait compris Will Freeman. Ou peut-être était-ce l'idée de Lois. Peut-être, lorsque le générateur s'était arrêté, avait-elle dit : *Faisons-le avant que l'eau du jacuzzi ne devienne froide, mon chéri. Quittons le Dôme tant que nous avons le ventre plein. Qu'est-ce que tu en dis ? Un dernier bain, et quelques verres pour la route.*

« C'est peut-être l'accident d'avion qui a tout fait basculer pour eux, suggéra Twitch. Le vol d'Air Ireland qui s'est crashé hier sur le Dôme. »

Henrietta ne répondit pas avec des mots ; elle se racla la gorge et cracha un glaviot dans l'évier de la cuisine. Geste de réprobation qui avait quelque chose de choquant. Ils ressortirent.

« De plus en plus de gens vont les imiter, pas vrai ? demanda-t-elle lorsqu'ils furent au bout de l'allée. Parce qu'il arrive que le suicide se transforme en épidémie. Comme le virus de la grippe.

— Certains l'ont déjà fait. »

Twitch ne savait pas si le suicide était indolore, comme le proclamait la chanson, mais quand les circonstances étaient réunies, il pouvait, en effet, s'attraper comme un rhume. En particulier lorsque la situation était sans précédent, et que l'air commençait à sentir aussi mauvais qu'en cette matinée sans vent et à la chaleur anormale.

« Les suicidés sont des froussards, reprit Henrietta. Une règle qui ne connaît pas d'exception, Douglas. »

Twitch, dont le père était mort à la suite d'une longue et douloureuse maladie – un cancer de l'estomac –, n'en était pas aussi sûr, mais il ne dit rien.

Henrietta se pencha sur Buddy, mains posées sur ses genoux osseux. Le chien tendit le cou pour la renifler. « Viens chez moi, mon ami à quatre pattes. J'ai trois œufs. Autant que tu les manges avant qu'ils ne se gâtent. »

Elle fit quelques pas, puis se retourna vers Twitch. « *Ce sont des froussards* », répéta-t-elle en détachant les mots.

5

Jim Rennie quitta l'hôpital, dormit fort bien à son domicile et se réveilla retapé. Il ne l'aurait reconnu devant personne, mais c'était dû en partie au fait que Junior n'était pas dans la maison.

À huit heures, son Hummer noir était déjà garé non loin du Sweetbriar Rose (devant une borne d'incendie, mais quelle importance ? Il n'y avait plus de brigade de pompiers). Il prenait son petit déjeuner en compagnie de Peter Randolph, Mel Searles, Freddy Denton et Carter Thibodeau. Carter s'était assis à ce qui était devenu sa place habituelle, à la droite de Rennie. Il avait deux pistolets, ce matin ; le sien, sur la hanche, et le Beretta Taurus restitué récemment par Linda dans un holster.

Le quintette avait réquisitionné la table aux foutaises, dans le fond de la salle, évinçant les habitués sans état d'âme. Rose avait refusé de s'en approcher et avait envoyé Anson.

Big Jim avait commandé trois œufs frits, deux saucisses et des toasts frits dans la graisse de bacon, le même petit déjeuner que sa mère lui préparait. Il savait qu'il aurait dû faire davantage attention à son cholestérol, mais aujourd'hui, il allait avoir besoin de toute l'énergie qu'il pouvait engranger. Non seulement aujourd'hui, mais les quelques jours suivants, en réalité ; après quoi, la situation serait sous contrôle. Il pourrait alors s'occuper de son cholestérol (une histoire qu'il se racontait depuis dix ans).

« Où sont les Bowie ? demanda-t-il à Carter. Je les veux ici. Où sont-ils passés ?

— Ils ont été appelés sur Battle Street, répondit Carter. Mr et Mrs Freeman se sont suicidés.

— Ce cueilleur de coton s'est fait sauter la caisse ? » s'exclama Big Jim. Les quelques autres clients – installés pour la plupart au comptoir, regardant CNN – jetèrent un coup d'œil à la table aux foutaises puis revinrent à la télévision. « Eh bien, ce n'est pas une surprise. Pas du tout. »

Il se dit que la concession Toyota était maintenant à sa portée, s'il en voulait... mais pour en faire quoi ? Il avait mis la main sur un bien plus gros gâteau : toute la ville. Et commencé à esquisser une liste de directives qu'il rendrait exécutoires dès qu'on lui aurait accordé tous les pouvoirs. Ce qui allait arriver dès ce soir. Sans compter que ça faisait des années qu'il haïssait ce fils-de-chose mielleux de Freeman et sa rime-avec-galope de femme aux gros nénés.

« Les gars, lui et Lois prennent leur petit déjeuner au ciel. » Il se tut un instant et éclata de rire. Pas très politique, mais il fut incapable de s'en empêcher. « À l'office, j'en doute pas.

— Pendant que les Bowie étaient là-bas, il y a eu un autre appel, reprit Carter. De la ferme Dinsmore. Un autre suicide.

— Qui ? demanda le chef Randolph. Alden ?

— Non, sa femme. Shelley. »

Voilà qui était pour le coup bien triste. « Inclinons nos têtes et prions une minute », dit Big Jim, tendant les mains. Carter en prit une, Mel l'autre et Randolph et Denton fermèrent la chaîne.

« OhmonDieubénissezcespauvresâmes,aunomde-Jésusamen », dit Big Jim. Puis il releva la tête. « Au boulot, Peter. »

Randolph sortit son carnet de notes. Celui de Thibodeau était déjà posé à côté de son assiette ; ce garçon plaisait de plus en plus à Big Jim.

« J'ai trouvé le propane manquant, annonça Big Jim. Il est à WCIK.

— Bon Dieu ! s'exclama Randolph, faut envoyer des camions pour le récupérer !

— Oui, mais pas aujourd'hui, dit Rennie. Demain, pendant que les gens auront la visite de leurs proches. J'ai déjà commencé à travailler sur la question. Les Bowie et Roger s'en chargeront, mais nous allons aussi avoir besoin de quelques policiers. Fred, toi et Mel. Plus quatre ou cinq autres, je dirais. Pas toi, Carter, tu restes avec moi.

— Pourquoi des flics juste pour aller récupérer des bonbonnes de propane ? s'étonna Randolph.

— Eh bien », répondit Big Jim en essuyant un reste de jaune d'œuf avec un morceau de toast frit, « tout ça c'est à cause de notre ami Dale Barbara et de son plan pour déstabiliser la ville. L'endroit est gardé par deux hommes en armes et on dirait bien qu'ils sont là-bas pour protéger ce qui ressemble pas mal à un labo de drogue. Je pense que Barbara l'avait mis en place bien avant d'arriver lui-même ici ; c'était bien préparé. L'un des gardes actuels est Philip Bushey.

— Ce raté, grommela Randolph.

— Et l'autre, j'ai la tristesse de vous l'annoncer, est Andy Sanders. »

Randolph piquait des frites du bout de sa fourchette. Il laissa tomber bruyamment celle-ci dans son assiette. « *Andy ?*

— La triste vérité. C'est Barbara qui l'a mis sur le coup – je le sais de source sûre, mais ne me demandez pas de qui ; la personne a exigé l'anonymat. » Big Jim soupira, puis enfourna le morceau de toast dégoulinant de jaune d'œuf et de graisse. Oh, Seigneur, qu'il se sentait bien, ce matin ! « Je suppose que c'était une question d'argent. J'ai cru comprendre que la banque était sur le point de faire saisir sa pharmacie. Il n'a jamais eu la bosse du commerce.

— Ni celle de la direction d'une ville », ajouta Freddy Denton.

Big Jim n'appréciait pas d'être interrompu par un subalterne, d'ordinaire ; mais ce matin, il appréciait tout. « Malheureusement exact », dit-il, se penchant sur la table dans la mesure où sa considérable bedaine le lui permettait. « Andy et Bushey ont tiré sur l'un des camions que j'ai envoyés hier. Ils ont crevé les pneus avant. Ces cueilleurs de coton sont dangereux.

— Des accros à la drogue, et armés en plus, maugréa Randolph. Le cauchemar de la police. Les hommes devront porter des gilets pare-balles.

— Bonne idée.

— Et je ne peux pas garantir la sécurité d'Andy.

— Dieu te garde, je le sais bien. Fais ce que tu as à faire. Il nous faut ce propane. La ville en a un besoin urgent et j'ai l'intention d'annoncer ce soir, à la réunion, que nous venons d'en découvrir toute une réserve.

— Vous êtes sûr que je ne peux pas y aller, Mr Rennie ? demanda Thibodeau.

— Je comprends que tu sois déçu, mais je tiens à t'avoir avec moi demain. Randolph aussi, je crois. Il faut que quelqu'un gère cette affaire, qui a toutes les chances de tourner au grand bazar. Il faut éviter que les gens ne se fassent piétiner. Ce qui arrivera peut-être, malgré tout. Ils ne savent pas se tenir. Ce serait mieux de demander à Twitchell d'être sur place avec son ambulance. »

Carter prit tout cela en note.

Big Jim se tourna pendant ce temps vers Randolph. Son visage exprimait le plus profond chagrin. « Ça me fait mal de le dire, Pete, mais d'après mon informateur, Junior semble avoir joué un rôle dans cette histoire de labo de drogue.

— Junior ? s'exclama Mel. Jamais de la vie ! Pas Junior ! »

Big Jim hocha la tête et essuya son œil sec du revers de la main. « Moi aussi, j'ai eu du mal à le croire. Je ne *veux* pas le croire – mais vous savez qu'il est à l'hôpital ? »

Tous hochèrent la tête.

« Overdose, murmura Rennie, se penchant encore plus sur la table. Il semble que ce soit l'explication la plus vraisemblable de son état. » Il se redressa et tourna de nouveau son attention sur Randolph. « Ne passez pas par la route principale, ils vont s'y attendre. À environ deux kilomètres à l'est de la station de radio, il y a une route de service…

— Je la connais, l'interrompit Freddy. Elle rejoignait le bois qui appartenait autrefois à Verdreaux le Poivrot, avant que la banque mette la main dessus. Je crois que toute cette portion appartient à présent au Saint-Rédempteur. »

Big Jim sourit et acquiesça – même si ces terres appartenaient en réalité à une société du Nevada dont il était le président. « Passez par là, et approchez de la station par l'arrière. C'est très boisé, dans le secteur, et vous ne devriez pas avoir de problème. »

Le portable de Big Jim sonna. Il regarda le numéro d'appel, faillit laisser la boîte vocale prendre le relais, puis il se dit : *Qu'est-ce que ça peut foutre ?* Dans l'état où il était ce matin, entendre Cox geindre, l'écume aux lèvres, ne pourrait être que réjouissant.

« Rennie à l'appareil. Que voulez-vous, colonel Cox ? »

Il écouta. Son sourire s'effaça en partie.

« Comment savoir si vous me dites la vérité ? » demanda-t-il.

Il écouta encore un peu, puis coupa l'appel sans un mot de courtoisie. Il resta un moment sans rien dire, sourcils froncés, évaluant ce qu'il venait d'apprendre.

Puis il releva la tête et s'adressa à Randolph : « Nous n'avons pas un compteur Geiger ? Dans l'abri antiatomique, peut-être ?

— Diable, j'en sais rien. Al Timmons pourrait être au courant, lui.

— Trouve-le et dis-lui de vérifier.

— C'est important ? » demanda Randolph, tandis qu'en même temps Carter disait : « Il y a des radiations, patron ?

— Pas de quoi s'inquiéter, répondit Big Jim. Comme l'aurait dit Junior, il essaie juste de me flanquer les boules. J'en suis certain. Mais vérifiez tout de même cette histoire de compteur Geiger. Si nous en avons un et s'il est en état de marche, apportez-le-moi.

— Très bien », répondit Randolph, l'air effrayé.

Big Jim regrettait, en fin de compte, de ne pas avoir laissé l'appel se perdre sur le répondeur. Ou de ne pas avoir gardé le silence. Searles allait à tous les coups vendre la mèche, lancer une rumeur. Bon sang, Randolph *lui-même* risquait de le faire. Et ce n'était probablement rien, juste ce cueilleur de coton, une huile de l'armée, qui essayait de lui gâcher sa journée. La journée la plus importante de sa vie, peut-être.

Freddy Denton, lui, au moins, avait gardé présente à l'esprit la question à l'ordre du jour : « À quelle heure vous voulez qu'on donne l'assaut à la station de radio, Mr Rennie ? »

Big Jim passa mentalement en revue ce qu'il savait du déroulement de la Journée des Visiteurs, puis sourit. Un sourire authentique, un sourire de bonne humeur qui plissait ses bajoues légèrement graisseuses et révélait ses petites dents. « À midi. Ils seront tous occupés à se faire leurs confidences, dans le secteur de la 119, et la ville sera déserte. Vous en profiterez pour aller me virer ces cueilleurs de coton assis sur notre propane à midi pile. Comme dans le western[1]. »

6

À onze heures et quart ce jeudi matin, le van du Sweetbriar Rose roulait sur la 119 en direction du sud. Un embouteillage monstre s'y produirait le lendemain, dans la puanteur des fumées d'échappement ; mais aujourd'hui, la route était étrangement déserte. Rose elle-même avait pris place au volant. Ernie Calvert occupait le siège du passager. Norrie était assise entre eux et agrippait son skate couvert d'autocollants de groupes de rock disparus depuis longtemps, comme Stalag 17 ou Dead Milkman.

« Qu'est-ce que l'air sent mauvais, fit-elle observer.
— C'est la Prestile, dit Rose. Elle est devenue un grand marais infect là où elle passait avant dans Motton. » Elle savait qu'il y avait dans l'air davantage que les effluves d'une rivière qui se mourait, mais elle ne le dit pas. Il fallait bien respirer : à quoi bon s'inquiéter de la qualité de ce qu'on inhalait ? « Tu as parlé à ta mère ?
— Ouais, répondit Norrie d'un ton morose. Elle va venir, mais l'idée ne lui plaît pas beaucoup.
— Est-ce qu'elle apportera les provisions qui lui restent, le moment venu ?
— Oui. Dans le coffre de la voiture. » Ce que Nor-

---
1. Allusion au *Train sifflera trois fois* dont le titre en anglais est *High Noon :* midi pile.

rie n'ajouta pas fut que Joanie Calvert commencerait par y charger ses réserves de gnôle ; les réserves de nourriture ne viendraient qu'ensuite. « Et les radiations, Rose ? On ne pourra pas couvrir toutes les voitures de feuilles de plomb.

— Si les gens ne montent là-haut qu'une ou deux fois, ça ne devrait pas être un problème. » Rose en avait trouvé la confirmation en cherchant sur Internet. Elle avait aussi découvert que le danger dépendait, en outre, de l'intensité du rayonnement, mais elle jugeait inutile d'inquiéter les autres pour des choses sur lesquelles ils n'avaient aucun contrôle. « Le plus important, c'est de limiter la durée d'exposition aux rayons... et d'après Joey, la ceinture n'est pas très large.

— La maman de Joe ne veut pas venir », dit Norrie.

Rose soupira. Elle le savait. La Journée des Visiteurs n'avait pas que des bons côtés. Elle allait certes permettre de camoufler leur retraite, mais ceux qui avaient des parents à l'extérieur voudraient les voir. *Mrs McClatchey va peut-être perdre à la loterie*, pensa-t-elle.

Ils arrivaient à la hauteur de Jim Rennie's Used Cars avec son grand panneau :

JIM RENNIE'S USED CARS
VOITURES AMÉRICAINES ET ÉTRANGÈRES
NOU$ FAION CRÉDIT !
VOUS ROULEREZ
GRÂCE À BIG JIM !

« N'oubliez pas..., commença Ernie.

— Je sais, dit Rose. S'il y a quelqu'un, je fais demi-tour et nous rentrons en ville. »

Mais sur le parking, tous les emplacements marqués RÉSERVÉ AUX EMPLOYÉS étaient vides ; la salle d'exposition était déserte et un tableau blanc avec FERMÉ JUSQU'À NOUVEL ORDRE était accroché sur l'entrée principale. Rose contourna rapidement le bâtiment. Là s'alignaient des rangées de véhicules divers, chacun avec un panneau, derrière le pare-brise, comportant le prix et d'alléchantes promesses telles que : GRANDE VALEUR ET PROPRE COMME UN SOU NEUF ET REGARDEZ-MOI ! (Avec un O sexy paré de longs cils d'allumeuse). Là se trouvaient les bêtes de somme fourbues des écuries de Big Jim. Rien à voir avec les pur-sang chicos américains ou allemands exhibés en façade. Au fond du parking, devant la clôture grillagée qui séparait le terrain de Big Jim d'une étendue jonchée de détritus où végétaient des baliveaux, s'alignaient d'anciens vans de la compagnie du téléphone, certains portant encore le logo d'AT&T.

« Les voilà », dit Ernie en passant une main derrière son siège. Il en ramena une longue tige métallique.

« Tiens, un rossignol, dit Rose, amusée en dépit de sa nervosité. Comment se fait-il que vous possédiez un rossignol, Ernie ?

— Il date de l'époque où je travaillais à Food City. Vous n'imaginez pas le nombre de personnes qui laissent leur clef dans leur voiture.

— Comment tu vas la faire démarrer, grand-père ? » demanda Norrie.

Ernie eut un sourire hésitant. « Je vais trouver quelque chose. Arrêtez-vous ici, Rose. »

Il descendit et s'approcha au petit trot du premier van, se déplaçant avec une vivacité surprenante de la part d'un presque septuagénaire. Il regarda par la fenêtre, secoua la tête et passa au deuxième. Puis au troisième, mais celui-ci avait un pneu à plat. Au quatrième, il se tourna vers Rose, pouce levé. « Allez-y, Rose. Roulez ! »

Rose eut le sentiment qu'Ernie ne voulait pas être vu de sa petite-fille pendant qu'il maniait son rossignol. Elle en fut touchée et, sans protester, fit demi-tour et alla s'arrêter devant l'établissement. « Tu es d'accord avec ça, mon cœur ?

— Oui, répondit Norrie en descendant. S'il n'arrive pas à en faire démarrer une, nous rentrerons à pied, c'est tout.

— Ça fait plus de quatre kilomètres. Ce n'est pas trop pour lui ? »

Norrie était pâlotte, mais elle réussit à sourire. « Grand-père ? C'est lui qui va m'enterrer, oui ! Il fait six kilomètres tous les jours. Il dit que ça lui huile les articulations. Allez-y maintenant, avant que quelqu'un vous voie ici.

— Tu es une fille courageuse, dit Rose.

— Je ne me *sens pas* courageuse.

— Les vrais courageux sont ceux qui surmontent leur frousse, mon cœur. »

Rose repartit vers la ville. Norrie suivit le van des yeux jusqu'à ce qu'il ait disparu, puis se mit à faire des figures paresseuses avec son skate sur le parking, côté façade. Il y avait une partie en pente, si bien qu'elle n'avait à se pousser du pied que dans un sens... mais elle était tellement tendue qu'elle se sentait capable de remonter tout Town Common Hill sans même s'en rendre compte. Bon sang, elle pourrait même tomber sur les fesses sans rien sentir. Et si quelqu'un arrivait ? Eh bien, elle était venue ici à pied avec son grand-père, qui voulait voir quelques vans. Elle l'attendait et ils repartiraient ensuite tranquillement en ville à pied. Son grand-père adorait marcher, tout le monde le savait. Ça huile les articulations. Sauf que Norrie pensait qu'il y avait autre chose ; et même que l'essentiel n'était pas là. Il s'était mis à faire ses marches quand Mamie avait commencé à perdre la mémoire (personne n'avait ouvertement parlé d'Alzheimer, tout le monde y avait pensé). Norrie supposait qu'il évacuait ainsi son chagrin. Une telle chose était-elle possible ? Elle croyait que oui. Elle savait bien que lorsqu'elle était sur son skate et se lançait dans des figures compliquées dans le skate-park d'Oxford, il n'y avait plus en elle qu'un mélange de joie et de peur, et que c'était la joie qui menait la danse. La peur était réfugiée au fond des coulisses.

Après un moment qui lui parut s'éterniser, l'ancien van de la compagnie du téléphone se présenta à l'angle du bâtiment avec grand-père au volant. Norrie prit le skate sous son bras et monta. C'était la première fois qu'elle roulait dans un véhicule volé.

« Grand-père, t'es trop génial ! » dit-elle en déposant un bisou sur sa joue.

7

Joe McClatchey se dirigeait vers la cuisine avec l'idée d'ouvrir l'une des dernières boîtes de jus de pomme qui restaient dans le frigo, lorsqu'il entendit sa mère dire *Bump* et s'immobilisa.

Il savait que ses parents s'étaient rencontrés dès leur

première année à l'université du Maine et qu'à l'époque, les amis de Sam McClatchey l'appelaient Bump ; mais sa mère ne l'appelait presque plus jamais ainsi et, si elle le faisait, c'était en rougissant et en riant, comme si ce surnom avait quelque sous-entendu graveleux. Joe ne savait évidemment rien de plus de cette histoire. Ce qu'il comprenait, en revanche, était que sa mère devait être particulièrement émue pour avoir dérapé de cette façon vers le passé.

Il se rapprocha encore un peu de la porte à demi ouverte de la cuisine. Il vit sa mère en compagnie de Jackie Wettington, habillée aujourd'hui d'un chemisier et de jeans délavés à la place de son uniforme. Les deux femmes auraient pu également le voir si elles avaient levé les yeux. Il n'avait aucune intention de les épier ; voilà qui n'aurait pas été correct, en particulier si sa mère était bouleversée. Mais, pour le moment, elles se contentaient de se regarder. Elles étaient assises à la table de la cuisine. Jackie tenait les mains de Claire. Sa mère avait les larmes aux yeux et Joe se sentit lui-même pris de l'envie de pleurer.

« Tu ne peux pas, disait Jackie. Je sais que tu en meurs d'envie, mais tu ne peux tout simplement pas. Pas si les choses se passent comme elles le devraient ce soir.

— Je ne pourrais pas au moins l'appeler pour lui dire que nous ne serons pas là ? Ou lui envoyer un courriel ? Je pourrais au moins faire ça ! »

Jackie secoua la tête. Son expression était un mélange de bonté et de fermeté. « Il pourrait parler. Et les choses pourraient remonter jusqu'à Rennie. Or, si jamais Rennie renifle quelque chose avant que nous ne fassions évader Rusty et Barbie, on risque de courir au désastre complet.

— Mais si je lui dis de garder tout ça pour lui...

— Mais voyons, Claire, tu ne comprends pas. On joue beaucoup trop gros. La vie de deux hommes est en jeu. Et aussi la nôtre. » Elle marqua une pause. « Et celle de ton fils. »

Les épaules de Claire s'affaissèrent, mais elle les redressa aussitôt. « Tu pars avec Joe, dans ce cas. Je viendrai après la Journée des Visiteurs. Rennie ne me soupçonnera pas. Je n'ai jamais rencontré Barbie et je ne connais pas non plus Rusty, sauf qu'on se dit bonjour quand on se croise dans la rue. J'allais chez le Dr Hartwell, à Castle Rock.

— Mais Joe *connaît* Barbie, lui, expliqua patiemment Jackie. Joe faisait partie de l'équipe qui a installé la vidéo pour retransmettre l'impact des missiles. Et Big Jim le sait. Il pourrait très bien te faire arrêter et te cuisiner jusqu'à ce que tu leur dises où il est passé.

— Je ne lui dirai pas, protesta Claire. Jamais de la vie. »

Joe entra alors dans la cuisine. Claire s'essuya les joues et s'efforça de sourire. « Oh, salut mon chéri. Nous parlions justement de la Journée des Visiteurs et...

— Maman ? Il ne se contentera pas de te cuisiner. Il peut très bien te *torturer.* »

Claire parut choquée. « Jamais il ne ferait ça, voyons ! D'accord, il n'est pas très sympathique, mais c'est le deuxième conseiller, après tout, et... »

Jackie l'interrompit :

« Il *était* le deuxième conseiller. En ce moment, il auditionne pour être empereur. Et, tôt ou tard, quelqu'un finira par parler. Tu aimerais que Joe soit quelque part en train de s'imaginer qu'on t'arrache les ongles ?

— Arrête ! s'écria Claire. C'est horrible ! »

Jackie ne lâcha pas les mains de Claire lorsque celle-ci essaya de les retirer. « C'est tout ou rien, et il est trop tard pour que ce soit rien. Ce truc est lancé et nous devons suivre le mouvement. S'il s'agissait seulement de Barbie s'évadant par ses propres moyens, Big Jim pourrait laisser faire. Parce qu'un dictateur a toujours besoin d'un croquemitaine. Mais il ne va pas agir seul, pas vrai ? Ce qui signifie qu'il va essayer de nous trouver et qu'il ne lâchera jamais Joe.

— Mais il faut l'arrêter ! protesta Joe. Mr Rennie est en train de transformer Chester's Mill en un... un État policier !

— Je suis bien incapable d'arrêter qui que ce soit, moi, rétorqua Claire, gémissant presque. Je suis juste une foutue *ménagère* !

— Si ça peut te réconforter, tu avais déjà ton billet pour ce voyage dès l'instant où les gosses ont trouvé la boîte.

— Ça ne me réconforte pas. Pas du tout.

— En un certain sens, nous avons même de la chance, continua Jackie. Nous n'avons enrôlé que très peu de personnes innocentes, du moins pour le moment.

— Rennie et ses flics vont de toute façon finir par nous trouver, dit Claire. Tu t'en doutes bien. Chester's Mill n'est pas une ville, c'est un trou. »

Jackie eut un sourire sans joie. « Ce jour-là, nous serons plus nombreux. Et armés. Et Rennie le saura.

— Il faut nous emparer de la station de radio dès que possible, dit Joe. Il faut que les gens soient mis au courant de l'autre aspect de l'histoire. Nous devons diffuser la vérité. »

Le regard de Jackie s'éclaira. « Ça, c'est une sacrée bonne idée, Joe.

— Mon Dieu », gémit Claire en se cachant le visage dans les mains.

8

Ernie gara le van d'AT&T à hauteur du quai de chargement, derrière le Burpee's. *Me voilà transformé en délinquant*, songea-t-il, *et j'ai comme complice ma petite-fille de douze ans. Ou treize ?* Ça n'avait pas d'importance ; quelque chose lui disait que Randolph ne la traiterait pas en mineure, si jamais ils étaient pris.

Rommie ouvrit la porte arrière du magasin, vit Ernie et Norrie et sortit sur le quai, portant des armes dans les mains.

« Tout s'est bien passé ? demanda-t-il.

— Comme sur des roulettes, répondit Ernie en escaladant les marches du quai. Il n'y a personne sur les routes. Vous avez d'autres armes ?

— Ouais. Quelques-unes. Dedans, derrière la porte. Vous nous donnez un coup de main, miss Norrie ? »

Norrie alla prendre deux fusils et les tendit à son grand-père qui les rangea à l'arrière du van. Rommie revint du magasin en poussant un chariot sur lequel étaient posées une douzaine de rouleaux de feuilles de plomb. « Pas besoin de les décharger tout de suite, dit-il. Je vais juste faire quelques découpes pour les vitres des portières. Nous nous occuperons des pare-brise une fois sur place. En laissant une fente pour voir à travers – comme sur les anciens tanks Sherman. Norrie, pendant que je fais ça avec ton grand-père, est-ce que tu pourrais sortir l'autre chariot ? S'il est trop lourd, laisse tomber, on s'en occupera après. »

Le second chariot était chargé de cartons de nourriture, en conserve ou lyophillisée comme celle destinée aux campeurs. Il y avait un carton de mélange à boire en poudre de premier choix. Le chariot était lourd, mais une fois ébranlé, elle put le faire rouler sans mal. Le problème fut de l'arrêter ; si Rommie ne l'avait pas intercepté avant, il aurait dégringolé du quai.

Ernie avait fini de poser les feuilles de plomb sur les petites fenêtres arrière du van à l'aide de généreuses longueurs d'adhésif. Il s'essuya le front. « C'est diablement risqué, Burpee – c'est rien de moins qu'un vrai convoi qu'on se prépare à envoyer au verger McCoy. »

Rommie haussa les épaules et se mit à charger les cartons de fournitures, les alignant le long des parois pour ménager, au milieu, un espace pour les passagers qu'ils espéraient avoir. Une auréole de transpiration s'étalait sur le dos de sa chemise. « Reste plus qu'à espérer qu'en faisant vite et discrètement, la grande réunion nous couvrira. On n'a pas tellement le choix.

— Vous allez mettre du plomb sur les vitres de Ms Shumway et de Mrs McClatchey ? demanda Norrie.

— Ouais. Cet après-midi. Je les aiderai. Il faudra qu'elles laissent leur voiture derrière le magasin, après. Pas question d'aller parader en ville avec des fenêtres plombées – les gens pourraient se poser des questions.

— Et votre gros Cadillac Escalade ? demanda Ernie. Ça devrait vous engloutir le reste des affaires sans même un rot. Votre femme pourrait le conduire...

— Misha viendra pas, dit Rommie. Elle ne veut rien savoir de tout ça. J'ai demandé, c'est tout juste si j'me suis pas mis à genoux pour la supplier, mais ça lui a pas fait plus d'effet qu'un courant d'air. À vrai dire, j'ai pas été vraiment surpris, parce que je ne lui ai pas dit grand-chose de plus que ce qu'elle savait déjà... c'est-à-dire à peu près rien, mais au moins ça devrait lui éviter des ennuis si jamais Rennie s'en prend à elle. Mais en tout cas elle veut pas y être mêlée.

— Et pourquoi ? » demanda Norrie, les yeux écarquillés, prenant conscience de ce que sa question pouvait avoir d'impoli lorsqu'elle vit son grand-père froncer les sourcils.

« Parce que ma chérie est une tête de mule. Je lui ai dit qu'elle risquait être blessée. Je voudrais bien qu'ils s'y frottent, qu'elle m'a répondu. C'est ma Misha, ça. Oh, et zut. Si j'en ai l'occasion, je viendrai plus tard en douce pour voir si elle a pas changé d'avis. C'est une prérogative féminine, d'après ce qu'on dit. Allons, chargeons encore quelques cartons. Et ne planquez pas les fusils, Ernie. On pourrait en avoir besoin.

— J'arrive pas à croire que je t'ai embringuée là-dedans, mon poussin, dit Ernie.

— Mais non, c'est OK, grand-père. Je préfère être dans le coup que hors du coup. »

Ça, au moins, était vrai.

9

BONK. Silence.
BONK. Silence.
BONK. Silence.

Ollie Dinsmore se tenait assis en tailleur à moins d'un mètre cinquante du Dôme, son vieux sac de scout posé à côté de lui. Le sac était rempli de cailloux qu'il avait ramassés dans la cour – tellement plein, même, qu'Ollie avait titubé sous le poids en venant jusqu'ici, se disant à chaque pas que le fond allait lâcher et qu'il perdrait ses munitions. Mais le fond avait tenu. Il choisit un autre caillou – un chouette, bien lisse, poli par quelque ancien glacier – et le lança sur le Dôme, d'où il rebondit vers lui sans avoir apparemment rien frappé. Il le reprit, le lança à nouveau.

BONK. Silence.

Le Dôme avait une chose pour lui, tout de même. C'était peut-être à cause de lui que son frère et sa mère étaient morts, mais par le bon vieux Jésus poilu, un sac de munitions pouvait vous durer toute la journée.

Des *Cailloux-boomerangs*, pensa-t-il. Il sourit. Ce fut un vrai sourire, mais qui lui donna néanmoins un air terrible, tant son visage était amaigri. Il ne mangeait presque plus rien et il se dit que ce n'était pas demain la veille qu'il aurait envie de manger. Entendre un coup de fusil, puis découvrir sa mère gisant dans la cuisine, la robe remontée sur ses sous-vêtements et la moitié de la tête emportée... un truc pareil, voilà qui vous faisait perdre l'appétit.

BONK. Silence.

De l'autre côté du Dôme régnait une activité de ruche. Une ville de toile venait de surgir. Jeeps et camions allaient et venaient et des centaines de soldats couraient dans tous les sens tandis que les officiers leur criaient des ordres ou des insultes dans le même souffle.

Outre les tentes déjà dressées, on en érigeait quatre nouvelles, tout en longueur. Les panneaux plantés devant indiquaient ACCUEIL DES VISITEURS 1, ACCUEIL DES VISITEURS 2, PREMIERS SECOURS pour les trois premières, et RAFRAÎCHISSEMENTS devant la dernière et la plus grande. Peu après qu'Ollie, assis par terre, avait commencé à jeter ses cailloux contre le Dôme, étaient arrivés deux camions transportant des Sanisettes. Des rangées de chiottes d'un bleu joyeux s'alignaient à présent, assez loin du secteur où les visiteurs se tiendraient pour parler à leurs proches, qu'il pourraient voir mais non toucher.

Ce qui était sorti de la tête de sa mère avait l'aspect d'une confiture de fraises couverte de moisissures ; ce que ne comprenait pas le jeune garçon c'était pourquoi elle l'avait fait comme ça, et pourquoi là. Pourquoi choisir la pièce dans laquelle ils prenaient la plupart de leurs repas ? S'était-elle tellement enfoncée dans son chagrin qu'elle en avait oublié son second fils, lequel finirait peut-être par manger à nouveau (à moins qu'il ne mourût avant) mais n'oublierait jamais l'horreur qu'il avait découverte, gisant sur le sol de la cuisine ?

Ouaip, pensa-t-il. *Enfoncée aussi loin. Parce que Rory a toujours été son préféré, son chouchou. C'est à peine si elle me voyait, sauf si j'oubliais de m'occuper des vaches ou de nettoyer l'étable quand elles paissaient. Ou si je ramenais une mauvaise note à la maison. Parce que* lui *n'en ramenait que des bonnes.*

Il lança une pierre.

Bonk. Silence.

Des soldats installèrent des panneaux à proximité du Dôme. On lisait, sur ceux tournés vers la ville prisonnière :

ATTENTION !

POUR VOTRE PROPRE SÉCURITÉ !
NE VOUS APPROCHEZ PAS À MOINS DE DEUX MÈTRES !

Ollie supposa que les panneaux tournés dans l'autre sens disaient la même chose et qu'ils seraient peut-être efficaces, parce qu'il y aurait des tas de gens pour maintenir l'ordre. De ce côté-ci, se masseraient quelque huit cents habitants pour peut-être deux douzaines de flics dont la plupart n'avaient aucune expérience. Tenir les gens à distance serait aussi facile que d'empêcher la marée montante d'aplatir un château de sable.

Ses sous-vêtements étaient mouillés. Il y avait une flaque entre ses jambes écartées. Elle s'était pissé dessus, à l'instant où elle appuyait sur la détente ou tout de suite après. Sans doute après, pensait Ollie.

Il jeta un caillou.

BONK. Silence.

Un militaire se tenait non loin de lui. Il paraissait très jeune. Il ne portait aucun insigne sur ses manches et Ollie supposa donc que c'était un simple soldat. On aurait dit qu'il avait seize ans, mais sans doute devait-il être un peu plus âgé. Il avait entendu raconter des histoires d'ados mentant sur leur âge pour s'engager, mais cela devait remonter à une époque où il n'y avait pas d'ordinateurs pour contrôler ce genre de détails.

Le militaire regarda autour de lui, vérifiant que personne ne faisait attention, et parla à voix basse. Il avait un accent du Sud. « Mon gars ? Tu veux pas arrêter de faire ça ? Tu me rends dingue.

— T'as qu'à aller ailleurs », répondit Ollie.

BONK. Silence.

« Peux pas. J'ai des ordres. »

Au lieu de répondre, Ollie lança un autre caillou.

BONK. Silence.

« Pourquoi tu fais ça ? » demanda le soldat. Il manipulait d'un air affairé les deux panneaux qu'il tenait pour pouvoir continuer à parler à Ollie.

« Parce qu'il y en a un qui finira par ne pas rebondir. Et quand ça arrivera, je m'en irai et je ne reverrai plus jamais la ferme. Je ne trairai plus une seule vache. Comment il est, l'air, de votre côté ?

— Agréable. Mais un peu trop frais. Je viens de Car'line du Sud. Fait pas aussi frais en octobre en Car'line du Sud, je peux te dire. »

Là où se trouvait Ollie, à moins de trois mètres du gars du Sud, il faisait chaud. Et l'air puait.

Le soldat pointa un doigt en direction de la ferme. « Pourquoi t'arrêterais pas de lancer des cailloux pour aller t'occuper des vaches ? » dit-il de son lourd accent de Caroline du Sud. « Tu pourrais les faire rentrer dans l'étable, les traire, leur graisser les tétines – un truc comme ça.

— On n'a pas besoin de les faire rentrer. Elles savent où elles doivent aller. Et il n'y a pas besoin de les traire, en ce moment, et elle n'ont pas besoin de Bag Balm, non plus. Leurs tétines sont bien sèches.

— Ah oui ?

— Ouais. Mon père dit que l'herbe, elle est pas normale. Il dit que l'herbe, elle est pas normale parce que l'air est pas normal. Ça sent pas bon ici. Ça pue la merde.

— Ah oui ? » Le soldat paraissait fasciné. Il donna un ou deux coups de marteau sur le piquet portant le panneau double face, même s'il paraissait déjà solidement enfoncé.

« Ouais. Ma mère s'est suicidée ce matin. »

Le soldat venait de soulever son marteau pour donner un autre coup. Il laissa retomber l'outil le long de son corps. « Tu déconnes, hein ?

— Non. Elle s'est tiré un coup de fusil, dans la cuisine. C'est moi qui l'ai trouvée.

— Oh, merde, c'est horrible », dit le soldat en s'approchant du Dôme.

« On a emmené mon frère en ville quand il s'est blessé, dimanche dernier, parce qu'il était encore vivant – un peu – mais ma mère était morte, complètement morte, et on l'a enterrée sur le tertre. Mon père et moi. Elle aimait bien ce coin. Il était joli, avant que tout devienne à chier ici.

— Bordel, mon gars ! Tu viens de vivre un enfer !

— J'y suis toujours », répondit Ollie et, comme si ces mots avaient ouvert quelque chose en lui, il se mit à pleurer.

Il se leva et s'approcha du Dôme. Lui et le jeune soldat se faisaient face, à moins de trente centimètres l'un de l'autre. Le soldat leva une main, fit un peu la grimace lorsque le choc de courte durée le traversa. Il posa sa main contre la paroi invisible, doigts étalés. Ollie en fit autant de son côté du Dôme. Leurs mains paraissaient se toucher, doigt contre doigt, paume contre paume, mais n'entraient pourtant pas en contact. Ce geste futile allait être répété des centaines, des milliers de fois le lendemain.

« Mon p'tit gars...

— *Soldat Ames !* lança une voix de stentor. *Tire ton cul de là !* »

Le soldat Ames sursauta comme un gosse surpris à voler des confitures.

« *Ramène-toi par ici ! Tu seras de corvée !*

— Tiens bon, mon p'tit gars », dit le soldat Ames avant de courir se faire passer un savon.

Ollie imaginait qu'il ne pouvait s'agir que d'une engueulade, vu qu'on ne pouvait guère dégrader un simple soldat. Sûr qu'ils allaient lui faire faire le sale boulot qu'il y avait à faire, tout ça pour avoir parlé avec l'un des animaux du zoo. *J'ai même pas eu droit à des cacahuètes*, pensa Ollie.

Pendant quelques instants, il regarda les vaches qui ne donnaient plus de lait – et qui broutaient à peine – puis il se rassit à côté de son sac à dos de scout. Il fouilla dedans et trouva un beau caillou bien rond. Il pensa alors au vernis à ongles qui s'écaillait au bout des doigts de sa mère morte, ses doigts étalés juste à côté du fusil qui fumait encore. Puis il lança le caillou. Il heurta le Dôme. Rebondit.

BONK. Silence.

10

À quatre heures de l'après-midi, ce jeudi-là, alors que le ciel restait couvert sur tout le nord de la Nouvelle-Angleterre et que le soleil brillait au-dessus de Chester's Mill, tel un projecteur blafard, à travers le trou en forme de chaussette dans les nuages, Ginny Tomlinson alla voir comment se portait Junior. Elle lui demanda s'il avait besoin de quelque chose contre sa migraine. Il répondit tout d'abord que non, puis changea d'avis et lui demanda du Tylenol ou de l'Advil. Quand elle revint, le jeune homme traversa la chambre pour le prendre. Sur son dossier elle inscrivit : *Claudication toujours présente mais moins marquée.*

Lorsque Thurston Marshall passa la tête par la porte, trois quarts d'heure plus tard, la chambre était vide. Il supposa que Junior était descendu dans la salle commune mais, quand il s'y rendit, il n'y trouva qu'Emily Whitehouse, la femme qui avait eu une crise cardiaque. Emily se remettait très bien. Thurston lui demanda si elle n'avait pas vu un jeune homme aux cheveux blond foncé, boitant légèrement. Elle répondit que non. Thurston retourna dans la chambre de Junior et ouvrit le placard. Celui-ci était vide. Le jeune homme qui avait probablement une tumeur au cerveau s'était habillé et avait quitté l'hôpital sans passer par l'administration.

11

Junior se rendit chez lui. Sa claudication lui parut avoir disparu complètement, une fois ses muscles chauds. En outre, la forme sombre en trou de serrure qui flottait dans l'angle gauche de sa vision s'était réduite à un rond de la taille d'une bille. Peut-être n'avait-il pas reçu une dose complète de thallium, en fin de compte. Difficile à dire. De toute façon, il devait tenir la promesse qu'il avait faite à Dieu. S'il prenait soin des enfants, Dieu prendrait soin de lui.

Lorsqu'il était sorti de l'hôpital (par la porte de service), tuer son père avait figuré en premier sur sa liste des choses à faire. Le temps d'arriver à la maison – la maison dans laquelle était morte sa mère, la maison où étaient morts Lester Coggins et Brenda Perkins –, il avait changé d'avis. S'il tuait son père tout de suite, la grande réunion extraordinaire de la ville serait annulée. Junior ne le voulait pas, parce que cette réunion allait lui procurer une excellente couverture pour la chose la plus importante qu'il avait à faire. La plupart des flics y assisteraient, si bien que l'accès au poste de police lui serait facilité. Il regrettait seulement de ne pas avoir les plaques militaires empoisonnées en sa possession. Il aurait adoré les enfoncer dans la gorge de *Baaarbie* agonisant.

De toute façon, Big Jim n'était pas à la maison. Le seul être vivant qu'il y vit fut le loup qu'il avait aperçu bondissant dans le parking de l'hôpital, aux petites heures du matin. Il était au milieu de l'escalier et le regardait, un grondement bas montant du fond de sa poitrine. Il avait la fourrure hérissée. Des yeux jaunes. À son cou pendaient les plaques militaires de Dale Barbara.

Junior ferma les yeux et compta jusqu'à dix. Quand il les rouvrit, le loup avait disparu.

« C'est moi le loup, à présent, murmura-t-il dans la chaleur de la maison silencieuse. Je suis le loup-garou et j'ai vu Lon Chaney qui dansait avec la reine. »

Il monta au premier, boitant de nouveau sans s'en rendre compte. Son uniforme se trouvait dans le placard, ainsi que son arme – un Beretta 92 Taurus. Le département de police en possédait une douzaine, payés pour l'essentiel avec l'argent de la Sécurité intérieure du territoire. Il vérifia que le chargeur de quinze cartouches était plein, puis il glissa le pistolet dans son étui, serra la ceinture autour de sa taille de plus en plus amaigrie et quitta la chambre.

Il s'arrêta au sommet des marches, se demandant ce qu'il allait faire en attendant que la réunion batte son plein, ce qui lui permettrait d'entrer en action. Il ne voulait parler à personne, il ne voulait même pas être vu. Puis il eut une idée : une bonne cachette, qui avait l'avantage d'être proche de l'endroit. Il descendit l'escalier avec précaution – sa foutue claudication était complètement revenue et le côté gauche de son visage étaient tellement engourdi qu'il aurait aussi bien pu être gelé – et s'engagea d'un pas traînant dans le couloir. Il s'arrêta un instant devant le bureau de son père, se demandant s'il ne devait pas ouvrir le coffre et brûler tout l'argent qui s'y trouvait. Il décida que cela n'en valait pas la peine. Il se souvint vaguement d'une histoire dans laquelle des banquiers échoués sur une île déserte s'étaient enrichis en échangeant leurs vêtements, et il émit un petit jappement de rire, bien qu'étant incapable de se souvenir de la chute d'une blague qu'il n'avait d'ailleurs jamais très bien comprise.

Le soleil venait de passer derrière les nuages, à l'ouest du Dôme, et il commençait à faire sombre. Junior sortit de la maison et s'évanouit dans la pénombre.

12

À cinq heures et quart, Alice et Aidan Appleton revinrent du jardin de leur maison d'emprunt. « Caro ? dit Alice. Est-ce que tu veux bien nous amener, moi et Aidan… euh, Aidan et moi, à la grande réunion ? »

Carolyn Sturges, qui venait de préparer des sandwichs beurre de cacahuètes/gelée en guise de souper, sur le comptoir de Coralee Dumagen et avec du pain (rassis mais mangeable) de Coralee Dumagen, regarda les enfants, surprise. C'était bien la première fois qu'elle entendait des gosses réclamer de se rendre à une réunion d'adultes ; et si on lui avait posé la question, elle aurait certainement répondu qu'ils auraient couru dans l'autre direction pour échapper à quelque chose d'aussi barbant. Elle fut tentée. Parce que si les enfants venaient, elle pourrait y aller aussi.

« Vous êtes sûrs ? demanda-t-elle en se penchant vers eux. Tous les deux ? »

Quelques jours auparavant, Carolyn aurait encore affirmé qu'elle n'avait aucune envie d'avoir des enfants ; que ce qu'elle désirait, c'était faire une carrière dans l'enseignement et écrire. Devenir romancière, peut-être, même si pondre des romans lui paraissait un pari assez risqué ; et si jamais elle écrivait un pavé de mille pages et qu'il était nul ? La poésie, cependant... aller un peu partout dans le pays (peut-être à moto)..., faire des lectures, donner des séminaires, libre comme un oiseau... voilà qui serait génial. Rencontrer des hommes intéressants, boire du vin en discutant de Sylvia Plath au lit. Alice et Aidan lui avaient fait changer d'avis. Elle souhaitait la disparition du Dôme – bien sûr –, mais rendre ces deux mômes à leur maman allait lui faire mal au cœur. Elle espérait plus ou moins que cela leur ferait aussi mal au cœur. Voilà qui était sans doute mesquin, mais c'était ce qu'elle ressentait.

« Aidan ? Tu en as vraiment envie ? Parce que les réunions d'adultes peuvent durer affreusement longtemps et être ennuyeuses.

— Je veux y aller, répondit Aidan. Je veux voir tous les gens. »

Carolyn comprit alors. Ce qui les intéressait, ce n'était pas la discussion à propos des ressources de la ville ni la façon de les gérer ; évidemment pas. Alice avait neuf ans et Aidan, cinq. Mais vouloir voir tous les gens rassemblés, comme une grande famille. Voilà qui tenait debout.

« Vous serez bien sages ? Vous ne vous agiterez pas trop, vous ne bavarderez pas ?

— Bien sûr que non, répondit Alice avec dignité.

— Et vous ferez tous les deux un gros pipi avant de partir, hein ?

— *Oui !* »

Cette fois, la fillette leva les yeux au ciel pour montrer à quel point Caro pouvait être bêtasse... et Caro, d'une certaine manière, en fut touchée.

« Dans ce cas, je vais emballer les sandwichs et nous les emporterons, dit-elle. Et nous avons deux boîtes de soda pour les enfants bien sages qui savent se servir d'une paille. À condition que les enfants en question aient fait un gros pipi avant de se mettre à avaler du liquide.

— J'adore boire avec une paille, dit Aidan. Y aura des Whoops ?

— Il veut dire des Whoopie Pies, expliqua Alice.

— Je sais ce qu'il veut dire, mais il n'y en a plus. Je crois qu'il reste des crackers Graham, par contre. Ceux avec du sucre à la cannelle dessus.

— Les crackers Graham au sucre à la cannelle, c'est super, dit Aidan. Je t'aime, Caro. »

Carolyn sourit. Elle se dit que jamais aucun poème qu'elle avait pu lire ne l'avait autant touchée. Pas même celui de Carlos Williams sur les prunes froides.

13

Andrea Grinnell descendit l'escalier d'un pas lent mais assuré, sous les yeux d'une Julia stupéfaite. Andi était transformée. Son maquillage et le bon coup de peigne qu'elle avait donné à ses cheveux frisottés y étaient pour quelque chose, mais il n'y avait pas que ça. À la voir ainsi, Julia se rendit compte que cela faisait longtemps que la troisième conseillère n'avait plus eu son aspect normal. Elle portait ce soir une robe rouge sensationnelle retenue par une ceinture – on aurait bien dit un modèle de chez Ann Taylor – et tenait à la main un grand sac en toile fermé par un cordon.

Horace lui-même la regardait avec étonnement.

« De quoi ai-je l'air ? demanda-t-elle en arrivant au bas des marches. J'ai pas une tête à voler jusqu'à l'hôtel de ville sur un balai ?

— Tu es sensationnelle. Tu as rajeuni de vingt ans.

— C'est gentil, mon chou, mais manque de chance, j'ai un miroir là-haut.

— S'il ne t'a pas montré à quel point tu es transformée, essaie celui d'en bas – la lumière est meilleure. »

Andi fit passer son sac d'un bras à l'autre, comme s'il était lourd. « Oui, c'est peut-être mieux – un peu.

— Tu es sûre que tu auras assez de forces pour… ?

— Je crois. Mais si je sens que je commence à trembler de partout, je m'esquiverai par une porte de côté. »

Andi n'avait cependant aucune intention de s'esquiver, même secouée de frissons.

« Qu'est-ce que tu trimballes dans ce sac ? »

Le casse-croûte de Jim Rennie, pensa Andrea. *Que j'ai bien l'intention de lui faire bouffer devant toute la ville.*

« J'emporte toujours de quoi tricoter à ces réunions. Il arrive qu'elles soient barbantes et n'en finissent pas.

— Je ne pense pas que celle-ci sera barbante, fit observer Julia.

— Tu vas venir, n'est-ce pas ?

— Oh, j'imagine », répondit évasivement Julia. Elle avait plutôt prévu d'être loin du centre de Chester's Mill avant la fin de la réunion. « J'ai quelques petites choses à régler auparavant. Tu pourras t'y rendre toute seule ? »

Andrea lui adressa un regard *enfin-maman-voyons* qui avait quelque chose de comique. « Je prends la rue, je descends la colline et je suis arrivée. Des années que je le fais. »

Julia consulta sa montre. Six heures moins le quart. « Tu ne pars pas beaucoup trop tôt ?

— Al va ouvrir les portes à six heures, si je ne me trompe, et je tiens à être bien placée.

— En tant que conseillère, tu devrais être sur l'estrade… si c'est bien ce que tu veux.

— Non, je n'en ai pas envie. »

Andi changea de nouveau son sac de bras. Il contenait son tricot, certes, mais aussi le dossier VADOR et le calibre 38 que son frère Twitch lui avait donné pour se protéger chez elle. Elle pensait qu'il pourrait tout aussi bien protéger la ville, tant qu'à faire. Une ville était comme un corps, avec un avantage sur celui d'un homme ; si une ville avait un cerveau qui n'allait pas, on pouvait toujours effectuer une transplantation. Et peut-être n'y aurait-il pas besoin d'en venir au geste extrême. Elle priait pour qu'il en soit ainsi.

Julia la regardait, l'air intrigué. Andrea comprit qu'elle venait de rêvasser.

« Je crois que je vais tout simplement m'asseoir au milieu des citoyens ordinaires, aujourd'hui. Mais le moment venu, j'aurai mon mot à dire. Tu peux compter sur moi. »

14

Andrea avait raison : Al Timmons ouvrit les portes à six heures. Main Street, restée pratiquement déserte toute la journée, se remplissait de citoyens se rendant à l'hôtel de ville. D'autres, venus des quartiers résidentiels, descendaient Town Common Hill à pied, par petits groupes. Des voitures commencèrent à arriver d'Eastchester et Northchester, la plupart ayant fait le plein de passagers. Personne, semblait-il, n'avait envie d'être seul, ce soir.

Elle arriva suffisamment tôt pour pouvoir choisir son siège ; elle s'installa au troisième rang, à côté de l'allée. Dans la rangée juste devant elle, il y avait Carolyn Sturges et les enfants Appleton. Alice et Aidan regardaient partout autour d'eux en ouvrant de grands yeux. Le petit garçon tenait ce qui semblait être un cracker Graham serré dans son petit poing.

Linda Everett faisait elle aussi partie des premiers arrivants. Julia avait appris à Andrea l'arrestation totalement grotesque de Rusty, et la troisième conseillère imaginait facilement que Linda devait être ravagée, mais elle le cachait bien derrière un maquillage sensationnel et une jolie robe avec de grandes poches. Étant donné sa propre situation (la bouche sèche, elle avait mal à la tête et la nausée lui soulevait l'estomac), Andi admira son courage.

« Venez vous asseoir à côté de moi, dit-elle en tapotant le siège voisin. Comment va Rusty ?

— Je ne sais pas », dit Linda, se glissant devant Andrea pour gagner sa place. Un objet, dans l'une de ces grandes poches marrantes, cogna contre le bois. « Ils ne m'ont pas laissée le voir.

— Cette situation va être rectifiée.

— Oui, répondit Linda, la mine sombre. Elle le sera. » Elle se pencha en avant. « Bonjour les enfants, vous vous appelez comment ?

— Voici Aidan, dit Carolyn, et là…

— Moi, c'est Alice », dit la petite fille en tendant la main d'un geste souverain, telle une reine à un fidèle sujet. « Moi et Aidan… euh, Aidan et moi… on est des Dorphelins. Ça veut dire des orphelins du Dôme. C'est Thurston qui a inventé le mot. Il sait faire des tours de magie, comme sortir une pièce de votre oreille et des trucs comme ça.

— On dirait bien que vous êtes retombés sur vos pieds, tous les deux », dit Linda avec un sourire.

Elle n'avait aucune envie de sourire, en fait ; elle n'avait jamais été aussi nerveuse de toute sa vie. Sauf que le terme était un euphémisme. Elle avait peur à en crever.

15

À six heures et demie le parking à l'arrière de l'hôtel de ville était plein. Puis il n'y eut bientôt plus un seul emplacement disponible sur Main Street, pas plus que sur West Street et East Street. À sept heures moins le quart, ce fut au tour des parkings de la poste et des pompiers d'être pris d'assaut, et il ne restait plus que quelques sièges vides dans la grande salle de l'hôtel de ville.

Big Jim avait prévu la possibilité d'un tel afflux, et Al Timmons, aidé de quelques-uns des nouveaux flics, avait disposé des bancs (empruntés à l'American Legion) sur la pelouse. Sur les uns on lisait : SOUTENEZ NOS SOLDATS ! sur d'autres : JOUEZ AU LOTO ! De gros haut-parleurs Yamaha étaient installés de part et d'autre de la porte principale.

Le gros des forces de police – comprenant tous les anciens, sauf deux – était là pour assurer le service d'ordre. Lorsque les derniers arrivants râlaient d'être obligés de s'asseoir dehors, le chef Randolph leur répliquait qu'ils n'avaient qu'à arriver plus tôt. Premiers arrivés, premiers servis. De plus, la nuit était agréable, il faisait bon, et ils verraient bientôt se lever une lune toute rose.

« Agréable, à condition de ne pas être gêné par l'odeur », dit Joe Boxer. Le dentiste était resté d'une humeur chagrine que rien n'avait pu dissiper depuis l'affaire des gaufres l'autre jour, à l'hôpital. « J'espère qu'on entendra bien avec ces trucs. » Il montra les haut-parleurs.

« On entendra très bien, lui répondit Randolph. Ils viennent du Dipper's. D'après Tommy Anderson, ils sont ce qui se fait de mieux, et c'est lui-même qui les a installés. Imaginez que vous êtes dans un drive-in, mais sans images.

— J'imagine surtout que ça va me casser les pieds », maugréa Joe Boxer.

Sur quoi il croisa les jambes et tira avec affectation sur le pli de son pantalon.

Junior regardait les gens arriver depuis sa cachette à l'intérieur du Peace Bridge, profitant d'un interstice entre les planches. Il était stupéfait de voir réunis autant d'habitants et ravi de la présence des haut-parleurs. Depuis le pont, il entendrait très bien. Et une fois que son paternel serait bien lancé, il agirait.

Dieu vienne en aide à qui se mettra en travers de mon chemin, pensa-t-il.

Impossible de manquer la masse bedonnante de son père, en dépit de la nuit qui tombait. De plus, ce soir, l'hôtel de ville était entièrement éclairé et l'une des fenêtres projetait un long pan de lumière jusqu'à l'endroit où se tenait Big Jim, en bordure du parking archiplein. Carter Thibodeau était à ses côtés.

Big Jim n'avait pas l'impression d'être surveillé – ou plutôt, il avait celle d'être observé par tout le monde, ce qui revenait au même. Il consulta sa montre. Sept heures pile. Son sens politique, aiguisé au cours des années, lui avait enseigné qu'il fallait toujours commencer les réunions importantes avec dix minutes de retard. Ni plus, ni moins. Ce qui signifiait qu'il était temps de remonter l'allée. Il tenait à la main une chemise contenant son discours, mais une fois lancé, il n'en aurait plus besoin. Il savait ce qu'il voulait dire. Il avait l'impression d'avoir prononcé ce discours pendant son sommeil, la nuit dernière, non pas une fois mais plusieurs, et que chaque fois il avait été meilleur.

Il donna un coup de coude à Carter. « C'est bon. Que le spectacle commence.

— Très bien. »

Thibodeau courut jusqu'à l'endroit où se tenait Randolph, sur les marches de l'hôtel de ville (*doit se prendre pour Jules Cueilleur-d'Coton-César*, pensa Big Jim) et ramena le chef.

« Nous allons entrer par la porte latérale », dit Big Jim. Il consulta à nouveau sa montre. « Dans cinq – non, dans quatre minutes. Tu marcheras en tête, Peter, je viendrai après et toi, Carter, tu me suivras. Nous irons directement sur l'estrade, d'accord ? En marchant d'un pas *décidé* – pas en traînant les pieds comme des mauviettes. Il y aura des applaudissements. Restez tous les deux au garde-à-vous jusqu'à ce qu'ils se mettent à diminuer. Ensuite, vous vous asseyez. Toi, Peter, à ma gauche. Carter, à ma droite. Je m'avancerai jusqu'au micro. On commencera par une prière, puis tout le monde se lèvera pour l'hymne national. Après quoi, je prendrai la parole et je ferai passer mon programme comme une lettre à la poste. Ils voteront oui à tout. Pigé ?

— Je suis aussi nerveux qu'une sorcière, avoua Randolph.

— C'est pas la peine. Tout va bien se passer. »

En quoi il se trompait lourdement.

16

Pendant que Big Jim et sa suite se dirigeaient vers la porte latérale de l'hôtel de ville, Rose venait garer le van de son restaurant dans l'allée des McClatchey. Elle était suivie de Joanie Calvert, au volant d'une berline Chevrolet des plus banales.

Claire sortit de chez elle, tenant une valise et un sac de toile rempli de provisions. Joe et Benny Drake portaient aussi des valises, même si les vêtements, dans celle de Benny, provenaient pour la plupart du placard de son ami. Benny trimballait en outre un sac plus petit rempli de ce qui avait été pillé dans les placards de cuisine des McClatchey.

Des applaudissements leur parvinrent du bas de la colline. « Dépêchons-nous, dit Rose. Ils commencent. Il est temps de jouer les filles de l'air. » Lissa Jamieson était avec elle. La bibliothécaire fit coulisser la portière et commença à charger les bagages.

« Vous avez les rouleaux pour masquer les vitres ? demanda Joe.

— Oui, et pour la voiture de Joanie, aussi. Nous irons aussi près que possible de ce que tu considéreras comme la limite dangereuse, puis nous bloquerons les fenêtres. Donne-moi ta valise.

— C'est de la démence, vous savez », dit Joanie.

Elle marcha à peu près droit entre sa voiture et le van du Sweetbriar, ce qui conduisit Rose à supposer qu'elle n'avait bu jusqu'ici qu'un ou deux verres, juste pour se donner du courage. C'était aussi bien.

« Vous avez probablement raison, dit Rose. Vous êtes prête ? »

Joanie soupira et passa un bras autour des minces épaules de sa fille. « Prête à quoi ? À aller tout droit en enfer ? Pourquoi pas ? Combien de temps on va devoir rester là-haut ?

— Aucune idée », répondit Rose.

Joanie poussa un autre soupir. « Au moins, il fait chaud. »

Joe se tourna vers Norrie : « Où est ton grand-père ?

— Avec Jackie et Mr Burpee, dans le van qu'il a volé à Rennie. Il attendra dehors pendant qu'on ira chercher Rusty et Mr Barbara. » Elle lui adressa un sourire certifié *mort-de-trouille*. « C'est lui qui sera leur chauffeur.

— Y a pas pire fou qu'un vieux fou », fit remarquer Joanie Calvert.

Rose se sentit prise de l'envie de la gifler pour parler ainsi de son propre beau-père ; un coup d'œil à Lissa lui apprit que celle-ci pensait la même chose. Mais ce n'était pas le moment de se disputer, encore moins d'être violent.

Hang together or hang separately[1], pensa Rose.

« Et Julia ? demanda Claire.

— Elle vient avec Piper. Et son chien. »

Du centre de la ville leur parvinrent les voix amplifiées du Chœur unifié de Chester's Mill, secondées par celles des personnes assises dehors sur les bancs, chantant le *Star Spangled Banner*.

« Allons-y, dit Rose. Je prends la tête. »

---

1. L'un des plus célèbres jeux de mots de Benjamin Franklin, lancé au moment de la signature de l'acte fondateur des États-Unis, qu'on pourrait traduire ainsi (pour conserver le jeu de mots) : « Rester soudés ensemble, ou se faire dessouder séparément. »

Joanie Calvert répéta, avec une sorte de bonne humeur douloureuse : « Au moins, il fait chaud. Allez, Norrie, viens faire la navigatrice pour ta vieille maman. »

17

Une allée servant aux livraisons longeait le côté de la Maison des fleurs de LeClerc ; c'était là qu'était garé le van d'AT&T volé, le nez dépassant à peine. Ernie, Jackie et Rommie écoutèrent l'hymne national. Jackie sentit un picotement dans ses yeux et vit qu'elle n'était pas la seule à être émue ; Ernie, qui était au volant, avait sorti un mouchoir de sa poche-revolver et se tamponnait les yeux.

« Je crois qu'on n'aura pas besoin que Linda nous donne le signal, dit Rommie. Je ne m'attendais pas au coup des haut-parleurs. Ils ne viennent pas de chez moi, en tout cas.

— De toute façon, c'est mieux que les gens la voient là-bas, fit observer Jackie. Vous avez votre masque, Rommie ? »

Celui-ci souleva le visage en plastique de Dick Cheney. En dépit de son vaste stock, Rommie n'avait pu trouver un masque d'Ariel pour Jackie, qui avait finalement choisi celui de l'amie de Harry Potter, Hermione. Le masque de Dark Vador d'Ernie était derrière son siège, mais Jackie craignait qu'il ait du mal à l'enfiler. Elle n'avait cependant rien dit.

En réalité, est-ce que c'est important ? Quand tout d'un coup on ne nous verra plus en ville, tout le monde se doutera bien des raisons de notre disparition…

Mais s'en douter n'était pas tout à fait savoir, et si Rennie et Randolph ne pouvaient rien avoir de plus que des soupçons, les amis et les proches qu'ils laissaient derrière eux auraient moins de chances d'être soumis à un interrogatoire musclé.

Auraient. En de telles circonstances, se rendit compte Jackie, ce conditionnel était redoutable.

L'hymne touchait à sa fin. Il y eut de nouveau des applaudissements et le deuxième conseiller de la ville prit la parole. Jackie vérifia son arme – elle avait récupéré le pistolet qu'elle avait en réserve – et se dit que les quelques minutes qui allaient suivre seraient probablement les plus longues de sa vie.

18

Barbie et Rusty se tenaient à hauteur de leurs portes respectives, chacun dans sa cellule, d'où ils écoutèrent Big Jim se lancer dans son laïus. Grâce aux haut-parleurs disposés devant l'hôtel de ville, ils l'entendaient assez bien.

« *Merci ! Merci à vous tous ! Merci d'être venus ! Et merci d'être les gens les plus courageux, les plus coriaces et les plus vaillants de tous les États-Unis !* »

Applaudissements enthousiastes.

« *Mesdames et messieurs... et vous aussi, les jeunes, j'en vois plusieurs dans le public...* »

Rires bon enfant.

« *Nous nous trouvons dans une situation terrible. Cela, vous le savez déjà. Ce soir, j'ai l'intention de vous expliquer comment nous en sommes arrivés là. Je ne sais pas tout, mais je vais vous dire ce que je sais, parce que vous le méritez. Quand j'aurai fini de dresser le tableau, nous aurons à prendre un certain nombre de décisions. Il y en a peu, mais elles sont importantes. Avant tout, je tiens à vous dire à quel point je suis fier de vous, combien je me sens humble devant la tâche que Dieu et vous m'avez confiée en faisant de moi votre dirigeant dans cette situation critique, et je tiens à vous assurer qu'ensemble nous surmonterons cette épreuve, qu'ensemble, et avec l'aide de Dieu, nous en sortirons plus forts, plus honnêtes, meilleurs que nous ne l'étions avant ! Nous sommes peut-être comme les Juifs dans le désert, en ce moment... »*

Barbie leva les yeux au ciel et Rusty fit un geste obscène avec le poing.

« *... mais nous atteindrons bientôt Canaan et nous nous retrouverons au festin de lait et de miel que Dieu et nos compatriotes américains auront certainement préparé pour nous !* »

Tonnerre d'applaudissements. On aurait dit que tout le monde s'était levé pour acclamer ces paroles. Il était à peu près certain que si jamais il se passait quelque chose par ici, les trois ou quatre flics qui gardaient le poste seraient massés sur le pas de la porte, écoutant Big Jim. « Tenez-vous prêt, mon vieux, dit Barbie.

— Je suis prêt. Croyez-moi, je suis prêt », répondit Rusty.

Dans la mesure où Linda ne sera pas parmi ceux qui ont prévu de participer à l'assaut, pensa-t-il. Il ne voulait pas qu'elle tue quelqu'un et voulait encore moins qu'elle risque être tuée. Pas pour lui. *Qu'elle reste donc où elle est. Ce type est peut-être cinglé, mais au moins, tant qu'elle est avec les autres, elle est en sécurité.*

Voilà ce qu'il pensait quand la fusillade commença.

19

Big Jim exultait. Ils étaient là où il voulait qu'ils soient : dans le creux de sa main. Des centaines de gens, ceux qui avaient voté pour lui et ceux qui n'avaient pas voté pour lui. Il n'avait jamais vu autant de personnes s'entasser dans la salle du conseil, pas même lorsqu'il s'agissait de discuter de la prière à l'école ou du budget scolaire. Ils étaient assis cuisse contre cuisse, épaule contre épaule, dehors comme dedans, et ils faisaient plus que l'écouter. Avec Sanders qui avait déserté et Andrea Grinnell assise au milieu du public (difficile de rater cette robe rouge, au troisième rang), il *tenait* son monde. Leurs yeux le suppliaient de s'occuper d'eux. De les sauver. Ce qui achevait de le faire exulter était d'avoir son garde du corps à côté de lui et de voir les flics – *ses* flics – alignés des deux côtés de la salle. Tous n'étaient pas encore en uniforme, mais tous étaient armés. Et au moins une centaine de personnes, dans le public, portaient un brassard bleu. Pratiquement une armée privée.

« Mes chers concitoyens, comme la plupart d'entre vous le savent, nous avons arrêté un homme du nom de Dale Barbara... »

Des *hou-hou* bruyants et des sifflets, une vraie tempête, accueillirent ce nom. Big Jim attendit qu'elle se calme, grave en apparence, mais jubilant intérieurement.

« ... pour les meurtres de Lester Coggins, de Brenda Perkins et de deux adorables jeunes filles que nous connaissions et aimions tous : Angie McCain et Dodee Sanders. »

Nouveaux cris d'indignation, ponctués de quelques « Pendez-le ! » et « Terroriste ! ». La voix qui avait crié *Terroriste* semblait être celle de Velma Winter, la gérante du Brownie's.

« Ce que vous ne savez pas, poursuivit Big Jim, c'est que le Dôme est le résultat d'un complot ourdi par un groupe de scientifiques d'élite devenus incontrôlables, groupe financé secrètement par une branche dissidente du gouvernement. *Nous sommes les cobayes d'une expérience, mes chers concitoyens, et Dale Barbara est l'homme qui a été chargé de préparer et guider cette expérience de l'intérieur !* »

Un silence stupéfait accueillit cette nouvelle. Puis un rugissement scandalisé monta.

Lorsqu'il se fut calmé, Big Jim reprit la parole, les mains solidement agrippées aux deux côtés du lutrin, son visage épais brillant de tout l'éclat de la sincérité (à moins que l'hypertension n'en fût responsable). Son discours était posé devant lui, mais toujours fermé. Il n'avait pas besoin de le consulter. Dieu lui-même donnait de la voix, via les cordes vocales de son fidèle.

« Quand je parle de fonds secrets, vous vous demandez peut-être ce que je veux dire. La réponse a de quoi horrifier, mais elle est simple. Dale Barbara, aidé par certains de nos concitoyens – leur nombre n'est pas encore connu –, a installé une fabrique de drogue qui a fourni d'énormes quantités de ce qu'on appelle du crystal, à savoir de la métamphétamine, à des narcotrafiquants dont certains étaient en relation avec la CIA, sur toute la côte Est de notre pays. Et bien qu'il ne nous ait pas encore donné le nom de ses complices, nous savons maintenant que l'un d'eux – cela me brise le cœur de vous le dire – semble bien être Andy Sanders. »

Des cris de stupéfaction jaillirent au milieu du tumulte qui suivit cette annonce. Big Jim vit Andrea Grinnell se lever de son siège, puis se rasseoir. *C'est bien, se dit-il. Reste donc assise. Si tu as la témérité de me poser des questions, je te bouffe vivante. Ou je pointe mon doigt sur toi et je t'accuse de complicité. Et c'est eux qui te boufferont vivante.*

Et, pour tout dire, il s'en sentait tout à fait capable.

« Le patron de Barbara – l'homme qui le contrôle – est le personnage que vous avez tous vu dans les bulletins d'informations. Ce personnage se présente comme un simple colonel de l'armée, mais il occupe en réalité un rang élevé dans les conseils des scientifiques et des agents gouvernementaux impliqués dans cette expérience satanique. J'ai ici les aveux de Barbara sur ce point. » Il tapota son veston de sport, dans lequel il n'y avait que son portefeuille et un Nouveau Testament en petit format où les paroles du Christ étaient imprimées en rouge.

« Qu'on le pende ! » avait été de nouveau lancé à plusieurs reprises pendant ce temps. Big Jim leva une main, tête inclinée, le visage grave, attendant que les cris s'arrêtent.

« Nous voterons sur le sort à réserver à Barbara en tant que ville – en tant qu'un corps unifié se consacrant à la cause de la liberté. C'est entre vos mains, mesdames et messieurs. Si vous votez l'exécution, il sera exécuté. Mais il n'y aura pas de pendaison tant que j'occuperai ce poste. Il sera exécuté par un peloton de la police... »

Des applaudissements frénétiques l'interrompirent et une bonne partie de l'assemblée se leva comme un seul homme. Big Jim se pencha vers le micro.

« ... mais seulement après que nous aurons arraché toutes les informations, jusqu'à la dernière, qui se cachent dans *LE CŒUR DE CE MISÉRABLE TRAÎTRE !* »

Presque tout le monde était maintenant debout. Mais pas Andi ; assise près de l'allée centrale dans la troisième rangée, elle le regardait avec des yeux qui auraient dû être doux, vagues et remplis de confusion, mais qui ne l'étaient pas. *Regarde-moi tant que tu veux*, pensa-t-il. *Du moment que tu restes assise ici comme une petite fille bien sage.*

En attendant, il jouissait des applaudissements.

20

« Maintenant ? demanda Rommie. Qu'en pensez-vous, Jackie ?

— Attendons encore un peu. »

Une réaction instinctive, rien d'autre. En général, elle pouvait compter sur son instinct.

Plus tard, elle se demanda combien de vies auraient pu être épargnées si elle avait répondu *d'accord* à Rommie.

21

En regardant par la fente entre les planches, dans la paroi du pont, Junior constata que même les gens assis sur les bancs, dehors, s'étaient levés ; et le même instinct qui avait conseillé à Jackie d'attendre lui dit au contraire qu'il était temps d'agir. Il sortit en boitant de sous le pont, côté ville, et coupa par la pelouse pour rejoindre le trottoir. Quand la créature qui était aussi l'auteur de ses jours se remit à parler, Junior se dirigea vers le poste de police. La tache noire, sur le côté gauche de son champ visuel, s'était de nouveau agrandie, mais il avait l'esprit clair.

J'arrive, *Baaarbie. Je viens te faire ta fête.*

22

« Ces gens sont des maîtres de la désinformation, enchaîna Big Jim, et lorsque vous irez en bordure du Dôme voir ceux qui vous sont chers, la campagne qu'ils mènent contre moi va atteindre son paroxysme. Cox et ses suppôts n'hésiteront devant rien pour me salir. Ils vont me traiter de menteur et de voleur, ils sont même capables de prétendre que c'est moi qui ai mis sur pied l'entreprise de drogue…

— Oui, c'est vous ! » fit une voix claire et qui portait loin.

C'était Andrea Grinnell. Tout le monde avait les yeux tournés vers elle lorsqu'elle se leva, point d'exclamation humain dans sa robe d'un rouge éclatant. Elle regarda Big Jim pendant quelques secondes, un mépris glacial dans les yeux, puis se tourna pour faire face aux personnes qui l'avaient élue au poste de troisième conseillère lorsque le vieux Billy Cale, le père de Jack Cale, était mort d'une crise cardiaque, quatre ans auparavant.

« Oubliez votre peur un moment, tout le monde. Vous verrez alors que l'histoire qu'il vous raconte est grotesque. Jim Rennie s'imagine qu'on peut vous faire courir comme du bétail pendant une tempête. J'ai passé toute ma vie ici, avec vous, et je pense qu'il nous trompe. »

Big Jim attendit les cris de protestation. Il n'y en eut pas. Non pas parce que les gens la croyaient forcément ; ils étaient simplement stupéfaits par la tournure soudaine que prenaient les évènements. Les petits Appleton s'étaient complètement retournés et regardaient la dame en rouge d'un œil rond, agenouillés sur leur banc. Carolyn était tout aussi stupéfaite.

« Une expérience secrète ? Comment pouvez-vous avaler cette connerie ? Notre gouvernement a commis pas mal de coups foireux au cours, disons, des cinquante dernières années, mais tenir toute une ville prisonnière d'un champ de force ? Juste pour voir ce qu'on va faire ? C'est totalement idiot. Seules des personnes terrifiées peuvent avaler des sornettes pareilles. Rennie le sait, et il a donc orchestré la terreur. »

Big Jim avait été momentanément pris au dépourvu, mais il retrouva bientôt sa voix. Et, bien entendu, c'était lui qui tenait le micro : « Mesdames et messieurs, Andrea Grinnell est une femme remarquable, mais elle n'est pas elle-même ce soir. Elle est sous le choc, comme nous tous, mais en plus – et je suis désolé d'avoir à le dire publiquement – elle a un sérieux problème de dépendance vis-à-vis d'une drogue qui s'appelle...

— Cela fait des jours que je n'ai rien pris de plus fort que de l'aspirine, lança Andrea de sa voix claire et qui portait bien. Et je suis entrée en possession de documents qui montrent...

— Melvin Searles, tonna Big Jim. Voulez-vous, avec l'aide de vos collègues, faire évacuer avec douceur mais fermeté la troisième conseillère Grinnell hors de la salle et la reconduire à son domicile ? Ou peut-être à l'hôpital en observation ? Elle n'est pas elle-même. »

Il y eut quelques murmures approbateurs, mais pas la clameur d'encouragements à laquelle il s'était attendu. Et Mel Searles n'avait eu le temps de faire qu'un pas que Henry Morrison lui posait la main sur la poitrine et le renvoyait sèchement contre le mur. Le policier le heurta avec un bruit sourd.

« Laissez-la terminer, dit Henry. Elle est une élue de la ville, elle aussi, alors laissez-la terminer. »

Mel regarda Big Jim, mais Big Jim ne lâchait pas Andrea des yeux, paraissant presque hypnotisé, tandis qu'elle sortait une enveloppe en papier kraft de son grand sac. Il comprit sur-le-champ de quoi il s'agissait. *Brenda Perkins*, pensa-t-il. *Oh, la garce ! Même morte, elle continue ses vacheries*. L'enveloppe se mit à osciller dans la main brandie d'Andrea. Ses tremblements reprenaient, ses putains de tremblements ! Ils n'auraient pu se manifester à un pire moment, mais cela ne l'étonna pas ; en fait, elle aurait même dû s'y attendre. C'était le stress.

« Je tiens les documents qui sont là-dedans de Brenda Perkins », dit-elle. Sa voix, au moins, ne tremblait pas. « Ils ont été réunis par son mari et le procureur général de l'État. Duke Perkins enquêtait sur James Rennie pour une liste longue comme un jour sans pain de crimes et de délits de toutes catégories. »

Mel alla chercher conseil du côté de son ami Carter. Carter lui rendit son regard, l'œil brillant, affûté, presque amusé. Il lui indiqua Andrea puis plaça le tranchant de sa main contre sa gorge. *Fais-la taire.* Cette fois-ci, lorsque Mel s'élança, Henry Morrison ne l'arrêta pas car, comme tout le monde, il regardait Andrea Grinnell, bouche bée.

Marty Arsenault et Freddy Denton se joignirent à Mel, lequel passait en courant devant l'estrade. De l'autre côté de la salle du conseil, Todd Wendlestat et Lauren Conree se précipitaient aussi. La main de Wendlestat était posée sur le pommeau d'une canne en noyer sciée qui lui servait de bâton ; celle de Conree agrippait la crosse de son arme.

Andrea les vit arriver, mais ne se tut pas pour autant. « La preuve est dans cette enveloppe et je crois que c'est à cause de cette preuve... » ... *que Brenda Perkins a trouvé la mort*, avait-elle l'intention de continuer. Mais à ce moment-là, sa main gauche tremblante et moite lâcha le cordon qui retenait son sac. Il tomba dans l'allée, et le canon de son calibre 38 sortit de l'ouverture en cul-de-poule du sac, tel un périscope.

D'une voix claire que tout le monde put entendre dans la salle qui retenait sous souffle, Aidan s'écria : « La dame, elle a un pistolet ! »

Il y eut encore une ou deux secondes d'un silence stupéfait. Puis Carter Thibodeau bondit de son siège et se plaça devant son patron en hurlant : « *Un pistolet ! Un pistolet ! UN PISTOLET !* »

Aidan glissa de son banc pour aller voir de plus

près. « Non, Aidan ! » cria Caro, se penchant pour l'attraper à l'instant où Mel faisait feu.

La balle fit un trou dans le parquet poli, juste devant le nez de Carolyn Sturges. Des éclats de bois volèrent. L'un d'eux atteignit la jeune femme juste en dessous de l'œil et du sang commença à couler sur sa figure. Elle avait vaguement conscience que tout le monde criait. Elle s'agenouilla dans l'allée, prit Aidan par les épaules et le projeta entre ses jambes comme un ballon. Le petit garçon glissa dans la rangée, surpris, mais indemne.

« *UN PISTOLET ! ELLE A UN PISTOLET !* » hurla Freddy Denton, repoussant Mel du chemin. Plus tard, il allait jurer que la jeune femme tendait la main vers l'arme et que, de toute façon, il n'avait eu l'intention que de la blesser.

23

Grâce aux haut-parleurs, les trois passagers du van volé comprirent la tournure que prenaient les festivités, devant l'hôtel de ville. Le grand discours de Big Jim et les applaudissements venaient d'être interrompus par une femme qui parlait fort, mais trop loin du micro pour qu'ils puissent distinguer ses paroles. Sa voix fut noyée par un grand rugissement ponctué de cris. Puis il y eut une détonation.

« Mais bon Dieu, qu'est-ce que… ? » dit Rommie.

Nouveau coup de feu. Deux, peut-être trois. Et des cris.

« Ça ne fait rien, répondit Jackie. Roulez, Ernie, plein pot. Si nous devons le faire, c'est maintenant ou jamais. »

24

« Non ! s'écria Linda, bondissant sur ses pieds. *Ne tirez pas ! Il y a des enfants ! IL Y A DES ENFANTS !* »

Ce fut le pandémonium dans l'hôtel de ville. Au début les gens n'étaient peut-être pas encore du bétail, mais à présent, si. La ruée vers les portes principales commença. Les premiers purent sortir, puis la foule s'écrasa contre l'ouverture trop étroite. Les rares âmes ayant conservé un peu de bon sens détalèrent par les allées vers les portes latérales qui flanquaient l'estrade, mais elles étaient en minorité.

Linda voulut attraper Carolyn Sturges pour la ramener dans la sécurité relative des bancs ; mais Toby Manning, qui fonçait dans l'allée centrale, la heurta en passant. Son genou atteignit Linda à la nuque et elle tomba, à moitié assommée.

« Caro ! cria Alice de quelque part – très loin, aurait-on dit. Caro ! *Lève-toi ! Caro, lève-toi !* »

Carolyn voulut se remettre debout et c'est à cet instant que Freddy Denton lui tira une balle entre les yeux, la tuant sur le coup. Les enfants se mirent à hurler.

Linda eut vaguement conscience de recevoir des coups de pied et qu'on lui marchait dessus. Elle parvint à se mettre à quatre pattes (se relever étant pour le moment hors de question) et rampa entre les bancs situés de l'autre côté de l'allée. Sa main pataugea au passage dans le sang de Carolyn.

Alice et Aidan essayaient de rejoindre Caro. Sachant qu'ils risquaient d'être sérieusement blessés s'ils gagnaient l'allée centrale (et de plus, ne voulant pas qu'ils voient dans quel état était celle qui leur servait de mère depuis quelques jours), Andrea se pencha sur le banc pour les retenir. Elle avait laissé tomber l'enveloppe VADOR.

Carter Thibodeau n'avait attendu que ça. Il se tenait toujours devant Rennie, l'abritant de son corps, mais il avait tiré son arme. Il la cala sur son avant-bras gauche replié, appuya sur la détente et l'emmerdeuse en robe rouge – celle qui était la cause de tout ce désordre – vola en arrière.

Le chaos régnait dans la grande salle de l'hôtel de ville, mais Carter l'ignora. Il descendit de l'estrade et se dirigea d'un pas tranquille vers l'endroit où était tombée la femme en robe rouge. Il repoussait à droite ou à gauche les gens qui se précipitaient dans l'allée. La petite fille en pleurs essaya de s'accrocher à sa jambe ; Carter se dégagea d'un coup de pied, sans même la regarder.

Il ne vit pas tout de suite l'enveloppe. Quand il la découvrit, elle était à côté d'une des mains tendues d'Andrea Grinnell. Une grande empreinte sanglante avait donné un coup de tampon sur le mot VADOR. Toujours calme dans le chaos, Carter regarda autour de lui et vit que Rennie contemplait, hébété, incrédule, sous le choc, le désordre qui régnait dans la salle. Bien.

Carter fit sortir les pans de sa chemise de son pantalon. Une femme hurlante – Carla Venziano – se jeta sur lui et il la repoussa brutalement. Puis il glissa le dossier VADOR sous sa ceinture, dans son dos, faisant retomber librement sa chemise par-dessus.

Une petite assurance, ça ne pouvait pas faire de mal.

Il recula jusqu'à l'estrade, ne voulant pas être surpris. Une fois à hauteur des quatre marches, il fit demi-tour et les escalada. Randolph, l'impavide chef de la police de Chester's Mill, était toujours assis sur son siège, mains à plat sur ses cuisses charnues. On aurait pu croire qu'il avait été transformé en statue, s'il n'avait eu une veine qui battait au milieu du front.

Carter prit Big Jim par le bras. « Venez, patron. »

Big Jim le regarda comme s'il ne savait pas très bien où il était, ni même qui il était. Puis son regard s'éclaircit un peu. « Grinnell ? »

Thibodeau lui montra le corps de la femme dans l'allée centrale, gisant dans une flaque de sang grandissante de la même couleur que sa robe.

« OK. Fichons le camp d'ici. Allons en bas. Toi aussi, Peter. Lève-toi. » Et comme Randolph restait toujours pétrifié, les yeux rivés sur la foule en folie, Big Jim lui donna un coup de pied dans le tibia. « Bouge-toi ! »

Dans le pandémonium, personne n'entendit les coups de feu en provenance du bâtiment voisin.

25

Barbie et Rusty se regardèrent.

« Mais bon sang, qu'est-ce qui se passe là-haut ? demanda Rusty.

— Je n'en sais pas plus que toi, mais ça paraît pas bon. »

Il y eut de nouveau des détonations en provenance de l'hôtel de ville, puis une autre, beaucoup plus près : au rez-de-chaussée du poste. Barbie espéra que c'était leurs libérateurs, jusqu'au moment où il entendit une voix crier, « Non, Junior ! T'es cinglé ou quoi ? Wardlaw, viens m'aider ! »

Ce qui fut suivi de nouveaux coups de feu. Quatre, peut-être cinq.

« Ah, bordel, dit Rusty. On est dans la merde.

— Je sais. »

26

Junior s'arrêta sur les marches du poste de police et regarda par-dessus son épaule, alerté par le vacarme qui venait de se déclencher à l'hôtel de ville. Les gens qui se tenaient à l'extérieur s'étaient levés et se démanchaient le cou, mais il n'y avait rien à voir. Ni pour eux, ni pour lui. Quelqu'un avait peut-être assassiné son père – il pouvait toujours l'espérer ; voilà qui lui épargnerait d'en prendre la peine –, mais en attendant, c'était à l'intérieur qu'il avait à faire. Et dans les cellules, pour être précis.

Junior poussa le battant sur lequel était inscrit : TRAVAILLER ENSEMBLE : VOTRE DÉPARTEMENT DE POLICE LOCALE ET VOUS. Stacey Moggin se précipita vers lui. Rupe Libby était juste derrière elle. Dans la salle de service, devant un petit panneau proclamant un revêche LE CAFÉ ET LES BEIGNETS *NE SONT PAS* GRATUITS, se tenait Mickey Wardlaw. Baraqué ou pas, il paraissait mort de frousse et indécis.

« Pas question que tu entres ici, Junior, lui dit Stacey.

— Bien sûr que si, je peux. » Il avait répondu d'une voix pâteuse. À cause de l'engourdissement qui avait gagné le coin de sa bouche. L'empoisonnement au thallium ! Barbie ! « Je fais partie de la force.

— Tu es ivre, oui, voilà ce que tu es. Qu'est-ce qui se passe là-bas ? » Sur quoi, estimant peut-être qu'il n'était pas capable de lui fournir une réponse cohérente, la salope lui donna une bourrade en plein milieu de la poitrine. Il vacilla sur sa mauvaise jambe et faillit tomber. « Va-t'en, Junior. » Elle regarda par-dessus son épaule et prononça ses dernières paroles sur cette terre : « Reste où tu es, Wardlaw. Personne ne descend au sous-sol. »

Quand elle se retourna, avec l'intention de virer Junior du poste *manu militari*, elle se retrouva nez à nez avec le canon d'un Beretta de la police. Elle eut le temps d'une dernière pensée : *Oh, non il ne va pas faire* – sur quoi un coup de gant de boxe indolore la frappa entre les seins et la repoussa en arrière. Elle vit le visage stupéfait de Rupe Libby, à l'envers, lorsque sa tête se renversa. Puis rideau.

« *Non, Junior ! T'es cinglé ou quoi ? Wardlaw, viens m'aider !* »

Mais Mickey Wardlaw resta figé sur place, l'œil exorbité, tandis que Junior tirait par cinq fois sur le cousin de Piper Libby. Sa main gauche était engourdie, mais la droite allait encore bien ; et viser n'était pas un problème quand la cible était immobile et à moins de trois mètres. Les deux premières balles touchèrent Rupe au ventre, le repoussant contre le bureau de Stacey Moggin sur lequel il se renversa, plié en deux. La troisième balle partit dans le décor, mais les deux suivantes atteignirent Rupe en pleine tête. Il dégringola dans une caricature de figure de ballet, jambes écartées, sa tête – ou ce qu'il en restait – s'inclinant peu à peu jusqu'au sol en une sorte de profond salut final.

Junior boitilla jusque dans la salle de service, tenant le Beretta fumant devant lui. Il ne se rappelait plus très bien combien de coups de feu il avait tirés ; sept, pensait-il. Ou peut-être huit. Ou cinquante-treize, allez savoir ? Sa migraine avait repris.

Mickey Wardlaw leva une main. Un sourire à la fois terrifié et conciliant s'étalait sur sa face épaisse. « T'inquiète pas pour moi, vieux. Tu fais ce que t'as à faire », dit-il. Sur quoi il fit le signe de la paix.

« Tout juste *mon pote*, répondit Junior. »

Il tira sur Mickey. Le grand gaillard s'effondra, le signe de la paix encadrant à présent le trou, dans sa tête, où il y avait un œil l'instant d'avant. L'œil restant roula pour regarder Junior avec la stupide humilité d'un mouton passant à la tonte. Junior tira une seconde fois, juste pour être sûr. Puis il regarda autour de lui. Il était, apparemment, maître des lieux.

« OK, dit-il. O…K. »

Il commença à se diriger vers l'escalier, puis revint sur ses pas jusqu'au corps de Stacey Moggin. Il vérifia qu'elle portait bien un Beretta Taurus comme lui, éjecta le chargeur du sien et le remplaça par un plein qu'il prit à la ceinture de la morte.

Il oscilla lorsqu'il se retourna, mit un genou au sol, se releva. La tache noire, sur le côté gauche de son champ de vision, avait à présent la taille d'une bouche d'égout, ce qui lui faisait soupçonner que son œil gauche était à peu près foutu. Eh bien, pas de problème ; s'il lui fallait ses deux yeux pour abattre un type coincé dans une cellule, c'est qu'il ne valait pas un pet de lapin. Il traversa la salle de service, glissa dans le sang de feu Mickey Wardlaw et faillit de nouveau tomber. Il se rattrapa juste à temps. Ça cognait dans sa tête, mais c'était très bien. *Ça me tient réveillé,* pensa-t-il.

« Salut, *Baaarbie*, lança-t-il une fois dans l'escalier. Je sais exactement ce que tu m'as fait et je viens m'occuper de toi. Si tu as une prière à dire, t'as intérêt à pas traîner. »

27

Rusty vit apparaître deux jambes mal assurées dans l'escalier. L'odeur de la poudre lui parvenait, celle du sang, aussi, et il comprenait on ne peut plus clairement que sa dernière heure était arrivée. Le boiteux venait ici pour Barbie mais ne négligerait certainement pas l'assistant médical en passant. Rusty ne reverrait jamais Linda et les deux J.

Barbie vit apparaître la poitrine de Junior, puis son cou, puis sa tête. Il nota la bouche, tirée à gauche vers le bas, figée dans un ricanement, et l'œil gauche d'où coulaient des larmes de sang, et il pensa : *C'est très avancé. Un miracle qu'il tienne encore sur ses jambes... et quel dommage qu'il n'ait pas attendu encore un peu. Encore une heure ou deux, et il n'aurait même pas été capable de traverser la rue.*

Arrivant de loin, d'un autre monde, il entendit une voix amplifiée monter de l'hôtel de ville : « NE COUREZ PAS ! PAS DE PANIQUE ! IL N'Y A PLUS DE DANGER ! C'EST L'OFFICIER HENRY MORRISON QUI VOUS PARLE ET JE RÉPÈTE, IL N'Y A PLUS DE DANGER ! »

Junior glissa, mais il était déjà sur la dernière marche. Au lieu de dégringoler et de se rompre le cou, il tomba sur un genou. Il resta un moment dans cette position, l'air d'un boxeur qui attend d'être compté neuf avant de se relever et de reprendre le combat. Tout parut soudain clair, proche et très précieux à Rusty. Le monde, le monde sans prix, devenu en un instant arachnéen, insubstantiel, se réduisait à un simple voile de gaze entre lui et ce qui allait se produire ensuite. S'il se produisait quelque chose.

Allez, étale-toi complètement, pensa Rusty. *Face contre terre. Évanouis-toi, sale con.*

Mais Junior, laborieusement, se remit debout, regarda le pistolet qu'il tenait à la main comme s'il n'en avait jamais vu, puis leva les yeux vers le couloir et la cellule sur laquelle il se terminait et où se tenait Barbie, agrippé aux barreaux et lui rendant son regard.

« *Baaarbie* », dit Junior dans un roucoulement bas. Puis il s'avança.

Rusty recula, s'imaginant que Junior n'allait peut-être pas le remarquer. Et qu'il se suiciderait après en avoir fini avec Barbie. Il savait bien qu'il ne faisait que fantasmer, mais ces réflexions avaient aussi un côté pratique ; s'il ne pouvait rien faire pour Barbie, il avait au moins une chance de survivre lui-même.

Et cela aurait pu marcher, s'il s'était trouvé dans l'une des cellules sur la gauche du couloir – le côté aveugle du champ de vision de Junior. Mais on l'avait enfermé à droite, et Junior vit le mouvement. Il s'arrêta et se mit à étudier Rusty, une expression à la fois stupéfaite et rusée sur son visage à demi pétrifié.

« Fusty, dit-il. C'est bien ton nom, hein ? Ou Berrick ? J'arrive pas à me rappeler. »

Rusty aurait volontiers supplié Junior, mais il avait la langue collée au palais. En quoi supplier l'aurait-il aidé, d'ailleurs ? Le jeune homme brandissait déjà son arme. Il allait le tuer. Aucune puissance au monde ne pouvait l'arrêter.

En cette extrémité, l'esprit de Rusty eut recours à l'échappatoire à laquelle beaucoup avaient déjà fait appel en leurs derniers instants conscients – avant que ne soit enfoncé l'interrupteur, avant que ne s'ouvre la trappe, avant que le pistolet appuyé sur la tempe ne crache le feu. *C'est un rêve. tout ça n'est qu'un rêve. Le Dôme, le vent de folie dans le champ de Dinsmore, l'émeute à Food City ; et aussi ce jeune homme. Quand il appuiera sur la détente, le rêve cessera et je me réveillerai dans mon lit, par un clair matin d'automne bien froid. Je me tournerai vers Linda et je lui dirai, si tu savais le cauchemar que je viens de faire...*

« Ferme les yeux, Fusty. Ce sera mieux comme ça. »

28

Oh, Seigneur Dieu, tout ce sang partout ! Telle fut la première pensée de Jackie Wettington quand elle entra dans le poste de police.

Stacey Moggin gisait contre le mur, sous le tableau d'affichage, auréolée du nuage de ses cheveux blonds en désordre, son regard vide contemplant le plafond. Un autre flic – qu'elle ne put reconnaître – était allongé à plat ventre devant le bureau renversé de la réception, ses jambes écartées selon un angle impossible. Au-delà, dans la salle de service, se trouvait un troisième mort couché sur le flanc, probablement Wardlaw, l'un des gosses qui venaient d'être engagés comme flics. Vu sa taille, il ne pouvait s'agir que de lui. Le panneau revêche, au-dessus de la machine à café, était maculé du sang et de la cervelle du jeune homme. LE C FÉ ET L BEIGNE SONT GRATUITS, lisait-on maintenant.

Il y eut un petit claquement dans son dos. Elle fit volte-face et ne se rendit compte qu'il s'agissait de Rommie Burpee que lorsqu'il fut dans l'axe de l'arme qu'elle avait brandie sans s'en rendre compte. Rommie ne fit même pas attention à elle ; il regardait fixement les trois cadavres. Son masque Dick Cheney avait produit le claquement. Il l'avait enlevé et laissé tomber au sol.

« Bordel, qu'est-ce qui s'est passé ici ? demanda-t-il. Est-ce... »

Une explosion rageuse en provenance du sous-sol lui coupa la parole : « *Hé, tête de nœud ! J't'ai bien eu, hein ? J't'ai eu dans les grandes largeurs !* »

Et, incroyablement, un éclat de rire s'ensuivit. Un rire suraigu, un rire dément. Un instant, Jackie et Rommie ne purent que se regarder l'un l'autre, incapables de bouger.

Puis Rommie dit : « Je crois que c'était Barbara. »

29

Ernie Calvert était au volant du van de la compagnie AT&T, moteur tournant au ralenti, le long du trottoir marqué POLICE ARRÊT 10 MN MAXIMUM. Il avait verrouillé toutes les portières, redoutant de se faire éjecter du véhicule par une ou plusieurs des personnes prises de panique qui fuyaient l'hôtel de ville et dévalaient Main Street. Il avait à la main le fusil que Rommie avait rangé derrière son siège, ne sachant trop s'il serait capable de tirer sur quelqu'un qui essaierait de s'emparer du van ; il connaissait tous ces gens qui, pendant des années, avaient fait leurs courses chez lui. La terreur déformait leurs traits mais ne le avait pas rendus méconnaissables.

Il vit Henry Morrison courir dans tous les sens sur la pelouse de l'hôtel de ville, l'air d'un chien de chasse à la recherche d'une odeur. Il criait dans son porte-voix et s'efforçait de ramener un peu d'ordre dans ce chaos. Quelqu'un le renversa mais il se remit tout de suite sur ses pieds, Dieu le bénisse.

Et voici qu'arrivaient les autres : Georgie Frederick, Marty Arsenault, le fils Searles (reconnaissable au bandage qu'il avait toujours autour de la tête), les deux frères Bowie, Roger Killian et deux petits nouveaux. Freddy Denton descendit le grand escalier de l'hôtel de ville d'un pas de sapeur, l'arme à la main. Ernie ne vit pas Randolph, alors que n'importe qui n'étant pas au fait des choses aurait imaginé que le chef de la police dirigerait l'opération de retour à l'ordre, laquelle n'était pas loin de sombrer dans le chaos.

Mais Ernie, lui, était au fait des choses. Peter Randolph avait toujours été une grande gueule inefficace et son absence dans ce cirque bordélique ne le surprenait pas le moins du monde. Ni ne l'inquiétait. Ce qui l'inquiétait, c'était que personne ne sortait du poste de police alors qu'il avait entendu des coups de feu. Des détonations étouffées, comme si elles provenaient du sous-sol – là où on gardait les prisonniers.

D'ordinaire peu enclin à la dévotion, Ernie se mit à prier. À prier pour qu'aucun des fuyards dévalant

Main Street ne remarque le vieil homme dans son van tournant au ralenti. Que Jackie et Rommie en sortent indemnes, avec ou sans Barbara et Everett. Il se dit qu'il n'avait qu'à partir, et ce fut un choc pour lui de trouver l'idée aussi tentante.

Son téléphone portable sonna.

Il ne réagit pas tout de suite, le temps d'identifier ce qu'il entendait, puis il arracha le téléphone à sa ceinture. Quand il l'ouvrit, il vit JOANIE s'inscrire sur le petit écran. Ce n'était pas sa belle-fille, mais sa petite-fille, Norrie.

« Grand-père ! Tu vas bien ?

— Très bien, répondit-il en regardant le chaos qui régnait devant lui.

— Vous les avez sortis ?

— Ça se passe en ce moment même, ma chérie, dit-il en espérant que c'était la vérité. Je ne peux pas parler. Et toi, tu es en sécurité ? Êtes-vous… sur place ?

— Oui ! Ça brille la nuit, grand-père ! La ceinture de radiations ! Les voitures aussi ont brillé, mais ça s'est arrêté ! Julia dit qu'elle pense que c'est pas dangereux ! Que c'est du pipeau, juste pour faire peur aux gens ! »

Tu ferais mieux de ne pas compter là-dessus, pensa Ernie.

« Je ne peux pas parler pour le moment, Norrie.

— On va s'en sortir, grand-père ?

— Mais oui. Je t'aime, Norrie. »

Il referma le téléphone. Ça brille, pensa-t-il, se demandant s'il verrait jamais la ceinture de radiations. Black Ridge était proche (dans une petite communauté, tout est proche), mais, pour le moment, la hauteur lui paraissait terriblement éloignée. Il regarda les portes du poste de police, comme s'il voulait en faire sortir ses amis par la seule force de sa volonté. Et, comme rien ne se passait, il descendit du van. Il n'y tenait plus. Il fallait qu'il aille voir ce qui était arrivé.

30

Barbie vit Junior braquer le Beretta. Il entendit Junior dire à Rusty de fermer les yeux. Il cria sans y penser, sans avoir la moindre idée de ce qu'il allait dire avant que les mots ne sortent de sa bouche. « *Hé, tête de nœud ! J't'ai bien eu, hein ? J't'ai eu dans les grandes largeurs !* » Le rire dont il partit ensuite résonna comme celui d'un fou qui aurait arrêté de prendre ses médicaments.

Voilà donc comment je ris quand je me prépare à mourir, pensa-t-il. *Faudra que je m'en souvienne.* Ce qui le fit rire encore plus fort.

Junior se tourna vers lui. Le côté droit de son visage manifestait de la surprise ; le gauche restait pétrifié dans la réprobation. Il rappelait à Barbie le personnage de superméchant d'un de ses livres de jeunesse, il ne savait plus lequel. Sans doute l'un des ennemis de Batman, c'était toujours les plus abominables. Puis il se rappela que son petit frère Wendell, quand il voulait dire *ennemi*, prononçait *ennami*. Ce qui le fit s'esclaffer encore plus fort.

Il pourrait y avoir pire manière de tirer sa révérence, pensa-t-il tandis qu'il passait les mains entre les barreaux, tendant élégamment les deux majeurs à Junior. Rappelle-toi Stubb, dans *Moby Dick* : *Quel que soit mon destin, je l'affronterai en riant.*

Junior vit Barbie, son geste obscène en stéréo, et oublia complètement Rusty. Il s'avança dans le bout de couloir, pointant son pistolet. Barbie avait les sens en éveil comme jamais, mais il ne leur faisait pas confiance. Les gens qu'il entendait se déplacer et parler au rez-de-chaussée ne pouvaient être qu'un produit de son imagination. N'empêche, il fallait jouer sa partition jusqu'à la fin. Et donner s'il le pouvait à Rusty le répit de quelques respirations de plus, à défaut d'autre chose.

« Alors te voilà, tête de nœud. Tu te rappelles, la bonne branlée que je t'ai foutue au Dipper's ce soir-là ? T'as chialé comme une mauviette, ma salope.

— J'ai pas chialé. »

On aurait dit le nom d'un plat sur un menu de restaurant chinois. Le visage de Junior était une ruine. Du sang gouttait de son œil gauche et roulait sur sa joue assombrie par une barbe de plusieurs jours. Barbie se dit qu'il tenait peut-être là une chance. Une chance bien mince, mais qui valait mieux que pas de chance du tout. Il se mit à aller et venir entre la couchette et les toilettes, tout d'abord lentement, puis plus vite. *Tu sais maintenant ce que ressentent les canards mécaniques dans les stands de tir*, pensa-t-il. *Faudra aussi que je me rappelle celle-là.*

Junior suivait les déplacements de Barbie de son bon œil. « Tu l'as baisée ? T'as baisé Angie ? » Sa prononciation était de moins en moins claire, sa voix de plus en plus pâteuse.

Barbie éclata de rire. De son rire dément, celui qu'il ne se connaissait pas, mais qui était néanmoins authentique. « Si je l'ai baisée ? Si je l'ai *vraiment* baisée ? Mais, Junior, je te l'ai baisée à l'endroit et à l'envers, je te l'ai baisée par tous les trous, je te l'ai baisée jusqu'à ce qu'elle me chante l'hymne national, je te l'ai baisée jusqu'à ce qu'elle en pique une crise de nerfs et hurle qu'elle en voulait encore plus, je... »

Junior inclina la tête vers le Beretta. Barbie bondit aussitôt vers la gauche. Junior fit feu. La balle alla se perdre dans le mur en brique, au fond de sa cellule. Des éclats d'un rouge brunâtre volèrent. Certains heurtèrent les barreaux – avec des claquements métalliques, comme des pois chiches dans un gobelet en tôle, alors même que la détonation carillonnait encore dans ses oreilles – mais aucun ne toucha Junior. Dommage. Du fond du couloir, Rusty cria quelque chose, probablement pour essayer de distraire Junior, mais plus rien ne pouvait distraire Junior. Junior avait sa cible numéro un dans le collimateur.

« J'te tiens maintenant », haleta-t-il. Tout au fond de ce qui restait de fonctionnel dans sa machine à penser, cependant, il s'interrogeait. Il était aveugle de l'œil gauche et ce qu'il voyait avec le droit était flou. Il ne distinguait pas un Barbie, mais trois.

Le fils de pute bondit à nouveau quand il fit feu. Encore manqué. Mais un petit œil noir s'ouvrit dans l'oreiller, à la tête de la couchette. Au moins tirait-il droit. Fini les mouvements incohérents.

« Tu m'as empoisonné, *Baaarbie*. »

Barbie n'avait aucune idée de ce que Junior voulait dire, mais il acquiesça aussitôt. « Rien n'est plus vrai, espèce d'immonde branleur de mes deux, je t'ai empoisonné. »

Junior passa le Beretta entre les barreaux et ferma son œil gauche, réduisant ainsi à deux le nombre des Barbie qu'il voyait. Il se mordait la langue. Il avait la figure barbouillée de sang et de sueur. « Montre-moi comment tu cours bien, *Baaarbie*. »

Barbie ne pouvait pas courir, mais il pouvait tout de même déguerpir de la ligne de tir, ce qu'il fit en feintant à droite, plié en deux. Le coup passa au-dessus de sa tête ; il eut une vague sensation de brûlure à la fesse quand la balle déchira son jean, son slip et entama la peau, juste en dessous.

Junior partit à reculons, trébucha, manqua de tomber, se rattrapa aux barreaux de la cellule à sa droite et se remit debout. « *Tiens-toi tranquille, enculé !* »

Barbie repartit vers la couchette et se mit à chercher frénétiquement le couteau caché dessous. Il venait seulement de se souvenir du foutu couteau.

« T'en préfères une dans le dos ? demanda Junior. D'accord, ça me va aussi.

— *Descendez-le*, cria à cet instant Rusty. *Descendez-le, DESCENDEZ-LE !* »

Avant la détonation suivante, Barbie eut juste le temps de se demander : *Bordel de Dieu, Everett, de quel côté t'es ?*

31

Jackie descendit l'escalier, Rommie sur les talons. Elle eut le temps d'enregistrer la présence de volutes de fumée autour des ampoules grillagées du plafond, la puanteur de la poudre brûlée, Rusty Everett qui criait : *descendez-le, descendez-le*.

Elle aperçut alors Junior Rennie à l'autre bout du couloir, s'appuyant aux barreaux de la dernière cellule, celle que les flics appelaient parfois le Ritz. Il hurlait quelque chose, mais ses paroles étaient embrouillées.

Elle ne réfléchit pas. Elle ne dit pas à Junior de se tourner et de lever les mains. Elle lui en colla deux dans le dos. La première lui transperça le poumon ; la seconde, le cœur. Junior était mort avant même d'avoir glissé au sol, où il resta, la figure écrasée contre deux des barreaux, les yeux tellement exorbités qu'il ressemblait à un masque mortuaire japonais.

L'effondrement du corps révéla un Dale Barbara, recroquevillé sur sa couchette, tenant à la main le couteau soigneusement mis de côté. Il n'avait même pas eu le temps de l'ouvrir.

32

Freddy Denton prit l'officier Henry Morrison par l'épaule. Denton n'était pas le type que Morrison appréciait le plus ce soir et ne le serait jamais. *Et il ne l'a jamais été*, de toute façon, pensa Henry avec amertume.

Denton montra quelque chose du doigt. « Qu'est-ce que ce vieux cinglé de Calvert va foutre au poste de police ?

— Comment diable veux-tu que je le sache ? » répliqua Henry, empoignant Donnie Baribeau lorsque celui-ci passa à côté d'eux au pas de course, criant des conneries à propos de terroristes.

« Ralentis un peu ! lui meugla Henry en plein visage. C'est terminé ! Tout est rentré dans l'ordre ! »

Donnie était le type qui coupait les cheveux de Henry et lui ressassait les mêmes blagues rassises deux fois par mois depuis dix ans : cela ne l'empêcha pas de regarder le flic comme s'il ne l'avait jamais vu. Sur quoi, il se libéra brutalement et courut en direction d'East Street, où se trouvait son salon. Peut-être avait-il l'intention de s'y réfugier.

« Les civils n'ont rien à faire dans le poste de police ce soir », insista Denton. Mel Searles était à côté de lui, surexcité.

« Eh bien, pourquoi tu ne vas pas le faire sortir, assassin ? cracha Henry. Emmène cet abruti avec toi. Parce que jusqu'ici, vous n'avez fait que des conneries, tous les deux.

— Elle voulait attraper un pistolet, protesta Freddy pour la première de nombreuses fois. Et je n'avais pas l'intention de la tuer, seulement de la neutraliser, quoi. »

Henry n'avait aucune intention d'en discuter. « Va là-bas et dis au vieux de quitter les lieux. Vérifie aussi tant que tu y es que personne n'essaie de libérer les prisonniers, pendant que nous courons dans tous les sens comme des poulets à qui on a coupé le cou. »

Une lumière s'alluma dans le regard hébété de Denton. « Les prisonniers ! Allons-y, Mel ! »

Ils commencèrent à s'éloigner, mais pour se pétrifier quelques mètres plus loin, cloués sur place par la voix amplifiée de Morrison : « ET RANGEZ-MOI CES ARMES, ESPÈCES DE CRÉTINS ! »

Freddy obtempéra à la voix amplifiée. Mel aussi. Ils traversèrent la place du Monument aux morts et montèrent vivement les marches du poste de police, pistolet dans l'étui, ce qui était certainement une excellente chose pour le grand-père de Norrie.

33

Du sang partout, pensa Ernie, tout comme l'avait fait Jackie. Il contempla le carnage, consterné, puis se força à bouger. Tout ce qui s'était trouvé dans le bureau avait été renversé en même temps que le meuble, lorsque Rupe Libby l'avait heurté. Au milieu du fouillis, il vit un rectangle en plastique rouge et pria pour que les gens en bas aient encore une raison de s'en servir.

Il se penchait pour le ramasser (se disant qu'il ne fallait pas gerber, se disant que c'était bien moins terrible que dans la vallée d'A Shun, au Vietnam) lorsqu'une voix tonna derrière lui : « Bordel de merde ! Relève-toi, Calvert, lentement. Mains sur la tête. »

Mais Freddy et Mel en étaient encore à tendre la main vers leur arme lorsque Rommie surgit de l'escalier pour chercher ce qu'Ernie avait déjà trouvé. Rommie tenait le Black Shadow – le fusil à pompe à réarmement rapide – qu'il avait mis de côté dans son coffre, et il le pointa sans la moindre hésitation vers les deux flics.

« Hé, les comiques, finissez donc d'entrer. Et restez ensemble. Épaule contre épaule. Si vous faites juste que vous regarder, je tire. Et croyez-moi, je dis pas ça pour déconner.

— Lâche ton arme, dit Freddy. On est la police.

— Des trous-du-cul de première, voilà ce que vous êtes, oui. Collez-vous contre votre tableau d'affichage. Et continuez à vous peloter les épaules, pendant que vous y êtes. Ernie, qu'est-ce que vous fichez ici ?

— J'ai entendu tirer. J'étais inquiet. » Il brandit la carte rouge en plastique qui ouvrait les cellules, en bas. « Je crois que vous allez avoir besoin de ça. À moins… à moins qu'ils soient morts.

— Ils sont pas morts, mais il s'en est fallu d'un cheveu, nom de Dieu. Apportez-la à Jackie. Moi, je vais surveiller ces messieurs.

— Vous n'avez pas le droit de les libérer, dit Mel. Ils sont en état d'arrestation. Barbie est un assassin. L'autre a essayé de piéger Mr Rennie avec des papiers… ou quelque chose comme ça. »

Rommie ne prit même pas la peine de répondre. « Allez-y, Ernie. Dépêchez-vous.

— Et nous ? demanda Freddy. Vous n'allez pas nous tuer, hein ?

— Pourquoi tu voudrais que je te tue, Freddy. Tu me dois encore de l'argent sur la tondeuse que tu m'as achetée le printemps dernier. Et en plus, tu es en retard de quelques traites, si je me souviens bien. Non, on va juste vous enfermer. Histoire de voir si ça vous plaît, là en bas. Ça sent un peu la pisse, d'accord, mais qui sait ? Ça va peut-être vous plaire.

— Pourquoi vous avez tué Mickey ? demanda Mel. C'était rien qu'un pauvre simplet.

— Nous n'avons tué personne, répondit Rommie. C'est votre charmant copain Junior qui a fait tout ce beau travail. » *Même si personne ne nous croira plus dès demain soir.*

« Junior ! s'exclama Freddy. Mais où est-il ?

— En train de pelleter le charbon en enfer, je parierais. C'est là qu'on colle les nouveaux arrivants. »

34

Barbie, Rusty, Jackie et Ernie remontèrent au rez-de-chaussée. Les deux ex-détenus avaient l'air de ne pas vraiment croire qu'ils étaient encore vivants. Rommie et Jackie escortèrent Freddy et Mel dans les cellules après les avoir désarmés. Lorsque Mel vit le corps affaissé de Junior, il s'écria, « Vous allez le regretter !

— Ferme ta gueule et entre dans ton nouveau domicile. Tous les deux dans le même. Vous êtes potes, après tout. »

Dès que Rommie et Jackie furent remontés, les deux hommes se mirent à hurler.

« Fichons le camp d'ici tant que c'est encore possible », dit Ernie.

35

Sur les marches, Rusty leva les yeux vers les étoiles roses et respira un air qui puait et sentait en même temps merveilleusement bon. Il se tourna vers Barbie. « J'ai bien cru que je ne reverrais jamais le ciel.

— Moi aussi. Quittons la ville tant qu'on en a encore le temps. Miami Beach, ça te dirait ? »

Rusty riait encore quand ils montèrent dans le van. Plusieurs flics étaient dispersés sur la pelouse, devant l'hôtel de ville et l'un d'eux – Todd Wendlestat – regarda vers le poste de police. Ernie leva la main et l'agita ; Rommie et Jackie l'imitèrent ; Wendlestat leur rendit leur salut, puis se pencha pour aider une femme qui était tombée, trahie dans sa fuite par ses talons hauts.

Ernie se glissa derrière le volant et rapprocha les fils électriques qui pendaient sous le tableau de bord. Le moteur démarra, la portière latérale claqua et le véhicule s'éloigna du trottoir. Il remonta lentement Town Common Hill, pour éviter quelques échappés de la réunion qui erraient au milieu de la rue, hébétés. Puis ils quittèrent le centre et prirent la direction de Black Ridge. Ernie accéléra.

FOURMIS

1

Ils commencèrent à voir la lueur une fois de l'autre côté d'un vieux pont rouillé qui n'enjambait plus maintenant qu'un lit de rivière fangeux. Barbie se pencha entre les deux sièges avant. « C'est quoi, ce truc ? On dirait une montre Indigo taille XXXL.

— Les radiations, lui répondit Ernie.

— Ne vous en faites pas, nous avons plein de rouleaux de plomb, le rassura Rommie.

— Norrie m'a appelé sur le portable de sa mère pendant que je vous attendais, reprit Ernie. Elle m'a parlé de la lueur. D'après ce que lui a dit Julia, ce ne serait rien qu'une sorte de... d'épouvantail, si l'on veut. Pas dangereux.

— Il me semblait que Julia était diplômée de journalisme, pas de physique, remarqua Jackie. C'est une femme très bien et très intelligente, mais nous allons tout de même blinder notre engin, d'accord ? Je n'ai aucune envie de me retrouver avec un cancer du sein ou des ovaires en cadeau, pour mon quarantième anniversaire.

— Nous roulerons vite, dit Rommie. Vous n'aurez qu'à mettre un morceau de rouleau devant votre jean, si ça peut vous rassurer.

— Très drôle, j'ai failli rire. »

Sur quoi elle se mit effectivement à rire, s'imaginant en petite culotte de plomb, à la brésilienne pour être à la mode.

Ils arrivèrent à hauteur de l'ours mort au pied du poteau téléphonique. Ils le voyaient même sans les phares : la lumière combinée de la lune rose et de la ceinture de radiations aurait permis de lire le journal.

Tandis que Rommie et Jackie recouvraient les vitres de la voiture de plomb, les autres étudièrent l'ours mort.

« Ce n'est pas dû à des radiations, spécula Barbie.
— Eh non, dit Rusty. Suicide.
— Et il y en a d'autres.
— Oui. Les animaux plus petits paraissent immunisés. Avec les gosses, nous avons vu plein d'oiseaux, et il y avait un écureuil dans le verger. Il semblait aussi vivant qu'il est possible.
— Dans ce cas, Julia a presque certainement raison, dit Barbie. La ceinture de radiations est un épouvantail et les animaux morts en sont un autre. C'est le vieux truc de la double sécurité : ceinture *et* bretelles.
— Je ne vous suis pas très bien, mon ami », dit Ernie.

Mais Rusty, qui connaissait l'approche ceinture-et-bretelles depuis ses études de médecine, avait très bien suivi, lui. « Deux avertissements pour qu'on se tienne à l'écart. Les animaux morts le jour, la ceinture de radiations la nuit.
— Pour autant que je le sache, intervint Rommie, venu compléter le demi-cercle autour de l'ours mort, on ne voit la lueur des radiations que dans les films de science-fiction. »

Rusty faillit lui répondre qu'ils *vivaient* dans un monde de science-fiction, mais Rommie allait s'en rendre compte tout seul, une fois en présence de la boîte bizarroïde, sur la crête. Il avait toutefois raison.

« Il est *prévu* qu'on la voie, reprit-il. Comme il est prévu qu'on voie les animaux morts. Pour qu'on se dise, *houlà, c'est une sorte de rayon suicide qui affecte les grands mammifères, vaut mieux que je reste à l'écart. Après tout, je suis moi aussi un grand mammifère.*

— Pourtant, les gosses n'ont pas fait machine arrière, observa Barbie.

— Parce que ce sont des gosses, dit Ernie, avant d'ajouter, après un moment de réflexion : et des champions de skate. C'est une race à part.

— Ça ne me plaît pas davantage pour autant, dit Jackie, mais vu que nous n'avons nulle part où aller, on devrait peut-être franchir votre fichue ceinture de Van Allen avant que j'aie trop la frousse. Après ce qui est arrivé à la Casa Flicos, je me sens un peu nerveuse.

— Une minute, dit Barbie. Il y a quelque chose qui ne colle pas là-dedans. Je vois ce que c'est, mais laissez-moi le temps de réfléchir à la manière de le décrire. »

Ils attendirent. La lune et les radiations éclairaient les restes de l'ours. Barbie les regardait. Finalement, il releva la tête.

« Bon, voilà ce qui me tracasse. Nous avons affaire à des *ils*. Nous le savons, parce que la boîte trouvée par Rusty n'est pas un phénomène naturel.

— Il s'agit d'un objet fabriqué, c'est incontestable, dit Rusty. Mais il n'a pas été fait sur cette terre, j'en mettrais ma main à couper. »

Puis il pensa qu'il avait failli perdre bien plus que la main, à peine une heure auparavant, et il frissonna. Jackie lui serra l'épaule.

« Ne nous occupons pas de cet aspect pour le moment, reprit Barbie. Nous avons affaire à des *ils* qui, s'ils l'avaient vraiment voulu, auraient facilement pu nous tenir à l'écart. Ils sont capables de tenir tout le reste du *monde* à l'écart de Chester's Mill. Ils auraient pu mettre un mini-dôme sur la boîte, par exemple.

— Ou l'entourer d'une onde sonore qui nous aurait frit le cerveau comme des cuisses de poulet dans un micro-ondes, suggéra Rusty, qui commençait à voir où Barbie voulait en venir. Ou encore de véritables radiations, tant qu'à faire.

— Il s'agit peut-être de véritables radiations, dit Ernie. D'ailleurs, c'est ce qu'a confirmé assez clairement le compteur Geiger.

— C'est vrai, admit Barbie, mais cela signifie-t-il que ce que le compteur Geiger a enregistré est dangereux ? Ni Rusty ni les gosses ne présentent de lésions ; ils ne perdent pas leurs cheveux, ils ne vomissent pas leurs sucs gastriques.

— Pas encore, du moins, fit observer Jackie.

— Très encourageant », dit Rommie.

Barbie ignora ces remarques. « Il est certain que s'ils sont capables d'édifier une barrière que le missile américain le plus puissant n'est pas capable de briser, ils le seraient aussi de créer une barrière de radiations qui nous tuerait rapidement, sinon instantanément. Ce serait même dans leur intérêt. Deux ou trois morts humaines bien sinistres, voilà qui serait beaucoup plus apte à décourager les curieux que celles de quelques animaux. Non, je crois que Julia a raison, et que la prétendue ceinture de radiations va se révéler n'être qu'une lueur inoffensive trafiquée pour que nos instruments puissent la détecter. Des instruments qui doivent leur paraître fichtrement primitifs, si ce sont vraiment des extraterrestres.

— Oui, mais *pourquoi* ? dit tout d'un coup Rusty. Pourquoi une barrière ? Je n'ai pas pu soulever leur foutu machin, je n'ai même pas pu le faire bouger d'un millimètre ! Et quand j'ai posé une feuille de plomb dessus, elle a pris feu. Alors que la boîte elle-même était froide au contact.

— S'ils la protègent, c'est qu'il doit exister un moyen de la détruire ou de l'arrêter de fonctionner, suggéra Jackie. Sauf que... »

Barbie lui sourit. Il se sentait dans un état étrange, presque comme s'il flottait au-dessus de sa propre tête. « Continue, Jackie, nous t'écoutons.

— Sauf qu'ils ne la protègent pas vraiment, hein ? Pas des gens déterminés à s'en approcher.

— Il y a plus, dit Barbie. Je crois qu'on peut même dire qu'ils nous la montrent. Joe McClatchey a pratiquement suivi une piste de petits cailloux.

— Voyez et admirez, Terriens minables, entonna Rusty. Que croyez-vous pouvoir faire, vous qui avez eu le courage de vous approcher ?

— C'est à peu près ça, admit Barbie. Bien. Montons. »

2

« Il vaut mieux me laisser conduire à partir d'ici, dit Rusty à Ernie. Pour franchir l'endroit où les gosses se sont évanouis et où Rommie a eu le tournis. Moi aussi, je l'ai senti. Et j'ai eu une sorte d'hallucination. Une citrouille de Halloween qui a pris feu.

— Un autre forme d'avertissement ? demanda Ernie.
— Je ne sais pas. »

Rusty prit donc le volant et ils arrivèrent à l'endroit où se terminait la forêt, remplacée par une pente rocailleuse qui montait jusqu'au verger McCoy. Devant eux, la luminosité était tellement intense qu'ils devaient plisser les yeux, mais on n'en voyait pas la source ; elle était simplement là, flottant dans l'air. Elle rappelait à Barbie la lumière émise par les lucioles, en mille fois plus puissant. La ceinture mesurait environ une cinquantaine de mètres d'épaisseur. Au-delà, le monde retrouvait la pénombre du clair de lune rose.

« Tu es sûr que tu ne vas pas être repris de faiblesse ? demanda Barbie à Rusty.

— On dirait que c'est comme lorsqu'on touche le Dôme : la première fois te vaccine. » Rusty s'installa derrière le volant et engagea une vitesse. « Accrochez-vous à vos dentiers, m'sieurs-dames ! »

Il enfonça l'accélérateur, faisant patiner les roues arrière. Le van fonça dans la lueur. Le blindage, en réduisant fortement leur champ visuel, les empêcha de voir comment les choses se passèrent ensuite, mais ceux qui se trouvaient déjà sur la crête assistèrent au spectacle avec une anxiété croissante. Pendant quelques instants, le véhicule fut clairement visible, donnant l'impression qu'un projecteur était braqué sur lui. Lorsqu'il sortit de la ceinture lumineuse, le van volé continua à briller pendant quelques secondes, comme s'il venait d'être plongé dans du radium, tout en étant suivi d'une traînée étincelante.

« Nom de Dieu ! s'exclama Benny, j'ai jamais vu un effet spécial pareil ! »

Sur quoi, la lueur qui entourait le van et sa queue de comète disparurent.

3

Au moment du franchissement de la ceinture lumineuse, Barbie eut une sensation de tournis, rien de plus. Ernie, en revanche, eut l'impression que le van et ses passagers étaient remplacés par une chambre d'hôtel à l'odeur de pin emplie du rugissement des chutes du Niagara. Il vit celle qui était sa femme depuis seulement douze heures s'avancer vers lui, vêtue d'un nuage de fumée lavande en guise de chemise de nuit ; elle lui prit les mains et les posa sur ses seins, disant : *Cette fois on n'aura pas besoin de s'arrêter, mon chéri.*

Puis il entendit Barbie crier et il revint à lui.

« Rusty ! Elle a une sorte de crise ! Arrête-toi ! »

Ernie tourna la tête et vit Jackie Wettington qui tremblait de tout son corps, les yeux révulsés, les doigts écartés.

« Il tient une croix et tout brûle ! » cria-t-elle. Des postillons de bave jaillissaient de ses lèvres. « Le monde brûle ! TOUT LE MONDE BRÛLE ! » Puis elle poussa un cri qui parut assourdissant dans le van.

Rusty faillit aller dans le fossé, redressa, s'arrêta au milieu de la route et sauta hors du véhicule. Le temps que Barbie fasse coulisser la portière, Jackie s'essuyait le menton de la paume de la main. Rommie avait passé un bras autour d'elle.

« Ça va ? lui demanda Rusty

— Maintenant, oui. C'est juste... tout était en feu. C'était la journée, mais il faisait noir. Les gens b-b-brûlaient... »

Elle se mit à pleurer.

« Vous avez parlé d'un homme avec une croix, dit Barbie.

— Une grande croix blanche. Au bout d'une ficelle, ou d'un lacet de cuir. Qui pendait sur sa poitrine nue. Puis il l'a levée devant sa figure. » Elle prit une profonde inspiration qu'elle laissa échapper ensuite par petites bouffées. « Tout s'estompe... Mais *hoo*... »

Rusty lui montra deux doigts et lui demanda combien elle en comptait. Jackie donna la bonne réponse, puis suivit son pouce des yeux quand il le fit aller de droite à gauche puis de haut en bas. Il lui tapota alors l'épaule et eut un regard plein de défiance pour la ceinture lumineuse. Qu'est-ce que Gollum disait déjà, à propos de Bilbo Baggins ? *Un rien tordue, cette affaire.* « Et toi, Barbie, ça va ?

— Ouais, j'ai juste eu le tournis pendant quelques secondes, c'est tout. Ernie ?

— J'ai vu ma femme. Et la chambre d'hôtel de notre lune de miel. Comme si j'y étais. »

Ernie la revit qui venait vers lui. Il n'avait pas pensé à cette scène depuis des années – quel dommage de négliger une mémoire aussi excellente ! La blancheur de ses cuisses sous la nuisette transparente ; le triangle bien net de ses poils pubiens ; le bout de ses seins durcis contre la soie, puis frottant contre la paume de ses mains tandis qu'elle glissait la langue dans sa bouche et explorait l'intérieur de sa lèvre inférieure…

Cette fois, on n'aura pas besoin de s'arrêter, mon chéri.

Ernie se laissa aller dans son siège et ferma les yeux.

4

Rusty monta jusqu'à la crête – roulant plus lentement – et se gara entre la grange et la ferme à l'abandon. Le van du Sweetbriar Rose s'y trouvait déjà, ainsi que celui du magasin de Burpee et une Chevrolet Malibu. Julia avait mis sa Prius dans la grange, et Horace le corgi, assis à côté du pare-chocs arrière, montait la garde. Il n'avait pas l'air d'un chien heureux et il ne fit aucun mouvement vers les nouveaux arrivants pour les saluer. Deux ou trois lampes Coleman diffusaient de la lumière à l'intérieur de la ferme.

Jackie indiqua le van portant la mention CHAQUE JOUR ON FAIT DES AFFAIRES AU BURPEE'S. « Comment avez-vous fait ? Votre femme a changé d'avis ? »

Rommie sourit. « Vous ne diriez pas ça si vous connaissiez Misha. Non, c'est Julia qu'il faut remercier. Elle a recruté ses deux journalistes vedettes. Ces types… »

Il s'interrompit devant l'apparition de Julia, Piper et Lissa Jamieson au milieu des ombres du verger, sous le clair de lune. Elles marchaient côte à côte, se tenant la main, et elles pleuraient.

Barbie courut jusqu'à Julia et la prit par les épaules. La torche qu'elle tenait de sa main libre tomba dans l'herbe. Elle leva les yeux vers lui et dut faire un effort pour sourire. « Ah, ils ont réussi à vous faire sortir, colonel Barbara. Une recrue de plus pour l'équipe.

— Qu'est-ce qui vous est arrivé ? »

Joe, Benny et Norrie arrivèrent alors, talonnés par leurs mères. Les cris des enfants s'interrompirent brusquement quand ils virent dans quel état étaient les trois femmes. Horace courut jusqu'à sa maîtresse et aboya. Julia se mit à genoux, et enfouit son visage dans la fourrure de l'animal. Le chien la renifla, puis s'écarta soudain d'elle. Il s'assit et hurla. Julia le regarda et se cacha le visage, comme si elle avait honte. Norrie avait pris Joe et Benny par la main. Les trois adolescents avaient une expression sérieuse et effrayée. Pete Freeman, Tony Guay et Rose Twitchell sortirent de la ferme mais n'approchèrent pas, restant regroupés sur le seuil de la cuisine.

« Nous sommes allées le voir », expliqua Lissa d'un ton morne. Son enthousiasme habituel, genre mon-Dieu-que-le-monde-est-beau, avait disparu. « Nous nous sommes agenouillées à côté. Il y a un symbole, dessus, que je n'avais jamais vu. Julia l'a touché. Seulement elle, mais nous... toutes les trois...

— Vous les avez vus ? » demanda Rusty.

Julia laissa retomber ses mains et le regarda avec une expression mi-émerveillée, mi-effrayée. « Oui, je les ai vus. Nous les avons vus, toutes les trois. Eux. Horribles.

— Les têtes de cuir, dit Rusty.

— Quoi ? » dit Piper. Puis elle hocha la tête. « Oui,

on pourrait les appeler comme ça, sans doute. Des visages sans visages. De hauts visages. »

De hauts visages, se répéta Rusty. Il ne comprenait pas ce qu'elle avait voulu dire et, cependant, ça sonnait juste. Il pensa à ses filles et à leur amie Deanna échangeant des secrets et des friandises. Puis il pensa à son meilleur ami quand il était enfant – celui qui l'avait été un temps, du moins, car les choses s'étaient terminées dans la violence quand ils avaient eu six ans – et une vague d'horreur l'envahit.

Barbie l'attrapa par le coude. « Quoi ? demanda-t-il, criant presque. Qu'est-ce qu'il y a ?

— Rien. Seulement… j'avais un copain, quand j'étais petit. George Lathrop. Un jour, on lui avait donné une loupe… pour son anniversaire. Et des fois… pendant la récréation, nous… »

Rusty aida Julia à se relever. Horace était revenu vers elle, donnant l'impression que ce qui l'avait effrayé s'estompait comme s'était estompée la lueur du van.

« Vous faisiez quoi ? » demanda Julia. Elle paraissait avoir retrouvé son calme. « Dites-nous.

— C'était à l'ancienne école, sur Main Street. Il n'y avait que deux classes, à l'époque. Une pour les petits, une autre pour les plus grands. La cour de récréation n'était pas goudronnée. » Il eut un rire chevrotant. « Bon sang, il n'y avait même pas l'eau courante, juste un petit coin que les gosses appelaient…

— La case au miel, dit Julia. Moi aussi, j'y suis allée.

— George et moi, nous allions de l'autre côté des jeux d'escalade, à côté de la barrière. Il y avait des fourmilières et on faisait brûler des fourmis.

— Voyons, doc, tous les gosses ont fait ça, ou pire », dit Ernie.

Lui-même, avec deux copains, avait plongé la queue d'un chat abandonné dans de l'essence et y avait mis le feu. Souvenir qu'il n'aurait pas davantage partagé avec les autres que les détails de sa nuit de noces.

Et avant tout parce que nous avons rigolé quand le chat s'est enfui, pensa-t-il. *Bon Dieu, qu'est-ce qu'on a rigolé...*

« Continuez, dit Julia.

— J'ai terminé.

— Je ne crois pas.

— Écoutez, intervint alors Joanie Calvert. Tout ça c'est très profond, j'en suis sûre, mais je ne pense pas que ce soit le moment...

— Tais-toi, Joanie », lui dit Claire.

Julia n'avait pas un instant quitté Rusty des yeux.

« Pourquoi est-ce important pour vous ? » lui demanda Rusty. On aurait dit qu'il ne sentait pas la présence des autres, à ce moment-là ; comme s'ils n'avaient été que tous les deux.

« Dites-moi, c'est tout, dit Julia.

— Un jour, pendant qu'on se livrait à... à ça... il m'est venu à l'esprit que les fourmis avaient aussi leur petite vie à elles. Je sais bien que ça fait bêtement sentimental...

— Des millions de gens dans le monde croient justement ça, l'interrompit Barbie. Ils vivent avec.

— Bref, je me suis dit que nous leur faisions du mal. Que nous les brûlions, que nous les faisions sans doute griller jusqu'à l'intérieur de leur maison sous terre. En ce qui concernait les victimes directes de la loupe de George, la question ne se posait même pas. Certaines arrêtaient de bouger, mais la plupart prenaient feu.

— C'est affreux », dit Lissa qui tripotait à nouveau son bijou.

« Oui, madame. Et ce jour-là, j'ai dit à George d'arrêter. Il n'a pas voulu. Il a dit, c'est la guerre juculaire. Je m'en souviens. Pas *nucléaire*, non, *juculaire*. J'ai essayé de lui arracher la loupe des mains. Nous nous sommes battus, et la loupe a été cassée. »

Il s'interrompit un instant. « Ce qui n'est pas vrai, même si c'est ce que j'ai dit à l'époque, même si la correction que m'a donnée mon père n'a pas pu me faire changer de version. Celle donnée par George à ses parents était la bonne. J'avais volontairement cassé sa foutue loupe. » Il fit un geste vers l'obscurité. « Comme je casserais cette boîte, si je pouvais. Parce que aujourd'hui, c'est nous qui sommes les fourmis et la boîte qui est la loupe. »

Ernie repensa au chat avec la queue en feu. Claire McClatchey se souvint du jour où elle et sa meilleure amie s'étaient assises sur une enquiquineuse qu'elles détestaient. La fille, une nouvelle, avait un accent du Sud marrant qui donnait l'impression qu'elle parlait avec de la purée plein la bouche. Plus la nouvelle pleurait, plus elle et sa copine riaient. Romeo Burpee se rappela le soir où, étant ivre, il avait vu Hillary Clinton pleurer à la télévision et tendu son verre vers l'écran en s'écriant : « Bien fait pour toi, foutue gonzesse, tire-toi de là et laisse les mecs faire le boulot ! »

Barbie, lui, évoqua un certain gymnase : la chaleur du désert, l'odeur de la merde, un ricanement.

« Je veux voir ce truc de mes propres yeux, dit-il. Qui veut m'accompagner ? »

Rusty soupira. « Moi. »

5

Au moment où Barbie et Rusty s'approchaient de la boîte et de son symbole bizarre émettant des éclats de lumière violette, le deuxième conseiller James Rennie se trouvait dans la cellule que Barbie avait occupée un peu plus tôt.

Carter Thibodeau l'avait aidé à placer le corps de Junior sur la banquette. « Laisse-moi avec lui, avait dit Big Jim.

— Je sais bien que vous devez vous sentir mal, patron, mais il y a mille choses urgentes à faire.

— J'en ai bien conscience. Et je vais m'en occuper. Mais j'ai besoin de passer un moment avec mon fils, avant. Cinq minutes. Après quoi, tu t'occuperas de le faire transporter jusqu'au salon funéraire.

— Très bien. Je suis désolé, patron. Junior était un bon garçon.

— Non, pas vraiment », répondit Big Jim. Il avait parlé d'un ton doux, genre *je dis les choses comme elles sont*. « Mais voilà, c'était mon fils et je l'aimais. En fin de compte ce n'est peut-être pas si mal. »

Carter réfléchit. « Je sais. »

Big Jim sourit. « Je sais que tu sais. Je commence à me dire que tu es le fils que j'aurais dû avoir. »

Le visage de Thibodeau s'empourpra de plaisir, tandis qu'il grimpait prestement les marches...

Quand il fut parti, Big Jim s'assit sur la banquette

et posa la tête de Junior sur ses genoux. Le visage du jeune homme ne présentait aucune marque, et Carter lui avait fermé les yeux. Il suffisait d'ignorer le sang qui souillait sa chemise pour avoir l'impression qu'il dormait.

C'était mon fils et je l'aimais.

C'était vrai. Il avait été prêt à sacrifier Junior, exact, mais il y avait des précédents – ce qui s'était passé sur la colline du Calvaire, par exemple. Et comme le Christ, le garçon était mort pour une cause. Les dégâts qu'avaient pu entraîner les propos délirants d'Andrea Grinnell seraient effacés lorsque la ville se rendrait compte que Barbie avait tué plusieurs officiers de police dévoués, y compris le fils unique de leur chef. Barbie, qui était dans la nature et sans aucun doute en train de tramer de nouveaux coups diaboliques, était un atout politique.

Big Jim resta assis encore quelques instants, passant les doigts dans les cheveux de Junior et contemplant, dans un état second, le visage reposé de son fils. Puis, d'une voix contenue, il chanta pour lui comme l'avait fait sa mère quand il était au berceau, regardant le monde avec de grands yeux émerveillés. « Mon bébé vogue sous une lune d'argent, vogue dans le ciel ; mon bébé vogue sur une mer de rosée, tandis que passent les nuages... vogue, mon bébé, vogue... vogue au-delà des mers... »

Puis il s'interrompit. Il ne se souvenait plus de la suite. Il reposa la tête de Junior sur la banquette et se leva. Son cœur fit une embardée chaotique et il retint son souffle... puis tout rentra dans l'ordre. Il se dit qu'il allait devoir reprendre de ce verapa-machin-truc dans les réserves de la pharmacie d'Andy, mais en attendant, il y avait du boulot.

6

Il quitta Junior et remonta lentement l'escalier, agrippé à la rampe. Carter était dans la salle de service. On avait retiré les corps et du papier journal absorbait le sang de Mickey Wardlaw.

« Allons à l'hôtel de ville avant que ça grouille de flics ici. La Journée des Visiteurs va commencer dans… (il regarda sa montre)… environ douze heures. Nous avons beaucoup de choses à faire d'ici-là.

— Je sais, répondit Carter.

— Et n'oublie pas mon fils. Je veux que les Bowie s'en occupent en priorité. Une présentation respectueuse de ses restes et un beau cercueil. Dis à Stewart que si jamais je vois Junior dans l'une de ses cochonneries en contreplaqué, je le tue. »

Carter griffonnait dans son carnet. « Je m'en occupe.

— Et dis-lui aussi que j'ai à lui parler sous peu. »

Plusieurs policiers se présentèrent à la porte principale. Ils paraissaient abattus, un peu apeurés, très jeunes et très inexpérimentés. Big Jim se hissa hors du fauteuil dans lequel il s'était laissé tomber pour reprendre son souffle. « Faut y aller.

— Je suis prêt », dit Carter.

Il s'en tint là.

Big Jim se tourna vers lui. « Quelque chose qui te tracasse, fiston ? »

Fiston. Carter aima bien ce *fiston*. Son père s'était tué cinq ans auparavant lorsque son van s'était écrasé contre l'un des ponts jumeaux de Leeds. Ça n'avait pas été une grande perte. Il avait battu sa femme et ses deux fils (le frère aîné de Carter s'était engagé dans la

Navy), mais tout cela n'intéressait plus tellement Carter ; sa mère s'assommait au café arrosé et lui-même avait assez bien supporté les coups. Non, ce qu'il avait haï chez son vieux c'était sa façon de geindre tout le temps et sa stupidité. Les gens pensaient que Carter était aussi stupide que son père – hé, Junes elle-même l'avait cru – mais ce n'était pas vrai. Et ça, Mr Rennie l'avait compris, et Mr Rennie n'était certainement pas du genre geignard.

Carter sut ce qui lui restait à faire.

« J'ai quelque chose qui pourrait vous intéresser.

— Ah bon ? »

Carter alla ouvrir son casier personnel et en retira l'enveloppe portant la mention VADOR. Il la tendit à Big Jim. L'empreinte sanglante de pas laissée dessus sautait aux yeux.

Big Jim entreprit de l'ouvrir.

« Jim ? » Peter Randolph venait d'entrer sans se faire remarquer et se tenait à côté du bureau de la réception renversé, l'air épuisé. « On dirait que les choses se sont un peu calmées, mais je n'arrive pas à trouver plusieurs des nouveaux engagés. J'ai l'impression qu'ils se sont défilés.

— Fallait s'y attendre, répondit Big Jim. Ce sera temporaire. Ils vont rappliquer dès que l'ordre sera rétabli et qu'ils auront compris que ce n'est pas Dale Barbara qui va arriver en ville à la tête d'une bande de cannibales assoiffés de sang pour les bouffer tout crus.

— Ouais, mais avec cette fichue Journée des Visit...

— Tout le monde ou à peu près se tiendra bien demain, Pete, et je suis sûr qu'il te reste assez d'hommes s'il y en a qui font des histoires.

— Et pour la conférence de presse, qu'est-ce qu'on...

— Tu ne vois pas que je suis occupé, Pete ? Tu ne vois pas ? Bon sang ! Amène-toi dans la salle de conférences de l'hôtel de ville d'ici une demi-heure, et nous discuterons de tout ce que tu voudras. *Mais pour le moment, fiche-moi la paix !*

— Bien sûr. Désolé. »

Pete battit en retraite, dans une attitude raide en harmonie avec le ton offensé de sa réponse.

« Attends », dit Rennie.

Randolph s'arrêta.

« Tu ne m'as même pas présenté tes condoléances pour Junior.

— Je… je suis vraiment désolé. »

Big Jim l'étudia de la tête aux pieds. « Et comment, que tu l'es. »

Une fois Randolph parti, Rennie sortit les papiers de leur enveloppe, les examina brièvement et les remit en place. Puis il regarda Carter, une expression de sincère curiosité sur le visage. « Pourquoi tu ne m'as pas donné ça tout de suite ? Tu voulais le garder ? »

Après avoir donné l'enveloppe, Thibodeau n'avait pas d'autre choix que de dire la vérité : « Ouais. Au moins un moment. Juste en cas.

— En cas de quoi ? »

Carter haussa les épaules.

Big Jim n'insista pas. Gardant lui-même des dossiers sur tous ceux qui, de près ou de loin, pouvaient lui valoir des ennuis, c'était inutile. Il y avait une autre question qui l'intéressait davantage :

« Et pourquoi as-tu changé d'avis ? »

Pour la deuxième fois, Carter comprit qu'il n'avait pas d'autre possibilité que de répondre la vérité : « Parce que je veux être votre homme, patron. »

Les sourcils épais de Big Jim se soulevèrent. « Tiens donc. Plus que lui ? demanda-t-il avec un mouvement de la tête vers la porte que Randolph venait juste de franchir.

— Lui ? C'est un tocard.

— Exact. » Big Jim laissa tomber une main sur l'épaule de Carter. « Un tocard. Viens. Et une fois à l'hôtel de ville, la première chose que nous ferons sera de brûler ces papiers dans le poêle de la salle de conférences. »

7

Elles étaient effectivement *hautes*. Et horribles.

Barbie les vit dès que la décharge qui avait traversé son bras s'estompa. Sur le coup, il n'eut qu'une envie, lâcher la boîte, mais il la combattit et il regarda les créatures qui les retenaient prisonniers. Les retenaient et les torturaient pour le plaisir, si Rusty avait raison.

Leurs visages – s'il s'agissait bien de visages – n'étaient faits que d'angles, mais des angles rembourrés qui changeaient de configuration d'un instant à l'autre, comme si la réalité sous-jacente n'avait aucune forme fixe. Impossible de dire combien ils étaient, où ils se trouvaient. Il crut tout d'abord qu'il y en avait quatre ; puis huit ; puis seulement deux. Ils lui inspiraient une profonde répugnance, peut-être parce qu'ils lui étaient tellement étrangers qu'il n'arrivait pas vraiment à percevoir ce qu'ils étaient. Les zones de son cerveau auxquelles était impartie la tâche d'interpréter les sensations qui lui parvenaient étaient incapables de décoder les messages de ses yeux.

Mes yeux n'auraient pas pu les voir, même avec un télescope. Ces créatures habitent une galaxie loin, très loin d'ici.

Il n'avait aucun moyen de le savoir – sa raison lui disait que les propriétaires de la boîte auraient tout aussi bien pu avoir une base sous la glace du pôle Sud, ou être en orbite autour de la Lune dans leur version du vaisseau spatial *Enterprise* – rien n'y faisait. Ils étaient chez eux… où que soit ce chez-eux. Et ils les regardaient. Et ils jubilaient.

Il n'y avait pas de doute, ces fils de putes rigolaient.

Sur quoi il se retrouva dans le gymnase de Falludjah. Il y faisait chaud : pas de clim, ici, rien que des ventilateurs au plafond brassant un air poisseux aux relents de vestiaire. Ils avaient laissé partir tous les suspects, sauf deux Abdul qui avaient eu la bêtise de la ramener le lendemain du jour où deux engins explosifs artisanaux avaient tué six Américains et où un tireur isolé en avait abattu un septième, un gosse du Kentucky que tout le monde aimait bien – Carstairs. Ils avaient donc commencé à maltraiter les Abdul dans le gymnase, leur arrachant leurs vêtements, et Barbie aurait bien aimé dire qu'il était sorti, mais il n'était pas sorti. Il aurait bien aimé dire, au moins, qu'il n'avait pas participé, mais il avait participé. Ils étaient devenus hystériques. Il se rappelait sa botte entrant en contact avec les fesses osseuses et salopées de merde de l'un d'eux, il se rappelait la marque rouge laissée par sa semelle. Les deux Abdul étaient nus, à ce moment-là. Il se rappelait Emerson donnant un coup de pied dans les couilles pendantes de l'autre, tellement fort qu'elles lui remontèrent jusqu'au nombril, et lui disant, *C'est pour Carstairs, sale branleur de melon !* Sa mère n'allait pas tarder à se retrouver avec un petit drapeau, assise sur une chaise pliante au bord d'une tombe, toujours la même histoire. Et c'est alors, à l'instant où Barbie se rappelait qu'il était responsable de ces hommes, que le sergent Hackermeyer avait relevé l'un d'eux en le tirant par son turban à demi déroulé – seul vêtement qui lui restait –, l'avait cloué contre le mur, lui avait collé son pistolet contre la tempe ; et il y avait eu un silence, et personne n'avait dit *non* pendant ce silence, et personne n'avait dit *ne fais pas ça* pendant ce silence et le sergent Hackermeyer avait appuyé sur la détente et le sang avait jailli, constellant le mur, le sang allait jaillir et consteller le mur pendant encore trois mille ans, et ce fut fini, à la revoyure, Abdul, n'oublie pas de nous envoyer des cartes postales entre deux dépucelages de vierges.

Barbie lâcha la boîte et voulut se relever, mais ses jambes le trahirent. Rusty le prit par un bras et le tint jusqu'à ce qu'il ait retrouvé l'équilibre.

« Bordel, dit Barbie.
— Tu les as vus, hein ?
— Oui.
— Ce sont des enfants ? Qu'est-ce que tu en penses ?
— Possible. » Mais la réponse était évasive ; ce n'était pas ce qu'il ressentait tout au fond de lui. « Probablement. »

Ils retournèrent lentement auprès des autres, restés devant la ferme.

« Ça va ? lui demanda Rommie.
— Oui. »

Barbie se dit qu'il fallait qu'il parle aux enfants. Et à Jackie. Et à Rusty. Mais pas tout de suite. Il devait tout d'abord retrouver son calme.

« Vous êtes sûr ?
— Oui.
— Rommie ? demanda Rusty. Est-ce qu'il vous reste encore du plomb, en magasin ?
— Oui. J'en ai laissé un ou deux rouleaux sur le quai de chargement.
— Bien. »

Sur quoi, Rusty emprunta le téléphone de Julia. Il espérait que Linda était à la maison et pas dans la salle des interrogatoires du poste de police, mais espérer était tout ce qu'il pouvait faire.

8

L'appel de Rusty ne pouvait être que bref et il ne dura en effet même pas trente secondes ; mais pour Linda Everett, il suffit à lui faire effectuer un virage à cent quatre-vingts degrés en cet effroyable jeudi et à retrouver le soleil. Elle s'assit à la table de la cuisine et pleura, le visage dans les mains. Elle le fit aussi silencieusement que possible, parce qu'il y avait quatre enfants au premier, et non deux. Elle avait pris les petits Appleton à la maison et il y avait maintenant les deux A en plus des deux J.

Alice et Aidan avaient été affreusement bouleversés – bien sûr – mais la présence de Jannie et Judy les avait aidés... ainsi que quelques doses de Benadryl. À la requête des filles, Linda avait installé des sacs de couchage dans leur chambre et les quatre enfants dormaient maintenant à poings fermés sur le plancher, entre les lits, Judy et Aidan dans les bras l'un de l'autre.

Alors que Linda venait à peine de se calmer, on frappa à la porte de la cuisine. Elle pensa tout d'abord que c'était la police, bien que, avec la confusion qui régnait en ville à la suite du bain de sang, elle ne se soit pas attendue à la voir débarquer aussi rapidement. Il n'y avait cependant rien eu d'autoritaire dans les coups légers qu'elle venait d'entendre.

Elle alla jusqu'à la porte, ne s'arrêtant un instant que pour s'emparer d'un torchon à vaisselle avec lequel elle s'essuya le visage. Elle ne reconnut pas son visiteur, sur le coup, essentiellement à cause de ses cheveux. Ils n'étaient plus coiffés en catogan mais retombaient sur les épaules de Thurston Marshall et encadraient son visage, lui donnant l'air d'une vieille blanchisseuse ayant appris une mauvaise nouvelle – une très mauvaise nouvelle – à l'issue d'une longue et exténuante journée.

Elle ouvrit. Un instant, Thurston resta sur le seuil. « Caro est morte ? » Il avait parlé bas, d'une voix étranglée. *Comme s'il avait trop crié à Woodstock et se l'était définitivement cassée,* pensa Linda. « Elle est vraiment morte ?

— J'en ai bien peur », répondit Linda. Parlant aussi à voix basse, à cause des enfants. « Je suis désolée, Mr Marshall, affreusement désolée. »

Il resta sur le seuil, indécis. Puis il étreignit les mèches grises qui retombaient le long de ses joues et commença à se balancer sur place. Linda ne croyait pas trop aux amours « printemps-hiver » ; elle était de la vieille école sur ce point. Elle aurait donné tout au plus deux ans à la liaison de Thurston Marshall et Caro Sturges, peut-être même seulement six mois – le temps que leurs organes sexuels cessent de fumer –

mais ce soir, l'amour que portait cet homme à la jeune femme était indiscutable. Comme son chagrin.

Quels qu'aient été leurs sentiments, pensa Linda, *la présence des enfants n'a fait que les renforcer. Et le Dôme aussi.* Vivre sous le Dôme intensifiait tout. Linda avait déjà l'impression que cela faisait des années qu'ils étaient cloîtrés dessous, et non pas quelques jours. Le monde extérieur s'estompait comme un rêve au réveil.

« Entrez, dit-elle. Mais ne faites pas de bruit, Mr Marshall. Les enfants dorment. Les miens et les vôtres. »

9

Elle lui donna du thé glacé[1] – pas particulièrement froid, en fait, pas même frais, mais c'était le mieux qu'elle pouvait faire, étant donné les circonstances. Il but la moitié du verre, le reposa et mit ses poings dans ses yeux comme un petit garçon qui aurait dû être couché depuis longtemps. Linda comprit que l'homme essayait de reprendre le contrôle de lui-même et attendit en silence.

Il prit une profonde inspiration, laissa échapper l'air, puis glissa la main dans la poche de poitrine de sa vieille chemise de travail d'un bleu délavé. Il en sortit un lacet de cuir et refit son catogan. Elle vit là un bon signe.

---

1. S. King emploie l'expression *sun-tea* : thé infusé dans de l'eau simplement chauffée (longuement) par le soleil et qui permet de faire un excellent thé glacé.

« Racontez-moi ce qui est arrivé, dit-il. Comment les choses se sont passées.

— Je n'ai pas tout vu. J'ai reçu un bon coup de pied à la tête pendant que j'essayais de tirer votre... de tirer Caro hors du chemin.

— Mais un des flics lui a tiré dessus, c'est bien ça, non ? L'un des flics de cette foutue ville qui adore les flics et les armes à feu !

— Oui. » Par-dessus la table, elle lui prit la main. « Quelqu'un a crié, *un pistolet !* Et il y en avait un, en effet. Celui d'Andrea Grinnell. Elle était venue avec à la réunion. Elle avait peut-être envisagé d'assassiner Rennie.

— Et vous pensez que cela justifie ce qui est arrivé à Caro ?

— Seigneur, non ! Et ce qui est arrivé à Andrea n'est rien de moins qu'un meurtre.

— Caro a essayé de protéger les enfants, c'est ça ?

— Oui.

— Des enfants qui n'étaient même pas les siens. »

Linda ne dit rien.

« Sauf qu'ils l'étaient. Les siens et les miens. Appelez ça les aléas de la guerre ; ou plutôt les aléas du Dôme ; toujours est-il qu'ils étaient nos enfants, les enfants que sans cela nous n'aurions jamais eus. Et jusqu'à ce que le Dôme disparaisse – si jamais cela se produit –, ils resteront les miens. »

Linda réfléchissait à toute allure. Pouvait-elle faire confiance à cet homme ? Il lui semblait que oui. Rusty lui avait incontestablement fait confiance, disant que c'était un sacré bon infirmier pour quelqu'un resté si longtemps sans pratiquer. Et Thurston haïssait les représentants de l'autorité de Chester's Mill. Il avait de bonnes raisons pour cela.

« Mrs Everett...

— Je vous en prie, appelez-moi Linda.

— Linda, puis-je dormir sur votre canapé, ce soir ? J'aimerais être là s'ils se réveillent dans la nuit. Et s'ils ne se réveillent pas – ce que j'espère bien –, j'aimerais qu'ils me voient en descendant, demain matin.

— Pas de problème. Nous prendrons notre petit déjeuner ensemble. J'ai des céréales. Le lait n'a pas encore tourné, mais ça ne va pas tarder.

— Entendu. Après le petit déjeuner, nous vous débarrasserons le plancher. Pardonnez-moi de vous le dire si vous aimez cet endroit, mais j'en ai soupé de Chester's Mill. Je ne peux pas m'en couper définitivement, mais j'ai bien l'intention de faire le maximum en ce sens. Le seul patient de l'hôpital dans un état grave était le fils de Rennie, et il a fichu le camp dans l'après-midi. Il reviendra, les dégâts qu'il a au cerveau font qu'il *devra* revenir, mais pour le moment...

— Il est mort. »

Thurston ne parut pas spécialement surpris.

« Une crise plus forte, j'imagine.

— Non. Il a été abattu. En prison.

— J'aimerais pouvoir dire que je suis désolé, mais je ne le suis pas.

— Moi non plus », dit Linda.

Elle ne savait pas exactement ce que Junior faisait là-bas, mais elle avait une idée assez précise de la manière dont son père endeuillé allait présenter les choses.

« Je vais ramener les enfants près de l'étang où nous étions installés, Caro et moi, quand tout cela est arrivé.

C'est tranquille, là-bas, et je suis sûr de pouvoir trouver de quoi manger pour tenir un certain temps. Sinon un bon bout de temps. Je trouverai même peut-être un chalet avec un générateur. Mais en ce qui concerne la vie dans la communauté, ajouta-t-il avec une note sardonique dans la voix, je rends mon tablier. Alice et Aidan aussi.

— J'ai peut-être un meilleur endroit à vous proposer.

— Vraiment ? » Et comme Linda hésitait à parler, il lui prit à son tour la main par-dessus la table. « Vous devez faire confiance à quelqu'un. Et autant que ce soit moi. »

C'est ainsi que Linda lui raconta tout, y compris comment ils allaient devoir s'arrêter au Burpee's pour s'équiper de rouleaux de plomb avant de gagner Black Ridge. Ils parlèrent presque jusqu'à midi.

10

La partie nord de la ferme McCoy était inutilisable – du fait des importantes chutes de neige de l'hiver précédent, le toit se trouvait maintenant dans le salon – mais il y avait une salle à manger style réfectoire presque aussi longue qu'un wagon donnant sur la façade ouest ; c'est là que les réfugiés de Chester's Mill se regroupèrent. Barbie interrogea tout d'abord Joe, Norrie et Benny sur ce qu'ils avaient vu, ou ce dont ils avaient rêvé, quand ils s'étaient évanouis aux limites de ce qu'ils appelaient à présent la ceinture lumineuse.

Joe se souvenait de citrouilles en feu. Norrie raconta que tout était devenu noir, que le soleil avait disparu.

Benny commença par prétendre qu'il ne se souvenait de rien. Puis il porta vivement une main à sa bouche. « Il y avait des cris, dit-il. J'ai entendu hurler. C'était affreux. »

Chacun réfléchit en silence. Puis Ernie prit la parole : « Des citrouilles en feu, ça ne nous avance pas beaucoup, si vous essayez de tirer quelque chose de tout ça, colonel Barbara. Vous en trouverez des piles au soleil devant la plupart des granges du secteur. La saison a été bonne. » Il se tut un instant. « Au moins pour elles.

— Et tes filles, Rusty ?

— Pratiquement la même chose, répondit le papa des J, qui raconta ce dont il se souvenait.

— "Arrêtez Halloween, arrêtez la Grande Citrouille", répéta Rommie, méditatif.

— Les mecs, je vois se dessiner quelque chose, dit Benny.

— Sans déconner, Sherlock », répliqua Rose.

Tous se mirent à rire.

« À toi, Rusty, reprit Barbie. Qu'est-ce qui s'est passé quand tu t'es évanoui en montant ici ?

— Je ne me suis pas exactement évanoui. Et tous ces trucs pourraient s'expliquer par la pression à laquelle nous sommes soumis. L'hystérie collective – y compris les hallucinations collectives – est un phénomène classique en cas de stress important.

— Merci, Dr Freud, dit Barbie. À présent, dis-nous ce que tu as vu. »

Rusty en était au haut-de-forme aux couleurs du drapeau lorsque Lissa Jamieson s'exclama : « Mais c'est l'épouvantail que j'ai installé sur la pelouse de la bibliothèque ! Je lui ai mis un de mes vieux T-shirts avec une citation de Warren Zevon…

— *Sweet home Alabama, play that dead band's song*, dit Rusty. Et il a des petites pelles en guise de mains. Bref, il a pris feu. Puis, pouf ! il a disparu. Comme mon impression d'avoir le tournis. »

Il les regarda. Tous ouvraient de grands yeux. « Hé, détendez-vous, j'ai probablement vu l'épouvantail avant que tout cela n'arrive et mon inconscient n'a fait que le recracher. » Il tendit un doigt vers Barbie. « Et toi, si tu m'appelles encore Dr Freud, je t'en colle une.

— Vous l'aviez vraiment vu avant ? demanda Piper. Peut-être quand vous êtes allé chercher vos filles à l'école… La bibliothèque est juste de l'autre côté du terrain de jeu.

— Non, pas que je m'en souvienne. »

Rusty n'ajouta pas qu'il n'avait pas été une seule fois chercher ses filles à l'école depuis le tout début du mois, à un moment où il doutait fort qu'il y ait eu la moindre installation de Halloween en ville.

« À vous, Jackie », dit Barbie.

Elle s'humecta les lèvres. « C'est si important que ça ?

— Je crois que oui.

— Des gens brûlaient. Et de la fumée, des flammes apparaissaient entre les volutes. Le monde entier semblait brûler. Ça me revient, maintenant.

— Ouais, ajouta Benny. Les gens hurlaient parce qu'ils brûlaient. Ça y est, je m'en souviens. »

Il enfouit soudain son visage contre l'épaule de sa mère. Elle passa un bras autour de lui.

« Halloween n'est que dans cinq jours, observa Claire.

— Je n'en suis pas si sûr », dit Barbie.

11

Le poêle à bois, dans un coin de la salle de conférences de l'hôtel de ville, était couvert de poussière et abandonné, mais toujours en état de marche. Big Jim vérifia que le conduit était bien ouvert (la trappe de réglage rouillée grinça), puis retira le travail de Duke Perkins de l'enveloppe à l'empreinte sanglante. Il parcourut les feuillets en grimaçant devant ce qu'il voyait, puis les jeta dans le poêle. Il conserva l'enveloppe.

Carter était au téléphone et parlait avec Stewart Bowie, lui expliquant ce que Big Jim voulait pour son fils et lui demandant de s'en occuper sur-le-champ. *Un bon garçon*, songea Big Jim. *Il peut aller loin. À condition qu'il n'oublie pas de quel côté sa tartine est beurrée.* Les gens qui l'oubliaient le payaient cher. Ce qu'avait découvert Andrea Grinnell pas plus tard que ce soir.

Une boîte d'allumettes était posée sur l'étagère, à côté du poêle. Big Jim en craqua une et en effleura l'une des pages des « preuves » de Duke Perkins. Il laissa ouverte la porte du poêle pour les voir brûler. C'était très satisfaisant.

Carter s'approcha. « J'ai Stewart Bowie en ligne. Je lui dis que vous le rappellerez plus tard ?

— Passe-le-moi », répondit Big Jim en tendant la main vers le téléphone.

Carter désigna l'enveloppe. « Et ça, vous ne le brûlez pas aussi ?

— Non. Tu vas la remplir de feuilles blanches. Tu en trouveras dans la photocopieuse. »

Il fallut quelques instants à Carter pour comprendre. « Elle a juste eu des hallucinations provoquées par la drogue, c'est ça ?

— Pauvre femme, dit Big Jim. Bon. Descends dans l'abri antiatomique, fiston. Là-bas. » Du pouce, il montra la porte – une porte discrète, hormis qu'elle comportait une vieille plaque métallique où figuraient des triangles noir sur fond jaune – non loin du poêle. « Il y a deux salles. À l'autre bout de la seconde, il y a un petit générateur.

— D'accord.

— Et devant le générateur, il y a une trappe. À peine visible, sauf si on la cherche. Soulève-la et regarde au fond. Il devrait y avoir huit ou dix petites bouteilles de gaz liquéfié. Elles y étaient, du moins, la dernière fois que j'ai regardé. Vérifie et dis-moi combien il en reste exactement. »

Il attendit de voir si Carter allait lui demander pourquoi, mais le jeune homme n'en fit rien. Il se contenta de faire demi-tour pour exécuter la tâche demandée. Big Jim le lui dit donc :

« Simple précaution, fiston. Toujours mettre les points sur les *i* et une barre au *t*, c'est le secret du succès. Et avoir Dieu avec soi, bien sûr. »

Une fois Carter parti, Big Jim appuya sur le bouton qui avait mis Stewart en attente… et si l'homme n'était plus là, il allait lui en cuire.

Mais Stewart n'avait pas raccroché. « Jim, je suis absolument désolé pour Junior », dit-il d'emblée. Un bon point pour lui. « Nous allons nous occuper de tout. J'ai pensé au cercueil *Repos Éternel* – en chêne massif, il peut tenir mille ans. »

Tiens pardi, pensa Big Jim, qui garda toutefois le silence.

« Et nous ferons un travail irréprochable. Il aura l'air prêt à se réveiller et à sourire.

— Merci, mon ami », dit Big Jim, pensant : *Y a intérêt*.

« Pour ce qui est de la descente de demain…

— J'allais t'appeler pour ça. Tu te demandes si elle est toujours d'actualité. Elle l'est.

— Mais avec tout ce qui s'est passé, je… »

Big Jim le coupa :

« Il ne s'est rien passé. Ce pour quoi nous devons rendre grâces à Dieu. J'attends que tu me dises *amen*, Stewart.

— *Amen*, dit docilement Stewart.

— Juste un embrouillamini provoqué par une femme mentalement dérangée armée d'un pistolet. Elle dîne avec Jésus et tous ses saints en ce moment même, je n'en doute pas, parce que rien de ce qui est arrivé n'était de sa faute.

— Mais Jim…

— Ne m'interromps pas quand je te parle, Stewart. C'était la drogue. Ces cochonneries te pourrissent la cervelle. Tout le monde comprendra ça quand les choses se seront un peu calmées. Les habitants de Chester's Mill sont des gens intelligents et courageux. Je leur fais confiance pour ce qui est de surmonter l'épreuve, ils l'ont toujours fait, ils le feront encore. Sans compter que pour le moment, ils n'ont qu'une préoccupation en tête, voir les êtres qui leur sont chers. Notre opération aura lieu à midi. Toi, Fern, Roger et Melvin Searles. Fred Denton en sera responsable. Il peut prendre quatre ou cinq hommes de plus, s'il pense en avoir besoin.

— On ne pourrait pas trouver quelqu'un de…

— Fred ira très bien, dit Big Jim.

— Et pourquoi pas Thibodeau ? Ce type qu'on voit toujours avec v…

— Stewart Bowie, à chaque fois que tu ouvres la bouche, tu déballes la moitié de tes tripes. Ferme-la un peu pour une fois et écoute. Il s'agit d'un drogué qui n'a plus que la peau sur les os et d'un pharmacien qui a peur de son ombre. Pas d'accord ? J'attends que tu me dises *amen*.

— *Amen*.

— Vous emprunterez les camions de la ville. Contacte Fred dès que j'aurai raccroché – il doit bien être quelque part – et dis-lui tout ça. Aussi que vous devez vous armer, on ne sait jamais. Nous disposons de tout ce bazar que nous a fourni la Sécurité du territoire dans la réserve, au poste – des gilets pare-balles et je ne sais quoi d'autre –, autant nous en servir. Après quoi vous irez là-bas et vous me virerez ces deux gugusses. Nous avons besoin du propane.

— Et le labo ? Je me disais que nous pourrions peut-être y mettre le feu…

— Tu es *cinglé* ? » Carter, qui revenait à l'instant dans la pièce, regarda Big Jim avec étonnement. « Avec tous les produits chimiques qui sont stockés là-bas ? Le journal de la petite mère Shumway, c'était une chose ; mais un bâtiment de stockage comme celui-ci, c'est une autre paire de manches. Fais attention à ce que tu dis, mon vieux, sans quoi je vais commencer à croire que tu es aussi stupide que Roger Killian.

— Très bien », répondit Stewart d'un ton boudeur.

Big Jim comprit cependant que l'homme exécuterait ses ordres. Il ne lui restait plus de temps ; Randolph allait arriver d'un instant à l'autre.

Le défilé des barjots ne s'arrête jamais, pensa-t-il.

« Et maintenant, donne-moi un bon *Dieu soit loué* », dit Big Jim.

En esprit, il se vit à califourchon sur le dos de Stewart et lui frottant le visage dans la boue. C'était un tableau réjouissant.

« Dieu soit loué, marmonna Stewart Bowie.

— *Amen*, mon frère », répondit Big Jim avant de raccrocher.

12

Le chef Randolph arriva peu après, l'air fatigué mais pas mécontent. « Je crois que nous avons définitivement perdu quelques-unes des dernières recrues – Dodson, Rawcliffe et les fils Richardson sont introuvables. Mais les autres sont fidèles au poste. Et j'ai plusieurs nouveaux. Joe Boxer... Stubby Norman... Aubrey Towle... son frère tient la librairie, vous savez... »

Big Jim écouta cette litanie avec patience, même si ce ne fut que d'une oreille. Lorsque Randolph eut enfin terminé, Big Jim poussa vers lui, sur la table de conférence au bois poli, l'enveloppe VADOR. « Voilà ce que cette pauvre Andrea brandissait. Jette un coup d'œil. »

Randolph hésita, puis ouvrit l'enveloppe et en sortit le contenu. « Mais... il n'y a que des feuilles blanches.

— On ne peut plus vrai, on ne peut plus vrai. Au moment du rassemblement, demain matin – à sept heures précises, au poste de police, vu que tu peux croire Oncle Jim quand il te dit que les fourmis vont dévaler de la fourmilière de sacrément bonne heure –, fais-leur bien savoir que la pauvre femme était aussi délirante que l'anarchiste qui a assassiné le président McKinley.

— Ce n'est pas une montagne ? » demanda Randolph.

Big Jim prit le temps de se demander de quel arbre à crétins était tombé le fils de Mrs Randolph. Mais il y avait des choses plus urgentes. Il n'aurait pas ses huit heures de sommeil cette nuit, avec un peu de chance, tout au plus cinq. Mais il en avait besoin. Son pauvre vieux cœur, en particulier, en avait besoin.

« Prends toutes les voitures de patrouille. Deux officiers par véhicule. Que tout le monde ait des bombes lacrymo et des Taser. Mais si jamais il y en a un seul qui décharge son arme en présence des journalistes, des caméras et de tous les cueilleurs de coton qui seront de l'autre côté… Je me fais des jarretelles avec ses boyaux.

— Oui, m'sieur.

— Fais-les rouler sur le bas-côté de la 119, le long de la foule. Pas de sirènes, mais les gyrophares branchés.

— Comme pour la parade, dit Randolph.

— Oui, Pete, comme à la parade. Laisse la route aux gens. Dis à ceux qui viendront en voiture de descendre et de continuer à pied. Sers-toi du porte-voix. Je veux qu'ils soient bien crevés une fois sur place. Les gens fatigués ont tendance à bien se comporter.

— On ne devrait pas envoyer une équipe à la recherche des prisonniers qui se sont évadés ? » Il vit les sourcils de Big Jim se froncer. « C'était juste une question, juste une question, ajouta-t-il précipitamment, mains levées.

— Oui, et tu mérites une réponse. C'est toi le chef, après tout. Pas vrai, Carter ?

— Ouais, dit Thibodeau.

— La réponse est *non*, chef Randolph, parce que… écoute-moi bien, d'accord ? *Ils ne peuvent pas s'échapper*. Il y a un Dôme tout autour de Chester's Mill et ils ne peuvent *abso-lu-ment* pas s'échapper. Tu me suis bien ? » Il vit une rougeur monter aux joues de Randolph. « Fais attention à ce que tu me réponds. *Moi*, je ferais attention.

— Je vous suis bien.

— Alors suis bien ça, aussi : avec Dale Barbara dans la nature, sans parler de son complice Everett, les gens vont demander avec encore plus de ferveur la protection des forces de l'ordre. Et, en dépit de toutes les raisons que nous avons d'être débordés, nous serons à la hauteur de la tâche, n'est-ce pas ? »

Randolph finit par piger. Il ignorait peut-être que la montagne la plus haute d'Amérique du Nord tenait son nom du président assassiné, mais il comprenait, apparemment, qu'un Barbie dans la nature leur était beaucoup plus utile qu'un Barbie au fond d'une cellule.

« Oui, dit-il. Nous serons à la hauteur. Et comment ! Et la conférence de presse ? Si vous ne la faites pas, voulez-vous nommer…

— Non, pas question. Je serai à mon poste, là où je dois être, pour contrôler le bon déroulement des opérations. Quant à la presse, ils n'ont qu'à conférencer avec les mille et une personnes qui vont s'entasser côté sud de la ville comme des badauds devant un chantier de construction. Et je leur souhaite bonne chance pour la traduction des divagations qu'ils entendront.

— Il y en a qui risquent de dire des choses peu flatteuses pour nous », observa Randolph.

Big Jim lui adressa un sourire glacial. « Raison pour laquelle Dieu nous a donné de larges épaules, mon ami. D'autant que ce cueilleur de coton fouille-chose de Cox… que crois-tu qu'il pourra faire ? Débarquer ici avec ses troupes et nous destituer ? »

Randolph eut un petit rire servile, partit en direction de la porte, puis pensa à autre chose. « Il va y avoir beaucoup de gens là-bas, et pendant longtemps. Les soldats ont installé des Sanisettes de leur côté. Est-ce qu'on ne devrait pas faire pareil du nôtre ? Je crois que nous en avons quelques-unes dans la remise du matériel. Pour les cantonniers. Al Timmons pourrait peut-être… »

Big Jim lui adressa un regard suggérant qu'il croyait que le chef de la police était devenu fou. « S'il n'avait tenu qu'à moi, nos concitoyens seraient restés bien tranquillement chez eux au lieu de sortir de la ville comme les Israélites d'Égypte. » Il souligna la métaphore d'une pause. « S'il y en a qui sont pris de court, ils n'auront qu'à aller faire leur petite affaire dans les fichus bois. »

13

Randolph enfin parti, Carter prit la parole : « Si je vous promets que je ne fais pas le lèche-bottes, est-ce que je peux vous dire quelque chose ?

— Oui, bien sûr.

— J'adore vous voir en action, Mr Rennie. »

Big Jim sourit – d'un grand sourire ensoleillé qui éclaira tout son visage. « Eh bien, tu vas encore en avoir l'occasion, fiston ; après les leçons des amateurs, les leçons du meilleur.

— J'y compte bien.

— Pour le moment, tu vas me ramener chez moi. Tu viendras me chercher demain matin à huit heures. Nous viendrons ici voir le cirque sur CNN. Mais avant, nous irons sur Town Common Hill pour assister à l'exode. C'est triste, en réalité ; tous ces Israélites et aucun Moïse.

— Des fourmis sans fourmilière, ajouta Carter. Des abeilles sans ruche.

— Mais avant de revenir me prendre, tu iras rendre visite à deux personnes. Tu essaieras, en tout cas ; je me suis fait le pari qu'elles seront absentes sans motif à l'appel.

— Qui ça ?

— Rose Twitchell et Linda Everett. La femme du médico.

— Je vois qui c'est.

— Et tant qu'à faire, vois aussi si tu ne peux pas trouver Shumway. J'ai entendu dire qu'elle habitait maintenant chez Libby, la femme pasteur au chien hargneux. Demande-leur si elles savent où se planquent les évadés.

— La manière douce ou la manière forte ?

— La manière modérée. Je ne tiens pas forcément à ce que l'on retrouve tout de suite Barbie et Everett, mais je ne détesterais pas savoir où ils se cachent. »

Dehors, sur les marches, Big Jim inspira profondément l'air chargé d'odeurs déplaisantes, puis soupira avec quelque chose comme de la satisfaction. Carter se sentait lui-même particulièrement satisfait. Une semaine auparavant, il changeait des pots d'échappement pourris par les salages de l'hiver, portant des lunettes de protection pour empêcher les débris de rouille de lui sauter dans les yeux. Et aujourd'hui, voilà qu'il remplissait des fonctions importantes, qu'il détenait de l'influence. Si respirer un air nauséabond était le prix à payer, ce n'était pas bien cher.

« J'ai une question à te poser, dit Big Jim. Si tu ne veux pas me répondre, pas de problème. »

Carter le regarda.

« La fille Bushey... elle était comment ? Bonne ? »

Carter hésita un instant avant de répondre. « Un peu sèche au début, puis elle s'est mise à mouiller – les grandes eaux. »

Big Jim rit. D'un rire métallique rappelant le bruit des pièces tombant d'une machine à sous.

14

Minuit. La lune rose descendait sur l'horizon de Tarker's Mill, où elle s'attarderait peut-être jusqu'au lever du jour, devenant fantomatique avant de disparaître complètement.

Julia chercha son chemin jusqu'à l'endroit où le verger McCoy dominait le côté occidental de la crête de Black Ridge. Elle ne fut pas surprise de voir une silhouette plus sombre appuyée à l'un des arbres. Un peu plus à droite, la boîte au symbole inconnu envoyait son éclair toutes les quinze secondes : le phare le plus petit et le plus étrange du monde.

« Barbie ? demanda-t-elle à voix basse. Comment va Ken ?

— Il est parti à San Francisco pour participer à la parade de la Gay Pride. Je me suis toujours douté que ce garçon n'était pas hétéro. »

Julia rit doucement, lui prit la main et l'embrassa. « Mon ami, je suis infiniment heureuse que vous soyez libre. »

Il la prit dans ses bras et l'embrassa sur les deux joues avant de la relâcher. Deux baisers appuyés. De vrais baisers. « Mon amie, moi aussi. »

Elle rit encore, mais elle fut parcourue d'un frisson entre le cou et les genoux. Un frisson qu'elle reconnut et qu'elle n'avait pas éprouvé depuis longtemps. *On se calme, ma fille*, se dit-elle. *Il est assez jeune pour être ton fils.*

Oui, bon, à condition d'être tombée enceinte à treize ans.

« Tout le monde dort, reprit Julia. Même Horace. Il est avec les enfants. Ils lui ont fait rapporter des bouts de bois jusqu'à ce que sa langue traîne par terre ou presque. Je parie qu'il a dû se croire mort et arrivé au paradis des chiens.

— J'ai essayé de dormir. Pas pu. »

Par deux fois, il avait failli sombrer dans le sommeil, et par deux fois il s'était retrouvé au poste de police, face à Junior Rennie. La première, il avait trébuché et s'était étalé sur la couchette, offrant une cible parfaite. La seconde, Junior avait passé un bras d'une longueur démesuré entre les barreaux et l'avait attrapé pour l'immobiliser, le temps de lui prendre la vie. Après quoi, Barbie avait quitté la grange où dormaient les hommes et était venu jusqu'ici. Il régnait dans l'air l'odeur d'une pièce dans laquelle serait mort un gros fumeur six mois auparavant – mais c'était mieux qu'en ville.

« Si peu de lumières, là en bas, dit-elle. Par une nuit normale, il y en aurait neuf ou dix fois plus, même à cette heure. Les lampadaires de Main Street feraient une double rangée de perles.

— Il y a toujours ça. » Barbie avait gardé un bras autour des épaules de Julia. Il tendit sa main libre, montrant la ceinture lumineuse. S'il n'y avait eu le Dôme, contre lequel elle s'interrompait brusquement, elle aurait formé un cercle parfait, pensa-t-elle. Ainsi, elle avait une forme de fer à cheval.

« Oui. D'après vous, pourquoi Cox n'en a-t-il jamais parlé ? Ça doit se voir, sur les photos satellites. » Elle réfléchit. « En tout cas, il ne m'en a pas parlé. Et à vous, il a dit quelque chose ?

— Non, et il l'aurait fait. Ce qui veut dire qu'ils ne la voient pas.

— Vous pensez que le Dôme… qu'il la filtre, quelque chose comme ça ?

— Oui, quelque chose comme ça. Cox, les télés, le monde extérieur – ils ne la voient pas parce qu'ils n'ont pas besoin de la voir. Nous si, sans doute.

— Vous pensez que Rusty a raison ? Que nous sommes juste des fourmis maltraitées par des enfants cruels avec une loupe ? Quelle race intelligente peut laisser ses enfants faire une telle chose à une autre race intelligente ?

— C'est *nous* qui pensons que nous sommes intelligents. Mais eux, que pensent-ils de nous ? Nous savons que les fourmis sont des insectes sociaux – elles construisent leur domicile, elles ont des colonies, ce sont des architectes stupéfiantes. Elles travaillent dur, comme nous. Elles enterrent leurs morts, comme nous. Elles se font même la guerre entre races, les noires contre les rouges. Nous savons tout cela, mais nous n'en déduisons pas qu'elles sont intelligentes. »

Elle se serra un peu plus contre lui, même s'il ne faisait pas froid. « Intelligentes ou pas, c'est mal.

— Je suis d'accord. La plupart des gens seraient d'accord. Rusty l'a compris encore enfant. Les enfants ont pourtant rarement une vision morale du monde. Cela prend des années à se constituer. Le temps d'arriver à l'âge adulte, nous avons presque tous abandonné nos comportements enfantins, ce qui inclut mettre le feu aux fourmis et arracher les ailes des mouches. Leurs adultes ont probablement fait la même chose. S'ils ont jamais remarqué l'existence d'êtres comme nous, en tout cas. À quand remonte la dernière fois où vous avez pris le temps d'étudier une fourmilière de près ?

— Cependant… si nous trouvions des fourmis sur Mars, ou même des microbes, nous ne les détruirions pas. Parce que la vie, dans l'univers, est une chose rare et précieuse. Toutes les autres planètes de notre système solaire sont des déserts, bon Dieu. »

Barbie songea que si la NASA trouvait de la vie sur Mars, elle n'aurait guère de scrupules à la détruire pour la placer sous un microscope et l'étudier, mais il ne le dit pas. « Si nous étions scientifiquement plus avancés – ou plus avancés spirituellement, ce qui est peut-être la condition nécessaire pour pouvoir voyager dans le vaste c'est-quoi-là-bas –, nous constaterions peut-être que la vie est partout. Qu'il y a autant de mondes habités et de formes de vie intelligentes qu'il y a de fourmilières à Chester's Mill. »

Est-ce que par hasard sa main ne lui effleurerait pas le côté du sein ? Elle en avait bien l'impression. Cela faisait longtemps qu'une main d'homme ne s'était pas posée là, et c'était très agréable.

« La seule chose dont je suis sûr, reprit-il, est qu'il existe d'autres mondes que ceux que l'on parvient à voir avec nos dérisoires télescopes, ici sur terre. Ou même avec Hubble. Et... ils ne sont pas *ici*, vous savez. Ce n'est pas une invasion. Ils ne font juste que regarder. Et... peut-être... jouer.

— Je sais à quoi ça ressemble, d'être le jouet des autres. »

Il la regarda. À distance de baiser. Elle n'aurait pas détesté être embrassée. Pas du tout détesté.

« À quoi faites-vous allusion ? À Rennie ?

— Ne croyez-vous pas qu'il y a certains moments, dans la vie d'une personne, qui décident de son destin ? Des évènements qui nous transforment réellement ?

— Si », répondit-il, pensant au sourire rouge laissé par sa botte sur les fesses d'Abdul. Juste les fesses banales d'un homme banal, vivant sa petite vie banale. « Absolument.

— Pour moi, c'est arrivé quand j'avais neuf ans. À l'école, ici, celle de Main Street.

— Racontez-moi.

— Ça ne prendra pas longtemps. Ç'a été l'après-midi le plus long de toute ma vie, mais c'est une histoire courte. »

En quoi elle se trompait. Il attendit.

« J'étais enfant unique. Mon père possédait le journal local, qu'il gérait avec deux journalistes et un courtier en publicité, mais il était pour l'essentiel l'équipe à lui tout seul et c'était ce qui lui convenait. Allais-je prendre la suite lorsqu'il partirait à la retraite ? La question ne se posait même pas. Il le croyait, ma mère le croyait, mes professeurs le croyaient et, bien entendu, je le croyais, moi aussi. Mon éducation supérieure était déjà entièrement planifiée. Et je n'irais pas dans une université de ploucs comme celle de l'État du Maine, non, l'université de l'État du Maine n'était pas pour la fille d'Al Shumway. La fille d'Al Shumway ne pouvait aller qu'à Princeton. Le temps que j'arrive en cours moyen, j'avais déjà le drapeau de Princeton suspendu au-dessus de mon lit et ma valise pratiquement prête.

« Tout le monde – moi y comprise – adorait quasiment le sol sur lequel je marchais. Tout le monde, sauf les autres filles de ma classe. Je ne comprenais pas pourquoi, à l'époque, mais aujourd'hui je me demande comment j'ai pu ne pas le voir. J'étais toujours assise au premier rang, c'était toujours moi qui levais la main lorsque Mrs Connaught posait une question, et mes réponses étaient toujours justes. Je rendais mes devoirs en avance si je pouvais et je ne demandais qu'à accumuler les points de bonus. J'étais une pompe à bonnes notes et une petite futée. Un jour, Mrs Connaught a été obligée de nous laisser seules en classe quelques minutes. À son retour, Jessie Vachon saignait du nez. Mrs Connaught a menacé de consigner toute la classe si personne ne disait qui l'avait fait. J'ai levé la main et j'ai dit que c'était Andy Manning. Andy avait donné un coup de poing à Jessie parce qu'elle n'avait pas voulu lui prêter sa gomme. Moi, je ne voyais rien de mal à le dénoncer, parce que c'était la vérité. Vous voyez le tableau ?

— Cinq sur cinq.

— Cet incident a été la goutte d'eau. Peu de temps après, alors que je traversais la place pour rentrer chez moi, une bande de filles m'attendait en embuscade dans le Peace Bridge. Elles s'y étaient mises à six. La meneuse était Lila Strout, aujourd'hui Lila Killian – elle a épousé Roger Killian, qui lui fait sa fête tous les jours. Ne laissez jamais quelqu'un vous dire que les enfants ne trimballent pas leurs problèmes jusqu'à l'âge adulte.

« Elles m'ont tirée jusqu'au kiosque à musique. Je me suis débattue, au début, mais deux d'entre elles – Lila, évidemment, et Cindy Collins, la mère de Toby Manning – m'ont donné des coups de poing. Et pas à l'épaule, comme le font en général les enfants. Cindy m'a frappée à la joue et Lila directement le sein droit. Qu'est-ce que ça fait mal ! Mes nénés commençaient juste à pousser et ils me faisaient déjà mal sans ça.

« Je me suis mise à pleurer. D'habitude, c'est le signal – chez les enfants, en tout cas – que les choses ont été assez loin. Mais pas ce jour-là. Quand je me suis mise à crier, Lila m'a dit de la fermer, sans quoi ça allait être pire. Et personne pour les arrêter. La journée était froide et pluvieuse et il n'y avait que nous sur la place.

« Lila m'a frappée à la figure, assez fort pour que je me mette à saigner du nez et m'a lancé, *Sale rapporteuse ! Ah, la sale rapporteuse !* Et les autres filles se sont mises à rire. Elles disaient que c'était à cause d'Andy et, à l'époque, je l'ai cru, mais je sais maintenant que c'était à cause de tout, à commencer par la manière dont mes jupes, mes chemisiers, et jusqu'aux rubans de mes cheveux, étaient coordonnés. Elles étaient fagotées, j'étais sapée. Andy, c'était juste la goutte d'eau.

— Et qu'est-ce qu'elles vous ont fait ?

— En plus des coups, elles m'ont tiré les cheveux. Et... elles m'ont craché dessus. Toutes. Alors que j'étais tombée sur le sol du kiosque. Je pleurais plus fort que jamais, je me cachais la figure dans les mains, mais je l'ai senti. La salive est tiède, vous savez ?

— Ouais.

— Elles me traitaient de chouchou du prof, de lèche-bottes, de Miss Caca-sent-bon. Et c'est alors, au moment où je pensais qu'elles en avaient terminé, que Corrie McIntosh s'est écriée, *On lui enlève son pantalon !* Je portais en effet un pantalon, ce jour-là, un chouette pantalon que ma mère avait commandé sur catalogue. Je l'adorais. Le genre de pantalon que devaient porter les étudiantes branchées de Princeton. C'était ce que j'imaginais à l'époque, en tout cas.

« Je me suis mise à me débattre de toutes mes forces, mais elles l'ont emporté, bien sûr. Quatre d'entre elles me clouaient au sol pendant que Lila et Corrie m'arrachaient mon pantalon. Puis Cindy Collins a commencé à rire et à montré ma culotte du doigt : *Elle a ces crétins de nounours dessus !* Ce qui était vrai, la famille de Winnie l'Ourson au grand complet. Elles se sont toutes mises à rire et... Barbie... je suis devenue petite, de plus en plus petite... minuscule. Le sol du kiosque à musique n'était plus qu'un grand désert plat et j'étais un insecte collé dessus. En train de mourir dessus.

— Telle une fourmi sous une loupe, en d'autres termes.

— Oh, non, non, Barbie ! C'était glacial, pas chaud. Je gelais. J'avais la chair de poule sur les jambes. Corrie a dit, *Et si on lui enlevait aussi sa petite culotte ?* Les autres n'étaient pas prêtes à aller jusque-là, tout de même ; mais pour pas avoir l'air de se dégonfler, sans doute, Lila a pris mon beau pantalon et l'a lancé sur le toit du kiosque. Après quoi elles sont parties. Lila la dernière. *Si jamais tu rapportes encore,* m'a-t-elle dit, *je prendrai le couteau de mon frère et je couperai ton nez de salope !*

— Et qu'est-ce qui s'est passé ensuite ? demanda Barbie, dont la main reposait indubitablement contre son sein.

— Tout d'abord je me suis retrouvée recroquevillée sur le sol du kiosque, petite fille terrifiée se demandant comment elle allait faire pour rentrer chez elle alors que la moitié de la ville risquait de la voir défiler dans sa culotte ridicule de bébé. Je me sentais la plus nulle, la plus minuscule morveuse de toute l'histoire humaine. J'ai finalement décidé d'attendre la nuit. Mes parents s'inquiéteraient, ils appelleraient peut-être les flics, mais ça m'était égal. J'attendrais qu'il fasse nuit et je me faufilerais jusque chez moi par les petites rues. En me cachant derrière les arbres si je voyais quelqu'un arriver.

« J'ai dû m'assoupir un peu, car j'ai vu tout d'un coup Kayla Bevins au-dessus de moi. Elle avait fait partie du groupe, elle m'avait frappée, elle m'avait tiré les cheveux, elle m'avait craché dessus. Elle ne m'avait pas autant injuriée que les autres, mais elle avait été avec elles. Elle avait fait partie de celles qui me tenaient pendant que Corrie et Lila m'enlevaient mon pantalon, et lorsqu'elle avait vu qu'une jambe retombait du toit, elle était montée sur le garde-fou pour la réexpédier dessus, afin que je ne puisse pas l'attraper.

« Je l'ai suppliée de ne pas me faire plus mal. Toute honte bue, au-delà de toute dignité. Je l'ai suppliée de ne pas finir de me déshabiller. Elle s'est contentée de rester là et de m'écouter, comme si je n'étais rien pour elle. Je n'étais *rien* pour elle. Je le comprenais, à ce moment-là. Je crois que j'avais fini par l'oublier, avec le temps, mais j'ai plus ou moins retrouvé cette vérité banale à la suite de l'expérience du Dôme.

« Finalement, je me suis contentée de rester là, à renifler sans rien dire. Elle m'a regardée encore un peu, puis elle a enlevé son chandail. C'était un grand machin marron qui pendait sur elle et tombait jusqu'à ses genoux. Elle me l'a jeté et m'a dit : *Rentre chez toi avec, ça te fera comme une robe.*

« Pas un mot de plus. Et, bien que j'aie été à l'école avec elle pendant encore huit ans – presque tout le secondaire –, nous ne nous sommes jamais reparlé. Mais parfois, en rêve, je l'entends qui me dit : *Rentre chez toi avec, ça te fera comme une robe.* Et je vois son visage. On n'y lit ni haine ni colère – ni pitié, non plus. Elle ne l'a pas fait par pitié, et elle ne l'a pas fait pour me faire taire. J'ignore pourquoi elle l'a fait. J'ignore pourquoi elle est revenue. Vous le savez, vous ?

— Non », répondit Barbara.

Et il l'embrassa sur la bouche. Ce fut bref, mais tiède, humide et tout à fait sensationnel.

« Pourquoi m'avez-vous embrassée ?

— Parce que vous aviez l'air d'en avoir besoin, et parce que j'en avais besoin, moi. Qu'est-ce qui s'est passé ensuite, Julia ?

— J'ai enfilé le chandail et je suis rentrée chez moi, évidemment. Mes parents m'attendaient. »

Elle redressa le menton avec fierté.

« Je ne leur ai jamais raconté ce qui était arrivé, et ils ne l'ont jamais su. Pendant environ une semaine, j'ai vu mon pantalon en allant à l'école, posé là-haut sur le petit toit conique du kiosque à musique. Chaque fois, je ressentais la même honte – comme un coup de poignard au cœur. Puis un jour il ne s'y trouva plus. La souffrance ne disparut pas pour autant, mais les choses s'améliorèrent un peu, ensuite. D'aiguë, la douleur devint simplement sourde.

« Je n'ai jamais dénoncé ces filles. Pourtant mon père était furieux au point qu'il m'avait consignée à la maison jusqu'en juin. Je n'avais le droit de sortir que pour aller à l'école. Je n'ai même pas pu faire le voyage scolaire au Musée des beaux-arts de Portland, alors que j'en rêvais depuis un an. Il m'avait dit que je pourrais y aller si je donnais les noms de celles qui m'avaient molestée. C'était le terme qu'il employait, *molestée*. Et pourtant, je n'ai pas voulu, et pas seulement parce que la fermer est la version enfantine du credo.

— Vous vous êtes tue parce que tout au fond de vous, vous pensiez avoir mérité ce qui vous était arrivé.

— *Mérité* n'est pas le bon mot. Je pensais que je l'avais acheté, que j'avais payé pour l'avoir, ce qui n'est pas la même chose. Ma vie a changé, après ça. J'ai continué à avoir de bonnes notes, mais je ne levais plus la main aussi souvent. Je n'étais plus aussi avide de toujours décrocher les premières places. J'aurais pu être celle qui prononçait le discours de fin d'année en terminale, mais j'avais moins bien travaillé au second semestre – juste assez pour faire en sorte que Carlene Plummer passe en tête. Je ne voulais pas de cet honneur. Ni du discours ni de l'attention qui vont avec. Je m'étais fait quelques amies, surtout parmi les filles qui fumaient en cachette derrière le bahut.

« Le plus grand changement, ç'a été de poursuivre mes études dans le Maine au lieu d'aller à Princeton… où j'avais d'ailleurs été acceptée. Mon père a tonné et fulminé, disant que sa fille ne pouvait aller dans une université de ploucs, mais j'ai tenu bon. »

Elle sourit.

« Il a fallu s'accrocher. Mais voilà, le compromis est l'ingrédient secret de l'amour et j'aimais beaucoup mon papa. J'aimais mes deux parents. J'avais décidé d'aller à l'université du Maine à Orono, mais j'ai posé ma candidature au dernier moment à Bates – une de ces candidatures dites de circonstances spéciales – et j'ai été acceptée. Mon père m'a obligée à payer les droits d'entrée sur mes économies, ce que j'ai fait volontiers, parce que c'était en fin de compte le moyen de rétablir la paix dans la famille après seize mois de guerre d'usure entre l'empire des Parents-décideurs et la principauté, certes petite, mais solidement fortifiée, des Ados-rebelles. Je ne me suis pas retrouvée ici, à Chester's Mill, à cause de ce jour-là – mon avenir au *Democrat* était assez largement déterminé depuis longtemps –, mais c'est à cet évènement que je dois d'être en grande partie ce que je suis. »

Elle tourna vers lui des yeux dans lesquels brillaient des larmes mais aussi une lueur de défi. « Pour autant, je ne suis pas une fourmi. Je ne suis pas une fourmi. »

Il l'embrassa à nouveau. Elle passa ses bras autour de lui, le serra et lui rendit son baiser du mieux qu'elle put. Et lorsque la main de Barbie dégagea son chemisier de sa ceinture pour remonter dessous et se refermer sur un de ses seins, elle lui donna sa langue. Quand ils se séparèrent, elle haletait.

« Vous voulez ?

— Oui. Et vous ? »

Il lui prit la main et la posa sur son jean, et le point auquel il la désirait devint tout de suite évident.

Une minute plus tard, il était au-dessus d'elle, se tenant sur les coudes. Elle le prit pour le guider. « Allez-y en douceur, colonel Barbara. J'ai un peu oublié comment ce truc-là se passe.

— C'est comme la bicyclette », répondit Barbie.

Il s'avéra qu'il avait raison.

15

Quand ils eurent terminé, elle resta la tête posée sur le bras de Barbie, le visage tourné vers les étoiles roses, et lui demanda à quoi il pensait.

Il soupira. « Aux rêves. Aux visions. Aux machins-trucs-chouettes. Vous avez votre téléphone avec vous ?

— Bien sûr. Et la batterie tient rudement bien le coup. Mais pour combien de temps, aucune idée. Qui voulez-vous appeler ? Cox, je suppose.

— Vous supposez bien. Le numéro est en mémoire ?

— Oui. »

Julia tendit la main vers son pantalon posé à côté et prit le téléphone accroché à la ceinture. Elle fit apparaître COX à l'écran, appuya sur le bouton vert et tendit le portable à Barbie, qui commença à parler tout de suite. Cox avait dû décrocher dès la première sonnerie.

« Bonjour, colonel. C'est Barbie. Je suis dehors. Je vais prendre le risque de vous dire où nous nous trouvons. Sur Black Ridge. L'ancien verger McCoy. Est-ce que vous – oui, vous savez où. Évidemment. Vous avez des images satellites de la ville, n'est-ce pas ? »

Il écouta, puis demanda à Cox si ces images montraient un fer à cheval lumineux entourant la colline et s'interrompant à hauteur du TR-90. Le colonel répondit que non, mais, à voir comment Barbie l'écoutait, il dut demander des détails.

« Pas maintenant, répondit Barbie. Pour l'instant, j'aimerais que vous fassiez quelque chose pour moi, Jim, et le plus tôt sera le mieux. Vous allez avoir besoin de deux hélicos. Des Chinook. »

Il expliqua ce qu'il voulait. Cox écouta puis répondit à son tour.

« Je n'ai pas le temps d'entrer dans les détails et, de toute façon, ce ne serait pas tellement plus clair pour vous. Croyez-moi simplement si je vous dis que c'est un sinistre merdier ici et que je pense que le pire est à venir. Peut-être pas avant Halloween, avec de la chance. Mais j'ai bien peur que nous n'ayons pas de chance. »

16

Pendant que Barbie parlait avec le colonel James Cox, Andy Sanders, adossé contre la remise du matériel, derrière WCIK, regardait les étoiles aberrantes. Il était pété comme une grenade, heureux comme un pape, frais comme une rose et autres métaphores dans la même veine. Et cependant, une profonde tristesse – curieusement paisible, presque réconfortante – roulait sous la surface, telle une puissante rivière souterraine. Il n'avait jamais eu la moindre prémonition au cours de sa vie prosaïque et pratique, la vie de son travail quotidien. Or voici qu'il en avait une. C'était la dernière nuit qu'il passait sur terre. Quand viendraient les hommes amers, lui et le chef Bushey disparaîtraient. Simplement. Ce n'était pas vraiment grave.

« Je faisais du rab, de toute façon, dit-il à haute voix. Depuis que j'ai failli prendre ces pilules.

— C'est quoi ça, Sanders ? » demanda le Chef qui arrivait d'un pas tranquille par l'allée à l'arrière de sa station de radio, pieds nus, éclairant le chemin juste devant lui.

Son pantalon de pyjama flottant tenait toujours de la manière la plus précaire sur ses hanches osseuses, mais il avait ajouté quelque chose à son accoutrement : une grande croix blanche retenue à son cou par un lacet de cuir. Il avait le GUERRIER DE DIEU à l'épaule. Deux grenades pendaient de la crosse au bout d'un autre lacet de cuir. Il tenait la télécommande dans son autre main.

« Rien, chef, répondit Andy. Je parlais tout seul. On dirait que je suis le seul à écouter, ces temps-ci.

— Tu déconnes, Sanders. Tu déconnes dans les grandes largeurs, tu déconnes complètement. Dieu écoute. Il est branché sur les âmes encore mieux que le FBI sur ton téléphone. Et moi aussi, j'écoute. »

C'était tellement beau, beau et réconfortant, qu'Andy sentit une vague de gratitude monter de son cœur. Il lui tendit la pipe. « Goûte-moi ce shit. »

Chef Bushey laissa échapper un rire enroué, prit une grande bouffée, retint la fumée et toussa en la recrachant. « Badaboum ! s'écria-t-il. Le pouvoir de Dieu ! Le pouvoir *sur commande*, Sanders !

— T'as tout pigé », répondit Andy. C'était l'expression que Dodee employait toujours et cette évocation de sa fille lui brisa à nouveau le cœur. Il s'essuya machinalement les yeux. « Où tu as trouvé cette croix ? »

D'un mouvement de sa torche, Chef montra la station de radio. « Coggins avait un local à lui, ici. La croix était dans son bureau. J'ai dû forcer le tiroir. Et tu sais ce qu'il y avait d'autre là-dedans, Sanders ? Les photos à branlette les plus dégueulasses que j'aie jamais vues.

— Des gosses ? » demanda Andy. Il n'aurait pas été surpris. Quand le diable s'emparait d'un homme d'Église, celui-ci tombait d'autant plus bas. Assez bas pour ramper sous un serpent à sonnette avec un chapeau haut de forme.

« Pire, Sanders. Des Orientales. »

Chef Bushey prit l'AK-47 posé en travers des genoux d'Andy. Il éclaira la crosse, sur laquelle Andy avait écrit CLAUDETTE avec l'un des Magic Marker de la station de radio.

« Ma femme, dit Andy. Elle a été la première victime du Dôme. »

Le Chef l'agrippa par l'épaule. « C'est bien de ta part de ne pas l'oublier, Sanders. Je suis content que Dieu nous ait réunis.

— Moi aussi, dit Andy en lui reprenant la pipe. Moi aussi, Chef.

— Tu sais ce qui va probablement arriver, demain, pas vrai ? »

Andy reprit CLAUDETTE par la crosse. La réponse était bien assez claire.

« Il y a toutes les chances pour qu'ils portent des protections ; alors si jamais c'est la guerre, vise à la tête. Et pas au coup par coup ; tu les arroses. Et si les choses tournent mal pour nous... tu sais ce qui nous reste à faire, hein ?

— Je le sais.

— Jusqu'à la fin, Sanders ? »

Chef Bushey brandit la télécommande et l'éclaira de sa torche.

« Jusqu'à la fin, Chef. »

Il toucha l'appareil du bout du canon de CLAUDETTE.

17

Ollie Dinsmore s'éveilla brusquement sur un cauchemar : quelque chose n'allait pas. Il resta allongé dans son lit, regardant par la fente des rideaux les premières lueurs – faibles et malpropres – du jour qui se levait, essayant de se persuader que ce n'était qu'un rêve, un horrible cauchemar qu'il n'arrivait pas à se rappeler tout à fait. N'en restait que le souvenir de flammes et de cris.

Pas des cris, des hurlements.

Son réveille-matin de pacotille égrenait les secondes sur la table de nuit. Il le prit. Six heures et quart, et pas un bruit en provenance de la cuisine. Plus parlant encore, pas d'odeur de café. Son père était toujours debout et prêt à cinq heures et quart au plus tard (« Les vaches ne peuvent pas attendre » était le leitmotiv préféré d'Alden Dinsmore) et le café toujours passé dès cinq heures et demie.

Mais pas ce matin.

Ollie se leva et enfila son jean de la veille. « P'pa ? »

Pas de réponse. On n'entendait que le tic-tac du réveil et – au loin – les meuglements d'une vache mélancolique. L'angoisse s'empara du garçon. Il essaya de se convaincre qu'il n'y avait pas de raison, que sa famille – au complet et parfaitement heureuse une semaine auparavant – avait subi toutes les tragédies que Dieu pouvait envoyer, au moins pour le moment. Il se le disait, mais il n'y croyait pas.

« Papa ? »

Le générateur, dehors, tournait toujours et il vit les diodes lumineuses de la cuisinière et du four à micro-ondes quand il entra dans la cuisine, mais celui de la cafetière électrique ne brillait pas. Le séjour était également vide. Son père regardait la télé lorsque Ollie était monté se coucher, la veille, et elle était toujours branchée, le son très bas. À l'écran, un type grimaçant et agité faisait la pub du nouveau torchon en microfibres ShamWow. « Dépenser quarante billets par mois en Sopalin, c'est jeter votre argent par les fenêtres », disait le type grimaçant depuis cet autre monde où de telles choses comptaient encore.

Il est allé nourrir les vaches, c'est tout.

Mais n'aurait-il pas éteint la télé pour économiser l'électricité ? Ils avaient une bonne réserve de propane, certes, mais elle ne durerait pas éternellement.

« P'pa ? »

Toujours pas de réponse. Ollie alla jusqu'à la fenêtre qui donnait du côté de la grange. Personne. Pris de palpitations de plus en plus fortes, il emprunta le couloir du fond pour se rendre jusqu'à la chambre de ses parents, rassemblant tout son courage pour frapper. Il n'en eut pas besoin : la porte était ouverte. Le grand lit double était en désordre (l'horreur que son père avait du désordre paraissait disparaître dès qu'il sortait de l'étable) mais vide. Ollie s'apprêtait à faire demi-tour lorsqu'il vit quelque chose qui l'angoissa encore plus. Le portrait d'Alden et Shelley, pris le jour de leur mariage et qu'il avait toujours vu accroché au mur, d'aussi loin que remontaient ses souvenirs, avait disparu. Ne restait plus, à son emplacement, qu'un rectangle vide où le papier peint avait conservé ses couleurs.

Pas de raison d'avoir peur à cause de ça.

Si justement.

Ollie continua dans le couloir. Il y avait encore une porte. Fermée, alors qu'elle était restée ouverte pendant un an. Un bout de papier jaune avait été punaisé dessus. Un mot. Avant même de pouvoir le déchiffrer, Ollie avait reconnu l'écriture de son père. Sans aucun mal ; ce n'étaient pas les notes dans ce style, griffonnées à la hâte de la grande écriture d'Alden, qui avaient manqué quand Rory et lui revenaient de l'école. Elles se terminaient toujours de la même manière :

Balayez la grange, et allez jouer après. Désherbez les tomates et les haricots, et allez jouer après. Rentrez le linge de maman et faites attention à ne pas le laisser traîner dans la boue. Et allez jouer après.

Les récréations, c'est fini, pensa Ollie, lugubre.

Puis il eut une bouffée d'espoir : peut-être rêvait-il ? N'était-ce pas possible ? Après la mort de son frère par ricochet et le suicide de sa mère, rien de plus logique que de rêver qu'on se réveillait dans une maison vide, non ?

La vache meugla de nouveau, et même ce son paraissait provenir d'un rêve.

La chambre sur laquelle donnait la porte à la note punaisée avait été celle de grand-père Tom. Souffrant d'une insuffisance cardiaque grave, il était venu habiter chez eux lorsqu'il n'avait plus été capable de se débrouiller tout seul. Pendant un temps, il avait encore pu se traîner jusqu'à la cuisine pour prendre ses repas en famille puis, au bout d'un moment, il s'était retrouvé cloué au lit, tout d'abord avec un bidule en plastique dans le nez – un bidule qui s'appelait un candélabre, quelque chose comme ça –, ensuite avec un masque en plastique sur la figure qu'il portait presque tout le temps. Rory avait dit un jour en ricanant qu'il avait l'air d'être le plus vieil astronaute du monde, ce qui lui avait valu une gifle de maman.

À la fin, chacun avait pris son tour de garde pour lui changer ses bouteilles d'oxygène et une nuit, maman l'avait trouvé mort sur le plancher, comme si l'effort qu'il avait fait pour se lever l'avait tué. Elle avait hurlé le nom d'Alden ; celui-ci était venu, avait regardé, posé son oreille contre la poitrine du vieil homme et coupé l'oxygène. Shelley Dinsmore s'était mise à pleurer. Depuis lors, on avait gardé la porte de la chambre presque tout le temps fermée.

Désolé – ainsi commençait la note sur la porte –, *va en ville, Ollie. les Denton ou les Morgan ou la rév. Libby prendront soin de toi.*

Ollie regarda longtemps ces quelques mots, puis tourna le bouton de la porte d'une main qui ne lui paraissait pas être la sienne, espérant que ce ne serait pas un carnage.

Ce n'en était pas un. Son père était allongé sur le lit de grand-père Tom, mains croisées sur la poitrine. Ses cheveux étaient soigneusement peignés, comme quand il allait en ville. Il tenait la photo de mariage contre lui. L'une des anciennes bouteilles d'oxygène vertes de grand-père était toujours dans un coin ; Alden y avait accroché sa casquette des Red Sox, celle sur laquelle on lisait WORLD SERIES CHAMPS.

Ollie secoua l'épaule de son père. Ça sentait la gnôle et, pendant quelques secondes, l'espoir (toujours entêté, parfois plein de haine) gonfla son cœur. Peut-être était-il seulement ivre.

« Papa ? P'pa ! Réveille-toi ! »

Ollie ne sentit aucun souffle contre sa joue et se rendit compte que les yeux de son père n'étaient pas complètement fermés ; qu'il voyait deux minces croissants blancs entre ses paupières. Et il y avait une autre odeur, celle que sa mère appelait en français *eau de pipi**.

Son père s'était peigné, mais, alors qu'il attendait la mort, il s'était pissé dessus, comme feu son épouse.

Ollie se demanda si, sachant cela, son père l'aurait tout de même fait.

Il s'éloigna du lit à reculons, lentement. Maintenant qu'il aurait aimé avoir l'impression de faire un mauvais rêve, cette illusion avait disparu. Il faisait une *mauvaise réalité*, et c'était quelque chose dont on ne se réveillait pas. Son estomac se contracta et une colonne d'un liquide ignoble monta dans sa gorge. Il courut à la salle de bains pour se retrouver nez à nez avec un intrus à l'air furibond. Il faillit hurler, le temps de se reconnaître dans le miroir au-dessus du lavabo.

Il s'agenouilla devant les toilettes, s'agrippant à ce que Rory avait appelé *les papi-barres*, et vomit. Puis il tira la chasse (grâce au générateur et à un puits profond, il *pouvait* tirer la chasse), rabaissa le couvercle et s'assit dessus, tremblant de tout son corps. Dans le lavabo, juste à côté, il y avait deux fioles des médicaments que prenait grand-père Tom et une bouteille de Jack Daniel's. Fioles et bouteille, tout était vide. Ollie s'empara de l'une des fioles de médicament. PERCOCET, disait l'étiquette. Il ne prit pas la peine de regarder l'autre.

« Je suis tout seul, maintenant », dit-il.

Les Denton ou les Morgan ou la rév. Libby prendront soin de toi.

Mais il ne voulait pas qu'on *prenne soin* de lui – cela lui faisait l'effet de sa mère *prenant soin* d'une chemise déchirée en la rangeant près de sa machine à coudre. Il avait parfois éprouvé de la haine pour la ferme, mais il l'avait toujours davantage aimée que haïe. La ferme le tenait. La ferme, les vaches, le tas de bois. Cela lui appartenait et il appartenait à cela. Il le savait comme il avait su que Rory quitterait la ferme et ferait de brillantes études suivies d'une brillante carrière ; qu'il partirait loin d'ici, dans quelque ville où il se rendrait au théâtre et visiterait les galeries d'art. Son frère avait été assez intelligent pour se tailler une place au soleil dans le grand monde ; Ollie l'était assez pour ne pas se faire rattraper par ses prêts bancaires et sa carte de crédit, mais guère plus.

Il décida d'aller s'occuper des vaches. Il leur donnerait double ration, si elles en voulaient. Une ou deux des bossues voudraient peut-être se faire traire. Dans ce cas-là, il boirait un peu de lait aux pis, comme il faisait quand il était petit.

Après quoi il irait tout au fond du grand champ et lancerait des cailloux contre le Dôme jusqu'à ce que les gens venus voir leurs proches commencent à arriver. *La Grande Affaire*, aurait dit son père, mais Ollie n'avait envie de voir personne, sauf peut-être le soldat Ames de Ca'oline du Sud. Tante Lois et oncle Scooter viendraient peut-être – ils habitaient tout près, à New Gloucester –, mais qu'est-ce qu'il pourrait leur raconter ? *Hé, tonton, ils sont tous morts sauf moi, merci d'être venus* ?

Non. Une fois que les gens à l'extérieur du Dôme commenceraient à débarquer, il irait jusqu'à l'endroit où était enterrée maman et il creuserait un nouveau trou à côté. Cela le tiendrait occupé un moment et peut-être que, lorsqu'il irait se coucher, il pourrait dormir.

Le masque à oxygène de papi Tom pendait au crochet de la salle de bains. Sa mère l'avait suspendu là après l'avoir soigneusement lavé et nettoyé – allez savoir pourquoi. En le voyant, la réalité de sa situation lui tomba finalement dessus avec la violence d'un piano s'écrasant sur du marbre. Il plaqua ses deux mains contre son visage et, se balançant d'avant en arrière, se mit à gémir.

18

Linda Everett bourra de conserves deux grands sacs d'épicerie en toile, faillit les poser devant la porte de la cuisine, puis décida de les laisser plutôt à côté du placard de l'arrière-cuisine, le temps que Thurston et les enfants soient prêts à partir. Quand elle vit le fils Thibodeau remonter l'allée, elle se félicita de sa prudence. Ce jeune homme lui fichait une frousse du diable, mais elle aurait eu bien plus à redouter si jamais il avait vu deux sacs remplis de thon, de haricots et de soupes en boîte.

Alors, on va quelque part, Mrs Everett ? Parlons-en un peu.

L'ennui était que, de tous les nouveaux flics engagés par Randolph, seul Thibodeau était intelligent.

Pourquoi Rennie n'avait-il pas envoyé Searles ?

Parce que Melvin Searles était un idiot. Élémentaire, mon cher Watson.

Elle jeta un coup d'œil dans la cour, par la fenêtre de la cuisine, et vit Thurston qui poussait Jannie et Alice sur les balançoires. Audrey était allongée non loin, le museau sur une patte. Judy et Aidan jouaient dans le bac à sable. Judy avait passé un bras autour des épaules d'Aidan et paraissait le réconforter. Linda se sentit fondre. Elle espéra pouvoir satisfaire Mr Carter Thibodeau et l'avoir renvoyé avant qu'aucune de ces cinq personnes ne sache seulement qu'il était là.

Elle n'avait plus joué la comédie depuis qu'elle avait tenu le rôle de Stella dans *Un tramway nommé Désir*, au collège ; ce matin, elle allait remonter sur scène. Ce n'était pas les critiques qui lui importaient, cette fois, mais conserver la liberté, pour elle comme pour tous ceux qui avaient déjà pris le large.

Elle traversa rapidement le séjour, adoptant une expression anxieuse de circonstance avant d'ouvrir la porte. Carter se tenait sur le paillasson (BIENVENUE), le poing levé pour frapper. Elle dut redresser la tête pour le regarder ; elle mesurait un peu plus d'un mètre soixante-dix, mais il la dominait tout de même d'une demi-tête.

« Regardez-moi ça, dit-il avec un sourire. Déjà bien réveillée et toute pomponnée alors qu'il n'est même pas sept heures et demie. »

Pourtant, il n'avait guère envie de sourire ; jusqu'ici la matinée avait été infructueuse. La femme pasteur avait disparu, la salope de journaliste avait disparu, ses deux reporters avait apparemment disparu, eux aussi, ainsi que Rose Twitchell. Le restaurant était ouvert et le petit Wheeler tenait la boutique, mais il affirmait n'avoir aucune idée de l'endroit où se trouvait Rose. Carter l'avait cru. Anse Wheeler avait tout d'un chien qui ne se rappelle plus où il a planqué son os préféré. À en juger par les odeurs horribles qui provenaient de la cuisine, il n'avait aucune idée non plus de ce qu'étaient les processus de cuisson. Carter avait fait le tour de l'établissement, à la recherche du van du Sweetbriar. Introuvable. Il n'avait pas été surpris.

Après avoir vérifié le restaurant, il était passé au Burpee's, cognant tout d'abord sur les portes d'entrée, puis sur celles de derrière, où un employé négligent avait laissé, bien en vue, tout un tas de rouleaux de plomb que le premier petit malin venu aurait pu voler. Sauf que, si l'on y pensait un peu, qui voudrait voler des matériaux de protection pour son toit, dans une ville où il ne pleuvait plus jamais ?

Carter avait supposé qu'il ferait aussi chou blanc à la maison des Everett, et il n'y était allé que pour pouvoir dire qu'il avait respecté ses instructions à la lettre, mais il avait entendu les gosses qui jouaient dans la cour pendant qu'il remontait l'allée. Et le van de Linda était là. C'était bien le sien, aucun doute : il voyait un gyrophare amovible posé sur le tableau de bord. Le patron lui avait recommandé un interrogatoire modéré ; mais Linda Everett étant la seule qu'il ait trouvée, Carter se dit qu'il pouvait modérer sa modération. Que cela lui plaise ou pas – et cela ne lui plairait pas –, la petite mère Everett devrait répondre pour tous ceux qu'il n'avait pu trouver. Mais avant qu'il ait pu ouvrir la bouche, elle lui parlait déjà. Non seulement elle lui parlait, mais elle le prenait par la main, l'entraînant littéralement à l'intérieur.

« Vous l'avez trouvé ? Je t'en prie, Carter, est-ce que Rusty va bien ? Il n'est pas... » Elle lui lâcha la main. « Si... s'il y a quelque chose, parle à voix basse, les enfants sont là, dehors, et je ne veux pas qu'ils soient davantage bouleversés qu'ils ne le sont déjà. »

Carter passa devant elle, entra dans la cuisine et jeta un coup d'œil par la fenêtre, au-dessus de l'évier. « Qu'est-ce qu'il fabrique ici, le toubib hippie ?

— Il est venu avec les enfants dont il s'occupe. Caro les avait amenés à la réunion, hier au soir, et...tu sais ce qui est arrivé. »

Ce débit de mitrailleuse était bien la dernière chose à laquelle Carter se serait attendu. Peut-être ignorait-elle tout. Le fait qu'elle ait été à la réunion, la veille et qu'elle soit encore là ce matin plaidait en faveur de cette idée. Ou peut-être essayait-elle simplement de le déstabiliser. De procéder à... comment disait-on, déjà ? À une frappe préventive. C'était possible. Elle était intelligente. Il suffisait de la regarder pour s'en rendre compte. Et encore mignonne, pour une nana plus toute jeune.

« Vous l'avez trouvé ? Est-ce que Barbara... » Elle n'avait pas de mal à parler d'une voix étranglée. « Est-ce que Barbara lui a fait du mal ? Il ne l'aurait pas abandonné quelque part, après ? Tu peux me dire la vérité. »

Il se tourna vers elle, affichant un sourire décontracté dans la lumière tamisée provenant de l'extérieur. « À toi d'abord.

— Quoi ?

— J'ai dit, *à toi d'abord*. Dis-moi la vérité.

— Mais tout ce que je sais, c'est qu'il a disparu ! » Ses épaules s'affaissèrent. « Et toi, tu ne sais même pas où il est. Je le vois bien. Et si Barbara l'a tué ? S'il l'a déjà tué... »

Carter l'attrapa, la fit pivoter sur elle-même comme un danseur de quadrille et lui tordit le bras dans le dos jusqu'à ce qu'on entende l'épaule craquer. Mouvement exécuté avec une telle fluidité et une si incroyable rapidité qu'elle ne comprit son intention qu'une fois la chose faite.

Il sait tout ! Il sait tout et il va me faire mal ! Me faire mal jusqu'à ce que je lui dise...

L'haleine de Carter était brûlante dans son oreille. Elle sentait sa barbe de trois jours lui chatouiller la joue pendant qu'il parlait, et ce contact la fit frissonner.

« Ne déconne pas avec un déconneur, *maman*. » À peine plus fort qu'un murmure. « Toi et Wettington, vous vous êtes toujours serré les coudes – et le reste. Tu voudrais me faire croire que tu ne savais pas qu'elle allait faire évader ton mari ? C'est ça que tu me racontes ?

— Si elle me l'avait dit, j'aurais averti Randolph, répondit-elle, haletante. Jamais je n'aurais voulu laisser Rusty courir un tel risque. Il n'a rien fait.

— Il a fait plein de trucs. Il a menacé le patron de ne pas le soigner s'il ne démissionnait pas. C'est pas un putain de chantage, ça ? Je l'ai entendu de mes propres oreilles. » Il tordit un peu plus le bras de Linda. Elle laissa échapper un petit gémissement. « T'as quelque chose à répondre à ça ? *Maman ?*

— Je ne sais pas ce qu'il a fait. Je ne l'ai pas vu et je ne lui ai même pas parlé depuis que tout ça est arrivé, comment veux-tu que je sache ? Ce que je sais, c'est qu'il est ce qui ressemble le plus à un médecin, dans cette ville, et que jamais Rennie ne le ferait exécuter. Barbara, peut-être, mais Rusty, sûrement pas. Je le sais, et tu le sais très bien, toi aussi. Lâche-moi, maintenant. »

Un instant, il fut sur le point de le faire. Ça se tenait. Puis il eut une meilleure idée et la repoussa contre l'évier. « Penche-toi, *maman*.

— Non ! »

Il lui tordit encore le bras. Elle eut l'impression que son épaule allait se déboîter. « Je te dis de te pencher. Comme si t'allais laver tes si jolis cheveux blonds.

« Linda ? » C'était Thurston. « Comment ça va ? »

Seigneur ! Pourvu qu'il ne me demande pas si j'ai fini de vider les placards ! Je vous en prie, mon Dieu !

Puis une autre idée lui vint brusquement à l'esprit : où sont les affaires des gosses ? Chacune des filles avait préparé un petit sac de voyage. Et s'ils étaient posés au beau milieu du salon ?

« Dis-lui que tout va bien, lui souffla Thibodeau à l'oreille. Inutile de laisser rappliquer ce hippie. Ou les gosses. On est d'accord ? »

Seigneur, non. Mais où sont donc les sacs ?

« Tout va bien ! cria-t-elle.

— Bientôt fini ? »

Oh, Thurston, la ferme !

« J'ai encore besoin de cinq minutes ! »

Thurston parut hésiter, comme s'il voulait ajouter quelque chose, puis retourna vers les balançoires.

« Bien joué. » Carter se pressait contre elle, à présent, et il bandait. Elle le sentait contre le fond de son pantalon. Un vrai démonte-pneu, son truc. Puis il s'écarta. « Bientôt fini quoi ? »

Elle faillit répondre : *de préparer le petit déjeuner*, mais les bols sales étaient dans l'évier. Un instant, son cerveau eut un passage à vide, et elle en vint presque à espérer qu'il presse de nouveau sa foutue trique contre elle, vu que lorsque les hommes pensent avec leur queue, il ne se passe pas grand-chose dans leur tête.

Mais il lui tordit une fois de plus le bras. « Raconte-moi ça, *maman*. Fais plaisir à papa.

— Les *cookies* ! Je leur ai promis de faire des cookies, haleta-t-elle. C'est les gosses qui m'en ont demandé !

— Des cookies ? Sans électricité ? C'est la meilleure de la semaine, celle-là.

— Mais si, c'est ceux qu'on ne fait pas cuire ! T'as qu'à regarder dans le placard, fils de pute. »

Si jamais il y regardait, il trouverait effectivement une préparation spéciale ne nécessitant pas de cuisson. Mais il verrait aussi dans un coin de la pièce les provisions qu'elle avait préparées.

« Donc, tu ne sais pas où il est. » Son érection avait repris. L'épaule de Linda lui faisait tellement mal que ce fut à peine si elle en eut conscience. « Tu en es bien certaine ?

— Oui. Je croyais que tu le savais, toi. Je croyais que tu venais me dire qu'il avait été blessé ou que... que...

— Et moi, je crois que tu mens comme une arracheuse de dents, avec ton joli p'tit cul. » Il fit remonter le bras de Linda encore plus haut ; la douleur était maintenant atroce, son besoin de crier irrépressible. Sans savoir comment, elle le réprima tout de même. « Je crois que tu sais des tas de choses, *maman*. Et si tu ne me les dis pas, je vais faire sauter ton bras de l'articulation. Dernière chance. Où est-il ? »

Linda se résigna à se laisser déboîter un bras. Et peut-être les deux. La question était de savoir si elle pourrait s'empêcher de hurler, ce qui ferait immanquablement rappliquer les filles et Thurston au pas de course. « Dans mon cul. T'as qu'à l'embrasser, espèce de branleur. Peut-être qu'il va en sortir et te dire bonjour. »

Au lieu de lui casser le bras, Carter se mit à rire. Elle était bien bonne, celle-là, vraiment bien bonne. Et il la crut. Jamais elle n'aurait osé lui parler sur ce ton si elle n'avait pas dit la vérité. Il regrettait simplement qu'elle ait porté un jean. Il n'aurait probablement pas pu la baiser, mais l'affaire aurait pu être beaucoup plus chaude si elle avait eu une jupe. N'empêche, un coup tiré à blanc, ça n'était pas la pire manière d'entamer la Journée des Visiteurs, même si c'était contre un jean, et non contre une jolie petite culotte soyeuse.

« Tiens-toi tranquille et ferme-la, dit-il. Si tu te tiens à carreau, t'auras une chance de sortir de ce truc en un seul morceau. »

Elle entendit tinter une boucle de ceinture, glisser une fermeture Éclair. Puis ce qui frottait contre elle reprit de plus belle, mais entre eux avec une épaisseur de tissu beaucoup moins grande. Elle jubila vaguement à l'idée que son jean était presque neuf ; avec un peu de chance, il aurait la queue douloureusement enflammée par le frottement.

Pourvu que les filles n'arrivent pas et ne me voient pas comme ça...

Soudain, il se pressa plus fort contre elle, plus rigide que jamais. La main qui ne lui tordait pas le bras tâtonna à la recherche de son sein. « Hé, *m'man*... hé-hé... mm... mm... » Elle sentit son spasme, mais non l'humidité qui suit aussi sûrement que la nuit suit le jour ; le jean était trop épais pour cela, grâce à Dieu. L'instant suivant, la pression qui maintenait son bras tordu cessa. Elle en aurait pleuré de soulagement mais n'en fit rien. Ne voulut pas pleurer. Elle se retourna. Il refermait sa ceinture.

« Ce serait peut-être une bonne idée d'aller changer de jean avant de préparer tes cookies. C'est ce que je ferais, à ta place. » Il haussa les épaules. « Mais qui sait ? Peut-être que ça te plaît. Chacun ses goûts.

— C'est comme ça que vous faites respecter la loi, maintenant ? Tu crois que c'est comme ça que ton patron veut qu'on respecte la loi, ici ?

— Lui, il voit plutôt l'ensemble du tableau. » Carter se tourna alors vers l'arrière-cuisine et Linda eut l'impression que son cœur qui battait la chamade venait de s'arrêter. Puis Thibodeau jeta un coup d'œil à sa montre et remonta sa fermeture Éclair. « Tu m'appelles ou t'appelles Mr Rennie si ton mari prend contact. C'est ce qu'il y a de mieux à faire, crois-moi. Si tu le fais pas et que je l'apprends, le prochain coup ira tout droit dans ta bonne vieille chatte. Que les gosses regardent ou non. Je déteste pas avoir un public.

— Fiche le camp d'ici avant qu'ils arrivent.

— Dis *s'il te plaît,* maman. »

Sa gorge resta un instant paralysée, mais elle savait que Thurston allait revenir d'un instant à l'autre et elle fit un effort. « S'il te plaît. »

Il prit la direction de la porte, puis jeta un coup d'œil en passant dans le séjour et s'arrêta. Il avait dû voir les petits sacs de voyage. Elle en était certaine.

Mais il avait autre chose en tête.

« Et rapporte le gyrophare que j'ai vu dans ta voiture. Au cas où t'aurais oublié, t'as été virée. »

19

Elle était au premier lorsque Thurston et les enfants revinrent, trois minutes plus tard. Elle commença par regarder dans la chambre des filles. Les sacs étaient posés sur les lits. Le nounours de Judy dépassait de l'un d'eux.

« Hé, les enfants ! » lança-t-elle gaiement vers le rez-de-chaussée. *Toujours gaie**[1], c'était sa devise. « Prenez une BD, j'arrive dans deux minutes. »

Thurston se présenta au bas de l'escalier.

« On devrait vraiment... »

Il vit alors son expression et se tut. Elle lui fit signe.

« M'man ? dit Janelle. On peut prendre un Pepsi, si je le partage avec les autres ? »

Normalement, à une heure aussi matinale, elle aurait refusé, mais elle répondit : « D'accord, mais n'en renversez pas ! »

Thurston monta la moitié de l'escalier. « Qu'est-ce qui s'est passé ?

— Parlez doucement. Un flic est venu. Carter Thibodeau.

— Le grand baraqué avec les épaules de déménageur ?

— Lui-même. Il est venu m'interroger... »

Thurston pâlit et Linda comprit qu'il repassait dans sa tête ce qu'il avait dit pendant qu'il l'avait crue seule.

« Je crois que c'est bon, reprit-elle, mais il faut

---

1. Les mots et locutions suivis d'un astérisque sont en français dans le texte original.

être tout à fait sûrs qu'il est bien parti. Il est arrivé à pied. Allez vérifier dans la rue et par-dessus la barrière, dans le jardin des Edmund. Je dois me changer.

— Qu'est-ce qu'il vous a fait ?

— *Rien !* siffla-t-elle. Vérifiez bien qu'il est parti, c'est tout, que nous puissions foutre le camp d'ici ! »

20

Piper Libby lâcha la boîte et s'assit, le regard perdu sur la ville, les larmes lui montant aux yeux. Elle repensait à toutes les prières qu'elle avait adressées au Grand Absent, au cœur de la nuit. Elle se disait maintenant que cela n'avait été qu'un stupide canular de potache et que la victime du canular, c'était elle. Il y avait bien quelqu'un de présent, là-haut. Mais voilà, ce n'était pas Dieu.

« Vous les avez vus ? »

Elle sursauta. Norrie Calvert était arrivée sans qu'elle l'entende. Elle paraissait amaigrie. Moins gamine, aussi, et Piper se rendit compte qu'elle allait être très jolie. Elle l'était sans doute déjà aux yeux des garçons avec lesquels elle était toujours fourrée.

« Oui ma chérie, je les ai vus.

— Rusty et Barbie vont bien ? Et les gens qui nous regardent, ce sont juste des enfants ? »

Piper pensa, *Il faut peut-être un enfant pour en reconnaître un autre.*

« Je n'en suis pas sûre à cent pour cent, ma chérie. Essaie de voir par toi-même. »

Norrie la dévisagea. « Vraiment ? »

Et Piper, ne sachant si c'était ou non une bonne idée, acquiesça : « Oui.

— Si jamais je deviens... bizarre, s'il m'arrive un truc, vous me tirerez ?

— Oui. Mais tu n'es pas obligée de le faire, si tu n'en as pas envie. On joue pas à t'es-pas-cap. »

Pour Norrie, si. Et elle était curieuse. Elle s'agenouilla dans les hautes herbes et prit fermement la boîte à deux mains. Elle réagit immédiatement. Sa tête se renversa si brusquement que Piper entendit ses vertèbres craquer comme des articulations. Elle tendit la main mais la laissa retomber : Norrie se détendait déjà. Son menton alla toucher sa poitrine et ses yeux, qu'elle avait fermés de toutes ses forces au moment du choc, se rouvrirent tout de suite. Elle avait un regard vague et lointain.

« Pourquoi vous faites ça ? demanda-t-elle. Pourquoi ? »

Piper sentit la chair de poule lui hérisser les bras.

« Dites-moi ! » Une larme coula de l'œil de la fillette et tomba sur le dessus de la boîte, où elle grésilla et disparut. « *Dites-moi !* »

Le silence se prolongea un moment. Il parut très long. Puis Norrie lâcha la boîte et se laissa aller en arrière, jusqu'à ce que ses fesses touchent ses talons. « Des enfants.

— Tu es certaine ?

— Certaine. Je ne pourrais pas dire combien. Ça n'arrête pas de changer. Ils ont des chapeaux de cuir. Ils ont des bouches affreuses. Ils portent des sortes de lunettes et regardent eux aussi une boîte. Sauf que leur boîte est comme une télé. Ils voient partout. Partout dans la ville.

— Comment le sais-tu ? »

Norrie secoua la tête, impuissante. « Je ne peux pas vous le dire, mais je suis sûre que c'est vrai. Ce sont des enfants avec des bouches affreuses. Je ne veux plus jamais retoucher cette boîte. Je me sens tellement sale... » Elle se mit à pleurer.

Piper la prit dans ses bras. « Quand tu as demandé pourquoi, qu'est-ce qu'ils t'ont répondu ?

— Rien.

— Crois-tu qu'ils t'aient entendue ?

— Oui, ils m'ont entendue. Simplement, ils s'en fichent. »

De derrière elles leur parvint un martèlement régulier, de plus en plus fort. Deux hélicoptères de transport arrivaient, en provenance du nord, paraissant presque frôler la cime des arbres, côté TR-90.

« Ils feraient mieux de faire attention au Dôme, sinon ils vont s'écraser ! » s'écria Norrie.

Mais les hélicoptères ne s'écrasèrent pas. Ils atteignirent la limite de sécurité, à environ trois kilomètres de distance, et commencèrent à descendre.

21

Cox avait informé Barbie de l'existence d'une ancienne route de service qui allait du verger McCoy jusqu'aux limites du TR-90 ; il estimait qu'elle était encore utilisable. Barbie, Rusty, Rommie, Julia et Pete Freeman l'empruntèrent vers sept heures et demie du matin, le vendredi. Barbie avait confiance en Cox, mais nettement moins dans des photos prises d'une altitude de trois cents kilomètres, si bien qu'ils s'étaient entassés dans le van de Rennie volé par Ernie Calvert. Barbie n'aurait aucun état d'âme à perdre ce véhicule-ci, si jamais ils tombaient dans une fondrière. Pete n'avait pas son appareil photo ; le Nikon numérique avait cessé de fonctionner quand il s'était approché de la boîte.

« Que veux-tu, les ET n'aiment pas les paparazzi, frangin », lui avait dit Barbie. Il avait pensé que sa réflexion était relativement drôle, mais quand il s'agissait de son matos, Pete perdait son sens de l'humour.

Le van réformé par AT&T parvint jusqu'à la limite du Dôme, et ses cinq passagers regardaient maintenant les deux mastodontes faire du surplace au-dessus d'un ancien pré envahi d'herbes folles, côté TR-90. La route continuait par là et les rotors des deux Chinook soulevaient de grands nuages de poussière. Ils s'abritèrent les yeux dans un geste instinctif et inutile, car une fois au niveau du Dôme, la poussière se séparait en deux courants.

Les hélicos atterrirent avec la royale lenteur de dames obèses s'installant dans des fauteuils de théâtre un poil trop étroits pour leur postérieur. Barbie entendit le grincement infernal du métal – un rocher dissimulé par les herbes – et l'hélico de gauche se déplaça latéralement d'une trentaine de mètres avant de tenter un nouvel atterrissage.

Une silhouette sauta à terre de la soute ouverte du premier et fonça à grands pas au milieu des tourbillons de débris qu'elle chassa d'une main impatiente. Barbie aurait reconnu n'importe où ce personnage décidé carburant à la nitroglycérine. Cox ralentit, la main tendue devant lui comme un aveugle. Il essuya vivement la poussière, de son côté.

« Ça fait plaisir de vous voir respirer à l'air libre, colonel Barbara.

— Oui monsieur. »

Le colonel regarda les autres. « Bonjour, Ms Shumway. Bonjour, les amis de Barbara. Je veux que vous me racontiez tout, mais il va falloir faire vite – j'ai un sacré cirque qui ne va pas tarder à ouvrir ses portes de l'autre côté, et je tiens à être sur place. »

Du pouce, Cox montra sans se retourner le déchargement en cours, derrière lui : des douzaines de ventilateurs Air Max accompagnés de leurs générateurs. Des gros, constata Barbie avec soulagement, du genre de ceux qui servent à sécher les terrains de tennis ou la cendrée d'un stade après une grosse averse. Chacun disposait de sa propre plate-forme à deux roues. Les générateurs devaient développer vingt chevaux, tout au plus. Il espéra que cela suffirait.

« Tout d'abord, j'aimerais que vous me disiez que ces trucs-là ne seront pas nécessaires.

— Impossible de vous répondre avec certitude, dit Barbie, mais j'ai bien peur que si. Et vous risquez de devoir en mettre aussi du côté de la 119, là où les gens vont rencontrer leurs parents.

— Pas avant ce soir. C'est le mieux que nous puissions faire.

— Prenez quelques-uns de ceux-ci, proposa Rusty. Si jamais nous avions besoin de la totalité, c'est que nous serions dans la merde jusqu'au cou, de toute façon.

— On peut pas, fiston. Si on pouvait franchir l'espace aérien de Chester's Mill, à la rigueur, mais si on pouvait, il n'y aurait pas de problème, hein ? De toute façon, installer une batterie de ventilateurs là où vont se rassembler les visiteurs serait contre-productif. Personne ne pourrait rien entendre. Ces engins-là font un boucan infernal. » Il jeta un coup d'œil à sa montre. « Bon. Qu'est-ce que vous pouvez me raconter en un quart d'heure ? »

HALLOWEEN ARRIVE TÔT

1

À huit heures moins le quart, la Honda Odyssey Green presque neuve de Linda Everett vint se garer près du quai de chargement, à l'arrière du Burpee's. Thurston était assis dans le siège du passager. Les enfants (bien trop silencieux pour des gosses se préparant à vivre une aventure) étaient à l'arrière. Aidan serrait la tête d'Audrey contre lui. La chienne, qui sentait peut-être l'angoisse du garçonnet, se laissait faire patiemment.

Linda avait encore l'épaule très douloureuse, en dépit des trois aspirines qu'elle avait prises, et l'image de Carter Thibodeau ne cessait de la hanter. Ainsi que son odeur, mélange de sueur et d'eau de Cologne. Elle n'arrêtait pas de l'imaginer arrivant derrière elle dans l'une des voitures de la police, leur coupant toute retraite. *Le prochain coup ira tout droit dans ta bonne vieille chatte. Que les gosses regardent ou non. Je déteste pas avoir un public.*

Et il le ferait. Sûr et certain. Et si elle ne pouvait sortir de la ville, elle brûlait de mettre un maximum de distance entre elle et le sinistre Vendredi fraîchement appointé de Rennie.

« Prenez un rouleau entier et les cisailles, dit-elle à

Thurston. Elles sont sous le bidon de lait, d'après ce que m'a dit Rusty. »

Thurston avait ouvert la portière, mais il hésitait. « On ne peut pas. Si quelqu'un d'autre en a besoin ? »

Elle n'allait pas discuter ; elle finirait par hurler et faire peur aux enfants.

« Justement. *Nous* en avons besoin. Grouillez-vous. C'est un vrai piège, ici.

— Je vais faire aussi vite que possible. »

Elle eut cependant l'impression qu'il mettait un temps fou à découper les plaques de plomb et elle dut se retenir pour ne pas passer la tête par la fenêtre et lui demander s'il était devenu récemment une vieille chochotte ou s'il avait toujours été comme ça.

Ferme-la. Il a perdu la femme qu'il aimait hier soir.

Oui, mais s'il ne se pressait pas, ils perdraient tout. Il y avait déjà du monde sur Main Street, des gens qui se dirigeaient vers la 119 et la ferme Dinsmore, soucieux d'occuper les meilleures places. Linda sursautait chaque fois qu'elle entendait trompetter un haut-parleur de la police : « VOITURES INTERDITES SUR LA ROUTE SAUF POUR LES HANDICAPÉS ! TOUT LE MONDE À PIED ! »

Thibodeau, en type intelligent, avait soupçonné quelque chose. Et si jamais il revenait et ne trouvait plus le van ? Le rechercherait-il ? En attendant, Thurston continuait à débiter des fragments dans le rouleau de plomb à isoler les toits. Il se tourna et elle pensa qu'il avait terminé, mais il estimait, à l'œil, les dimensions du pare-brise. Il se remit à couper et tailler. Encore un autre morceau. En réalité, il ne faisait peut-être qu'essayer de la rendre folle. Idée idiote qu'elle n'arriva pas à chasser une fois qu'elle l'eut dans la tête.

Elle avait encore l'impression de sentir Thibodeau se frotter contre ses fesses. De sentir le chatouillis de sa barbe de trois jours. Ses doigts lui écrasant le sein. Elle s'était jurée de ne pas regarder ce qu'il y avait sur le fond de son pantalon, quand elle s'était changée, mais elle n'avait pas pu s'en empêcher. Le terme qui lui était venu alors à l'esprit était *Mansplat*[1] et elle avait dû batailler ferme quelques instants pour garder son petit déjeuner là où il était. Ce qui lui aurait certainement fait plaisir, s'il l'avait su.

La sueur se mit à perler à son front.

« Maman ? » demanda Judy, juste dans son oreille. Linda sursauta et poussa un petit cri. « Je suis désolée, je ne voulais pas te faire peur. Je peux manger quelque chose ? J'ai faim.

— Non, pas maintenant.

— Pourquoi il y a ce haut-parleur qui crie ?

— Je ne peux pas te parler pour le moment, ma chérie.

— T'es triste ?

— Oui. Un peu. Rassieds-toi.

— On va voir papa ?

— Oui. » *Sauf si on se fait attraper et qu'on me viole devant vous.* « Je t'ai dit de te rasseoir. »

Thurston en avait enfin terminé et revenait. Merci mon Dieu. Il trimballait apparemment assez de carrés et de rectangles de plomb pour blinder un tank. « Vous voyez ? Ce n'était pas si terri... oh, merde. »

Les filles pouffèrent, un bruit qui fit à Linda l'effet de grosses limes lui entamant le cerveau. « Une pièce dans la tirelire à gros mots, Mr Marshall », dit Janelle.

---

1. Nom d'un site porno américain.

Thurston se tenait les yeux baissés, amusé. Il avait glissé la cisaille dans sa ceinture.

« Je vais aller la remettre à sa place… »

Linda arracha l'outil à la ceinture, se retint de l'enfoncer dans la poitrine étroite de l'homme (faisant preuve d'une admirable retenue, à son avis) et descendit du van pour aller la replacer elle-même sous le bidon.

À ce moment-là, un autre véhicule vint s'arrêter derrière l'Odyssey Green, lui barrant l'accès à West Street, seule voie de sortie de ce cul-de-sac.

2

Au sommet de Town Common Hill, juste en dessous du carrefour en Y où Highland Avenue se sépare de Main Street, le Hummer de Rennie attendait, tournant au ralenti. Les exhortations amplifiées ordonnant aux gens d'abandonner leur véhicule et de marcher, sauf s'ils étaient handicapés, lui parvenaient. La foule avait envahi les trottoirs et nombreux étaient ceux qui avaient un sac à dos. Big Jim les observait avec cette expression de mépris indulgent que ne ressentent que les responsables faisant leur métier non par amour, mais par devoir.

Remontant le courant, il aperçut Carter Thibodeau. L'homme avançait à grands pas au milieu de la rue, bousculant à l'occasion qui se trouvait dans son chemin. Il rejoignit le Hummer, monta dans le siège du passager et essuya la sueur de son front avec son avant-bras. « Ça fait du bien, cet air conditionné, dit-il. À peine huit heures du matin et il fait déjà vingt-cinq degrés. Et l'air pue comme une saloperie de cendrier. S'cusez mon langage, patron.

— Du succès ?

— Pas vraiment. J'ai parlé à l'officier Everett. À l'*ex*-officier Everett. Les autres nous ont joué les filles de l'air.

— Elle sait quelque chose ?

— Non, rien. Elle n'a pas eu de nouvelles du toubib. Wettington l'a traitée comme un champignon – en la laissant dans le noir total et en lui faisant bouffer de la merde.

— T'en es sûr ?

— Ouais.

— Ses gosses étaient avec elle ?

— Ouais. Et le hippie. Celui qui vous a remis le palpitant en ordre de marche. Avec les deux gosses que Junior et Frankie avaient trouvés près des étangs. » Carter réfléchit un instant. « Lui avec sa nana morte et elle avec son mari dans la nature, ils vont probablement baiser comme des malades dès la fin de la semaine. Si vous voulez que j'y retourne, patron, vous n'avez qu'à dire. »

Big Jim n'agita qu'un index, gardant les mains sur le volant, pour indiquer que ce n'était pas nécessaire. Son attention se portait sur autre chose. « Regarde-les, Carter. »

Carter aurait eu du mal à ne pas le faire. La circulation des piétons quittant la ville augmentait d'une minute à l'autre.

« La plupart vont arriver au Dôme à neuf heures, mais leurs proches ne se pointeront qu'à dix heures. Au mieux. À ce moment-là, ils en auront marre et ils auront soif. À midi, ceux qui n'auront pas pensé à apporter de l'eau en seront réduits à boire la pisse de vache dans l'étang de Dinsmore, Dieu les prenne en pitié. Dieu doit forcément les prendre en pitié, d'ailleurs, parce qu'ils sont presque tous trop bêtes pour travailler et trop chochottes pour voler. »

Carter aboya en guise de rire.

« Et c'est à ça que nous avons affaire, reprit Rennie. La populace. La racaille des cueilleurs de coton. Qu'est-ce qu'ils veulent, d'après toi, Carter ?

— Je ne sais pas, patron.

— Mais si. Ils veulent de quoi manger, Oprah à la télé, de la musique country et un lit bien chaud pour sauter leurs mochetés quand vient le soir. Afin d'en faire d'autres comme eux. Et, Dieu me bénisse, voilà qu'arrive un des membres de la tribu. »

C'était le chef Randolph qui remontait d'un pas lourd la colline en s'épongeant le visage, qu'il avait d'un rouge éclatant, avec son mouchoir.

Big Jim était maintenant complètement lancé : « Notre boulot, Carter, c'est de prendre soin d'eux. Ça ne nous plaît pas forcément, nous pouvons parfois penser qu'ils n'en valent pas la peine, mais c'est le boulot que Dieu nous a donné. Sauf que pour le faire, nous devons commencer par prendre soin de nous-mêmes, et c'est la raison pour laquelle une bonne partie des fruits et légumes frais du Food City a été mise à l'abri il y a deux jours dans le secrétariat de l'hôtel de ville. Tu l'ignorais, hein ? Mais c'est très bien comme ça. Tu es en avance d'une longueur sur eux, je suis en avance d'une longueur sur toi, et c'est de cette façon que les choses doivent marcher. La leçon est simple : le Seigneur aide ceux qui s'aident.

— Oui, monsieur. »

Randolph arriva. Il soufflait comme un phoque, il avait des cernes sous les yeux et il semblait avoir perdu du poids. Big Jim fit descendre sa vitre électrique.

« Montez à bord, chef, pour profiter de la clim. » Mais lorsque Randolph commença à se diriger vers le siège du passager, à l'avant, Big Jim ajouta : « Non, pas là, il y a déjà Carter. » Il sourit. « Derrière. »

3

Ce n'était pas une voiture de police qui venait de se garer derrière l'Odyssey Green, mais l'ambulance de l'hôpital. Dougie Twitchell était au volant, Ginnie Tomlinson à côté de lui, un bébé assoupi sur les genoux. La portière arrière s'ouvrit et Gina Buffalino en descendit. Elle avait toujours son uniforme d'aide-soignante. La fille qui la suivait, Harriet Bigelow, portait un jean et un T-shirt sur lequel on lisait US OLYMPIC KISSING TEAM.

« Qu'est-ce que... Qu'est-ce que... » Il semblait que c'était tout ce que Linda était capable de dire. Son cœur pompait à tout rompre et le sang cognait si fort dans sa tête qu'elle avait l'impression que ses tympans battaient comme des voiles.

Twitch répondit : « Rusty nous a appelés et nous a dit d'aller nous planquer dans le verger, sur Black Ridge. Je ne savais même pas qu'il y en avait un là-haut, mais Ginny en avait entendu parler et... Linda ? Bon sang, tu es pâle comme un linge.

— Ça va », répondit-elle, se rendant compte qu'elle était sur le point de s'évanouir. Elle se pinça le lobe des oreilles, petit truc que Rusty lui avait appris autrefois. Comme beaucoup de remèdes de bonne femme, ça marchait. Quand elle put de nouveau articuler, sa voix lui parut soudain plus proche – plus *réelle*, d'une certaine façon : « Il vous a dit de passer d'abord par ici ?

— Oui. Pour prendre de ce truc. » Il indiqua ce qui restait du rouleau de plomb posé sur le quai. « Par sécurité, il a dit. Mais je vais avoir besoin de cisailles.

— Oncle Twitch ! s'écria Janelle en se jetant dans ses bras.

— Quoi de neuf, ma tigresse ? » Il la serra dans ses bras, la lança en l'air et la reposa à terre. La fillette regarda le bébé, à travers la fenêtre côté passager. « Comment elle s'appelle ?

— C'est un garçon, répondit Ginny. Il s'appelle Little Walter.

— Génial !

— Jannie, remonte dans le van. Faut qu'on y aille, dit Linda.

— Mais qui tient la boutique, là-bas ? » s'étonna Thurston.

Ginny prit un air gêné. « Personne. Rusty a dit de ne pas s'inquiéter, sauf si quelqu'un avait besoin de soins constants. Mais à part Little Walter, il n'y avait personne. Alors j'ai pris le bébé et on a filé. On pourra peut-être revenir plus tard, a dit Twitch.

— Il vaudrait mieux que quelqu'un puisse revenir », observa Thurston d'un ton morose. La morosité, se dit Linda, semblait la position de repli de Thurston Marshall. « Les trois quarts de la ville sont partis à pied pour le Dôme. La qualité de l'air est mauvaise et il va faire plus de trente degrés sur le coup de dix heures, c'est-à-dire à peu près au moment où les bus vont arriver. Si Rennie et ses sbires ont prévu quelque chose pour abriter les gens, je n'en ai pas entendu parler. Il est probable qu'on aura pas mal de malades à Chester's Mill d'ici ce soir. Avec un peu de pot, juste des coups de chaleur et des crises d'asthme, mais il pourrait y avoir quelques crises cardiaques.

— On devrait peut-être y retourner, les gars, dit Gina. Je me sens comme un rat qui déserte le bateau.

— Non ! » s'écria Linda, si vivement que tout le monde la regarda, Audrey y comprise. « Rusty a dit qu'il se prépare quelque chose de très mauvais. Ce ne sera peut-être pas aujourd'hui... mais d'après lui, ça se pourrait. Coupez les protections de plomb pour vos vitres et partez. Moi, je n'ose même pas attendre. L'un des voyous de Rennie est venu me voir ce matin et s'il passe par la maison et qu'il voit que le van n'y est plus...

— Allez-y, dit Twitch. Je vais reculer pour vous laisser sortir. Évitez Main Street, c'est déjà le bazar.

— Main Street, pour passer devant la Casa Flicos ? » C'est tout juste si Linda ne frissonna pas. « Non merci. Le taxi de maman passera par West Street et Highland. »

Twitch se mit au volant de l'ambulance et les deux jeunes infirmières remontèrent à l'arrière, tandis que Gina adressait un dernier regard dubitatif à Linda par-dessus son épaule.

Linda resta un instant pensive, regardant tout d'abord le bébé qui dormait, en sueur, puis Ginny. « Vous pourrez peut-être retourner à l'hôpital ce soir, vous et Twitch, pour voir comment ça se passe. Il vous suffira de dire qu'on vous a appelés au diable, du côté de Northchester, par exemple. Mais quoi que vous disiez, pas un mot sur Black Ridge, vu ?

— D'accord. »

Facile à dire maintenant, pensa Linda. *Vous ne trouveriez peut-être pas aussi simple de faire l'innocente, si Carter Thibodeau vous tordait les bras au-dessus d'un évier.*

Elle repoussa Audrey, fit coulisser la portière latérale et se mit au volant de l'Odyssey Green.

« Fichons le camp d'ici, dit Thurston en montant à côté d'elle. Je ne me suis jamais aussi senti parano depuis l'époque où je criais *à mort les flics !* avec les Black Panthers.

— C'est parfait. Car quand on est complètement parano, on est complètement conscient. »

Elle partit en marche arrière à la suite de l'ambulance et s'engagea dans West Street.

4

« Jim ? dit Randolph depuis l'arrière du Hummer, j'ai réfléchi, à propos de cette descente.

— Tiens, tout arrive. Et si tu nous faisais part du résultat de ces réflexions, Peter ?

— Je suis le chef de la police. Si je dois choisir entre contrôler la foule à la ferme de Dinsmore ou effectuer une descente dans un labo de drogue où il y a des drogués qui sont peut-être armés pour garder des substances illégales... je sais où se trouve ma place. Disons-le simplement comme ça. »

Big Jim prit conscience qu'il n'avait pas envie de discuter la question. Discuter avec des imbéciles est contre-productif. Randolph n'avait aucune idée du genre d'armes qui pouvaient être stockées dans la station de radio. Et en vérité, Big Jim lui-même l'ignorait (impossible de dire ce que Bushey avait pu faire passer par la comptabilité), mais il pouvait au moins imaginer le pire, exploit mental dont cette tête de piaf en uniforme paraissait incapable. Et s'il arrivait quelque chose à Randolph... eh bien, n'avait-il pas déjà décidé que Carter ferait un remplaçant des plus adéquats ?

« Très bien, Pete. Loin de moi l'idée de m'opposer à ce que tu conçois comme ton devoir. Tu es le nouveau responsable de la police, avec Freddy Denton comme adjoint. Cela te convient-il ?

— Et comment ! » répondit Randolph en bombant le torse.

On aurait dit un coq trop gras sur le point de chanter. Big Jim, pourtant guère réputé pour son sens de l'humour, dut se retenir pour ne pas éclater de rire.

« Dans ce cas, va au poste et commence à rassembler ton équipe. Les camions de la ville, tu n'as pas oublié.

— Exact. Déclenchement de l'opération à midi. »

Il secoua le poing en l'air.

« Passe par les bois.

— Justement, Jim, je voulais vous en parler. Ça paraît un peu compliqué. Ces bois, derrière la station de radio, sont sacrément touffus... il va y avoir du sumac vénéneux... du chêne-poison, qui est encore pi...

— Il y a une route secondaire, le coupa Big Jim, perdant patience. Je tiens à ce que tu l'utilises. Que tu les attaques par le côté où ils sont aveugles.

— Mais...

— Une balle dans la tête serait bien pire que du sumac, non ? Bon, j'ai été ravi de te parler, Pete. Content que tu sois aussi... »

Pompeux ? Ridicule ? Stupide ?

« Aussi complètement enthousiaste, dit Carter.

— Merci, Carter, exactement les mots que je cherchais. Pete, dis à Henry Morrison qu'il est maintenant responsable du contrôle de la foule sur la 119. Et toi, *passe par la route secondaire.*

— Je crois vraiment...

— Carter, va lui ouvrir la portière. »

5

« Oh, mon Dieu », dit Linda, braquant brusquement à gauche. Le van sauta par-dessus le trottoir à moins de cent mètres du carrefour Main Street-Highland. Le cahot fit rire les filles, mais le pauvre petit Aidan parut surtout éprouver de la peur, et il attrapa une fois de plus la tête d'Audrey, la patience incarnée.

« Qu'est-ce qu'il y a ? s'exclama Thurston. Qu'est-ce... »

Elle se gara sur la pelouse d'une maison, derrière un arbre. Un chêne de bonne taille, mais le van était lui aussi d'une bonne taille et l'arbre avait perdu la plus grande partie de son feuillage qui dépérissait. Elle aurait aimé croire qu'ils étaient cachés, mais il ne fallait pas se leurrer.

« C'est le Hummer de Big Jim, planté là-bas en plein milieu du bon Dieu de carrefour.

— T'as juré, t'as juré ! Deux quarters dans la tirelire à gros mots, dit Judy.

— Vous en êtes sûre ? demanda Thurston en se démanchant le cou.

— Il n'y a que lui dans cette ville pour posséder un engin aussi monstrueux.

— Oh, bordel, dit Thurston.

— Tirelire ! » s'exclamèrent Judy et Janelle d'une seule voix.

Linda sentit sa gorge se dessécher, sa langue se coller au palais. Thibodeau descendait du Hummer, côté passager, et regardait dans leur direction...

S'il nous voit, je l'écrase, pensa-t-elle. Idée qui lui apporta un certain calme pervers.

Thibodeau ouvrit la portière arrière. Peter Randolph descendit.

« Il tire sur le fond de son pantalon, le monsieur, déclara Alice Appleton, ne s'adressant à personne en particulier. Ma maman dit que ça veut dire qu'on va au cinéma. »

Thurston Marshall éclata de rire et Linda, qui n'aurait jamais cru avoir envie de rire dans leur situation, se joignit à lui. Bientôt tous riaient, Aidan y compris, même s'il ne savait certainement pas de quoi il riait. Linda elle-même ne le savait pas trop, d'ailleurs.

Randolph partit en direction du bas de la colline, tirant toujours sur le fond de son pantalon d'uniforme. Il n'y avait rien là de spécialement drôle, ce qui rendait la chose encore plus drôle.

Histoire de ne pas rester à l'écart, Audrey se mit à aboyer.

6

Quelque part, un chien aboya.

Big Jim l'entendit, mais ne prit pas la peine de se retourner. La vue de Peter Randolph descendant la colline le remplissait de bien-être.

« Regardez-le qui tire son falzar de ses fesses, fit observer Carter. D'après mon père, ça voulait dire qu'on allait au cinéma.

— Le seul endroit où il va, c'est à la station de WCIK et s'il s'entête à lancer l'assaut par l'entrée, ça risque d'être le dernier endroit où il ira jamais. Bon. Allons à l'hôtel de ville pour regarder un moment ce cirque à la télé. Quand on en aura assez, tu iras chercher ce toubib hippie pour lui dire que s'il essaie d'aller se planquer quelque part, on l'arrêtera et on le mettra en prison.

— Oui monsieur. »

Voilà une commission qui ne l'embêtait pas. Il pourrait peut-être en profiter pour faire une autre tentative auprès de l'ex-officier Everett. Sans le pantalon, cette fois.

Big Jim passa une vitesse et commença à descendre lentement la côte, donnant des coups d'avertisseur quand les piétons ne s'écartaient pas assez vite à son gré.

À peine s'était-il engagé dans l'allée desservant l'hôtel de ville que l'Odyssey Green franchissait le carrefour en direction de la sortie de la ville. Il n'y avait plus de piétons, sur Upper Highland Street, et Linda accéléra rapidement. Thurston Marshall se mit à chanter « The Wheels on the Bus » et bientôt tous les enfants chantaient avec lui.

Linda, dont la terreur s'estompait tous les cent mètres qu'ajoutait le compteur journalier, se mit à son tour à chanter la comptine.

7

La Journée des Visiteurs est enfin arrivée à Chester's Mill et une ambiance d'impatience excitée remplit tous ceux qui marchent sur la Route 119 en direction de la ferme Dinsmore, là où la manifestation organisée par Joe McClatchey a si mal tourné cinq jours seulement auparavant. Tous sont pleins d'espoir (même s'ils ne sont pas exactement heureux) en dépit de ce souvenir, en dépit aussi de la chaleur et de la puanteur de l'air. L'horizon est brouillé, au-delà du Dôme, et le ciel s'est assombri au-dessus des arbres, du fait de l'accumulation de particules de matière. C'est mieux lorsqu'on regarde à la verticale, mais tout de même pas parfait ; le bleu a pris une nuance jaunâtre, comme la cataracte qui recouvre l'œil d'un vieillard.

« C'est comme ça que le ciel était au-dessus des usines de pâte à papier dans les années 1970, quand elles tournaient à plein régime », commente Henrietta Clavard – la vieille dame qui a failli avoir le cul cassé. Elle propose un peu de son soda à Petra Searles, qui marche à côté d'elle.

« Non, merci, répond Petra. J'ai de l'eau.

— Elle serait pas aussi coupée à la vodka ? demande Henrietta. Parce que la mienne, si. Moitié-

moitié, ma belle. J'appelle ça un Canada Dry Rocket. »

Petra sort sa bouteille et prend une grande rasade. « Ouais ! » dit-elle.

Henrietta opine très sérieusement du chef. « Oui madame. C'est pas un cocktail, mais ça met tout de même de bonne humeur. »

Nombre de pèlerins ont préparé des panneaux qu'ils brandiront à l'intention de leurs visiteurs du monde extérieur (et devant les caméras, bien sûr), comme le public soigneusement briefé d'une émission de télé matinale. Mais tous les panneaux, dans les émissions de télé matinales, sont uniformément joyeux. Ici, la plupart ne le sont pas. Certains, qui remontent à la manif du dimanche précédent, disent À BAS LE POUVOIR et LAISSEZ-NOUS SORTIR, BON DIEU ! Il y en a de nouveaux : UNE EXPÉRIENCE DU GOUVERNEMENT – POURQUOI ?, ARRÊTEZ LES MENSONGES, et NOUS SOMMES DES ÊTRES HUMAINS, PAS DES COBAYES. Sur celui de Johnny Carver on lit : AU NOM DE DIEU ARRÊTEZ CE QUE VOUS FAITES AVANT QU'IL SOIT TROP TARD !! Frieda Morrison demande avec passion, sinon sans faute : POUR LESQUELS CRIMES ON CRÈVENT ? Le panneau de Bruce Yardley est le seul à présenter une note entièrement positive. Au bout d'un bâton mesurant bien deux mètres vingt (brandi, il dépassera tous les autres) et entouré d'un papier crépon bleu, on peut lire : BONJOUR PAPA ET MAMAN À CLEVELAND ! JE VOUS AIME !

Neuf ou dix font référence aux Écritures. Bonnie Morrell, l'épouse du propriétaire de la scierie, proclame haut et fort : NE LEUR PARDONNEZ **PAS**

PARCE QU'ILS **SAVENT** CE QU'ILS FONT ! Et Trina Cale a écrit : LE SEIGNEUR EST MON BERGER sous un dessin qui représente sans doute un mouton, mais ce n'est pas évident.

Donnie Baribeau a simplement écrit : PRIEZ POUR NOUS.

Marta Edmunds, la femme qui garde parfois les enfants des Everett, n'est pas parmi les pèlerins. Son ex-mari habite à South Portland, mais il n'y a guère de chances qu'il vienne, et qu'est-ce qu'elle pourrait lui raconter ? *Tu es en retard pour ma pension alimentaire, espèce de branleur* ? Elle part pour la Little Bitch Road, et non pour la 119. L'avantage est qu'elle n'est pas obligée de s'y rendre à pied. Elle prend son Acura (la clim branchée à fond). Sa destination est la coquette petite maison dans laquelle Clayton Brassey passe les dernières années de sa vie. C'est son arrière-grand-oncle, ou un truc comme ça, et si elle n'est pas sûre de la réalité ou du degré de leur parenté, elle sait, en revanche, qu'il possède un générateur. S'il fonctionne encore, elle pourra regarder la télé. Elle s'assurera par la même occasion qu'Oncle Clayt va bien – enfin, aussi bien qu'on peut aller quand on a cent cinq ans et la cervelle comme du fromage blanc.

Il ne va pas bien. Clayton Brassey a renoncé au titre de résident le plus âgé de Chester's Mill. Il est assis dans son fauteuil préféré, son urinoir en porcelaine ébréché sur les genoux, *The Boston Post Cane*, posé à côté contre le mur, froid comme un glaçon. Aucun signe de Nell Toomey, son arrière-arrière-petite-fille et la principale garde-malade du centenaire ; elle est partie pour le Dôme avec son frère et sa belle-sœur.

Marta dit : « Oh, tonton – je suis désolée, mais ton heure était probablement venue. »

Elle se rend dans la chambre, prend un drap propre dans le placard et le jette sur le vieil homme. Du coup, il a l'air d'un meuble recouvert dans une maison abandonnée. Marta entend le générateur ronronner à l'arrière de la maison et se dit *après tout*. Elle branche la télé, passe sur CNN et s'assied sur le canapé. Les images qu'elle voit alors lui font presque oublier qu'elle tient compagnie à un cadavre.

Il s'agit d'une vue aérienne prise avec un téléobjectif puissant, depuis un hélicoptère en vol stationnaire au-dessus du marché aux puces de Motton, là où les cars des visiteurs se gareront. Les premiers arrivants, côté intérieur du Dôme, sont déjà sur place. Derrière eux, la foule des pèlerins, occupant entièrement la route à deux voies, s'étire jusqu'au Food City. La ressemblance avec des colonnes de fourmis est frappante.

Un journaliste parle à toute vitesse, utilisant des termes comme *merveilleux, stupéfiant*. La seconde fois qu'il dit *je n'ai jamais rien vu de pareil*, Marta coupe le son en pensant, *personne n'a jamais rien vu de pareil, espèce de débile*. Elle se demande si elle ne va pas aller dans la cuisine voir s'il n'y aurait pas quelque chose à manger (c'est peut-être mal, avec un cadavre dans la pièce, mais bon sang, elle a faim), quand l'écran se sépare en deux. Sur la partie gauche, un autre hélicoptère suit les files de cars qui quittent Castle Rock et la bande défilante, au bas de l'écran, annonce : LES VISITEURS VONT ARRIVER PEU APRÈS DIX HEURES.

Elle a le temps de se préparer un petit quelque chose, en fin de compte. Elle trouve des crackers, du beurre de cacahuètes et – mieux encore – trois bouteilles de bière bien fraîches. Elle rapporte le tout dans le séjour, sur un plateau, et s'installe. « Merci, tonton », dit-elle.

Même avec le son coupé (*surtout* avec le son coupé), la juxtaposition des images est fascinante, hypnotique. Tandis que sa première bière produit (joyeusement !) son effet, Marta prend conscience que c'est comme si elle attendait qu'une force irrésistible se heurte à un objet inamovible et se demande s'il y aura une explosion au moment du contact.

Non loin du rassemblement, sur le tertre où il a creusé la tombe de son père, Ollie Dinsmore s'appuie sur sa pelle et regarde les gens arriver : deux cents personnes, puis quatre cents, puis huit cents. Huit cents au moins. Il voit une femme qui porte un bébé sur son dos, à l'indienne, et se demande si elle n'est pas folle d'amener un enfant aussi petit dans cette chaleur, sans même lui avoir mis un chapeau sur la tête. Les prisonniers de Chester's Mill se tiennent sous le soleil embrumé, tournés vers le Dôme, attendant avec anxiété l'arrivée des cars. Ollie se dit que le retour sera laborieux et triste lorsque toute cette agitation sera retombée. Refaire tout le chemin jusqu'en ville dans la chaleur d'étuve de l'après-midi… Puis il retourne à son travail.

Derrière la foule qui grossit constamment, sur les deux bas-côtés de la Route 119, la police – soit une douzaine d'officiers, pour l'essentiel des nouveaux, sous les ordres de Henry Morrison – a garé ses véhicules, gyrophares en action. Deux voitures de patrouille sont arrivées avec un peu de retard, Henry leur ayant donné l'ordre d'aller remplir tous les contenants qu'ils trouveraient au robinet du bâtiment des pompiers – non seulement le générateur fonctionne, a-t-il constaté, mais celui-ci pourra sans doute tenir encore deux semaines. L'eau servira prioritairement aux personnes qui s'évanouiront au soleil. Henry espère qu'il n'y en aura pas trop, mais il est certain qu'il y en aura, et il maudit Rennie pour ce manque de préparation. Il sait que c'est parce que Rennie s'en fiche complètement mais, dans l'esprit de Henry, sa négligence n'en est que plus coupable.

Il a comme coéquipière Pamela Chen, la seule des nouveaux « adjoints spéciaux » en qui il a entièrement confiance et, quand il voit la taille de la foule, il lui demande d'appeler l'hôpital. Il veut que l'ambulance vienne sur place, par précaution. Pamela est de retour cinq minutes plus tard avec une information qui paraît à Henry à la fois incroyable et totalement logique. C'est l'une des patientes qui a répondu au téléphone, lui raconte son adjointe, une jeune femme venue tôt ce matin avec un poignet cassé. Elle lui a dit que tout le personnel médical était parti, et l'ambulance aussi.

« Eh bien, c'est absolument génial, dit Henry. J'espère que tes aptitudes de secouriste sont au top, Pammie, tu risques d'en avoir besoin.

— Je sais faire un massage cardiaque.

— Bien. » Il lui montre Joe Boxer, le dentiste fou de gaufres. Boxer a mis un brassard bleu et joue les importants en essayant de répartir les gens des deux côtés de la route, mais personne ne fait attention à lui. « Et si quelqu'un a une rage de dents, ce trouduc qui se prend pour un autre aura qu'à s'en occuper.

— S'ils ont de quoi payer en liquide », ironise Pamela.

Elle a fait l'expérience du cabinet de Boxer, lorsque ses dents de sagesse ont poussé. Il a vaguement parlé d'un « échange de bons procédés » en lorgnant sa poitrine d'une manière qu'elle préfère oublier.

« Une casquette des Red Sox doit traîner dans le fond de ma voiture, dit Henry. Tu veux bien lui apporter ? » Il désigne à Pamela la femme qu'Ollie a déjà remarquée, celle qui porte un bébé tête nue dans le dos. « Mets-la sur la tête du gosse et engueule la mère de ne pas y avoir pensé.

— Je veux bien apporter la casquette mais je ne lui dirai rien de ce genre, répond calmement Pamela. C'est Mary Lou Costas. Elle a dix-sept ans, elle est mariée depuis un an à un routier qui a deux fois son âge et elle espère sans doute qu'il va venir la voir. »

Henry soupire : « C'est quand même une gourde, mais à dix-sept ans, c'est le cas d'à peu près tout le monde, j'en ai peur. »

Et ils arrivent toujours. Un homme, qui semble ne pas avoir d'eau avec lui, trimballe par contre une grosse stéréo portable, branchée à fond sur WCIK. Deux de ses copains déroulent une bannière sur laquelle ils ont maladroitement écrit : SO.V.NOUS !

« J'ai peur que les choses tournent mal », dit Henry. Il a raison, bien sûr, mais il n'a pas idée à quel point.

Continuant toujours à grossir, la foule attend sous le soleil. Ceux qui ont des problèmes de vessie vont pisser au milieu des broussailles, à l'ouest de la route. La plupart sont égratignés avant d'avoir pu se soulager. Une femme en nette surcharge pondérale (Mabel Alston, qui souffre aussi de ce qu'elle appelle du dia-bète) se foule la cheville et reste par terre, gueulant jusqu'à ce que deux hommes viennent la remettre debout sur son bon pied. Lennie Meechum, le receveur de la poste de la ville (ou qui l'était encore une semaine auparavant, lorsque la livraison du courrier a été suspendue *sine die*) lui trouve une canne. Puis il vient dire à Henry qu'il faut ramener Mabel en ville. Henry répond qu'il ne peut pas se passer d'une seule voiture. Elle n'a qu'à attendre à l'ombre.

Lennie montre les deux côtés de la route. « Au cas où vous ne l'auriez pas remarqué, c'est un pâturage d'un côté et des broussailles de l'autre. Il n'y a pas vraiment d'ombre. »

Henry lui désigne la laiterie de la ferme Dinsmore. « C'est pas l'ombre qui manque là-bas.

— Mais c'est au moins à quatre cents mètres ! » s'indigne Lenny.

La ferme est tout au plus à deux cents mètres, mais Henry ne discute pas. « Installez-la sur le siège avant de ma voiture.

— Elle va crever de chaud au soleil, objecte Lenny. Va falloir brancher la clim. »

Oui, Henry sait qu'elle va avoir besoin de l'air conditionné, ce qui signifie faire tourner le moteur, ce qui signifie brûler de l'essence. On n'en manque pas, pour le moment (en supposant que les pompes marchent encore au Gas & Grocery), mais sans doute est-ce une question dont ils devront finir par se préoccuper.

« La clef est sur le contact. Réglez la clim au minimum, vous m'entendez ? »

Lenny répond que oui et retourne auprès de Mabel, mais Mabel n'est pas prête à bouger, bien que la sueur coule sur ses joues empourprées. « J'ai pas encore pu faire ! s'indigne-t-elle. Faut que je fasse ! »

Leo Lamoine, l'un des nouveaux adjoints, s'approche de Henry d'un pas tranquille. Henry se passerait volontiers de sa compagnie ; Leo a les capacités intellectuelles d'un navet. « Comment elle s'est retrouvée là-bas, *sport* ? » demande-t-il. Leo Lamoine est le genre de type qui appelle tout le monde « sport ».

« Je ne sais pas », répond Henry d'un ton fatigué. Il commence à avoir mal à la tête. « Enrôle trois ou quatre femmes pour l'amener derrière ma voiture de patrouille, qu'elles la tiennent pendant qu'elle pisse.

— Lesquelles, *sport* ?

— Le genre grandes et costaudes », répond Henry qui s'éloigne brusquement avant que la soudaine envie qui lui vient de flanquer un coup de poing en pleine figure à Leo Lamoine ne devienne trop forte.

« C'est quoi, cette police ? » demande une femme qui, avec quatre autres, escorte Mabel jusqu'à l'arrière de la voiture de patrouille numéro 3, où Mabel pourra faire pipi en s'agrippant au pare-chocs, les autres se tenant devant elle pour protéger sa pudeur.

Grâce à Rennie et à Randolph, vos chefs sans peur et sans reproche, une police de merde, aurait aimé répondre Henry. Il n'en fait rien, sachant que sa grande gueule lui a déjà valu des ennuis la veille, lorsqu'il a demandé qu'on laisse parler Andrea Grinnell. Si bien qu'il répond : « Cette police est la seule que vous ayez. »

Pour être honnête, la plupart des gens, comme la garde féminine d'honneur qui entoure Mabel, ne demandent qu'à s'entraider. Ceux qui ont pensé à apporter de l'eau la partagent avec ceux qui n'en ont pas, et presque tous l'économisent. Il y a cependant toujours des imbéciles dans une foule, et ceux-là la gaspillent étourdiment. Certains consomment des biscuits et des crackers qui ne tarderont pas à les assoiffer. Le bébé de Mary Lou Costas commence à pleurer d'irritation, sous sa casquette des Red Sox, laquelle est trop grande pour lui. Mary Lou a apporté une bouteille d'eau et elle en tamponne les joues et le cou enflammés de sa petite fille. La bouteille ne va pas tarder à être vide.

Henry prend Pamela par le bras et lui montre à nouveau Mary Lou. « Va prendre sa bouteille et remplis-la avec l'eau que nous avons apportée. Arrange-toi pour qu'on ne te remarque pas, sans quoi il ne restera plus rien à midi. »

Elle fait ce qu'on lui demande, et Henry se dit : *Il y en a au moins une qui pourrait faire un bon flic de petite ville, si jamais elle veut ce boulot.*

Personne ne prête attention aux allées et venues de Pamela. C'est bien. Quand les cars vont arriver, ces gens vont tout oublier de la chaleur et de leur soif, au moins pendant un temps. Bien sûr, après le départ des visiteurs… et avec la perspective de la longue marche de retour qui leur tombera dessus…

Une idée lui vient soudain. Henry parcourt des yeux ses « officiers » et voit beaucoup d'abrutis et bien peu d'individus qui lui inspirent confiance. Randolph a réquisitionné la plupart des moins nuls pour il ne sait quelle mission secrète. Il pense qu'elle a un rapport avec le laboratoire de drogue que Grinnell a accusé Rennie de diriger, mais peu lui importe. Tout ce qu'il sait, c'est qu'ils ne sont pas là et qu'il ne peut se charger lui-même de cette mission.

Mais il sait qui le pourrait et il l'interpelle.

« Qu'est-ce que tu veux, Henry ? demande Bill Allnut.

— Tu as les clefs de l'école ? »

Allnut, concierge du lycée de Chester's Mill depuis trente ans, répond d'un signe de tête. « Toujours là. » Le trousseau scintille à sa ceinture, dans le soleil brumeux. « Elles ne me quittent jamais. Pourquoi ?

— Prends la numéro 4 et va aussi vite que possible en ville – sans écraser les retardataires, bien sûr. Et reviens avec l'un des bus scolaires. L'un des quarante-quatre places. »

Allnut n'a pas l'air content. Sa mâchoire se contracte sur un mode yankee que Henry – lui-même un Yankee – a vu toute sa vie, qu'il connaît bien et qu'il déteste. C'est une expression mesquine qui dit : *Faut d'abord que je m'occupe de moi, l'ami.* « Tu ne pourras pas faire monter tous ces gens dans un bus scolaire – t'es fou ou quoi ?

— Pas tous, non, répond Henry, seulement ceux qui ne seront pas capables de revenir tout seuls. »

Il pense à Mabel et au bébé en hyperthermie de la petite Costas mais, bien entendu, à trois heures de l'après-midi, ils seront plus nombreux à ne pas être capables de retourner en ville à pied. Ni même de faire une partie du chemin.

La mâchoire de Bill Allnut se contracte encore plus fort ; son menton dépasse maintenant comme la proue d'un bateau. « Non m'sieur. Mes deux fils et mes brus vont venir, ils me l'ont dit. Je ne veux pas les rater. Et je ne veux pas quitter ma femme. Elle est toute chamboulée. »

Henry aurait bien envie de secouer le concierge pour sa stupidité (voire de l'étrangler pour son égoïsme). Au lieu de cela, il lui demande ses clefs et de lui indiquer celle qui ouvre l'accès au garage. Puis il dit à Allnut de retourner auprès de sa femme.

« Je suis désolé, Henry, dit Allnut, mais faut que j'voie mes fils et mes petits-enfants. Je le mérite bien. J'ai pas demandé aux estropiés, aux aveugles et aux canards boiteux de venir ici et je n'ai pas à payer pour leur bêtise.

— Ouais-ouais, t'es un bon Américain, pas de doute, rétorque Henry. Fiche-moi le camp d'ici. »

Allnut ouvre la bouche pour protester, décide que ce n'est pas une bonne idée (quelque chose qu'il a vu dans le regard de l'officier Morrison, peut-être) et s'éloigne d'un pas traînant. Henry interpelle Pamela, laquelle ne proteste pas quand elle reçoit l'ordre de retourner en ville et demande simplement où et pour faire quoi. Henry le lui dit.

« D'accord. Mais... les bus ont un changement de vitesse ou sont automatiques ? Parce que je ne sais pas me servir des vitesses. »

Henry crie la question à Allnut, qui se tient à proximité du Dôme avec sa femme, Sarah, tous les deux parcourant d'un regard impatient la route pour l'instant vide, de l'autre côté.

« Le numéro 16 est à vitesses ! crie Allnut. Tous les autres sont automatiques ! Et dis-lui de faire attention à un truc : ils ne démarrent que si le conducteur a mis sa ceinture ! »

Henry renvoie Pamela en lui disant de faire aussi vite que lui permettra la prudence. Il tient à avoir ce bus à sa disposition dès que possible.

Au début, les gens près du Dôme restent debout, scrutant avec anxiété la route de Motton. Puis la plupart finissent par s'asseoir. Ceux qui ont amené des couvertures les déploient. Certains s'abritent du soleil sous leur pancarte. Les conversations meurent peu à peu, et on entend très clairement la question de Wendy Goldstone, lorsqu'elle demande à son amie Ellen où sont passés les grillons. On ne les entend pas chanter dans les hautes herbes. « Ou alors je suis devenue sourde ? » s'interroge-t-elle.

Mais non. Les grillons sont silencieux, ou morts.

Dans le studio de WCIK, la voix d'Ernie « The Barrel » Kellog et de son groupe (His Delight Trio) résonne dans l'espace central dégagé et agréablement frais. Ils chantent : « J'ai reçu un coup de téléphone du ciel et j'avais Jésus au bout du fil. » Les deux hommes n'écoutent pas ; ils regardent la télé, aussi fascinés par la double image de l'écran que l'est Marta Edmunds (qui en est à sa deuxième Budweiser et a complètement oublié la présence du cadavre de Clayton Brassey sous son drap). Aussi fascinés que tout le monde en Amérique et – oui – que le reste de la planète.

« Regarde-les un peu, Sanders, dit Chef Bushey.

— C'est ce que je fais », répond Andy. Il tient CLAUDETTE sur ses genoux. Chef Bushey lui a proposé aussi deux grenades, mais cette fois, Andy a refusé. Il a peur de retirer accidentellement la goupille et de rester paralysé. Il a vu ça arriver dans un film, un jour. « C'est hallucinant, mais tu crois pas qu'on ferait mieux de se préparer à accueillir la compagnie ? »

Le Chef sait qu'Andy a raison, mais il a du mal à ne pas regarder la moitié de l'écran où l'hélicoptère suit les cars et le gros camion vidéo qui les précède, comme pour une parade. Il reconnaît tous les endroits, au fur et à mesure ; ils sont identifiables même du ciel. Les visiteurs se rapprochent.

Nous nous rapprochons tous, pense-t-il.

« Sanders !

— Quoi, Chef ? »

Le Chef lui tend une boîte de sucrettes. « "Le rocher ne les cachera pas ; l'arbre mort ne leur donnera aucun abri ni le grillon le soulagement." De quel livre ça sort, je l'ai oublié[1]. »

Andy ouvre la petite boîte, y voit six grosses cigarettes roulées à la main tassées dedans et se dit : *Voici les soldats de l'extase.* C'est la pensée la plus poétique qu'il ait eue de toute sa vie et elle lui fait monter les larmes aux yeux.

« Peux-tu me donner un *amen*, Sanders ?

— *Amen.* »

Le Chef coupe la télé avec la télécommande. Il aimerait voir l'arrivée des cars – shooté ou pas, parano ou pas, les retrouvailles l'attendrissent, comme tout un chacun –, mais les hommes amers risquent de débarquer d'un instant à l'autre.

« Sanders !

— Oui, Chef.

— Je vais sortir le camion *Christian Meals on Wheels* du garage et le positionner de l'autre côté de l'entrepôt. Je pourrais m'installer derrière et avoir une bonne vue sur les bois. » Il s'empare du GUERRIER DE DIEU. Les grenades attachées dessus ballottent et s'entrechoquent. « Plus j'y pense, plus je suis certain que c'est par là qu'ils vont arriver. Il y a un ancien

---

1. De *La Terre vaine*, de T. S. Eliot.

chemin. Ils s'imaginent probablement que je ne le sais pas, mais – les yeux rougis de Chef Bushey se mettent à briller – le Chef en sait plus que ce que s'imaginent les gens.

— Je sais. Je t'aime, Chef.

— Merci, Sanders. Je t'aime, moi aussi. S'ils arrivent par le bois, je les laisserai s'avancer jusque dans la partie dégagée et là je les faucherai comme du blé à la moisson. Il ne faut pourtant pas mettre tous ses œufs dans le même panier. C'est pourquoi je veux que tu ailles sur le devant, là où nous étions l'autre jour. Si jamais il en arrive par là... »

Andy brandit CLAUDETTE.

« Tout juste, Sanders. Mais prends ton temps. Respire bien avant de te mettre à tirer.

— Bien compris. » Parfois, Sanders est brusquement envahi par l'impression qu'il vit un rêve ; c'est ce qui lui arrive en ce moment. « Comme du blé à la moisson.

— Tout à fait. Mais écoute-moi bien, c'est important, Sanders. Ne viens pas tout de suite si tu m'entends tirer. Et je ne viendrai pas tout de suite si je t'entends tirer, toi. Ils peuvent se douter que nous ne sommes pas ensemble, mais j'ai la parade. Sais-tu siffler ? »

Andy se fourre deux doigts dans la bouche et produit un long sifflement perçant.

« Excellent, Sanders. Stupéfiant, en vérité.

— J'ai appris au lycée. »

À une époque où la vie était beaucoup plus simple, pense-t-il.

« Ne le fais que si tu risques d'être débordé. Dans ce cas, je viendrai. Et si tu m'entends siffler, moi, ramène-toi à toute vitesse pour renforcer ma position.

— D'accord.

— On se fait une fumette, Sanders ? Qu'est-ce que t'en dis ? »

Andy soutient la proposition.

Sur Black Ridge, aux limites du verger McCoy, les dix-sept exilés se détachent sur le fond du ciel barbouillé comme des Indiens dans un western de John Ford. Ils observent pour la plupart en silence, fascinés, la parade des gens qui remontent la Route 119. Ils sont presque à dix kilomètres, mais la taille de la foule la rend impossible à ne pas remarquer.

Rusty est le seul à regarder quelque chose qui est plus près et ce qu'il voit le remplit d'un tel soulagement que c'est comme un chant qui monte en lui. Un van Odyssey Green remonte Black Ridge Road à vive allure. Il s'arrête de respirer quand il voit le véhicule approcher de la limite des arbres et de la ceinture de radiations de nouveau invisible. Il a le temps de penser que ce serait horrible que celui ou celle qui est au volant – sans doute Linda, suppose-t-il – s'évanouisse et provoque un accident, puis l'Odyssey franchit la zone dangereuse. Peut-être a-t-elle eu une légère embardée, mais il sait qu'il a très bien pu l'imaginer. Ils seront bientôt arrivés.

Ils se tiennent à une centaine de mètres à gauche de la boîte, ce qui n'empêche pas Joe McClatchey d'avoir l'impression qu'il la sent : une petite pulsation qui s'enfonce dans son crâne chaque fois que la lumière couleur lavande lance un éclat. C'est peut-être son esprit qui lui joue des tours, mais il en doute.

Barbie se tient près de lui, un bras passé autour des épaules de Ms Shumway. Joe tape sur l'épaule de Barbie. « Ça fait un sale effet, Mr Barbara. Tous ces gens ensemble. Ça fait une impression affreuse.

— Oui, répond Barbie.

— Elles regardent. Les têtes de cuir. Je les sens.

— Moi aussi, dit Barbie.

— Et moi aussi », ajoute Julia.

Dans la salle de conférences de l'hôtel de ville, Big Jim et Carter Thibodeau se tiennent en silence devant l'écran coupé en deux lorsque la vue aérienne cède la place à un plan pris au niveau du sol. L'image tressaute, au début, comme dans la vidéo d'une tornade qui approche ou d'un attentat à la voiture piégée qui a été filmé. On voit le ciel, des gravillons, des pieds qui courent. Une voix marmonne : « Viens, grouillons-nous. »

Wolf Blitzer dit : « Le camion de la télé est arrivé. Ils se pressent, manifestement, mais je suis sûr qu'en ce moment… oui. Oh, mon Dieu, regardez ça. »

La caméra se stabilise sur les centaines d'habitants de Chester's Mill massés près du Dôme qui se lèvent tous à ce moment-là, telle une foule en prière. Les gens de la première rangée sont poussés contre le Dôme par ceux qui sont derrière ; Big Jim voit des nez, des joues et des bouches s'aplatir comme s'ils étaient pressés contre un mur de verre. Il éprouve une sensation de vertige et comprend pourquoi : c'est la première fois qu'il voit le Dôme depuis l'extérieur. Pour la première fois, il prend conscience de l'énormité de la chose, de sa réalité. Pour la première fois, il a vraiment peur.

Lointaines, légèrement assourdies par le Dôme, on entend des détonations.

« J'ai l'impression d'entendre des coups de feu, commente Wolf. Les entendez-vous, Anderson Cooper ? Qu'est-ce qui se passe ? »

La voix de Cooper est aussi ténue que dans une transmission téléphonique par satellite en provenance du bush australien : « Nous ne sommes pas encore sur place, Wolf, mais j'ai un petit écran de contrôle et on dirait que...

— J'ai l'image, j'ai l'image. Il semble... »

Carter se tourne vers Big Jim. « C'est Morrison. Il a du cran, il faut le reconnaître.

— Viré demain », réplique Big Jim.

Carter soulève les sourcils. « Qu'est-ce qu'il a dit à la réunion, hier soir ? »

Big Jim tend l'index vers lui. « Je savais que tu étais un garçon intelligent. »

Près du Dôme, Henry Morrison est bien loin de penser à la réunion de la veille, ou au fait d'avoir du courage, ou à ce qu'est son devoir ; il pense que les gens vont se faire écraser contre le Dôme s'il ne fait rien, et rapidement. Il tire donc un coup de feu en l'air. Suivant son exemple, plusieurs autres flics – Todd Wendlestat, Rance Conroy et Joe Boxer – en font autant.

Les hurlements (et les cris de douleur de ceux qui se font écraser, en première ligne) laissent la place à un silence stupéfait et Henry prend son porte-voix : « DÉGAGEZ SUR LES CÔTÉS ! DÉGAGEZ SUR LES CÔTÉS, NOM DE DIEU ! IL Y A DE LA PLACE POUR TOUT LE MONDE ! DÉGAGEZ SIMPLEMENT SUR LES CÔTÉS, BORDEL DE DIEU ! »

Les jurons contribuent plus à calmer les gens que les coups de feu et, si les plus entêtés restent sur la route (c'est notamment le cas de Bill et Sarah Allnut, en particulier, et de Johnny et Carrie Carver), les autres commencent à se répartir le long du Dôme. Certains prennent vers la droite, mais la majorité se dirigent à gauche et vont dans le champ d'Alden Dinsmore où il est plus facile de marcher. Henrietta et Petra sont dans ce groupe ; elles vacillent légèrement, ayant généreusement fait appel au Canada Dry Rocket.

Henry range son pistolet et donne l'ordre aux autres policiers d'en faire autant. Wendlestat et Conroy obéissent, mais Joe Boxer continue de garder son .38 à canon court à la main – une arme de pignouf, si Henry en a jamais vu une.

« T'as qu'à m'obliger », ricane Boxer. Sur quoi Henry pense : *C'est un cauchemar, tout ça. Je vais me réveiller dans mon lit, je vais aller à la fenêtre et je resterai à contempler une belle matinée d'automne bien froide.*

Parmi ceux qui ont préféré ne pas faire l'expédition du Dôme (un nombre inquiétant d'entre eux parce qu'ils connaissent des problèmes respiratoires), beaucoup regardent la télévision. Entre trente et quarante personnes se sont retrouvées au Dipper's. Tommy et Willow Anderson sont au Dôme, mais ils ont laissé leur établissement ouvert et le grand écran de télé branché. Les gens qui sont rassemblés sur le parquet du bastringue pour suivre les évènements se sont installés en silence, mais certains ont les larmes aux yeux. Les images en haute définition sont excellentes. Elles fendent le cœur.

Ils ne sont cependant pas les seuls à être affectés par la vue de huit cents personnes alignées devant une barrière invisible, certaines se tenant les mains posées contre ce qui ne paraît être que de l'air. Wolf Blitzer reprend la parole : « Jamais je n'ai vu autant de nostalgie sur des visages humains. Je… » sa voix s'étrangle. « Je crois qu'il vaut mieux se taire. Les images parlent d'elles-mêmes. »

Ce qu'il fait, et c'est une bonne chose. La scène n'a besoin d'aucun commentaire.

À sa conférence de presse, Cox a dit : *Les visiteurs débarqueront et continueront à pied… les visiteurs devront rester à deux mètres du Dôme, ce que nous considérons comme une distance de sécurité suffisante.* Mais ce n'est pas du tout ainsi que les choses se passent, bien entendu. Dès que les portes des cars sont ouvertes, c'est un torrent qui se précipite, les gens criant les noms de leurs proches et des personnes aimées. Certains tombent et se font piétiner (il y aura un mort et quatorze blessés, dont une demi-douzaine sérieusement, au cours de la ruée). Les soldats qui tentent de faire respecter la zone de sécurité sont tout de suite débordés. La bande jaune PASSAGE INTERDIT est balayée et disparaît dans la poussière soulevée par les pieds. Le flux des nouveaux arrivants se partage en deux à hauteur du Dôme ; ils sont pour la plupart en pleurs, et tous appellent, qui sa femme, qui son mari, qui ses grands-parents, qui son fils ou sa fille, qui sa fiancée. Quatre personnes ont menti ou oublié de mentionner qu'elles portaient des appareillages électroniques. Trois meurent sur-le-champ ; la quatrième, qui n'a pas vu son sonotone sur la liste des prothèses interdites, restera une semaine dans le coma avant d'expirer à cause d'hémorragies cérébrales multiples.

Peu à peu, les gens séparés finissent par se trouver et les caméras de télé enregistrent tout. Elles voient les prisonniers du Dôme et les visiteurs presser leurs mains, séparées par la barrière invisible les unes contre les autres ; elles les voient essayer de s'embrasser ; elles scrutent des hommes et des femmes qui se regardent les yeux dans les yeux, en larmes ; elles ne manquent pas de cadrer ceux qui s'évanouissent, aussi bien côté Dôme qu'à l'extérieur, ni ceux qui tombent à genoux et prient face à face, mains jointes levées ; elles ne perdent rien de l'homme qui, à l'extérieur, commence à taper du poing contre la chose qui l'empêche de rejoindre sa femme enceinte et cogne jusqu'à s'arracher la peau tandis que des gouttelettes de sang se mettent à voler ; elles zooment sur la main d'une femme âgée dont les doigts blanchissent en s'écrasant sur la surface invisible quand elle tente de caresser le front de sa petite-fille qui sanglote.

L'hélicoptère de la presse décolle et, en vol stationnaire, envoie des images du double serpent humain qui s'étend sur plusieurs centaines de mètres. Côté Motton, les feuilles flamboient dans leur parure d'automne ; côté Chester's Mill, elles pendent mollement. Derrière les habitants – sur la route, dans les champs ou pris dans les buissons – gisent des douzaines de panneaux abandonnés. À ce moment-là de la réunion (ou de la presque-réunion) on a oublié la politique et les protestations.

Candy Crowley s'exclame : « Wolf, voilà sans aucun doute l'évènement le plus triste et le plus étrange auquel il m'a été donné d'assister depuis que je suis journaliste ! »

Les êtres humains, toutefois, ont une capacité d'adaptation infinie et, peu à peu, l'excitation et la bizarrerie de la situation commencent à s'estomper. La réunion devient une vraie visite entre parents. Ceux qui, d'un côté comme de l'autre, n'ont pas pu le supporter, ont été éloignés. Côté Chester's Mill, la Croix-Rouge n'est pas là pour les soutenir. La police les dispose dans le peu d'ombre dispensé par ses véhicules en attendant Pamela Chen et le bus scolaire.

Au poste de police, le groupe chargé de la descente sur WCIK regarde la scène avec la même fascination silencieuse que tout le monde. Randolph les laisse faire ; il reste encore un peu de temps. Il vérifie les noms, sur la liste de sa planchette, puis fait signe à Freddy Denton de le rejoindre sur les marches. Il s'était attendu à du ressentiment de la part de Freddy lorsqu'il avait pris la tête de la police (depuis toujours, Peter Randolph jugeait les autres à l'aune de ce qu'il aurait fait lui-même), mais Freddy n'en éprouve pas. Il s'agit d'une affaire bien plus sérieuse que de virer un vieil ivrogne tapageur d'un magasin, et Freddy est ravi de ne pas en avoir la responsabilité. Il n'aurait pas détesté pouvoir s'en glorifier, en cas de réussite, mais en cas d'échec ? Randolph n'a pas autant d'états d'âme. Un faiseur d'histoires au chômage et un pharmacien timide incapable de dire *merde*, même quand il marche dedans ? Comment cela pourrait-il mal tourner ?

C'est alors que Freddy découvre, sur les marches que Piper Libby a dégringolées il n'y a pas si longtemps, qu'il ne va pas pouvoir éviter de prendre une partie des responsabilités, dans cette affaire. Randolph lui tend une feuille de papier. Sept noms y figurent. Dont celui de Freddy. À côté de ceux de Mel Searles, George Frederick, Marty Arsenault, Aubrey Towle, Stubby Norman et Lauren Conree.

« Tu conduiras ce groupe en passant par la route de derrière, lui dit Randolph. Tu vois celle que je veux dire ?

— Ouais, elle part de Little Bitch un peu plus loin. C'est le père de Sam le Poivrot qui l'a ouv...

— Qui l'a ouverte, je m'en fous, le coupe Randolph. Rends-toi jusqu'au bout de ce chemin. À midi, toi et tes hommes vous franchirez la ceinture de végétation pour aborder la station de radio par l'arrière. J'ai dit à *midi*, Freddy. Pas une minute avant, pas une minute après.

— Je croyais que nous devions tous passer par là.

— Les plans ont changé.

— Big Jim est au courant ?

— Big Jim est conseiller municipal, Freddy. Je suis le chef de la police. Je suis aussi ton supérieur. Alors sois gentil, ferme-la et écoute-moi.

— Désolé », réplique Freddy en portant la main en cornet à son oreille d'une manière à tout le moins provocatrice.

« Je serai garé sur la route qui passe *devant* la station. J'aurai Stewart et Fern avec moi. Et Roger Killian. Si Bushey et Sanders sont assez dingues pour ouvrir le feu sur vous – si nous entendons tirer derrière la station, en d'autres termes, nous fonçons pour les prendre à revers. Tu piges ?

— Ouais. »

Voilà qui paraît un excellent plan à Freddy.

« Bon. Synchronisons nos montres.

— Euh… quoi ? »

Randolph soupire : « Elles doivent afficher la même heure, si on veut qu'elles indiquent midi exactement au même moment. »

Freddy paraît toujours intrigué, mais se plie à cette exigence.

Depuis l'intérieur du poste, une voix – sans doute celle de Stubby – s'écrie : « Houlà ! Encore un qui mord la poussière ! Une vraie pile de bûches, derrière les bagnoles ! » Remarque accueillie par des rires et des applaudissements. Ils sont remontés, tout excités à l'idée d'une mission avec « autorisation d'ouvrir le feu », comme le répète Melvin Searles.

« Départ à onze heures quinze, reprend Randolph. Ce qui nous donne presque trois quarts d'heure pour regarder ce cirque à la télé.

— J'attrape le pop-corn ? demande Freddy. Il en reste des tonnes dans le placard, au-dessus du micro-ondes.

— Pourquoi pas, tant qu'à faire ? »

À côté du Dôme, Henry Morrison va prendre une boisson fraîche dans sa voiture. Tout son uniforme est imprégné de sueur et il ne se souvient pas de s'être jamais senti aussi fatigué (il attribue cela en grande partie à la mauvaise qualité de l'air : il a l'impression d'être en permanence hors d'haleine), mais dans l'ensemble, il est satisfait de son travail et de celui de son équipe. Ils ont réussi à empêcher que les gens ne s'écrasent en masse contre le Dôme ; personne n'est mort de son côté – ou du moins pas encore – et les gens se sont installés. Une demi-douzaine de caméras vont et viennent inlassablement, côté Motton, pour enregistrer autant de scènes touchantes de retrouvailles que possible. Henry estime que c'est une violation de la vie privée des gens, mais se dit aussi que l'Amérique et le reste du monde ont peut-être le droit d'y assister. Et, dans l'ensemble, les gens ne paraissent pas s'en formaliser. Il y en a d'ailleurs à qui cela plairait plutôt ; ils ont leur quart d'heure de gloire. Henry a même le temps de chercher ses propres parents, même s'il n'est pas surpris de ne pas les trouver ; ils vivent au diable, là-bas à Derry, et ne rajeunissent pas. Il doute même qu'ils aient donné leurs noms pour la loterie.

Un nouvel hélicoptère brasse l'air à l'ouest ; Henry ne le sait pas, mais l'appareil transporte le colonel James Cox. Celui-ci est dans l'ensemble plutôt satisfait par la manière dont s'est déroulée la Journée des Visiteurs, jusqu'ici. On lui a rapporté que personne, côté Chester's Mill, ne paraissait préparer de conférence de presse, ce qui ne le surprend ni ne lui pose de problème. Après avoir compulsé les copieux dossiers qu'il avait accumulés concernant l'homme, il aurait été davantage surpris si Jim Rennie avait fait son apparition. Cox a croisé le chemin de nombreuses personnes, au cours des années, et il est capable de repérer un hypocrite doublé d'un froussard à un kilomètre.

Puis Cox découvre la longue ligne des visiteurs, avec en face d'eux celle des prisonniers du Dôme. Cette vue chasse James Rennie de son esprit. « Est-ce que ce n'est pas lamentable, murmure-t-il. Est-ce que ce n'est pas la chose la plus lamentable qu'on ait jamais vue... »

À l'intérieur du Dôme, l'adjoint spécial Toby Manning crie : « Voilà le bus ! » Si les civils restent à peu près sans réaction – trop absorbés par l'entretien qu'ils ont avec leurs proches, à moins qu'ils ne les cherchent encore –, les flics l'acclament. Henry va se poster derrière son véhicule de patrouille, et en effet, un gros bus jaune passe devant le parking de *Jim Rennie's Used Cars*. Pamela Chen ne pèse peut-être même pas quarante-huit kilos toute mouillée, mais elle s'est fichtrement bien débrouillée et ramène un grand bus.

Henry consulte sa montre et constate qu'il est onze heures vingt. *On va y arriver*, pense-t-il. *On va y arriver sans problème*.

Sur Main Street, trois gros camions orange remontent Town Common Hill. Dans le troisième sont entassés Peter Randolph, Stew, Fern et Roger (qui empeste le poulet). Alors qu'ils quittent la 119 pour prendre Little Bitch Road et la direction de la station de radio, une idée vient tout d'un coup à l'esprit de Randolph, et c'est tout juste s'il ne se frappe pas le front.

Ils sont armés jusqu'aux dents, certes, mais ils ont oublié les casques et les gilets pare-balles.

Retourner les prendre ? Dans ce cas, ils ne seront pas en position avant midi et quart, sinon plus tard. Et il y a toutes les chances pour que ces gilets se révèlent une précaution inutile, en fin de compte. Ils sont à onze contre deux – et deux qui sont très probablement drogués jusqu'aux yeux.

Non, vraiment, ça devrait se régler en un tournemain.

8

Andy Sanders s'était mis à couvert derrière le même chêne que la première fois où les hommes amers étaient venus. S'il n'avait pas pris de grenades, il avait six chargeurs sur le devant de sa ceinture et quatre autres coincés à hauteur du dos. Et il y en avait deux douzaines de plus dans la caisse posée à ses pieds. De quoi arrêter une armée… quoique, se disait-il, si Big Jim avait envoyé une armée, elle n'aurait fait qu'une bouchée de lui. Après tout, il n'était qu'un potard, qu'un vendeur de pilules.

Quelque chose en lui n'arrivait pas à croire à ce qu'il était en train de faire, mais une autre partie de lui-même – aspect de sa personnalité dont il n'aurait jamais soupçonné l'existence sans la méthadone – était sinistrement ravie. Et scandalisée. Il n'était pas juste que les Big Jim et consorts aient tout, aient le droit de s'emparer de tout. Il n'y aurait aucune négociation, cette fois, pas de politique et pas de marche arrière. Il se tiendrait aux côtés de son ami. Son *âme sœur*. Il comprenait ce qu'avait de nihiliste cet état d'esprit, mais c'était très bien. Il avait passé sa vie à compter pour tout, et ce je-m'en-foutisme intégral et drogué, voilà qui était un changement hilarant dans le bon sens.

Il entendit les camions approcher et consulta sa montre. Elle s'était arrêtée. Il se tourna vers le ciel et estima, à la position de la tache jaunâtre tirant sur le blanc qui était autrefois le soleil, qu'il ne devait pas être loin de midi.

Il tendit l'oreille au bruit de plus en plus fort des diesels, et quand il entendit qu'il passait en stéréo,

Andy comprit que son *compadre* avait subodoré le piège – l'avait subodoré aussi nettement qu'un joueur d'échecs professionnel débusque celui que croit lui tendre un amateur. Une partie des véhicules prenaient la direction de l'arrière de la station, empruntant la route de service.

Andy tira une dernière grande bouffée de sa *fry daddy*, la retint aussi longtemps que possible, puis la relâcha d'un coup. À regret, il laissa tomber le mégot et l'écrasa du pied. Pas question que la fumée (aussi délicieux que soit l'effet clarificateur qu'elle produisait) trahisse sa position.

Je t'aime, Chef, pensa Andy Sanders en enlevant la sécurité de sa Kalachnikov.

9

Une chaîne légère barrait la route de service creusée d'ornières. Au volant du camion de tête, Freddy n'hésita pas et la fit sauter avec l'avant du véhicule. Suivi du deuxième camion, conduit par Mel Searles, il s'enfonça dans les bois.

Stewart Bowie conduisait le troisième camion. Il s'arrêta au milieu de Little Bitch Road, montra de la main la tour émettrice de WCIK, puis regarda Randolph coincé contre la portière, son HK semi-automatique entre les genoux.

« Roule encore sur un kilomètre et demi, lui ordonna Randolph. Et ensuite, gare-toi et coupe le moteur. » Il était onze heures trente-cinq. Parfait. Ils avaient tout le temps.

« C'est quoi, le plan ? demanda Fern.

— On attend jusqu'à midi. Dès qu'on entend tirer, on repart et on les prend à revers.

— Ils font pas mal de boucan, ces bahuts, fit observer Killian. Et si les types nous entendent arriver ? On va perdre – comment qu'on dit déjà ? – le sacrifice de la surprise.

— Le bénéfice, le corrigea Randolph. Ils ne nous entendront pas. Ils sont installés bien tranquilles dans la station, avec la clim, à regarder la télé. Ils vont même pas savoir ce qui leur tombe dessus.

— Est-ce qu'on n'aurait pas dû prendre les gilets pare-balles ? demanda Stewart.

— Pourquoi veux-tu porter un truc aussi lourd avec cette chaleur ? Arrêtez de vous inquiéter. Les deux Duchenoque seront en enfer avant même de savoir qu'ils sont morts. »

10

Peu avant midi, Julia regarda autour d'elle et se rendit compte que Barbie n'était plus là. Elle le retrouva à la ferme, en train de charger des conserves dans le van du Sweetbriar Rose. Il en avait aussi mis plusieurs sacs dans l'ancien van d'AT&T.

« Qu'est-ce que vous faites ? On vient juste de tout décharger hier soir. »

Barbie se tourna vers elle sans sourire, une expression tendue sur les traits. « C'est exact, et je crois que nous avons eu tort de le faire. Je ne sais pas si c'est parce que nous sommes à côté de la boîte, mais tout d'un coup j'ai eu l'impression d'avoir la loupe dont a parlé Rusty juste au-dessus de la tête, alors que bientôt le soleil va se lever et briller au travers. J'espère que je me trompe. »

Elle l'étudia. « Il en reste ? Je vais vous aider, dans ce cas. On pourra toujours les ressortir plus tard.

— Oui », dit Barbie, avec un sourire contraint. « On pourra toujours les ressortir plus tard. »

11

La route de service aboutissait à une petite clairière où se trouvait une maison abandonnée depuis longtemps. Les deux camions s'y rangèrent et le commando improvisé débarqua. Par équipes de deux, ils posèrent à terre de gros sacs marins sur lesquels étaient imprimés les mots **SÉCURITÉ INTÉRIEURE DU TERRITOIRE**. Sur l'un d'eux, une main avait ajouté au marqueur : N'OUBLIEZ PAS FORT ALAMO. Les sacs contenaient des HK semi-automatiques, deux fusils à pompe Mossberg à huit coups, et des munitions, des munitions, des munitions.

« Hé, Fred ? demanda Stubby Norman. On devrait pas avoir des gilets pare-balles ?

— On les prend par-derrière, Stubby. Ne t'en fais pas pour ça. »

Freddy espérait avoir donné l'impression d'être plus convaincu qu'il ne l'était en réalité. Il avait l'estomac noué.

« Est-ce qu'on leur laisse une chance de se rendre ? voulut savoir Mel. Parce que quand même, Mr Sanders est premier conseiller. »

Freddy y avait pensé. Il avait aussi pensé au mur d'honneur sur lequel étaient accrochées les photos des trois flics de Chester's Mill morts en service depuis la Seconde Guerre mondiale. Il n'avait aucune envie que sa photo y figure et, comme le chef Randolph ne lui avait donné aucun ordre précis sur la question, il se sentit libre de proclamer le sien :

« S'ils ont les mains levées, ils restent en vie. S'ils ne sont pas armés aussi. Sinon, ils sont foutrement morts. Ça pose un problème à quelqu'un ? »

Ça n'en posait à personne, apparemment. Onze heures cinquante-six. Presque l'heure du lever de rideau.

Il regarda tour à tour chacun de ses hommes (et la seule femme, Lauren Conree, le visage tellement fermé et la poitrine tellement plate qu'elle aurait pu en être un), inspira à fond et dit : « Suivez-moi. À la file indienne. On s'arrêtera à la lisière et on évaluera la situation. »

Les inquiétudes de Randolph concernant les plantes urticantes se révélèrent sans fondement et les arbres étaient suffisamment espacés pour ne pas entraver leur progression, même avec tout le barda dont ils étaient chargés. Freddy trouva que sa petite escouade se déplaçait d'une manière admirablement furtive et silencieuse au milieu des bosquets de genévriers, quand il était impossible de les éviter. Il commençait à se dire que tout se passerait bien. En fait, il en était même presque certain. À présent qu'ils étaient en mouvement, son estomac était plus léger.

Avec décontraction, pensa-t-il. *Avec décontraction et en silence. Et bang ! Ils ne sauront même pas ce qui leur est tombé dessus.*

12

Chef, protégé par le camion bleu garé au milieu des hautes herbes, derrière la remise, les entendit pratiquement au moment où ils quittaient la clairière dans laquelle l'ancien domicile du vieux Verdreaux retournait peu à peu à la terre. Pour ses oreilles en hyperacousie à cause de la drogue et son cerveau en surchauffe, l'escouade de Freddy Denton faisait presque autant de bruit qu'un troupeau de buffles en marche vers un point d'eau.

Il se faufila jusqu'à l'avant du camion, s'agenouilla et cala son arme sur le pare-chocs. Il avait disposé sur le sol, derrière lui, les grenades accrochées auparavant au GUERRIER DE DIEU et il attendait, priant Dieu pour qu'Andy n'ait pas besoin de siffler. Espérant ne pas avoir besoin de siffler lui non plus. Il était possible qu'ils survivent à cela et combattent encore un jour.

13

Freddy Denton atteignit la lisière du bois, repoussa un rameau de sapin du canon de son fusil et scruta le paysage. Il vit un champ non fauché avec, en son milieu, la tour émettrice de la station ; il en parvenait un bourdonnement bas qui lui donnait l'impression d'ébranler jusqu'aux plombages de ses dents. Une barrière avec des panneaux DANGER VOLTAGE ÉLEVÉ l'entourait. À l'extrême gauche de sa position, se dressait le bâtiment en brique du studio. Et entre les deux, une sorte de grange rouge. Il supposa qu'il s'agissait d'une remise. Ou que c'était là que se fabriquait la drogue. Ou les deux.

Marty Arsenault se coula à côté de lui. Des cercles de transpiration assombrissaient sa chemise d'uniforme. On lisait de la terreur dans ses yeux. « Qu'est-ce qu'il fout là, ce bahut ? demanda-t-il, l'indiquant du canon de son arme.

— C'est le camion qui sert aux livraisons des repas à domicile, répondit Freddy. Tu l'as jamais vu circuler en ville ?

— Je l'ai vu et j'ai même aidé à le charger. J'ai laissé tomber les cathos pour le Saint-Rédempteur, l'an dernier. Pourquoi il n'est pas dans la grange ? »

Il prononça *grange* à la yankee – un bêlement de mouton mécontent.

« Comment veux-tu que je le sache et qu'est-ce qu'on en a à foutre ? Ils sont dans le studio.

— Comment tu le sais ?

— Parce que c'est là qu'il y a la télé, et que le grand cirque du Dôme passe sur toutes les chaînes. »

Marty commença à épauler son HK. « Laisse-moi balancer une ou deux rafales, juste pour être sûr. Il pourrait être piégé. Ou ils pourraient être dedans. »

Freddy rabaissa le canon. « Bon Dieu de bon Dieu, t'es complètement cinglé ! Ils ne savent même pas que nous sommes là – tu tiens à le leur apprendre ? Est-ce que ta mère a eu d'autres mômes qui ont survécu ?

— Va te faire foutre », répliqua Arsenault, ajoutant, au bout d'une seconde : « Et que ta mère aussi aille se faire foutre. »

Freddy regarda par-dessus son épaule. « On y va, les gars. On prend par le champ, direction le studio.

Regardez par les fenêtres du fond et repérez leur position. » Il sourit. « C'est du tout cuit. »

Aubrey Towle, homme d'un naturel laconique, se contenta de répondre : « On va bien voir. »

14

Dans le camion resté sur Little Bitch Road, Fern Bowie dit : « J'entends rien.

— Pour le moment, répondit Randolph. Attends juste un peu. »

Il était midi deux.

15

Chef vit les hommes amers sortir du couvert et entreprendre de traverser le champ en diagonale, dans la direction du studio. Trois étaient en uniforme de la police ; les quatre autres avaient des chemises bleues, et Chef supposa qu'elles étaient censées représenter des uniformes. Il reconnut Lauren Conree (une de ses anciennes clientes, du temps de son petit trafic d'herbe et de shit) et Stubby Norman, le ferrailleur local. Il identifia également Mel Searles, autre vieux client et ami de Junior. Ami aussi de Frank DeLesseps, ce qui signifiait qu'il avait sans doute fait partie du groupe qui avait violé Sammy. Eh bien, il ne violerait plus personne – pas après aujourd'hui.

Sept. De son côté, en tout cas. Côté Sanders, comment savoir ?

Il attendit de voir s'il n'en venait pas d'autres, se

leva, planta ses coudes sur le capot du camion et cria : « VOYEZ, LE JOUR DU SEIGNEUR EST ARRIVÉ ET SON COURROUX EST GRAND, SA COLÈRE TERRIBLE ET LA TERRE SERA DÉSOLÉE ! »

Ils tournèrent brusquement la tête, puis restèrent un instant pétrifiés, sans même essayer de braquer leur arme ou de se disperser. Ce n'était pas de vrais flics, en réalité, se rendit compte Chef Bushey ; juste des oiseaux au sol, trop stupides pour s'envoler.

« ET IL EFFACERA LES PÉCHEURS DE LA SURFACE DE LA TERRE ! ISAÏE, TREIZE ! SALUT, ENCULÉS ! »

Après cette homélie et cet envoi aux gémonies, Chef ouvrit le feu, les fauchant de gauche à droite. Deux des flics en uniforme et Stubby Norman partirent à reculons telles des poupées désarticulées, aspergeant l'herbe non fauchée de leur sang. Les survivants sortirent de leur paralysie. Deux firent demi-tour et s'enfuirent vers le bois. Conree et le dernier des flics en uniforme s'élancèrent vers le studio. Chef visa, ouvrit de nouveau le feu. La Kalachnikov tira une brève rafale, puis le chargeur fut vide.

Conree porta vivement la main à sa nuque, comme piquée par une abeille, puis tomba tête la première dans l'herbe, donna deux ruades et s'immobilisa. L'autre – un chauve – réussit à atteindre l'arrière du studio. Chef ne se souciait guère des deux qui s'étaient enfuis par le bois, mais pas question de laisser Boule-de-billard s'en tirer. Si jamais Boule-de-billard atteignait l'angle du bâtiment, il apercevrait Sanders et lui tirerait dans le dos.

Chef prit un chargeur neuf et l'enfonça d'un coup sec de la paume de la main.

16

Frederick Howard Denton, alias Boule-de-billard, ne pensait strictement à rien lorsqu'il atteignit l'arrière du studio de WCIK. Il avait vu exploser la gorge de Conree et cela avait signé la fin de toute considération rationnelle pour lui. Il n'avait plus qu'une chose en tête : ne pas avoir sa photo accrochée au mur d'honneur. Il lui fallait se mettre à couvert, autrement dit, à l'intérieur. Il y avait une porte. Derrière, un groupe de gospel chantait : « Nous nous prendrons par la main autour de ton trône. »

Freddy mit la main sur le bouton de la porte, qui refusa de tourner.

Fermé à clef.

Il laissa tomber son arme, leva la main qui l'avait tenue et hurla : « *Je me rends ! Tire pas ! Je me r...* »

Trois coups de poing très lourds l'atteignirent à hauteur des reins. Il vit une giclée de sang atteindre la porte et eut le temps de penser : *On aurait dû prendre les protections*. Puis il s'effondra sur lui-même, tenant toujours le bouton de la porte, tandis que le monde se vidait autour de lui. Tout ce qu'il était et tout ce qu'il avait jamais su se réduisit à un seul petit point de lumière éclatant. Puis le point s'éteignit. Sa main lâcha le bouton. Il mourut à genoux, appuyé à la porte.

17

Melvin Searles ne réfléchit pas, lui non plus. Il venait de voir Marty Arsenault, George Frederick et

Stubby Norman se faire faucher sous ses yeux, il avait senti au moins une balle le frôler et ce n'était pas le genre de chose qui poussait à la méditation.

Mel courut, c'est tout.

Il se jeta au milieu de arbres sans se soucier des branches qui lui fouettaient le visage ; il tomba une fois, se releva et déboucha finalement dans la clairière où attendaient les camions. Prendre l'un d'eux et filer aurait été la chose la plus raisonnable à faire, mais Mel et la raison venaient de divorcer. Il aurait probablement continué à courir sur la route de service jusqu'à Little Bitch Road, si l'autre survivant de l'équipe chargé de prendre la station à revers ne l'avait empoigné par l'épaule et poussé contre le tronc d'un gros pin.

C'était Aubrey Towle, le frère du libraire. Un grand costaud pataud aux yeux pâles, qui aidait parfois Ray à approvisionner ses étagères en livres mais qui ne parlait guère. Certains, à Chester's Mill, croyait Aubrey un peu retardé, mais il n'avait pas l'air retardé, en ce moment. Ni paniqué.

« J'y retourne pour me faire ce fils de pute, informa-t-il Mel.

— Eh bien bonne chance, mon vieux », répondit Mel.

Il quitta l'appui de l'arbre et prit de nouveau la direction du chemin.

Aubrey Towle le repoussa, plus sèchement cette fois, contre le tronc. Il rejeta en arrière les cheveux qui lui tombaient sur les yeux, puis il pointa son fusil Heckler & Koch sur le nombril de Mel. « Tu ne vas nulle part. »

De loin, leur parvinrent une nouvelle série de rafales et des hurlements.

« T'entends ça ? demanda Mel. Et tu veux retourner *là-bas* ? »

Aubrey le regarda sans s'énerver. « T'es pas obligé de m'accompagner, mais tu vas me couvrir. T'as bien compris ? Sinon, je te descends moi-même. »

18

Un sourire tendu se peignit sur le visage du chef Randolph. « Engagement de l'ennemi à l'arrière de notre objectif. Exactement comme prévu. Allez, roule, Stewart. Droit sur l'entrée. On débarquera et on prendra par le studio.

— Et s'ils sont dans la grange ? demanda Stewart.

— On pourra encore les surprendre par-derrière. *Roule !* Faut pas les rater ! »

Stewart Bowie roula.

19

Andy entendit la fusillade en provenance de l'arrière de la remise, mais Chef n'ayant pas sifflé, il resta où il était, bien à l'abri derrière son chêne. Il se prit à espérer que les choses se passaient bien, là-bas, parce qu'il avait maintenant son propre problème : un des camions des services municipaux se dirigeait vers l'allée desservant la station.

Andy tourna autour de l'arbre pour l'avoir toujours entre lui et le camion. Celui-ci s'arrêta. Les portières s'ouvrirent et quatre hommes en descendirent. Andy était à peu près sûr que trois d'entre eux faisaient partie de l'équipe qui était déjà venue ici... quant à Mr Poulet-aux-hormones, pas de doute. Andy aurait reconnu n'importe où ces bottes en caoutchouc vertes constellées de fientes. Les hommes amers. Andy n'avait aucune intention de les laisser prendre le Chef à revers.

Il émergea de derrière l'arbre et s'engagea dans l'allée, marchant en plein milieu, CLAUDETTE en travers de la poitrine comme pour le présentez-armes. Ses chaussures crissaient sur le gravier mais les bruits parasites ne manquaient pas : Stewart avait laissé le camion tourner au ralenti et le gospel, son à fond, montait du studio.

Il mit la Kalachnikov en position de tir mais s'obligea à attendre. *Laissons-les se regrouper, il y a des chances qu'ils le fassent.* Et, en effet, en approchant de la porte du studio, le petit groupe se resserra.

« Tiens donc, Mr Poulet-aux-hormones et ses copains ! » lança Andy d'un voix traînante à la John Wayne assez bien imitée. « Ça va, les gars ? »

Ils commencèrent à se tourner. *Pour toi, Chef,* pensa Andy. Et il ouvrit le feu.

Il abattit les deux frères Bowie et Mr Poulet-aux-hormones avec sa première rafale. Il ne fit que blesser Randolph. Il éjecta le chargeur vide comme Chef Bushey le lui avait appris, en prit un plein à sa ceinture et le fit claquer dans le magasin. Le chef Randolph rampait en direction de la porte du studio, du sang coulant de son bras et de sa jambe. Il regarda par-dessus son épaule, les yeux exorbités et brillants dans son visage en sueur.

« Je vous en prie, Andy, murmura-t-il. Nos ordres n'étaient pas de vous faire du mal, seulement de vous ramener pour que vous puissiez travailler avec Jim.

— Tiens pardi ! » répliqua Andy, avec un éclat de rire. « On déconne pas avec un déconneur. Ce que vous vouliez, c'était tout piquer... »

Il y eut le bruit haché d'une longue rafale en provenance de derrière le studio. Le Chef avait peut-être des ennuis, avait peut-être besoin de lui. Andy épaula CLAUDETTE.

« Je t'en prie, ne tire pas ! » hurla Randolph. Il se cacha la figure dans ses mains.

« T'as juste à penser au bon gueuleton qui t'attend avec Jésus, répondit Andy. Dans trois secondes, tu seras en train de déplier ta serviette. »

La longue rafale de la Kalachnikov fit rouler Randolph presque jusqu'à la porte du studio. Andy se précipita alors derrière le bâtiment, éjectant le chargeur à demi vide pour le remplacer par un plein tout en courant.

Un sifflement perçant lui parvint en provenance de la prairie.

« J'arrive, Chef ! cria Andy. Tiens bon, j'arrive ! »

Quelque chose explosa.

20

« Tu me couvres », dit un Aubrey à l'expression fermée lorsqu'ils furent à l'orée du bois. Il avait enlevé sa chemise, puis, après l'avoir déchirée en deux, il avait enroulé l'un des lambeaux autour de sa tête pour se donner, apparemment, le look Rambo.

« Et si t'as prévu de me dessouder, t'as pas intérêt à rater ton coup, parce que sinon je reviens te couper ta foutue gorge.

— Je te couvre, promis », répondit Mel.

Et il le ferait. Tant qu'il resterait ici, à la lisière du bois, il serait en sécurité.

Probablement.

« Ce fou furieux va pas s'en tirer comme ça », reprit Aubrey. Il respirait vite, se galvanisant lui-même. « Ce taré. Cet enfoiré de drogué. » Puis il éleva la voix : « *Je viens te chercher, sale connard de drogué taré !* »

Chef venait d'émerger de derrière le camion *Meals on Wheels* pour examiner son tableau de chasse. Il se tourna vers les bois au moment où Aubrey Towle en surgissait, hurlant à pleins poumons.

Mel ouvrit alors le feu, et même si les balles partirent dans le décor, Chef s'accroupit instinctivement. La télécommande tomba de la ceinture avachie de son pyjama et se retrouva dans l'herbe. Il se pencha pour la reprendre à l'instant choisi par Aubrey pour tirer avec son fusil automatique. Les balles dessinèrent un pointillé chaotique sur les flancs du camion bleu, accompagné du bruit creux du métal perforé et transformant la vitre côté passager en miettes scintillantes. Une balle déchira l'armature latérale du pare-brise.

Chef renonça à la télécommande pour répliquer. Mais il ne bénéficiait plus de l'élément de surprise et Aubrey Towle n'était pas un empoté. Il courait en zigzaguant en direction de la tour émettrice. Elle ne le protégerait pas, mais il dégageait ainsi la ligne de tir de Searles.

La dernière balle du chargeur d'Aubrey creusa un sillon dans le cuir chevelu de Chef, côté gauche. Du sang vola et une touffe de cheveux tomba sur l'une de ses maigres épaules, où elle resta collée par la sueur. L'homme tomba lourdement sur le cul, perdit momentanément le contrôle du GUERRIER DE DIEU, puis rattrapa l'arme. Il ne pensait pas être sérieusement blessé, mais il était grand temps que Sanders arrive à sa rescousse, s'il était en mesure de le faire. Chef Bushey mit deux doigts dans sa bouche et siffla.

Aubrey Towle atteignit la barrière qui entourait la tour émettrice juste au moment où Mel ouvrait de nouveau le feu depuis la lisière du bois. Il avait pris pour cible, cette fois, l'arrière du camion. Les balles y brodèrent des crochets et des fleurs de métal. Le réservoir d'essence explosa et la partie arrière du véhicule sauta en l'air sur un coussin de flammes.

Chef sentit une chaleur infernale lui cuire le dos et il pensa aux grenades. Allaient-elles exploser ? Il vit l'homme qui avait rejoint la tour braquant son arme sur lui et, soudain, le choix fut limpide : répliquer ou récupérer la télécommande. Il choisit la télécommande et, comme sa main se refermait sur l'appareil, l'air fut soudain envahi d'invisibles abeilles bourdonnantes. L'une d'elles le piqua à l'épaule ; l'autre l'atteignit par le côté et lui déroula les intestins. Chef Bushey tomba et roula au sol, perdant une fois de plus la télécommande. Il tendit la main vers elle et un autre essaim d'abeilles remplit de nouveau l'air. Il rampa dans les hautes herbes, laissant la télécommande où elle était, n'espérant plus qu'en l'arrivée de Sanders. L'homme de la tour émettrice – *un homme amer courageux sur sept*, pensa Chef, *oui, très courageux* – marchait vers lui. Le GUERRIER DE DIEU était maintenant très lourd ; tout son corps était très lourd, mais Chef réussit à se mettre à genoux et appuya sur la détente.

Il ne se passa rien.

Soit le chargeur était vide, soit l'arme s'était enrayée.

« Sale connard, lui dit Aubrey Towle, abruti de drogué. Goûte-moi ce shit, enfoi…

— *Claudette !* » hurla Sanders.

Towle fit une brusque volte-face, mais il était trop tard. Il y eut une courte et brutale rafale et quatre balles de .7,62 de fabrication chinoise arrachèrent pratiquement la tête d'Aubrey à son torse.

« Chef ! » cria Andy. Il courut jusqu'à l'endroit où son ami, agenouillé dans l'herbe, perdait son sang par l'épaule, le torse, la tête. Tout le côté gauche de son visage était écarlate et poisseux. « *Chef ! Chef !* » Il tomba à genoux, prit Chef dans ses bras. Aucun des deux ne vit Mel Searles, le dernier assaillant encore debout, émerger du bois et s'avancer avec précaution vers eux.

« Attrape le déclencheur, murmura Chef Bushey.

— Quoi ? »

Un instant, Andy regarda CLAUDETTE et sa détente, mais ce n'était évidemment pas ce que Chef voulait dire.

« La télécommande de garage », murmura Chef. Il avait l'œil gauche noyé de sang, mais le droit fixait Andy avec une intensité lucide. « La télécommande de garage, Sanders. »

Andy vit l'appareil posé sur l'herbe. Il le ramassa et le tendit à Chef. Chef enroula sa main dessus.

« Toi… aussi… Sanders. »

Andy referma sa main sur celle de Chef. « Je t'aime, Chef », dit-il, et il embrassa Chef Bushey sur sa bouche sèche et constellée de gouttes de sang.

« Je t'aime… moi… aussi… Sanders.

— Hé, les pédés ! » cria Mel avec une sorte de jovialité démente. Il se tenait à une dizaine de mètres d'eux. « Faut vous trouver un coin tranquille ! Non ! J'ai mieux ! *Une chambre en enfer !*

— Maintenant… Sanders… maintenant. »

Mel ouvrit le feu.

Andy et Sanders furent repoussés par la rafale, mais avant qu'ils soient réduits en pièces, leurs mains jointes avaient appuyé sur le bouton OUVERT.

Blanche, l'explosion engloutit tout.

21

Aux limites du verger, les exilés pique-niquent lorsque éclate la fusillade ; elle ne provient pas de la 119, où les visites continuent, mais du sud-ouest.

« C'est du côté de Little Bitch Road, dit Piper. Si seulement nous avions des jumelles ! »

Mais ils n'en ont pas besoin pour voir la fleur jaune qui se déploie lorsque explose le camion *Meals on Wheels*. Twitch est en train de manger de la chiffonnade de poulet avec une cuillère en plastique. « Je ne sais pas ce qui se passe là-bas, mais c'est la station de radio, aucun doute. »

Rusty empoigne Barbie par l'épaule. « C'est là que le propane est planqué ! Ils l'ont stocké pour fabriquer la drogue ! *C'est là que le propane est planqué !* »

Barbie connaît un instant de lucidité limpide, un

instant de terreur prémonitoire ; un instant où le pire reste encore à venir. Puis, à six kilomètres, une étincelle blanche zigzague dans le ciel brumeux, comme un éclair qui partirait du sol au lieu d'y descendre. L'instant suivant, une explosion titanesque creuse un trou au beau milieu du jour. Une boule de feu d'un rouge intense efface la tour émettrice de WCIK, puis les arbres qui l'entourent, puis tout l'horizon du nord au sud.

Tous les gens rassemblés sur Black Ridge crient, mais sans pouvoir s'entendre dans le grondement énorme et de plus en plus assourdissant provoqué par la transformation explosive en gaz de trente kilos de plastic solide et de dix mille gallons de propane liquide. Ils se couvrent les yeux et partent à reculons, chancellent, marchent sur leurs sandwichs, renversent leurs verres. Thurston prend Alice et Aidan dans ses bras et, un instant, Barbie voit le visage du vieux hippie se détacher sur le ciel envahi par la nuit – le visage long et terrifié d'un homme qui voit s'ouvrir les portes de l'enfer sur l'océan de feu qu'elles renferment.

« *Il faut retourner à la ferme !* » hurle Barbie. Julia, en larmes, s'agrippe à lui. À côté, Joe McClatchey aide sa mère, aussi en larmes, à se mettre debout. Personne ne va nulle part, du moins pour le moment.

Au sud-ouest, là où pour l'essentiel Little Bitch Road va cesser d'exister dans quelques minutes, le ciel bleu jaunissant noircit de plus en plus et Barbie a le temps de penser, avec un calme absolu : *Nous sommes maintenant sous la loupe.*

La déflagration brise la plupart des vitres dans l'agglomération à peu près déserte, détache les volets et les fait valser, arrache les portes de leurs gonds, aplatit les boîtes aux lettres. Tout le long de Main Street, les alarmes des voitures garées se déclenchent. Big Jim et Carter Thibodeau, dans la salle de conférences, ont l'impression qu'il vient de se produire un tremblement de terre.

La télé fonctionne toujours. Wolf Blitzer demande, manifestement inquiet : « Qu'est-ce qui se passe ? Anderson Cooper ? Candy Crowley ? Chad Myers ? Soledad O'Brien ? Quelqu'un a-t-il une idée de ce que c'était que *ça* ? Qu'est-ce qui se passe ? »

Près du Dôme, les plus récentes stars de la télé américaine regardent autour d'elles, n'exhibant que leur dos à la caméra, et s'abritent les yeux pour pouvoir supporter ce qu'elles voient de la ville. Une des caméras fait un bref panoramique, révélant une monstrueuse colonne de fumée noire et de tourbillons de débris, à l'horizon.

Carter se lève. Big Jim le prend par le poignet. « Va juste jeter un coup d'œil. Pour évaluer la gravité. Ramène ensuite tes fesses ici. Il faudra peut-être aller dans l'abri antiatomique.

— D'accord. »

Carter monte l'escalier en courant. Le verre brisé de la porte d'entrée, pulvérisé pour l'essentiel, crisse sous ses bottes. Ce qu'il voit en arrivant au rez-de-chaussée est tellement au-delà de tout ce qu'il a jamais pu imaginer qu'il se retrouve propulsé dans son enfance ; il reste un instant pétrifié, se disant, *c'est comme la plus terrible, la plus affreuse des tempêtes, mais en pire.*

À l'ouest, le ciel est un enfer rouge orange entouré de tourbillons de nuages de l'ébène le plus noir. L'air empeste déjà l'odeur du gaz brûlé. Le bruit est comme celui de douze aciéries tournant ensemble à plein régime.

Directement au-dessus de lui, les oiseaux en fuite obscurcissent le ciel. Leur vue – des oiseaux n'ayant nulle part où aller – est ce qui le sort de sa paralysie. Ça, et le vent de plus en plus violent qui vient lui gifler le visage. Voilà six jours qu'il n'y a pas eu de vent à Chester's Mill, et celui-ci est à la fois brûlant et ignoble, empestant le gaz et le bois calciné.

Un énorme chêne dégringole dans Main Street, entraînant dans sa chute un écheveau de fils électriques.

Carter bat en retraite, courant dans le couloir. Big Jim se tient en haut des marches, pâle, l'air effrayé et, pour une fois, indécis.

« En bas, dit Carter. Dans l'abri. Ça vient. L'incendie. Et quand il sera ici, il va bouffer toute la ville.

— Qu'est-ce qu'ils ont pu faire, ces idiots ? »

Carter s'en fiche. Quoi qu'ils aient fait, c'est fait. S'ils ne se bougent pas, et vite, ils sont cuits eux aussi. « Il y a bien un purificateur d'air, là en bas ?

— Oui.

— Branché sur le générateur ?

— Oui, évidemment.

— Merci Jésus. Nous avons peut-être une chance. »

Carter prend Big Jim par le bras pour lui faire descendre plus vite l'escalier, réduit à espérer qu'ils ne vont pas griller là en bas.

Les portes du Dipper's avaient été verrouillées en position ouverte, mais la force de l'explosion rompt leurs attaches et les referme brutalement. Les débris de verre sont soufflés vers l'intérieur et plusieurs de ceux qui se tiennent sur la piste de danse sont victimes de coupures. Whit, le frère de Henry Morrison, a la jugulaire entaillée.

Les gens foncent vers la sortie, oubliant complètement le grand écran de télé. Ils piétinent le malheureux Whit Morrison en train de mourir dans la mare de plus en plus grande de son propre sang. Ils atteignent la porte et dans la bousculade d'autres personnes sont lacérées par les pans de verre affilés restés dans le chambranle.

« Les oiseaux ! crie quelqu'un. Bon Dieu, regardez-moi les oiseaux ! »

Mais la plupart des autres sont tournés vers l'ouest, l'ouest où la fin du monde se précipite vers eux sous un ciel maintenant aussi noir qu'à minuit et plein d'un air empoisonné.

Ceux qui sont capables de courir prennent exemple sur les oiseaux et s'élancent au pas de gymnastique, quand ils ne galopent pas carrément au milieu de la Route 117. D'autres se jettent au volant de leur voiture et nombre de pare-chocs sont tordus dans le parking en gravier où, en des temps immémoriaux, Dale Barbara a reçu une raclée. Velma Winter monte dans son vieux pick-up Datsun et, après avoir échappé au gymkhana destructeur de pare-chocs, découvre que son droit de passage vers la route est remis en question par les piétons qui s'enfuient. Elle regarde à droite, en direction de la tempête de flammes qui tourbillonne vers eux comme une grande draperie en feu, dévorant les bois entre Little Bitch et la ville, et elle s'avance à l'aveuglette en dépit des gens qui lui barrent la route. Elle heurte Carla Venziano qui fuit, son bébé dans les bras. Le pick-up rebondit en passant sur les corps, et Velma se bouche résolument les oreilles pour ne pas entendre les cris de Carla dont le dos est brisé ; le petit Steven est mort, écrasé sous elle. Tout ce que sait Velma, c'est qu'elle doit foutre le camp d'ici. Il faut qu'elle arrive à foutre le camp.

Aux limites du Dôme, les réunions familiales viennent d'être interrompues par un trouble-fête apocalyptique. Ceux qui sont à l'intérieur ont soudain quelque chose d'encore plus important que leurs parents à prendre en considération : le nuage géant en forme de champignon qui s'élève au nord-ouest de leur position, poussé par un muscle de feu qui dépasse déjà largement un kilomètre de haut. Le premier souffle de vent – ce souffle qui a fait bondir Carter et Big Jim vers l'abri antiatomique – les atteint alors et ils se recroquevillent contre le Dôme, ne pensant même plus, pour la plupart, à ceux qui se trouvent de l'autre côté. De toute façon, les gens de l'autre côté battent en retraite. Ils ont de la chance ; ils *peuvent*.

Henrietta Clavard sent une main froide prendre la sienne. Elle se tourne et voit Petra Searles. Les mèches de Petra se sont détachées des barrettes qui les retenaient et pendent sur ses joues.

« Il te reste encore de ton jus-bilatoire ? » demande Petra, réussissant à lui adresser un effrayant sourire style *faisons-la-bringue*.

— Désolée, y'en a plus, répond Henrietta.

— Ah... au fond ça fait rien, peut-être.

— Reste avec moi, ma mignonne. Reste juste avec moi. On va s'en sortir. »

Mais lorsque Petra regarde la vieille femme dans les yeux, elle n'y voit ni sincérité ni espoir. La fête est presque terminée.

Et maintenant, regardez. Regardez et voyez. Huit cents personnes sont entassées contre le Dôme, tête levée, les yeux écarquillés, regardant leur fin inévitable fondre sur eux.

Il y a là Johnny et Carrie Carver, et Bruce Yardley, qui travaillait au Food City. Il y a Tabby Morrell, lequel possède une scierie qui ne va pas tarder à être réduite à des tourbillons de cendres, et sa femme, Bonnie ; Toby Manning, employé au grand magasin Burpee's ; Trina Cole et Donnie Baribeau ; Wendy Goldstone, l'institutrice, et son amie et collègue Ellen Vanedestine ; Bill Allnut, l'homme qui n'a pas voulu aller chercher le bus, et sa femme, Sarah, qui interpelle Jésus à pleins poumons pour qu'il la sauve tandis qu'elle voit s'approcher l'incendie. Il y a là Todd Wendlestat et Manuel Ortega, hagards, deux visages tournés vers l'ouest, là où le monde disparaît dans la fumée ; Tommy et Willow Anderson, qui ne feront plus jamais venir de groupes de musique pop de Boston dans leur établissement. Voyez-les tous, toute une ville adossée à un mur invisible.

Derrière eux les visiteurs reculent, puis battent en retraite – et c'est la débandade générale. Ils délaissent les bus et foncent sur la route de Motton. Quelques soldats tiennent ferme, mais la plupart abandonnent leur arme et se joignent à la cohue, ne regardant pas davantage derrière eux que Loth ne l'a fait en quittant Sodome.

Cox, lui, ne s'enfuit pas. Le colonel s'approche du Dôme et interpelle Morrison : « Vous, là, l'officier responsable ! »

Henry Morrison se tourne, s'avance jusqu'à la position de Cox et s'appuie des deux mains sur la surface dure et mystique qu'il ne peut voir. Il est devenu difficile de respirer ; le vent mauvais soulevé par la tempête de feu se brise sur le Dôme, tourbillonne et repart vers la bête affamée qui se rapproche : un loup noir aux yeux de braises. Ici, sur la ligne de démarcation qui sépare Chester's Mill de Motton, se trouve le troupeau de moutons dont il va se nourrir.

« Aidez-nous », dit Henry.

Cox regarde la tempête de feu et estime qu'elle atteindra le Dôme d'ici un quart d'heure, pas davantage. Ce n'est plus une explosion, mais ce n'est pas un simple incendie ; dans cet environnement clos et déjà pollué, c'est un cataclysme.

« Monsieur, ça m'est impossible », répond Cox.

Avant que Henry ait le temps de répondre, Joe Boxer l'empoigne par le bras. Il émet des sons incohérents. Il tient toujours à la main son stupide pétard merdique et, après un dernier regard vers l'enfer qui se précipite vers eux, porte l'arme à sa tempe comme s'il jouait à la roulette russe. Henry tente de l'attraper, mais c'est trop tard. Boxer a appuyé sur la détente. Il ne meurt pas tout de suite, même si du sang jaillit du côté de sa tête. Il recule, vacille, agite son stupide petit pistolet comme un mouchoir et hurle. Puis il tombe à genoux, tend les mains une fois vers le ciel assombri, comme devant quelque révélation divine, et s'effondre enfin tête la première sur la ligne blanche brisée qui matérialise le milieu de la route.

Henry tourne un visage frappé de stupeur vers le colonel Cox, lequel est à la fois à un mètre de lui et à un million de kilomètres. « Je suis désolé, mon ami, absolument désolé ! » dit Cox.

Pamela Chen se relève maladroitement. « *Le bus !* » hurle-t-elle à Henry pour couvrir le rugissement de plus en plus fort. « *Faut prendre le bus et foncer directement dedans ! C'est notre seule chance !* »

Henry n'ignore pas qu'ils n'ont pas la moindre chance, mais il hoche affirmativement la tête, adresse un dernier regard à Cox (et Cox n'oubliera jamais l'expression désespérée et effrayante de ce regard), prend la main de Pammie Chen et la suit jusqu'au bus 19, tandis que les ténèbres enfumées se précipitent vers eux.

Le feu atteint le centre-ville et se propage instantanément le long de Main Street comme dans un tuyau de gaz. Le Peace Bridge est vaporisé. Big Jim et Carter rentrent la tête dans les épaules, au fond de l'abri antiatomique, lorsque l'hôtel de ville implose au-dessus d'eux. Les murs du poste de police s'effondrent vers l'intérieur, puis les débris sont recrachés vers le ciel. La statue de Lucien Calvert est arrachée de son socle, sur la place du Monument aux morts. Lucien s'élance dans les ténèbres de feu, son fusil toujours courageusement brandi. Sur la pelouse de la bibliothèque, l'épouvantail de Halloween au haut-de-forme rigolo et aux mains en petites pelles de jardinage s'élève dans un rideau de feu. Un grand bruit de souffle – on croirait l'aspirateur du bon Dieu – se fait entendre, tandis que l'incendie affamé d'oxygène aspire tout l'air pour remplir son unique et méphitique poumon. Les bâtiments qui s'alignent le long de Main Street explosent l'un après l'autre, dispersant leurs planches, leurs bardeaux et tout ce qu'ils contiennent comme des confettis pendant la parade du nouvel an : le cinéma abandonné, la pharmacie de Sanders, le grand magasin de Burpee, le Gas & Grocery, la librairie, la Maison des fleurs, le salon de coiffure. Au salon funéraire, les dernières additions à la liste des morts commencent à rôtir dans leurs casiers métalliques comme des poulets dans un four. Le feu achève sa course triomphante le long de Main Street en submergeant le Food City, puis il la poursuit vers le Dipper's, où ceux qui se trouvent encore dans le parking s'agrippent les uns aux autres et hurlent. Leur dernière vision sur terre sera celle d'un mur de feu de cent mètres de haut se précipitant avidement vers eux, tel Albion vers sa bien-aimée. Les flammes attaquent à présent les artères principales ; la couche de macadam, en fusion, devient une soupe bouillonnante. Il gagne en même temps Eastchester, se repaissant des maisons de yuppies et des quelques yuppies planqués dedans. Michela Burpee courra jusqu'à sa cave, mais il est déjà trop tard. La cuisine explose autour d'elle et la dernière chose qu'elle verra sur terre sera son réfrigérateur Amana en train de fondre.

Les soldats de garde à la hauteur de la ligne de démarcation Chester's Mill-Tarker's Mill – l'endroit le plus proche de la catastrophe – déguerpissent lorsque les flammes viennent battre, impuissantes, contre le Dôme, le maculant de noir. Les hommes sentent cependant la chaleur : elle s'élève de vingt degrés en quelques secondes et fait griller les feuilles des arbres les plus proches. L'un des soldats déclarera plus tard : « On avait l'impression de se trouver devant une boule de verre dans laquelle se produisait une explosion nucléaire. »

Les malheureux qui se font tout petits à l'intérieur du Dôme commencent à être bombardés par des oiseaux morts ou mortellement blessés ; des moineaux, des rouges-gorges, des grues, des corbeaux, des mouettes et même des oies s'écrasent contre ce Dôme qu'ils ont pourtant si vite appris à éviter. Depuis l'autre bout du champ de Dinsmore arrivent alors, dans une galopade frénétique, les chiens et les chats fuyant la ville. Ils ont été rejoints par des putois, des petits tamias, des porcs-épics. Des cerfs bondissent au milieu de cette troupe disparate qui compte également quelques orignaux à la course pataude et, bien entendu, les vaches de Dinsmore, les yeux fous, meuglant de détresse. Quand ils atteignent le Dôme, les animaux s'écrasent dessus. Les plus chanceux meurent sur le coup. Les malchanceux se retrouvent gisant sur une pelote à épingles d'os brisés, aboyant, miaulant et couinant à qui mieux mieux.

Ollie Dinsmore voit Dolly, la superbe brune de Suisse qui avait une fois remporté un ruban bleu 4-H (et baptisée ainsi par Shelley Dinsmore, qui trouvait qu'Ollie et Dolly, c'était trop mignon), galoper lourdement vers le Dôme, un braque de Weimar courant après elle en mordillant ses pattes déjà ensanglantées. Elle heurte l'obstacle et s'écrase elle aussi dans un bruit que le garçon ne peut pas entendre dans le rugissement de l'incendie qui approche... si ce n'est que, dans son esprit, il l'entend et, d'une certaine manière, voir le chien se jeter sur la pauvre Dolly et s'attaquer à son pis sans défense a quelque chose d'encore plus tragique que de trouver son père mort.

Voir mourir celle qui a été sa vache préférée arrache le garçon à sa paralysie. Il ignore s'il a la moindre chance de survivre en cette journée terrible, mais il pense soudain à deux choses qu'il se représente avec la plus extrême clarté. L'une est la bouteille à oxygène coiffée de la vieille casquette des Red Sox de son père. L'autre est le masque à oxygène de papi Tom pendu au crochet de la salle de bains. Et pendant qu'Ollie court vers la ferme où il a habité pendant toute sa courte vie – la ferme qui ne va pas tarder à disparaître –, il n'a qu'une seule pensée complètement cohérente : la cave où sont rangées les pommes de terre. Creusée sous la grange et s'enfonçant vers la colline située derrière, la cave sera peut-être un abri sûr.

Les expatriés se tiennent toujours en bordure du verger. Barbie n'a pas été capable de se faire entendre d'eux, encore moins de les faire bouger. Il faut cependant retourner à la ferme et aux véhicules. Et vite.

D'ici, ils ont une vue panoramique de toute la ville et Barbie est en mesure de juger de la progression du feu, tel un général qui pourrait estimer l'itinéraire le plus probable d'un envahisseur à partir de photos aériennes. L'incendie se déplace vers le sud-est et peut-être ne franchira-t-il pas la Prestile. Même asséchée, la rivière devrait pouvoir servir de pare-feu naturel. La violente bourrasque provoquée par l'explosion est aussi ce qui devrait empêcher l'embrasement de gagner la partie nord de la ville. Si le feu se propage jusqu'aux limites du Dôme côté Motton – soit le talon et la semelle de la botte –, les quartiers de Chester's Mill situés près du TR-90 et Harlow nord pourront être épargnés. Du moins par le feu. Mais ce n'est pas tellement le feu qui inquiète Barbie.

C'est ce vent qui l'inquiète.

Il le sent déjà, soufflant sur ses épaules et entre ses jambes écartées, suffisamment fort pour agiter ses vêtements et rabattre les cheveux de Julia sur sa figure. Le vent se précipite vers l'incendie pour l'alimenter, et Chester's Mill étant à présent un milieu presque parfaitement clos, il ne restera que bien peu d'air respirable pour remplacer celui qui aura été brûlé.

Julia se tourne vers lui avant qu'il l'attrape et lui montre quelque chose en contrebas : une silhouette humaine qui avance péniblement sur Black Ridge Road, tirant un engin à roues. À cette distance, Barbie ne saurait dire si c'est un homme ou une femme, mais c'est sans importance. Qui que ce soit, il mourra d'asphyxie bien avant d'avoir atteint les hautes terres.

Il prend Julia par la main et approche la bouche de son oreille. « Il faut partir d'ici. Attrapez Piper, et qu'elle attrape le suivant. Tout le monde...

— Et lui ? » crie-t-elle, désignant toujours la silhouette.

Celle-ci tire une sorte de chariot. Il est chargé de quelque chose qui doit être lourd, car la silhouette est penchée et n'avance que très lentement.

Barbie doit lui faire comprendre la situation d'urgence, car le temps leur est compté. « Laissez tomber. Nous retournons à la ferme. *Tout de suite*. On se prend par la main pour n'oublier personne. »

Elle essaie de se tourner et de le regarder, mais Barbie la maintient fermement. Il veut avoir son oreille – littéralement – parce qu'il faut qu'elle comprenne. « Si nous traînons, ce sera peut-être trop tard. Nous allons manquer d'air respirable. »

Sur la Route 117, Velma Winter, dans son pick-up Datsun, est en tête de la parade des véhicules en fuite. Elle est complètement obnubilée par le feu et la fumée qui remplissent son rétroviseur. Elle roule à plus de cent kilomètres à l'heure quand elle heurte le Dôme qu'elle a, dans sa panique, complètement oublié (rien qu'un oiseau de plus, en somme, variété terrestre). La collision a lieu à l'endroit qui a déjà été fatal à Billy et Wanda Debec, Nora Robichaud et Elsa Andrews, une semaine auparavant, tout de suite après la mise en place du Dôme. Le moteur du pick-up Datsun rebondit et coupe Velma en deux. La partie supérieure de son corps est projetée à travers le pare-brise, ses intestins traînant derrière elle comme des serpentins. Semblable à un insecte gras, elle s'écrabouille contre le Dôme. C'est le début d'un carambolage qui impliquera douze véhicules et fera de nombreux morts. La plupart seront d'abord seulement blessés, mais ils n'auront pas longtemps à souffrir.

Henrietta et Petra sentent la chaleur les envelopper. Comme les centaines de personnes qui se pressent contre le Dôme. Le vent ébouriffe leurs cheveux et soulève des vêtements qui ne vont pas tarder à s'enflammer.

« Prends-moi la main, mon chou », dit Henrietta. Et Petra lui prend la main.

Les deux femmes regardent le gros bus jaune décrire un large demi-cercle zigzagant. Il dérape à hauteur du fossé, manquant de peu d'écraser Richie Killian qui, après avoir fait un écart, saute habilement sur le véhicule, au passage. Il s'agrippe, soulève les pieds et s'accroupit sur le pare-chocs.

« J'espère qu'ils vont s'en sortir, dit Petra.
— Ça m'étonnerait. »

Certains des cerfs qui avaient précédé la boule de feu sont en flammes, à présent.

Henry s'est mis au volant du bus. Pamela, debout à côté de lui, s'accroche à un poteau chromé. Les passagers, une douzaine environ, sont les personnes déjà montées à bord parce qu'elle avaient des problèmes respiratoires. Parmi elles, on trouve Mabel Alston, Mary Lou Costas et son bébé toujours affublé de la casquette de baseball de Henry. Le redoutable Leo Lamoine a également pris place dans le bus, bien que son problème paraisse davantage psychologique que physique ; il gémit de terreur.

« Écrasez le champignon ! Foncez ! » crie Pamela. L'incendie les a presque atteints, il est à moins de cinq cents mètres devant eux et son rugissement ébranle le monde. « Foncez comme un forcené et ne vous arrêtez pas, quoi qu'il arrive ! »

Henry a conscience que c'est sans espoir, mais il sait aussi qu'il préfère cette solution plutôt que de rester recroquevillé contre le Dôme, alors il allume les phares et accélère. Pamela est déséquilibrée et atterrit sur les genoux de Chaz Bender, l'instituteur, qu'on a installé dans le bus quand il s'est mis à avoir des palpitations cardiaques. Chaz retient Pamela. Il y a des hurlements et des cris d'angoisse, mais c'est à peine si Henry les entend. Il sait qu'il va perdre la chaussée de vue, en dépit des phares – et alors ? Son boulot de flic lui a fait parcourir ce tronçon de route des milliers de fois.

Fait appel à la force, Luke, se dit-il – et cette idée réussit à le faire rire tandis qu'il fonce dans les ténèbres de feu, le pied toujours collé au plancher. Accroché à la porte arrière du bus, Richie Killian, soudain, ne peut plus respirer. Il a le temps de voir ses bras prendre feu. Un instant plus tard, la température à l'extérieur atteint quatre cent cinquante degrés et il est calciné sur son perchoir comme un débris de viande accroché à un gril surchauffé.

L'éclairage intérieur du bus est branché, jetant une lueur blême de restaurant nocturne à la Edward Hopper sur les visages terrifiés et dégoulinant de sueur des passagers ; mais le monde, à l'extérieur, est d'un noir de poix. Des tourbillons de cendre voltigent dans les rayons radicalement réduits des phares. Henry conduit de mémoire, se demandant quand les pneus vont exploser sous eux. Il rit toujours, bien qu'il ne puisse s'entendre dans le hurlement suraigu de chat ébouillanté produit par le moteur du 19. Il est toujours sur la route ; c'est au moins ça. Dans combien de temps auront-ils franchi le mur de feu ? Est-il seulement possible qu'ils le franchissent ? Il commence à se dire que oui. Seigneur, de quelle épaisseur peut-il être ?

« On va y arriver ! hurle Pamela, on va y arriver ! »
Peut-être bien, pense Henry. *J'y arriverai peut-être.* Mais, Seigneur, cette chaleur ! Il tend la main vers le bouton de la clim avec l'intention de le tourner sur MAX, et c'est à cet instant que les vitres implosent et que le feu envahit le bus. Henry pense : *Oh, non ! Non ! Alors qu'on y était presque !*

Mais lorsque le bus calciné surgit de la fumée, il ne voit rien devant lui, sinon un paysage de désolation où domine le noir. Les arbres ne sont plus que des chicots rougeoyants et la chaussée est devenue un fossé où crèvent des bulles de goudron. C'est alors qu'une masse de feu, arrivant par-derrière, retombe sur eux, et Henry Morrison n'a plus conscience de rien. Le 19 dérape sur ce qui reste de la route et se retourne, des flammes jaillissant de toutes les fenêtres brisées. À l'arrière, on peut encore lire quelques instants, avant qu'il ne devienne tout noir, le message habituel : RALENTISSEZ ! NOUS AIMONS NOS ENFANTS !

Ollie Dinsmore court jusqu'à la grange. Le masque de papi Tom autour du cou et portant deux bouteilles d'oxygène (il a repéré la seconde dans le garage, au passage), faisant appel à des forces qu'il ne se connaissait pas, il fonce vers l'escalier qui doit le conduire dans la cave aux pommes de terre. Un bruit rauque lui parvient : le toit prend feu. Côté ouest de la grange, les citrouilles commencent aussi à brûler, dégageant une odeur riche, douceâtre, écœurante – Thanksgiving en enfer.

L'incendie se dirige vers le côté sud du Dôme et court sur les dernières centaines de mètres ; une explosion signale la disparition des étables de la ferme Dinsmore. Henrietta Clavard regarde le feu qui se rapproche et pense : *Eh bien, je suis vieille. J'ai vécu ma vie. Cette pauvre fille ne peut même pas en dire autant.*

« Tourne-toi, ma chérie, dit-elle à Petra, et cache-toi la figure contre moi. »

Petra Searles lève un visage strié de larmes vers Henrietta. « Ça va faire mal ?

— Seulement une seconde, ma chérie. Ferme les yeux. Quand tu les rouvriras, tu seras en train de te baigner les pieds dans une eau bien fraîche. »

Petra profère ses dernières paroles. « C'est tentant. »

Elle ferme les yeux. Henrietta aussi. Le feu les prend. Et en une seconde, elles n'existent plus.

Cox est resté tout près, de l'autre côté du Dôme, et les caméras de télévision continuent à tourner à bonne distance, depuis l'emplacement du marché aux puces. En Amérique, fasciné, en état de choc, tout le monde regarde. Les commentateurs ont été réduits au silence et la seule bande-son est celle de l'incendie, qui a plein de choses à raconter.

Encore un instant, Cox arrive à distinguer le long serpent humain collé au Dôme, même si ceux qui le composent sont réduits à des silhouettes se détachant sur le feu. La plupart d'entre eux – comme les expatriés de Black Ridge qui ont enfin pris la direction de la ferme – se tiennent par la main. Puis les flammes viennent lécher le Dôme et ils disparaissent. Comme pour compenser leur anéantissement, le Dôme lui-même devient visible : un grand mur calciné fuyant vers le ciel. Il retient l'essentiel de la chaleur, mais il en laisse suffisamment passer pour que le colonel fasse demi-tour et s'élance au pas de course, tout en arrachant les lambeaux de sa chemise en feu.

L'incendie s'est propagé le long de la diagonale qu'avait prévue Barbie, traversant Chester's Mill selon une ligne nord-ouest-sud-ouest. Quand il s'éteindra, il le fera avec une étonnante rapidité. Il a brûlé de l'oxygène et laisse derrière lui du méthane, du formaldéhyde, de l'acide hydrochlorique, du gaz carbonique, du monoxyde de carbone et des gaz à l'état de traces tout aussi nocifs. Également, des nuages de particules solides : maisons, arbres – et bien entendu aussi être humains – vaporisés.

Du poison.

22

Ce furent vingt-huit exilés et deux chiens qui partirent en convoi jusqu'au point où le Dôme touchait le TR-90, territoire connu des anciens comme le Canton. Ils s'étaient entassés dans trois vans, deux voitures et l'ambulance. Le temps d'arriver, la journée s'était assombrie et ils avaient de plus en plus de mal à respirer.

Barbie enfonça le frein, sur la Prius de Julia, et courut jusqu'au Dôme ; de l'autre côté, un lieutenant-colonel, la mine inquiète, et une douzaine de soldats s'avancèrent à sa rencontre. La distance était courte, mais le temps pour Barbie d'atteindre la bande rouge peinte à la bombe sur le Dôme, il était hors d'haleine. Le bon air disparaissait comme de l'eau dans un évier.

« Les ventilateurs ! dit-il en haletant à l'officier. Branchez les ventilateurs ! »

Claire et Joe McClatchey descendirent du van de Burpee vacillant sur place, cherchant leur respiration. Le van d'AT&T arriva ensuite. Ernie Calvert en sortit, fit deux pas et tomba à genoux. Norrie et sa mère essayèrent de l'aider à se relever. Toutes les deux pleuraient.

« Qu'est-ce qui s'est passé, colonel Barbie ? » lui demanda le lieutenant-colonel. D'après l'étiquette cousue à son treillis, il s'appelait STRINGFELLOW. « Au rapport.

— *Faites chier avec votre rapport !* » lui cria Rommie. Il tenait dans ses bras un enfant à demi inconscient – Aidan Appleton. Thurston Marshall titubait derrière lui, un bras passé par-dessus les épaules d'Alice ; le débardeur à paillettes de la fillette lui collait à la peau et portait des traces de vomi sur le devant. « *Faites chier avec votre rapport, branchez ces putains de ventilos, c'est tout !* »

Stringfellow donna l'ordre et les réfugiés s'agenouillèrent, mains appuyées au Dôme, aspirant goulûment la brise d'air propre à peine perceptible que les énormes ventilateurs arrivaient à pousser à travers la barrière.

Derrière eux, l'incendie faisait encore rage.

SURVIVANTS

1

Seuls trois cent quatre-vingt-dix-sept des plus de deux mille habitants de Chester's Mill ont survécu à l'incendie, pour la plupart dans le secteur nord-est de la ville. À la tombée de la nuit, au moment où l'obscurité sera devenue totale à l'intérieur du Dôme, on n'en comptera plus que cent six.

Et lorsque le soleil se lèvera le samedi matin, brillant faiblement à travers la seule partie du Dôme qui ne soit pas couverte de suie, la population de Chester's Mill sera réduite à trente-deux habitants.

2

Ollie fit claquer la porte de la cave derrière lui avant de foncer dans l'escalier. Il appuya aussi au passage sur l'interrupteur, sans savoir si la lumière fonctionnerait ou non. Elle marchait. Tout en dégringolant les marches de la cave (à la température encore fraîche, mais pas pour longtemps ; il sentait déjà la chaleur le pousser dans le dos), Ollie se rappela le jour, quatre ans auparavant, où les types d'Ives Electric, entreprise de Castle Rock, étaient venus installer le nouveau générateur Honda dans la grange.

« Y a intérêt à ce que ce fils de pute qui m'a coûté la peau des fesses marche bien, avait déclaré Alden en mâchouillant une tige d'herbe. Vu qu'j'me suis endetté jusqu'au cou pour lui. »

Il avait très bien marché. Il marchait encore bien, mais Ollie savait que cela ne durerait pas. L'incendie allait le dévorer comme il avait dévoré tout le reste. S'il lui restait encore une minute d'électricité, il serait le premier surpris.

Je ne serai peut-être même pas vivant dans une minute.

Au milieu du sol en béton encrassé se dressait le calibreur à pommes de terre – machine qui avait l'air d'un antique instrument de torture avec ses courroies, ses chaînes et ses engrenages. Derrière, s'élevait une imposante pile de patates. La saison avait été bonne et les Dinsmore avaient terminé leur récolte trois jours avant l'arrivée du Dôme. En temps normal, Alden Dinsmore et ses fils auraient procédé au calibrage pendant tout le mois de novembre avant d'aller vendre leur stock à la coopérative agricole de Castle Rock et à divers stands de bord de route à Motton, Harlow et Tarker's Mill. Elles ne rapporteraient pas un sou, cette année. Mais Ollie pensait qu'elles pouvaient peut-être lui sauver la vie.

Il courut jusqu'à la pile ; là, il prit le temps d'examiner les deux bouteilles d'oxygène. D'après les cadrans, la première était à moitié vide ; en revanche, l'aiguille de celle prise dans le garage était entièrement dans le vert. Il laissa tomber celle à moitié vide sur le béton et brancha le masque sur l'autre. Geste qu'il avait souvent fait, quand papi Tom était encore vivant ; ce fut l'affaire de quelques secondes.

À l'instant même où il se passait le masque autour du cou, les lumière s'éteignirent.

L'air devenait plus chaud. Il se mit à genoux et commença à s'enfouir sous la fraîche pesanteur des pommes de terre, poussant des pieds, protégeant la longue bouteille d'oxygène de son corps et la tirant à lui avec une seule main. Avec l'autre, il faisait des gestes maladroits rappelant ceux de la natation.

Il y eut une avalanche de pommes de terre derrière lui et il dut lutter contre une envie panique de ressortir. C'était comme être enterré vivant, et d'avoir conscience que c'était ça ou une mort assurée ne l'aidait pas beaucoup. Il haletait, toussait et avait l'impression de respirer autant de poussière de patate que d'air. Il enfila le masque à oxygène et… rien.

Il tâtonna pour trouver la valve de la bouteille pendant un temps fou ; son cœur cognait contre sa cage thoracique, tel un animal captif. Des fleurs rouges commencèrent à se déployer dans l'obscurité, derrière ses yeux. Le poids des légumes froids l'écrasait. Il avait été cinglé de faire ça, aussi cinglé que Rory quand il avait tiré un coup de fusil sur le Dôme, et il allait payer l'addition. Il allait mourir.

Puis ses doigts trouvèrent finalement le petit robinet. Il refusa tout d'abord de bouger – et Ollie se rendit compte qu'il le tournait dans le mauvais sens. Il se reprit et une bouffée d'air frais et bienfaisant envahit le masque.

Ollie resta sous les pommes de terre, la respiration haletante. Il tressaillit légèrement lorsque l'incendie fit sauter la porte, en haut des marches. Un instant, il vit le berceau crasseux dans lequel il gisait. Il faisait de plus en plus chaud, et il se demanda si la bouteille à demi vide qu'il avait abandonnée n'allait pas exploser. Il se demanda aussi combien de temps supplémentaire allait lui procurer la pleine, et si le jeu en valait la chandelle.

Mais ça, c'était sa tête. Son corps n'avait qu'un impératif, vivre. Le garçon se remit à ramper un peu plus loin sous la pile de pommes de terre, tirant la bouteille avec lui, réajustant le masque chaque fois qu'il se déplaçait.

3

Si les preneurs de paris de Las Vegas avaient dû estimer les chances de survie de habitants de Chester's Mill lors de la catastrophe de la Journée des Visiteurs, ils auraient joué celles de Sam Verdreaux à mille contre un. Mais on a vu réussir des coups encore plus improbables – raison pour laquelle les joueurs reviennent invariablement aux tables –, et Sam était la silhouette que Julia avait repérée, celle qui remontait péniblement Black Ridge Road, juste avant que le groupe des expatriés ne reparte vers la ferme et les véhicules.

Sam le Poivrot, le *Heat Man* en Boîte[1], était en vie pour la même raison qu'Ollie : il avait de l'oxygène.

Quatre ans auparavant, il avait été voir le Dr Haskell (le Sorcier – vous vous rappelez ?). Sam ayant

---

1. Jeu de mots sur « Heat Man » (l'homme brûlant), groupe de rock.

expliqué qu'il avait tout le temps l'impression d'être hors d'haleine depuis quelque temps, le Dr Haskell avait écouté la respiration sibilante du vieil ivrogne et lui avait demandé ce qu'il fumait.

« Eh bien, avait répondu Sam, dans les quatre paquets par jour quand j'étais dans les bois, mais maintenant que je touche l'aide sociale pour invalidité, j'ai un peu diminué. »

Le Dr Haskell avait voulu avoir ce que cela signifiait en termes de consommation réelle. Sam l'avait évaluée à environ deux paquets par jour. « Des American Eagles. Avant, je fumais des Chesterfades, mais il n'y en a plus qu'avec filtre, expliqua-t-il. Et elles sont chères. Les Eagles coûtent moins et on peut enlever le filtre. Rien de plus facile. » Sur quoi, il s'était mis à tousser.

Le Dr Haskell ne lui trouva pas de cancer du poumon (il en fut surpris), mais la radio paraissait indiquer un sacré beau cas d'emphysème et il dit à Sam qu'il allait probablement avoir besoin d'oxygène jusqu'à la fin de sa vie. Diagnostic erroné, mais faut pas trop en vouloir au toubib. Comme disent les médecins, quand on entend un bruit de sabots, on ne pense pas forcément à un zèbre. Sans compter que les gens ont tendance à voir ce qu'ils cherchent, non ? Et même si le Dr Haskell est mort en quelque sorte en héros, personne, y compris Rusty Everett, ne l'a jamais pris pour Gregory House – vous savez, le toubib de la série télé. En réalité, Sam souffrait d'une bonne bronchite, et celle-ci guérit peu de temps après le diagnostic du Sorcier.

Mais voilà, Sam avait entre-temps fait le nécessaire pour recevoir sa bouteille d'oxygène chaque semaine.

Elle lui était livrée par Castles in the Air (société basée à Castle Rock, évidemment), service qu'il n'avait jamais annulé. Et pourquoi l'aurait-il fait ? Comme son traitement pour l'hypertension, l'oxygène était aux frais de ce qu'il appelait LA MÉDICALE. Sam ne comprenait pas très bien le fonctionnement de LA MÉDICALE, mais comprenait parfaitement que l'oxygène ne lui coûtait rien ; et il avait découvert que rien ne le remettait autant en forme que de s'envoyer un peu d'oxygène pur.

Cependant, il se passait parfois des semaines avant que l'idée lui vienne d'aller rendre visite à l'espèce de cabanon minable qu'il appelait « le bar à oxy ». Puis, lorsque les types de Castles in the Air venaient récupérer les bouteilles vides (mais la ponctualité n'était pas leur fort), Sam allait à son bar à oxy, ouvrait les valves, vidait les bouteilles, les empilait dans l'ancien petit chariot rouge de son fils et tirait le jouet jusqu'au camion bleu décoré de bulles d'air.

S'il avait encore habité du côté de Little Bitch Road, site de l'ancienne maison des Verdreaux, il aurait grillé vif (comme ce fut le cas pour Marta Edmunds) dans les minutes ayant suivi l'explosion initiale. Mais ce domicile et le terrain boisé qui l'entourait avaient fait l'objet d'une saisie par le fisc, les impôts n'ayant pas été payés depuis longtemps (et avaient été rachetés en 2008 par l'une des sociétés-écrans de Jim Rennie… à un prix dérisoire). La petite sœur de Sam possédait toutefois un bout de terrain du côté de God Creek et c'était là qu'il résidait le jour où le monde avait explosé. La baraque ne valait pas grand-chose et il devait aller faire ses petites affaires dans une cabane, à l'extérieur (la seule eau courante était celle fournie par la pompe à main, dans la cuisine), mais là, au moins, les impôts étaient payés – p'tite sœur y veillait – et il avait LA MÉDICALE.

Sam n'était pas fier du rôle qu'il avait joué dans le déclenchement de l'émeute, au Food City. Il avait descendu force bières et petits verres en compagnie du père de Georgia Roux, au cours des années, et il se sentait mal d'avoir lancé un caillou à la tête de sa fille. Il n'arrêtait pas de penser au bruit qu'avait fait le morceau de quartz en l'atteignant en plein visage, de revoir sa mâchoire pendante qui lui donnait l'air d'un mannequin de ventriloque à la bouche démantibulée. Il aurait pu la tuer, Jésus lui pardonne. C'était probablement un miracle que ce ne soit pas arrivé…. même si elle n'avait pas survécu longtemps. Puis une idée encore plus triste lui était venue à l'esprit : s'il l'avait laissée tranquille, elle n'aurait pas été à l'hôpital. Et si elle n'avait pas été à l'hôpital, elle serait probablement encore en vie.

Vu comme ça, on pouvait dire qu'il l'avait tuée.

L'explosion de la station de radio l'avait brutalement tiré d'un sommeil aviné. Il s'était retrouvé assis, tout droit dans son lit, agrippant sa poitrine et regardant autour de lui, l'œil fou. La fenêtre, au-dessus de son lit, n'avait plus un seul carreau. En fait, toutes les fenêtres de la baraque avaient été soufflées et la porte, sur la façade donnant à l'ouest, arrachée de ses gonds.

Il s'était avancé dessus et était resté pétrifié au milieu de sa courette envahie d'herbe et jonchée de vieux pneus, tourné vers l'ouest, où le monde paraissait avoir pris feu.

4

Dans l'abri antiatomique, sous l'emplacement où s'élevait une heure auparavant l'hôtel de ville, le générateur – de petite taille, ancien et à présent la seule chose qui se tenait entre ses occupants et le grand au-delà – tournait comme une horloge. Les ampoules sur batterie diffusaient une lumière jaunâtre depuis les angles de la pièce centrale. Carter était assis dans le seul fauteuil, Big Jim occupant la plus grande partie d'un antique canapé à deux places, où il mangeait des sardines en boîte, les prenant l'une après l'autre avec les doigts pour les disposer sur un cracker.

Les deux hommes avaient peu de choses à se dire ; la petite télé portative que Carter avait trouvée sous une couche de poussière, dans la réserve, captait toute leur attention. Elle ne recevait qu'une station – WMTW de Portland Spring –, mais cela suffisait. C'était même trop, en fait ; ils avaient du mal à saisir l'étendue du désastre. L'agglomération avait été détruite. Les photos par satellite montraient que les bois entourant Chester Pond avaient été réduits à des scories et que la foule de la Journée des Visiteurs, sur la 119, n'était plus que de la poussière en train de retomber dans le vent. Le Dôme était devenu visible jusqu'à une hauteur de sept mille cinq cents mètres : un mur de prison noir de suie, sans fin, entourait une ville à présent calcinée à soixante-dix pour cent.

Peu de temps après l'explosion, la température de l'abri avait nettement augmenté. Big Jim avait dit à Carter de brancher la climatisation.

« Vous croyez que le générateur va tenir ? avait demandé Carter.

— Qu'il tienne ou pas, on va cuire, de toute façon, avait répondu Big Jim d'un ton irrité. Alors, qu'est-ce que ça change ? »

Ne me parle pas comme ça, pensa Carter. *Ne me parle pas comme ça alors que c'est à cause de toi que tout cela est arrivé. Que c'est toi le responsable.*

Il s'était mis à chercher l'appareil et, ce faisant, une autre idée lui avait traversé l'esprit : ces sardines puaient l'enfer. Il se demanda comment réagirait son patron s'il lui disait que le truc qu'il bouffait puait la vieille chatte pourrie.

Mais Big Jim l'avait appelé fiston comme s'il y croyait, et Carter garda sa réflexion pour lui. Et lorsqu'il avait branché la clim, l'appareil avait tout de suite démarré. Le ronflement du générateur avait été un peu plus grave, cependant, comme s'il venait de prendre un poids supplémentaire sur les épaules. Ce qui restait de gaz brûlerait d'autant plus vite.

Ça fait rien, il a raison, faut la faire tourner, se dit Carter en regardant les scènes de dévastation qui revenaient impitoyablement à l'écran. La majorité des images provenaient de satellites ou d'avions de reconnaissance volant à très haute altitude. À des niveaux inférieurs, le Dôme était devenu pour l'essentiel opaque.

Mais pas, comme le découvrit Big Jim, à la pointe nord-est du territoire communal. Vers quinze heures, la retransmission passa brusquement dans ce secteur ; les images provenaient d'un emplacement situé juste derrière un avant-poste de l'armée installé dans les bois.

« Ici Jack Tapper, sur le secteur du TR-90, territoire

sans rattachement administratif situé juste au nord de Chester's Mill. Nous n'avons pas été autorisés à nous approcher davantage, mais, comme vous le voyez, il y a des survivants. Je répète, il y a des survivants.

— Il y en a aussi ici, abruti, gronda Carter entre ses dents.

— La ferme », dit Big Jim. Le sang montait à ses bajoues et gonflait les veines de son front. Il avait les yeux exorbités, les poings serrés. « C'est Barbara. C'est ce fils-de-machin de Dale Barbara ! »

Carter aussi le reconnut, au milieu des autres. L'image était prise avec un très gros téléobjectif et tremblait un peu – comme lorsqu'on voit à travers une brume de chaleur – mais elle était suffisamment claire. Barbara. La femme pasteur à la grande gueule. Le toubib hippie. Une bande de gosses. La femme Everett.

Cette salope m'a complètement roulé dans la farine, pensa-t-il. *Elle mentait, et toi, crétin de Carter, tu l'as crue !*

« Le grondement que vous entendez n'est pas produit par des hélicoptères, continuait Jack Tapper. Si on pouvait avoir un zoom arrière... »

La caméra zooma aussitôt, révélant un alignement de ventilateurs énormes montés sur remorques et branchés chacun à son générateur. La vue d'autant d'énergie gaspillée à seulement quelques kilomètres rendit Carter malade d'envie.

« Vous pouvez le constater par vous-mêmes, maintenant. Non pas des hélicoptères, mais des ventilateurs industriels. À présent... si nous pouvions retourner sur les survivants... »

La caméra obéit docilement. Ils étaient agenouillés ou assis près du Dôme, directement en face des ventilateurs. Carter voyait leurs cheveux agités par la brise. Ils n'ondulaient pas vraiment, mais ils bougeaient, aucun doute. Comme des algues dans un faible courant.

« Julia Shumway ! s'émerveilla Big Jim. J'aurais dû tuer cette rime-avec-galope quand j'en ai eu l'occasion. »

Carter ne fit pas attention. Il avait les yeux rivés à la télé.

« La puissance combinée de quatre douzaines de ventilateurs devrait suffire à renverser ces gens, Charlie, continuait Jack Tapper. Mais d'ici, on dirait qu'ils ont juste assez d'air pour survivre dans une atmosphère qui est devenue une soupe empoisonnée de méthane, de dioxyde de carbone et de Dieu seul sait quoi encore. D'après les experts, les réserves en oxygène déjà limitées de Chester's Mill ont été presque entièrement dévorées par l'incendie. L'un d'eux, le professeur de chimie Donald Irving, de Princeton, m'a dit par téléphone que la composition de l'air à l'intérieur du Dôme pourrait être maintenant assez proche de l'atmosphère de Vénus. »

L'image changea et on vit un Charlie Gibson à la mine soucieuse, installé bien au chaud dans son studio de New York (*il a de la chance, le salaud*, pensa Carter). « Des informations sur ce qui a pu provoquer cet incendie ? »

Retour à Jack Tapper... et aux survivants, dans leur petite capsule d'air respirable. « Non, rien de neuf, Charlie. Il y a eu une forte explosion, on est sûr au moins de cela, mais les militaires sont restés bouche cousue et nous n'avons rien de Chester's Mill. Certaines des personnes que vous voyez à l'écran ont des téléphones portables, mais si elles communiquent avec l'extérieur, c'est seulement avec le colonel James Cox, qui est arrivé ici il y a environ quarante-cinq minutes et s'est aussitôt entretenu avec les survivants. Pendant que les caméras retransmettent cette scène dramatique, d'une distance, il faut le reconnaître, un peu trop grande à notre goût, permettez-moi de donner aux téléspectateurs américains et partout dans le monde, émus par ce qui se passe, les noms des personnes du Dôme qui ont été identifiées avec certitude. Il me semble que vous avez la photo de certaines d'entre elles et vous pourrez les passer à l'écran pendant que je les énumérerai. Je crois que ma liste est alphabétique, vous ne m'en voudrez pas dans le cas contraire.

— Bien sûr que non, Jake. Et c'est exact, nous avons des photos. N'allez pas trop vite, c'est tout.

— Colonel Dale Barbara, ex-lieutenant Barbara, armée des États-Unis. » Une photo de Barbie en tenue de camouflage apparut à l'écran. Il avait un bras passé autour des épaules d'un garçon irakien souriant. « Ancien combattant décoré, et plus récemment aide-cuisinier dans le restaurant de Chester's Mill. Angelina Buffalino... avons-nous une photo d'elle ?... Non ?... D'accord. Romeo Burpee, propriétaire du grand magasin local. » Il y eut une photo de Rommie. Il se tenait avec sa femme devant un barbecue, dans le jardin d'une maison, et portait un T-shirt sur lequel on lisait EMBRASSEZ-MOI, JE SUIS FRANÇAIS. « Ernest Calvert, sa fille Joan et la fille de Joan, Eleanor Calvert. » La photo, cette fois, semblait avoir été prise lors d'une réunion de famille ; il y avait des Calvert partout. Norrie, renfrognée mais ravissante, tenait son skate sous le bras. « Alva Drake… et son fils, Benjamin Drake. »

« Coupe-moi ça, grogna Big Jim.

— Au moins, ils sont à l'air libre, observa Carter d'un ton lugubre. Pas coincés au fond d'un trou. Je me sens comme cet enfoiré de Saddam Hussein quand il se planquait. »

Jack Tapper continuait son énumération : « Eric Everett, sa femme Linda et leurs deux filles…

— Encore une famille ! » intervint Charlie Gibson d'un ton approbateur digne d'un mormon.

C'en était trop pour Big Jim ; il se leva et coupa lui-même la télé, d'une torsion brutale du poignet. Il tenait toujours la boîte de sardines à la main et le mouvement lui fit renverser un peu d'huile sur son pantalon.

Tu pourras jamais t'en débarrasser, pensa Carter sans le dire.

Je regardais l'émission, pensa aussi Carter sans le dire.

« La fichue journaliste… », marmonna un Big Jim morose en se rasseyant. Les coussins poussèrent un soupir de protestation lorsqu'il les écrasa de tout son poids. « Elle a toujours été contre moi. Elle n'en a pas raté une, Carter. Attrape-moi une autre boîte de sardines, tu veux ? »

Va l'attraper toi-même, pensa Carter. Il se leva et alla chercher une boîte de sardines.

Au lieu de commenter l'association olfactive qu'il avait faite entre les sardines et les organes sexuels d'une femme décédée, il posa une question qui paraissait logique :

« Qu'est-ce qu'on va faire, patron ? »

Big Jim détacha la clef collée au fond de la boîte, engagea la languette dans la fente de la clef et déroula le couvercle, faisant apparaître un nouvel escadron compact de poissons morts. Ils brillaient, huileux, dans les lumières de secours. « Attendre que l'air s'améliore, et puis monter pour ramasser les morceaux, fiston. » Il poussa un soupir, disposa une sardine sur un cracker Saltine et engloutit le tout. « C'est ce que font toujours les gens comme nous. Les gens responsables. Ceux qui tirent la charrue.

— Et si l'air ne s'améliore pas ? D'après la télé...
— Oh, mon Dieu, le ciel nous tombe sur la tête, le ciel nous tombe sur la tête ! » s'écria Big Jim d'une étrange (et étrangement inquiétante) voix de fausset. « Ça fait des années qu'ils nous le serinent, non ? Les scientifiques et les socialistes au cœur saignant. La Troisième Guerre mondiale ! Les réacteurs nucléaires qui se mettent à fondre et s'enfoncent jusqu'au centre de la Terre ! Le grand bug informatique de l'an 2000 ! Les glaces qui fondent aux pôles ! Des super-ouragans ! Le réchauffement global ! Toute cette bande de trouillards athées qui n'ont pas confiance en la volonté d'un Dieu aimant et miséricordieux ! Qui refusent même de croire qu'il *existe* une réalité comme un Dieu aimant et miséricordieux ! »

Big Jim pointa un doigt graisseux mais marmoréen en direction de son factotum.

« Contrairement à ce que craignent ces humanistes impies, le ciel ne va pas nous tomber dessus. Ils ne peuvent pas s'empêcher d'être morts de frousse, fiston – *le coupable s'enfuit quand bien même personne ne le poursuit*, tu sais, le Lévitique – mais cela ne change rien à la vérité de Dieu : *ceux qui croient en Lui ne se fatigueront pas mais s'élèveront avec des ailes comme des aigles* – Isaïe. C'est rien que du smog un peu épais, là-dehors. Ça va juste prendre un certain temps pour se dissiper. »

Mais deux heures plus tard, à quatre heures passées de quelques minutes en ce vendredi après-midi, un couinement aigu – genre *kip-kip-kip* – monta du recoin où était installée la machinerie de l'abri antiatomique.

« Qu'est-ce que c'est ? » demanda Carter.

Big Jim, vautré sur le sofa, les yeux presque fermés (et les joues luisantes d'huile de sardines), se redressa et tendit l'oreille. « Le purificateur d'air, dit-il. Un truc comme le gros Ionic Breeze. J'en ai un dans le showroom, au magasin. Un bon gadget. Non seulement il envoie un air frais et agréable, mais il annule les chocs d'électricité statique quand le temps vire au...

— Si l'air de la ville s'améliore, pourquoi le purificateur s'est mis en marche ?

— Et si tu montais là-haut, Carter ? Tu n'as qu'à juste entrouvrir la porte et jeter un coup d'œil. Si cela doit te rassurer. »

Carter ignorait si cela le rassurerait ou non, mais il savait que se contenter de rester assis à attendre le rendait nerveux. Il monta l'escalier.

Dès qu'il fut parti, Big Jim se leva et s'approcha des tiroirs installés entre la cuisinière et le petit frigo. Pour un homme aussi corpulent, il se déplaçait avec une rapidité et un silence étonnants. Il trouva ce qu'il cherchait dans le troisième tiroir. Il jeta un coup d'œil par-dessus son épaule pour vérifier qu'il était toujours seul, puis se servit.

Sur la porte, en haut des marches, Carter se trouva nez à nez avec un panneau au sens quelque peu menaçant :

ATTENTION ! ! !

AVEZ-VOUS PENSÉ À VÉRIFIER LE NIVEAU DES RADIATIONS ?

Carter réfléchit. Et la conclusion à laquelle il arriva fut que Big Jim ne lui racontait sans doute que des conneries sur l'atmosphère qui s'améliorait toute seule. Tous ces gens alignés devant les ventilateurs prouvaient que l'échange d'air entre Chester's Mill et le monde extérieur était pratiquement nul.

Cependant, ça ne lui coûtait rien d'aller voir.

Au début, la porte refusa de s'ouvrir. La panique, déclenchée par une sombre angoisse d'être enterré vivant, le fit pousser plus fort. Cette fois-ci, elle bougea légèrement. Il y eut un bruit de briques qui tombent, de morceaux de bois qui raclent. Il aurait peut-être pu l'entrouvrir davantage, mais il n'avait aucune raison de le faire. L'air qui passait par les trois centimètres de l'ouverture n'était pas du tout de l'air, mais un truc qui sentait comme l'intérieur d'un pot d'échappement quand le moteur tourne. Il n'avait pas besoin d'appareils de mesure sophistiqués pour comprendre qu'au bout de deux ou trois minutes hors de l'abri, il serait mort.

La question était de savoir ce qu'il allait dire à Rennie.

Rien, lui suggéra la voix froide du survivant, au fond de lui. *Si je lui annonce un truc pareil, il va devenir encore pire. Les choses vont devenir encore plus dures*.

Mais qu'est-ce que *cela* voulait dire, exactement ? Quelle importance, s'ils devaient mourir dans l'abri quand le générateur serait à court de carburant ? S'ils en étaient là, plus rien ne comptait, non ?

Il redescendit l'escalier. Big Jim était assis sur le canapé. « Alors ?

— C'est pas fameux, dit Carter.

— Mais c'est respirable, non ?

— Ouais, plus ou moins. Mais ça vous rendrait salement malade. Il vaut mieux attendre, patron.

— Bien sûr, qu'il vaut mieux attendre », répondit Big Jim comme si Carter avait suggéré le contraire. Comme si Carter était le plus grand crétin de l'univers. « Mais on s'en sortira, c'est ça qui compte. Dieu prendra soin de nous. Il le fait toujours. En attendant, nous avons du bon air ici, nous n'avons pas trop chaud et il y a largement de quoi manger. Si tu allais voir ce que tu trouves dans le genre sucré, fiston ? J'ai un petit creux. »

Je ne suis pas ton fils. Ton fils est mort, pensa Carter... mais toujours sans le dire. Il alla dans la réserve pour voir s'il n'y avait pas des barres chocolatées sur les étagères.

5

Ce soir-là, vers dix heures, Barbie sombra dans un sommeil agité, Julia tout contre lui. Junior Rennie faisait des apparitions dans ses rêves : Junior devant la cellule du poste de police. Junior avec son pistolet. Et, cette fois-ci, c'était sans issue car l'air s'était transformé en poison, à l'extérieur, et tout le monde était mort.

Ces rêves finirent par s'estomper et il dormit plus profondément, la tête – comme celle de Julia – tournée vers le Dôme et le peu d'air frais qui s'infiltrait par là. Juste de quoi les maintenir en vie, pas assez pour se sentir bien.

Un bruit le réveilla vers deux heures du matin. Il regarda à travers le Dôme encrassé et vit les lumières sourdes du camp militaire, de l'autre côté. Puis le bruit se reproduisit. Une toux contenue, mais rauque et désespérée.

Quelqu'un alluma une lampe sur sa droite. Barbie se dégagea aussi délicatement qu'il le put pour ne pas réveiller Julia et se dirigea vers la lumière, enjambant ceux qui dormaient allongés dans l'herbe. La plupart n'avaient gardé que leurs sous-vêtements. Les sentinelles, à dix mètres d'eux, étaient emmitouflées dans des duffle-coats et portaient des gants : mais ici, il faisait plus chaud que jamais.

Rusty et Ginny étaient agenouillés à côté d'Ernie Calvert. Rusty avait un stéthoscope autour du cou et tenait un masque à oxygène à la main. Le masque était relié à une petite bouteille marquée **CRH AMBULANCE NE PAS RETIRER TOUJOURS REMPLACER**. Norrie et sa mère observaient la scène, l'air anxieux, se tenant par les épaules.

« Désolée qu'il vous ait réveillés, dit Ginny. Il est souffrant.

— À quel point, souffrant ? » demanda Barbie.

Rusty secoua la tête. « Je ne sais pas. Ça ressemble à une bronchite ou à un sérieux coup de froid, mais évidemment, ce n'est pas ça. C'est l'air vicié. Je lui ai donné un peu d'oxygène de l'ambulance, et ça l'a aidé un moment, mais... » Il haussa les épaules. « Et je n'aime pas son rythme cardiaque. Il y a eu toute cette pression, sans compter qu'il n'est plus tout jeune.

— Vous n'avez plus d'oxygène ? demanda Barbie avec un geste pour la bouteille rouge – qui avait l'aspect de ces extincteurs familiaux qu'on accroche dans un placard et qu'on oublie de faire recharger. C'est ça ? »

Thurston Marshall vint les rejoindre. Dans le faisceau lumineux de la torche, il avait l'air fermé, la mine fatiguée. « Non, il nous en reste une, mais nous sommes tombés d'accord, Rusty, Ginny et moi, pour la garder pour les enfants. Aidan a commencé à tousser, lui aussi. Je l'ai placé aussi près du Dôme, et donc des ventilateurs, que j'ai pu, mais il continue à mal respirer. Nous commencerons à donner des bouffées d'oxygène aux quatre petits quand ils se réveilleront, en le rationnant le plus possible. Si les militaires amenaient d'autres ventilateurs, peut-être...

— Même avec tous les ventilateurs que vous vous voudrez, intervint Ginny, il ne passera pas davantage d'air. Et même collés au Dôme, c'est cette merde que nous respirons. Et ceux que cela rend malades sont exactement ceux pour qui il fallait s'y attendre.

— Les plus âgés et les plus jeunes, dit Barbie.

— Retournez vous coucher, Barbie, conseilla Rusty. Il faut économiser vos forces. Vous ne pouvez rien faire de plus.

— Et vous, vous pouvez faire quelque chose ?

— Peut-être. Nous avons aussi un décongestionnant nasal dans l'ambulance. Et de l'épinéphrine, s'il faut en venir là. »

Barbie repartit en rampant le long du Dôme, la tête tournée vers les ventilateurs – geste qu'ils faisaient tous maintenant sans y penser – et fut atterré de se rendre compte à quel point il était fatigué une fois qu'il eut rejoint Julia. Son cœur cognait fort, il était hors d'haleine.

Julia était réveillée. « Comment va-t-il ?

— Je ne sais pas, mais c'est pas bon signe, tout ça. Ils lui ont donné de l'oxygène de l'ambulance et il ne s'est même pas réveillé.

— De l'oxygène ? Il en reste ? Combien ? »

Il lui expliqua et eut le chagrin de voir s'atténuer la lumière dans le regard de Julia.

Elle lui prit la main. Une sueur froide couvrait la sienne. « J'ai l'impression qu'on est prisonniers dans un tunnel de mine qui s'est effondré. »

Ils étaient assis face à face, l'épaule appuyée contre le Dôme. La plus faible des brises soufflait entre eux. Le grondement régulier des grands ventilateurs n'était plus qu'un simple bruit de fond qui les obligeait à élever la voix mais auquel ils ne prêtaient plus attention.

On le remarquerait s'ils s'arrêtaient, pensa Barbie. *Pendant quelques minutes, au moins. Après quoi, nous ne remarquerions plus rien, plus jamais.*

Elle sourit sans conviction. « Arrêtez de vous inquiéter pour moi, si c'est ça qui vous tracasse. Je vais très bien, pour une républicaine d'âge mûr qui n'arrive pas à respirer. Au moins, je me suis arrangée pour me faire sauter encore une fois. Et comme il faut, en plus. »

Barbie lui rendit son sourire. « Tout le plaisir a été pour moi, croyez-moi.

— Et la bombe atomique miniature qu'ils vont essayer dimanche ? Qu'est-ce que vous en pensez ?

— Je n'en pense rien. Je me contente d'espérer.

— Mais quelles sont les chances, d'après vous ? »

Il n'avait pas envie de lui dire le fond de sa pensée,

mais elle méritait de savoir… « En se fondant sur tout ce qui est arrivé jusqu'ici et sur le peu que nous savons des créatures qui contrôlent la boîte, faibles, à mon avis.

— Dites-moi au moins que vous n'avez pas renoncé.

— Cela, je peux le faire. Je ne suis même pas aussi terrifié que je devrais l'être. Parce que c'est… insidieux, je crois. J'ai même fini par m'habituer à la puanteur.

— Vraiment ? »

Il rit. « Non. Et vous ? Vous avez peur ?

— Oui, mais je suis triste, avant tout. Voilà la façon dont le monde finit, non pas avec un grand *bang !* mais avec un *pouf !* foireux. »

Elle toussa, le poing contre la bouche. Barbie en entendait d'autres qui faisaient pareil. L'un d'eux devait être le petit garçon de Thurston Marshall. *On lui donnera quelque chose de mieux demain matin*, pensa Barbie ; puis il se souvint de la formule de Thurston : des bouffées d'air *rationnées*. Ce n'était pas une façon de respirer pour un gosse, ça.

Une façon de respirer pour personne.

Julia cracha dans l'herbe, puis se tourna de nouveau vers Barbie. « Je n'arrive pas à croire que nous nous soyons fait un truc pareil nous-mêmes. Les choses qui contrôlent la boîte – ce que vous appelez les têtes de cuir – ont créé la situation, mais il s'agit apparemment d'une bande de gosses qui s'amusent. C'est peut-être pour eux l'équivalent d'un jeu vidéo. Ils sont à l'extérieur. Nous, nous sommes dedans, et nous nous sommes fait ce truc nous-mêmes.

— On a assez de problèmes sur les bras sans en plus devoir battre notre coulpe, lui fit remarquer Barbie.

S'il y a un responsable, c'est Rennie. C'est lui qui a monté le labo de drogue, c'est lui qui s'est mis à piquer le propane partout dans la ville. Et c'est aussi lui, j'en suis convaincu, qui a envoyé des hommes là-bas et provoqué une sorte de confrontation.

— Oui, mais qui l'a élu ? demanda Julia. Qui lui a donné le pouvoir de faire toutes ces choses ?

— Pas vous, en tout cas. Votre journal a fait campagne contre lui.

— C'est vrai, admit-elle, mais seulement depuis huit ou neuf ans. Au début, *The Democrat* – moi, en d'autres termes – croyait qu'il était la plus belle invention depuis le pain prétranché. Le temps que je découvre sa vraie nature, il était solidement installé. Et il avait ce pauvre vieux crétin de Sanders, avec son éternel sourire collé sur la figure, pour prendre les coups à sa place.

— N'empêche, vous ne pouvez pas vous reprocher...

— Si, je le fais. Si j'avais su que ce fils de pute, ce concentré d'incompétence et d'entêtement, deviendrait un jour responsable de la ville pendant une vraie crise, je l'aurais... je l'aurais... je l'aurais noyé comme un chaton dans un sac. »

Il rit, et se mit lui aussi à tousser. « Plus ça va, moins vous paraissez républi... » Il s'interrompit soudain.

« Quoi ? » demanda-t-elle. Et elle l'entendit à son tour. Quelque chose qui grinçait et ferraillait dans l'obscurité. Ça se rapprochait, et ils virent une silhouette titubante qui tirait un petit chariot d'enfant.

« Qui va là ? » lança Dougie Twitchell.

Le nouvel arrivant répondit d'une voix légèrement étouffée. Par le masque qu'il avait sur le visage, découvrit-on rapidement.

« Eh bien, merci mon Dieu, dit Sam le Poivrot. J'me suis payé une petit' sieste sur le bord d'la route, et je croyais bien qu'j'aurais plus d'air le temps d'arriver ici. Et il était temps, vu que j'suis presque à sec. »

6

En ces premières heures du samedi matin, le camp installé par l'armée sur la 119 à Motton avait un air lugubre. Il n'y restait que trois douzaines de militaires et un hélicoptère Chinook. Une partie des hommes chargeaient les grandes tentes démontées, ainsi que les quelques ventilateurs Air Max dépêchés par Cox côté sud du Dôme, tout de suite après l'explosion. Ces ventilateurs n'avaient jamais été mis en service. Le temps qu'ils arrivent, il n'y avait plus personne pour tirer profit du peu d'air qu'ils auraient pu pousser à travers la barrière. L'incendie s'était éteint vers dix-huit heures, faute de combustible et d'oxygène, mais tous ceux qui étaient du côté Chester's Mill étaient morts.

Une autre escouade s'occupait de démonter et rouler la tente médicale. Ceux qui n'étaient pas affectés à cette tâche assuraient la corvée (corvée aussi vieille que l'armée) du nettoyage des abords. Cela n'avait rien d'exaltant, mais personne ne s'en plaignait. Rien n'aurait pu leur faire oublier le cauchemar auquel ils avaient assisté en direct la veille, mais ramasser les emballages, les canettes, les bouteilles et les mégots de cigarette les aidait un peu. L'aube n'allait pas tarder, les rotors du gros Chinook se mettraient à tourner et ils grimperaient à bord pour aller ailleurs. Les membres de cette équipe de bras cassés n'avaient d'ailleurs qu'une envie, ficher le camp d'ici au plus vite.

L'un d'eux était le soldat de deuxième classe Clint Ames, natif de Hickory Grove, Caroline du Sud. Un grand sac-poubelle à la main, il se déplaçait lentement au milieu des herbes écrasées, ramassant ici et là, de temps en temps, un panneau abandonné ou une canette de Coca aplatie afin que cette peau de vache de sergent Groh le voie occupé à son travail, si jamais il regardait vers lui. Il dormait encore debout, ou presque, si bien que lorsque les coups lui parvinrent, la première fois (on aurait dit qu'on frappait du Pyrex épais avec une articulation), il crut qu'il rêvait encore. Il ne pouvait s'agir que d'un rêve, puisque le bruit lui parvenait apparemment de l'autre côté du Dôme.

Il bâilla et s'étira, une main appuyée sur les reins. À cet instant, les coups reprirent. Ils provenaient vraiment de derrière la surface noircie du Dôme.

Puis il y eut une voix. Faible, désincarnée, une voix de fantôme. Il frissonna.

« Il y a quelqu'un ? Quelqu'un m'entend ? Je vous en prie... je vais mourir. »

Seigneur ! Ne connaissait-il pas cette voix ? Ames laissa tomber son sac-poubelle et courut jusqu'au Dôme. Il mit les mains contre sa surface noircie et encore chaude. « Le p'tit cow-boy ? C'est toi ? »

Je suis cinglé, pensa-t-il. *Ce n'est pas possible. Personne n'a pu survivre à un tel incendie.*

« AMES ! vociféra le sergent Groh. Qu'est-ce que vous foutez là-bas ? »

Il était sur le point de faire demi-tour lorsque la voix, derrière la surface calcinée, se fit de nouveau entendre : « C'est moi. Ne... » il y eut une quinte de toux rauque, hachée. « Ne partez pas. Si vous êtes là, soldat Ames, partez pas. »

Une main apparut. Aussi fantomatique que la voix, les doigts maculés de suie. Elle nettoyait un espace, sur le Dôme. Un instant plus tard, un visage se profila dans la petite fenêtre. Sur le coup, le soldat Ames ne reconnut pas le gosse aux vaches. Puis il comprit que le gamin portait un masque à oxygène.

« J'ai presque plus d'air, dit le gosse aux vaches. L'aiguille est dans le rouge. Depuis... depuis une demi-heure. »

Ames ne pouvait détacher les yeux du regard hanté du gosse aux vaches, et le gosse aux vaches lui rendait son regard. Puis il n'y eut plus qu'une idée dans l'esprit du soldat Ames : il ne pouvait laisser mourir ce gamin. Pas après tout ce à quoi il avait survécu... même si Ames n'arrivait pas à imaginer *comment* il avait pu y survivre.

« Écoute-moi, petit. Mets-toi à genoux et...
— Ames, espèce de branleur ! » vociféra de nouveau le sergent Groh, s'avançant à grands pas. « Arrête de traîner et mets-toi au boulot ! Mes réserves de patience sont à sec, petit con ! »

Le soldat Ames l'ignora. Il ne pouvait détacher les yeux du visage qui le regardait depuis l'autre côté de cette paroi de verre encrassée. « Mets-toi à genoux et nettoie cette cochonnerie tout en bas ! Fais-le, mon gars, fais-le tout de suite ! »

Le visage disparut, et Ames espéra que le gosse aux vaches s'était non pas évanoui, mais faisait ce qu'il lui avait demandé.

La main du sergent Groh s'abattit sur son épaule. « T'es sourd ou quoi ? Je t'ai dit...

— Allez chercher les ventilateurs, sergent ! Faut aller chercher les ventilos !

— Qu'est-ce que tu me racon... »

Ames hurla à la figure du redoutable sergent Groh : « *Il y a quelqu'un de vivant là-derrière !* »

7

Il ne restait qu'une bouteille d'oxygène dans le petit chariot rouge, lorsque Verdreaux le Poivrot était arrivé au camp proche du Dôme, et l'aiguille était juste au-dessus de zéro. Sam n'émit aucune objection lorsque Rusty lui prit le masque pour le poser sur la figure d'Ernie, et se contenta de ramper jusqu'au Dôme, près de l'endroit où se tenaient Barbie et Julia. À quatre pattes, le nouvel arrivant se mit à respirer profondément. Horace le corgi, assis à côté de Julia, l'observait avec intérêt.

Sam se mit sur le dos. « C'est pas grand-chose, mais mieux que ce que j'avais. Les dernières bouffées de la bouteille, elles ont un sale goût à côté des premières. »

Sur quoi, à la stupéfaction de tous, il alluma une cigarette.

« Éteignez ça ! Vous êtes fou, ou quoi ?

— J'en crevais d'envie, répondit Sam, inhalant avec satisfaction. On peut pas fumer avec de l'oxygène dans le secteur, on risque se faire sauter. Y'en a quand même qui le font.

— Autant le laisser fumer, dit Rommie. Ça ne peut pas être pire que la merde que nous respirons. Pour ce qu'on en sait, les goudrons et la nicotine qu'il a dans les poumons le protègent. »

Rusty vint s'asseoir à côté d'eux. « Ce réservoir a rendu l'âme, mais Ernie a pu en tirer quelques bouffées de plus. Il a l'air plus reposé, à présent. Merci, Sam. »

Sam rejeta le remerciement d'un geste de la main. « Mon air est votre air, doc. Ou l'était. Dites, vous pouvez pas en faire plus avec les trucs que vous avez dans l'ambulance ? Les types qui me livrent mes bouteilles – ou qui me les livraient avant que ce soit le foutoir total –, ils pouvaient en fabriquer directement dans leur bahut. Ils avaient un machin, chai-pas-comment-qu'ils-l'appelaient, un genre de pompe.

— Oui, un extracteur d'oxygène, répondit Rusty, et vous avez raison, nous en avons un – mais il est en panne. » Il montra ses dents en guise de sourire. « Cela fait trois mois qu'il est en panne.

— Quatre », le corrigea Twitch en se rapprochant du groupe. Il regardait la cigarette de Sam. « Vous n'en avez pas d'autres, j'imagine.

— N'y pense même pas, le tança Ginny.

— T'as peur que je pollue ce paradis tropical, ma chérie ? » répliqua Twitch, qui secoua cependant négativement la tête lorsque Sam lui tendit un paquet d'American Eagles à moitié aplati.

« J'ai rempli le formulaire pour le faire remplacer, reprit Rusty. Je l'ai présenté au conseil d'administration de l'hôpital. On m'a répondu qu'il n'y avait plus de budget, que je devais m'adresser à la ville. Qu'elle m'aiderait peut-être. J'ai donc envoyé le formulaire au conseil municipal.

— À Rennie, autrement dit, fit Piper Libby.

— Autrement dit, oui. J'ai reçu une réponse toute faite selon laquelle ma requête serait examinée lors de la réunion budgétaire de novembre. On verra donc à ce moment-là, hein ? »

Il leva les mains au ciel et rit.

Le reste des réfugiés se rassemblait à présent autour d'eux, regardant Sam avec curiosité – et sa cigarette avec horreur.

« Comment vous êtes arrivé ici, Sam ? » lui demanda Barbie.

Sam fut ravi d'avoir à raconter son histoire. Il commença par expliquer comment il avait obtenu de se faire livrer régulièrement des bouteilles d'oxygène, après qu'on lui eut diagnostiqué de l'emphysème, tout ça grâce à LA MÉDICALE, et comment il lui arrivait d'en avoir d'avance. Il avait entendu l'explosion et était sorti de chez lui voir ce qui se passait.

« J'ai compris ce qui allait arriver dès que j'ai vu à quel point c'était énorme », continua-t-il. À son public s'étaient maintenant ajoutés les militaires, de l'autre côté. Cox, en boxer-short et tricot kaki, se tenait parmi eux. « J'avais déjà vu des incendies sérieux, quand je travaillais dans les bois. Deux fois, j'ai tout juste eu le temps de tout laisser tomber pour pas me faire rattraper, et si les camions que nous avions à l'époque – des International Harvester, vous parlez d'antiquités – s'étaient embourbés, on aurait été cuits. Littéralement. Le pire, c'est les feux de cimes, parce qu'ils produisent leur propre vent. J'ai tout de suite compris que c'était ce qui allait se produire. Le truc qui a explosé était monstrueux. C'était quoi ?

— Du propane », dit Rose.

Sam caressa le chaume qui hérissait son menton. « J'veux bien, mais y avait pas que du propane. Y avait aussi des produits chimiques, parce qu'une partie des flammes étaient vertes. Si c'était venu de mon côté, j'aurais été foutu. Et vous aussi. Mais l'aspiration s'est faite vers le sud. C'est sans doute à cause de la configuration du terrain, ça peut être que ça. Et du lit de la rivière, aussi. Bref, je savais ce qui allait arriver, alors j'ai pris les bouteilles dans mon bar à oxygène...

— Dans quoi ? » demanda Barbie.

Sam tira une dernière bouffée sur sa cigarette, puis l'écrasa dans la terre. « Oh, c'est juste le nom que je donne à l'endroit où je garde les bouteilles. Bref, j'en avais cinq de pleines...

— *Cinq !* s'exclama Thurston d'un ton presque gémissant.

— Exact, cinq, confirma Sam joyeusement. Mais j'aurais jamais pu en tirer autant. Je commence à me faire vieux, vous savez.

— Vous n'auriez pas pu prendre une voiture ou un camion ? demanda Lissa Jamieson.

— Madame, j'ai perdu mon permis il y a cinq ans. Trop de PV. Si jamais on me prenait au volant d'un truc plus gros qu'un kart, on me flanquerait en taule et on jetterait la clef. »

Barbie fut sur le point de souligner l'absurdité fondamentale de cette réponse, dans leur situation, mais pourquoi gaspiller de l'air pour ça, quand l'air était devenu si dur à respirer ?

« Bref, quatre, c'est ce que j'ai pensé que je pourrais tirer dans mon petit chariot rouge, et je n'avais pas fait quatre cents mètres que j'ai commencé à taper dans la première. J'avais pas l'choix, faut vous dire.

Jackie Wettington demanda : « Vous saviez que nous étions ici ?

— Non, madame. C'était les hauteurs, c'est tout ce que je savais, et aussi que mon air en bouteilles n'allait pas durer éternellement. Je n'avais aucune idée que vous étiez ici, et je n'avais non plus aucune idée pour les ventilateurs, là. C'est juste que j'avais pas d'autre endroit où aller.

— Comment se fait-il que vous ayez mis tout ce temps ? demanda Pete Freeman. Il ne doit même pas y avoir cinq kilomètres entre God Creek et ici.

— Ouais, c'est ça qui est drôle, répondit Sam. Je remontais la route – Black Ridge Road, vous savez – et j'ai passé le pont, pas de problème... Je tapais encore dans la première bouteille et il faisait chaud à crever et... dites, vous avez pas vu cet ours crevé, là-bas ? Celui qu'on dirait qu'il s'est défoncé le crâne contre le poteau ?

— Oui, nous l'avons vu, dit Rusty. Laissez-moi deviner. Un peu plus loin que cet endroit, vous avez eu le tournis et vous êtes tombé dans les pommes.

— Comment vous le savez ?

— Nous sommes aussi venus par là et il y a une sorte de force à l'œuvre dans le coin. On dirait qu'elle fait plus d'effet aux enfants et aux personnes âgées.

— J'suis pas si vieux, répliqua Sam, l'air offensé. J'ai juste eu des cheveux blancs de bonne heure, comme ma mère.

— Vous êtes resté combien de temps évanoui ? demanda Barbie.

— Eh bien, j'ai pas d'montre, mais il commençait à faire sombre quand j'suis reparti, ça fait donc pas mal de temps. Je me suis réveillé une fois, vu que j'pouvais plus qu'à peine respirer, j'me suis branché sur une bouteille pleine et j'me suis rendormi. C'est dingue, hein ? Et ces rêves que j'ai faits ! Un vrai cirque à trois pistes ! La dernière fois que j'me suis réveillé, j'étais vraiment réveillé. Il faisait sombre et j'ai changé de bouteille. Ça a pas été trop dur de faire le changement, vu qu'il faisait pas vraiment noir. Normalement, l'aurait dû faire noir, aussi noir que dans l'cul d'un chat, avec toute cette suie collée sur le Dôme, mais il y avait un truc brillant du côté où j'étais. On peut pas le voir de jour, mais de nuit, on dirait un million de lucioles.

— On l'appelle la ceinture de radiations », dit Joe.

Il se tenait serré contre Norrie et Benny. Benny toussait dans sa main.

« C'est bien trouvé, approuva Sam. Bref, je savais qu'il y avait quèquechose là-haut parce qu'à ce moment-là, j'pouvais entendre ces ventilateurs, là, et voir les lumières. » Il eut un mouvement de tête vers le camp, de l'autre côté du Dôme. « J'étais pas sûr d'avoir assez d'air en réserve pour y arriver – c'te colline est une vraie chierie et j'en ai bavé des ronds d'chapeau –, mais j'l'ai fait. »

Il regardait le colonel Cox d'un air curieux, tout en parlant. « Hé, colonel Klink, j'peux voir votre haleine quand vous respirez. Vaudrait mieux enfiler un manteau et venir ici, il fait chaud. » Sur quoi il partit d'un rire caquetant, exhibant une bouche où ne restaient que quelques dents.

« Cox, pas Klink, et je vais très bien. »

Julia prit la parole : « Et de quoi avez-vous rêvé, Sam ?

— C'est marrant que vous me le demandiez, parce qu'il y en a qu'un dans tout le lot dont j'me souviens, et c'était à vot'sujet. Vous étiez allongée dans le kiosque à musique et vous pleuriez. »

Julia serra la main de Barbie avec force, mais ses yeux ne quittèrent pas le visage de Sam. « Comment vous savez que c'était moi ?

— Parce que vous étiez couverte de journaux. C'était des numéros du *Democrat*. Vous les serriez contre vous comme si vous aviez été nue dessous, j'vous demande pardon, mais vous m'avez posé la question. Vous croyez pas que c'est le rêve le plus marrant dont vous ayez jamais entendu parler ? »

Le talkie-walkie de Cox bipa trois fois. Il le prit à sa ceinture. « Qu'est-ce que c'est ? Dépêchez-vous, je suis occupé. »

Tout le monde entendit la réponse : « Nous avons un survivant côté sud, colonel. Je répète : *nous avons un survivant.* »

8

Au moment où se levait le soleil, en ce matin du 28 octobre, « être en sursis » était tout ce que à quoi pouvait prétendre le dernier membre survivant de la famille Dinsmore. Ollie gisait, le corps pressé contre le bas du Dôme, aspirant laborieusement juste assez d'air en provenance des grands ventilateurs pour rester en vie.

Ç'avait été une course contre la montre rien que pour dégager un espace clair sur le Dôme avant qu'il n'y ait plus d'oxygène dans sa bouteille. Celle qu'il avait abandonnée sur le sol de la cave avant de ramper sous les pommes de terre. Il se rappelait avoir redouté qu'elle n'explose. Elle ne l'avait pas fait, et c'était un sacré coup de chance pour Oliver H. Dinsmore. Car sinon, il n'aurait plus été, à l'heure actuelle, qu'un cadavre sous une montagne de patates.

Il s'était agenouillé devant le Dôme, dégageant des paquets d'une matière pâteuse noirâtre, conscient qu'il s'agissait en partie de restes humains. Impossible de l'oublier – sa main ne tombait que trop souvent sur des fragments d'os. Sans les encouragements réguliers du soldat Ames, il était sûr qu'il aurait abandonné. Mais Ames, lui, n'abandonnait pas, lui ordonnait de gratter, gratter, bon Dieu, gratte-moi toute cette merde, p'tit cow-boy, faut que tu grattes bien si tu veux que l'air passe.

Ollie se disait qu'il n'avait pas renoncé parce que Ames ne connaissait pas son nom. Depuis toujours, les autres gosses, à l'école, traitaient Ollie de bouseux et de branleur de tétines, mais qu'il soit pendu s'il se laissait mourir en se faisant traiter de p'tit cow-boy par un péquenot de Caroline du Sud.

Un grondement avait signalé le démarrage des ventilateurs, et il avait senti les premières bouffées ténues de brise sur sa peau surchauffée. Il avait arraché son masque et appuyé bouche et nez directement sur la surface encore sale du Dôme. Puis, haletant et recrachant de la suie, il avait continué à gratter les débris carbonisés sur la surface invisible. Ames était de l'autre côté, à quatre pattes, l'air du type qui essaie de regarder par un trou de souris.

« C'est ça ! cria le soldat. On a encore deux ventilateurs, on les amène ! Ne me laisse pas tomber p'tit cow-boy ! Laisse pas tomber !

— Ollie, avait-il haleté.

— Quoi ?

— Mon nom... Ollie. Arrête de m'appeler... p'tit cow-boy.

— Ah, j'veux bien t'appeler Ollie jusqu'au Jugement dernier, si tu continues à dégager assez d'espace pour que les ventilateurs servent à quelque chose. »

Les poumons d'Ollie avaient réussi à inspirer juste assez de ce qui percolait à travers le Dôme pour rester conscient et éveillé. Il avait vu le monde s'éclaircir à travers la partie dégagée, par la même occasion. Et la lumière lui avait fait du bien, même s'il en avait mal au cœur de voir les lueurs roses du matin souillées par la pellicule de crasse qui restait toujours de son côté du Dôme. La lumière était bonne, parce que ici tout était noir, carbonisé, dur, silencieux.

On voulut relever Ames de sa faction devant le Dôme, à cinq heures, mais Ollie hurla que c'était lui qu'il voulait, et Ames refusa de partir. La hiérarchie céda. Par petits bouts, s'interrompant pour presser ses lèvres contre le Dôme et aspirer un peu d'air respirable, Ollie raconta comment il avait survécu.

« Je savais qu'il fallait attendre que l'incendie s'éteigne et, à cause de ça, j'y suis allé vraiment mollo sur l'oxygène. Papi Tom m'avait dit une fois qu'une bouteille pouvait lui faire toute la nuit, s'il ne se réveillait pas, et je suis resté sans bouger. En plus, je n'ai pas été obligé de m'en servir tout de suite, car l'air est resté encore respirable un bon moment sous les pommes de terre. »

Il appuya ses lèvres contre la surface au goût de suie. Il savait qu'il s'agissait peut-être des résidus d'une personne qui était encore en vie moins de vingt-quatre heures auparavant – mais il s'en fichait. Il aspira goulûment et recracha des glaviots noirâtres avant de pouvoir reprendre.

« Il faisait froid sous les patates, au début, puis il s'est mis à faire de plus en plus chaud jusqu'à ce que ça devienne intenable. J'ai cru que j'allais être grillé vif. La grange brûlait juste au-dessus de ma tête. Tout brûlait. Mais la chaleur était telle que tout est allé très vite et c'est peut-être ce qui m'a sauvé. Je ne sais pas. Je suis resté où j'étais jusqu'à ce que la première bouteille soit complètement vide. J'ai dû sortir. J'avais peur que l'autre ait explosé, mais elle n'avait pas bougé. Quelque chose me dit qu'il s'en est fallu de peu. »

Ames approuva d'un hochement de tête. Ollie aspira de nouveau l'air en provenance de l'extérieur du Dôme. Il avait l'impression d'essayer de respirer à travers un tissu épais et sale.

« Et les marches ! Si elles avaient été en bois et pas en béton, j'aurais pas pu sortir. J'ai même pas essayé, au début. Je me suis glissé une fois de plus sous les patates, tellement il faisait chaud. Celles sur le dessus du tas avaient cuit dans leur peau. Je sentais l'odeur. Puis j'ai commencé à trouver difficile de respirer, et j'ai compris que la deuxième bouteille était presque finie. »

Il s'interrompit, de nouveau secoué par une quinte de toux. Puis la toux se calma, il respira et reprit son récit :

« Ce qui me faisait le plus envie, c'était d'entendre encore une fois une voix humaine, avant de mourir. Je suis content que ce soit vous, soldat Ames.

— J'm'appelle Clint, Ollie. Et tu vas pas mourir. »

Mais les yeux qui regardaient à travers le hublot sale au bas du Dôme, des yeux qui paraissaient regarder depuis un cercueil équipé d'une fenêtre, ces yeux-là paraissaient en savoir long. Très long.

9

La deuxième fois que l'alarme se déclencha, Carter sut tout de suite de quoi il s'agissait, même si elle venait de le tirer d'un sommeil sans rêves. Parce qu'une partie de lui-même ne dormirait plus jamais vraiment tant que cette histoire ne serait pas finie, ou tant qu'il ne serait pas mort. C'était sans doute cela, l'instinct de survie, pensa-t-il : avoir un veilleur en permanence sur le qui-vive au fond du cerveau.

Il était dans les sept heures et demie, samedi matin. S'il avait une idée de l'heure, c'est qu'il disposait d'une montre dont le cadran s'allume quand on appuie sur un bouton. L'éclairage de secours s'était éteint pendant la nuit et un noir complet régnait dans l'abri antiatomique.

Il se mit sur son séant et sentit un objet contre sa nuque. La lampe torche qu'il avait utilisée la nuit précédente, pensa-t-il. Il tâtonna, la trouva et l'alluma. Il était couché par terre. Big Jim, lui, était allongé sur le canapé. C'était Big Jim qui l'avait touché avec la torche.

Évidemment, qu'il est sur le canapé, pensa Carter avec ressentiment. *C'est lui le patron, pas vrai ?*

« Vas-y, fiston. Fais aussi vite que tu peux. » *Et pourquoi faut-il que ce soit moi ?* protesta Carter... mais pas à voix haute. Parce que le patron était *vieux*, parce que le patron était *gros*, parce que le patron avait un cœur *en mauvais état*. Et parce que le patron était le patron, bien sûr. James Rennie, empereur de Chester's Mill.

L'empereur des bagnoles d'occase, ouais, c'est tout ce que t'es, pensa Carter. *Et tu pues la sueur et l'huile de sardines.*

Carter se leva, le rayon de la lampe dansant sur les étagères bourrées de conserves (toutes ces fichues boîtes de sardines !) et passa dans l'autre pièce de l'abri. Un dernier éclairage de secours y fonctionnait encore, mais il donnait des signes de faiblesse et n'en avait plus pour longtemps. Le buzzer de l'alarme était plus fort, émettant un *AAAAAAAAAAAAA* régulier. Le bruit d'une catastrophe imminente.

Nous ne sortirons jamais d'ici, pensa Carter.

Il braqua la lampe torche sur la trappe du générateur, dont le buzzer continuait de lancer son bourdonnement régulier irritant, bruit qui lui faisait penser, sans qu'il sache pourquoi, au patron quand le patron sortait son sermon. Peut-être parce que les deux bruits avaient un même impératif en commun : *Nourris-moi, nourris-moi, nourris-moi. Donne-moi du propane, donne-moi des sardines, donne-moi du sans-plomb pour mon Hummer. Nourris-moi. Je n'en mourrai pas moins, et ensuite tu mourras, mais qu'est-ce que ça fait ? Qui en a quelque chose à foutre ? Nourris-moi, nourris-moi, nourris-moi.*

On ne comptait plus que six bouteilles de propane dans la réserve. Quand il aurait remplacé celle qui était presque vide, il n'en resterait plus que cinq. Cinq foutues bouteilles d'une taille ridicule, à peine plus grosses que les Blue Rhino d'un barbecue, entre eux et la mort par étouffement lorsque le purificateur d'air s'arrêterait.

Carter en prit une dans la réserve, mais il se contenta de la poser à côté du générateur. Il n'avait aucune intention de changer de bouteille tant que celle en place ne serait pas complètement vide, en dépit de son *AAAAAAAA* exaspérant. Sûrement pas. Pas question. Comme dans la pub pour le café Maxwell, bon jusqu'à la dernière goutte.

Certes, l'alarme vous portait sérieusement sur les nerfs. Carter se doutait qu'il pourrait trouver sans peine la façon de la débrancher, mais comment savoir, alors, quand le générateur s'arrêterait ?

Deux rats prisonniers d'un seau renversé, voilà ce qu'on est.

Il fit un peu de calcul mental. Six bouteilles, pouvant tenir environ onze heures chacune. Ils pourraient arrêter la clim, et gagner une heure ou deux de plus par bouteille. Disons douze heures, par prudence. Douze fois six, ça faisait… voyons…

Le *AAAAAAAA* rendait le calcul plus difficile, mais il y parvint tout de même. Il leur restait soixante-douze heures avant de crever misérablement par asphyxie dans le noir. Et pourquoi étaient-ils dans le noir ? Parce que personne ne s'était occupé de remplacer les piles dans les éclairages de secours, voilà pourquoi. Il aurait parié qu'elles n'avaient pas été changées une seule fois en vingt ans, sinon plus. Le patron faisait *des économies*. Et pourquoi n'y avait-il eu que sept bouteilles ridicules à la con dans la réserve de propane, alors qu'il y en avait eu un million de gallons à WCIK, n'attendant que l'allumette pour exploser ?

Parce que le patron aimait bien que les choses soient *là où il voulait qu'elles soient*, pardi.

Assis là à écouter l'alarme, Carter se rappela l'un des proverbes qu'aimait à citer son père : *dépenser un dollar pour économiser un cent*. Ça, c'était Rennie tout craché. Rennie, l'Empereur des bagnoles d'occase. Rennie le politicard voulant jouer dans la cour des grands. Rennie, le roi de la came. Combien de fric s'était-il fait, avec son labo clandestin ? Un million de dollars ? Deux ? Qu'est-ce que ça faisait, en fin de compte ?

Il n'aurait probablement jamais dépensé tout ce pognon, pensa Carter, *et sûr et certain qu'il ne va pas le dépenser, maintenant. Y a rien à dépenser, ici en bas. Il peut bouffer autant de sardines qu'il veut, c'est gratos.*

« Carter ? » La voix de Big Jim lui parvint, flottant dans le noir. « Alors, tu la changes, cette bouteille, ou tu préfères écouter l'alarme ? »

Carter ouvrit la bouche, sur le point de gueuler qu'il fallait attendre, que chaque minute comptait, mais juste à cet instant le *AAAAAAAA* s'interrompit enfin. Ainsi que la pulsation – *quip-quip-quip* – du purificateur d'air.

« Carter ?

— J'm'en occupe, patron. » La torche coincée sous une aisselle, Carter sortit la bouteille vide de son emplacement – une plaque métallique qui aurait pu en supporter une dix fois plus grosse –, mit la pleine à la place et brancha le détendeur.

Chacune des minutes gagnées comptait…. était-ce si sûr ? Pourquoi devraient-elles compter, puisque tout se terminerait sur la même conclusion étouffante ?

Mais le gardien de la survie en lui estimait que cette question était une connerie. Le gardien de la survie estimait que soixante-douze heures, c'était soixante-douze heures, et que chaque minute de ces soixante-douze heures comptait. Car qui connaissait l'avenir ? Les militaires trouveraient peut-être une solution pour faire sauter le Dôme. Celui-ci pouvait même disparaître de lui-même, d'une manière aussi instantanée et inexplicable qu'il s'était mis en place.

« Carter ? Qu'est-ce que tu fabriques, là-bas ? Ma cueilleuse de coton de grand-mère pourrait se bouger plus vite, et elle est morte !

— J'ai presque fini. »

Il s'assura que le branchement était bien verrouillé et posa le pouce sur le bouton de démarrage (se disant que si les piles qui alimentaient le démarreur étaient aussi anciennes que celles des éclairages de secours, ils étaient mal barrés). Puis il interrompit son mouvement.

Soixante-douze heures pour deux personnes. Mais s'il était seul ? Il pourrait tenir jusqu'à quatre-vingt-dix heures, voire cent, en coupant le purificateur jusqu'à ce que l'air devienne irrespirable. Il avait avancé cette idée devant Big Jim, lequel l'avait rejetée sur-le-champ.

« J'ai un cœur capricieux, avait-il rappelé à Carter. Plus l'air est vicié, plus il a de chances de me jouer des tours. »

« Carter ? » Le ton était plus fort, exigeant. Un ton qui agressait ses oreilles de la même manière que l'odeur de ses sardines lui agressait les narines. « Qu'est-ce qui se passe, à la fin ?

— Tout est réglé, patron ! » cria Carter en appuyant sur le bouton.

Le démarreur obtempéra docilement et le générateur se mit aussitôt à tourner.

Faut que je pense à ça, se dit Carter. Mais le gardien de survie voyait les choses différemment. Le gardien de survie considérait que chaque minute perdue était une minute gaspillée.

Il a été bon pour moi. Il m'a donné des responsabilités.

Ce qu'il t'a donné, ce sont les boulots merdiques qu'il n'avait pas envie de faire lui-même. Et un trou dans la terre pour aller y crever. Ça aussi.

Carter prit sa décision. Il tira le Beretta de son étui en retournant vers la salle principale. Il envisagea de planquer l'arme dans son dos, pour que la patron ne se doute de rien, puis changea d'avis. L'homme l'avait appelé *fiston*, tout de même, et peut-être avait-il été sincère. Il méritait mieux qu'une balle tirée dans la nuque et de partir sans s'y être préparé.

10

Il ne faisait pas sombre, tout au nord-est de la ville ; si le Dôme était terriblement encrassé, il était cependant loin d'être opaque. Le soleil brillait au-travers, nimbant tout d'un rose fiévreux.

Norrie se précipita vers Barbara et Julia. Elle toussait et soufflait, mais courait néanmoins.

« Mon papi a une crisc cardiaque ! » gémit-elle avant de tomber à genoux, haletante.

Julia passa un bras autour des épaules de la fillette

et lui tourna le visage vers les ventilateurs qui grondaient toujours. Barbie rampa jusqu'à l'endroit où les exilés entouraient le groupe formé par Ernie Calvert, Rusty Everett, Ginny Tomlinson et Dougie Twitchell.

« Faites-lui de la place, dit sèchement Barbie, il faut qu'il ait de l'air !

— C'est bien le problème, lui fit remarquer Tony Guay. On lui a donné ce qui restait... le truc qu'on gardait en principe pour les enfants... mais...

— Épinéphrine », dit Rusty. Twitch lui tendit une seringue. Rusty fit la piqûre. « Ginny, commence le massage. Twitch te remplacera quand tu seras fatiguée. Et moi ensuite.

— Moi aussi, je veux le faire », dit Joanie. Des larmes coulaient le long de ses joues, mais elle paraissait avoir gardé son sang-froid. « J'ai suivi une formation de secouriste.

— Moi aussi, dit Claire. Je donnerai un coup de main.

— Et moi, dit calmement Linda. J'ai même suivi le cours de remise à jour, l'été dernier. »

C'est une petite ville, et tout le monde soutient l'équipe, pensa Barbie. Ginny, dont le visage était encore enflé, séquelle de ses blessures, commença le massage cardiaque. Elle laissa la place à Twitch au moment où Julia et Norrie rejoignaient Barbie.

« On va pouvoir le sauver ? demanda la fillette.

— Je ne sais pas », répondit Barbie.

Sauf qu'il le savait. C'était ça qui était terrible.

Barbie regardait les gouttes de sueur tomber du visage de Twitch et venir assombrir la chemise d'Ernie. Au bout de cinq minutes, l'ambulancier dut s'arrêter, incapable de contrôler sa toux. Lorsque Rusty voulut prendre sa place, il secoua la tête. « Il est parti, dit Twitch, ajoutant, tourné vers Joanie : Je suis désolé, Mrs Calvert. »

Tout le visage de Joanie trembla, puis se contracta. Elle laissa échapper un cri de chagrin qui se transforma en quinte de toux. Norrie la serra dans ses bras, toussant elle-même.

« Barbie ? fit une voix. Un mot. »

C'était Cox, habillé à présent d'une tenue de camouflage, complétée d'un blouson en mouton retourné pour lutter contre la fraîcheur qui régnait de l'autre côté. L'expression fermée qu'il arborait ne présageait rien de bon. Julia accompagna Barbie. Ils s'approchèrent du Dôme, s'efforçant de respirer lentement et régulièrement.

« Il y a eu un accident à la base aérienne de Kirtland, au Nouveau-Mexique, dit Cox, parlant bas. Pendant les derniers tests de la charge nucléaire de faible puissance que nous voulions utiliser, et... merde.

— Elle a *explosé* ? fit Julia, effarée.

— Non, madame, elle a fondu. Deux personnes ont perdu la vie et cinq ou six autres ont toutes les chances de mourir de brûlures ou d'empoisonnement du fait des taux d'irradiation qu'elles ont subis. Nous avons perdu cette saloperie de bombe.

« Dysfonctionnement ? » demanda Barbie, espérant presque que ce serait l'explication car, dans ce cas, elle n'aurait pas explosé non plus contre le Dôme.

— Non, colonel, ce n'est pas l'arme. Raison pour laquelle j'ai employé le terme *accident*. Un accident comme il s'en produit quand on veut faire trop vite, et le fait est que nous nous sommes tous bougé le cul comme des malades.

— Je suis désolée pour ces personnes, dit Julia. Les familles ont été prévenues ?

— Étant donné votre situation actuelle, je trouve particulièrement touchant de votre part de penser à ça. Elles ne vont pas tarder à l'être. L'accident a eu lieu à une heure, ce matin. Le travail a immédiatement repris sur Little Boy 2. Elle devrait être prête dans trois jours. Quatre tout au plus. »

Barbie hocha la tête. « Merci, monsieur, mais je ne suis pas sûr que nous tiendrons tout ce temps. »

Un gémissement, faible mais prolongé – celui d'une enfant –, monta de derrière eux. Barbie et Julia se retournèrent au moment où le gémissement se transformait en une toux râpeuse et haletante. Ils virent Linda s'agenouiller à côté de sa fille aînée et la prendre dans ses bras.

« *Elle peut pas être morte*, sanglotait Janelle. *Audrey peut pas être morte !* »

Pourtant la chienne n'était plus en vie. Elle avait arrêté de vivre pendant la nuit, sans bruit et sans faire d'histoires, pendant que les deux J dormaient contre elle.

11

Lorsque Carter revint dans la pièce principale, le deuxième conseiller de Chester's Mill mangeait des céréales à même la boîte. Carter reconnut, dessiné sur l'emballage, le perroquet de dessin animé, l'oiseau mythique de tant de petits déjeuners pris en famille : Sam le Toucan, le saint patron des Froot Loops.

Ils doivent être plus rances que l'enfer, pensa Carter, un instant pris de pitié pour son patron. Puis il pensa à la différence entre soixante-dix heures d'air respirable et quatre-vingts ou cent et s'endurcit le cœur.

Big Jim enfourna une nouvelle poignée de céréales, et c'est alors qu'il vit le Beretta dans la main de Thibodeau.

« Eh bien, dit-il.
— Je suis désolé, patron. »

Big Jim ouvrit la main et laissa les Froot Loops retomber en cascade dans la boîte, mais il avait les doigts poisseux et quelques-unes des rondelles de céréales aux couleurs brillantes y restèrent collées. La sueur se mit à perler à son front qui se dégarnissait, formant des filets.

« Ne fais pas ça, fiston.
— J'ai pas le choix, Mr Rennie. Ce n'est pas personnel. »

Non, ça ne l'était pas, décida Carter. Absolument pas. Ils étaient pris au piège, ici. Il ne s'agissait pas d'autre chose. Et comme la situation était le résultat de décisions prises par Big Jim, c'était à Big Jim de payer l'addition.

Big Jim posa la boîte de Froot Loops au sol. Il s'y prit soigneusement, comme si la boîte était fragile et devait être traitée avec soin. « C'est quoi, si ce n'est pas personnel ?
— Ça se réduit à… une question d'air.
— D'air. Je vois.
— J'aurais pu arriver avec le pistolet dans le dos et vous loger une balle dans la tête, mais ça me répugnait d'agir ainsi. Je voulais vous donner le temps de vous préparer. Parce que vous avez été bon pour moi.

— Alors ne me fais pas souffrir, fiston. Si ce n'est pas personnel, tu ne dois pas me faire souffrir.

— Si vous restez tranquille, vous ne souffrirez pas. Ce sera rapide. Comme lorsqu'on achève un cerf blessé, dans les bois.

— On ne pourrait pas en parler ?

— Non, monsieur. Ma décision est prise. »

Big Jim acquiesça de la tête. « Très bien, dans ce cas. Me laisseras-tu le temps de prier, avant ? Est-ce que tu m'accordes au moins ça ?

— Oui, monsieur, vous pouvez prier, si vous voulez. Mais faites vite. C'est dur pour moi aussi, vous savez.

— Je le crois. Tu es un bon garçon, fiston. »

Carter, qui n'avait plus pleuré depuis l'âge de quatorze ans, sentit un picotement au coin de ses yeux. « Vous pouvez m'appeler fiston, ça ne vous aidera pas.

— Ça m'aide, moi. Et voir que tu es ému... ça m'aide aussi. »

Big Jim hissa sa carcasse sur ses pieds, puis s'agenouilla devant le canapé. Ce faisant, il fit tomber la boîte de céréales et émit un petit rire triste. « Pas terrible comme dernier repas, je peux te dire.

— Non, probablement pas. Je suis désolé. »

Big Jim tournait maintenant le dos à Carter. Il poussa un soupir. « Mais je vais manger du rôti de bœuf à la table du Seigneur dans une minute ou deux, alors c'est très bien comme ça. » Il désigna de son index boudiné le haut de sa nuque. « Ici, exactement. Le tronc cérébral. D'accord ? »

Thibodeau déglutit, ayant l'impression d'avaler une boule de coton. « Oui, monsieur.

— Tu ne veux pas t'agenouiller avec moi, fiston ? »

Carter, qui avait arrêté de prier avant même d'arrêter de pleurer, faillit répondre oui. Puis il se souvint de quoi son patron était capable. Sans doute ne préparait-il pas un coup en douce, sans doute n'en était-il plus là, mais Carter l'avait vu à l'œuvre et il ne voulut prendre aucun risque. Il secoua la tête. « Dites vos prières. Et si vous voulez avoir le temps de dire aussi *amen*, faites-les courtes. »

À genoux, tournant le dos à Carter, Big Jim étreignit ses mains posées sur le canapé, lequel avait gardé le creux laissé par son considérable postérieur. « Mon Dieu, voici votre serviteur, James Rennie. Je crois que je suis sur le point de venir à vous, que ça me plaise ou pas. La coupe a été portée à mes lèvres et je ne peux pas... »

Il laissa échapper un gros sanglot sec.

« Éteins, Carter. Je ne veux pas que tu me voies pleurer. Ce n'est pas comme ça qu'un homme doit mourir. »

Carter approcha le canon de son arme à quelques millimètres de la nuque de Big Jim. « D'accord, mais ce sera votre dernière requête. » Puis il éteignit.

Il comprit sur-le-champ qu'il avait commis une erreur, mais il était trop tard. Il entendit le patron bouger – et il était foutrement rapide pour un homme avec un cœur dans son état. Carter fit feu et, dans l'éclair qui sortit du canon, vit le trou qu'il venait de faire dans le coussin du canapé. Big Jim n'était plus agenouillé devant lui, mais il n'avait pu aller loin, aussi rapide qu'il ait été. À l'instant où Thibodeau appuyait de nouveau sur l'interrupteur de sa torche, Big Jim se jeta sur lui avec le couteau de boucher qu'il avait piqué dans un tiroir du coin-cuisine de l'abri ; six pouces d'acier s'enfoncèrent dans l'estomac de Carter Thibodeau.

Il poussa un hurlement terrorisé et fit de nouveau feu. Big Jim sentit la balle lui frôler l'oreille mais ne recula pas. Lui aussi avait son gardien de survie, un gardien qui l'avait extrêmement bien servi tout au long de sa vie et qui, en ce moment, lui disait qu'il mourrait s'il se retirait. Il se remit laborieusement sur ses pieds, faisant remonter la lame par la même occasion et éviscérant l'idiot qui s'était imaginé plus fort que Big Jim Rennie.

Carter hurla de nouveau, sentant son ventre s'ouvrir. Des gouttes de sueur jaillirent jusque sur le visage de Big Jim, lequel espéra dévotement qu'elles signalaient les derniers instants du garçon. Il le repoussa. Dans le faisceau lumineux de la torche tombée à terre, Carter recula en titubant, écrasant les Froot Loops éparpillés par terre et s'étreignant le ventre à deux mains. Le sang coulait entre ses doigts. Il essaya de s'agripper à une étagère et tomba à genoux au milieu d'une pluie de boîtes de sardines Vigo, de Clam Fry-ettes et de soupes Campbell. Il resta un instant figé dans cette position, comme s'il avait changé d'avis et décidé, en fin de compte, de dire une petite prière. Ses cheveux retombaient devant son visage. Puis sa main ne le retint plus et il s'effondra.

Big Jim étudia son couteau, mais c'était trop fatigant pour un homme souffrant de problèmes cardiaques (il se promit de s'en occuper sérieusement dès que cette crise serait terminée). Au lieu de cela, il ramassa le Beretta de Carter et s'avança vers cet idiot.

« Carter ? Tu es toujours parmi nous ? »

Carter gémit, essaya de se retourner, y renonça.

« Je vais t'en coller une dans la nuque, exactement comme tu l'as suggéré. Mais avant, j'aimerais te donner un petit conseil. Tu m'écoutes ? »

Carter gémit à nouveau. Big Jim voulut y voir son assentiment.

« Voici ce conseil : ne jamais laisser le temps de prier à un bon politicien. »

Big Jim appuya sur la détente.

12

« Je crois qu'il est en train de mourir ! cria le soldat Ames. Il est en train de mourir ! »

Le sergent Groh s'agenouilla à côté d'Ames pour regarder par la petite ouverture sale, au bas du Dôme. Ollie Dinsmore, allongé sur le côté, avait quasiment les lèvres pressées contre une surface qu'il était possible de voir, à présent, grâce aux saletés qui s'y accrochaient. De sa voix de stentor de sergent instructeur, Groh vociféra : « Ho ! Ollie Dinsmore ! Garde-à-vous ! »

Lentement, le garçon ouvrit les yeux et regarda les deux hommes accroupis à moins de cinquante centimètres de lui – dans un monde plus froid, mais plus propre. « Quoi ? murmura-t-il.

— Non, rien, fiston, dit Groh. Tu peux te rendormir. » Puis il se tourna vers Ames. « Tu peux ranger ton mouchoir, soldat. Il va très bien.

— Non, il ne va pas bien ! Regardez-le ! »

Groh prit Ames par le bras et le remit debout, mais sans brutalité. « D'accord, dit-il à voix basse, il est loin d'aller bien, mais il est vivant et il dort. On ne peut rien espérer de mieux pour le moment. Et du coup, il a besoin de moins d'oxygène. Va te chercher quelque chose à manger. Tu as pris ton petit déjeuner ? »

Ames secoua la tête. L'idée de prendre son petit déjeuner ne lui avait même pas effleuré l'esprit. « Je tiens à rester ici, au cas où il se réveillerait. » Il marqua une pause, puis plongea : « Et au cas où il mourrait.

— De toute façon, ce ne sera pas pour tout de suite, dit Groh, qui n'en avait en réalité aucune idée. Va prendre quelque chose au camion, même si c'est juste une tranche de pain avec du saucisson à l'ail. T'as une tête de déterré, soldat. »

Ames eut un mouvement du menton vers le garçon endormi sur le sol calciné, la bouche et le nez tournés vers le Dôme. Il avait la figure barbouillée de crasse et c'était à peine si on voyait sa poitrine se soulever. « Combien de temps il lui reste, d'après vous, sergent ? »

Groh secoua la tête. « Pas très longtemps, sans doute. Une des personnes du groupe, de l'autre côté, est morte ce matin et plusieurs autres ne vont pas très bien. Et c'est mieux par là-bas. Plus propre. Il faut te préparer. »

Ames se sentit sur le point de pleurer. « Ce gosse a perdu toute sa famille.

— Va te chercher quelque chose à manger. Je veillerai sur lui jusqu'à ton retour.

— Mais après, je pourrai rester ?

— C'est toi que le gosse veut, soldat, c'est toi qu'il aura. Tu pourras rester jusqu'à la fin. »

Groh regarda Ames partir à grandes enjambées

jusqu'à la table, installée à côté de l'hélicoptère, où était disposée un peu de nourriture. Là-dehors, c'était une belle matinée de fin d'automne. Le soleil brillait et faisait fondre ce qui restait de la sévère gelée nocturne. Alors que, à quelques pas seulement, c'était un univers sous cloche où régnait un crépuscule perpétuel, un univers où l'air était irrespirable et où le temps avait perdu toute signification. Un souvenir revint à l'esprit du sergent, celui d'un étang dans le parc de la ville où il avait grandi. Wilton, dans le Connecticut. Il y avait eu des carpes d'or, dans cet étang, d'imposantes vieilles carpes. Les enfants leur jetaient du pain. Du moins jusqu'au jour où l'un des hommes chargés de l'entretien fit une mauvaise manipulation avec du fertilisant. Adieu, la poiscaille. Les dix ou douze antiques carpes s'étaient retrouvées flottant le ventre en l'air.

À voir le petit garçon crasseux endormi de l'autre côté du Dôme, il lui était impossible de ne pas penser à ces carpes... mais voilà, un petit garçon n'est pas un poisson.

Ames revint, grignotant quelque chose dont il n'avait manifestement pas envie. Pas fameux comme soldat, pensa Groh, mais un bon gars, un gars ayant bon cœur.

Le soldat Ames s'assit. Le sergent Groh s'installa à côté de lui. Vers midi, ils apprirent qu'un autre survivant du côté nord du Dôme venait de mourir. Un petit garçon du nom d'Aidan Appleton. Encore un gosse. Groh se demandait si celui-ci n'avait pas revu sa mère, la veille. Le sergent espérait se tromper, mais craignait que non.

« Qui a pu faire ça, sergent ? lui demanda Ames. Qui a pu inventer cette saloperie ? Et pourquoi ? »

Groh secoua la tête. « Aucune idée.

— C'est totalement *absurde* ! » s'écria le soldat.

De l'autre côté, Ollie bougea, se trouva en manque d'air et approcha une fois de plus son visage endormi du peu de brise qui arrivait à franchir la barrière.

« Ne le réveille pas », dit Groh, songeant : *S'il part pendant son sommeil, cela vaudra mieux pour tout le monde.*

13

À quatorze heures, tous les exilés toussaient, sauf – incroyable mais vrai – Sam Verdreaux, qui paraissait se trouver très bien de l'air vicié, et Little Walter Bushey, qui ne faisait rien d'autre que dormir et téter de temps en temps une dose de lait ou de jus de fruits. Barbie était assis tout près du Dôme, le bras passé sur les épaules de Julia. Non loin, Thurston Marshall se tenait à côté du cadavre recouvert du petit Aidan Appleton, mort avec une terrifiante soudaineté. Thurston, qui enchaînait quinte de toux sur quinte de toux, avait pris Alice sur ses genoux. Elle s'était endormie, épuisée à force de pleurer. Quelques mètres plus loin, Rusty se tenait avec sa femme et ses filles serrées contre lui ; les deux J avaient aussi fini par s'endormir après avoir pleuré. Rusty avait porté le cadavre d'Audrey jusqu'à l'ambulance pour que les petites ne le voient plus. Il avait retenu sa respiration pendant le trajet ; à quinze mètres du Dôme, l'air devenait déjà étouffant, mortel. Dès qu'il aurait retrouvé son souffle, il envisageait d'en faire autant avec le petit garçon. Il serait en bonne compagnie avec la chienne qui avait toujours aimé les enfants.

Joe McClatchey se laissa tomber à côté de Barbie. Il avait plus que jamais l'allure d'un épouvantail. L'acné ressortait sur son visage pâle, et il avait, sous les yeux, les cernes violacés profonds d'un boxeur malmené.

« Ma mère dort, dit Joe.

— Julia aussi, dit Barbie. Parle bas. »

Julia ouvrit un œil. « *Naaan*, j'dors pas », dit-elle, refermant aussitôt son œil. Elle toussa, s'arrêta, toussa encore un peu.

« Benny est vraiment malade, reprit Joe. Il a de la fièvre, comme le petit garçon avant de mourir. (Il hésita :) Ma mère aussi est brûlante. C'est peut-être parce qu'il fait tellement chaud, ici mais... je pense pas que ce soit ça. Et si elle meurt ? Et si nous mourons tous ?

— On va s'en sortir, répondit Barbie. Ils vont finir par trouver quelque chose. »

Joe secoua la tête. « Non, ils ne trouveront rien. Et vous le savez. Parce qu'ils sont dehors. Et personne ne peut nous aider du dehors. » Il leva les yeux vers le territoire dévasté qui était encore une ville, la veille, et partit d'un rire rauque, croassant, rendu encore pire car on y détectait un réel amusement. « Chester's Mill a été fondé en 1803. On nous l'apprend à l'école. Cela fait plus de deux cents ans. Et en une semaine, effacé de la surface de la Terre ! Il a suffi d'une putain de semaine ! Qu'est-ce que vous en dites, colonel Barbara ? »

Barbie ne trouva strictement rien à répondre.

Joe se cacha la bouche de la main et toussa. Derrière eux, les ventilateurs ronronnaient bruyamment, opiniâtrement. « Je suis un surdoué. Vous le savez, hein ? Je ne m'en vante pas, non... mais le fait est là. »

Barbie pensa à la vidéo que Joe avait installée près de l'endroit prévu pour la frappe du missile. « C'est indiscutable, Joe.

— Dans un film de Spielberg, c'est le petit surdoué qui trouve la solution à la dernière minute, pas vrai ? »

Barbie sentit Julia s'agiter de nouveau. Elle avait les deux yeux ouverts, cette fois, et regardait le garçon, la mine grave.

Des larmes coulaient sur les joues de Joe. « Comme surdoué à la sauce Spielberg, c'est plutôt raté, hein ? Si nous étions dans *Jurassic Park*, on se ferait tous bouffer.

— Si seulement ils pouvaient en avoir assez, dit Julia d'un ton rêveur.

— Hein ? fit Joe, clignant des yeux.

— Les têtes de cuir. Les têtes de cuir *enfants*. Les enfants sont censés se lasser rapidement d'un jeu pour passer à un autre. Ou bien (une violente quinte de toux l'interrompit quelques secondes) les parents les appellent pour venir à table.

— Peut-être qu'ils ne mangent pas, objecta Joe, morose. Et peut-être qu'ils n'ont même pas de parents.

— Ou le temps est peut-être différent dans leur univers, intervint Barbie. Dans leur univers, ils sont peut-être juste assis devant leur version de la boîte. Pour eux, le jeu ne fait peut-être que commencer. Nous ne sommes même pas sûrs que ce soient des enfants. »

Piper Libby vint les rejoindre. Elle avait le visage empourpré et des mèches de cheveux collées aux joues. « Ce sont des enfants, dit-elle.

— Comment le savez-vous ? demanda Barbie.

— Je le sais, c'est tout, répondit-elle avec un sourire. Ils sont le Dieu dans lequel j'ai cessé de croire il y a environ trois ans. Dieu, en fin de compte, n'est qu'une bande de morveux qui jouent à un jeu vidéo interstellaire. Vous ne trouvez pas ça drôle ? »

Son sourire s'élargit, puis elle éclata en sanglots.

Julia regardait dans la direction de la boîte qui émettait l'éclair violet. Elle avait une expression songeuse et même un peu rêveuse.

14

On est samedi soir et la nuit tombe sur Chester's Mill. Le soir où ces dames de l'Eastern Star avaient l'habitude de se retrouver (et après la réunion, elles allaient souvent chez Henrietta Clavard pour boire du vin et se raconter leurs histoires les plus salaces). Le soir où Peter Randolph et ses potes jouaient au poker (et échangeaient eux aussi leurs histoires les plus cochonnes). Le soir où Stewart et Fern Bowie se rendaient souvent à Lewiston pour se payer une pute au bar à chattes, sur Lower Lisbon Street. Le soir où le révérend Lester Coggins organisait des soirées de prières pour les ados à l'église du Christ-Rédempteur et où Piper Libby accueillait des boums d'ados dans le sous-sol de la Congo. Le soir où la fête battait son plein au Dipper's jusqu'à une heure du matin (après que, vers minuit et demie, la clientèle s'était lancée dans l'interprétation avinée de son hymne, « Dirty Water », chanson que tous les orchestres de Boston connaissaient très bien). Le soir où Howard et Brenda Perkins allaient en général se promener, main dans la main, du côté du parc, saluant au passage les couples qu'ils connaissaient. Le soir où Alden Dinsmore, sa femme Shelley et leurs deux fils jouaient à s'attraper à la clarté de la pleine lune. À Chester's Mill (comme dans la plupart des petites villes où tout le monde soutient l'équipe), les soirées du samedi étaient en général les meilleures de la semaine, des soirées où l'on dansait, où l'on baisait, où l'on rêvait.

Mais pas ce soir. Ce soir, l'obscurité est complète et paraît vouloir durer pour l'éternité. Le vent est tombé. L'air chargé de miasmes empoisonnés est brûlant, pesant, immobile. Là où il y avait la Route 119, avant que la fournaise l'ait fait fondre, Ollie Dinsmore est allongé, la bouche collée à sa petite fenêtre, s'accrochant toujours opiniâtrement à la vie tandis qu'à cinquante centimètres de lui, le soldat Clint Ames poursuit sa veille patiente. Un brillant esprit n'avait rien imaginé de mieux que de vouloir braquer un projecteur sur le gamin ; Ames (soutenu par le sergent Groh, pas vraiment un ogre, en fin de compte) l'en avait dissuadé en faisant observer que braquer un projecteur sur les gens endormis était ce qu'on faisait aux terroristes, pas à un gamin qui serait probablement mort avant l'aube. Ames a une lampe torche, cependant, et il la dirige de temps en temps sur Ollie pour s'assurer qu'il respire encore. Oui, il respire encore, mais chaque fois que Clint rallume sa lampe, il s'attend à constater que cette respiration laborieuse s'est arrêtée. Une partie de lui-même en est venue à l'espérer. Une partie de lui-même commence à accepter la vérité : Ollie Dinsmore a beau être un gosse plein de ressources, a beau avoir été héroïque dans sa bagarre pour survivre, il n'a aucun avenir. Le voir lutter est effrayant. Peu avant minuit, le soldat Ames s'endort à son tour en position assise, la torche encore à la main.

Dors-tu ? aurait demandé Jésus à Pierre. *Ne peux-tu donc pas veiller une heure ?*

À quoi le chef Bushey aurait pu ajouter, *Évangile de Matthieu, Sanders.*

Juste après une heure, Rose Twitchell réveille Barbie en lui secouant l'épaule.

« Thurston Marshall est mort, lui dit-elle. Rusty et mon frère sont allés mettre le corps sous l'ambulance pour que la petite ne soit pas trop bouleversée à son réveil. » Puis elle ajoute : « Si elle se réveille. Alice aussi est malade.

— Nous le sommes tous à présent, fait remarquer Julia. Tous sauf Sam et ce bébé léthargique. »

Rusty et Twitch reviennent rapidement du groupe de véhicules pour s'effondrer face aux ventilateurs et se remettre à respirer à grandes bouffées bruyantes. Twitch est pris d'une quinte de toux et Rusty, en voulant le rapprocher encore plus de l'air, lui fait heurter le Dôme du front. Tous entendent le *bonk*.

Rose n'a pas terminé son inventaire. « Benny Drake ne va pas très bien non plus. » Elle baisse encore la voix : « D'après Ginny, il ne va pas tenir jusqu'au lever du soleil. Si seulement il y avait quelque chose qu'on puisse faire ! »

Barbie garde le silence. Tout comme Julia, tournée une fois de plus en direction de la boîte, qui, même si elle ne mesure que quarante centimètres carrés pour une épaisseur de même pas trois centimètres, est impossible à déplacer. Son regard est distant, songeur.

Une lune rougeâtre finit par se hisser au-dessus du voile de crasse accumulé sur la paroi est du Dôme et les éclaire de sa lumière ensanglantée. Nous sommes fin octobre à Chester's Mill, octobre, le plus cruel des mois, avec son mélange de souvenirs et de désirs. Il n'y a pas de lilas, sur cette terre morte. Pas de lilas, pas d'arbres, pas d'herbe. La lune n'éclaire que des ruines, et pas grand-chose d'autre.

15

Big Jim se réveilla dans l'obscurité, agrippant sa poitrine. Son cœur avait de nouveau des ratés. Il cogna dessus. Puis l'alarme du générateur se déclencha ; la bouteille de propane qui l'alimentait n'en avait plus que pour une ou deux minutes : *AAAAAAAAAA. Nourris-moi, nourris-moi.*

Big Jim sursauta et poussa un cri. Son pauvre cœur torturé dérapa, pirouetta, s'arrêta et repartit au galop pour se rattraper lui-même. Rennie se sentait comme une vieille bagnole au carburateur défaillant, le genre de tacot qu'on rachète mais qu'on ne songe même pas à revendre, tout juste bon pour la casse. Il haletait. Il se donna des coups de poing. C'était aussi grave que l'autre fois, quand il avait dû aller à l'hôpital. Peut-être même pire.

AAAAAAAAAAAAAAAAAAA : c'est la stridulation terrifiante d'un monstrueux insecte – une cigale, peut-être – tapi tout près dans le noir. Allez savoir ce qui a pu ramper jusqu'ici pendant qu'il dormait ?

À tâtons, Big Jim chercha la torche. Son autre main cognait et frottait, alternativement, suppliant son cœur de ne pas faire l'idiot, de se calmer, de ne pas être un tel casse-pieds de cueilleur de coton, il n'avait pas traversé tout ça juste pour crever dans le noir.

Il trouva la lampe torche, se remit debout avec peine, et trébucha sur le cadavre de feu son aide de camp. Il cria de nouveau et tomba à genoux. La torche ne s'éteignit pas mais roula loin de lui, son faisceau balayant l'étagère inférieure des réserves où s'empilaient des paquets de spaghettis et des boîtes de sauce tomate.

Big Jim partit la chercher à quatre pattes. Il vit alors l'œil ouvert de Carter *bouger*.

« Carter ? » De la transpiration coulait sur le visage du deuxième conseiller ; ses joues lui donnaient l'impression d'être enduites d'une couche grasse et puante. Sa chemise lui collait à la peau. Son cœur fit l'une de ses cabrioles puis, miraculeusement, reprit un rythme normal.

Bon, d'accord, pas exactement. Mais au moins s'installa dans quelque chose s'approchant d'un rythme normal.

« Carter ? Fiston ? T'es vivant ? »

Ridicule, bien entendu ; Big Jim l'avait aussi proprement éventré qu'un poisson au bord de la rivière, puis lui avait tiré ensuite une balle dans la nuque. Il était aussi mort qu'Adolf Hitler. Cependant, il aurait pu jurer... presque jurer... que les yeux du garçon...

Il repoussa l'idée que la main de Carter Thibodeau allait s'avancer et le saisir à la gorge. Se disant qu'il était normal de se sentir un peu

(*terrifié*)

nerveux, car le garçon avait bien failli le tuer, après tout. Et pourtant, il s'attendait à voir Carter s'asseoir, l'attirer à lui et planter des dents affamées dans sa gorge.

Big Jim appuya deux doigts contre la joue de Carter. La peau gluante de sang était froide, aucun pouls ne l'animait. Bien sûr que non. Le gamin était mort. Il l'était depuis douze heures ou davantage.

« Tu dînes avec ton Sauveur, fiston, murmura Big Jim. Rosbif et purée de pommes de terre. Tarte aux pommes pour le dessert. »

Il se sentit mieux. Il rampa jusqu'à la lampe torche et, lorsqu'il crut entendre quelque chose – le frottement d'une main avançant à tâtons sur le béton, par exemple –, il ne regarda pas derrière lui. Il devait remplacer la bouteille de propane. Il devait réduire le *AAAAAAA* au silence.

Alors qu'il retirait l'une des quatre dernières bouteilles pleines de la réserve, son cœur se remit à flancher. Il s'assit à côté du couvercle rabattu, haletant et essayant de retrouver un rythme normal à coups de toussotements. Il priait aussi, sans se rendre compte que ses prières étaient avant tout une série d'exigences et de justifications : Faites que tout ça s'arrête, rien de ce qui est arrivé n'a été de ma faute, faites-moi sortir d'ici, j'ai fait du mieux que j'ai pu, remettez tout comme c'était avant, j'ai été trahi par des incompétents, guérissez mon cœur.

« Par la grâce de Jésus, *amen* », dit-il. Le son de sa voix le fit frissonner plus qu'il ne le rassura. On aurait dit des ossements s'entrechoquant dans une tombe.

Le temps que son cœur se soit un peu calmé, le crissement rauque de cigale du générateur s'était tu. La bouteille en place était vide. S'il n'y avait pas eu la torche, il aurait fait aussi noir dans la seconde pièce de l'abri que dans la première ; le dernier éclairage de secours restant avait émis son ultime clignotement sept heures auparavant. Déployant de laborieux efforts pour retirer la bouteille vide et la remplacer par la pleine qu'il fallait hisser sur la plate-forme, à côté du générateur, Big Jim eut le vague souvenir d'avoir mis son veto à une demande écrite pour l'entretien de l'abri qui avait atterri sur son bureau, il y avait un ou deux ans de cela. La demande avait certainement compris le renouvellement des piles des éclairages de secours. Il ne pouvait cependant pas se le reprocher : le budget d'une petite ville est limité et tout le monde tendait la main : *nourrissez-moi, nourrissez-moi.*

Al Timmons aurait dû le faire de sa propre initiative. Pour l'amour du ciel, est-ce trop demander ? Prendre ce genre de décision ne fait-il pas aussi partie des raisons pour lesquelles on paie une équipe d'entretien ? Il aurait pu aller demander à cette grenouille de Burpee de lui en fournir à titre gratuit, nom d'un chien. Voilà ce que j'aurais fait, moi.

Il brancha la bouteille sur le générateur. Puis son cœur se remit à bégayer. Sa main tressaillit brusquement et il laissa tomber la torche dans la caisse des bouteilles de réserve où elle heurta l'une des trois restantes. Le verre se cassa et il se retrouva une fois de plus dans une obscurité totale.

« Non ! hurla-t-il, non, bon Dieu, NON ! »

Bien qu'invoqué, Dieu ne répondit pas. Silence et ténèbres pesaient sur lui, tandis que son cœur surmené s'étouffait et se débattait. Ah, le traître !

« C'est pas grave. Il y a une autre torche dans la pièce à côté. Et des allumettes. Faut juste que je les trouve. Si Carter les a rangées, je dois pouvoir les trouver tout de suite. » Big Jim se l'avoua : il avait surestimé ce garçon. Il l'avait pensé taillé pour la réussite, mais c'était un raté. Ce qui le fit rire. Il s'obligea à s'arrêter. Un rire, dans cette obscurité et ce silence, avait quelque chose d'un peu inquiétant.

Pas grave. Faut lancer le générateur.

Oui. Exact. Le générateur d'abord. Il pourrait vérifier que la connection était bien verrouillée une fois qu'il serait en marche et que le purificateur d'air tournerait. Après quoi, il trouverait une autre torche et peut-être même une lampe à pétrole. Plein d'éclairage pour le prochain changement de bouteille.

« C'est comme ça, dit-il. Si tu veux qu'un truc soit bien fait, dans ce bas monde, tu dois le faire toi-même. Il suffit de demander à Coggins. Il suffit de demander à la rime-avec-galope de Perkins. Ils le savaient bien, eux. » Il rit à nouveau un peu. Il ne pouvait s'en empêcher, parce que c'était trop drôle. « Ils ont eu leur leçon. On ne provoque pas un gros chien avec un petit bâton. Non, m'sieur, non m'dame. »

À tâtons, il chercha le bouton du générateur, le trouva, appuya dessus. Rien ne se passa. Soudain, l'air lui parut plus épais que jamais dans la pièce.

J'ai appuyé sur le mauvais bouton.

Il savait bien que non, mais préférait le croire, il y a des fois où on ne peut pas faire autrement. Il souffla sur ses doigts comme un joueur de 421 espérant réchauffer ses dés avant de les lancer. Puis il tâtonna à nouveau à la recherche du bouton.

Il le trouva, l'enfonça.

Rien.

Il s'assit dans le noir, les pieds pendant dans la réserve, essayant de repousser la panique qui menaçait de le manger tout cru. Il devait réfléchir. C'était le seul moyen de survivre. Mais c'était difficile. Quand on était plongé dans l'obscurité totale, avec un cœur pouvant se mettre en rideau complet d'un instant à l'autre, réfléchir était difficile.

Et le pire, dans tout ça ? Le pire était que tout ce qu'il avait accompli et tout ce pour quoi il avait travaillé au cours des trente dernières années de sa vie – tout cela lui paraissait irréel. Aussi irréel que paraissaient les gens, de l'autre côté du Dôme. Ils marchaient, parlaient, conduisaient des voitures, volaient même en avion et en hélicoptère. Mais rien de tout cela n'avait la moindre importance, pas sous le Dôme.

Reprends-toi. Si Dieu refuse de t'aider, aide-toi toi-même.

D'accord. Première chose, l'éclairage. Même une pochette d'allumettes suffirait. Il devait bien y avoir *quelque chose* sur les étagères, dans l'autre pièce. Il lui suffisait de les explorer à tâtons, très lentement, très méthodiquement, jusqu'à ce qu'il l'ait trouvé. Après quoi, il trouverait les batteries de ce fichu cueilleur de coton de générateur. Il y avait des batteries, il en était certain, parce qu'il avait besoin du générateur. Sans le générateur, il mourrait.

Admettons que tu arrives à le relancer. Qu'est-ce qui se passera quand il n'y aura plus de propane ?

Ah, mais quelque chose allait se produire. Il n'était pas destiné à mourir dans ce trou. Du rosbif avec Jésus ? Il s'en passerait volontiers, en fait. S'il ne pouvait s'asseoir au haut bout de la table, autant renoncer à tout le bazar.

Ce qui le fit rire à nouveau. Il retourna à pas très lents et calculés jusqu'à la porte conduisant dans la pièce principale, mains tendues devant lui comme un aveugle. Au bout de sept pas, il toucha le mur. Il se déplaça vers la droite, effleurant la paroi du bout des doigts, et… ah ! Un vide. La porte. Bien..

Il s'engagea dans l'ouverture, se déplaçant avec un peu plus d'assurance, en dépit de l'obscurité. Il se souvenait parfaitement de la disposition de la pièce : des étagères des deux côtés, le canapé juste en fa…

Il trébucha une fois de plus sur le cadavre de ce morveux de cueilleur de coton et s'étala. Son front heurta le sol et il poussa un cri – plus de surprise scandalisée que de douleur, car la moquette avait amorti le coup. Mais, oh mon Dieu, il y avait une main inerte entre ses jambes. Une main qui lui avait agrippé les couilles.

Big Jim se mit à quatre pattes, s'avança et se cogna de nouveau la tête – au canapé cette fois. Il cria une fois de plus, puis grimpa sur le meuble, remontant rapidement ses jambes derrière lui comme s'il les retirait d'une eau dont il venait de découvrir qu'elle était infestée de requins.

Il resta là, tremblant, s'adjurant de se calmer, il devait absolument se calmer, sans quoi il aurait *vraiment* une crise cardiaque.

Quand vous sentez venir ces arythmies, vous devez vous centrer sur vous-même et prendre de longues et profondes inspirations, lui avait dit le toubib hippie. Sur le coup, Big Jim n'avait vu dans ces conseils que des âneries New Age, mais à présent qu'il n'avait rien d'autre à sa disposition – pas même son Vérapamil – il ne risquait rien d'essayer.

Ça semblait marcher. Au bout d'une vingtaine de profondes inspirations suivies de lentes et longues expirations, il sentit son cœur se calmer. Le goût de cuivre s'estompait dans sa bouche. Malheureusement, on aurait dit qu'un poids lui écrasait de plus en plus la poitrine. Une douleur remontait sourdement le long de son bras gauche. Il n'ignorait pas que c'était là les symptômes d'une crise cardiaque, mais il se dit qu'il y avait autant de chances que ce soit une indigestion due à toutes ces sardines à l'huile qu'il avait mangées. Ou plus de chances, même. Les longues et profondes inspirations-expirations prenaient très bien soin de son cœur (ce qui ne l'empêcherait pas d'aller se faire examiner quand toute cette histoire serait terminée, voire de céder, peut-être, et de se faire faire un double ou triple pontage). Le problème, c'était la chaleur. La chaleur et l'air vicié. Il fallait à tout prix retrouver cette lampe torche et relancer le générateur. Encore une minute, ou peut-être deux...

Non loin de lui quelqu'un respirait.

Oui, évidemment, c'est moi qui respire.

Pourtant, il était convaincu d'avoir entendu quelqu'un d'autre. Et même plus d'un quelqu'un d'autre. Il sentait la présence de plusieurs personnes ici, avec lui. Et il pensait savoir de qui il s'agissait.

C'est ridicule.

Oui, mais l'un des respireurs se tenait derrière le canapé. Un autre se cachait dans un angle de la pièce. Et un troisième se tenait à moins d'un mètre de lui.

Non. Arrête ça !

Brenda Perkins, derrière le canapé. Lester Coggins, dans l'angle, mâchoire démolie et pendante.

Et droit devant lui...

« Non, dit Big Jim. C'est que des âneries. C'est que des *conneries*. »

Il ferma les yeux et essaya de se concentrer sur sa respiration. Inspirer profondément. Expirer lentement.

« On peut dire que ça pue bon ici, p'pa », fit remarquer Junior d'une voix traînante, juste devant lui. « Ça sent exactement comme dans l'arrière-cuisine des McCain. Et comme mes petites copines. »

Big Jim hurla.

« Aide-moi, frangin, dit Carter depuis l'endroit où il gisait, sur le sol. Il m'a salement entaillé, tu sais. Et tiré dans la nuque, aussi.

— Arrêtez, murmura Big Jim. Je n'entends rien de tout ça, rien, alors arrêtez ça. Je compte mes respirations. Je calme mon cœur.

— J'ai toujours les papiers, dit Brenda Perkins. Et des tas de copies. Elles seront bientôt agrafées à tous les poteaux téléphoniques de la ville, comme a fait Julia avec sa dernière édition du *Democrat*. *Sachez que votre péché vous atteindra*, Nombres, 32.

— Vous n'êtes pas là. »

C'est alors que quelque chose – on aurait dit un doigt – se coula le long de sa joue.

Big Jim hurla à nouveau. L'abri antiatomique était plein de morts qui n'en respiraient pas moins l'air de plus en plus vicié, et ils se rapprochaient. Même dans l'obscurité, il apercevait leur visage blême. Il voyait les yeux de son fils.

Il bondit du canapé, brassant les ténèbres à grands coups de poing. « Fichez le camp ! Fichez-moi tous le camp d'ici ! »

Il chargea en direction de l'escalier et trébucha sur la première marche. Cette fois-ci, il n'y eut pas de moquette pour amortir le coup. Du sang se mit à couler dans ses yeux. Une main morte lui caressa la nuque.

« Tu m'as achachiné », lui dit Lester Coggins, sa mâchoire fracassée l'empêchant de prononcer correctement les consonnes.

Big Jim se releva, escalada l'escalier quatre à quatre et se jeta sur la porte, en haut, de toute sa considérable masse. Le battant s'ouvrit avec un grincement, repoussant les débris calcinés de poutre et de brique qui s'étaient accumulés devant et s'écarta juste assez du chambranle pour lui permettre de forcer le passage.

« *Non !* aboya-t-il. *Non, ne me touchez pas ! Je ne veux pas que vous me touchiez, aucun de vous !* »

Il faisait presque aussi noir dans les ruines de l'hôtel de ville que dans l'abri, mais avec une grande différence : l'air y était irrespirable.

Big Jim s'en rendit compte à sa troisième inspiration. Son cœur, torturé au-delà de ses limites d'endurance par ce dernier outrage, monta une fois de plus dans sa gorge. Et cette fois-ci, il y resta.

Big Jim se sentit écrasé de la gorge au nombril par un poids terrible : un grand sac de toile forte rempli de cailloux. Il retourna en titubant vers la porte, l'air de se déplacer dans une boue épaisse. Il essaya de se glisser par l'ouverture mais y resta complètement coincé. Un son effrayant monta de sa bouche béante et de sa gorge qui se refermait, et ce son était : *AAAAAAAA – nourris-moi, nourris-moi.*

Il agita les bras une fois, deux fois, trois fois : une main tendue, à la recherche d'un ultime sauveur.

On le caressait dans le dos. « *Paaapa* », roucoula une voix.

Une fois de plus, juste avant l'aube du dimanche matin, une main secoua l'épaule de Barbie. Il s'arracha au sommeil à contrecœur, pris d'une quinte de toux, et se tourna instinctivement vers le Dôme et les ventilateurs, de l'autre côté. Quand sa toux cessa enfin, il regarda qui l'avait réveillé. C'était Julia. Ses cheveux pendaient sur ses joues brûlantes de fièvre, mais ses yeux étaient clairs. « Benny Drake est mort il y a une heure.

— Oh, Julia ! Bon Dieu. Je suis désolé. »

La voix de Barbie était rauque, brisée, méconnaissable.

« Il faut que j'aille jusqu'à la boîte qui produit le Dôme, Barbie. Comment peut-on s'y prendre ? »

Barbie secoua la tête. « Irréalisable. Même s'il y avait une possibilité de faire quelque chose, la boîte est sur la crête, à sept ou huit cents mètres d'ici. Nous ne sommes même pas capables d'aller jusqu'aux véhicules sans retenir notre respiration, et ils ne sont qu'à vingt mètres à peine.

— Si, c'est réalisable », fit une voix.

Ils tournèrent la tête et virent Sam Verdreaux le Poivrot. L'homme fumait l'une de ses dernières cigarettes et les regardait d'un œil bien ouvert. Il était à jeun ; il était tout à fait à jeun pour la première fois depuis huit ans.

« Il y a un moyen, reprit-il. Je vais vous montrer. »

RENTRE CHEZ TOI AVEC,
ÇA TE FERA COMME UNE ROBE

1

Sept heures trente. Ils s'étaient réunis, tous, y compris la mère éplorée aux yeux rougis de feu Benny Drake. Alva avait passé les bras autour des épaules d'Alice Appleton. La fillette avait complètement perdu son goût de la provocation, et chacune de ses respirations produisait un râle sibilant dans sa poitrine étroite.

Quand Sam eut terminé d'exposer son idée, il y eut un moment de silence... si l'on ne tient pas compte, bien entendu, du grondement des ventilateurs. Puis Rusty prit la parole : « C'est dément. Vous mourrez.

— Si nous restons ici, survivrons-nous ? lui demanda Barbie.

— Mais pourquoi vouloir essayer un truc pareil ? intervint Linda. Même si l'idée de Sam fonctionne et que vous...

— Oh, je crois qu'elle va marcher, l'interrompit Rommie.

— Sûr et certain, dit Sam. C'est Peter Bergeron qui m'a raconté ça, pas très longtemps après l'incendie de Bar Harbor, en 1947. Peter était tout ce que vous voudrez, mais certainement pas un menteur.

— Et même si ça marche, dit Linda, pourquoi ?

— Parce qu'il reste une chose que nous n'avons pas

essayée », répondit Julia. À présent que sa décision était prise et qu'elle savait que Barbie l'accompagnerait, elle avait retrouvé son sang-froid. « Nous n'avons pas essayé la supplication.

— C'est du délire, Julia, dit Tony Guay. Vous imaginez-vous qu'ils vont vous entendre ? Ou vous écouter, s'ils vous entendent ? »

Julia se tourna vers Rusty, la mine grave. « Le jour où avec votre ami George Lathrop, vous faisiez brûler des fourmis vivantes avec sa loupe, les avez-vous entendues vous supplier ?

— Les fourmis en sont incapables, Julia.

— Vous avez dit, *il m'est venu à l'esprit que les fourmis avaient aussi leur petite vie à elles...* pourquoi cela vous est-il venu à l'esprit ?

— Parce que... », répondit-il sans aller plus loin.

Il haussa les épaules.

« Vous les avez peut-être entendues, suggéra Lissa Jamieson.

— Avec tout le respect que je vous dois, c'est une connerie, Lissa, dit Pete Freeman. Les fourmis sont des fourmis. Elles ne peuvent pas supplier.

— Mais les êtres humains, si, fit observer Julia. Et n'avons-nous pas aussi nos petites vies ? »

Personne ne répondit.

« Quelle autre solution vous reste-t-il ? »

Le colonel Cox venait de parler de derrière eux. Tout le monde l'avait oublié. Le monde extérieur et sa population avaient perdu toute réalité pour les prisonniers du Dôme. « J'essaierais, moi, si j'étais à votre place, reprit Cox. N'allez pas raconter que je vous l'ai dit, mais j'essaierais, oui... Barbie ?

— Je suis déjà pour. Julia a raison. Il ne nous reste rien d'autre. »

2

« Voyons un peu ces sacs », dit Sam.

Linda lui tendit trois sacs-poubelle. Deux d'entre eux contenaient les vêtements qu'elle y avait jetés à la hâte plus quelques livres pour les filles (T-shirts, pantalons, chaussettes et sous-vêtements étaient à présent éparpillés n'importe comment derrière le petit groupe des survivants). Le troisième était un cadeau de Rommie et avait servi à transporter deux fusils de chasse. Sam examina les trois, trouva un trou dans celui qui avait contenu les armes et le rejeta. Les deux premiers étaient intacts.

« Bon, dit-il. Écoutez-moi bien. Nous allons prendre le van de Mrs Everett pour aller jusqu'à la boîte, mais il faut commencer par le ramener jusqu'ici. » Du doigt, il montra l'Odyssey. « Vous êtes bien certaine que les vitres sont fermées, madame ? Faut pas vous tromper, parce que des vies vont en dépendre.

— Complètement fermées, répondit Linda. J'avais branché la clim. »

Sam regarda Rusty. « Vous allez le rapatrier ici, doc mais première chose, vous coupez la clim. Vous comprenez pourquoi, hein ?

— Pour protéger l'air de l'habitacle.

— Un peu de l'air vicié y entrera quand vous ouvrirez la portière, évidemment, mais pas trop, si vous faites vite. Il y aura toujours de l'air respirable à l'intérieur. L'air de la ville, *avant*. Les passagers devraient pouvoir respirer sans problème jusqu'à la boîte. Le vieux van, lui, n'est bon à rien, et pas seulement parce qu'il est resté vitres ouvertes…

— Fallait bien, dit Norrie, regardant le véhicule d'AT&T volé dans le parking de Big Jim. La clim ne marchait pas. C'est pa-papi qui l'a dit. »

Une larme roula lentement de son œil gauche et s'ouvrit un chemin dans la suie qui encrassait sa joue. De la crasse, il y en avait maintenant partout, surtout de la suie, une suie tellement fine qu'elle en était presque invisible mais qui tombait régulièrement du ciel congestionné.

« C'est pas un reproche, ma chérie, lui dit Sam. Les pneus ne valent pas un clou, de toute façon. Suffit de les voir pour deviner d'où vient ce tacot.

— Autrement dit, on devra se servir de mon van s'il faut un autre véhicule, dit Rommie. Je vais aller le chercher. »

Sam secoua la tête. « Vaut mieux prendre la voiture de Ms Shumway, parce que ses pneus sont plus petits et seront plus faciles à manipuler. Sans compter qu'ils sont pratiquement neufs. L'air, dedans, doit être plus frais. »

Un sourire vint brusquement illuminer le visage de Joe McClatchey. « L'air des pneus ! Mettre l'air des pneus dans les sacs-poubelle ! Des bouteilles de plongée faites maison ! Mr Verdreaux, c'est du génie ! »

Sam le Poivrot sourit, exhibant les six dents qui lui restaient. « Oh, répondit-il, l'idée n'est pas de moi, fiston, je l'ai dit. Mais de Peter Bergeron. Il m'a raconté l'histoire de deux types qui se sont trouvés encerclés par le feu, pendant le grand incendie de Bar Harbor. Ils ne risquaient rien où ils étaient, mais l'air devenait de moins en moins respirable. Si bien qu'ils ont eu l'idée de démolir la valve d'un pneu de camion et de respirer directement dessus chacun leur tour, en attendant que le vent ait renouvelé l'air. Ils ont dit à Pete que l'air avait un goût dégueulasse, comme du vieux poisson, mais ça leur a permis de survivre.

— Un pneu suffira ? demanda Julia.

— C'est possible, mais j'ai pas trop confiance dans la roue de secours, ces machins-là sont juste bons pour rouler sur trente kilomètres jusqu'à la prochaine station-service.

— Pas la mienne, dit Julia. J'ai ces saletés en horreur. J'ai demandé à Johnny Carver de m'en mettre une neuve, et il l'a fait. » Elle regarda vers la ville. « Je suppose que Johnny est mort, à présent. Carrie aussi.

— Il vaudra mieux en prélever une aussi sur la voiture, par précaution, dit Barbie. Je suppose que vous avez un cric ? »

Julia acquiesça.

Rommie Burpee sourit, mais sans humour. « On fera la course jusqu'ici, doc. Votre van contre la Prius de Julia.

— C'est moi qui conduirai la Prius, intervint Piper. Vous, vous restez où vous êtes, Rommie. Vous avez une tête de merde.

— Quel langage pour un pasteur, grommela Rommie.

— Vous devriez être reconnaissant que je me sente encore assez pleine de vie pour dire des grossièretés. »

En réalité, la révérende Libby semblait loin d'être pleine de vie, mais Julia ne lui en tendit pas moins les clefs. Aucun d'entre eux, pour tout dire, ne paraissait prêt à aller faire la tournée des grands-ducs ; Claire McClatchey, en particulier, était d'une pâleur à faire peur, mais Piper avait l'air un peu plus en forme que les autres.

« Entendu, dit Sam. Il reste encore un petit problème, mais tout d'abord…

— Quoi ? demanda Linda. Quel petit problème ?

— Ne vous inquiétez pas pour ça, pour le moment. On commence par rapatrier nos tas de ferraille. Quand voulez-vous y aller ? »

Rusty regarda celle qui était le pasteur de Chester's Mill. Piper fit « oui » de la tête. « Pas de meilleur moment que maintenant », dit Rusty.

3

Le reste des citoyens de Chester's Mill les regardèrent opérer, mais pas seulement eux. Cox et près d'une centaine de soldats s'étaient rassemblés près du Dôme et suivaient la scène des yeux au travers.

Rusty et Piper s'hyperventilèrent, collés au Dôme, chargeant leurs poumons d'autant d'oxygène que possible. Puis ils coururent, main dans la main, en direction des véhicules. Ils se séparèrent quelques mètres avant mais Piper trébucha, chuta sur un genou et laissa tomber les clefs de la Prius. Un murmure parcourut son public.

Elle ramassa le trousseau dans l'herbe et se remit aussitôt debout. Rusty avait déjà rejoint l'Odyssey et lancé le moteur, au moment où Piper ouvrait la portière de la petite voiture verte et se jetait à l'intérieur.

« J'espère qu'ils n'ont pas oublié de couper la clim », marmonna Sam.

Les véhicules effectuèrent un demi-tour presque parfaitement synchronisé, et la Prius se mit à talonner le van comme un chien de berger poursuit un mouton égaré. Ils roulèrent rapidement vers le Dôme, cahotant sur le sol inégal. Les exilés s'écartèrent, Alva portant Alice Appleton dans ses bras, Linda avec une J sous chacune de ses ailes.

La Prius s'arrêta à moins de trente centimètres de la barrière maculée de suie, mais Rusty prit le temps de manœuvrer le van pour le présenter par l'arrière.

« Votre mari a des couilles au cul et des poumons d'acier », déclara Sam à Linda d'une voix tranquille.

« C'est parce qu'il a arrêté de fumer », répondit Linda, et soit elle n'entendit pas Twitch glousser, soit elle ne voulut pas l'entendre.

Poumons d'acier ou pas, Rusty ne traîna pas. Il claqua la portière et se précipita vers le Dôme. « Du gâteau », eut-il le temps de dire avant de se mettre à tousser.

« L'air dans le van est-il respirable, comme l'a prétendu Sam ?

— Mieux que ce qu'on a ici. » Il partit d'un petit rire distrait. « Mais il a aussi raison quand il dit que chaque fois qu'on ouvre une portière, on perd un peu de bon air et on fait entrer un peu d'air vicié. On devrait sans doute pouvoir aller jusqu'à la boîte avec l'air de l'habitacle, mais je ne suis pas sûr qu'on pourrait revenir sans celui des pneus.

— C'est pas vous qui allez conduire », dit Sam en regardant Rusty et Piper. « C'est moi. »

Barbie sentit son premier sourire authentique – depuis des jours – se dessiner sur ses lèvres. « Je croyais que vous n'aviez plus votre permis ?

— Vous voyez des flics par ici, vous ? » rétorqua Sam. Il se tourna vers Cox. « Et vous, mon colon ? Vous en voyez, des pieds nickelés ou des gars de la police montée ?

— Pas un », répondit Cox.

Julia tira Barbie de côté. « Vous êtes bien certain de vouloir faire ça ?

— Oui.

— Vous savez que vos chances de réussite oscillent entre minces et zéro, n'est-ce pas ?

— Oui.

— Supplier… vous savez faire ça, colonel Barbara ? »

Il retourna soudain au gymnase de Falludjah : Emerson donnant un violent coup de pied dans les couilles d'un prisonnier, Hackermeyer tirant un autre type par son turban et lui collant son pistolet sur la tempe. Le sang avait giclé sur le mur comme il a toujours giclé sur les murs depuis l'époque où les hommes s'affrontaient à coups de massue.

« Aucune idée, avoua Barbie. Tout ce que je sais, c'est que c'est mon tour. »

4

Aidé de Pete Freeman et Tony Guay, Rommie mit la Prius sur le cric et en retira un pneu. C'était une petite voiture et, en temps ordinaire, ils auraient été capables de la soulever par l'arrière, à trois. Pas aujourd'hui. Le véhicule avait beau être garé tout près des ventilateurs, ils durent se précipiter jusqu'au Dôme à plusieurs reprises avant d'en avoir terminé. À la fin, Rose prit la place de Tony qui toussait trop pour continuer.

Finalement, ils se retrouvèrent avec deux pneus neufs posés contre le Dôme.

« Jusqu'ici, tout va bien, dit Sam. Bon. Autre petit problème, maintenant. J'espère que quelqu'un aura une idée, parce que moi, je n'en ai pas. »

Tous le regardèrent.

« D'après Peter, les types avaient démoli la valve et respiré directement dessus. Mais dans notre cas, ça peut pas fonctionner. Il faut gonfler ces sacs, ce qui signifie faire des trous plus gros. Bien sûr, on pourrait crever les pneus, mais si on ne peut pas enfoncer un truc dans le trou, un truc comme une paille, on va perdre plus d'air qu'on n'en récupérera. Alors, comment on va s'y prendre ? » Il regarda autour de lui, plein d'espoir. « Personne n'a apporté de tente, j'imagine ? De celles qui ont des piquets en tubes d'aluminium ?

— Les filles en ont une petite pour jouer, dit Linda, mais elle est à la maison, dans le garage. »

Puis elle se souvint qu'elle n'avait plus de garage. Ni la maison qui allait avec, et elle éclata d'un rire nerveux.

« Le corps d'un stylo à bille, peut-être ? proposa Joe. J'ai un Bic…

— Pas assez gros, dit Rommie. Rusty ? Qu'est-ce que vous avez dans l'ambulance ?

— Un tube à trachéo, peut-être ? » avança-t-il, dubitatif, avant de répondre à sa propre question : « Non, trop petit aussi. »

Barbie se tourna : « Colonel Cox ? Une idée ? »

Cox secoua la tête à contrecœur. « Nous avons probablement ici des milliers de trucs qui feraient l'affaire, mais non, je n'ai pas d'idée.

— Nous ne pouvons pas nous laisser arrêter par ça ! » s'écria Julia. Il y avait de la frustration et un début très net de panique dans sa voix. « Y a qu'à laisser tomber les sacs ! On respirera directement sur les pneus ! »

Sam secouait déjà la tête. « Ça marchera pas, madame. Désolé, mais ce n'est pas la solution. »

Linda se pencha contre le Dôme, prit plusieurs profondes inspirations et retint la dernière. Puis elle s'approcha de l'Odyssey, dégagea un coin propre sur la vitre arrière et scruta l'intérieur. « Le sac est encore là, dit-elle. Merci mon Dieu.

— Quel sac ? demanda Rusty en la prenant par les épaules

— Celui de la boutique Best Buy dans lequel il y a ton cadeau d'anniversaire. Le 8 novembre. T'as oublié ?

— Oui, j'ai oublié. Exprès. Qui diable aurait envie d'avoir quarante ans ? C'est quoi ?

— Je savais que si je l'apportais à la maison avant de l'avoir emballé, tu le trouverais… » Elle regarda les autres, la mine sérieuse, le visage aussi barbouillé de crasse qu'un gamin des rues de Bogota. « Vous pouvez pas savoir comme il est fouineur. Alors je l'ai laissé dans le van.

— Et c'est quoi, ce cadeau que tu voulais lui faire, Linda ? demanda Jackie Wettington.

— Un cadeau pour tout le monde, j'espère », répondit Linda.

5

Une fois prêts, Barbie, Julia et Sam le Poivrot embrassèrent tous les autres, y compris les enfants. On ne lisait guère d'espoir sur le visage des deux douzaines d'exilés qu'ils laissaient derrière eux. Barbie essaya de se raconter que cela tenait à leur épuisement et au manque chronique d'oxygène, mais il n'y croyait pas lui-même. Ces baisers étaient un adieu.

« Bonne chance, colonel Barbara », dit Cox.

Barbie lui adressa un bref signe de la tête et se tourna vers Rusty : « Ne désespérez jamais et ne laissez personne sombrer dans le désespoir. Si nous échouons, prenez soin d'eux aussi longtemps et aussi bien que vous pourrez.

— C'est bien compris. Et vous, faites de votre mieux. »

Barbie eut un mouvement de tête vers Julia. « C'est surtout à elle de jouer, je crois. Mais même si ça ne marche pas, nous arriverons peut-être à revenir ici.

— Bien sûr, que vous y arriverez. »

Rusty avait répondu avec chaleur, mais ce qu'il pensait se lisait dans ses yeux.

Barbie lui donna une tape sur l'épaule, puis alla rejoindre Sam et Julia près du Dôme pour prendre une dernière fois de longues bouffées du peu d'air frais qui filtrait au travers. « Vous êtes bien certain que vous voulez faire ça ? demanda-t-il à Sam.

— Et comment. J'ai quelque chose à me faire pardonner.

— On peut savoir ce que c'est, Sam ? demanda Julia.

— J'préfère pas le dire. » Il eut un petit sourire. « En particulier, j'préfère pas le dire à la dame du journal de la ville.

— Prête ? demanda Barbie à Julia.

— Oui. » Elle lui prit la main et la serra brièvement, très fort. « Autant que je puisse l'être. »

6

Rommie et Jackie Wettington s'étaient placés près d'une des portières arrière du van. Lorsque Barbie cria : « Allez ! » Jackie fit coulisser la portière et Rommie jeta les deux pneus de la Prius à l'intérieur. Barbie et Julia se précipitèrent et la portière se referma une fraction de seconde après. Sam Verdreaux, âgé et ravagé par l'alcool, mais l'air aussi frais et vif qu'un gardon était déjà au volant de l'Odyssey, et lançait le moteur.

L'habitacle du van empestait autant que dehors – d'entêtants relents de bois calciné et d'essence de térébenthine – mais c'était cependant mieux que ce qu'ils avaient respiré jusqu'ici près du Dôme, même avec des douzaines de ventilateurs tournant à fond.

Ça ne va pas durer longtemps, pensa Barbie. *Pas avec trois passagers pompant dessus.*

Julia s'empara du sac jaune et noir très reconnaissable de Best Buy et le retourna. Il en tomba un cylindre de plastique sur lequel on lisait PERFECT ECHO. Et, dessous, 50 CD D'ENREGISTREMENT. Elle voulut déchirer l'enveloppe de Cellophane, mais celle-ci lui résista. Barbie esquissa le geste de prendre son canif, puis son cœur se serra. Le couteau n'était pas dans sa poche. Bien sûr que non. Il était à présent réduit à l'état de bout de ferraille méconnaissable sous ce qui restait du poste de police.

« Sam ! Par pitié, dites-moi que vous avez un couteau de poche ! »

Sans un mot, Sam lui en jeta un. « Il était à mon père. Je l'ai eu sur moi toute ma vie, et il s'appelle reviens. »

Le manche était d'un bois rendu parfaitement lisse avec le temps, mais lorsqu'il l'ouvrit, Barbie découvrit une lame tout aussi parfaitement affûtée. Elle n'aurait aucun mal avec la Cellophane et elle pourrait faire des trous impeccables dans les pneus.

« Grouillez-vous ! » leur cria Sam en enfonçant l'accélérateur. « On va pas attendre que vous trouviez vot'truc, et j'ai bien peur que le moteur ne tourne pas bien longtemps dans cet air ! »

Barbie dégagea l'enveloppe, aidé de Julia. C'est elle qui fit pivoter le cylindre en plastique d'un demi-tour sur la gauche, le dégageant de son support. Les CD vierges achetés pour l'anniversaire de Rusty Everett étaient empilés sur un axe central en plastique noir. Julia laissa tomber les CD sur le plancher du van et referma la main autour de l'axe. L'effort lui fit pincer les lèvres.

Barbie eut juste le temps de dire : « Laissez-moi faire ça », la tige avait cassé.

« Hé, les femmes sont costaudes, elles aussi. En particulier quand elles sont mortes de frousse.

— Il est creux ? Parce que sinon, nous voilà de retour à la case départ. »

Julia porta l'axe à hauteur de son visage. Barbie regarda par l'autre extrémité et vit un œil bleu lui rendre son regard. « Foncez, Sam, dit-il. On est équipés.

— Vous pensez que ça va marcher ? lui cria Sam, passant une vitesse.

— Bien sûr ! » répliqua Barbie, parce que *comment diable voulez-vous que je le sache ?* n'aurait remonté le moral de personne. Pas même le sien.

7

Les survivants du Dôme suivirent des yeux, en silence, le van qui fonçait sur la piste de terre conduisant jusqu'à ce que Norrie Calvert avait baptisé la « Flash-Box » – la Boîte à Éclairs. L'Odyssey s'enfonça dans le smog épais, devint fantomatique et disparut.

Rusty et Linda, côte à côte, tenaient chacun une de leurs filles. « Qu'est-ce que tu en penses, Rusty ? demanda Linda.

— J'en pense que nous devons espérer le meilleur.

— Et nous préparer au pire ?

— Oui, ça aussi. »

8

Ils passaient devant la ferme lorsque Sam leur lança : « Nous allons directement jusqu'au verger. Vous avez intérêt à vous accrocher, les gars, vu que je vais pas ralentir, même si on doit y laisser la moitié du bas de caisse !

— Allez-y, foncez ! » lui répondit Barbie.

Sur quoi un méchant nid-de-poule le propulsa en l'air alors qu'il entourait l'un des pneus des bras. Julia s'agrippait à l'autre comme une femme tombée à la mer s'agripperait à une bouée. Les pommiers défilaient à toute vitesse. Les feuilles pendaient, sales, inertes. La plupart des fruits étaient tombés au sol, arrachés par la violente bourrasque qui avait traversé le verger après l'explosion.

Il y eut un deuxième et énorme cahot. Julia et Barbie s'élevèrent et retombèrent ensemble, Julia s'étalant sur les genoux de Barbie sans avoir lâché son pneu.

« Comment vous avez eu votre permis, vieux chnoque ? lança Barbie à Sam. Par correspondance ?

— Non, chez Walmart ! répliqua le vieil homme. Tout est moins cher chez Walmart ! » Puis il interrompit son caquetage. « Je le vois. Je vois cette putain de saloperie qu'arrête pas de faire de l'œil. Une lumière violette brillante. Je vais m'arrêter juste à côté. Vous allez attendre que j'aie mis le frein à main avant d'attaquer vos pneus, sinon vous risquez de les déchiqueter. »

Quelques secondes après, il écrasa le frein et le van s'immobilisa dans un crissement de gravillons, envoyant Barbie et Julia rebondir contre leur siège.

« Vous conduisez comme un chauffeur de taxi ! protesta Julia avec indignation.

— N'oubliez pas le pourboire... » Sam fut arrêté par une violente quinte de toux. « ... vingt pour cent. » Il avait la voix fortement enrouée.

« Sam ? dit Julia, ça va, Sam ?

— Peut-être pas très bien », répondit-il, l'air pas plus ému que ça. « Je dois saigner quelque part. C'est peut-être dans la gorge, mais j'ai l'impression que c'est plus profond. Je crois que j'ai un poumon percé. »

Sur quoi il se remit à tousser.

« Qu'est-ce qu'on peut faire ? »

Sam finit par contrôler sa toux. « Leur faire fermer leur putain de truc, qu'on puisse sortir d'ici. J'ai plus de cigarettes. »

9

« J'en fais mon affaire, dit Julia. Il faut que ce soit clair pour vous. »

Barbie hocha la tête. « Bien, bien.

— Vous êtes mon pourvoyeur d'oxygène. Rien de plus. Si ma tentative échoue, nous échangerons nos rôles.

— Ça pourrait peut-être m'aider, si je savais ce que vous avez en tête.

— Rien de précis, malheureusement. Il ne s'agit que d'une vague intuition et d'un peu d'espoir.

— Ne soyez pas aussi pessimiste. Nous disposons aussi de deux pneus, de deux sacs-poubelle et d'un tube creux. »

Elle sourit, et son visage sale aux traits tirés s'éclaira. « Bien noté. »

Sam s'était remis à tousser, plié sur le volant. Il cracha quelque chose. « Par l'bon Dieu et son fiston Jésus, quel goût dégueulasse ! dit-il. Hé, vous deux, *grouillez-vous*. »

Barbie creva son pneu avec le couteau et entendit siffler l'air dès qu'il eut retiré la lame. Julia lui mit le tube dans la main avec la précision d'une infirmière de salle d'op. Barbie enfonça l'axe dans le trou, vit la gomme l'enserrer et sentit un flux divin d'air sur son visage. Il respira à fond une fois, incapable de s'en empêcher. L'air était beaucoup plus frais, plus *riche* que celui que les ventilateurs faisaient passer à travers le Dôme. Son cerveau lui fit l'effet de s'éveiller et il prit brusquement une décision. Au lieu de placer un sac-poubelle au-dessus de l'ajutage de fortune, il déchira un gros morceau de plastique.

« Qu'est-ce que vous faites ? » cria Julia.

Il n'avait pas le temps de lui expliquer qu'elle n'était pas la seule à avoir des intuitions.

Il boucha l'orifice du tube avec le plastique. « Faites-moi confiance. Vous, allez jusqu'à la boîte et faites ce que vous avez à faire. »

Elle lui adressa un dernier regard – on aurait dit que ses yeux agrandis lui mangeaient le visage – puis ouvrit la portière coulissante de l'Odyssey. Elle vacilla un instant, se redressa, trébucha sur une motte et tomba finalement à genoux juste à côté de la Flash-Box. Barbie la suivit, portant les deux pneus. Le couteau de Sam était dans sa poche. Il se laissa tomber lui aussi à genoux et tendit à Julia le pneu d'où dépassait le tube noir.

Elle arracha le bouchon, respira – les joues creusées sous l'effort –, souffla de côté, respira à nouveau. Des larmes roulaient sur ses joues, laissant des traces plus claires dans la suie qui la barbouillait. Barbie pleurait, lui aussi. Cela n'avait rien à voir avec de l'émotion ; il avait l'impression d'être pris dans la plus acide des pluies acides. C'était bien pire que l'air aux limites du Dôme.

Julia respira encore à deux ou trois reprises. « Délicieux », dit-elle en expirant. « Absolument délicieux. Goût de poussière, pas de poisson. » Elle prit encore une bouffée, puis inclina le pneu vers Barbie.

Il secoua la tête et le repoussa, en dépit de ses poumons qui commençaient à devenir douloureux. Il se tapota la poitrine, puis tendit un doigt vers elle.

Elle prit une grande bouffée, puis une deuxième. Barbie appuya sur le pneu pour l'aider. Assourdi, comme lui parvenant d'un autre monde, il entendait Sam tousser sans s'arrêter.

Il va se déchirer en deux, pensa Barbie. Il avait lui-même l'impression qu'il allait se déchirer en deux s'il ne respirait pas rapidement et, lorsque Julia poussa le pneu vers lui pour la seconde fois, il se pencha sur la paille improvisée, inspira profondément, essayant de faire descendre ce merveilleux air à goût de poussière jusqu'au fond de ses poumons. Il n'y en avait pas assez, il semblait qu'il ne pourrait jamais y en avoir assez, et, quelques instants, il fut gagné

(Mon Dieu, je me noie)

par un début de panique. L'envie folle de bondir dans le van – et peu importait Julia, que Julia se débrouille – faillit l'emporter et il dut faire appel à toute son énergie pour y résister. Il ferma les yeux, respira et s'efforça de trouver le centre de calme et de paix qu'il savait être quelque part en lui.

Du calme. Lentement. Du calme.

Il tira une troisième longue bouffée, et les cognements de son cœur parurent s'atténuer. Il regarda Julia se pencher sur la boîte et l'attraper à deux mains. Rien ne se passa, ce qui ne surprit pas Barbie. Elle avait déjà touché la Flash-Box, la première fois qu'ils étaient venus ici, et elle était immunisée contre le choc.

Puis, soudain, son dos s'arqua. Elle gémit. Barbie tendit le tube vers elle, mais elle l'ignora. Du sang jaillit de son nez et commença à déborder aussi du coin de son œil. Des gouttes rouges coulèrent sur ses joues.

« Qu'est-ce qui se passe ? » lança Sam d'une voix doublement étouffée.

Je ne sais pas, pensa Barbie. *Je ne sais pas ce qui se passe.*

Il y avait cependant une chose qu'il savait : si Julia ne respirait pas rapidement, elle mourrait. Il retira l'axe du premier pneu, le prit entre ses dents et plongea le couteau de Sam dans le second pneu. Puis il y enfonça l'axe qu'il boucha avec le bout de plastique.

Et il attendit.

10

C'est un temps qui n'est pas du temps :

Elle se trouve dans une vaste pièce sans toit, sous un ciel d'un vert qui n'a rien de terrestre. C'est… quoi ? La salle de jeux ? Oui, la salle de jeux. Leur salle de jeux.

(Non, elle est allongée sur le sol du kiosque à musique.)

Elle est une femme d'un certain âge.

(Non, elle est une fillette.)

Il n'y a pas de temps.

(On est en 1974 et c'est aussi toutes les années du monde.)

Elle a besoin de respirer sur le pneu.

(Non.)

Quelque chose la regarde. Quelque chose de terrible. Mais *elle* est aussi terrible pour ce quelque chose, parce qu'elle est plus grande que prévu et qu'elle est ici. Elle ne devrait pas être ici. Elle devrait être dans la boîte. Et cependant, elle est inoffensive. Le quelque chose le sait, même s'il est

(juste un gosse)

très jeune ; à peine sorti de la nursery à vrai dire. Il parle

— *Vous êtes une illusion.*

— *Non, j'existe vraiment. Je vous en prie, j'existe ! Nous existons tous.*

La tête de cuir la regarde avec son visage sans yeux. On dirait qu'elle fronce les sourcils. Les coins de sa bouche se tournent vers le bas, alors qu'elle n'a pas de bouche. Et Julia se rend compte de la chance qu'elle a d'être tombée sur l'une d'elles alors qu'elle est seule. D'habitude, elles sont plusieurs, mais elles sont

(rentrées chez elles pour déjeuner rentrées chez elles pour dîner rentrées chez elles pour dormir allées à l'école parties en vacances peu importe elles sont parties)

parties quelque part. Si elles étaient toutes là, elles la repousseraient. Celle-ci pourrait la repousser, mais elle est curieuse.

Au fait, elle ?

Oui.

Ce quelque chose est de sexe féminin, comme elle.

— *Je vous en prie, libérez-nous. Je vous en prie, laissez-nous vivre nos petites vies.*

Pas de réponse. Pas de réponse. Pas de réponse. Puis :

Vous n'êtes pas réels. Vous êtes...

Quoi, qu'est-ce qu'elle dit ? *Vous êtes des jouets qui viennent de chez le marchand de jouets ?* Non, mais quelque chose d'approchant. Julia se rappelle fugitivement la ferme à fourmis qu'avait son frère quand ils étaient enfants. Ce souvenir arrive et s'efface en moins d'une seconde. Une ferme à fourmis n'est pas non plus le mot juste, mais comme pour le marchand de jouets, ça ne tombe pas loin. C'est dans le secteur, comme on dit.

— *Comment pouvez-vous avoir des vies si vous n'êtes pas réels ?*

— *NOUS SOMMES BIEN RÉELS !* s'écrie-t-elle ; et c'est le gémissement qu'entend Barbie. *AUSSI RÉELS QUE VOUS !*

Silence. Une chose au visage de cuir changeant, dans une vaste pièce sans toit qui est aussi, d'une certaine manière, le kiosque à musique de Chester's Mill. Puis :

— *Prouve-le.*

— *Donne-moi ta main.*

— *Je n'ai pas de main. Je n'ai pas de corps. Les corps ne sont pas réels. Les corps sont des rêves.*

— *Alors donne-moi ton esprit !*

L'enfant tête de cuir ne veut pas. Ne le donnera pas. Si bien que Julia le prend.

11

Voici : ceci est le lieu qui n'est pas un lieu.

Il fait froid sur le sol du kiosque et elle a tellement peur. Pis, elle est... humiliée ? Non, c'est bien plus grave que de l'humiliation. Si elle connaissait des termes comme *dégradée*, ou *avilie*, elle dirait, *Oui, c'est ça, je me sens dégradée, avilie.* Elles lui ont pris son pantalon.

(*Et quelque part des soldats bourrent de coups de pied des hommes nus dans un gymnase. C'est la honte de quelqu'un d'autre qui se mélange à la sienne.*)

Elle pleure.

(*Il sent les larmes lui monter aux yeux mais ne pleure pas. Pour le moment, il faut cacher ça.*)

Les filles l'ont laissée, mais son nez saigne toujours – Lila l'a frappée et lui a promis de lui couper le nez si elle parlait et elles ont toutes craché sur elle et ici elle gît à présent, et elle doit avoir pleuré vraiment très fort parce qu'elle a l'impression que son œil saigne comme son nez et aussi de ne pas arriver à respirer. Mais peu lui importe à quel point elle saigne et d'où. Elle préférerait mourir sur le sol du kiosque à musique plutôt que retourner chez elle dans sa ridicule petite culotte de fillette. Elle saignerait volontiers à mort de cent endroits différents si cela signifiait qu'elle n'aurait pas à voir le soldat

(*Après cela Barbie essaie de ne pas penser à ce soldat mais quand il y pense, il pense : « Hackermayeur le massacreur. »*)

tirer l'homme nu par le truc

(*hijab*)

qu'il porte sur la tête, parce qu'elle sait ce qui arrive ensuite. C'est toujours ce qui arrive ensuite quand on est sous le Dôme.

Elle voit que l'une des filles est revenue. Kayla Bevins est revenue. Elle se tient là et regarde cette idiote de Julia dans sa petite culotte de fillette. Kayla serait-elle revenue pour lui enlever le reste de ses vêtements et les jeter avec les autres sur le toit du kiosque, pour qu'elle soit obligée de retourner à la maison les mains devant sa foufounette ? Pourquoi les gens sont-ils si méchants ?

Elle ferme les yeux pour lutter contre les larmes et, lorsqu'elle les rouvre, Kayla a changé. Elle n'a maintenant plus de visage, son visage n'est plus qu'une sorte de casque de cuir ondoyant sur lequel on ne lit ni compassion, ni amour, ni même haine.

On y lit seulement... *de l'intérêt*. Oui, c'est ça. Qu'est-ce qui se passe lorsque je fais... ça ?

Julia Shumway ne mérite pas davantage. Julia Shumway ne compte pas, imaginez quelqu'un qui est moins que rien, puis cherchez encore plus bas et c'est là qu'elle est, un cancrelat furtif. Elle est aussi un cancrelat nu ; un cancrelat nu dans un gymnase sans rien sur elle sinon un chapeau qui se déroule de sa tête et, sous le chapeau le souvenir du *khubz* sorti tout chaud du four que lui tend sa femme. Elle est un chat avec la queue en feu, une fourmi sous un microscope, une mouche sur le point de perdre ses ailes entre les doigts d'un petit curieux de six ans par une journée pluvieuse, un jeu pour des enfants qui s'ennuient, des enfants n'ayant pas de corps et tout l'univers étalé devant eux. Elle est Barbie, elle est Sam agonisant dans le van de Linda Everett, elle est Ollie mourant dans les cendres, elle est Alva Drake pleurant son fils mort.

Mais surtout, elle est une petite fille recroquevillée sur les planches pleines d'échardes du kiosque à musique municipal, une petite fille que l'on a punie pour son arrogance inconsciente, une petite fille qui a commis l'erreur de penser qu'elle était quelque chose alors qu'elle n'était rien, qu'elle était importante alors qu'elle ne l'était pas, que le monde se souciait d'elle alors qu'en réalité le monde est une monstrueuse locomotive mortifère avec un moteur énorme mais pas de phares. Et, avec tout son cœur et tout son esprit et toute son âme, elle pousse un cri suppliant :

— JE VOUS EN PRIE, LAISSEZ-NOUS VIVRE !

Et, rien qu'un instant, elle est la tête de cuir dans la salle blanche ; elle est la fille qui (pour des raisons qu'elle ne peut même pas s'expliquer) est revenue au kiosque à musique. Pendant cet instant terrible, Julia est celle qui fait et non celle qui subit. Elle est même le soldat avec le fusil, le hackeurmayeur-massacreur dont Dale Barbara rêve encore, celui qu'il n'a pas arrêté.

Puis elle n'est plus qu'elle-même, de nouveau.

Les yeux levés vers Kayla Bevins.

La famille de Kayla est pauvre. Son père est bûcheron dans le TR et picole au Freshie's Pub (lequel, quand les temps seront mûrs, deviendra le Dipper's). Sa mère a une grande tache de naissance rosâtre sur la joue, si bien que les gosses l'ont surnommée Face de Cerise ou Tête aux Fraises. Kayla n'a aucun joli vêtement. Elle porte aujourd'hui un vieux chandail marron et une vieille jupe écossaise, des tennis éraflés et des chaussettes blanches dont le haut s'affaisse en accordéon. Elle a un genou écorché, soit qu'elle soit tombée, soit qu'on l'ait poussée dans la cour de récré. C'est Kayla Bevins, d'accord, mais sa figure est maintenant en cuir. Et elle a beau se transformer et prendre toutes sortes d'aspects, aucun d'eux n'est humain, même de loin.

Julia pense : *Je connais maintenant la façon dont l'enfant regarde la fourmi, si la fourmi le regarde depuis l'autre côté de la loupe. Si elle lève les yeux avant de commencer à brûler.*

— JE T'EN PRIE, KAYLA, NOUS SOMMES VIVANTS !

Kayla continue de la regarder sans rien faire. Puis elle croise les bras – ce sont des bras humains, dans cette vision – et fait passer son chandail par-dessus sa tête. Il n'y a aucune tendresse dans sa voix quand elle parle ; ni tendresse, ni regrets, ni remords.

Mais il y a peut-être de la pitié.

Elle dit

12

Julia est brutalement éjectée de la boîte – comme une main géante aurait chassé une mouche. L'air qu'elle retient fuse de ses poumons. Avant qu'elle puisse reprendre sa respiration, Barbie la saisit par l'épaule, retire le bouchon de plastique et enfourne le tube rigide dans la bouche de Julia, priant pour qu'elle ne s'écorche pas la langue ou – Dieu l'en préserve – n'entame pas son palais. Mais il ne pouvait pas la laisser respirer cet air empoisonné. Dans l'état de manque d'oxygène où elle se trouvait, elle aurait pu être saisie de convulsions, ou même mourir en quelques instants.

Où qu'elle soit allée, Julia parut comprendre. Au lieu de se débattre, elle agrippa le pneu de la Prius à deux mains, d'une prise mortelle, et commença à sucer frénétiquement le tube. Barbie sentait de grands frissons la traverser.

Sam avait finalement arrêté de tousser, mais un autre bruit leur parvenait, à présent. Julia l'entendit aussi. Elle tira une autre bouffée d'air et leva les yeux, des yeux écarquillés au fond d'orbites creuses.

Un chien aboyait. Il ne pouvait s'agir que d'Horace : Horace était le seul chien survivant. Il...

Barbie agrippa Julia par un bras, serrant si fort qu'elle crut bien qu'il allait le lui casser. Une expression de complète stupéfaction s'étalait sur son visage.

La boîte portant l'étrange symbole était suspendue en l'air, à un mètre du sol.

13

Horace avait été le premier à sentir l'air frais, avec sa truffe presque au niveau du sol. Il se mit à aboyer. Puis Joe le sentit : une brise, brutalement glacée, contre son dos en sueur. Il était adossé au Dôme et le Dôme bougeait. *S'élevait.* Norrie somnolait, son visage empourpré reposant sur la poitrine de Joe ; il vit l'une de ses mèches de cheveux sales et poisseux se mettre à voleter. Elle ouvrit les yeux.

« Que... ? Joe, qu'est-ce qui se passe ? »

Joe le savait, mais il était trop interdit pour lui répondre. Une sensation de fraîcheur remontait dans son dos, comme si une paroi de verre sans fin était soulevée.

Horace aboyait follement, à présent, en faisant le dos rond, la truffe au sol. C'était sa position *j'ai-envie-de-jouer*, mais Horace ne jouait pas. Il passa le nez sous le Dôme qui se soulevait et se mit à respirer l'air frais, doux et froid.

Céleste !

14

Côté sud du Dôme, le soldat de deuxième classe Clint Ames somnolait, lui aussi. Il était assis en tailleur, adossé à l'accotement meuble de la Route 119, une couverture enroulée autour de lui à l'indienne. L'air s'assombrit soudain, comme si les mauvais rêves qui se succédaient dans sa tête venaient de prendre une réalité physique. Il toussa, ce qui le réveilla.

De la suie tourbillonnait autour de ses bottes et se déposait sur son treillis. Au nom du Ciel, d'où cela pouvait-il venir ? L'incendie n'avait concerné que l'intérieur. Puis il vit le Dôme s'élever tel un châssis de fenêtre géant. C'était impossible – il mesurait plusieurs kilomètres de hauteur et s'enfonçait dans le sol à plusieurs kilomètres de profondeur, tout le monde le savait – mais c'était pourtant ce qui se passait.

Ames n'hésita pas. Il s'avança à quatre pattes et prit Ollie Dinsmore par les bras. Un instant, il sentit le Dôme dur et vitreux lui frotter le milieu du dos, et il eut le temps de penser, *s'il retombe, il va me couper en deux*. Puis il tira le garçon à l'extérieur.

Il crut un moment qu'il tenait un cadavre. « Non ! »

cria-t-il, tandis qu'il emportait le garçon inerte vers l'un des ventilateurs. « Tu vas pas me claquer dans les mains, p'tit cow-boy ! »

Ollie se mit alors à tousser, puis se pencha et vomit, mais peu de chose. Ames le soutint. Les autres – le sergent Groh en tête – couraient vers eux, maintenant, poussant des cris de joie.

Ollie vomit à nouveau. « M'appelle pas p'tit cow-boy, murmura-t-il.

— Une ambulance ! cria Ames. Faut une ambulance !

— Non, on va l'évacuer par hélicoptère jusqu'à l'hôpital général du Maine, dit Groh. T'es jamais monté en hélicoptère, mon gars ? »

Ollie, le regard encore vague, secoua la tête. Puis il vomit sur les bottes du sergent Groh.

Groh, rayonnant, serra la main noire de crasse d'Ollie. « Bienvenue pour ton retour aux États-Unis, mon gars. Bienvenue pour ton retour dans le monde. »

Ollie passa un bras autour du cou d'Ames. Il se rendait compte qu'il perdait connaissance. Il essaya de tenir le temps de dire merci, mais il échoua. La dernière chose dont il eut conscience, avant de s'enfoncer à nouveau dans les ténèbres, fut le baiser que le soldat de Caroline du Sud posa sur sa joue.

15

Côté nord, Horace fut le premier dehors. Il courut directement jusqu'au colonel Cox et se mit à danser autour de lui. Le chien n'avait pas de queue, mais c'était sans importance : tout son arrière-train gigotait.

« Que je sois pendu », marmonna Cox. Il souleva le corgi qui se mit à lui lécher frénétiquement la figure.

Les survivants se tenaient ensemble de leur côté (la ligne de démarcation était clairement matérialisée par l'herbe, verte et brillante d'un côté, grise et apathique de l'autre). Ils commençaient à comprendre, mais n'osaient pas encore tout à fait y croire. Rusty, Linda les deux petites J ; Joe McClatchey et Norrie Calvert, encadrés par leurs mamans ; Ginny ; Gina Buffalino et Harriet Bigelow enlacées. Twitch tenait sa sœur Rose qui sanglotait et serrait Little Walter dans ses bras. Pete Freeman et Tony Guay, tout ce qui restait de l'équipe du *Democrat*, se trouvaient juste derrière. Alva Drake s'appuyait sur Rommie Burpee, lequel tenait Alice Appleton dans ses bras.

Ils regardèrent la surface sale du Dôme s'élever dans les airs. L'éclat du feuillage d'automne, de l'autre côté, leur serra le cœur.

Un air frais et doux soulevait leurs cheveux et séchait la sueur de leur peau.

« "Car nous avons vu comme à travers un verre obscur" », dit Piper Libby. Elle pleurait. « "Aujourd'hui, nous voyons comme si nous étions face à face[1]." »

Horace sauta des bras du colonel Cox et entreprit de décrire des huit dans l'herbe, jappant, reniflant et essayant de faire pipi – tout ça en même temps.

Encore incrédules, les survivants regardaient le ciel éclatant s'incurver au-dessus d'eux, par cette belle matinée automnale de Nouvelle-Angleterre. La bar-

---
1. Corinthiens, 13-12.

rière encrassée qui les avait gardés prisonniers continuait de s'y élever, de plus en plus vite, et finit par se réduire à un simple trait de crayon sur une feuille de papier bleu.

Un oiseau traversa ce qui était le Dôme encore quelques minutes auparavant. Alice Appleton, toujours dans les bras de Rommie, le vit et éclata de rire.

16

Barbie et Julia s'agenouillèrent, le pneu entre eux, respirant tour à tour l'air par le tube faisant office de paille. Ils regardèrent la boîte qui reprenait son ascension, tout d'abord lentement, paraissant même faire à nouveau du surplace à une hauteur d'environ vingt mètres, comme si elle hésitait. Puis elle fila vers le ciel à une vitesse telle qu'aucun œil humain n'aurait pu la suivre : autant vouloir voir la balle que l'on tire. Soit le Dôme s'envolait, soit il était *remonté*, d'une manière ou d'une autre.

La boîte, pensa Barbie. *Elle attire le Dôme vers le haut comme un aimant attire la limaille de fer.*

Une onde de brise se dirigea vers eux. Barbie la vit progresser aux ondulations de l'herbe. Il saisit Julia par l'épaule et lui montra la direction du nord. Le ciel d'un gris sale un moment plus tôt, à nouveau bleu, avait un tel éclat qu'il en faisait mal aux yeux. Les arbres se détachaient nettement.

Julia releva la tête et respira.

« Je ne suis pas sûr que ce soit une bonne idée… », commença-t-il, sur quoi la brise les rejoignit. Il la vit soulever les cheveux de Julia, la sentit qui séchait la sueur de son visage souillé de suie, aussi douce qu'une main d'amante.

Julia toussait de nouveau. Il lui tapa dans le dos, aspirant en même temps sa première bouffée d'air frais. Il empestait encore et prenait à la gorge, mais il était respirable. L'air vicié était chassé vers le sud tandis que celui en provenance du TR-90 envahissait ce qui avait été la partie nord du Dôme. La deuxième bouffée d'air fut meilleure ; la troisième encore meilleure ; et la quatrième un don de Dieu.

Ou d'une petite fille à tête de cuir.

Barbie et Julia s'étreignirent près du carré noir où avait été posée la boîte. Rien n'y pousserait, plus jamais.

17

« Sam ! s'écria soudain Julia. Il faut aller chercher Sam ! »

Ils toussaient encore en courant jusqu'à l'Odyssey, mais pas Sam. Effondré contre le volant, les yeux ouverts, il respirait à petites bouffées. Le bas de son visage était barbouillé de sang et, lorsque Barbie le souleva, il constata que la chemise bleue du vieil homme avait pris une couleur violacée.

« Vous allez pouvoir le porter ? demanda Julia. Le porter jusqu'aux soldats ? »

La réponse était très certainement non, mais Barbie dit cependant qu'il pensait pouvoir le faire.

« Me bougez pas », murmura alors Sam. Il tourna les yeux vers eux. « Ça fait trop mal. » Un peu de sang sortait de sa bouche à chacun de ses mots. « C'est fait ?

— C'est Julia qui l'a fait, répondit Barbie. Je ne sais pas exactement comment elle s'y est prise, mais elle a réussi.

— C'était aussi en partie l'homme du gymnase, dit-elle. Celui que le hackeur-massacreur a abattu. »

Barbie resta bouche bée, mais elle n'y fit pas attention. Elle passa un bras autour des épaules de Sam et l'embrassa sur les deux joues. « Et c'est aussi grâce à vous, Sam. Vous nous avez conduits ici, et vous avez vu la petite fille sur le kiosque à musique.

— Z'étiez pas une petite fille dans mon rêve, dit Sam. Z'étiez adulte.

— La petite fille était toujours là, cependant. » Julia toucha sa poitrine. « Elle y est toujours. Elle vit.

— Aidez-moi à descendre, murmura Sam. J'aimerais respirer un peu d'air frais avant de mourir.

— Vous n'allez pas...

— Chut, ma grande. Vous ne vous faites pas plus d'illusions que moi. »

Le prenant chacun par un bras, Barbie et Julia le soulevèrent lentement et le posèrent sur le sol.

« Sentez-moi cet air, dit-il. Seigneur ! » Il inspira profondément, puis toussa en postillonnant du sang. « Je sens un parfum de chèvrefeuille.

— Moi aussi », dit Julia en repoussant les cheveux qui retombaient sur le front de Sam.

Il posa sa main sur celle de la journaliste. « Est-ce que.... est-ce qu'elles se sont excusées ?

— Il n'y en avait qu'une, répondit Julia. S'il y en avait eu plusieurs, jamais ça n'aurait marché. Je ne crois pas qu'on puisse l'emporter sur un groupe qui a un penchant pour la cruauté. Et non, elle n'était pas désolée. Elle a eu pitié, mais elle n'était pas désolée.

— Ce n'est pas la même chose, hein ? dit le vieil homme dans un souffle.

— Non. Pas du tout.

— La pitié, c'est pour les gens forts, ajouta-t-il dans un soupir. Moi, je ne peux être que désolé. Ce que j'ai fait, c'est à cause de la picole, mais je suis tout de même désolé. Si je pouvais revenir en arrière, je le ferais.

— Quoi que vous ayez fait, vous vous êtes racheté, à la fin », observa Barbie.

Il prit la main gauche du vieil homme. L'alliance pendait à son annulaire, ridiculement trop grande pour le peu de chair qu'il avait sur les os.

Les yeux de Sam, des yeux de Yankee d'un bleu délavé, se tournèrent vers Barbie et il essaya de sourire. « Je l'ai peut-être fait... juste comme ça. Mais ça m'*a plu* de le faire. Je crois pas qu'on puisse jamais racheter une chose pa... » Il se remit à tousser, et de nouveau du sang coula de sa bouche édentée.

« Arrêtez, lui dit Julia. N'essayez plus de parler. » Ils s'étaient agenouillés à côté de lui. Elle regarda Barbie. « Pas question de le porter, oubliez ça. Il a une hémorragie interne. Il faut aller chercher de l'aide.

— Oh, le ciel ! » s'exclama alors Sam Verdreaux.

Ce furent ses dernières paroles. Sa poitrine retomba et aucune bouffée d'air ne vint la soulever à nouveau. Barbie esquissa le geste de lui fermer les yeux, mais Julia lui prit la main pour l'en empêcher.

« Laissez-le regarder, dit-elle. Même s'il est mort, laissez-le regarder aussi longtemps qu'il pourra. »

Ils restèrent assis à côté de Sam. Un oiseau chanta. Au loin, Horace aboyait toujours.

« Je devrais aller chercher mon chien, dit Julia.

— Oui. On prend le van ? »

Elle secoua la tête. « Allons-y à pied. On devrait pouvoir arriver à faire sept ou huit cents mètres, si on marche lentement, non ? »

Barbie l'aida à se relever. « On verra bien. »

18

Pendant qu'ils marchaient main dans la main, sur l'ancienne route de la ferme abandonnée, elle lui raconta tout ce dont elle se souvenait de ce qu'elle appelait « être dans la boîte ».

« Et donc, dit Barbie quand elle eut terminé, vous lui avez parlé de toutes les choses terribles dont nous sommes capables – ou vous les lui avez montrées – et elle nous a tout de même libérés.

— Ils savent tout de ces choses terribles.

— Ce jour à Falludjah est le pire de tous mes souvenirs. Ce qui le rend si épouvantable c'est... » Il essaya de se rappeler la formule qu'avait employée Julia. « ... c'est que c'était moi qui agissais et non qui subissais.

— Vous n'étiez pas responsable, lui fit-elle observer. C'était l'autre militaire.

— Ça ne compte pas. Le type est mort, et peu importe qui l'a tué.

— Est-ce que la même chose serait arrivée, si vous n'aviez été que deux ou trois dans ce gymnase ? Ou si vous aviez été seul avec le prisonnier ?

— Non, bien sûr que non.

— Alors accusez le destin. Ou Dieu. Ou l'univers. Mais arrêtez de vous le reprocher. »

Il n'y parviendrait peut-être jamais, mais il comprenait ce qu'avait dit Sam, à la fin. Les remords et le chagrin que l'on éprouvait pour une faute étaient mieux que rien, se dit Barbie, mais aussi écrasants qu'ils soient, les remords ne permettraient jamais d'expier la joie ressentie dans la destruction – qu'il s'agisse de brûler des fourmis ou d'abattre des prisonniers.

Il n'avait ressenti aucune joie, à Falludjah. De ce point de vue, il était innocent. C'était déjà quelque chose.

Des soldats couraient vers eux. Il devait leur rester une minute, peut-être deux.

Il s'arrêta et prit Julia par les bras.

« Je vous aime pour ce que vous avez fait, Julia.

— Je le sais, répondit-elle calmement.

— Vous avez été très courageuse.

— Me pardonnez-vous de vous avoir volé vos souvenirs ? Ce n'était pas intentionnel ; ça s'est passé ainsi, c'est tout.

— Vous êtes entièrement pardonnée. »

Les soldats se rapprochaient. Cox courait avec eux, Horace bondissant sur ses talons. Le colonel allait bientôt arriver, il lui demanderait comment allait Ken et, avec cette question, le monde les reprendrait.

Barbie leva les yeux vers le ciel bleu, inspira profondément l'air de plus en plus limpide. « Je n'arrive pas à croire que ça ait disparu.

— Est-ce qu'il risque de retomber, d'après vous ?

— Sur cette planète, peut-être pas, et pas à cause de cette bande-là. Ils vont grandir et quitter leur salle de jeux, mais la boîte continuera à exister. Et d'autres gosses la trouveront. Tôt ou tard, le sang finit par gicler sur les murs.

— C'est affreux.

— Peut-être... puis-je vous rapporter une chose que disait ma mère ?

— Bien sûr.

— "Après la nuit, deux fois plus le jour luit" », récita Barbie.

Ce qui fit rire Julia. Ce rire était une musique délicieuse.

« Qu'est-ce que la petite tête de cuir vous a dit, à la fin ? demanda-t-il. Faites vite, parce qu'ils sont presque arrivés et cette histoire ne concerne que nous. »

Elle parut surprise qu'il ne l'ait pas déjà su. « Ce que Kayla m'a dit ? *Rentre chez toi avec, ça te fera comme une robe.*

— Elle parlait du chandail marron ? »

Elle lui reprit la main. « Non. De nos vies. De nos petites vies. »

Il réfléchit. « Puisqu'elle vous l'a donnée, endossons-la... »

Julia fit un geste. « Regardez qui se pointe ! »

Horace l'avait vue. Il accéléra, doubla les hommes qui couraient et, une fois devant eux, passa la surmultipliée, truffe au ras du sol. Un grand sourire lui retroussait les babines. Il avait les oreilles aplaties sur le crâne.

Son ombre courait tout à côté de lui sur l'herbe noircie par la suie. Julia s'agenouilla et lui tendit les bras.

« *Viens voir maman, mon cœur !* » s'écria-t-elle.

Il sauta. Elle tomba à la renverse en le réceptionnant et éclata de rire. Barbie l'aida à se relever.

Ils retournèrent ensemble dans le monde avec le cadeau qui leur avait été fait : la vie, rien que la vie.

La pitié n'est pas l'amour, songea Barbie… mais pour un enfant, donner des vêtements à celle qui est nue est déjà un pas dans la bonne direction.

22 novembre 2007 – 14 mars 2009

NOTE DE L'AUTEUR

J'ai tenté une première fois d'écrire *Dôme* en 1976 ; je l'ai abandonnée, la queue entre les jambes, au bout de deux semaines de travail après environ soixante-quinze pages. J'avais depuis longtemps perdu ce manuscrit, ce jour de 2007 où je m'installai pour m'y remettre, mais je me rappelais suffisamment le chapitre d'ouverture – « L'avion et la marmotte » – pour le recréer presque exactement.

Je me sentais débordé non pas par le nombre des personnages – j'aime bien les romans comptant une vaste population –, mais par les problèmes techniques que soulevait l'histoire, en particulier par les conséquences écologiques et climatiques du Dôme. Le fait que ces questions épineuses rendaient à mes yeux le livre important me faisait me sentir assez froussard – et paresseux –, mais j'angoissais à l'idée de tout saloper. Je passai donc à autre chose, sans pour autant oublier le projet du Dôme.

Entre-temps, mon excellent ami Russ Dorr, assistant médical à Bridgeton, dans le Maine, m'avait aidé à résoudre de nombreux points de technique médicale dans plusieurs livres, en particulier dans *Le Fléau*. À la fin de l'été 2007, je lui ai demandé s'il ne voudrait pas jouer un rôle plus important, en tant que documentaliste en chef pour un long roman intitulé *Dôme*. Il accepta et, grâce à Russ, je crois que tous les détails techniques du livre sont exacts. C'est Russ qui a fait la recherche sur les missiles téléguidés, le jet-stream, les recettes d'amphétamines, les générateurs mobiles, les phénomènes de radiation, les éventuels progrès dans la téléphonie cellulaire, et cent autres choses. C'est aussi Russ qui a inventé le costume antiradiation fait maison de Rusty Everett et qui a eu l'idée qu'on pouvait respirer l'air des pneus, au moins pendant un certain temps. Avons-nous commis des erreurs ? J'en ai bien peur. Mais la plupart me sont certainement imputables et sont dues à une mauvaise interprétation de ses réponses.

Mes deux premiers lecteurs ont été ma femme, Tabitha, et Leanora Legrand, ma belle-fille. Elles se sont montrées toutes les deux sévères, humaines et efficaces.

Nan Graham est celle qui a transformé le livre, du dinosaure qu'il était à l'origine, en un animal d'une taille légèrement plus acceptable ; pas une page du manuscrit qu'elle n'ait annotée. Je lui dois énormément et je la remercie pour tous les matins où elle s'est levée à six heures et a pris son crayon. J'ai essayé d'écrire un livre pied constamment au plancher. Nan l'avait compris et, chaque fois que je faiblissais, elle posait son pied sur le mien et me hurlait (dans les marges, comme font tous les directeurs littéraires) : « Plus vite, Steve, plus vite ! »

Surendra Patel, à qui est dédié ce livre, était une amie très chère depuis trente ans. En juin 2008, j'apprends qu'elle est morte d'une crise cardiaque. Je me suis assis sur les marches de mon bureau et j'ai pleuré. Après quoi, je me suis remis au travail. Je suis certain qu'elle aurait approuvé.

Et toi, lecteur fidèle. Merci de lire cette histoire. Si elle t'amuse autant qu'elle m'a amusé, nous voilà tous les deux récompensés.

S. K.

Stephen King
dans Le Livre de Poche

(derniers titres parus)

Blaze n° 31779

Colosse au cerveau ramolli par les raclées paternelles, Clay Blaisdell, dit Blaze, enchaîne les casses miteux. Son meilleur pote, George, lui, est un vrai pro, avec un plan d'enfer pour gagner des millions de dollars : kidnapper le dernier-né des Gerard, riches à crever. Le seul problème, c'est qu'avant de commettre le « crime du siècle », George s'est fait descendre. Mort. Enfin, peut-être… Ce suspense mené en quatrième vitesse, vrai roman noir, rappelle le meilleur de Jim Thompson ou de James Cain. Un inédit de King / Bachman miraculeusement retrouvé.

Carrie n° 31655

Carrie White, dix-sept ans, solitaire, timide et pas vraiment jolie, vit un calvaire : elle est victime du fanatisme religieux de sa mère et des moqueries incessantes de ses camarades de classe. Sans compter ce don, cet étrange pouvoir de déplacer les objets à distance, bien qu'elle le maîtrise encore avec difficulté… Un jour, cependant, la chance paraît lui sourire. Tommy Ross, le seul garçon qui semble la comprendre et l'aimer, l'invite au bal de printemps de l'école. Une marque d'attention qu'elle n'aurait jamais espérée, et peut-être même le signe d'un renouveau ! Loin d'être la souillonne que tous fustigent, elle resplendit et se sent renaître à la vie. Mais c'est compter sans la mesquinerie des autres élèves. Cette invitation, trop belle pour être vraie, ne cache-t-elle pas un piège plus cruel encore que les autres ?

Danse macabre n° 31933

Macabres, ces rats qui filent en couinant dans les sous-sols abandonnés d'une filature. Des milliers et des milliers de rats filant en lente procession. Comment s'en débarrasser ? Une machine infernale qui semble avoir une vie propre entreprend un macabre nettoyage... et l'horreur commence. L'engin happe les humains, les plie dans ses crocs comme des draps... Aveugle, un Ver géant rampe dans une église maudite depuis des années, dans l'attente de la prophétie diabolique qui le libérera. Et si les objets prenaient un jour le pouvoir ? La face cachée du monde en cinq nouvelles diaboliques.

Duma Key n° 32121

Duma Key, une île de Floride à la troublante beauté, hantée par des forces mystérieuses, qui ont pu faire d'Edgar Freemantle un artiste célèbre... mais, s'il ne les anéantit pas très vite, elles auront sa peau ! Dans la lignée d'*Histoire de Lisey* ou de *Sac d'os*, un King subtilement terrifiant, sur le pouvoir destructeur de l'art et de la création.

Histoire de Lisey n° 31513

Pendant vingt-cinq ans, Lisey a partagé les secrets et les angoisses de son mari. Romancier célèbre, Scott Landon était un homme extrêmement complexe et tourmenté. Il avait tenté de lui ouvrir la porte du lieu, à la fois terrifiant et salvateur, où il puisait son inspiration. À la mort de Scott, désemparée, Lisey s'immerge dans les papiers qu'il a laissés, s'enfonçant toujours plus loin dans les ténèbres... *Histoire de Lisey* est le roman le plus personnel et le plus puissant de Stephen King. Une histoire troublante, obsessionnelle, mais aussi une réflexion fascinante sur les sources de la création, la tentation de la folie et le langage secret de l'amour.

Juste avant le crépuscule n° 32518

Juste avant le crépuscule... C'est l'heure trouble où les ombres se fondent dans les ténèbres, où la lumière vous fuit, où l'angoisse vous étreint... L'heure de Stephen King. Treize nouvelles jubilatoires et terrifiantes.

Salem n° 31272

Le Maine, 1970. Ben Mears revient à Salem et s'installe à Marsten House, inhabitée depuis la mort tragique de ses propriétaires, vingt-cinq ans auparavant. Mais, très vite, il doit se rendre à l'évidence : il se passe des choses étranges dans cette petite bourgade. Un chien est immolé, un enfant disparaît, et l'horreur s'infiltre, se répand, aussi inéluctable que la nuit qui descend sur Salem.
En bonus : Deux nouvelles inédites sur le village de Salem. De nombreuses scènes coupées que Stephen King souhaitait faire découvrir à son public.

Du même auteur
aux Éditions Albin Michel :

CUJO
CHRISTINE
CHARLIE
SIMETIERRE
L'ANNÉE DU LOUP-GAROU
UN ÉLÈVE DOUÉ – DIFFÉRENTES SAISONS
BRUME
ÇA (deux volumes)
MISERY
LES TOMMYKNOCKERS
LA PART DES TÉNÈBRES
MINUIT 2
MINUIT 4
BAZAAR
JESSIE
DOLORES CLAIBORNE
CARRIE
RÊVES ET CAUCHEMARS

INSOMNIE
LES YEUX DU DRAGON
DÉSOLATION
ROSE MADDER
LA TEMPÊTE DU SIÈCLE
SAC D'OS
LA PETITE FILLE QUI AIMAIT TOM GORDON
CŒURS PERDUS EN ATLANTIDE
ÉCRITURE
DREAMCATCHER
TOUT EST FATAL
ROADMASTER
CELLULAIRE
HISTOIRE DE LISEY
DUMA KEY
JUSTE AVANT LE CRÉPUSCULE
NUIT NOIRE, ÉTOILES MORTES
L'ANNÉE DU LOUP-GAROU
22-11-63

Sous le nom de Richard Bachman :

LA PEAU SUR LES OS
CHANTIER
RUNNING MAN
MARCHE OU CRÈVE
RAGE
LES RÉGULATEURS
BLAZE

Le Livre de Poche s'engage pour l'environnement en réduisant l'empreinte carbone de ses livres. Celle de cet exemplaire est de :
700 g éq. CO₂
Rendez-vous sur
www.livredepoche-durable.fr

PAPIER À BASE DE FIBRES CERTIFIÉES

Composition réalisée par NORD COMPO

Achevé d'imprimer en décembre 2013 en France par
CPI BRODARD ET TAUPIN
La Flèche (Sarthe)
N° d'impression : 3003473
Dépôt légal 1re publication : mars 2013
Édition 04 – décembre 2013
LIBRAIRIE GÉNÉRALE FRANÇAISE
31, rue de Fleurus – 75278 Paris Cedex 06

31/6979/4